中国少数民族文学发展工程
翻译出版扶持专项（民译汉）

芦苇湖

【著】祖拉古丽·阿不都瓦依提（维吾尔族）
【译】古丽莎·依布拉英（维吾尔族）

作家出版社

图书在版编目（CIP）数据

芦苇湖 / 祖拉古丽·阿不都瓦依提著；古丽莎·依布拉英译. -- 北京：作家出版社，2019. 3（2023.2重印）

（中国少数民族文学发展工程·民译汉专项）

ISBN 978-7-5212-0407-0

Ⅰ. ①芦… Ⅱ. ①祖… ②古… Ⅲ. ①短篇小说－小说集－中国－当代 Ⅳ. ① I247.7

中国版本图书馆CIP数据核字（2019）第041612号

芦苇湖

作　　者：祖拉古丽·阿不都瓦依提

译　　者：古丽莎·依布拉英

责任编辑：史佳丽　李亚梓

特约编辑：陈　涛　杨玉梅　郑　函

装帧设计：薛　怡

出版发行：作家出版社有限公司

社　　址：北京农展馆南里10号　　　**邮　　编**：100125

电话传真：86-10-65067186（发行中心及邮购部）

86-10-65004079（总编室）

E-mail:zuojia@zuojia.net.cn

http://www.zuojiachubanshe.com

印　　刷：固安兰星球彩色印刷有限公司

成品尺寸：152×230

字　　数：129千

印　　张：10.5

版　　次：2019年9月第1版

印　　次：2023年2月第2次印刷

ISBN 978-7-5212-0407-0

定　　价：35.00元

编委会名单

目 录

芦苇湖

村里有个周围环绕着芦苇，野鸭筑巢繁衍生息的小湖——芦苇湖。这个湖可能太小，它甚至连一个像样的名字都没有，只有这个村的人，才知道有这么一个湖。

从前，我家就在湖边的这个位置。关于这个湖水，我的父亲、母亲为了阻止我接近湖边，常会编出些恐怖的故事来吓唬我。可是，只要我们村里的几个孩子凑在一起，都会结伴跑去捉湖里的小野鸭。有一天，我们尽兴后，在回去的路上，突然，走在最前面的乃比，被一双大手狠狠地钳住了，那只大手顺势又在他黝黑、粗糙的腿上，用他的指甲划了划，看到乃比皮肤上泛起的白色角质粉末，就明白了，呵斥道："哎哟哟，你们这些屡教不改的家伙，看来，又是去那个芦苇湖了吧，不是已经告诉过你们，那里的地邪，是不能涉足的地方，不然你们的手脚都会变得不灵便，你们这帮胆大妄为的小家伙！"

而我，越是有人阻拦我去芦苇湖，我的好奇心就愈来愈烈，去的次数也多了起来。甚至，在夜晚，我也会独自行动到那里，一直想要看个究竟。我就是想看看，母亲故事里常说的那个水仙子，想听听她们半夜浮出水面唱的忧伤的歌儿。

有一次，我像往常一样，来到湖边，蹲坐在岸边，尽情欣赏着它的夜景。突然，飞来一只野鸭，栖息在湖中央的芦苇丛中，随着芦苇的晃动，湖面掀起一轮轮涟漪。而那些，被野鸭惊动的青蛙们，扑通扑通跳进湖里。芦苇的倒影弯曲了，活像无数条毒蛇向我游来的样子，我倒吸了一口气，想要转身逃离开来，迈出的脚步，好像又踩到了什么软乎乎、凉飕飕的东西，我被吓得顿时失了声。依稀的月光下，我隐约看到那分明是只大大的青蛙在我脚下。我顿时失去了理智，我尖叫着，脚下生风似的，拼了命地朝家的方向狂奔而去。哪里料到，前面出现几条狗向我吠啸着冲过来，我在慌乱中，又朝芦苇湖那边逃去。刚回到原处，扑朔迷离中，只记得有一条狗向我袭了上来。我本能地抱着头扑倒在地。迷乱中，隐约记得我的背部几处地方，被那只狗乱咬了一通。随着“咣”的一声，扑在我身上的狗跳了起来，接着，只听那个声音又重复了一次。抬起头，我发现有个举着铁锨的人，他正在追赶那条狗。其他的那些狗也被他打跑了。我这才意识到，自己身上的衬衫已经被咬得破烂不堪了，身上的肌肉也被咬得惨不忍睹。如果是在家里，遇到这样的伤痛，我肯定会在父母那里小题大做地嗷嗷大叫，放声大哭呢。可是，在这里，又有谁能听到我痛苦的声音啊。我平生第一次感受到了无助和孤单的滋味。这时，那个手握铁锨柄的人又出现了，他一声不吭地脱下身上的白衬衫，撕下两个袖子，开始小心翼翼地擦拭着我背上的血迹。他瘦高，脸上还透着几分稚气，看着比我大不了几岁的样子，约摸是位十八九岁的年轻人。

“你家在哪儿？”

“就在那个村头。”

“大晚上的，你在这里干什么呀？”他用埋怨的口气问我说。

“我为了等湖底的水仙子出来，听她的歌，才会来这里等着的。”

“这下可好了，这个湖，等到一百年都不会忘记你今天尖叫着唱的歌儿了啊，走吧，我送你回家。”

我之前踩到过青蛙，还有些后怕，抬起脚步时，不由自主地更加小心翼翼了。可是，他误以为，我在爱护自己的光脚吧，随手拉起我的手就走了。纤细的手儿被强劲有力的手牵引着，守护着。

“他就是艾丽麦姐的儿子啊。”等到这个黝黑的少年走后，母亲肯定地说，“你幸亏遇到了那个孩子，不然你是很难逃生回来的呀。我多少次都在提醒你，别去那个湖边呢。

“可怜那孩子，小小年纪就当家了呢，开始了生活的各种艰难险阻。他的父亲艾合买提老师，前些年，不知什么原因被抓了。而他这个儿子，就被派去队里做些粗重的活儿。唉！他却在这个每个人都熟睡的夜里，还在外面忙着截水灌溉呢。”

那个夜晚，不是背部的疼痛让我无法入睡，而是那个夜半截水的小子，让我辗转难眠。他疼爱地为我擦拭血迹的温暖的双手，果断地拉起我的手就走的样子，点点滴滴，都让我感觉有一股暖流从我全身心穿过，莫名的又是甜蜜。平时，我和别的男孩子在一起时，大大咧咧的很随意。可是，当我遇到这个男孩时，我却变得拘谨、害羞。尤其，想到他为我遮盖裸露的脊背，更让我心房雀跃。还有他对我为了寻找芦苇湖故事主人，而遭遇不测的善意讽刺。听着他讽刺的话儿，我也没有像平时那样给予反驳，只是默默地听着，安静地做着他的吩咐。这难道是因为他帮助过我的原因吗？但是，心的某个地方却又否认了这个原因。我明明感觉到自己对他暗暗的喜欢和爱慕之情。我还只是个十四岁的少女，对于自身这样的情感变化，还不能有明晰的判断，更羞于让大人发觉。

事后，过去三年后的一个秋季，村里团委组织我们去欢送新兵，他们是从我们村里挑选出来的四名青年。我们手捧纸花，站在通往县城的碎石子儿路边，路的两岸都是我们送行的人在等。前面的是健壮的五名小伙儿，后面紧跟着管理马棚的色里木大叔，他要带着他们去县里。五名小伙儿中，他迎面而来，就是艾合买提老师的儿子，“迪力木拉提——”，他的名字差点让我脱口而出，我在心里默念着他的名字。他要走的消息，虽然我一周前就已经知道了。当时，我觉得还有些日子，就没有太大的紧迫感。可是，当我现在亲眼看到他和一行人，真的要离开时，我才相信，这次是真的要离开了，开始揪心了。

六天前，就在那个芦苇湖边，他望着我的眼睛说：“祖丽菲娅，你明白吗，你在这世上无可取代，你就是我的唯一，除了你，我眼里就看不到任何其他女子，不管我们将来会在哪里，没有人能把你从我身边夺走。”

那一天，我和大家一道，以“青年代表”的身份，以“红红的爱心”，同时以恋人的身份，怀着又喜又忧的心情为他送行。一年后，我收到不同于他以往口气和笔迹的一封信，就是让我“忘了他”。我一时惊愕地不知所措。就这样我煎熬了三个月。我因为想和他怄气，开始在家人的劝说下，对他的感情有了动摇。我开始厌恶乡村生活，向往城镇生活了。在姑妈不停的牵线拉媒下，也对男方的“干部”身份有了兴趣。其实，之前那个人和姑妈的儿子一起来串过门，已经用眼神暗示过我几回，我选择了他，跟着他嫁到了城镇。

婚后半年间，我几乎每个周末都会回村里看望娘家人。其实，表面上我是看望父母亲，心里面想的是，在村里炫耀我的富足生活和衣食住行。最让我开心的是，他们看过我后投来的惊羡的目光。我满足于那些喜欢在我后面嚼舌头的人，看到我在县城里活得富足惬意的样子后，失落的表情。

不出半年，我才意识到，我自以为的“幸福美满”的婚姻生活，原来是建立在丈夫的虚伪和谎言中的。一切都变了，并且发生了颠覆性的变化。我对他的信任和感情已经无可挽回了。婚姻有时坚不可摧，有时脆弱得犹如一层薄薄的冰面，轻轻一碰就粉碎，不堪一击啊。当然，破镜难圆，当我们的信任和爱情都不复存在时，我们的婚姻和家庭，也就成了个空壳。我们的精神已经不是统一的了，虽然我们成了同住一屋的陌路人，可我还是坚持咽下了后来日子里所有的苦水。我和丈夫都戴着虚伪的面罩，又坚持了两年。直到第三年，我们夫妻的矛盾又升级了，婆婆因为我没有生育，就开始对我冷嘲热讽起来，我硬是被他们说成是没有生育能力的女人了。这还不说，我每天还要面对整天都对着我锁着眉头、板着脸的丈夫。

婆婆见机就会数落我一番：“女人的脸蛋儿再怎么漂亮，生不出个娃儿，就是空皮囊一个，就是母鸡也知道每天下个蛋呢！就连玛丽亚姆家那个黑不溜秋的媳妇，人家还生了个胖嘟嘟的小子，全家人中了彩似的，整日捧着那孙子呢。”

有一天，我和邻家一女人吵架了。她趾高气扬地回敬我道：

“哎哟喂，我才懒得搭理你，不生蛋的母鸡，要是有能耐，你也像我一样，生出几个小崽儿，再回来跟我理论啊！……”

在这样各种各样的非议中，我决定到医院做个检查，得到医生肯定的答复：“你在健康上没有任何异样，完全可以生育。”可是，我没必要把这些告诉她们啊……如果生育只和两个人的身体有关，不关乎感情和精神结合的话，那我肯定已经是一两个孩子的母亲了吧。

我在这个家庭，度过了非凡的三个春秋。在我知道所有真相前，这个三居室的小院儿，多多少少给我留下过美好的印记。但是，现在，这个院子显得毫无生气、死气沉沉，尤其是我的卧室，小得足以让我窒息。好像这里的一切，也在赶我走的样子。甚至在梦里，我都能看见，丈夫抡起大拳头呵斥我："给我滚出这个家！"

我苟且还赖着没有离开，是因为我娘家的人一直都在牵制着我。他们每回看到我，都会说："如果你这样年纪轻轻的就和丈夫闹离婚，传出去就会丢我们的脸面，如果你坚持那么做，就永远别出现在我们面前。如果真要离婚，那也要等到我们二老死了以后吧！"每每这样，我就会退缩，继续我那死潭似的生活。我真希望他们能明白，虽然他们在极力守护我法定的婚姻，却怎么也无法挽回我们破裂的情感。兴许，他们以为那一张鲜红的结婚证，能够牢牢套住女儿的幸福吧……

身边，对于我丈夫的闲言碎语越来越多了，听说他正光明正大地与别的女人卿卿我我呢，可是，我完全没有兴趣过问什么。又一次，他大言不惭地告诉我说：

"你也听说我在外面的那些事儿了吧，怎么还不拿证离开呀？你这个笨婆娘，最好别再让我看见你这张嘴脸了！"

如果男人对女人示好，说"我喜欢上你了"，或"我发现自己越来越离不开你了"等这类甜言蜜语，女人们往往就会忘记。但是，反过来，男人拒绝女人说"我对你没有兴趣"，那么，女人绝对不会忘记这句最伤自尊的话。我的丈夫，就是用这类话，来攻击我作为女人最后的底线。可惜，我早已经变得麻木不仁了，我为了保全娘家人的脸面，忍受着这些凌辱。

我们的家庭就像是缺了口的堤坝，还是被生活的风浪摧毁了。丈夫没过多久，就对他的话，付诸了实际行动。他干脆就把外面的第三者，领回到家里，气急败坏地让我腾出房间。我这才有充分的理由回到自己的娘家。

"不管我们将来会在哪里，没有人能把你从我身边夺走。"这句动人的情话，时常会在我耳边回响着。但是，我并不在天涯海角，就在我们定情的那个地方，就是见证我们爱情的芦苇湖边。现实还是把我们分开了，而且得到我之后，又背信弃义地抛弃了我，我回到了原点，同时也成了名副其实的寡妇。我已经不再是别人的妻子了，我已经是独立的自由人了。不管我是否清白，不管我经历过什么，我在别人眼里，终归是离异的女人。还有些才长了点黄胡须的小青年都想来挑逗下我，时而想约我看看呢。如果我不是单身女人，他们哪里敢这么轻浮地对待我呢。我可没有精力去搭理他们。我心里一直就珍藏着那个人。我即便没有成为别人的妻子，我也一直在离芦苇湖不远的地方，我多么希望他能亲眼见证我所经历的一切啊！我这一辈子，只有他才能真正意义上地征服得了我。曾经，我在危难时刻，是他从天而降、毫不犹豫地拯救了我，并和我许下了爱的诺言。这些就好像是发生在昨天，一切都历历在目。就是在睡梦中，我都能感受到他给我的那种不寻常的安全感。我对丈夫的冷漠，源于心里一直都装着他，却嫁给了别人。

“我不能见她，我没有勇气看到她成为别人妻子的样子，这让我无法忍受。”这是他当兵期间，回来探亲时对他的朋友们说的话。可是，糊涂的我，却在结婚半年之后，才得知那封分手信，并不是他写给我的。有次，我和丈夫吵嘴时，他才告诉我说：“我要是不那样，对你，我怎么能得手呢?”爱情本该是互相尊重，互讲诚信的。丈夫对我所谓的爱，却充满着阴谋诡计和自私自利。

听村里人说，他有位非常漂亮的妻子，还有一双可爱的孩子，他们一家回到了村里。我有着强烈的想要去见他的冲动和企盼，甚至超越他母亲对他的思念。我不由得想起他少年时的模样，上穿立领的，后背有些褪色的哈达呢子衣；头戴旧帽，黝黑的、瘦高的迪力木拉提，到如今，今非昔比了，现在的他，结实的体魄上着深色的西装，内搭干净的白衬衫，还打着有红色纹路的领带，皮肤丰满光亮，分明就是潇洒英俊的男人。他彻头彻尾地变了。尤其，我看到他的妻子，穿着得体大方的长摆裙，带着几分高贵的气质，白净高雅的脸上总是带着自信的微笑。我的心里……

“迪力木拉提的妻子，真是太漂亮了啊，那个祖丽菲娅可不及她呀！”

“你幸亏没有娶祖丽菲娅，不然，你既要不上孩子，还管不住那个水性杨花的女人啊，说不定，她还会给你扣上绿帽子呢，唉！”

“他就是因为祖丽菲娅背叛了他的感情，这么多年来都没有回来，也好，他幸好没有回乡，不然，和我们一样，一辈子灰头土面的，有什么好呀。”

他回乡的消息一传出，村里的妇人们一下就炸开了锅，关于我的各种流言蜚语遍地飞了。我成了凭着漂亮脸蛋移情别恋的负心女人。

“你，还好吗?”强劲浑厚有力的问候声。他紧盯着我的双眼。我终于发现了他没有改变的地方，就是那个声音，就是那个眼神！

“有空就来我家坐坐吧。哦，带上孜娜提一起啊。”他妻子的名字，我是从村里其他女人那里听来的，也不确定对不对，我怯怯地邀请他说。

“好的，希望你也去我家那边啊。”

这就是，我们在分别十九年之后的对话。非常简短，非常普通。

我重返芦苇湖。湖水已经不如从前那么清澈了。被污染了的环境，已经影响了这面湖的纯净。湖面上浮着各类垃圾，积在湖水边沿的萍连草，还有堆在岸边的粪肥的腐臭味，使得芦苇湖千疮百孔，面目全非。满是尘土的芦苇，垂着头沙沙作响，好像在重新诉说着我们的情话。

失业

我大学毕业已经一年多了，为了找到就业机会，我几乎踏遍有可能的每个角落。得到的答案却都是同一句话："编制满额，以后再说。"原来，无所事事确实是件烦闷的事儿，我切身体会到了。

回想起我高考落榜的时候，我将所有的怨气都撒在家人身上，还以离家出走来相逼，才赢得在私立院校自费读书的机会。这个不菲的学费，是我可怜的父亲用毕生的血汗钱来支撑的。那时的我，感觉已经迈进了大学校门，沾沾自喜，现在却让我觉得自己很不成器。离别前夕，我还搞了个同学送别会。聚会上，我听到班里的几个女生在讨论班里的优等生玉素甫，他的高考分数虽然很高，却还没等到大学录取通知书，他告诉别人说，如果他要是收不到录取通知书就下决心，即便是自费院校，他都会去继续上学。我和我趣味相投的同学居来提，还调侃说：

"哎哟喂，就他还想进自费学校呢。就他的经济条件，就靠他爸爸当保安赚来的那点钱，够什么用呀。除了他，他底下还有弟弟妹妹，他家还能供得起他？真是屁话。"

待到我完成了长达五年的学业，我那可怜的父亲，早已经不堪重负了。有了父亲源源不断的汇款，我好歹跻身于班里中等家庭孩子的行列。当然，在学习过程中，我从来没有因经济困难而委屈自己，顺利完成了学业。最让我内疚的是，我毕业回家才留意到，家里值钱的东西都不见了，尤其是我家最重要、最值钱的那头带崽的母牛，也为了填补我的学费，而被家人变卖了。我的心像猫抓似的，钻心地痛啊！我这才品尝到生活的心酸。我明知道，应该向我的父母表达自己的感恩之情，可我就是天生嘴硬，虽然心里想着，却怎么也说不出口。我更想用实际成果来报答他们。那就是，等我有了工作，将我的工资交给他们，亲眼看到他们欣慰的笑容时，这才抵得过千言万语。可是，到目前为止，我还是个失业者，四处游荡着。曾经，每逢假期，都会纷纷请我去家里吃饭的亲朋好友们，只要在街上看到我，都会问：

“阿克啊，怎么，你还没有找到工作吗？”每当我被这样的问题困扰时，我多么希望自己能突然消失不见啊，比如突然升空消失，或者突然入地消失，可惜天高地又厚！这个时候，我就会自责，我为什么会来到这个世界啊。渐渐地，我开始刻意躲避熟人的目光了，即便碰上了，也假装看不见的样子。我多么希望，别人都不知道我是上过五年大学的毕业生啊，至少，我还可以在大街上自由地行走。即使有人随意扫了我一眼，我都会觉得，那双眼睛好像在说：“哦，这个游手好闲的家伙，这个无业游民还在闲逛呀。”凭空想象出的各种想法和猜测，都在吞噬着我仅有的自尊。

百无聊赖中，我为了能快些打发日子，每天都睡到自然醒，当阳光直射下来时，就是被那些讨厌的苍蝇折磨得辗转难眠时，我也为了让自己从这个让人感到耻辱的世界里，得到些许片刻的安宁，毅然地坚持赖床不起。而我，最喜欢的事儿，也就剩下两个了，就是夜晚和睡觉。只有夜晚，我才能避免和世人目光交会，避免和他们交往。可是，我又奈何得了什么呢，天照样会亮，我不得已，还是要起床，还是要外出寻找出路。妈妈也开始蔑视我了，说：

“怎么，你又要上街闲逛吗？”

每次，听到母亲这样的冷嘲热讽，我都有点不相信那是我曾经的妈妈。上学时，她都是每个假期最盼着我能早点回来，一看见我就抱着我泪流满面的、对我百般慈爱的妈妈。无业的压力，让我变得暴躁易怒，而我母亲对我的不满也愈演愈烈，我们有几次吵了起来：

“你们要是不走关系，我怎么能得到工作呢。还有，爸爸整天都闷着头，对我不闻不顾的，难道你们还指望我当个总统什么的不成？”我强词夺理地说。

妈妈回敬我说：

“为了你，家都被掏空了，你还想让家人为你做什么呢。你已经是堂堂二十三岁的小伙子了，你不但不主动找工作分担家里的重担，还想继续成为家里的包袱，怎么，这样你还很有理呀，你？”

从那以后，我再也没有理由和母亲争吵了。我的生活继续周而复始，早上吃过早餐就上街，然后，临近午饭时间再折回到家里，填饱肚子，继续外出“奋斗”，睡觉时间再返家。除了令人快要窒息的无业的烦恼，加之周围环境对我的冷漠，使我在精神上所有对美好事物的想象，都快消失殆尽了。之前，我觉得自己是大学生，在仪表言行方面都很讲究。我也想过要继续保持下去，想要我行我素，可是，我认为别人一定会嘲笑我说：“嘿，瞧他那大模大样的德行啊，还不时要要个派头呢。”我自信的微笑也很少见了，取而代之，是大多时候紧锁眉头的苦瓜脸。

至少，爸爸还会照旧地，每周或每月都会塞给我五元或十元不等的零花钱。没钱的日子里，我偶尔会从挂在衣服架上的爸爸衣服兜里，偷拿个烟抽一抽。有一次，爸爸故意在我能听见的地方说：

“家里好像出了只大老鼠啊，居然还明目张胆地动我的烟呀。”这话，更是让我尴尬不已。

我在找工作上，依然没有一点突破或进展，万念俱灰的我，决定到伊犁州教育局，谈谈我的困境，碰碰运气看。外出坐车，肯定是需要钱，我只好硬着头皮再次伸手问父亲要钱。爸爸什么也不说就给了我三十元。我为了省钱，没坐省时间却比较贵的小中巴，选择坐了费时间却便宜的大班车。等我到了州上，已经是午饭时间了，我就径直找了家比较偏的小奶茶馆填饱了肚子。又赶上是午休时间，我只好在街上闲游打发时间，等到上班时间，我按时到了州教育局。我在教育局，东望望西瞅瞅，傻坐了三四个小时，也没盼到我要见的人影。眼看，到了下班时间，才有个四十多岁的中年女人告诉我说，那个领导已经外出开会了，要过几天才能回来。这下可苦了我啊，我到底该怎么办呢，想要回家，回家的末班车早已经没有了。不回去的话，又没有住宿的钱，这里也没有可以借宿的亲戚。我绞尽脑汁地净想着还有谁可以依靠，还好，我还是想出了一个人来，我的同学，对啊，就是那个玉素甫。我知道他就在这里的一个银行工作，我居然根据从别人那里听来的地址，找到了他。

他把我带进有些凌乱的宿舍，桌子上摆放的东西杂乱无章，有画册、维汉文杂志、梳子、小刀等。第二天，他带着我出去逛了街，碰上了他的几个朋友，便约请他们晚上到他的宿舍小聚。晚上，聚会开席了，玉素甫在桌子上摆满了各种饮料和食物。我看着那些被我们喝着的酒和抽着的烟，对钱的渴望更加强烈了。不知道，我什么时候才能盼到，花费靠自己工作得来的钱的日子啊？我看着自食其力的同龄人，心里很是不平衡。玉素甫开始一一介绍起自己的朋友来，轮到我时，他解释说：

“这是我中学同学，在乌鲁木齐市上了一所骗子学校，到现在为止，还在待业中。”他们立即对我所上的大学重重质疑，展开了有鼻子有眼的讨论和批判。

“那个学校，的确是骗子们开办的学校。”

“唉！真可惜啊，你还在那所学校浪费了那么几年的光阴。”

“那种学校，往往是先用将来毕业会安排就业来做保证。可是，等到几年过去毕业时，他们就会袖手不管。唉！可惜了那五年时间啊，五年间要是卖个烤羊肉什么的，可能到现在，说不准会成个有钱的老板呢。”

他们的谈话句句刺痛着我的自尊，让我忍无可忍。他们可是已经立足于各行各业、有稳定工作和收入的毕业生了，哪里能理解我这样没有一点收入，还处于失业状态的人呢。我在他们中间，感觉很压抑，很不入调。虽然，我上的大学的名气要比他们的都大，可是，我在经济上的拮据，使得我在精神上怎么也不能自信起来，怎么也不能同他们一起开怀畅谈。再说，我读过的大学，也并非如他们所说是什么骗子学校。他们不停地诋毁我上的大学，让我很是懊恼。

聚会终于结束了。我也舒了一口气，终于摆脱了这个让人无法正常呼吸的场合。玉素甫懒得收拾桌上的残局，就准备睡下了。我还是忍不住问一直困扰着我的一个问题：

“我说啊，你的工资是多少啊？”

“还不到一千块，另外，有年终奖呢。”

我瞠目结舌了，我父亲做了三十年的工人，靠仅有的三百八十元工资就养育了我们六个孩子。看来，这些毕业生怎么玩都是值得的啊。

“想当初……”玉素甫话开了头，却又咽了回去。

话又说回来，我当初还嘲笑过他呢。突然，感觉有一股酸楚的液体从脑子里穿过，又流入我心里。

流星

经常被我叫作“莱阿丽姐”的那个姑娘，几乎每天都经过我的家门，再到她那个路口的菜店。只要遇上我们，都会甜甜一笑，不忘惠顾我们一下说：“你们在玩啊，孩子们！”

远远就看见她，落落大方走过来的样子，我就不由自主地停下玩耍的游戏，痴痴地望着她的倩影。她窈窕的身段，整齐地梳起的辫子，巧妙地交叉缠绕到耳后，两边还打着白色的蝴蝶结，时尚又灵巧。细细的柳眉下，黑亮聪慧的眼睛，小巧笔挺的鼻子和红润的嘴唇，透着白色刺绣衬衫隆起的胸脯，束腰带花大摆裙下白皙修长的腿，在我眼里，就像个瓷娃娃，让我怎么也看不够。我甚至多次都想象着，自己有这样一个漂亮的姐姐啊！如果她每天都能从我家进进出出，我也肯定会在其他朋友们面前炫耀她的美丽。那时候的我，哪里懂得什么爱情、家庭、生儿育女的人间烟火的那些事儿呢！后来，随着年龄的增长，我对她的愿望也开始发生着变化，从希望她成为我的姐姐，转变为我将来的新娘了。

每天晚上玩累了，回到家里，坐在灯光下忙针线活儿的母亲旁，开始念想着那个人，满脑子都是莱阿丽。如果能和她在一起，会是非常美好和甜蜜的事，不知不觉中，嘴角露出一丝丝笑意。不知妈妈从什么时候起，一直都在看着我说："孩子，傻笑什么啊？"我才红着脸回过神来。

有一天，我在镇上的姨妈来串门，她腕上精致的女式手表看上去好看。我暗自琢磨着，如果这样的手表，能戴在莱阿丽白嫩的腕上会更好看呢！我忍不住，恳求姨妈把那块手表给我。我拉着她的胳膊，央求她，姨妈用手心托着我的下巴，俏皮地说："好哇，等到你这个小子长大讨媳妇的时候，自然就送给你，好吧。"

"不，那我就不讨媳妇了。"

"瞧，你这小子说的什么呀，那么谁来给你做饭洗衣呢？"

"妈妈都会给我做的。"

"孩子，你的妈妈现在能给你做这些，可是，等你长大了，她也老了，会做不了这些事啊。"

"那还有姐姐呢？"

"姐姐会嫁给别人，去给别人做饭洗衣呢。"

"那我就结婚吧。"

"瞧你，刚还说不讨媳妇啊？"

"刚才，我骗你呢。我也要讨媳妇，而且就讨莱阿丽姐姐做媳妇。"

"这个莱阿丽是谁呢？"

"她可是我们这里最漂亮的姑娘啊！"

那时，她就是我心目中最美的姑娘。一直到现在，她给我的印象一直都是冰清玉洁的女子。不管是现实还是在我想象中，她都是这样的女子，就像夜空中若隐若现的星星。她与众不同，冰清玉洁。

儿时的我，一直认为，我将来要迎娶的姑娘，就和莱阿丽一般大，一样美，我没有同龄的概念。兴许是这个原因，我对其他姑娘都不会怎么在意。

有一天，我在路边犯淘气，追赶着邻家的一群小鸡玩呢，这家的女人，出来就对着我喊："哎呀！淘气的小主儿，这些鸡又怎么着你了呢?以后，看你还敢不敢追了，不然，就不把我家的图尔迅娜依许配给你了啊。"

即刻，那个叫图尔迅娜依的人的模样就浮现在我眼前，脏兮兮的衣裳，流着清鼻涕，关键时刻直接就用粗糙的手背来擦拭，裸露着长趾甲、沾满泥泞的脚丫子。但凡有个一惊一乍什么的，都会号啕大哭，吵闹着要找妈妈告状的那个姑娘。我接住那个女人的话，就说："我才不会要你家那个清鼻涕呢。"便转身，一溜烟儿地跑了。

那天，好像真的有人在逼我娶她为媳妇似的，好像她真的在靠近我呢，让我很是不安。心里直叨咕着："我绝不会娶那个图尔迅娜依，我只要莱阿丽姐姐。"我暗暗比较着她们。从那以后，只要遇上图尔迅娜依，我就开始不由得排斥她了，躲开她，更不想和她玩耍了。

酷暑的某一天，我们几个孩子，在石磨旁的小溪里游水玩儿。那一头传来悲哀的哭喊声："我可怜的孩子啊，我的孩子！"还有依稀可见的、沉重的、颤颤巍巍迎来的牛车。走近时，我们看到车上是盖着白布的灵柩，哭喊着的女人正是莱阿丽姐的母亲。她被两个女人用力搀扶着，她奋力甩臂想要挣脱，哭闹着，不断地撕扯头发，抽打自己的脸。那些女人费力地摁住她的双手。她歇斯底里的哭叫声，让人不寒而栗。

"灵柩里的是莱阿丽姐，她死了。"我们中的一个孩子得来消息说。我顿时感觉全身瘫了下来。从出生到现在，前所未有的、彻底的失落感，心被掏空了，只剩下空空的皮囊而已，失魂落魄不过如此吧！我久久地呆滞了。"啊，我可怜的孩子啊！你怎么就这么昙花一现啊……"使人撕心裂肺的哀号声渐渐远去。

久久地，我才渐渐回过神来，朝家的方向挪起步子，躲在院里苹果园的草丛中痛痛快快哭了出来。直到夜色降临，我才被跳出草丛中的蟾蜍们吓走了。回到家里，有气无力地横躺在土炕上，遥望着天上的繁星。不知望了多久，我看到有颗星星刹那间划过夜空流逝了。我看到了流星。奶奶总说："每个人天上都有个星座，如果那个人逝去，那么那个星座也会流逝。"我确信，那就是莱阿丽姐的星座。它是那么的亮丽璀璨！

我躺着，传来母亲和另一个女人说话的声音，我从炕上力挺起来，躲到门后，贴着耳朵听她们的谈话："原来她有身孕呀，听说她的父亲打她时，下手很重呢……再加上，她吃的避孕药太多了吧，唉！说这些又有什么用呢，也许，她红颜薄命吧。"

我已经没有力气迈开双脚了，我的心被狠狠地刺痛了，我在心灵深处不停地呐喊："为什么，为什么只有她会如此薄命呢？"那么，又有什么缘由，使得莱阿丽姐姐不能怀孕生子呢，这种事为什么又被人说成是罪过呢？她不但不被人祝贺，还迫使她吃了避孕药呢？……

我怎么也想不明白，只想把心里的酸楚通过眼泪释放出来，我哽咽了。母亲和那个女人，说完话，回过头，看见伤心流泪的我，说："怎么了，哭得那么伤心？"

"莱阿丽姐姐死了，那我以后该怎么办呢？"我又伤起神来。

看到我这样，母亲先是惊住了，然后沉下脸，冷冰冰地说："天啊，看你都干了些什么事儿呀，给我打住了！她至于让你这么痛哭流涕的吗？"

"瞧，她家人够狠心了啊，真是罪有应得……如果放下所谓的颜面，让他们体面地结婚，事情终究也不会闹到这般地步啊。那个小伙子是孤儿又怎么了呢，谁的父母不会离去呀？只要有命一条，总会活出个生路啊……"

母亲为了能让我平息，不停地发着牢骚。

后来，等我成熟些后，我对莱阿丽姐的思念非但没有淡化，她给我的印象反而更加深刻了。

随着月缺月圆，在我们那个偏僻的村落里，生命继续无声无息地延续着。这里没有太大的变化，村还是那个村，事儿还是那么些事儿。只是在这片水土肥沃的土地上，又一个少女在生活的暴风骤雨中昙花一现地夭折了。因为，她是土生土长在这里的姑娘，故她的坟墓也坐落在村落朝南的墓地上。而属于她的周围，常有盛开的鲜花。村里人都知道，每年都为她栽花的那个人，一直守候在她身边。还有姑娘美丽的遗照，还挂在那个人家最显眼的位置，每逢佳节拜年到那家，人们看到她时，都像是在做迟了的忏悔……

在精神上影响人的事儿，总是让人难以忘记。儿时的许多事情，已经被我遗忘得所剩无几了，只有莱阿丽姐的一切对我来说，都记忆犹新。我从来没有感觉过她的离开，她一直陪伴着我一起长大，她还活灵活现地活在当下，肯定是在世界的某个角落，她沐浴着真挚爱情，从容地漫步在有情人终成眷属的极乐世界里。人们用灵柩送走了她在充满物质欲望世界里的身躯，而她的新世界，也许就是世外桃源，就是无忧国，那里除了快乐和幸福，什么也没有。在那里，她美丽依旧，她脚蹬时尚的塑胶透明的高跟凉鞋，落落大方款款走来，微笑着对那里的小顽童们，说：“你们在玩吗，孩子们？”可惜，那些孩子中却没有了我。

我觉得，实际上人们的愿望是应该在现实世界中如愿。可是，愿望在现实世界中往往得不到满足，人们为了慰藉自己，就把愿望寄托在看不见，摸不着的来世。也不知道，这是哪朝哪代的什么人，居然想出了这样高明的、告慰世人的好法子呢？！……

“你怎么一直都这么望着黑夜呢，在欣赏什么吗？”

说话的正是我的妻子，那个邻家的姑娘图尔迅娜依，儿时淘气地追赶邻家小鸡时，逮住我训话的那个女人的女儿。

我一时不知该回答什么，便搪塞了过去。

“哦，刚才好像有一颗流星划过啊。”

“怎么，又见到流星了吗？”

“刚才也划过去了吗？”

“嗯，哦！不……”

我有意避开妻子疑惑的眼神。

生日

几天来下着的雨，使得街面上都是沟沟壑壑。只要举步前行，都会连带着拔出重重的泥泞。为了躲开雨水而蜗居在家里的人们，望着屋顶上滴落下的雨滴，愁思着田地里的粮食。

“亏了啊，农民们这下可要亏了啊！前期筛选好的粮食已经收好，打好在麦场了，后期收割的麦子被雨淋湿会长芽了呀！”

这是我推开克里木大叔家门，首先听到的话。那个门，还没来得及去掉冬日里为了防寒而钉满缝隙的毡子片儿呢。屋里已经有村里的三五个农户闲得无聊，就聚到一起打牌解闷呢，看到我进来，都动身让给了我主座。屋顶上有几处在漏水，滴落在大大小小的铁盆里，发出规律的声响来。我就坐在炕沿边，告诉他们我的来意。

“哦，孩子，你这就要去乌鲁木齐了啊，我们家那可怜的孩子，在那么远的地方做游子，去读书。那里也没有任何亲朋好友，就让你捎带些许馕什么的吧。”我话没说完，正在用湿木柴试着在炉子里生火的海丽倩姆大婶接着话茬儿，被烟火呛着说，她吹着炉火，两眼已经被烟熏得湿润了。

炉子里，湿杏木柴吱吱地冒了几下烟，就又灭了。海丽倩姆大婶点燃纸，投入到炉底，又吹了起来。这个场景，既让人同情又使人觉得很无趣。

我和克里木大叔的儿子外力同龄。我因为家庭经济不允许，初中毕业就回家了。克里木大叔坚持说到做到：“绝不让儿子碰坎土曼。”就一直让外力读书。他现在是大学在校生。我是村里人都会羡慕的，以钱生钱的生意人了。

我经常去乌鲁木齐，所以，也知道外力的宿舍。他的舍友是一个小胡子，他说外力出去了，可能很快就回来。我就在宿舍里等他了。

“你来得正是时候，伙计，走吧，我带你去玩一圈吧。”外力一进门，和我握手的当儿说。

他把我带进一家天花板上装饰有吊灯的，正墙上安有棕色玻璃的大厅。大厅里有依次围坐在圆桌旁的、三三两两的男女青年。他告诉我说，今天是他女朋友的生日。为了庆祝这一天，这才举办了这次聚会。

不一会儿，四个席座被男男女女坐得满满当当了，在高声嘈杂中，开始了大吃大喝。这些知识青年的举动让我大跌眼镜。平日里，像我们这样留住在村里的、只有半瓶墨水的小青年们，即使是在热情高涨的麦西莱甫聚会上，也不会如此失态。我从坐在旁边的伙计那里听说，这个聚会的所有费用都由外力独自承担，刚送到嘴边的一筷子菜，怎么也让我难以下咽了。像这样丰盛美味的各色菜肴，对于我们这些村里的贫困农民来说，就是在梦里见到了，也会咀嚼到第二天，还会为之流口水的。可事实上，这个奢侈的小型宴席，正是我们村里土生土长的农村孩子亲自布置的。我想起前些日子里，他的母亲海丽倩姆大婶，还在我母亲面前抹眼泪诉说着什么。顿时，我觉得他母亲的眼泪好像滴落在这些美味上，我哽咽了。我下意识地找寻到那个“幸运女孩”。她穿着紧身又灵巧的褐色裙子，短短的卷发蓬松着。姑娘的漂亮和时尚没的说，可在我眼里怎么也找不出她真正美丽的地方。她自信又微笑着的面颊，很快被海丽倩姆大婶忧愁的面庞所取代。

“来，来，请！”

我吃惊地抬起头，回过神来，看见那个“幸运女孩”将切割好放在小碟里的小块儿蛋糕向我递了过来，我出于礼貌，微笑着看过来。这个微笑，我自己都觉得太虚假了。

我看了看外力。他在姑娘旁边坐着，显得非常开心，当然也有几分自满。到了聚会的高潮部分，交谊舞开场了，外力凑过来，小声问：

“家里人没让你捎带些钱什么的吗？”

“嗯，带了，”我向他递去他父亲克里木大叔让我捎来的一百五十元，并问他，“怎么，这么拮据，还摆这么阔气的席呀？”

“怎么说我也不能在喜欢的姑娘面前缩手缩脚，让自己难堪啊。我是男子汉嘛，当然会大手大脚些嘛。”

海丽倩姆大婶努力吹着奄奄一息的湿木柴火的样子，还有姑娘兴高采烈地舞着的样子，统统浮现在我眼前：“你可以为你喜爱的人不惜一切。那么，你也应该喜欢和爱惜你的父亲和母亲不是吗？！让你成为堂堂男子汉的，不就是克里木大叔和海丽倩姆大婶吗？！”

“男子汉”背对着这场豪华聚会，悄悄地数着从我这里拿去的钱。

吝啬鬼阿洪的园子

这个里面满是无法环抱的大松树，四周高高垒起墙壁的地方，为什么就被称为园子了呢？关于这个，村里却没有人知道。兴许，别处的松树没有被高墙遮挡起来，才叫作松树林吧，而这里的松树被圈起来，才被叫成是园子了。园子主人的名字其实不叫吝啬鬼阿洪。这个人为了看好自家的松树，十棵为单位，专门在那里绑定了狗来看守。而且，他的园子从来都不允许任何人出入。他作为这么个大园子的主人，却常年都独居在一间黑暗、矮小的老屋子里。故此，人们就忘了他原有的本名依盖木拜尔迪，认为他过于小气、吝啬，人们经过他的园子时，也只能弓着腰，伸长脖子望一望，却没有进去看个究竟的机会，只好说这是吝啬鬼阿洪的园子就罢了。

我也和别人一样，一直好奇这个园子，很想进去亲眼看个究竟。也不知道，这个园子里除了耸出墙外的松树，还有那些一有个风吹草动，或听到有人走动的声音就吠啸个不停的大狗外，还有些什么呢。在这样强烈好奇心的驱使下，有一天，我从园子一个不太显眼的墙上翻了过去。刚跳下来，松树重重地震了一下，接下来，就是毛发锃亮的大狗们，发起全面进攻的架势，抖动着粗链条，猛烈地向我扑过来。虽然，那些狗都是拴着的，但是它们龇着牙咧着嘴、上蹿下跳着想要扑过来的猛劲儿，好像是见了抢了它们什么最喜欢的东西的敌人似的，眼里冒着兽性十足的凶恶，让我毛骨悚然，袭来冷冷的不祥之兆。果不其然，一条黑狗崽腿不着地地向我冲了上来，我朝着园子有门的方向拔腿就逃。估计，整个园子里，只有这条狗崽是松绑的，它咬定了我，紧追不舍，终于朝我的裤腿扑上来。虽然，我自信自己怎么都比这个矮小的狗崽强大。因为，还有作为园子主人的其他大狗，咆哮着为这条狗崽助阵，我还是带着一身的冷汗，争取跑到了狗的前头。跑着跑着，我突然被一根粗棒绊了一下，我拿起这家伙朝狗掷去。这个举动，激恼了整个园子里的狗，使得它们更加狂躁不已，来回地、拼命地拉扯着铁链，凶残地想要把我撕碎了似的。我心里诅咒着它们，希望牵制着它们的铁链能在它们挣扎的时候掐住它们的脖子，能让它们一命呜呼。此时此刻，我多么希望有那么一个人，会翻墙过来搭救我。希望能在这个天各一方的地方，指给我有门的方向。也或是，即便隔着墙在外面回应我的求救声，和我一起求救，让这些与我为敌的狗崽们明白，我也有自己可以依靠的同伴就好了。四脚朝天了的那条黑狗崽，很快翻了身，又加紧向我追上来。我为了能摆脱出这个方圆三十亩的园子，与狗崽，不，应该说是和一群恶狗苦战后，可以说是心惊胆战了。有幸的是，有个像厨房一扇小门似的“门”是开着的。正值园主依盖木拜尔迪在门口和一个人聊天呢，我把自己掷向门外，狗也即刻消停了下来。好像里面所有的狗都明白，自己的职责只是守候好这个园子，戛然息了声。

依盖木拜尔迪大哥咧出他的黄牙，“嗯，小兄弟，看来你已经游过园才出来的吧。”他奸笑着说。

此刻，我看着他，觉得他更有狗的兽性。

接过来，我也回敬了他一句：

“是啊，我在园子里亲眼见识了各种各样的狗啊。”

我把自己进园后的历险记告诉一些人后，人们又添油加醋地，将吝啬鬼阿洪的园子变成口口相传的民间传说中的园子了。有人说，这个园子曾是依盖木拜尔迪祖传的园子，里面暗藏着许多家产，所以，他才会这样严密地守着它。更有人把园子的故事提上了高潮。说什么一到夜晚，他的那些狗就会变成一个比一个美丽的女人，依盖木拜尔迪夜不熄灯地，彻夜和这些女人逍遥鬼混。不管人们喜欢编织出什么样的故事，依盖木拜尔迪的园子还是保留着它神秘的面纱。随着岁月的流逝，渐渐地，人们对园子的话题已经不感兴趣了，只是在经过那里时，才会想起那些传说，想要去相信那些是真的而已。

今年，县建设局下发了文件，要在依盖木拜尔迪大叔园子的位置改建医院。我代表建设局的干部，和另外两个同事一行，去他家传达文件。他听完，操起棍棒就把我们赶了出来。后来，我们又去了几次，还是被赶出来。听说，就是县长去找他，要求腾出地皮时，也被逐了出来。这期间，又过了四个月，我们依然没能说服依盖木拜尔迪大叔，没有协调好，改建工程也没能动工。

有一天，一个孩子跑来，给我捎口信说：

“依盖木拜尔迪大叔，叫你过去找他呢。”

我想，他该不会是骗我过去，然后放狗咬我吧？心里虽然这么想着，但还是去了。进去一看，满满一屋子人，依盖木拜尔迪大叔在炕上躺着，待到其余的人也到齐以后，依盖木拜尔迪大叔才开始给我们说起了往事。

其实，从前这个园子和周围五百亩土地都是我们的，我就是园子主人特力瓦尔迪巴依的独子。我是巴依的儿子，年少时期比较自大轻狂。如果有人比我在任何方面胜出一筹，我都会找机会在别人面前诋毁或嘲笑他一番，并以此为快。那时，曾有一对夫妇为我家打长工，他们有个儿子和我同龄，叫亚库甫。有一天，我和亚库甫正从瓜地经过，遇见提着一铜壶凉茶的姑娘，她一看见亚库甫就羞羞答答地停住了。只见亚库甫也朝那个姑娘兴冲冲地迎了上去。我看出他们的关系明显不同一般，就有意避开了他们。可是，心里的妒火却怎么也不能让我平静下来，如此美丽的姑娘，怎么就属于这个穷小子亚库甫呢。

第二天，我候着时辰，在田地里瞄着那个姑娘的必经之路，果然，我拦住了她的去路：

“哎，白姑娘啊，有我这样的小伙子为你火烧火燎，你却要嫁给亚库甫那穷小子，过寒酸的日子吗?”

“哼，瞧你还好意思说啊，你这个坐享其成的花花公子哥，养着你的，还不是亚库甫呀? 就是有像你这样的十个，也不及我的亚库甫一个呢。”姑娘竖起柳眉杏眼，呵斥了我一番，转身就走了。平日里，我仗着自己是巴依的少爷，习惯于拈花惹草，从来没有哪家姑娘敢这样明目张胆地训斥和拒绝我的。虽然，我打心眼里没有娶她的念想，但为了出这口恶气，我打定主意想要从亚库甫那里把她夺过来，让他们这几个穷骨头都来伺候我，我几近气急败坏……

晚上，像往常一样，我和亚库甫结伴，到经过园子中央的水渠里游泳。透过树叶泻落下来的月光，照在亚库甫宽阔、坚实的胸脯上，使得他身上的水珠闪闪发亮。我看着他尽显男性刚强的肌肉和臂膀，又看看自己矮小、敦实的模样，对自己越发觉得不满。这时，玛丽娅姆对我的那次蔑视，再次在我耳边不断地重复着。我按捺不住内心的嫉火，不由自主地将亚库甫的头狠狠地摁进水里，死死地压住他的脖颈。开始，他以为我在和他闹着玩呢，就放任了我。之后，可能是呼吸困难了，才开始想要挣脱。他越是挣扎，我对他的恨意就越强烈，不容他有片刻喘息的机会，我使足蛮劲儿，狠狠地继续将他的头扣在水里。他的手脚不停地拍打着水。月儿的倒影，因为水溅的缘故，在水里就像是破碎的玻璃碎片儿，不停地闪耀着。他想要喊出来，又被我强行灌了水，痛苦地垂死挣扎着。过了一会儿，他好像不动了，已经窒息了。我这才后怕起来。我抵不住心中的那股妒火和愤怒，一时失去理智，硬是杀死了一个大活人。等我撒完气，回过神，一切都晚了。我居然为了一个姑娘就杀害了自己的朋友，我懊悔！我重复着许多恶人的行径，也想办法把亚库甫隐藏起来。我把他埋在园子一角堆积木柴的地方，之后又把木柴按照原来的样子堆积上去。第二天，当他母亲问起他时，我若无其事地说没看见过他。

他的母亲眼看怎么也得不到儿子的消息，就找到玛丽娅姆那里去了，并把所有的怨气都撒在未过门的儿媳那里，骂了起来：

“你怎么可能不知道呀？一定是你要求他买这买那的，让他准备彩礼了吧。他肯定是为了赚钱娶你，而背井离乡，丢下我们，外出找赚钱的出路了呀？你这个黄毛扫把星，自从遇见你，我的儿子就开始了霉运。”早已泪流满面的她，跌跌撞撞地走出园门时，和我碰了个正着：

“一定是你把他怎么着了吧。”她愤愤说完就走开了。背后，她那梳成一根的黄发粗辫子，因为走得急，甩来甩去的，看着看着就觉得好像一条随时都准备攻击我的毒蛇，我冷不丁地发了一身冷汗。

一个多月后，亚库甫的亲人们没有得到他任何消息之后，他们只好得出这样的结论，当然更多的是为了要告慰活着的人吧，说："他可能是为了赚回些钱，流浪到别的地方了吧。"

又过了几年，他的生死依然未卜，他的亲人在漫漫的等待中，不得已为他举办了乃孜尔，就把那一天当作是他真正离世的日子。亲人们沉痛地为他哀悼，并送了行。那天，他的母亲倚靠着我的肩膀，哀哭着："唉——，呜呜——，你可是我孩子最好的同伴哟！你就这么失去了他，唉——"

任何人都没有发现，是我杀死了亚库甫。我依然我行我素地逍遥着，遇到姑娘仍旧会寻花问柳。后来，我讨了个媳妇，成了家。婚后，不过几个月，我的父母双亲因为炉火中的煤烟燃气而中毒身亡了。也就是从那一天起，我也开始了属于我自己的霉运。

有一天，我很晚回家，屋里的灯还没熄，门也没上扣。进屋看见的一幕顿时让我火冒三丈，热血直往脑门子上冲，只见我老婆正和我才认识不久的朋友搞在一起了。因为太意外，我不知所措地呆立在那里，不想，那个叫阿巴斯的家伙朝我狠狠地抡了一拳头。接着，我的老婆立刻拿起高阁上的擀面杖对着我一顿乱打。他们俩合伙把我打得没有还手之力后，匆匆忙忙在我嘴里乱塞了条毛巾，又把我捆绑在了园子里的一棵松树上。然后，开始洗劫我祖辈留下的所有金银财宝，把我反锁在这个大园里，扬长而去。

我整个晚上，都被捆绑在松树上。第二天，我养的一条狗可能是饿肚子了，跑到我身边叫唤个不停。看到我没有任何举动，最后，这个动物衔起我口中毛巾的一角，硬是把毛巾拉扯了出来。可能是老天眷顾了我，没了堵住嘴巴的毛巾，我的呼吸开始变得顺畅了。我使出吃奶的力气，高呼："有人吗——"过了不一会儿，附近的那个依塔洪水子，翻墙过来救了我。

我也没去找寻那个跟着情夫逃跑的老婆。我心里明白，这些都是我对亚库甫犯下罪恶的惩罚，我无声无息地承受着所有的报应。瞧，这都已经六十八年了，这么多年来，我一直都在为他做彻夜的哀悼。每次一看见那条水渠，我眼前立刻就会浮现出裸露着身子的亚库甫。多年来，没有人关心我的温饱或疾病。我吃的仅仅是在馕坑的残灰里掩埋烤熟的皮面饼和糊糊而已。我孤苦伶仃地度过了漫长的六十八年啊！有几次，我也有过想去自首的冲动，可是，我惧怕死亡。如果是判了死刑的话，我必死无疑，所以，我自己将自己隐藏起来。我时时刻刻都害怕有人会发现，我埋尸掩盖罪行的园中的那个角落，常年紧紧锁闭着园门。那条救过我命的狗的崽子，我一个不剩地都养了起来，让它们也帮着我一起盯紧园子里的一切风吹草动。后来，局势发生了变革，我就把这个园子让出来，给政府部门当临时营地来使用了。而我自己做了这里的守园人。后来，岁月又恢复了平静，我又以这是祖辈沿袭下来的土地为由，收回了园子。我的这些举动，都是为了掩饰我的罪行。可是，事实上，我和坐牢并没有什么区别，没有人会想起我，也没有人会注意到我，更没有人来理解我。六十多年来，我没有任何亲人在我身边，也没有敌人和朋友可以说话。自从杀了人之后，我没日没夜都处于极度紧张不安、焦虑的状态。一到夜晚，总觉得在某个角落亚库甫在呼唤我的名字，又觉得他正朝我追上来。这样的噩梦，每晚都会让我惊醒，也不清楚度过了多少这样的不眠之夜。即使我入狱接受惩罚，也该刑满释放了。可我同时接受了良心的惩罚，给自己判了活死刑。真是老天有眼，我在这凡人的世界里就得到了惩治。如果是在人间的监狱里，我也许能避免恐惧、忐忑和心的火炼。我逃脱出了人间的监狱，却没能摆脱地狱似的罪恶轮回。

那一次，你们告诉我说，你们要在这个园子的位置改建医院，我眼前立刻浮现出挖出骷髅时的情景，这让我十分担忧起来。我活到这把年纪，隐藏多年的丑恶罪行，看来就要被公之于众了，肯定会让我蒙上奇耻大辱的，我才会拼了老命地赶走所有的不速之客。真是要想人不知除非己莫为啊！就是这些焦虑，终于击垮了我。我的日子也为数不多了。我为了安心度过这仅剩的几天光阴，想得到良心片刻的安宁，才决定把这些秘密统统告诉你们。园子随你们使用吧，我也没有值得遗留的任何亲友，我整个人也随你们做任何的处置吧。

听完依盖木拜尔迪大叔讲的这个故事，我才感觉到关于这个园子的所有魔障都解除了。只是这个魔障的焦点就只剩下那个骷髅了。在座的曲终人散，纷纷起身要离开了，好像没有人再愿意去惩罚这个老人了，也没有人想要陪伴他，我们都离他而去了。

酒鬼的妻子

“亲爱的妈妈，祝你节日快乐。”这么一句非常普通的话，让我沉浸在久违的关爱和温暖中，这句话来自还是小学生的女儿送我的明信片寄语。更让我想起，自己除了打扫房间和做饭以外，还是可以过节的女人。

下午放假了，我一回到家，便忙着收拾早上餐桌的残局，接着清洗碗筷。每天清晨，一起床就开始清扫院落，叫醒两个女儿，再给她们穿戴好，分别送到学校和幼儿园，然后按时按点地赶到单位上班。紧张繁忙中，随意地撩起头发就出门了，大多时候，我根本就来不及收拾早上的餐桌。至于我的丈夫，不知都从哪里喝过酒回来，每天都不能早起。不管早上我和孩子们做出多大的声响，他大不了蒙上被子继续睡他的觉。在我的休息日，他可以坚持到十点多，才会揉着惺忪的睡眼，点起烟，一头扎进茅房里，安静地抽。我赶紧整理令人作呕的满是酒气的被褥。

晚上，我和两个女儿将家里甜品和点心摆到餐桌上，过着我们的节日。丈夫还是不见人影。我把女儿们安顿好睡觉了，然后自己靠着枕头，坐了许久。不知过了多久，我刚刚有些睡意，就听到大门那边急促的敲门声。不知重复了多少次，依旧困难地睁开眼睛，离开热被窝，跌跌撞撞地、半梦半醒地为他开门。他耍酒疯时，我必须要奉陪到半夜，度过无数个这样无眠、痛苦到流泪的夜晚。这些都已经成为我生活中不可或缺的部分。

不等我开灯穿鞋，他就会像枪战片里入侵者闯入似的，霸气有力地对着大门施展拳脚，对我则是破口开骂着。我曾读到过说“从一个人敲门的声音就可以判断这个人的素养”。像我丈夫这样仗着酒醉，半夜拳脚敲门，还大声叫骂着弄醒所有人的家伙，还能谈什么素质呢。每次开过门后，在我家大门和屋子不足三米的步行距离间，心里独自重复着这些话。

“妈的，怎么开个门，磨磨蹭蹭的，家里是不是藏野男人了呢？”他摇摇晃晃地迈进大门。

“哼，今天又招待谁了你，”他进屋子探头探脑地，看着饭桌上叠放着的糖果盘发问道。

“今天是‘妇女节’，就和女儿们在家过节了。”

“哦，原来是‘三八’节呀，嗨！怪不得餐厅里满是‘三八婆’们呢，这么说，你也过起节了，噢？”

也不知他的乳母是谁呢，一张嘴都是粗话。明明可以用很好的词汇来说的话语，一到他的嘴里，就会变得又烂又脏。

他气喘吁吁、上气不接下气地脱下鞋，和衣扎进被窝呼呼大睡了。听到父亲大大咧咧的叫骂声，大女儿惊恐地睁开眼，生气地瞧了瞧父亲的模样，又把眼睛闭上了。

今天，他喝得已经酩酊大醉了，就能快快入睡，不然，只要有那么一点清醒，家里就不得安宁了。他肯定会扯出往日的不痛快，一一和我对账理论不休。如果顺着他，他就不依不饶，如果不理会他，他会觉得我无视他，便胡搅蛮缠，直到他自己睡着，这一切才能告一段落。他借酒闹事的最大理由，便是我没生儿子，却连续生了两个女儿。只要耍起酒疯，就会带着哭腔，开始他陈年不变的委屈故事："我心里满满都是痛苦，没有人会懂，我不得不借酒浇愁。"看着他这般的可怜相，如果碰到不知情的人，还真会有人同情他呢。

在我生下小女儿时，他像是丧家犬似的，只顾一言不发地、耷拉着脑袋狠狠地猛吸烟。在这以后的日子里，只要回到家，他就定格于这个状态，一副苦瓜脸，手里夹着烟，噘着嘴喷云吐雾，青烟萦绕着整个屋子，气氛更加让人憋闷。从他嘴里吐出的一圈圈烟气，蔓延到屋子的每个角落，更是他对我不满的气焰，对他的"不公"，就只因为我生出了个女儿。我和他手中的烟已经没有太大的不同了，我的生命就在这样的乌烟瘴气中，越吸越少了。在这次妊娠中，我忍受了痛苦难耐的手术和缝合，大伤元气，还不敢说出，自己多么多么的疼痛。这都是因为谁，我才要强忍着做坚强的人，他能懂我吗。

"你要一直这么折磨我吗？有话你就直接说。"有一次，我忍无可忍，再次质问他。

"你这个没良心的，笨蛋，这个家，留着自己过吧。"他说完就摔门出去了。晚上，他又大醉回家。

"嗨！怎么，你肚子里竟是'三八'呀？怎么不像别人那样，生个男孩呢。"他气急败坏地咆哮着。我憋了一天的怨气，最终爆发了。

"生男生女，不是由我来决定。就你这样，整日醉醺醺的，我还能怀上孩子，已经是你的造化了。"接着我被打了，全然不顾我是新产妇。

想当初，在我们恋爱的季节，我就知道他有嗜酒的习惯，可是，我万万没想到，他的这个恶习，会给我们的家庭带来这样的裂痕和苦果。有一次，我们几个男女青年小聚，他又喝醉了。我为了让他记住，我会生气，就紧锁着眉头，不理他。他举起酒杯就开始作诗：

别说酒醉就是短，
谁人能懂其中的情。
何种情何种传言，
只望伊人懂我心。

酒不醉人，人自醉，
真想将你同饮尽。
若为伊人醉，
愿从天涯买酒醉。

他凭着醉酒吟诗，博取了我少女的心。他借着酒意，花言巧语的攻势，使得我所有的怨气都转变为感动和欣赏。后来，他经常会吟诵些名诗给我听，有时我痴迷地会把他送我的歌词记录在本里，他对于我来说，完全是浪漫的文学青年，对他的爱慕也越来越浓。

可能是爱屋及乌吧，后来不管是他酒醉的样子还是清醒的时候，我甚至不愿意听旁人提到他的不足。又过了几年，我们俩之间的大吵小吵越来越频繁了，左邻右舍也劝累了。有一天，邻居们趁着他清醒的时候，劝说他几句，说："你呀，现在很年轻，嗜酒毕竟是恶习，虽然喝酒不至于犯法坐牢，但是因为酒醉发生违法的事儿也是不可避免的呀。"

"哎哟哟，您就别费神给我上思想课了，要喝我也只是喝进自己肚里了，我和您又不进一家门，您这是操哪门子的心哪。"他把别人的好言相劝当驴肝肺了。自那以后，再没人会劝阻他了。上个月他又喝酒闹事。

“我啊，已经再也没有什么指望了啊，看来真的要断了自己的香火了，这些小‘三八’，迟早都会一个个嫁人离去，我死了，可没人给我续香火了啊！”

“你，你还想着有人会为你这样的人续香火呀。”我没好气地说。顿时，他像发狂的疯狗一样向我扑上来毒打起来。第二天，我提出离婚，闹到了法院。在那里，他却变了个人似的，不停地发誓说，自己已经改过自新，不会再喝酒，一定会好好过日子。法院的人见状，只好先让我们和解，并警告他说要观察他今后的表现。事后，近一个月的光景，他的确没有沾酒，好像是洗心革面了。这天，他还帮着我，清扫了院落，还被巷子另一头的女人瞧见了，见了我还说：

“哎呀，你还提什么离婚哪，看你老公多好啊。你就说我吧，俗话说呀‘不是你的，就别强求’，免得你也和我一样呀。哪像我老公，让我过门后，像是迫不及待地抛下包袱似的，就失踪不见了呢。到了来年，孩子都已经蹒跚学步时，这才露了个脸儿，匆匆看过孩子之后，又不见了踪影。我独身带着孩子，实在是很不易，刚好有人对我有意，正想试着接触下，不想这事儿很快传到了我老公那里，难得见一面的他，突然出现，反倒质问起我来了。

“我就和他理论说：‘家里哪怕是放着一块儿毡子，也会有人惦记，何况我也是个大活人，肯定也会有人来眷顾我啊，毕竟，我也需要一个当家的人来依靠啊。’他哪里肯听得进这类话儿呀，操起家伙就要打我，我们一追一逃，总算被好心的邻居拦住了。他又在众人面前放话儿说什么，自己怎么说也是个大老爷们儿，说一不二，怎么也不会再和有了二心的女人过日子，就硬是和我离了婚。这还不算，他还在我背后散布谣言说，孩子也不是他亲生的。至于我自己，我又连续结婚几次，都没能长久。照我说呀，这些男人，骨子里净想着能多拥有几个女人，却还想让自己的女人对他忠贞不贰。当我沦为弃妇以后，却没有一个人来帮助我渡过种种难关。”

她聊完自己的经历，又回过头，劝我说：“如果你带着两个女儿，再嫁人，这年月，又会有哪个男人肯容得下你那两个孩子啊。我们女人呀，整日操劳着家务，到头来，伤心又伤身啊。男人嘛，都一个样儿，还不如忍气吞声地做回贤妻良母，守着家好好侍奉老公，继续过自己的小日子吧。”

听完这个女人的絮叨，我有种说不出的烦闷，我惶惶地离开她，真的也没再提离婚的事。如果，我的自由换来的是两个女儿的不幸，那么我活着又有什么意义呢。

回到家里，我虽然做着饭，可满脑子还是那个女人的话。现在的男人们到底是怎么了呢，有的是吃喝嫖赌的，五毒俱全的，遇到这类男人的女人，只会遭殃，还会祸及子女。

如果男人们失信了，只会造就更多的怨妇和单亲的孩子。尤其是，像那个没有独立经济来源的女人，就会撇下自尊和贞操，招摇过市。再如果，被这类男人摧毁过的女人，会一步步变得冷漠，变得泼辣。如果我丢了工作，又失去丈夫，我岂不是和她一样了啊……往后的日子，真的是不堪设想。正想着，孩子们的爸爸醉眼惺忪地走了进来。

“留着家里的三个‘三八’还让我一个大男人干打打扫扫的事儿，我真是个可怜人啊，你这个‘三八’有的是心计，不肯离婚，还让我在众人面前难做人。难道你想用这个把戏来束缚我不成？谁人不知道，你有多自大呀，我就是个十足的孬种，我还为你打扫庭院，还要我赔着笑脸讨好你，难道我是‘妻管严’呀。”边说边扇起自己的嘴巴。他为了闹事，又找了个理由。正当我不知所措时，他开始呕吐起来，那些污物弄得整个屋子都臭气熏天，我被呛到了，强忍着，捂着鼻子慌忙清理起来。

“哼，你居然还敢嫌弃我呢，我哪怕再傻、再木讷，也都是个男人，是你的丈夫，你越这样，我就越要收拾你，来呀你。”说着突然摁下我的头，把我的脸扣在污物上。被惊得蜷缩在墙角的两个女儿，实在忍不下去，冲过来用小手捶打着没模没样儿的父亲。

“嘿，你们这两个小兔崽子，小‘三八’们，居然还敢动手打我呢?！”他转而又对孩子们咆哮着，女儿们，吓得尖叫起来，我借机拉着孩子们，向门外冲去……

如果，我要是在外面被流氓欺负了，肯定有素不相识的人会为我挺身而出，来拼命保护我。可是，面前正对我施加暴力，耍流氓的却是我自己的丈夫，却没有人敢插手。正义感这个词汇用在家庭中，也许会淡化它的本意，这不，别说是孩子，我连自己也无法保护。

我带着烦乱的思绪，久久徘徊在外，寒夜中，我瑟瑟发抖，我需要一个温暖的地方。

回娘家，不，我不想让他们知道自己女儿的不幸，这样会增加他们的痛苦。那么，去邻居家避一避，不，我不愿寄人篱下，更不愿家丑外扬，我不会在外人面前诉苦。我不愿意张扬孩子爸爸的虐行，不愿意在女儿们心灵上留下阴影，不愿意成为被别人同情的对象。

还记得，自己刚结婚的时候，我总喜欢把家里发生的所有不幸都告诉自己认为比较可信的同事。有一天，每逢见我就分外热情的同事，主动邀请我说：

“咱们到外面一起吃饭吧。”

“谢谢，不去了，我还有事。”我婉言拒绝了他。

“哎哟哟，工作终归是能做完的呀。”他说着话儿，同时用异样的眼神儿盯着我说。我凭着女人的第六感觉，从他那个表情里，读出了很多含义。

“哎呀，我也很想和您一起去啊，可是，一旦被人瞧见我们在一起吃饭，肯定会有人趁着这个机会，说些闲话出来，到时，我可怎么承受得起啊。”

“嘿嘿嘿，咱们单独吃饭，怎么能让人看见呢，餐厅一般都有隔间包厢，就是被人看见了，您大不了，借机就和您那个酒鬼丈夫做个了断算了呀。再说，你们早就过不到一起了，不是吗?”他理直气壮地反驳说。

“哦，是吗，原来，您这是在怜惜我这个不被丈夫疼爱的女人啊，您可真是好心哪。”

同事颇有讽刺意味的举动，让我感觉胸口被什么辛辣的东西堵了好几天，让我很不自在。这种来自外人的蔑视，比起丈夫对自己的凌辱，更令人感到羞耻难当。我明明记得，自己的家事，只对一个女同事说起过，怎么会传到这个男人这里呢。俗话说，传言止于三十二颗牙齿间，却流于三十二只耳朵间。是啊，我连自己也无法保守的秘密，别人更没义务为我坚守呀。有了这次教训后，我彻底改了家里一有风吹草动逢人就说的毛病。

整晚，我都在回想家里发生的一切事端，最后，我还是作出了最为肯定的决定。我早早起床，快快给两个女儿穿戴完毕，牵着她们稚嫩的小手，径直朝法院的方向走去。我确定，我会从地狱走向光明。刚出院门，我就被昨晚被老公丢弃的酒瓶绊了一下，我从地上拔起它，使足全身的气力，高高举过头，像中学时掷铅球似的用力抛了出去，酒瓶在半空中旋转着重重地摔在地上，支离破碎。

他不知道

很多人，都会想念童年，甚至想要回到自己的童年。可我不想，如果能抹去我在童年中度过的那段噩梦般的经历，也许，我会过得比现在好一些。这个经历和我的亲生父亲有关。

自我懂事以来，就知道父亲是个酒鬼。只要他一进门，我们四个孩子就会吓得不敢吱声了。就算这样，父亲还是会找各种理由来教训我们，“小兔崽子们，干吗盯着我看啊，给我站直！”呵斥完坐定，又转向母亲，让她帮着脱鞋。好像弄疼脚，突然向母亲狠狠地踢去。我们也害怕了，哆哆嗦嗦地缩在一边，也不敢哭出声。曾经以为天下所有的父亲都一样，可后来，我才发现，父亲和别人的很不同，还有着很大的差距。

因为父亲经常酒醉后，走得摇摇晃晃，站也站不稳，有人就给父亲起了个绰号叫“阿布都摇晃子”。巷子里的妇女们，如果孩子一哭闹，就会吓唬他们说“你再哭闹，就把你扔给阿布都摇晃子”。好几次都发现，周围的孩子已经不再叫我们几个兄弟的名字了，而直接叫我们“嗨，那个阿布都摇晃子的孩子”。我们因为爸爸是那种人，也遭到别人的歧视，这让我们感到非常的耻辱，还有他的蛮横霸道，让我不由得恨起这样的父亲来。他还是我们的父亲，又不能摆脱他。

还记得，我在上中学时，有一天在放学回家的路上，发现父亲醉醺醺一步三晃地在我前面走呢，以我的步伐，很快就会超过他。如果让他撞见了，肯定又会当街对我破口大骂。所以，我尽量和他保持距离，跟在他背后。路旁正在玩耍的孩子们，一见到父亲，都吓得四处逃窜开来。一位和父亲同辈儿的叔叔看到后，指责父亲说："哎！我说阿布都呀，你大白天的就喝着驴尿，吓着孩子们了，怎么不待在家里睡你的觉呢？所有人都能变好了，就你改不了恶习！"父亲眯着眼睛说："哪儿的话啊，老哥！我都一年多没沾那个东西了，我逗他们呢！"说完恢复了走姿。

到了家门口时，他好像步伐又乱了起来。进到院子里，看到的又是不愉快的一幕。母亲惊恐地躲闪着，弟弟们哭喊着抱作一团……只见父亲正打骂和追赶着他们。我一气之下，使足全身的力气，跑过去狠狠地推开他，原以为他的身子骨比较结实，可没想到，被我一推，他再没能爬起来。这可吓坏了母亲，伤心地说："你怎么能这样呢，他毕竟是你的父亲啊！"我不解地瞪着母亲，愣了一会儿，说："他也算是父亲吗?!"母亲怔了一下后，说："他现在已经醉了，不知道自己在做什么，快扶他起来。"我背着他进了屋。

那晚，我怎么也想不通，母亲怎么还护着父亲说他不清醒呢？我忍不住就把白天看到的，就是我和父亲一前一后走，父亲一会儿装疯，一会儿又变回正常的事儿都告诉了她。我肯定父亲很清醒，也知道自己的所作所为。可是母亲不相信，她确信父亲如果正常，就不会那么对家人。

回忆起我童年时的父亲，会让我想起两件事。

有一天母亲在家里做包子，父亲吊儿郎当，家里经常是一连好几个月都吃不上一次肉，也很少见父亲像别人的爸爸那样，往家里买回柴米油盐等生活必需品。那天的肉，还是母亲给巷子里的屠夫家粉刷过房子后，人家当工钱给的。母亲生火准备蒸包子呢，酒鬼父亲跌跌撞撞地就进来了，揭开锅盖，就说："原来在蒸包子啊，快给我端过来呀。"母亲知道他的脾气，就赶忙回应他说："好，马上就好！还没熟，再蒸一会儿就好了。"

可是，不等饭好，他坐在炕上就睡着了。母亲把蒸好的包子盛在盘子里，端过来摆放在桌子中央。包子的香味扑鼻而来，早已等不及了的弟弟刚要伸手去吃，被母亲阻止了，说："等等，让爸爸先吃好吧！"她就叫醒了父亲。他可好，把这一大盘包子都拉到跟前，只顾自己吃。弟弟们咽着唾沫星子，可怜巴巴地望着他，却不敢伸手去拿。看到他们的样子，我很心痛，就让母亲也给他们分一些一起吃。这话惹得随时都有可能火山爆发的父亲，突然将手中的包子掷向母亲，包子打在她脸上，里面的馅儿撒了一地。然后，继续狼吞虎咽地吃饱喝足后，一脚踹翻桌子扬长而去。我们几个，立刻跑去，捡起地上的包子，去掉脏了的部分，吃了起来。

看来，父亲骨子里就没有什么父爱和良心啊。这个现实虽然让我很寒心，但是我作为家里的长子，我想要保护母亲和弟弟们。有时，真想变成传说中的神童，能拥有超强的力量。幻想着，在父亲不在时，举家搬走，搬去父亲永远也找不到我们的很远的地方，不让家人再遭受父亲的折磨。

除此，还有另一件事。有一天，我和老二从街上买回一袋子面回家，路上偶遇父亲。只见他，从隔壁巷子里摇晃着出来，径直地摔进路边那条小渠里。我们兄弟俩互相对视了一下，都没有要去扶他上来的念头，但又怕母亲怪罪我们。弟弟也看出我的心思，就对我说："掉进去也是他活该，最好别出来才好，咱们都别让妈妈知道，好吧！”是啊，冰冻三尺非一日之寒啊！我们对他的仇恨，是经过多年的发酵才形成的，虽然我知道我和弟弟的这种做法和想法非常可怕，但是我们还是那么做了。每次遭到他毒打的时候，我不知多少次地诅咒过他呢。我们没有去救他上来，也没有因此而感到愧疚。到了家门口时，我们担心彼此会把真相告诉母亲，就伸出手指拉钩发誓，谁也不许告诉家人。那天我们感觉出了一口恶气，高兴又害怕。傍晚，父亲拖着满是泥巴的身子爬回了家。

这些事让我记忆犹新，每次只要见到用盘子端来的包子，或经过那个水渠边，都会想起来。

再说说我童年时的母亲吧。有一天，也是在我放学回家的路上，在巷口拐弯处，看到母亲手里端着什么匆匆往家赶呢。用餐布裹着的，一定是吃的东西。我猜对了，那是一大盘抓饭。昨晚，巷子里的一个女人来过我家，她邀请我母亲明天去参加她为母亲操办的乃孜尔，希望母亲早点儿过去帮忙。母亲想到我们还没吃午饭，就给我们从那里捎带回来。看到母亲穿着寒酸的衣服，抱着抓饭受冻的样子，我的心被刺痛了。心里默念着，自己何时才能长大，不再让母亲那么辛苦啊！

还有一件事就是，我为了要去参加一场演讲比赛，就和几个同学一起坐上了从乡里到县城的中巴车。刚好看见母亲在马路边的草丛中放牛，她看到我和同学，便向我招手。

“她是谁呀？”一个低年级小女生问旁边的另一个女生。

“不知道。”那女生回答说。

“她不是木合买提的妈妈嘛！”我旁边的伊尔夏提望了我一眼说。

“啊！怎么是那样啊？”有个女生脱口而出，说完马上又尴尬地捂着嘴了。过了一会儿，又对我说，“真对不起！”

我什么也没说。在他们眼里，我母亲就是那副可怜的模样，同学们心里都这么想着……虽然，他们没像那个女同学那样说出来，但是我心知肚明。

从那天起，我想如果要挺起胸脯有尊严地生活，就要努力地学习，掌握好知识和技能，那才是最好的出路。从那以后，我减少了不必要的人际交往，专选安静的地方复习功课。

至于我家养着的那头牛，它也是有来历的。之前，我家别说是牛，连鸡也养不起呢。去年，从来不登门的外公来了我家，他因为母亲辞掉工作，远嫁到这里，就和母亲断绝了关系。后来我们出生以后，他才忍不住来看我们。他在我家住了一两天，看到母亲生活得很艰辛，就带着我去了牲畜市场。外公把买回的牛，让我牵着回来了。母亲发现，院子里突然出现了头牛，很惊讶！外公就告诉她，说："孩子，我也没有什么可以帮得到你的，给你们钱吧，那也会很快用完。你就好好把这头牛养好，以后也可以拿它来补贴孩子们的费用啊！"母亲不敢直视外公，抹着眼泪说："真没想到，我家里也有牛了啊，我这不是在做梦吧！"

第三天外公就回去了。母亲对这头牛好像比对我们还细心，她像照顾孩子那样养着它。虽然，我们也说要帮着照看牛，可是，她觉得我们是孩子，就不放心让我们帮她。她说："你们还小，比较贪玩，会看不好它。如果它进了别人家的庄稼地，人家会来找麻烦的！"每次母亲在挤牛奶时，像个穿了新衣裳的姑娘似的非常的开心和满足。她把挤来的牛奶盛在碗里摆放在窗台上，只要有人来打牛奶，她都会向别人炫耀说，今天又挤出了一大桶牛奶啊！不管怎样，家里终于有了件很值钱的东西。我们不但有牛奶喝，还有卖了牛奶的钱，脸上也红润了起来，还是外公想得周到啊！

冬日里，父亲在家休息，可能是没有买酒钱了，他才会待在家里吧。老三正大口地吃胡萝卜，发出的声音惹恼了他，就用他的大手狠狠地扇了他一记耳光，还把他赶出了屋。母亲示意我跟出去，弟弟哆哆嗦嗦地蹲在树下，他含着眼泪说："哥哥，等我长大，会把爸爸绑在这棵树上。那样，他就不能到屋里再打我们了！"他说这话时的眼神儿和口气都和二弟很相似。我不由得倒吸了一口气。这时，母亲出来拉弟弟进屋，但他紧紧抱着树不肯进屋。母亲又重复了那句"爸爸不知道自己在做什么，你不能生他的气"。一听到这句话，我的头发也会竖起来，母亲的"愚蠢"让我无计可施。

第二天，我找了个没人的时间，找我母亲谈，我说："妈妈，您这是到底怎么了呢，难道您真的看不出来，其实爸爸一直都在明知故犯呢。您别再自欺欺人了！"母亲生气了，瞪着双眼质问我："你真的长大了吗，你是个大学生，你还没有理解我的话。如果，我就告诉你们说，他什么都知道，还是要折磨我们，你们会讨厌和仇恨父亲。如果一个人的心里埋着仇恨的种子，那会给周围的人带来更大的伤害，而他自己也会活得很痛苦，不是吗？你要是愿意听，就让我给你讲个故事好吗？有个人在马路上行走时，被一个石头弄疼了他的脚，那个人很生气，就踢那块儿石头，结果，又把大脚趾弄骨折了。路上的行人看到后，说：'你对一个石头怀恨在心，才把脚趾弄骨折了，仇恨对任何人都没有好处。'说完，把那个石头扔到了很远处。我嫁给你父亲，已经犯过一次错，才落到今天这个地步，我不想再犯一次错，毁了你们！"听完母亲的话，我再也没有争辩了。

放暑假时，我到母亲的老家去玩，外婆指着路边的一所学校，说："你妈妈曾在这所学校当过老师。认识你父亲后，放弃工作选择和你爸爸走了。"听完外婆的话，我望着漂亮的教学楼，怎么也无法将现在的母亲和这所学校联想在一起。今天，我才看到了母亲真实的另一面，她和学校仿佛融为了一体。多年的艰辛、窘迫和屈辱，使得母亲最美好、最光鲜的一面褪了色。

从外婆那里回来一周后，一天早晨，父亲的尸体被送回来，原来，他酒醉后在外面冻死了。爱酒如命的父亲，最终被酒夺去了生命。父亲去世两年后，我大学毕业，在县公安局工作了。在我拼命读书的时间，母亲精神错乱了，总是自言自语，不停地说着自己和父亲的故事。

有一天，我参加了一次审讯。他是一个杀死亲生父亲的罪犯，年仅十六岁。在审讯中，他告诉我们说，在他八岁的时候，父亲有了外遇，反过来污蔑说是他母亲红杏出墙，他们就这么离了婚。母亲带着父亲给她的污点，过着被人戳戳点点的日子。母亲带着他，不管走到哪里都受到别人的歧视，也不给她工作干，生活就一天比一天艰难，他不得已辍学。母亲为了能让他有个出路，就让他去找自己的亲生父亲。可是，当他找到父亲，请他帮着他找份事儿做时，他的父亲就骂他是婊子的孩子，就没有认他这个儿子。这个少年一气之下，捅了他父亲一刀。没听完，我就痛哭流涕了！我勉强地控制住自己的情绪，想着自己童年的经历，想起自己的弟弟，幸亏我们没有犯和他一样的错误。

晚上，上洗手间时，看到母亲房间的灯还亮着，走近一看，母亲正拿着父亲生前穿过的衣服，边打边骂着什么。虽然，母亲一直在瞒着我们，但她清楚，她受到的委屈和痛苦比我们多得多。正是这些痛苦摧毁了她的神经。现在，我也要去告诉她“他不清楚自己在干什么”。我小心翼翼地推开了她的房门。

逃离围城

在装修华丽的维吾尔族特色餐厅的优雅包厢内，我深情地唱着情歌，突然，门被粗暴地撞开，老婆怒气冲冲地闯了进来，一脸的黄斑、黑斑，一触即发的泼妇模样。此时此景却是，一头雾水的聚会东道主瞪着眼睛怔住了，抱着都塔尔的琴手手指定在了琴弦上，而我张着个大嘴，木木地任凭她放肆着。她旁若无人地，戳着我的鼻尖，歇斯底里地吼叫着：

“好啊，瞧你，唱着曲儿好痛快啊，你可真会在这里寻开心哪，你可知道，家里还有没有吃喝的了呢，是不是想让我和孩子喝西北风啊？孩子一天都没有进食了，你却在这里吃香的喝辣的，你哪像个丈夫，哪像个父亲呢？好啊，看我怎么再让你吃，让你喝啊。”话音刚落，她一气之下掀翻了饭桌。桌上的菜呀、汤汁溅了我们一身。

“这，成何体统啊？！”

“怎么，一个女人家还这样啊？！”

席上的哥儿几个边用手绢擦拭身上的菜汤，边嘟嘟囔囔地责怪着她。没有人能体会到我当时有多尴尬。我气得头昏脑涨，脉搏也鼓了起来。

“祖丽胡玛尔，你这又是何苦呢，有话可以回家说呀。”我一个年长些的哥们儿说。

“嗨，你以为我没有说过啊，我说得嘴皮都快磨破了，他还是我行我素。早上，我告诉他家里已经没有面了，让他去弄面回来，他就应了一声，却不见了踪影。我已经和孩子们在家饿了一天了。我自打过门以来，就不曾见他买斤肉回来，更不能让他留一天在家呢。就连他母亲都拿他没辙，已赴九泉了。他是一家之主，得先把家里人安顿好，再出去潇洒不是吗？！”说着说着，她一股脑儿地，尽情地外扬起家丑来。

*　　*　　*

“和她离了吧，你还怕再娶不上老婆？”

“说的就是，真让人难以相信，你究竟和那个泼妇是怎么过日子的啊？”

“天哪，我老婆如果敢这样的话……”外力咬牙切齿、摩拳擦掌地说。

在我一帮好哥们儿的劝说下，再加上昨晚发生的事情，更加坚定了我想要离婚的意志，我义无反顾地朝法院走去。

我从小就沉迷于歌舞。中学时参加学校的一次文艺活动，我一展歌喉后，就被埋没在全校师生的热烈掌声中。从那以后，我就开始参加各种娱乐聚会了。上大学后，小到宿舍聚会也少不了我。这种忙碌使得我的学习成绩平平。有一次，我自豪地写信告诉母亲说，我在校大学生歌唱比赛中得了第二名，可我母亲没有为此感到丝毫的开心，却更是为我的学业担忧起来。参加工作后，我更是成了各种娱乐场合不可或缺的红人。每天坐到黑灯瞎火才回去敲门，吵醒母亲，还让她半夜起身为我开门，她又忙着为我热饭热菜。偶尔，发发牢骚说：

“你在外面唱了大半天，怎么连肚子也没填饱回来呢？”

“我拼着老命还要伺候你，看来还是给你讨个媳妇，我才能省心啊。”

在我母亲的催促下，我很快就娶回了现在的老婆，我们是在一个朋友的婚礼上认识的。那时的她很特别，很矜持。披肩的波浪秀发，白而透亮的皮肤，让我欲罢不能。我们众人大声说笑着，只有她嫣然一笑就带过了。相对于喜欢热闹的我，她的沉稳和恬静，也深深吸引了我。再加上她又是个工薪族，在银行工作，这让我母亲更是喜出望外。婚前，只要是旁人祝贺母亲，她肯定会强调说：“我那小子找的媳妇，是银行的职员，他可真是有运气的孩子啊。”

婚后的日子，渐渐趋于平淡了。我又开始了赶场子助兴的生活，有一天，我在酒席中唱得正起劲儿呢，家里来电话说她在剧痛中就要分娩了。我丢了魂儿似的跑去，把她送进医院，在产科外，焦急地等待孩子的出生。那天，我做了父亲。

她有着固定的工资，全家都不愁挨饿，我也很少往家里投钱，即使有了两个孩子以后，我仍旧和亲朋好友出入于各种聚餐，入不敷出。我的母亲也过世了。为母亲守孝的四十乃孜尔还没结束，我那些个兄弟说是要为我设白宴，结果我喝醉了。我跌跌撞撞地回到家，她还穿着孝服，看到我的模样，十分失望地一字一句地说：“还有你这般守孝的人啊？！”

不久后，银行裁减人员，她下岗了。我不得已，开始亲自交水电费，还有家里的柴米油盐酱油醋等各个大大小小的支出，我很快就吃不消了。我不可能再大手大脚地在外逍遥了。可是，我已经不习惯每天在家过小日子，我的工资已经对付不了我频繁的人际交往了。实在拮据的日子里，老婆还是会找娘家人渡过难关。可是，她总会找我吵架发泄，变得越来越泼辣了，早已没有了姑娘时的温文尔雅。我越是受不了她的喋喋不休，我就越不愿意着家了。她砸场子的事儿，正好成了我摆脱她的好借口。她跟成天围着我，沉迷于我的歌声的年轻女孩儿们，已经无法相提并论了。在离婚协议书上签字时，看见她含着泪水，拿笔的手不停地颤抖着，我好像出了一口恶气。

离婚后，大儿子随我，我终于摆脱了老婆无休止的质问和争论了，总算可以自由自在地生活了。可是，话虽这么说，我毕竟不能把七岁的孩子留在家里，也不能带着他一起参加聚会。不得已，我把孩子交给妹妹看管。不出几天，她就开始劝我和老婆复婚，我怎么肯呢。

不得已，我只好在家陪孩子。可是，兄弟们纷纷地打电话，约我出来，怎么也不让我安宁。已经不甘寂寞的我，有一天，给孩子准备了些零食，并嘱咐他不要外出后，并答应好他很快回来。我反锁好门就走了。

我在席上怎么也无法开怀，总惦记着孩子，心神不宁，便匆匆回家了。孩子一个人害怕，眼睛哭得红肿了。他一看见我，就哭闹着要找母亲。看到孩子伤心，我第一次为自己的离婚后悔了。

没有女人的家，怎么也不像个家。虽然，我明白会牺牲我的自由，我还是决定再婚。她是广电局很入潮流的女人。我和她认识也不过一个月而已，就这么闪婚了，连我自己都很惊讶。

蜜月里我们沉浸在久违的炽烈中，以为这样的日子会天长地久。她过门后，渐渐地开始疏远我的儿子了，甚至向我开口说，把孩子还给她母亲。她劝说无果后，一下班回来，就借口说自己头痛就那么躺着，常常不做饭，茶也不曾给我倒过。为了孩子，我不仅学会自己沏茶，还会进厨房做饭了，不但会和面，连拉面也会做了。所有的家务事，我都统统包揽了，没顾得上做饭的日子，妻子立马会皱起柳眉，提起手提包就去自己的娘家蹭饭吃。我要是说她两句，她就会理直气壮地回敬我说：

“我一个黄花闺女，下嫁给了你这个有两个孩子的离异男人，你也该庆幸和知足了呢。”我只好哑巴吃黄连，赶紧闭嘴做事了。有一天，我回家晚了，回到家只见儿子和衣趴在炕沿睡着了，我气不打一处来，强忍着心中的愤怒，心平气和地对她说：

“怎么没有给孩子盖个东西呢，要是着凉生病了，该怎么办啊。”

她从被窝里露了露脸儿，说：

“你是孩子亲爹，都不顾家和孩子玩到这么晚，我又着哪门子的急呢，我可不是来做专职保姆的哟，我也是为了让人疼，才嫁进来，怪不得你的前妻受不了你啊。你喜欢在外面鬼混，我也不是省油的灯，从今儿起，孩子你自己照顾。”说完蒙上被子就睡了。

我只好自己铺好被褥，抱起孩子，安顿他睡了。我突然又想起前妻半夜惺忪着眼睛，为我开门，又去给孩子重新盖上被掀开的被子的情景。我后悔了。

第二天，因为工作关系，我们去邻县办事。返回时，有些晚了，这个县城离市里有四个小时的车程。到家时，已经是晚上十点了。大门敞开着，里屋门也是开着的，炕沿上有些许血迹，家里空无一人。正当我不知道发生什么事而心急如焚时，邻家妇人进来告诉我说：

“哎呀呀，你这是去哪儿了呀，你家孩子一个人在家，停电了，他很害怕，就打算摸黑出门，不想从炕上摔下来，把头摔伤了，他被你卡德尔大哥送去医院了。”

“热西丹，她人去哪儿了呢？”我没好气地问。

“好像是回娘家了。我们打电话给她了，她却说她不会再回这个家了，说她不是专门看家的，要和你离婚呢。”

赶去医院，看见前妻祖丽胡玛尔坐在孩子的病床边。已经很久没见过小儿子了，她看我进来，起身要离开，小儿子赶忙在哥哥额头上吻了吻，说了声“再见，哥哥”，便挥了挥小手，一步三回头地就要离开。我看着他稚嫩可爱的模样，忍不住想要去抱他，他却叫喊着要妈妈，怎么也不肯接近我。往日里，我没去看过他，前妻来看大儿子时，我说了很多不中听的话，阻止他们母子相见。她走到门口，又突然转身，母亲特有的慈爱和不舍，让她不忍道别。躺在病床上的孩子渴望母亲的眼神，让我无法直视。孩子害怕我会发怒，不敢说想要跟母亲走。他无助、孤独地看着母亲和弟弟的背影。相反，跟着母亲的弟弟却没有哥哥眼中的那种忧郁。我感觉自己和电影里迫使母子分离的坏蛋没多大的区别了。

孩子出院了，我的第二段婚姻也宣告失败了。这次的打击，让我一时对婚姻失去了信心。我开始了平静的生活，每天下班回家就陪着孩子。时间一久，亲友们又开始催促我再婚了。妹妹执意让我和第一任前妻复合，我心里也这么想，可是，我哪有颜面和她言和呢。我只好回复好友们说，只要有能疼爱我的儿子，也经历过情伤的女人，我就会考虑。很快，他们给我介绍了一个离异的女人。

我们相亲那天，聊了很久很久，她告诉我和他前夫经历的心酸事儿，并承诺说，只要我也别排斥她的孩子，她就会对我和儿子尽心尽责。她的这句话，让我动了心。

我们在美丽的诺言中，喜结良缘。操办了简单的婚礼，就开始了小日子。

她很顾家，也很爱孩子。可是，儿子忧郁的眼神依旧如故，甚至变得越发的沉默了，常常长时间地发呆。有一天，我发现她盛饭时，有一些小动作，给自己孩子的饭碗里多藏些肉，而对我的孩子盛饭却缩手缩脚。我明白了其中的缘由。突然，她说话了：

“你怎么了，怎么紧锁着眉头呀？”

“没什么。”我不动声色。

前两次的婚姻，教会了我保持沉默和忍耐。我当时要小心眼儿，没答应给小儿子付抚养费。现如今，却要一视同仁地给第三任妻子带来的孩子负责一切。可是，我看到的现实却是如此。

周末，我外出购物回来，看到两个孩子在屋子里打了起来，在屋外就听见他们的叫骂声：

“你这个野种。”我妻子的孩子骂道。

“你才是野种。”我儿子也在骂他。

我妻子帮着她自己的儿子：

“你就不是什么好东西，你母亲才会遗弃你。吃饭时像个饭桶，还总给你爸爸告状。瞧你妈妈，在街头开饭馆，周围成天围着男人，说你是野种，也不过分哪。我每天还操心着为你洗衣做饭，你还不知好歹呀！”

见我进来，他们目瞪口呆了。妻子手里还捏着正要打我儿子的火钳。

“是啊，要是我不养别人的孩子，养我自己的孩子，孩子们的母亲也不会开饭馆谋生。要打要骂，你就冲着我来，不要和一个孩子过不去呀，你凭什么要伤害他啊。”我气得直发抖。

她继续和我争论说：

“哼，我还以为你怎么了呢，原来是旧情复燃了呀，你一听说前妻找了相好的，就受不了了吧。你说养了我的孩子，我也在伺候你们爷儿俩呢。就算请来保姆，也得付费呀。这年头，哪儿有免费的午餐啊。就因为你这个德行，才抓不住女人吧。”就这样，我们所有的恩怨都一一揭开了。

从那之后，我再也不放心让儿子和她独处了。

一下班，我就去学校接孩子。而她，不管去什么地方，都会带着自己的孩子。我羞于第三次离婚，就和她凑合着过名存实亡的婚姻生活。有一天，我不由自主地嘱咐儿子，说：

“我不在时，如果你妈妈给你东西吃，你可千万别吃。”

“她会下毒吗，爸爸？”

“那倒不会。”我自己说完就后怕了。我这样被惶惶不安缠绕着，终于还是离了婚。

* * *

“我们还曾笑话那个叫卡斯木的人，夏天结一次婚，冬天又结一次婚。我看你也快赶上他了啊。让你和孩子们的母亲复婚，你又不肯，她哪里不好了呢，非常包容你，还服侍过咱妈。这下可好，已经离了两次了。你后来娶过来的女人，哪个能和她相比呢。你最好还是把祖丽胡玛尔嫂子接回来，只要你痛改前非，诚心认错，你们毕竟有两个孩子，她也许就会原谅你。再别让全家人跟着你一起蒙羞了，好不好，哥哥？”妹妹一边搓洗着孩子们的衣服，一边又开始劝说我。

回想了下，我和孩子们母亲过日子时，的确是无忧无虑的，她总能替我做好一切，她的絮絮叨叨一点也不为过啊。如果那一天，我把家里的一切为她安顿好，再外出。如果那一次，我在她找到我后，又在朋友面前失态后，说些好听的，带走她，也许我们就不会各奔东西了吧。我的生活已经乱如麻，那些为我出点子的朋友也不知去向了。

为了孩子也罢，我决定去找前妻，这个时候我还计较面子，已经没有任何意义。我找到她开的小饭馆，透过针织窗帘，看到灯光下面对面坐着两个人，是我前妻和一个男人。只见她正在捡菜，只能看到男人的背影。前妻高高盘起了长发，看着更干净利索了，好像胖了些，气色也不错。她边听那人说话，边点头肯定着。我这才想起，第三任妻子吵架时，说过孩子们的母亲，已经有男人了，说我在妒忌这类的话。我实在是无法忍受孩子他妈和别的男人说说笑笑，我醋意大发，心里憋闷着。我离开她，再次举办婚礼时，很想让她看到，我没有了她后的幸福时刻，并暗暗窃喜着。现在，我却在直面她幸福的样子。我感觉自己最珍贵的东西被别人抢了去。我失落地离开了，进入黑暗的街巷，喉咙好像被什么噎住了，眼睛也湿了。

阿迪莱的拉面香

再过半个小时，就到下班时间了。我忍不住焦急地望着墙上的挂钟，很焦急，指针像是被磁铁吸住了，越走越慢。可怜我那宝宝啊，这会儿，一定是饿着，想吃奶了吧？我越是想宝宝，乳房就越胀，奶水开始涌上来，浸湿了我胸脯的上衣。当我再次看钟表时，还有五分钟才到下班时间。哎呀，算了吧，不就是五分钟的事儿嘛，走了也无妨吧，我拿起手提包就往外冲了出去。

一只脚刚踩进特拉克孜姐家的大门，她怀中的宝宝，正望着我要来的方向嗷嗷大哭起来。她是帮我照看宝宝的邻居。

“好了，好了，宝宝别哭了啊，我回来了！”我接过孩子就要走，被邻居姐姐叫住了。

“别急啊，进屋先把孩子喂了吧。瞧，他哭累了呢。”是啊，我每回都是抱着哭闹的孩子往返。一手抱着孩子，一手又忙着把钥匙插进大门的门锁，再打开大门，我都会忙得手忙脚乱、满身大汗。从我接上哭闹着的孩子，再回自己的家安顿好，就这么几分钟的时间，都会让我觉得漫长而又紧张。邻居姐姐的这番好意，让我深深舒了一口气，我赶忙掀开上衣，喂起饥饿的孩子。

“你自己也饿坏了吧，正好饭也好了，回去也就你一个人，就别做饭了，在这里吃完再回去吧。”说着特拉克孜把饭端了过来。

是啊，辛苦一天，拖着疲惫的身体回来，有人端上热腾腾的饭菜，是多么幸福的事儿啊。有时，真希望自己是男人该多好呢，无论什么时候，男人一进家门就会问，饭做好了吗？我囫囵吞枣地吃完了饭。

我婚后才调到这个县城，这里也没有任何亲戚在身边。幸好，特拉克孜姐答应帮我照顾孩子，不然，这年月哪能找到合意的保姆啊，要不是她，我可能断奶前，就会把孩子送到娘家去。

* * *

晚上，几次起身给孩子喂奶，没怎么睡，天就已经亮了。我想要起床，当我坐起，这才想起今天是周六。想到可以安心地休息了，我像是拾到金子似的窃喜着。重新把自己裹进被窝里。我为了争取能当上工薪族，寒窗苦读十几年，可如今，总是盼着，哪一天可以不用去上班，在家慵懒地休息。希望，每时每刻都能陪伴宝宝的成长，常常左顾右盼地盼着双休日的到来。

今天，我总算补了一觉，望着熟睡的宝宝，满心欢喜地收拾着屋子，又忙着做饭。丈夫在这个县城管辖内的一个村子里上班。所以，我们只有在周末才能团聚。当然，他不在的日子里，家里所有的事，只能由我自己来解决。再苦再累，我也没有诉苦的人。等他回来时，我把所有的委屈告诉他，可他却不以为然地说：

“又不是只有你才会抚养孩子，所有的女人都会这么做，你大可不必这么小题大做吧。瞧，我的母亲，她一个人就把我们九个孩子拉扯大了，而且，从来没有一句怨言啊。”

我只是想，哪怕是在我做饭的时间，希望他也能和我一起照顾孩子而已。可是，他却以上班的地方太远为由，一周只回来一次。他的一位女同事，也和我们一样，她就能坚持每天来回上班回家，早上赶着班车去乡里上班。他即便在家，孩子一哭闹，他就不耐烦地让我来哄孩子。有时，我感觉快撑不住了，所有的牺牲和付出，都不被丈夫认可。我的艰辛得不到他的尊重和理解，回应我的却是他的无礼和自私。我的精神支柱仿佛要摇摇欲坠了，他很少回家。家里的开支，自然地主要还是由我来承担。算了吧，还是别想了，钱就是赚来花的啊，我选择外出工作，不就是不想依靠男人吗？丈夫却像是这个家里的稀有保护动物，回到家，先动筷子吃饭的是他，吃饱喝足后，高枕无忧地只管躺在沙发上看电视。

我经历了分娩的剧痛，九死一生才生下我的孩子。宝宝出生五个小时后，他才赔着笑脸来看我们。在我怀孕时期，拖着沉重的身体，晚上孤独又害怕，只好把特拉克孜姐的女儿叫来，陪我一起睡。就在顶着剧痛即将生产时，也是他们一家把我送进医院。他们为我做的已经太多太多了。想着一件件的事儿，饭也做好了，我端起碗，想让他们跟我一起分享这美食，便径直送到她家去了。

“哎，嘿哟！阿迪拉做的拌面就是好吃啊。”我刚进屋子，就听到她丈夫的称赞，同时也发现他妻子脸上微妙的变化。

她那位不明事理的丈夫继续给我戴高帽子，“您做的拉面怎么就这么香，我老婆做的怎么不那么可口呢？”

“哎，我说热合曼大哥呀，做饭香不香可没个准儿，可能我做的偶尔会好些吧，平时能把生的做熟就不错了。”我努力想要避免自己和特拉克孜姐都尴尬。

* * *

“嗨，我问你，你到底跟那个叫什么热合曼的有什么关系？”丈夫劈头盖脸地冲了上来，我一时也没回过神来，反过来问他：

“你说谁呢？热合曼又是谁啊？”

“还能是哪个热合曼啊，就是你每天都会供上一盘拉面的那个热合曼啊。”只见他用手指指了特拉克孜家。

“我早就看出苗头了，怪不得你和那家人黏在一起，这不，果然出事了，今后还让我怎么做人？拿去，房子也给你，干脆就把隔着两家的墙也拆了，弄成一个院子，你和他老婆一起去伺候他吧。”他大喊大叫着，孩子惊恐地哇哇大哭起来。突然，丈夫从我怀里夺过孩子。

“你要把孩子带到哪里去，还给我！”我厉声摁住他的胳膊，他推倒我，气冲冲地离开了。等我起身追出去时，早已不见了踪影。我找到婆婆家，想要回孩子。

“哎嘿哟！瞧你这个不要脸的，还好意思来啊，出去！别把你的晦气带进来。”婆婆一见我，就撒起泼来。

“我到底做了什么，有话倒是给我说清楚啊。”不等我说完，委屈的泪水滑落下来。

“还需要我们告诉你，你自己做的那丑事儿？你和那个叫热合曼的男人不是被抓了个正着嘛！”

“天哪，这种话到底是谁说的？”

“就刚刚，还是艾尼瓦尔告诉我的呢。”

我无法承受这样的侮辱和虚无的谣言，顿时，头脑昏涨，恶心作痛，我发了疯似的撕扯着自己的头发。

“啊，我的天哪！”我无助地喊了出来，同时，很快回过神儿来。

“艾尼瓦尔，艾尼瓦尔他人呢？我非把这件事弄清楚不可，如果他今天不把事澄清，我就死给他看！”我咬牙切齿地说，

“哼，他为啥要澄清你呀？你还是找那些透过窗户，偷窥到你们丑事的邻居吧，你身边已经有了可爱的孩子和带薪的丈夫，还做那种事，不知羞耻，不要脸的女人，你滚出去好了，你需不需要让别人说清楚，和我又有什么关系呢？”

“我的孩子，把孩子还给我，我就走。”我呐喊着。

“你在外面忙着偷男人，还要孩子干什么啊！”婆婆砰地把门关上，反锁了门。

“还我的孩子！还我的孩子！”我敲打着大门，苦苦地哀求。

屋内传来宝宝阵阵刺耳的哭声。婴儿的哭声引来了四周的邻居，他们三三两两地聚集过来。

“夏里甫罕啊，您的孙子还是哺乳期的孩子，您这么做怎么也说不过去啊，先不追究您家媳妇做得对不对，没妈的孩子，可不好带啊！到了晚上，您可怎么办哪？您和孩子都会受苦，不是嘛。您说媳妇出轨，那谁亲眼看见了呢？那可得把事情弄清楚再下定论，是不是呀？您家儿子年轻气盛，正在气头上，您呢？您可是经过大风大浪的人，这对小夫妻闹矛盾，您应该阻止才对，怎么也跟着煽风点火呢？这怎么能行啊？”邻居们纷纷劝说着。

在邻居们的好说歹说下，我终于要回了自己的宝宝。其实，事情是这样的，自那次我给特拉克孜姐家端去一碗饭后，他们夫妻大吵了一架。刚好被来串门的邻居撞见，就问他们为什么吵架，特拉克孜姐随口就说，“我家这口子，当着我的面就夸阿迪拉做的饭香，而我做的一点也不好吃，让我在阿迪拉妹子面前无地自容”。而这个女人出门后，逢人便说“特拉克孜吃老公的醋，是因为阿迪拉，两个人大闹起来了”。

这话就从街坊女人嘴里，传到男人们耳朵里去了。那天，有人告诉我丈夫说，“特拉克孜因为她丈夫和你的女人有一腿，已经吵起来了”。我丈夫听到后，便不问青红皂白地找我来算账。

我这才明白事情的来龙去脉，平白无故地就成了别人的冤大头。我怎么也睡不着，伤心了一夜。第二天，我打电话求助一个闺蜜，该怎么办才好。

“你最好认真考虑再作决定，如果置之不理，那么，理解你的人会正眼看你，可大部分人还是会继续传谣，让人觉得你就是和热合曼有关系的女人，你还可以用法律来保护自己的名誉。”她提议说。

终于开庭了，我是怎么说，他又是怎么说，等等，长达一个多小时的开庭终于结束了。在我丈夫那里传我闲话的人，也算是给我赔不是了。可是，我遭受的精神损失呢，为此，我的生活被打乱，处于慌乱之中。多少个日日夜夜，都不能睡个安稳觉，泪水和苦水，我怎么能抹去啊。

从那以后，就算和特拉克孜姐迎面碰到，我们各自也会有意地避开。有一天，她将我最后一次送饭的碗筷，搁在了我家大门口门槛下。当我推门时，忍不住笑了。

咱们周围愚昧的人可真不少啊，这么一来，像我这样背黑锅的人也会多。特拉克孜姐的丈夫也是愚男人，要不是他当着自己老婆的面夸别的女人，他和妻子间也不会闹不愉快。别人也没机会制造谣言，使得我们的生活越搅越浑。现在，思来想去，我发现真正愚昧的不是他们，而是我的丈夫。他本该是最信任我，第一时间站出来保护我的人。他在听到有人传我的谣言时，至少应该多问一句为什么，反而他更相信别人。我和他，在今后漫长的日子里，再遇到这样的事儿，我还能信任他吗？

在我遭遇不幸时，丈夫却落井下石。后来，虽然，他多次地恳求我原谅他，可我还是坚定地和他离了婚，把工作也调回了老家。

“比起别人的饭，阿迪拉的饭就是香啊，瞧啊瞧，她的拉面又细又筋道!”妈妈夸赞着我做的拉面。我想起往事，望着自己做的饭，愣了很久很久。

一小时

从他们卧室里传出的叫骂声，直刺到我的心里，让我隐隐作痛。

“电视机的声音调高些吧。”我对外孙女说。她被这个声音惊到了，虽然，已经习惯父母争吵的声音压过电视。她恐慌地望了望我，起身乞求我说：

“姥姥，让我进去看看吧！”

“不，别去，大人的事，我们不掺和，好吗？”正好电视在播一个县城地震的消息，尸体、废墟、哭喊声……夹杂着这些声音，可以听到女儿和女婿在里屋内争论什么，砸物的声音。虽然，眼睛盯着电视，但所有的心思都在女儿的屋里。忐忑不安和焦虑占据我的思绪。女婿在教训女儿，说：“你成事不足败事有余，还说什么大话啊？”我背着外孙女，强忍着泪水咽了回去，这样惶惶不可终日的生活，已经持续了三十余年。

那些年，我还是个风华正茂的少妇。工作一帆风顺，着衣打扮都很讲究，自信满满。有一天，我不满周岁的女儿，夜里高烧不退，我一宿也没睡好。大清早起来，把孩子交给婆婆，坚持上班去了。一到学校，忙碌起来，居然把女儿不舒服的事儿也忘记了。我正要去上第二节课，邻家的小男孩气喘吁吁地跑过来，告诉我说：

“瑟丽姆大妈说，宝宝发烧很厉害，让您带她去医院呢。”我慌乱地不知所措起来。转而，望了望手中的讲义和粉笔。

“我上完这一节课就去。”说完我头也不回地进了教室。课堂上，我努力不分散精力，总算把一节课讲完了。飞奔到家，婆婆一见我，非常生气地说：“你也算是母亲吗？”这句话让我很不快。可是在后来的几十年里，我为这句话付出了沉重的代价。

“你们没有及时送来，错过了治疗的最佳时间，康复的可能性很小，即使治疗，也会终身残疾！”

医生的这个诊断，完全改变了我的人生轨迹。我失去了往日的容光焕发，每天二十四小时地忙于照顾瘫痪的女儿。每天从学校接送她，还负责她的衣食住行和吃喝拉撒……而我自己，只有在身体不适或力不从心时，才能感受到自己的存在。

“如果你不上那堂课，回来送我去医院，我就不会这样。难道，你的那些学生，缺了你的一节课，就会当不了科学家，上不了大学？！如果考不上大学，如果不工作，常人都还能生存下去。可是，如果像我这种瘫痪在床，可什么都不行了啊……”这是女儿长到十四岁时，苦笑着对我说的话。从那以后，一直到她十九岁，她经常以绝食和赌气来发泄对我的埋怨和仇恨。

她的不幸，难道只能怨我那迟到的一个小时吗？医生也谈过，孩子治疗期的延误，不仅是因为那一小时。可是，当初在我婆婆催我时，如果我毫不犹豫地放下我的一切，立刻回去，结果还是一样，至少我可以对得起女儿了。当时，我心想孩子发烧很正常，就大意了。婆婆还说什么，好端端的孩子，就是被我这个媳妇弄成这样了。女儿听着这样的话，更加仇视我。从她懂事以来，她都以叛逆的心态发泄着对我的憎恨。

“十几年来，我抱你、扶你、背你，对你精心地呵护，照顾你衣食住行和起居，你还要怨恨我这个母亲吗？”我终于向女儿爆发了。

“那到底是谁把我弄成这样啊？我要不是瘫痪了，我就不至于依赖任何人了，不是吗？”她边喊，边举起身边的枕头，狠狠地砸了过来。

她一直以为，是我伤害了她，那我呢？又是谁伤害了我呢？我注定这辈子都得伺候瘫痪的女儿？

随着她一天天的长大懂事，她已经不再像以前那样胡闹了。可是，她越来越沉默，沉默得让人不安。如果有一天，我也不在了，又有谁肯照顾她呢？如果她有个家庭，有个孩子的话……自从有了这样的想法后，我开始四处张罗着，帮她寻找一个合适的伴侣。我也拜托亲戚朋友帮着给女儿找个好的归宿。此外，我给相亲的对象承诺了很多诺言。那就是，不管谁娶走女儿，我都会把手头整个院子，和隔壁的6个商铺都留给这个女儿，绝不亏待女婿，也不会要男方一分钱的彩礼。只要我活着一天，都会负责女儿一家的全部开销。只要女婿将来对我女儿好就够了。我提出的条件，果然奏效了。有一天，有人上门提亲说，杏花村有个亲戚家的儿子，自小就没了爸妈，由他舅舅抚养长大。她觉得那个小伙儿和我女儿比较般配。男方也觉得我们还不错，那小伙儿也同意了。既然这样，我也没追究那孩子长相和人品。女儿的状况，容不得我们向男方再要求什么了。很快，我们两家热热闹闹地为他们举办了婚礼。

女婿的脾气慢慢开始暴露，他时不时地就和女儿闹情绪，常常对她冷言冷语。即使这样，我也从不敢插手他们的生活，即使有怨言，也只能忍气吞声地迁就女婿。后来，外孙女出生了，我终于舒心了。心想，即使没有了我，总算有个人可以替我照顾我女儿了。我替女儿把这个外孙女也带大了。

“快去，从窗户瞄瞄，看看你爸爸出去了没有。”我对外孙女儿说。

她紧锁着眉头出去了。每次，待到女婿吵完、骂完、摔门出去后，我才能到女儿身边。

“我怎么就这么命苦呢，要不是我的双腿不能走，我就会去很远的地方，就不会遭这份罪了！”她咬着嘴唇说。

“千万别难过，过日子嘛，都会这么磕磕碰碰的，再风光的女人，也会遇到各种不幸，只是她们不会让人察觉而已。”我安慰着女儿，心却像刀扎似的难受。他们夫妻不和时，我从来不去干涉。作为母亲，作为一个女人，我不愿意看到他们家庭破裂。常听旁人说起，他们和女儿女婿住在一起，我还觉得很不可思议。可是，当我不得已置身于其中时，这才明白其中的心酸和不易！虽然，女儿出嫁了，可他的丈夫也会有厌烦的时候，只有我，母亲才会自始至终地爱着她，那一小时恰恰考验着我们的母女情。

美丽的批评

儿时，并没有现在这样的各类电子游戏，可是，我的童年是在美丽中度过的。那时，有着清清的河水，绿绿的草地，成群飞翔的鸟儿。我们拿着自制的弹弓，在树林里打鸟，在小溪里游泳，在山丘上放羊。

“你这孩子，真是缺德啊！怎么能在这么清的水里洗脸呢。这可是大家都要喝的干净水啊！”

三十年过去了，这句话常常会在耳边响起。

当时，我因为在河里游过泳回来，晚上睡得很沉，第二天中午才睡醒。醒来后，直奔到门口的那条小河边洗脸。不想被萨里罕奶奶一把揪住，她还不放过我，径直把我拉到母亲那里，告了我一状。我平时别说和大人，就是和同龄人在一起，也不敢去顶嘴。我委屈地边抹眼泪，边嘴里嘟嘟囔囔地说，“这关她什么事儿啊，这条河又不是她的。”

我是家里的独子，于是继承了父母的家产，一直定居在那河边的乡村。如今，可没有人会喝那河水了，更没人去洗脸了，就连牲畜也不会让它们靠近，也没有孩子去戏水玩儿了，好像这个河不存在似的。大部分人家会在自家自来水管子上接上塑料管子来灌溉院里的蔬菜，它几乎没了往日的利用价值。人们只有在担心自己的孩子会不会掉进河时，才会想起它。它其实原本就是能洗刷任何污垢的河流，人们或许忘了，正是有了这个河，才造就了绿洲，孕育了他们的父辈、祖辈，只有他们会留恋这条河。因为，有了这条河水的清澈和甘甜，他们才会依山傍水地在这里繁衍生息。

据说，目前，河的上游有个工厂，不断地将污物排进河里，周围的人们则把垃圾倒入里面，这个河变成了现成的垃圾箱。望着今非昔比的河水，我真的会很怀疑，它到底是不是我们儿时，曾用双手小心翼翼地捧在手心儿里喝过的水呢？

有一天，我特意给儿子做了一个弹弓，儿子接过来，问我：

“爸爸，我要用这个去打谁呢？”

“儿子，当然是去打鸟啦。”

“可是，没有那么多鸟啊？”

我抬头望了望树梢儿，从前随处可见的成群的鸟儿，如麻雀、乌鸦、云雀等，可是现在却什么也看不见了。我一直都没发觉它们正一天天地在消失。我该怎么回答孩子的问题呢？我让他拿着弹弓来做什么呢？让他怎么玩儿？虽然，一直以来，我自认为是一个比较有素质的人，可我又发现，我的觉悟还不如那个大字不识一个的萨里罕奶奶呢。

我坐在院儿里的木桩上，一根儿接一根儿地吸着烟，周围有一群白母鸡正在觅食。就想，将来会不会在人们印象中鸡只是白色的吧？再说，所有的地方小鸡基本上都是电孵的。人口消费的急剧增长，已经等不及小鸡的自然孵化和成长了。

消费的快速增长，加上贫困群体购买能力的局限，不得不导致假冒伪劣产品大量产出和消费。一连几天，白母鸡刺激着我本来就心神不宁的头脑。我想回屋了，一进门，就听到收音机里在播报关于环境污染的报道，还说中国人对此比较冷漠，好像撰稿人和播报人不是中国人似的。

我终于坐不住了，想亲眼看个究竟，便骑上旧自行车，往河的上游踏去。我看到的比我想象中的还要不堪入目，河边的确有个臭气熏天的公厕。坐在里面收费的女人看到我，扯了一小块儿卫生纸重重地放在桌上后，转向我斜着眼睛，扯着嗓门儿，理直气壮地叫喊说：

“谁要你来管哪，现在所有地方都用上自来水了。就算我们不放污水，不扔垃圾，那水也已经脏了。你又不是市长，还多管闲事儿呀！”好像周围的人，也都这么想吧。这女人好像代表他们说了出来。看得出，没人会站在我这一边。从他们嘲笑的表情中，看到他们都在说我是“傻瓜”。

我在那里碰壁之后，想起了儿时阻止我弄脏水的那个萨里罕奶奶。她是那么的斩钉截铁。接着，我又找到了澡堂，我愿意继承她的坚强意志。我同样地对他说：

“同志，群众用来喝的水被污染了，请别把污水引流进这条河里。”可惜，和善的态度和委婉的话语对于一些人已经不奏效了，我心中的愤怒变成了大声的呵斥：

“嘿，你怎么这么无耻？这可是用来喝的水，你们竟然把脏水排进去，还若无其事地坐在这里，给我走，去你该去的地方。”我抓起他的衣领。

没等我回过神儿来，回复我的是一顿拳打脚踢。

晚上，我在医院里醒了，见妻子抹着眼泪等着我醒来。接着，她也对我嘲讽起来。身上的瘀青更痛了，我一副听天由命的样子，一声不吭地紧闭着双眼，躺在病床上。

对于破坏环境的人，我不相信没有主持公道的地方，心里一直放不下这事儿。想着想着，居然睡着了，并且还做了个梦。梦里，我看见河边都是人脸兽身的怪物，他们发出异样的声音，其中，我的儿子也在。我从他穿着的格子短袖T恤上认出了他。

“儿子，你们这是怎么啦？怎么像野兽一样用四条腿走路呢？”

“我们喝了这条河的水，就变成了这个样子。”儿子告诉我说。

啊！罪恶的河流啊，我拔出身上的宝剑，想要救出儿子。

我被自己的声音惊醒了，看到了围在我身边的巷子里的长者们。

出院后，我和他们一道儿，又去了河水的上游。找到化工厂，找到公厕，找到澡堂，再次劝说阻止他们污染水源。可还是被他们傲慢地回绝了。

到底是谁污染了河水？周围有太多的人，我们到底该怪罪谁？互相指责，也会没完没了。难道是被污染的河水、被污染的空气泯灭了人们的良心？瞧，我们连愤怒也不会了，我恨自己，恨自己不如儿时的萨里罕奶奶。她的批评是如此的美丽！

女明星和她的丈夫

自和她结婚后，我亲历哑巴吃黄连有苦说不出。我们共同生活了整整十一年，我所经受的心理压力，常人无法想象。发生的点点滴滴，说来话长。从结婚那天起，我发现我身边的许多人和事都开始发生了变化。

我决定和当红的歌手结婚了，脖颈上戴着用线穿起来的老款项链的母亲，听到这个消息，不知该喜还是忧了。我打算带她回家见家人。我们全家都忙碌起来。母亲提前几天彻底地清理了院子，粉刷了房屋；而父亲和弟弟妹妹们穿上节日的盛装迎接了她。老幺好奇心比较强，那天伸着头偷看未来的嫂子，看完又害羞地跑开。其实，从那天开始，我就和家人产生了不可逾越的距离，虽然我当时也感觉到了异样，可是因为太爱她，我的双眼被所谓的爱情蒙蔽了。

在我们婚后一个月的时间内，都没再和家人团聚。虽然住同一个院儿，但屋子却是分隔着的。我和我的家人之间却有了看不见的隔阂了。我们一家人说话不如从前自在了。母亲还给家人立了新规，说话时要懂规矩，要求父亲在吃饭时不能发出咳嗽声，担心儿媳会厌烦或不舒服。父亲为了遵守这些新家规，往日喜欢吃辣子酱，也强忍着没吃。平日里，常常会在饭桌上嬉笑打闹的小姐妹们，只要她在，都会一声不响地吃。只有老幺噘着嘴，用眼睛瞪着我，表达自己的不满。家里旧的碗碟、面盆，不知母亲都藏到哪里去了，重新换置了许多新的厨具。

还有那帮哥们儿，我们一到晚上，都会不约而同地聚在门口，坐在院儿里的木桩上谈天说地。婚后，他们不再等我加入了，即使我有意走近他们，他们冷漠地打个招呼就什么也不说了。

有一天，父亲找我有话说，一进我家客厅，立刻就变得拘谨起来，即使我妻子热情地为他端茶倒水，还专门为他铺上新的长垫褥，他还是客气地坐在炕边上，说完话匆匆地离开了。

爸爸在我家很不自在的样子，让我怎么也无法忘记。尤其，在父亲过世后，更让我心痛不已。我堂堂一个男子汉，却不能让父亲大大方方出入自己的家，没能让他在我这里多享几天清福。

虽然，明白自己没有照顾好家人，只顾着整天围着老婆转了，可是，看到时尚美丽的妻子，我很快又把一切抛到九霄云外了。

我们从大院儿里分家那天，母亲来看了，如释重负。弟妹们重现久违的自在和生机。我自己也说不清，究竟是在什么样的气氛中，就这么被平和地隔离了。

不久，我们从县城乔迁到了市里，还有了两个孩子。可是，新的苦恼也随之而来。她那些浓妆艳抹、喷着浓烈的香水的朋友隔三差五地来家里做客，说说唱唱的好不热闹。而我，成了活生生的隐形人，被遗忘在家的某个角落。

几乎每一天，她都能收到粉丝们络绎不绝的邮件、花束和电话。她无法接听那么多的来电，总是示意我去接电话，自己却忙着别的事儿，可眼睛紧盯着电话。应付无休止的电话，她乐在其中，如果，偶尔电话平静下来，她会变得急躁不安，左顾右盼地期待电话铃响。家里有一百次来电，无疑九十九次都是她的，她自己也很清楚，可还是习惯让我帮她接电话。

她一旦接了电话，免不了又是一次电话粥。那么，炒着的菜，蒸的饭，都会停下放在一边，她会忘记整个世界，完全沉浸在被人记起，被人重视的自满当中。当然，厨房的残局只能由我来收拾了。最受不了她，捧着电话哈哈大笑的样子。有时，真想直接把炒勺甩给她。更伤我男人自尊的是，她的来电大多是男人，还习惯先让我帮她接，然后在对方的要求下，再把电话交给她来接听。哪怕是一个没有文化的粗人，如果看见妻子和别的男人有说有笑，肯定会撸起袖子打起来。可我连打断她来电的勇气也没有，眼睁睁地看着她接受各种男人的鲜花和电话。跷起二郎腿读着各种来信，还发出阵阵咯咯的笑声。我一概保持了沉默，毕竟我是一个有素养的男人，名人的丈夫。如果，我为此打骂她，或阻止她这份辉煌的事业，那我无疑会遭受到市民的谴责，他们会认为是我想要摧毁一个艺术家的前程。所以，我必须要刻意地装出通情达理的样子来，有苦悄悄咽进肚里。不然，我还能怎么样呢？也许，我只是个懦夫吧。

其实，她也明白，她是在考验我的忍耐力。每一次接完电话，带着自责和亏欠，赔上笑脸对我说对不起，然后，慌忙接过我手里的炒勺，接着做饭，完成灶台的活儿。她尽力在我面前做着普通女人该做的家务，也会买菜回来。可是，她这样的普通人生活，一个月最多会有那么一两次，她和我们团聚的时间也就这么几天。大部分都流连于排练和舞台，忙着接受粉丝们献上的鲜花，忙着应酬了。回到家，如果看见我还在厨房忙，就会过来说："哎哟哟，肯定把你累坏了，快坐下休息，让我来。"这些话，对我来说显得比较讽刺。她担心总有一天我会厌倦这样的生活。她这是有意或无意地，在给我们的婚姻危机打预防针呢，担心彼此把这份脆弱的关系说破而已。她刻意地做出所谓的贤妻良母的样子，来维持我们的关系。

她会在朋友、粉丝或采访者面前肯定我。告诉他们我很支持她，一直在事业和生活上为她创造条件。还有几次，我跟着她上了报刊杂志，这些正面的评价，让我非常享受和喜悦。有时，我连自己都觉得自己很高尚，可现在回想起来，其实，她这是在精神上贿赂我呢。我好像是她的垫脚石，在为她实现更广阔的空间和自由作铺垫。“支持”包括她可以接受其他男人的鲜花和信件，煲电话粥，不做家务，深更半夜回家……面对这些，我一次次地以为必须要理解她，保持沉默。在媒体上，看到男人支持明星妻子等的报道，只有我懂得其中的辛酸和无奈啊。

四年前，我第一次动手打了她。那一天，她的几位亲戚来做客。我们为了招待好他们，都很忙很累。谈话间，他们三句不离口地重复说，我们的住房是我妻子买的，其他一切也不例外，等等。

的确，她赚的钱是比我的收入多很多，甚至翻几倍，家里值钱的东西，几乎都是来自妻子的收入。他们的言外之意，就是说我像个家养的宠物猫，无忧无虑，不愁吃穿，只需依附着主人生活。

我强忍着心中的怒火，想分散自己的注意力，就到卧室看电视。让我哭笑不得的是，打开电视，正好在播放她的节目，她正和一个男人在跳莱帕尔男女对舞，这是被观众点播的节目。我不喜欢这种舞，男女双人民族舞蹈，他们眉来眼去的，边唱边舞，那个男人环着她的腰舞来舞去，好不欢喜，而我，气不打一处来了。

如果换了别的男人，也许会和妻子闹不愉快。有些小肚鸡肠的男人也可能闹离婚，但是舞蹈有时就是这样的。当然，我也得懂得欣赏，我作为明星的丈夫，我比起普通男人，更要大度，有涵养。

为了能让自己恢复平静，我干脆出了门。我在住宅楼不远的小吃摊上，要了些烧烤，还拿了瓶酒，想要一醉方休……刚好碰到同事走过来，但愿他们会像从前那样关心我啊。我们围坐在一起。

酒过三巡，我和公关部的同事乃比发生了口角。他像个好斗的公鸡，红着脖子信口开河地说：

“瞧，你这个缩头王八，说什么呢，先管好你老婆吧。”

我摇摇晃晃地进了家门，先是一脚踹开挡住我去路的凳子，然后，随手抓到什么，就开始打砸起来，听到刺耳的丁零当啷的声音，她惊恐地从卧室冲了出来。

没等到她开口，我豁了出去，上去对她拳打脚踢。留宿的亲戚们，好不容易，把我们拉开了。

她的姐姐脱口骂道：

“你的钱是不够花了吗？凭什么打我妹妹？又是谁把你这个土鳖调到市里来的？还让你住上这么好的房子，你倒是吃饱了撑的呀？”

“对啊，如果有女人需要我去养她，我当然愿意。如果那个女人真的需要男人的话，我宁愿去养她。可是，这个女人已经不需要什么了，她周围的男人也很多，不是吗？”我也回了她一句。

“你怎么敢说我有很多男人？难道我被你捉过奸不成？”妻子哭喊着揪住我的衣领。

我们的家庭闹剧惊动了邻居。从那天后，我们的矛盾和纠纷越来越多了。估计，她也已经受够了。她在空闲时间也不愿意回家了，总是带着两个孩子在外面吃饭。我们的家已经名存实亡，成了只有晚上才会回来住的房子。一个家，是一家人聚在一起，其乐融融地吃饭和放松的地方，最起码先从做饭开始吧，才能享受家庭温暖啊。而她，却像西方人那样，习惯在外面吃饭。

我也不愿意回家了，每天迟迟归来。她也不再像以前那样，询问我去哪了，也许希望我最好别回来吧！这些日子，她担心自己的形象被毁，才勉强地跟我过着徒有虚名的家庭生活，我们都很压抑，不知道还会持续多久。

每当我半夜回来，睁开眼，她都憎恨地看着我，好像在说，原来你还活着回来了啊。

我想起，有一次下乡工作时看到的一件事儿。那里的一个农民，带着黑胖的老伴儿赶集，他脚上起了厚厚的老茧，光脚穿着鞋，邋邋遢遢的模样，可是对老伴儿，却是百般地呵护。他请她吃了各种小吃。他们互敬互爱的样子，让我好生羡慕。那个男人比我幸福多了，他只为她买点儿小吃，就能让妻子开心，而且还受到妻子的敬重。

而她，凡事从来都是自作主张。比如，她哪天想装修我们的房子，她只会通知我一下，不等我的意见就请来工人开工了。如果换家具，她请来自己的好友，商量好就换了。家里大大小小的一切事，她从来不会来麻烦我。也许，她是一番好意吧，可是，我觉得这是在无视我的存在。很多女人，哪怕买件衣服都会跟丈夫商量，可我连她到底有多少家当也不清楚。

还好，一年一度的结婚纪念日，她还能想起我这个丈夫，也会提前安排好通知我。第二天，我会带着自己事先准备好的礼物，到她指定的地方，还要和她那群时尚、火辣的姐妹们一起来庆祝。当然，还有那些女人的丈夫或者男友。每逢这样的纪念日，她的朋友换了一茬又一茬。我要在这些人群中，表现出我是因为有了她，才会变得很幸福的男人。我要当众为她献上礼物，每当这个时候，我都会在他们的欢呼掌声中被淹没。可没有人看到我内心是否真的“开心”。

我有男人的秉性，我会妒忌自己的伴侣和别的男人走得太近。我想做一个有威严的丈夫，希望回到家看见妻子在厨房的身影，如果能吃到为我做的饭，如果能听到妻子和我商量着作决定，我也愿意把我的一切都给她。那会是多么美好的状态啊！

不，我和她结婚只是为了满足自己的虚荣心。如果我们离婚了，那么，她的粉丝们会对她失望，这会损毁了她的公众形象。在我们世俗的眼光下，认为功成名就的人一般都很完美，可以成为楷模，不应该有不光彩的一面。她懂得大众的期望，才会继续和我维持只有空壳的生活。

她一定希望我成天不回家，也许会诅咒我突遭横祸吧。她是应有尽有的女人，身边还围着许多男人，她的形象比什么都重要。

最终，我们离婚了。所有的不愉快好像得到了证实，我深深舒了一口气。其实，我们早就结束了，就差这个法律程序而已。

为了庆祝我的这一壮举，我走上了无尽的街头。自从结婚，我和亲友们都走远了，走散了。在这样的日子里，我却找不到一个能陪我喝酒，听我诉说的人，我想不起来谁是我最需要的朋友了。

她想努力做一个好妻子，为我生了两个孩子。可是没有人能体会到我们的裂痕，没有人能深入她的内心深处。如果，她不是明星，而是普通的家庭主妇，或者是一个工薪族，就算她不洗衣不做饭，就算她乱花钱，我也不会觉得伤了我男人的自尊。我们之间也不会产生裂痕，即使我们发生争吵，别人也会觉得那是夫妻间的常事，我们也会很快言和，不至于搞得满城风雨。

孩子们也跟着她离开了，他们可是明星的儿女，他们已经习惯母亲高标准、高层次的生活，对于他们来说，与其跟没有任何头衔的爸爸，不如和令人羡慕的母亲在一起比较风光。他们虽小，也从母亲身上继承了一些东西，他们跟母亲一样，用有色的眼睛看待我，明星的儿女，近在咫尺，又离我太远。

“瞧啊，他就是那个明星的丈夫，听说他们最近离了婚，这个人太差了，他受不了漂亮妻子上台演唱，就打骂她，折磨她……活该他离婚。”

“他也是个可怜人吧，一定有不得已的苦衷，他自己心里也不好受吧。”

哎！奇了怪了，这世界上居然也有站在我这边的人啊，我特意转身，想亲眼看看那个同情我的女人，虽然我的出现，让她们惊慌失措了。

嘘！从办公室传来乃比的声音。

“这家伙，太软弱，才会失去妻子。”

我握紧拳头，想冲进去，把那个嚼舌头的家伙揪出来好好修理一顿。

我还是忍住了，我没有理由去打别人。再说打人也不能让我出气，我在打了妻子后，也在想，该打的人是我自己，是我的妒忌心，让我失去了理智，我为了掩饰它，才动手打了人。走在街上，不断迎来充满恨意的眼神，我就是摧毁众人心中美好形象的罪魁祸首。

“你弟弟要娶媳妇了，那姑娘家务活儿样样都行，还会一门手艺活儿。”母亲兴高采烈地告诉我说。

看来，她对未来的弟媳妇非常满意。看来，母亲在她有生之年，也能高枕无忧地，享享儿媳妇的清福了啊……

“娶谁都行，可千万别娶个明星回来供着就行！”我脱口而出。

幸福女人的伤心事

自我懂事以来，他们和我们是只有一墙之隔的邻居，我也常去她家玩耍。女主人每次都会亲吻过我的额头后，疼爱地再给我抓些糖果和甜点。

从小她就对我很亲近，也或是因为她长得漂亮吧，我也非常喜欢她。再后来，我进了大学。每逢假期回来，我都习惯去她家里看望她。即使我不去，她也肯定请我去她家做客。她的丈夫阿斯木江大叔是我们县城很有名望的工程师，黝黑的脸上，还带有灼烧后留下的疤痕，看着让人有些害怕。但是，他幽默、开朗、风趣。

很多人都很羡慕这一家。平日里，他们夫妻说话时，用“您”来互相尊称。阿斯木江大叔下班前，哈丽布依从来都是准备好饭菜等他。两个女儿，迎来父亲后分别依偎在他左右，说说笑笑，一家人围坐一桌，其乐融融地吃饭。

“他们真是般配啊，也许爱情就是能蒙蔽人的双眼啊，”远近的女人们都羡慕地说，“是男人就应该学学阿斯木江啊，赚回来的钱都上交，家里也被他打理得像模像样。哎哟喂！他居然还会帮着老婆做家务呢……”听到这样的赞美，我自然也为女主人的幸福而欣慰。

雕琢讲究的走廊、宽敞的房屋，在大城市里也很少见的家具，在她家却能看见。院落内有各种果树，彰显着这家人的富裕和舒适。再加上互敬互爱的夫妇，天真烂漫的孩子，使院子充满生机。我也梦想着，将来能遇到像阿斯木江那样体贴的伴侣。希望能像哈丽布依那样做个幸福的贤妻良母。

三年后，他们家好像遭受了什么诅咒一般，往日里看着健康愉快的哈丽布依得了肝癌。医生告诉她的家人，治疗已经没有太大的意义了，她被要求带回家养着。

那一天，我去探望她，她明显消瘦了很多，眼睛深陷，嘴唇发白，鼻梁瘦削。美丽的双眼忧郁而又痛苦，满是对尘世的绝望和消沉。谁又可曾想到，这个三十出头的、还充满活力的年轻少妇就要离开人世了呢?

看到她憔悴的模样，我很心痛。可我还是要尽心安慰她。

“您不用太担心，哈丽布依姐，不久，您一定能重新康复。看啊，您的气色可比以前好多了呢。”

她明白我在安慰她，忍着痛苦勉强微笑着面对我说：

“阿依努尔，在我有生之年如果能收获梦中的爱情，我可能死而无憾了!”

我震惊了。

我很纳闷，就反问她：

“您说什么呢，阿斯木江大叔不是很疼爱您吗？您的生活难道不算圆满吗?”

“妹子，你还太年轻，许多事你还不太理解。我也知道，他对我是真心的。可我一直把他当作我的依靠来敬重和服侍着他，但是我不爱他。人们常说，由尊敬、佩服渐渐产生爱。可我怎么努力，也没产生那种感情。”她告诉我说。

这时，阿斯木江大叔下班回家，我们的谈话被打断了。

其间，又过了几天，我正在准备第二天的讲义。哈丽布依姐的大女儿，冲进来带着哭腔告诉我说：

“阿依努尔姐，我妈妈她叫您呢！”

我飞奔到她家，见她正仰躺着，她听到开门声，稍稍侧过头来，我慌忙来到她床边。灯光下，她的脸显得更加苍白，不祥的预感使我心跳加速。

我又望了望满眼泪水的阿斯木江大叔，她用眼睛示意我走近她，我坐到她床边。

她用微弱的声音对我说：

“阿依努尔妹子……我的两个孩子就要失去母亲了！我把她们交给上天，再次就是丈夫和你了，希望你能像对待亲妹妹那样照顾她们，好吗？”

说着，她从枕边取出一个橘黄色的手提包，递给我说：

“这，你拿去做个永久的纪念吧，见到它，你就会想起我……”

我从生命接近尾声的美丽的女人发颤的手中，接过那个包，流泪了。

那天晚上三点，哈丽布依姐离开了我们。啊，天哪！她的两个女儿和丈夫的哭声让人撕心裂肺。

她被下葬后的第二天，我才打开那个包。我想这里面一定有我们上次没有聊完的话题。她在给我时，我从她的眼睛里猜到了。果然，里面有厚厚的一封信，我刚打开它，一张便条掉落下来。我捡起来，上面写着：

“阿依努尔，一直以来，我把你当作亲妹妹，非常信任你，才把这件事托付给你。希望你能把这封信，交给你们学校的买合木提江老师好吗？我今生和来世都不会忘记你对我的好，请你切记，不要把信的内容透露给任何人，尤其不能让我的丈夫阿斯木江知道，千万不能让他发现我没爱过他。”

那是一封长达十几页的长信，开头让我惊愕了。

“亲爱的买合木提江……”我好奇地读了下去。

“当你收到这封信一定会很吃惊吧？当你在读这封信时，我已经在九泉之下了，我对你的美好的心愿，都会跟我一起被埋葬。你已经有妻子和孩子，我不想为了自己的幸福而破坏别人的家庭。所以，我没有去找你见你，我是即将燃尽的蜡烛，我也不会向你索要什么。

“我写这封信，是为了打开伴随我们十三年之久的心结。它一直折磨着我，让你憎恨我，我原本不想解释，可是我不愿意让你带着疑问生活下去，也不想给自己留下遗憾！

“你还记得十三年前，我们高中毕业前夕。那时的一切是那么的美好，我们刚刚步入青春期，对一切都充满热情。我们在班里打打闹闹，你追我赶，非常思念当时的青春往事啊。

“那一年，你向我表白了心意。年少时期的情感是那么的纯真，容不得半点杂念，我们的感情越来越浓，带着对爱情的美好向往和信念，我们发誓要对这份感情坚贞不渝。你是我心中的白马王子，少女心目中的守护者，也是我梦想的开始，我接受了你。

“有一天，我们放学相伴而行。那是我们初恋时第一次正式的约会，也是我今生最难忘的时刻。虽然，后来我们也曾怨恨过对方，可甜蜜的回忆总能盖过所有的不快。我们无忧无虑，肩并肩同行，初尝爱情之果的两个少年满心欢喜。可是在那个时代，男女青年同行，总能引来路人奇异的目光，我们像是犯了错的孩子，有些拘谨，有些害羞，尽可能地躲闪着路人。

“我们走出柏油路，拐进朝我家走的羊肠小道。路边满是野花、野菜……在弯弯的路上，你反复地看着我的脸，想说什么，但又没勇气说出来。走了许久，你才盯着我问，我们的爱情到底能坚持到多远？我抛开姑娘特有的矜持和羞涩，信心满满地说，肯定能坚持到永远。

“突然，父亲出现在我们面前，他煞白的脸色，稀少的胡须气得直发颤，‘哼！你们这两个不知廉耻的畜生！’他拿起手中的拐杖，就要打我。你为了保护我，本能地抓住了父亲的手，这可惹恼了父亲，他甩开你的手，呵斥道：‘你居然敢碰长辈的手，你是从哪儿学来的，你怎么敢随便带别人家的姑娘走？你这毛头小子，哼！让你们在学校读书，看你们学会了什么啊？还不快滚？不然，看我怎么收拾你！’

“我担心只要你在，事情再度恶化，就示意你离开了。你担心我，十分不舍地一步三回头地走了。我为了躲开父亲的拐杖，也逃回了家。

“从那天起，父亲再没让我回学校。后来，学校的老师和母亲，还有左邻右舍都劝说父亲。可是，固执的父亲怎么也听不进去。他甚至连大院也不允许我进出了。他生怕我逃出去和你做出出格的事儿，干脆自己留在家里看着我。朋友们来找我，他就说我不在家，在门口就把人堵了回去。在他看来，外面的人会带坏我。我被自己的父亲软禁在家里，不许我和任何人来往。

“母亲也遭受着父亲一意孤行的家教。我和母亲拧不过父亲，只好，留在家里。你一定不会理解女人的无奈。我突然失踪，你以为我对我们的感情没有了耐心和毅力。如果，你在我这样的家庭里，不知你会怎么做呢？

“一个月后，父亲又自作主张，给我找了个婆家，他认为那一家适合我。母亲为了我，极力阻止，苦苦哀求父亲，说我才十八岁，和我一般大的姑娘还都在玩布娃娃呢。可是，父亲执意说，再不把我嫁出去，那会让他们抬不起头。我的反抗、母亲的反对和劝说，都因为父亲的专横而无力。我却在爱情婚姻自由的年代，被亲生父亲强行嫁给了我现在的丈夫。

“在领结婚证时，我才见到了他。他带着疤痕的那张脸，让我不寒而栗。很难想象我的整个青春，甚至整个人生都要和这个男人一起度过。我失望过、绝望过，甚至也有过一死了之的念头。可是，现实和想象总是大相径庭的。我没有选择自杀，活了下来。

“在我很难为自己作出抉择的灰色日子里，我渴望你能出现，希望你能帮我改变命运。可是，自从我们在那条小路上分别后，我再也没见到你，我是那么地思念着你。你是正要迈向大学校门的，有着前途的青年。而我，是被顽固的父亲强逼着，做了别人的媳妇，早早当起了家庭主妇。我们之间的距离就这样被拉远了。爱情应该是平等的，谁都不该看低自己，可我那时很自卑，觉得自己已经配不上你了，你不出现，我就认定你是在刻意躲着我，所以，我就彻底放弃了。

“我们发请帖那天，你才知道我要出嫁了。听说，那晚你来找过我。我领过结婚证后，父亲就好像放心了，再也不盯着我了，我终于自由了。我见到了你，你对我满是失望和怨恨。你不断重复地质问我，‘这就是你对我的约定吗？你居然朝三暮四？这就是你所谓的良心？’我没想到你对我的误解会这么深。我原想把积累了几个月的心里话都跟你倒出来。可见到你后，我一句也想不起来了。也许，你以为我是因为自责才会沉默吧。你说完啪地扇了我一耳光，头也不回地离开了。

“第二天，是我的婚礼，不，应该是我的追悼会。嫁给一个不爱的男人，只有经历过的女人才会懂。从那天起，我把对你的感情埋葬在我的内心深处。

“我丈夫阿斯木江虽然长得不怎么样，但他心地很善良。刚开始，我怎么也无法接纳他，总是躲着他。后来，我发现他有责任心，又很体贴，最终被感动了。我对婚姻爱情万念俱灰，虽然不喜欢，但还是付出了自己的一切。后来，我们有了两个女儿，我又把自己的愿望寄托在孩子身上。我不希望将来，我的女儿也遭受我这样的不幸。虽然，我不爱我的丈夫，可是，他很疼爱孩子，她们依偎着父亲，天真烂漫的笑脸，对我来说那就是最大的幸福。所以，我竭尽全力地照顾好家人。在外人看来，我们就是相亲相爱，相敬如宾的夫妻，甚至还有人对我说：‘你真是个幸福的女人啊！’可是，在我笑脸背后，隐藏着多少心酸，没有人能看懂我。是啊，爱情越是真挚、炽烈，它的期限也会越长久。在我纯真的少女时代，我把整个心都交给了你。虽然，后来被摧毁，我在没有爱的围城里，煎熬了十二年。其间，我很多次都想去找你，告诉你发生的一切，想得到你的谅解。但是，我还是担心我们的感情会给各自的家庭带来不幸，所以我宁愿被你误解怨恨下去。

“这些日子里，病魔在慢慢地夺走我的生命和母爱，我想把真相告诉你，才会写信给你。如果你再恨我，我也无话可说。只想告诉你，曾经有我这样一个女人，曾全身心地、用全部的生命来爱过你，希望你能记住我……”

给小姑子的一封信

亲爱的小姑子，你好！

自从我嫁入你家，你从来没给过我好脸色，我也没受到过你的欢迎。起初，我还曾为这事儿伤心流泪过。那时的我，多么渴望得到家人的爱啊。我自小就在充满爱的家庭中成长，我以为外人也会那么对待我，总以为自己很重要。当然，我当初也没能和你走得太近，可能是我们的年龄也比较悬殊吧。有时，和你怄气时，我也曾暗暗希望你早点离开这个家呢。也许，你看不惯我这脾气，也许，你担心你哥哥会受我的气，才会那么紧张，对我充满敌意。你是在这个新家里第一个挑战我的人，为此，我还应该感激你。如果不是你，我也不会重新认识自己，就不会发现自己的不足。当然，我们各自都有自己的不足，你的脾气性格，像天气一样说变就变，你如果是晴天就会开朗，如果是阴天就会一整天地一言不发。别人问话，你也爱理不理的。总是喜欢找刺儿，惹得大家伙儿都不愉快。只要你生气，不管面对长辈还是晚辈，你都会随意发脾气，不顾别人的感受。渐渐地，你把我当作了你的出气筒。

我和所有的女孩都一样，怀着对婚姻的憧憬进了你们家。可是，现实总是不尽如人意。我总以为别人都会处处为我着想，为我付出呢。做了母亲后，我也学会了忍让和付出。有时，我自己买回些东西来，你也会做出闷闷不乐的样子，让我无所适从。

你最终还是嫁出去了。你回娘家来，我都系上围裙为你们忙前忙后地来招待。可是，你的眼睛却露出洋洋得意的样子，好像是在说，“我也有自己的婆家，看你还会不会看我笑话呢。”事实上，我对你并没有你想象中的那种恶意。其实，结婚真的也没什么值得炫耀的。我早已改掉了自我为中心的毛病。从姑娘的身份转为女人，随着角色的转换，我的许多性格和思想也有了很大的改变。少女的喜好和现在也不同了。少女时非常喜欢逛街买衣服，就感觉非常开心。可是，现在只要上街，我会先想到要给孩子买衣服，不知不觉中就进童装店了。这些都是女人们的必经之路啊。

你想要离婚回来。你对我隐瞒你在新家中遭遇到的不顺的事儿，只会悄悄告诉你母亲。也许，你还是把我这个嫂子当外人了吧？你担心我看到你的伤疤。咱们都是女人，做女人很不易，生活迫使我们必须适应各类角色。所以，在不同的环境下，对女人的要求也不同。我们必须要有超强的忍耐力。不管遇到什么事，我们必须要保持稳重，温和地待人接物，必要时需要我们付出和牺牲。来自生活各方面的委屈，也需要我们默默承受。你有了自己的家庭后，一定也有了各种经历吧，如果一个人成不了学者或博士，也没什么，可是必须要当好一个女人。

当然，我不是在和你说教。社会和家庭对我们提出了很高的要求，我们是妻子，是儿媳，是母亲，所有的角色都需要我们去适应，我们都必须跟上生活的节奏。家里礼尚往来的事也要一一应对。许多事，无人可以分担。你未婚时，就听你说，你一个朋友的丈夫出轨了，你认为是她自己没有处理好夫妻关系。有时，受伤害的女人，还要为出轨的男人做出让步。

我衷心地希望你，还是断了离婚的念头，回到自己的家。那天，男方家人来接你回去时，就听见婆婆说，家里有儿媳在，女儿从丈夫家赌气回来，很不合体统。这句话，让我很伤心。不过，我当作没听见的样子。你回去了，你就想，是不是有我在，会让你觉得自己很没有面子，才会匆匆返回让你伤了心的那个家呢？这让我自责不已。我们是不是太在乎别人的眼光，却忽略了自己的感受呢。

你回去后，我给你写信，想要说，家里的事我能扛起来。你就安心过好自己的小日子，如果不顺心了，随时都可以找我倾诉，也许我还能帮你出主意呢。需要我们自己来完成的事，尽可能地去完成，你会从中收获快乐，你也会觉得很值。千万别做无谓的付出和牺牲。首先，我们要爱自己，才能照顾好身边的人。如果，你坚持不住了，我作为嫂子，随时欢迎你回家，这里永远都是你的家。我们从来都是一家人，你或是我，都是家里最重要的女人。

孤岛

“离婚的女人就像一座孤岛，很多人都想光顾一下。”这是我从同事听来的一句话。好像说离异的女人无依无靠，比较容易得手，很多男人都以为唾手可得吧。

在少女时代，很忌讳旁人提起有关离婚的话题。那些离婚的男女，在我看来，是那么的不可思议。只要是离了婚的人，我都会另眼相看，总觉得他或她身上，肯定有什么别人无法接受的缺点。在我成熟些后，会想，“早知如此，何必当初呢？”我看不惯他们，甚至还嘲笑过他们。“怎么像寡妇那样喋喋不休！像寡妇那样老串门”等词句都成了我的口头禅。对于离婚总是带有偏见的我，可能是中了邪，在我婚后不到一年，自己也离了婚，成了年轻的寡妇。

一直以来，我害怕提“离婚”这个字眼。在婚姻中面对各种矛盾时，我顽强地抵抗、挣扎着，压抑和郁闷，压得我喘不过气时，也咬紧牙关度过了。阿米娜姐安慰我说：“离婚不一定就会不幸，没有人愿意走这一步，只有迫不得已，为了更好地生活，人才会选择离婚。”她的话给了我信心。

怎么也没想过自己也会走这一步，成为别人怜悯的对象。我曾是比较引人注目的姑娘。社区举办各类活动，总是少不了我。母亲也总夸我说是个幸运的女孩儿。她为了避免我遭受到别人投来妒忌的眼光，会招来霉运，常为我戴上辟邪的饰物。那时的我，比较虚荣，希望成为很多男孩追求的对象。我对那些不太中意的追求者，不屑一顾。我觉得如果要取得我的芳心，就要对我百依百顺。有一次，有一个小伙儿向我表白之后，平时还打招呼的我，很快就疏远了他。后来，连我自己都觉得这个举动很不应该。

在一次文娱活动中，我在台上正全神贯注地朗诵散文《金秋》，我读到深情之处，自然地扫视了台下，无意间和台下第一排坐着的小伙子对视了，他也正好在盯着我看呢。后来的几段，我也总算是朗诵完了。离开舞台后，总觉得那双眼睛还在跟着我，让我紧张、激动和害羞……

我收到了他给我写的情书。信封上写着“致最可爱的你”，每一页信笺边儿上都以玫瑰花做了点缀。正当我处于喜悦而又不安的状态时，我又收到了另一封情书。其中的赞美之词让我心动不已，我完全被第二封信折服了。我当时明明是短发，信里却写着“你那长长的秀发”，正值头脑发热中的我，反复阅读着欣赏和赞美我的语句，不但没有发现明显的张冠李戴之处，更没有怀疑那封信的出处。

正是这封充满虚情假意的热烈情书，最终虏获了我孤傲的芳心。读过他的信，我就断定他是重情义，值得依靠的人。他的沉默寡言，让我以为他是表面平静，内心波澜壮阔的男人。

在婚后柴米油盐的生活中，我发现他原来根本就是一个粗人，不仅不会说好听的话，内心也是一片荒芜无趣的人。可是，我对他的了解已经太迟了。把我娶进来后，他不断地和我冷战。我找他谈话，他不理睬，我问他话，他装没听见。我为了适应他，尽量避免提问的方式说话，即使他回答我，那也是最简洁的词或字。比如“嗯”“哦”“啊”

的，但我还是努力想挽回这样的局面。我总会遇到这样的尴尬：

“我说啊，迪丽努尔和艾合麦提要结婚了。”

“……”

“下周咱们回趟娘家，好吧？”我尽可能不用“吗”，算是自问自答了。

“听说阿丽耶生孩子了，我想去看看她。”

“哦，原来你的朋友也会生孩子啊？”

“你这是什么话啊？”

“不下蛋的鸡爱占窝，还以为你身边的女人也一样呢。”

半天都不吭一声的丈夫，真是一鸣惊人，说出来的话，能把人呛死。

我妊娠反应比较重。有一次，炒菜时突然感觉到恶心，我放下炒勺，就跑到外面呕吐起来，他居然皱起眉头躲开了，又见灶上的菜粘了锅，我伤心极了，抹着眼泪继续炒菜。

“你瞧你，还流泪呢？小心泪水弄脏锅里的饭菜呀。”我呕吐过后，接着做饭，又听他这么说，气得我直咬牙。

“是啊，我可能会弄脏锅里的饭菜，那你自己来吧。”说完我将手里的炒勺摔在地上。

我只记得他气冲冲地向我逼了上来。我眼前一黑，孩子流产了。那是我好不容易才怀上的孩子，之前忍受了多少婆家的冷嘲热讽，只有我自己懂得其中的心酸。我的耐心也被他耗尽了，我们的婚姻也告终了。旁人自然不知道其中的隐情，七嘴八舌地议论着我们。说什么是我看不起自己的丈夫才离婚，等等。

也有人当着我的面说，“你丈夫是个不错的人呀，你为什么要离开他？”我只好搪塞地说，是因为我们感情不和。总不能对每一个人都一一解释。很多事，只有亲历了才会明白其中的不易啊。

恢复单身后，常有媒人给我介绍对象。可看来看去，老觉得那些人有的地方和前夫比较相似，他那副凡事不在乎，冷漠的样子，动不动就出口伤人的样子，使我不敢再接近任何男人了。有过这样的心灵创伤，我开始了历时十年的单身生活，把自己装进小小的屋里了。家里的每件东西几乎都是单件的，单人床、一个碗一双筷子。就连锅里的饭菜也是一小份的，所有的这一切都是我单身的影射。一跨入家门，就迎来空寂的冷风，加上“砰”的一声关门声，又是紧闭自己的另一份孤寂。

我常常遐想出一副和睦家庭的景象来。在那样温馨的家里，踏着轻盈的步伐，愉快地做着家务，身边还围绕着一双可爱的儿女。周末里，一家人其乐融融地外出享受着太阳和空气。想着这些，自己都要醉了。这些都能给我带来无尽的希望和动力。

可是，每天望着镜子中的自己，一天天多起来的银丝，脸上隐约的细纹，想到形单影只的我，膝下没有一个能为我送终的儿女，就黯然神伤。

有一天，我下班往家走，听到后面有人在喊我：

“嗨，沙吉丹！”

转身一看，是我们财务室的阿布力孜大哥向我走来。

“看你走得那么急，一定是急着回家吧？”

“是啊。”我不清楚他找我有什么事，就顺着他的话。

“走吧，一起吃完饭再回家吧。”

“不了，谢谢您，我还是回家吧。”

“你回家也要吃饭啊。”

刚好，我也饿了。再说同事大哥邀请我，我也不好推辞。我跟着他进了路边一家餐馆，我们一声不响地吃着。想一想，我们之间也没什么话题可说。我抵不过他，让他买了单。出来后，我们肩并肩走着。单身太久，周围很多人都知道，和一个男人这样走，我很不自在。为了摆脱这种窘境，我突然停下，说自己还要买些东西，便匆匆和他道了别。

“哦，我还有话对你说啊。”他说。

“什么事儿啊？”我还是想要离开的样子。

“晚上，我从外面买些夜宵去你家，怎么样啊？”他说。

我看他神色有些异样，估计是想入非非了。他是想到我的孤岛一游啊。我厌恶极了。

“给您，这是刚才的饭钱。”我顺手掏出五十元，递给他。

“你这是干什么呀？”

我什么都没说，把钱塞进他的口袋，头也不回地离开了。

第二天，我上班走进办公室，看见那五十元钱压在我的杯子底下。

卧室的灯坏了很久，浴室的门也松动了，可能在安装时，没有钉好，快要倒了。单位虽然有木工在，我还是在意自己是单身觉得请男人进屋里来维修，不方便。

正好，接到去州里培训一周的通知。借这个机会，我想请单位的木匠卡米力大哥帮我维修。刚好我不在家，也不用顾虑太多。我去找他，并拜托了他，他一口答应了。他让我把家里的钥匙交给他，并保证说，回来后家里一定会焕然一新。

很快我完成学习回到家，家里的一切都弄好了，变得干净、整洁了，我很开心。心想着明天一定要给他满意的工钱，便悠闲地打开电视，半躺在沙发上。突然，听到有人敲门，开门一看是卡米力大哥，看得出，他喝过酒。我出于礼貌，说了声“请进”。

他顺势进了屋，一屁股坐下，我只好给他倒茶，顺便拿出为他准备的工钱，放在他面前。他看看钱，又看着我，用奇怪的眼神看着我，又把钱往我这边挪了挪，说：“哎呀呀，妹子，你这不就是太见外了吗？”然后，自己扑哧地笑了，饥渴地看着我，说：

“这些日子你害得我好苦啊，你怎么不早点把话挑明了呀。”

“您说什么，我怎么听不懂了呢？”我莫名其妙地问。

“其实，你作为女人，是等着先让我开口吧？说实话，我也想过向你表白。但是，担心你会看不起我是个木工，我居然没看出你对我有意思。你家都成这样了，我才来，以后我一定会好好呵护你！”

“您到底在胡说什么啊，我什么时候说过我对您有什么想法啊？”

“你把整个屋子都交给了我，难道不是因为对我有想法？如果不喜欢，不信任，怎么可能把房钥匙交给我啊，我是很笨，应该早点察觉你对我的情意。直到你向我暗示，我才明白过来，真是对不住你了啊！”他越说越激动，借机伸手想摸我的下巴。

我拿起面前的茶碗，往他脸上摔去。我快被他气疯了，歇斯底里地叫喊着：

“出去，从我家滚出去，你当我是什么人了？”他很快避开，碗砸在了墙上。

他出去了，我又气又委屈。又听见敲门声，我透过猫眼一看，又是他。我在里面，问：

“你还有什么事？”

“我那工钱呢？你还挺会来事儿呀！”

我想起那钱还在茶几上，我只开了一条门缝，把钱递给了他。他拿到钱后，气急败坏地在我家门口吐了口痰，才消失。

这个人走了，我一想起他就觉得恶心。那天的耻辱总是提醒我，千万不能再给男人好脸色，我竭尽全力地想要保护作为单身女人的自尊。

* * *

回家经过的小巷子，有很多音像店，从街头到巷尾都放着情歌。

如果人们都像情歌里唱的那样珍惜爱情，以爱情至上，那么，世间就会更加美好！人们会多么幸福啊。我眼前总是浮现出，汪洋大海的中央，耸起的一座孤岛，也有很多人想要利用它的孤独、来寻开心。而那座孤岛却是需要用心呵护，才能枝繁叶茂，她就等着一个对的人，一等就是四十年。

我到了门口，当我将钥匙插入锁的那一刹那，感觉一股寒风向我袭来。我拖着疲惫的身躯，孑然一身地，带着莫名的恐惧进了屋。我给自己倒了一杯茶，想着一些美好的词句。“对饮喝茶留我一席，我将在你的旅程同行。”以前，并没有真正理解这句诗的含义，因为，那时，并没感觉到一个人的孤寂……

孤单的日子里，我想起了儿时乡里的寡妇萨黛提大婶，和妈妈同龄的女人们，总是喜欢议论她的种种不是。

“这个狐狸精，就想让所有男人都围着她转。”

“应该把她从这里赶走，不然她会影响我们这里的其他人。”

总是听到众人说她不是好女人，我作为孩子，也那么看她。她一个孤单的女人为了生计，就帮人家在馕坑里烤馕，也帮人洗衣服，别人给多少工钱，她也不计较。有一天，我放学回家，看见她正在我家和面，准备要烤馕了。一想到，她是不干净的女人，心里就很不舒服，虽然她干活儿干净又利索，可还是觉得出自这种女人之手的食物，也会不干净，直到全家吃完那些馕为止，我连一口也没吃。

有一天，我被外面的嘈杂声吵醒了，我领着弟弟出来看发生了什么事，看见有人拿着手电筒，披着外套，好像是萨黛提大婶。

只见她披头散发，胳膊膝盖都擦伤了。

她激昂顿挫地哭诉着：

“他从玻璃窗爬了进来，我就开门逃了出来，他又追上来，我去敲马木提家的大门，喊救命，没能叫醒他们，他又追上我，我为了躲避他，撞在树上，掉进了河里！”

父亲是乡里比较有威望的人，大家伙儿把这事交给他来处理。

“真是无风不起浪啊，她一个寡妇，经常浓妆艳抹的，打扮得花枝招展，专勾引男人，才会招来事端，真是活该了她！”

“萨黛提根本就没去开门吧，一定是这个女人惹恼了他，人家才会砸窗户吧！”

奇怪的是，却没人提起那个翻墙偷人的男人，可是妈妈那帮女人，仍把矛头指向那女人。后来，父亲为了平息这件事儿，自作主张地牵线做了一回媒人，将这个可怜的女人和同乡的一个哑巴男人，促成了一家。父亲甚至问也没问过她的意愿，好像这事儿就应该这么办，没有人会关心这到底合不合适，连她自己也没插上一句话。

如果，那时她拒绝那个哑巴，并把自己的想法告诉我父亲。如果父亲也通情达理，那么，她的命运也许会好一些吧。事实上，她无力反抗我父亲。她可能在心里诅咒，她也许甚至诅咒过父亲吧。父亲造的孽，报应在了我身上。

后来，听说那个吾斯曼哑巴经常打骂萨黛提大婶。我们经常见她鼻青脸肿的。她的单身，会引起其他女人们的不安，男人们则想方设法地占她的便宜，所以，她宁愿坚持做那个哑巴的老婆……往日里的她，能在馕坑里烤制出很多馕，凭着自己的勤劳，拿着微薄收入，虽然非常艰辛，但还是步履轻盈，干活儿利利索索。自打她和哑巴在一起生活后，变得体弱多病了。

我也成为离婚女人后，渐渐体会到了单身女人的心酸和无奈。想到她，现在也会为她心痛。那时，我还是个孩子，我还不能正确地判定一个人。可是，我的父母和那些大人呢，他们为什么会那么歧视单身女人呢？

想着那些往事，突然觉得腰很酸痛，我想躺一会儿，就进了卧室。孤独的影子，与我同行，我想要挂起窗帘，刚伸手，就发觉对面楼上有人在看我。被我发现后，那个身影就不见了。这种事之前也重复出现过几次。他是谁，为什么总在盯着我的窗户呢？

第二天一早，开门时，发现门缝下，有一封信。我好奇地打开它，“对饮喝茶留我一席，我将在你的旅程同行。”多么熟悉的词句啊，我想起在村政府园艺场做养殖工作的那个白净小伙。当时，我还拿着他的信读给自己的好友迪丽努尔。

我还曾取笑过，他起了很土的一个名字呢。

她还笑着说，要是有朝一日我们成为一家，我一定叫他，“哎，托乎提阿洪，快来吃饭吧。”我们一起笑个不停，我被她取笑后，当着她的面儿，撕了那封信。去年又听迪丽努尔说：

“我亲爱的朋友啊，你那个托乎提阿洪，现在在我们这里可是很有威望的人啊。听说他成了农业专家，他能变沙漠为绿洲，还有啊，他还是个单身汉呢！”

“那次，我为了要写好那封信，不断重复修改了很多次，共写了十三封信。我把第十三封信寄给了你，其他的我还留着呢。虽然，这事儿过去很久了，可我对你的情意如初，还对你抱有希望。现在我又给你写了第十四封信，也许，我是为了把这封信交给你，才会搬来你对面住吧。这次希望能得到你真实的心声，但愿你不会像以前那样无声无息地消失啊。如果，接受我的心意，请你把窗户打开，如果不愿意就不用开了。最后，我还必须告诉你，我现在身体残疾了，一条腿走路不是很方便，我不清楚，你是否还能接受不很完美的我呢？”

我曾连名字都嫌弃过的这个男人，带着他的不完美出现在我生命中，他身残却智不残。他是真心的，他的信不是找人代写的。他愿意为我写十四封情书，他愿意花大量的时间等我。他才是真正愿意包容我，值得托付我终身的男人。我好像已经沐浴在阳光下，暖洋洋的，我推开窗户，展开双臂。

绿门

天又亮了，对我而言又要度过一个漫长而又惆怅的一天。我推开窗户，尽情地呼吸着秋日凉爽的空气。本想在梳妆台前精心打扮自己一番，但很快又放弃了。再怎么收拾，我还是那个我，一个剩女——哈丽丹。至于我的年龄吧，村里的那些女人，每天都会不辞辛苦地掐指细算着。

“瞧，整日打扮得妖里妖气，怎么还是没人要她哩？”

“哼，还把那头发弄得，真是的啊！那也叫头发，简直就像拖把啊！”

“人长得倒也很标致清爽，很多人好心要给她做红娘，可一听说是那个妖艳的女人，总是一口回绝。”

“估计，她那是高不成低不就啊，自命清高哪……”

每天上班经过时，都能听见那些脚上穿着拖鞋，在河边挑水时，习惯议论我的各种话，听得我耳朵都快生茧了。至于她们自己吧，即使自家后院儿起火，她们也会在外人面前装出若无其事的样子。但是对于和她们无关的人，却分外地操心，津津有味地背着别人嚼舌头。我可没时间和她们一般见识，更不会与她们争论什么。

你，牧羊人艾木都拉大哥扬着长鞭，赶着一群羊经过，后面跟着你的爱犬。你悠然自得，兴许是你的羊儿长得肥壮吧？如果人人都那么容易满足，该多好啊！

还有你那个妻子，穿着又长又宽松的大摆裙，用大扇子般的芦苇编织的大扫把，清扫着门前金黄的落叶，又将它们堆积在一起，装在缝有大块儿补丁的麻袋中，然后，扛在肩上，弓着腰进入那扇绿色的院门。真是，世事难料啊，就是这么一个不起眼儿的女人从我这里夺走了本该属于我的幸福啊！

我每天都能碰见她，而且也会相互打招呼。她只要见到我都会说："您好啊，老师女士！"她什么也不知道，她不知道还有一个女人爱着她丈夫。像她这样容易动怒的女人，一旦知道这样的现实，那后果一定会不堪设想啊。有一次，我亲眼见识了她的泼辣。那天，你从萨吾提甜瓜那里买瓜，正好她的女儿代替他父亲卖瓜，被你老婆看见，她醋意大发，就和那个姑娘大闹了一番。要是发现我跟你有牵连，不知她还会整出多大的动静来呢？

我和你的妻子交往过。你的儿子在学校太调皮，我就请她来谈话。反被她教训了一番。她理直气壮地说，我享受着国家的工资，就有义务让她的孩子变成懂事又懂规矩的人。她还说，她就是为了摆脱抚养孩子的烦恼，才会给学校付费，把孩子的一切都交给学校了呢！唉……

每天都能看见她，蓬头垢面地进出那扇绿门。脚上拖着拖鞋，来到小河边，扶着那棵歪扭的柳树粗干，蹲下身子，往水桶里盛水。只要掀开我酒红色的短绒窗帘，她的一举一动尽收眼帘。同时，我也被心中的那团火燃烧着。这不，她又提着一桶很沉的水，进了门。她跨过那扇绿门，就能进入天堂。而我却在这个红幔帐里愈烧愈烈！

只有男女之爱，不能分享，它毕竟不是人人触手可得的太阳之光。爱情的唯一性，正是它的魅力所在吧。我为了要守护它，失去了我整个青春，为了它，我宁愿洁身自好，就这么孤单下去。我情不自禁地守望着已经属于别人的那扇绿门。多少个夜都是在失眠中度过，明明知道你早已进入了梦乡，身边还有她……

我是爱你的，而且你已经在我心里扎了根。可它是无声无息的，是不可告人的，我的这份情感，一尘不染地保留着。我回到这个乡村，到底是为了什么呢？作为师范大学的优秀生，我放弃了留在大城市的机会。每一个寒暑假，爸爸会背着继母给我几十元的零用钱，算是尽了父亲的责任。还有冷眼相向的同父异母的妹妹。我并不是因为牵挂他们才回来啊。还记得，爷爷常说："人的缘分在哪里，人的去留就注定在那个地方了。"这是曾让我伤心过的地方，曾经有过继母喋喋不休的指责，妹妹的冷嘲热讽。但我还是有不舍的人，因为这，我才回来。至少我每天能见到你，默默地走在你身后，感觉着你的存在，我就很知足了。

在我外出上学前夕，盛夏里一个凉爽的夜晚。那时，只有咱村头拐角处那个开商店的郭师傅家才有电视。太阳稍稍落下，他周围的左邻右舍的影迷们，都会迫不及待地提着各自的小板凳，聚集在郭师傅的小院儿里看电视。那时，这就是我们村唯一的文化活动。他家院儿里有个木桩，我坐着望着天上的繁星，想着自己的心事儿，你从对面的大门出来，径直走到我身边，逗我说：

"嗨，原来是你啊，总是看见你在数星星，怎么，还没有数清楚啊，小鬼？"

"还等着你帮着我数呢，你比我先出生，也许已经数清楚了吧。"

"你啊，没有我在，什么也做不好！"他笑着说。

其实，在我少女的心里，早已经有了你，虽然不清不楚，可我还是极力地掩饰着。假装对你不理不睬，假装和你生气。

"哎哟哟，你说的正是啊，没有了你，我可要怎么过活呀！"说完，我咯咯地笑起来。

“你就说实话吧，哈丽丹，你一定是喜欢上我了吧？”

你的一句话戳中了我的要害。我像是被人揭去了衣服般，羞愧得无处躲藏。我无法回答你的问题。对于那时的农村女孩来说，偷偷喜欢上男孩子是件难以启齿的事儿。我越是想要隐瞒，越是被你看透。

我不再敢直视你的双眼，不管见到谁都战战兢兢，好像谁都能从我脸上看出什么似的。你看到我很不自在的样子，接着说：

“好了，别再掩饰了，我什么都懂，你别再躲闪了，这本来就是很自然很美好的事呀！”

在我听来，你像是在说“既然你爱我，那就直接表白吧”。是命令，是嘲笑？总之，我的自尊心被你伤了，我扭头就回去了。

自那天起，我再没有理过你。你道歉，又赔罪，可我还是继续生你的气，心里却盼着早点儿和你和好。

后来，我外出上学了。到校两周内就收到你的来信，你说你也很喜欢我。我明明非常开心，可是，在回信中，仍旧故作清高，不停地在你身上挑毛病，还说什么我不喜欢你，让你好自为之等的话语。

哎！我总是口是心非？还有，你不是有很高超的读心术吗，怎么就不明白我真正的心思呢？我写了一封长信来拒绝你，还带着对你的种种不满意。如果不是喜欢，我怎么会有耐心和精力写这样长的信呢？其实，我也有说不完的话，想要告诉你。我一次次地不断地修改着那封信，连标点符号也没忘记纠正。其实，我想要含蓄地表达我对你的情感，可我却弄巧成拙！明明把你当作自己最重要的人，却还说违心的话。那封该死的信，没能挽救我们的感情，却还伤了一个男孩的自尊。你一气之下，赌气匆匆结了婚。我放假回来才知道。当我真正失去你时，才明白自己爱你有多深。是你第一个开启了我少女的心扉，我曾多次将这美妙的心路历程，悄悄记录在日记里，还为此写过很多诗句。我过度的矜持和含蓄，让你误会我了。当然，是我不敢大胆面对自己的爱情，并亲手葬送了最纯真的爱情。我没有得到你，我拥有的只是孤芳自赏的爱情。

你今天又推着自行车，从那扇绿门走出来。我隐身在红彤彤的窗帘后，看到你，我还是会心虚地全身发颤，不由得向后躲着，但又忍不住找寻着你的身影。你抬头朝我这边看过来，那到底是什么样的眼神呢？我被惊到了，难道又被你透视到我的心房了吗？每当你进出那扇门时，总习惯往这边望望。有一次，好像是你家孩子病了，看着很着急的样子，你还是不忘往我这儿看一眼。我是幸福的，我看到了你寻找我的那双眼睛……

你矫健的身影，先是从正面，再是从侧面，直到后来渐渐地消失了。你三岁的女儿跟了出来，看见你走远，她才噘着小嘴儿依依不舍地回去了。她可爱极了，我非常喜欢她。有时，偶尔碰到她，我都会情不自禁地逗她一会儿才走。她长得真是和你一模一样啊，我暗恋着你，也偷偷地关心和爱护你的孩子。我也和所有的女人一样，也想结婚生子，享受天伦之乐。尤其，看到孩子，更是疼爱不已。如果我们俩也有孩子，那该多好啊！

昨天，刚好又碰见你的女儿，我就让她坐在我自行车前面，一路上不停地回答着她的各种问题。同时，我预感到，我失去的东西，早已和我越行越远了，我已经没有机会再找回了。虽然，我早料到我终究会面对这种局面，可我为什么还是那么执着呢？生活在虚幻的想象中。

我在等待着，好像他随时都会出现，一等就是三十年。就连同父异母的妹妹都在说：

“也不知道她到底在等谁，我念她是我姐姐，才让着她。我要不是早点结婚，可能，也会被她耽误了呢。我可不想成为像她那样的老姑娘呢。”是啊，她说得没错，我又在等谁呢，难道在等已经成家生子的你吗？我又何尝不明白这是无尽头的等待呢？

我眼前是紧闭着的绿色院门，你一结婚就把门漆成了绿色。

如果我一旦抛开廉耻之心，也许就能自由地闯入那扇大门。可是，我不会。这也是天意，命运在折磨我，我只能在等待中生存。而你只能远远地用忧郁的眼神望望我的窗户。

是啊！正是这扇门吞没了我的幸福。

不被赞美的女人

我正在家里洗衣服，听到外面有人喊我，我从窗户望去，正在院里的凉棚上架葡萄藤的丈夫，比我先到了院门口。

“怎么没有在下班前告诉她啊，她还在里面洗衣服呢。”他对我的同事萨尼娅说。

“下班前，我忘了。刚好回家顺路，就过来告诉她啊。”

“你急什么呀，你家又不会跑啦。”

“我们女人家哪能和你们男人相提并论啊，普尔开提。你们男人一回家，妻子都会准备好吃的。我们回家，家里几张嘴都等着呢，基本上都由我们自己动手去做。”她见我出来，就笑着说。

“你真行啊，看来我应该娶你回来啊，你那么顾家。瞧，我家这个，没你体贴，嘴里也吐不出暖心窝的话儿。”丈夫说着，转过身还看了看我。

丈夫的话，的确伤了我的自尊心，但我还是微笑着应对着他们。我答应同事会很快完成领导布置的任务。回屋继续洗我的衣服，泪水滑落进污水中，丈夫若无其事地忙着自个儿的活儿。

这人习惯在别人面前揭我的短，只要是除我以外的女人，他都会赞美一番。好像我在家没给他做过饭，从来不顾家似的。他的话让我很不快。

上周，我们坐公交车回我娘家。车上有个女人，看不出她是不是已婚，染着黄发，穿着时尚。突然，她给了一个男人响亮的一记耳光，并把他赶下了车，原来那个人故意贴近她。

老公当着所有人，在车里兴奋地说：“哇，哇！不知哪个幸运的男人会遇到这样的女人啊，瞧，真是耿直刚烈啊！我们啊，真是捡到啥就是啥啊！和慢条斯理的女人过日子，真是得过且过呀！”眼睛还斜视着我呢。

虽然，车里都是陌生人，但是，丈夫在别人面前说我，还不如刚才那个男人婆，让我在众人面前非常尴尬。

回到单位，可能是同事萨尼娅对我的同事说了什么，在办公室里，总是喜欢捕风捉影的安米娜，见到我，像捡到什么宝贝儿似的，问我说：“哎哟哟，我的古丽菲娅美女哟！你是不是只顾自个儿在外面玩儿呀？听说你家那位对你怨声载道啊！”我笑了笑，什么也没说。我又能说什么呢，总不能告诉所有人，丈夫的坏习惯。

从单位回到家里，还是咽不下这口气，丈夫带给我的困扰让我烦躁。我为了让他意识到我已经生气了，他找我说话，我也没搭理他。他还是追着我说话，又问我到底怎么了，我就说今天情绪不大好，就敷衍过去了。他打开电视后又说：

“看啊，你看那个主播，像她才算得上是女人啊，人家可能也有不愉快的时候，可从来都是面带微笑，哪像你，整天就是个苦瓜脸。你呀，最好学学别人。”我已经忍无可忍了，回敬道：

“哦，我需要学的人还真不少呀，你倒是告诉我，我还有哪些地方不如别人啊？她们面带微笑，那是在工作中，人家不可能回家也是一个表情吧？你一个中学老师，不会连这个都不知道吧？”

自我同他结婚以来，他当着我的面赞美过多少女人，我也记不清了。起初，我也觉得自愧不如，就试图努力学习她们的长处，甚至模仿她们的言行举止。可是，我为了要和她们一样，却失去了我自己。我又对自己做了重新的审视，我认为我不亚于丈夫眼中的那些优秀的女人。我总是跟着别人的影子，却没能换回丈夫的尊重和赏识。看来，问题不在于我，而在于他怎么看我，我不再计较他拿我和别的女人作比较了。可他总在旁人面前贬低我的样子，尤其让我厌恶。在他眼里，我是怎么看都不顺眼的女人而已。

还记得，儿子年幼时，丈夫要我学邻居女主人的方法教育孩子。听说他家孩子一箩筐，但是教子有自己的一套。那女人有八个孩子，只要孩子稍不听话，那女人就用柳条抽打他们。她满不在乎地说，只有在棍棒下才出孝子。只要是孩子们调皮捣蛋，不管是寒冬腊月还是酷暑，她都会将孩子赶出家门罚站，等到孩子们忍受不了，跑来认错求饶，并保证下不为例时，她才允许孩子进门。后来，他们一看到母亲要拿柳条了，马上就会变得规规矩矩，对母亲言听计从，家里也变得安静了。当时，我被丈夫说服了。有一次，儿子太顽皮了，我为了吓唬她，也把他赶出家门罚站。我本想过一会儿就把他接进来，可是丈夫让我再等等，说看他肯不肯认错求饶。我们没有等来孩子，却不见了他的踪影。寒冬夜晚，我们呼喊着儿子的名字到处找。孩子太小，不明白亲生父母为什么不让他进屋，就凭着记忆找他奶奶去了。

幸好路人遇见他，看到小孩身边没有大人，就牵着他的手，挨家挨户地帮孩子找家人。我们从围观的人群中，认回了儿子。丈夫还在众人面前狡辩，旁人纷纷责怪我们不负责任，不该这样教育孩子。他又怨起我，说孩子随了我，才会那么不听话。只要孩子出点差错，他总会把所有责任推卸给我。我反问他："孩子可不是我从娘家抱过来的，怎么和你无关呢？"这只是我们平时争论的话题之一。

"要娶媳妇就该娶个医生或者护士才好啊，她们很会照顾人啊。"有一天，丈夫从医院回来，站在门口边换拖鞋边说。他得了顽固性皮肤病，一个月来都往返于医院。"阿依克孜大夫长得漂亮又清秀，听说还离了婚，也不知是哪个家伙，居然舍得离开这样的女人呀。"他之前喜欢见了女人就赞美，变成现在只关注一个女人了，只有那个女医生在他眼里是最完美的。他隔三差五地就说起那女医生的好来，她的离异，也被我丈夫怜惜不已。

我早已习惯了他，我尽可能地看淡这些。可他，几乎每一天，都以看病为由，去见那个女人。他谈论的主题基本上都离不开她，好像对她一天比一天陶醉的样子。我正在做饭，他看我还没做好，饿着肚子开始埋怨起来，"阿依克孜大夫一看就是个利索的女人，要是她动手做饭，三下两下就能上桌了吧。"

"她什么时候给你做过饭啊，你嘴边总是离不开那个女人，你是不是喜欢上了她呀，干脆就去娶她吧。"我已经对他没有了耐心。

"能把她娶回来，那我就烧高香了喽！"他还是不痛不痒地说。

他的话完全肯定了我对他们的猜疑。女医生给我的丈夫做饭，然后他们围着一张桌子，眉来眼去地吃着饭的场景，不断地在我脑海里重复着。有一天，他去医院，很晚也没回来。我就寻思着，他们一定有什么风花雪月的事儿。心里七上八下的，我怎么也等不下去了，最后，我找到医院皮肤科想看个究竟。只见丈夫撩起上半身躺在床上，那个女医生正俯下身。我气得完全失去了理智，扑上去，就开始撕扯她的头发，听到吵闹声，人们都赶到皮肤科。我毫无形象地维持着残局，就像电影里的泼妇。长期积压在心中的各种猜忌，再和刚才容易让人遐想的那一幕，我不但骚扰了别人，也弄得自己很狼狈。

我手里捏着法律传票，一坐就是几个小时。我没有想到自己会酿出这么大的祸来。法院断定，医生阿依克孜正在给患者检查胸部、背部的病况，古丽菲娅突然闯入，并打骂和侮辱医生，妨碍医生正常工作。如果，仅仅是一个男人裸着上身躺在床上，又有一个女人正俯下身，我们可以自由地想象他们的关系。但如果发生在医院里，女人还穿着白大褂，那就是患者与白衣天使，不会有任何非议。正因如此，阿依克孜凭着确凿的证据把我告上了法庭。

一时的愤怒，冲昏了我的头脑。过度的猜忌让我无事生非，可是，毕竟事出有因。要不是丈夫每天都念叨她，我可能也不会做出出格的事儿。她说我玷污了她的名声，我又何尝不是呢？当众打骂别的女人，还说她抢了自己的丈夫。我自己作为知性女性，也丢了自己的颜面。我的自尊也被践踏了，可我到哪里去说理呢？我成了办公室里被热点议论的对象，而且我还无法澄清自己。

有一天，同一科室的同事实在看不下去了，就找来我说："一切都过去了，别再想了。你和你家那位和好了吗？如果你愿意，交给我来办吧！"

"你什么也不用为我做。请您不要当着自己的妻子，去夸别的女人！"说完，泪水涌了出来。

外乡人

在我们乡里，有个叫艾沙·穆萨的人。他总是穿着带有大片汗渍，脏得已经看不出本色的衣裳。麻布衬衫上的纽扣都掉完了，敞开着胸襟，上面还缠着一条黑色的布腰缠。头戴着皱得不成样子的黄军帽。没有人知道他来自何方。听大人们说，六七年前，他就这么褴褛地出现在这里，还留着长发和长须。看到他落魄的样子，这里的队长就给他分了四分地，把他纳入了大队的一员。他利用这块儿地盖了间低矮的小破砖房。可是，大队有活儿叫他，他总是找各种理由躲开，也没有人能说服得了他。

但是，只要有人找他做砍树挖桩的事儿，他准会一口答应，并很快干净利索地完工。后来，人们有这类活儿都去找他，至于工钱，不管人家给多给少，或给他端来一碗热饭，他都不会计较。他基本上夏天才能揽上这活儿。在没有生计的冬天里，只要有人操办红白喜事，他都会跑去蹭饭吃。当然，他不会出现在客人的列席当中，而是在做大锅饭的灶边蹲坐着。掌勺的人也习以为常了，总是按惯例先给他盛过一大碗后，再给来客盛饭。让他吃饱喝足后，灶旁的人，还会给他装一些带走吃。

只有强壮的男人身上，才会有浓密的汗毛，他不但眉毛长，胸口也有浓密的汗毛。所以，小孩儿们看到他，都很怕他。如果有孩子不听话，女人就拿他来吓唬孩子，说："如果再胡闹，就叫艾沙·穆萨来！"他却非常喜欢小孩儿，经常给我们买麦芽糖吃。虽然，心里怕着他，可是嘴馋了，手脚也不听使唤，上前拿上吃的就往嘴里塞。

关于他出生的言说也不少。有人说，他其实是个双胞胎，因为死了一个，他的父母为纪念他的同胞，就给他取了两个相似的名字——艾沙·穆萨。也有人说，他本名后面的是他父亲的名字，并非是他同胞的名字。他的父亲曾是个大巴依，他出身名望家族，人们才会尊称他的全名。不管怎样，人们都已经习惯这么叫他了。只要说出他的全名，人们马上就会想到，穿着大雨靴哐当哐当走路的这个人。

只有我父亲才会直呼他单独的本名，叫他艾沙阿洪。我是爸爸最小的孩子，也是唯一的儿子。不管爸爸去哪儿，都喜欢带着我。听大人们说，我父母亲离婚后，父亲得知母亲还怀着我呢，两人很快又复了婚。因为我，这个家庭才被挽救，所以，我出生以来，又加上我是男孩，受到全家人百般的宠爱。我模模糊糊之中，也看出家人有着重男轻女的倾向，也觉得很不好，可我不想失去这样的待遇。

父亲在乡里比较有威望，村里大小红白喜事，他都会带着我去入席参加。他在主座上坐定后，将抓饭上的大块肉先分给我吃，自己再动手吃。到了晚上，在煤油灯下，爸爸会耐心地讲许多民间故事给我听。回答我所有的迷惑和问题。

有一天，父亲第一次带着我来到艾沙·穆萨家。那是间昏暗的小屋，一进来就看到泥土砌成的成一体的灶台与火墙。灶台上放着被油烟熏黑的水壶和掉了漆的破水杯。连着火墙的是矮小的土炕，炕上面铺有烂麻袋和半块毡子，最多只够两个人睡。上面还杂乱地堆放着两三件大棉衣，估计是当被子用的。土炕角落立着一个大麻袋，里面像是有坚硬的东西。

别人见我父亲时，都会给他正式地行礼打招呼，他却不拘泥于这些。我们在他破麻袋垫子上坐了一会儿，父亲就开始劝他说：“我说艾沙阿洪啊，你到这里也有六七年了，也算是入乡随俗了，这里已经没有几个人不认识你啊。可你总是不合群，再看看你这副模样，你也不是不会赚钱呀？手头上有钱时，可以买件新衣服穿呀，常常洗个澡，人不也精神多嘛，是不是啊？你这样破罐子破摔的，谁也看不惯哪，人和人交往了，才算是正常的人！要不，我给你做主，你娶个媳妇儿吧。如果，你心里也有这样的想法，那就打开窗户说亮话，这事儿就包在我身上得了。没有女人的家，就不像个家，你身边一旦有了女人，别人也会对你刮目相看啊，也就不只盯着你的短处了。牵红线可是件积德的美事，不管老婆是瞎的还是瘸的，有女人的地方就会干净整洁，事情也会顺利。今天，我拖着这老胳膊老腿，就为这事儿，专程来找你啊！”

他一言不发地耷拉着脑袋。父亲为了说服他成家，说了很多男人成家立业以后，家才会兴旺起来的例子。等到父亲快磨破嘴皮儿了，他才抬起头，往上顶了顶头上油亮、褶皱的帽子，我这才看清他的脸。我突然看见他眼眶中闪动着泪水，厚厚的嘴唇抽搐了一下。他斩钉截铁地，一字一顿地对父亲说：“我原本就不是当地人，也不想入乡随俗。等我明白这里的习俗时，也没人能留得住我！”说完气冲冲地摔门出去了。

父亲的固执和偏激，我是在他怎么对待姐姐们时领教过。对我却不是这样，他这个原本精通经文的人，却主动地把我送进邻村的科普学校读书了。在我上小学三年级时，正值夏天，见艾沙在我家门前挖木桩。我早已不怕他了，我拿出课本，跑到他那里大声朗读起来。他用铁锹挖了一会儿，就坐在我身边来歇息。他问也不问，就拿过我手中的书，仔细看过书目之后，随意翻开一页，就向我提了个问题。我惊呆了，天啊！原来艾沙·穆萨居然会读书识字啊！我那自命清高的父亲，不过也识那么几个字而已。还有，咱们那个乡里的大队长萨吾提大叔也只会写他自己的名字。我将这个破天荒的消息，一路奔跑着告诉了碰见的所有人。母亲将信将疑地说：

“孩子，你可别说谎呀，如果像他那般疯癫的人都识字的话，这世道也会反着转了呀！”

得到这个消息的同龄孩子们，哈哈大笑起来。只要有个带字儿的纸张，他们就起哄说，让我拿给艾沙去念一念。

就在那一晚，艾沙想把最后一个木墩挖出来，就没回去。自从我发现他识字，他在我眼中完全变成了个崭新的人。虽然很晚了，我还陪着他。他今儿心情好像还不错，干着活儿，嘴里还哼着小曲儿：

水渠边儿躺着，
莫合烟儿抽着。

他干完活儿，来到我身边蹲坐着，从口袋里摸出莫合烟，用撕成小长方形的报纸卷出粗长的莫合烟大口大口地吸着。我羞羞答答地问他说：

“艾沙·穆萨大叔，你明明能读会写，为什么不去当先生（老师）呢？你瞧你，每天累死累活地干粗活儿，如果做了先生，在你胸前的口袋上插上金亮的钢笔，那不是很神气嘛！”

他露着发黄的牙笑了，用他粗糙的手，抚摸着我的脑袋说：

“你呀，终究是个孩子啊，人为了生计，只需简单些就足够了，如果，想要太多，人就会成为生活的奴隶。”虽然，他外表满是污垢，令人生厌，可是，他是读书人，我对他肃然起敬起来，他伸手摸我，我也没有躲闪。

“艾沙大叔，你为什么没有自己的孩子呢？”

“本来是会有孩子的，可是……”他说着，将一块儿一块儿的小土块儿向河里掷去。

“那是为什么呀？”

“我给你讲一个故事，孩子你一定要听好记住，我从来没跟人讲过。我老家也有这么一条河，那里有个非常美丽的姑娘。她长成亭亭玉立的十六岁少女时，就和村里的一个小伙儿恋爱了。可是那姑娘，早已被那里的老巴依盯上了，想把她娶回去做四姨太。那个老巴依不是别人，正是那个小伙儿的父亲。姑娘无法接受做恋人的继母，就投河自尽了。姑娘的死，让小伙子撕心裂肺，痛不欲生，加上对父亲的怨恨，他就奔走他乡了。从此他流离失所，变得愤世嫉俗，只活在自己的幻想世界中。”

他的声音沙哑了。月夜下，他的眼睛里闪动着泪光。

“你在哭吗？她是你的什么人吗？”

“她是我的生命……”

过去八九年后，有一天村民传消息说，艾沙·穆萨在水渠边睡着了，然后掉进水里死了！他的尸体从村外的水库里打捞上来。之后，又听人说，从他屋内发现一尊木雕女像。一直藏在麻袋里。人们得出结论说：“艾沙·穆萨有个女魂，他才会终身不娶，只和这个女木人生活在一起呢。”

亡灵宣言

古尔邦节前夕，我在墓穴里等待着你的到来，等来的却是哥哥和父亲。他们在我坟前跪坐了很久很久，做了很长的祷告。临走时，将带来的黄色谷粒儿挥洒在土包上。不远处，在一个新坟旁边，有个女人哭得非常伤心。我在人类这个最终、最久的归宿里，已经安息了三年。我走后，就连我生前最痛恨的人也来看过我，可我却没等到你。人活着的时候，都忙着争名夺利，而死后也摆脱不了这个规则。

其实，人们的今生和后世也有许多相似之处。也希望自己下葬的地方宽敞，气派些。父亲下葬我时也顾及到了自己的颜面。他将多年来积攒起来的，本该当我嫁妆用的那部分钱，用来给我布置了合乎他身份的墓地。我死后也没能逃脱父亲的掌控。方形的铁栅栏围住了我，我被葬在山区的土包里。

我的名字叫穆哈拜提，爱之意。这还是我那位不怎么懂人情味儿的父亲为我取的。人们说，我是为爱而降临到这个世上的花仙子。可惜，我还没来得及体会被爱的滋味，还没弄懂我名字的含义，就来到了这里。

我们曾经发誓，要永远在一起，即使死也要葬在一起。我的家里铺满华丽的地毯，它也是划分人群高低贵贱和层次的手段。那一天，我坐在装饰华丽的卧室的梳妆台前，对着镜子，说，“别了，我的迪力夏提，只为我们能永远在一起啊。”嘴角是痛苦的微笑。拿起手中的农药瓶。老天，赋予我生命，我却不想珍惜，我活着时，就印证了上天的惩罚。我望着镜中的自己，是如此的娇美，我孤芳自赏着，对着自己看了又看。曾听大人们说过，梳洗过的遗容会显得格外的美丽。是真的会变美，还是因为对生命的留恋呢。即使美，那也是瞬间的凄美。这张粉嫩、润滑的容颜，在别人眼中红苹果似的脸，即将腐烂变成尘埃，这匀称的身躯会变为骷髅。

此时此刻，我多么渴望我的迪力夏提能看我最后一次。在我告别人世间的挣扎和恐惧中，再给我最后的拥抱和亲吻。可惜你根本就没有来。我的美成了我的不幸。美丽的容颜能给女人带来幸福，也能招来祸水。有人说过，我像芬芳的花儿，可我并不想做只能让人满足私欲的，离不开花瓶的家花。

父亲总是使唤母亲，我们有时也会拿母亲出气。为什么这些男人都拥有这样的权利呢，难道这是婚姻所赋予的吗？家庭中所有的事儿，都必须按父亲的意愿和命令。我从没见母亲表达过自己的意愿、真实的想法。母亲苍白无力，也许在父亲的高压下，内心也憔悴了吧？她为什么从来都不说出自己的立场呢，哪怕是一次啊，也可以像泼妇那样揪着父亲的衣领，把自己想说的、想做的痛痛快快说出来。让我无法理解的是，她总是这么默默地承受着一切，压抑自己到底是为了什么？

儿时与你一同上学，捡到从河里漂流来的苹果，就抢着一起吃。偶尔，遇见有人来乡里卖冰棒，我们就会紧紧攥着几枚硬币拼命地追上去，换到冰棒就满心欢喜了。所有的一切都是那么的美好，我憧憬着将来自己成为电影明星，或成为重要人物的样子。但是年复一年，我还是我，并没有成为特别的人。我自己完全可以做主的婚姻也不能让我自己来决定，还能奢望什么呢？冬去春来，时光飞逝着。总有一天，我也会成为穿着满是褶皱的大裙子，只知道操劳家务的家庭主妇。容易开启人们心扉的特别的名字，和我那个有气质的相貌，也会被生活磨得平庸无华。

虽然，我是母亲的女儿，可我并不想重蹈她的人生。我不想成为像她那样过度操劳，凡事逆来顺受，在丈夫和孩子面前低声下气的女人。甚至，我和哥哥们都一致认为，母亲包揽一切大小家务，都是理所当然。比如，她在馕坑里烤馕、洗衣做饭、喂养牲畜，等等，没完没了地干着这些繁杂的事儿。自从我懂事以来，母亲一如既往地做着这些。她好像不再需要健康和美丽，穿着旧衣服，拖着旧鞋，围着灶台和牛羊圈忘我地忙碌着。

邻居们也说，我父亲得到了一个能让他完全省心的妻子。她也有很多金首饰，可从不见她戴过。整日愁眉苦脸变得僵硬的脸，没有微笑，完全捕捉不到她的内心世界。

至于我的父亲，我更是难以理解。如果他们有那么一点爽朗的笑声，也许就能赶走我心中的忧郁和烦闷。他们在我眼里，也许就不会这么神秘和冷酷吧！我在不懂自己的世界里，与无法沟通的家庭成员中，生活了十八载。

梳妆台前的镜子中，我想起，自己紧握着农药的身体中，血液还流淌着，还能呼吸到新鲜的空气。转而，一想到你在这个时间已经服毒，在另一个世界等着我了，我义无反顾地将瓶口对准嘴唇，喝了下去。我为了要和你永不分离，选择和你一起放弃生命。我按照自己的诺言，永远地离开了。你却没有，你选择了新的生活。

前两年，你偶尔还会到我坟前看望我，和我的灵魂窃窃私语。我不希望你和我一起来这里了，不如留下来，好好地活着。可后来，却不见你再来了。如果我还活着，我也会像来我坟头觅食的鸟儿一样，哺育自己的孩子，不枉我在阳间走一回啊！可我，过早地来到这里，还以为就能和你一起过上无忧无虑的日子，快乐到永远！

今天，我听到隔壁坟头的一个老奶奶，正对另一个亡灵说着你的事儿，被我偷听到了。听说你已经去城里生活了，我才明白你为什么不来看我了，你已经离开了这个偏僻的村庄。看来，你不会再来这里了。可我为什么没有早点明白啊。我再也不会期待你了。男人如果对一个女人忠诚，那么女人可以为他付出一切，哪怕为他献出自己的生命。可是，没有女人愿意苦苦等候负心人，哪怕是亡灵。

终有一天，你也会来到这里，那我也不会再以爱人的身份来迎接你。别了！我的期盼，我的等待，永别了……

幸福之约

他一闭上眼就开始做噩梦，他努力不让自己睡着，可还是眯着眼睡着了。他梦见去年被他宰了的那只公羊。只见它长着一身的卷毛儿，像凶恶的狗一般，龇牙咧嘴，眼睛发着寒光，突然开口说话了：

“你还记得，从肚子里掏出羊羔的那只黑母羊吧？那就是我的崽儿。还等不及它出生，你就把它母亲宰了。你把血淋淋的孩子丢在一边，还忙着切割它母亲的肉啊！那时，我真想冲过去，用自己的角把你顶死！”

他怕了，虽然他是见惯了羊血的老屠夫。有一次，他把一只公羊的角卖给一个做艺术品的人。他怕那只公羊，它咆哮着向他扑过来。他想逃可怎么也逃不出来，迈不动双腿，双手无力。他呼喊着妻子和孩子的名字，可是谁也没听见。妻子忙着往炖着的羊肉汤里加恰木古，孩子正在炉边看书。过了很久，妻子才发现他面色异常地在被子里挣扎。她轻轻地摇醒了他。

在他小时候，母亲总是祈祷他长大后能成为一个大学生。可是，后来他跟着村里的吾麦尔屠夫学着宰羊宰牛，也做了屠夫。小学时，老师问班里的学生长大后想做什么样的人。那时，没有人回答想要当屠夫。当然还有一些同学连屠夫也没做成，还成天跑到他那里赊肉吃。不管怎么样，他能凭着这个手艺养家糊口。想当初家里没钱交学费，他哭着哀求老师，老师一脸无奈地说：“孩子，我也无能为力啊。”就眼睁睁地看着他辍学了。现在，他来买肉时，还会对旁人说，他可是我的学生啊，他手艺精湛着呢！好像他屠宰卖肉的本领是从他那里学来的。

儿时的他，有着许多伤心往事。一些人和一些事儿，都让他难以释怀。在一个下雪之夜，阿西木老光棍敲打着他家的院门，大喊：“哎，你这个婆娘！你那个逃犯老公是不会回来了。不用对我忸忸怩怩啊……”闹得他们无法入睡。他和同学们一起玩游戏时，模仿课本中“狼牙山五壮士”中的英雄。他占领到高地时，就被同学们拉下去，还说，你这种人不能当英雄。邻居们不让母亲借用他们的馕坑。邻居女人总是将家里的东西顺手牵羊，被他看到，反被别人骂说是随着逃犯父亲。

还有，大队里的玛丽亚姆古丽一有机会就找母亲的茬儿。母亲在队里给大伙儿做饭。有一次，母亲将大锅里的饭，给他盛了一碗，就被那个女人告到大队长那里去了。她小题大做地说：“哪怕锅里剩下的一碗汤一碗面，那可都是来自大队成员的每一滴汗珠。不管是孩子吃一勺还是一碗，那都算是蹭饭吃啊，掌勺儿的人可不能这样啊！”大队长为此惩罚他母亲去掰苞米了。他憎恨那些人，他们一直都在孤立和排斥他和母亲，让他在屈辱中成长。他也恨不曾谋面的父亲，留下他们母子受尽困苦。每当想起他，他就攥紧小拳头暗下决心：“等我长大了，让他们瞧瞧！”

他长大了，拳头也硬了，但是他没去打人，也没去找人翻旧账。他明白了，那些处于贫困边缘的人，只因当时的处境所迫，心灵才会扭曲。岁月让他的老师弓了腰，他们曾经的班花遭受到别人的凌辱，成了见了谁都会破口大骂的疯女人。

他的母亲脱下靴套，上了炕，坐在他身边伤心地说："哎！我的小少爷啊，你到底是怎么了呢？老天爷，应该把这种病传给，像我这样一只脚踏进坟墓的人哪，怎么能让你得上了哟！你是一个喝凉水都能过活的年轻人啊！"

"我就是瞌睡，一睡就是噩梦不断……"

"那一定是累坏了呀，孩子！你一年三百六十五天都这么忙，怎么会不累倒呢。"他母亲说。

他的儿子凑过来说：

"爸爸，给你念首诗好吗？"

"好吧，你念吧。"他担心自己会睡去。

他双眼紧闭。心中埋藏着的文学梦，让他振作起来。

那些年月里，餐布上少不了苞谷馕，可他胸怀大志。白天吃不饱肚子，到了晚上会咕咕地叫起来，怎么也无法入睡。他只好躺着，只能听着咕咕乱叫的肚子。饿得无法入睡，他只好躺着幻想些美好的事情。比如，他戴着眼镜，坐在大城市里的某个办公室写作的场景，还能收到许多读者的来信。等他下班回家，贤惠的妻子笑脸相迎，并给他端上香喷喷的抓饭。

想到这里他的肚子更饿了。他摸了摸乱叫着的肚皮，继续徜徉在梦幻中。有那么一天，父亲也回来了，他和周围任何人可不同，他不会是那种穿着满是尘土的旧衣服的人。他穿着高级呢大衣，头发梳得干净利索，手提着皮箱，出现在这里。他到处询问着妻子和儿子。他停止玩耍的游戏，立刻跑到他面前说："是我，我就是您的儿子！"

听着孙子诵读的诗歌，母亲也开始回想着过去的往事。

在距离中苏边境一百米之远，一个男人正拉着一个女人行走着。女人紧紧拽着路边的灌木，不愿离开的样子。

“放开我，我的家人都在这里，我不想离开他们，你放开我！”女人无助地哭喊着，但是她的声音不断地被荒凉的戈壁滩淹没了。

“放开她，要走，你自己走。”突然出现在他们身边的骑马人呵斥道。

“这女人是我的，与你有什么相干呢？”

“看看我怎么管吧！”骑马人开始用手中的鞭子抽打那个男人。他为了躲闪，逃到了境外。他明白，他再走一段距离，就能抵达目的地了。可是他一步三回头地，望着女人呼唤着：

“再见了，阿依古丽，愿我们后会有期！”

女人回到了冷冷清清的家里，过着以泪洗面的日子。可是，一切都结束了。来年，她生育了一个儿子，取名亚迪卡尔。

为了多出点奶水，他的姥姥就为他母亲准备牛奶喝。母亲其他的弟弟妹妹都只能就着清茶吃苞谷馕。他们常常眼巴巴地望着姐姐碗里的牛奶，让她难以下咽。

看到自己成了家里的包袱，她很自责。有一天，有人闯进来，让母亲到学校的操场上集合。她和同病相怜的姐妹们，被送到了很远的一个乡村。她不明白，自己为什么要遭遇这样的命运。大队长对她呼来喝去，指使她收割麦子。第二天，那个人又出现在麦田里，大摇大摆地对她说：

“怎么连一捆都没有割呢？你不会是还梦想着你那个逃犯丈夫，会骑着白马来接你吧，你还是别做梦了，乖乖地割你的麦草。”

到了晚上，她全身关节酸痛不已，哺乳期的乳房胀痛难忍。那个大队长，突然，给她送来一件旧棉马甲，并命令她穿上。

天很热，阿依古丽很奇怪，就问他这是为什么。他恶狠狠地说：

“我可不是担心你着凉才叫你穿的，你又不是我姑奶奶，让你穿你就得穿。要是明天不见你穿的话，我就不会让你过好日子。”

大热天穿着棉马甲劳动，她早已大汗淋漓了。过多的奶水溢出来，胸脯满是大片的奶水和汗渍。第三天，她胸部膨胀、剧痛，在地头哭了起来。大队长又出现了又喊叫着：

“哎！你没事儿，在这里流什么鼻涕，别想耽误眼前的活儿！马上给我拿起镰刀，去收你的麦子！”

“我说大哥呀，你自己家里也有母亲和儿女吧，也有过喂奶的孩子吧，我还是哺育中的女人，已经快坚持不住了，求你网开一面好不好？”她话没说完，就已经泣不成声了。也许那男人有了那么一点点恻隐之心吧，他压低声音说：

“如果有话要说，你去找公社。我在这里只负责你们干活儿。”

到了第四日，她高烧不断，昏倒在麦地里。看管的人找来一名赤脚医生，只听医生摇着头说：

“没有让孩子吃奶，奶水已经开始变质，必须要带到县里去治疗。”她被载到马车上，送进了县医院。虽然，打了几天针，可还是不见好转。她的乳房从之前的红紫变为黑紫色，并开始蜕皮。医生说必须先要做化脓处理。护士为她涂了黑色药水，并给她做了包扎。日夜的剧痛让她无法入睡，无法正常进食。这让她想起她的母亲饲养的花母牛。母亲也用开水洗过那牛的奶头，当时母牛也是痛得哞哞地直叫。

不管是人还是动物做母亲，都是那么的辛苦啊！她母亲抹着眼泪说，只要是女人都会经历这样的疼痛。她消瘦的身子、蓬松凌乱的头发，不整的衣着，看着显得比她母亲还要苍老。身心的考验，让她变得易怒烦躁，她怪自己的丈夫，留下她和孩子受苦受累。

“现在可以做手术了。”有一天，进来为她换药的一位护士通知说。她被送进一间手术室，接受了手术。

后来，虽然没有强迫她再下地干粗活，但她遭受着旁人的排挤和孤立。她变得更加的谦卑，说话也不敢大声。为了把儿子拉扯成人，她在生活的各种历练中，从二十岁的女孩，变成了三十岁的中年妇女。只有一件事，会让她对一切充满信心，她肯定自己的丈夫有朝一日一定会回来。有一个算卦的人，曾预言说要经历很多年后，他们一家一定会团聚。她对儿子非常满意，孩子长大后，她开始享清福。儿子怎么说也有一门手艺了，他赚回钱了，也挣回了面子。他成了乡里无人不晓的肉铺老板。

他睁开眼，看见坐在他身边默默祷告着的母亲。他久久地望着母亲，她脸上的条条皱纹，又让他回想起往事。他往后靠了靠，整了整垫在后背的两个枕头，重新眯着双眼。

图妮莎站在肉铺挂钩前乱唱着，头发上还挂着许多小苹果。那是被风吹下来，掉在河里流过来的青苹果。周围的男人，看到她那副模样，嘲笑起来。

“你们这帮娘娘腔，笑什么笑啊，快回家给你老婆挤奥斯曼汁吧，让她们好好画画眉吧！”

“去你的，你这个疯子，爱在哪儿唱，就在哪儿唱去吧！”

那些男人不屑地说了她一句，就只顾说着他们自己的话。

“磨刀了哟，磨刀啊！”巷子里磨刀师傅传来吆喝声，又把他拉回了现实中。

“快去拿刀，拿去磨一下吧。”

“等您身体好了再说吧。”坐在炉边的儿子头也不抬地说。

“我在和你说话呢，你这个吃白饭的家伙！”儿子惹恼了他。

在那个吃不饱肚子的年代里，母亲告诉他说：“图妮莎姑娘原是乡里的一枝花儿，自从脑袋挨了一棒以后，才变成这样。我们也算是不幸中的万幸了。”他开始为图妮莎担忧起来，别人家都用苞米棒、树脂取暖过冬时，她一个头脑已经不清楚了的女人，又是怎么度过寒冬的呢？她有时还被乡里的老光棍占便宜。

他想起自己在上初中时，七元钱的学费成了他家最大的忧虑。因为他家没有一件值钱的东西。

第二天，母亲一进门就哭了。原来她去舅舅家借钱，钱没借回来，却抱回一大团冷冻过的羊油。听着母亲的哭声，看着母亲的泪水，从那天起，他放弃了所有的远大梦想，只想挑起家里的重担。

“够了，我不想再上学了！”

“当屠夫也不错，就算赚不到几个钱，可怎么也能吃上肉啊！”他的师傅吾麦尔屠夫为他打气说。他第一次学着宰羊时，师傅把羊肠都送给了他。母亲看到，高兴极了，她匆忙清洗好，把它当作肉，做成肉饼给家人吃了。他看着家人心满意足的样子，一下感觉自己已经是一家之主了。从那以后，家里每顿都有肉吃了。隔三差五地，还会炖肉吃呢。为此，他非常感激自己的师傅。

他坚信，总有一天会和父亲重逢。他带着这个信念，苦苦等了四十年。自他懂事以来，信念就开始在他心中生根发芽。小时候，他看到的一幕，一直没有忘记。一天他放学回来，看见母亲正和一个男人说话，是他从来都没见过的男人。如果父亲回来，看到家里有男人，肯定会头也不回地离开。想到这里，他伤心地哭了。母亲看到他，长叹了一声，什么也没说。现在回想起来，真的很对不住母亲。可是，他从心底不希望母亲有父亲以外的男人。

后来，得到父亲已经去世的消息，他怎么也无法相信，更不相信他已经再婚，并有了自己的孩子。他一直认为，父亲也该像母亲那样坚贞不渝，一生都生活在等待和思念之中。得到来自国外的人捎来的口信儿，他多年来的思念和想象着的各种团聚的美好场景，彻底被打碎了。他一辈子就带着希望生存着。也可以说，他只为那一刻的到来而活着。现如今，父亲再也不会回来了。这个现实，对于他来说太残忍太残酷！他不知道他该怎么开口告诉母亲。

他为了摆脱现实中的苦恼，刻意让自己睡着，闭着眼，喃喃地说：“不能让妈妈知道！不能，不能……”身边的母亲没有听见这句话，可她，总觉得有人会突然推门进来，不时地向门的方向望去。

乡村干部逸事

每当我走到自己办公室门口，看着“副乡长办公室”，很为自己自豪。尤其，别人在称呼我时，加上“乡长”二字，我更是心花怒放。

同往常一样，进了办公室，先给自己倒杯茶水，然后啜一口，再往窗外望去。只见，那个多事的女人，又出现在乡政府大院里。一看就知道她又来做什么了。她是乡里的贫困户阿米娜罕。一见到她，我就扫兴。

早在四年前，那时，我还在民政办工作。我和其他的几个同事，下乡到农民家里，走访入户。正值寒冬腊月，她家还在用玉米棒烧火取暖。她只有一间凌乱的小屋，没有可以待客的空间，一见到我们，赶紧收拾起炕上的被子和衣服来。火炉上放着熏黑的开水壶，她慌乱中，还忙着为我们端茶倒水。

坐定后，她抹着眼泪，指着瘫痪的女儿，向我们诉说着家中的困难。我自己也出自贫困家庭，非常理解他们的疾苦。尤其，见不得女人流眼泪。一回到乡政府，我就为她写了一份扶贫申请。从那以后，入冬时节，她会过来说家里没有柴烧了。春至，就说没人帮她播种了。夏至时，就说家里没了面和油。秋至时，她又说无力缴纳水费和地租，请求我们只让她缴纳化肥费用的一半儿。哎！这个贫困户啊！这个女人一定很无助，才会一次次地，低三下四地有求于我们哪。我一般也不会为难她，只要她来，我都会尽力地帮她排忧解难，按章办事。为了不让她空手而归，我不厌其烦地，找各个部门和办公室，找人说情逐级申请批报。虽然我忙前忙后，很是辛苦，但是，看到她的困难得到解决后，她满心欢喜的样子，我就有一种成就感，一切都是值得的。

有一年，我交完两个孩子的学费后，手机也欠费停机了。我正为此苦恼呢，那女人又打招呼进来。原来她女儿又生病了，没钱看病了。我在补助申请单上，先是填了一百元，又犹豫一下，撕毁后，重新填写成二百元。其实，我和她同样急用钱。我给她写几行字，她的事儿就能解决了。可我自己呢，工资还要等十几天后才能收到，手机欠费可不能再等那么久啊！这个手机也很折磨人哪。人手一部的手机，你不用吧，又很不方便。我虽然是别人眼中令人羡慕的白领，可是，我们一个大家庭都靠我一个人的工资来维持，这不，我养部手机都觉得很吃力了……

“喏，拿着这个申请单，您就可以从总务科领取二百元。再往这个电话号内充一百元。”说着我在一张小便条上写了我的电话号码，又把它塞进她手里。她盯着我看的样子，像是抓住了我的把柄似的。我心虚起来，虽然我从她的表情中得到了答案。她什么也没说，就出去了。我像是吃了不该吃的东西，感到全身都不舒服。没过多久，她揣着移动公司话费缴费单，交给我后，还是一言不发地走了。

生活的艰辛，到了我这个阶段，仍旧使我处于尴尬的境地。儿时家庭很困难，母亲在生产老幺时，因为没钱去医院，在家里因为高烧不断就去世了。我是家里的长子，家里的重担早早地落在我的肩上。父亲从外面干活回来后，又要给我们做饭吃，他一个大男人一做饭，就将家里所有的盆盆罐罐都乱放一气，然后毛手毛脚地给我们做饭。一边的弟弟妹妹们，又吵着闹着。做到一半儿，父亲就卷起莫合烟，一根接一根地抽着。老幺很小就失去了妈妈，我们只要有什么好吃好喝的，会先给她吃，就算这样百般呵护着，还是因为太虚弱，不到两岁就跟着母亲走了。

也就在那一年，我参加高考，并上了大学。那些年月，别说是上了大学回来的，就算是普通大中专毕业生，也能在政府部门入职。所以，我能考上大学，成了我们乡村农民们津津乐道的大话题。

“嗨，亚森江的这个儿子考上了大学，苦日子总算熬出头了啊，可惜，他母亲赛丽曼真是没福，没能见证儿子出人头地的这一天啊！”和我母亲同辈儿的女人们见到我就会说。

那年9月，我去乌鲁木齐上大学去了。家里的一切都又压给了父亲一人。

暑假回家，看到一个姑娘在我家忙家务。一看到我，就一路小跑着为我端茶倒水的。她对家务活儿熟门熟道。

“孩子，看见那姑娘了吧？她是你表姨妈的女儿，前段时间，她随母亲来咱家探亲。你姨妈，看到我忙不过来了，就答应留下女儿，在家帮着我们打理家务，还能照顾你的弟弟妹妹。我看她啊，心灵手巧的，非常满意。我就试探着问你姨妈说：‘肯不肯让女儿留下来做我的儿媳啊？’不想她就爽快地答应了。你将来肯定会成为大单位的公职人员。我看她高兴还来不及呢，干脆趁早把你们促成一对儿，你看怎么样呢？”父亲说。

“可我还在上学呀！”我的不满和反抗，还有委屈都会聚在这一句话里了，可是……

“这我也知道，先给你们订个婚吧，也不会影响你上学。等你毕业后，再正式结婚。孩子，我也很不容易呀！我也不可能带着一箩筐孩子再婚吧？里里外外的活儿，我已经力不从心了呀。我连你妹妹热依汗的头发也梳不好，干脆就把她的头发剪了。男人单身可不比单身女人呀。我一个大男人，又不能随便找人诉苦。儿子，咱们干脆把媳妇早点定了，我也可以提前享享你们的清福吧！”

望着妹妹的短发，我心酸了。那可是妈妈曾经亲手梳理过的头发，她再也不能往头发上结漂亮的红绸缎蝴蝶结了啊！

“那就这么着吧，好吗？”

“好吧。”

这个词是怎么从我嘴里蹦出去的呀，连我自己也惊讶了。我本想到后院没人看见的玉米地里去大哭一场。不想里面才浇过水，我双脚刚踏进去，裤腿儿沾得满是泥巴。我好不容易才拔出陷进泥土里的双脚，蹲坐在田边，手不停地揪着身边的野草，揪一把扔一把。小时候，我也有这样的习惯，坐在草坪上，坐在树下用手撕碎草或树叶。不一会儿，周围都是野草碎片。我感觉撕碎的不是叶子或一根草，而是我的心被撕碎了。野草树叶的生命被我毁了，而我的命运好像也被父亲操控了。

还真是，穷人有穷人的活法啊，父亲用自己的一套，拴住了我，绝对是完美的一箭双雕啊！他不但给我娶媳妇，尽到了父亲的责任，同时，还摆脱了没完没了的家务。可他却剥夺了我对爱情的追求，这样也过早破坏了我少年时期本该有的爱情。穷人的孩子早当家，好像无暇去谈情说爱吧。我不是给自己找了终身伴侣，而是找了个能帮我们照顾好弟弟妹妹们的女人，好像和爱情无关。

我无法接受，就这么过早地结束自己的少年时期，可又抵不过父亲的决定，赌气在玉米地里过了一夜。只有这里的安静，才能给我几许的安宁。

我们订过婚后，她被正式地送到我家。我悄悄端详着她，原来她长得也很标致。当然，她不如热米娜那般的聪慧开朗。可是，父亲和弟妹们对她都很喜欢。可是，没有人会认为，我是个牺牲者。在别人看来，我娶到媳妇是件皆大欢喜的事儿，而男人在婚姻中作为牺牲的词句，在文学作品中也很少见。从那天起，我再也没有寻找真爱的自由了。

* * *

“您好啊，乡长大人！您在以前那个部门时，有您关照着，咱们办事儿都很顺畅。自从您坐上了乡长这个位置，就不见您怎么露脸了呀？您调来这里后，那里就换来一个青瓜蛋儿。人家找他办事儿，教人说完一大通后，总是那几句话，说什么‘回头让我先请示一下！让我们先讨论过后再答复您’，然后，就打发人走，让人空手而归。这不，我又找到您这儿来了呀，希望乡长您来看看，这事儿到底该怎么办呢？”

“我也告诉过您呀，我现在已经不负责这事儿了，您还是去找相关的部门吧。”

其实，我敷衍那个女人，也是事出有因的。前不久，有个漂亮的姑娘找我说她母亲病了，我爽快地为她申批了一袋面、五斤油和一百元现金。事后，我还很关照地答应说，面和油太沉，让她晚些再来，到时有便车帮她送到家里。后来不见姑娘，只见一个穿着花长裙的女人风尘仆仆地来了，原来是姑娘母亲。酝酿好的甜蜜计划，让我心急如焚的欲火都被这个女人搅没了。我没好气地对着她说：

“您一个病人，不好好在家躺着，怎么跑到这儿来了呀？”我很难掩饰心中的怒火，声音好像也拔高了些。那女人愣了一下，就说：

“哦，我是来取油和面的，老躺着也不是个事儿呀，家里已经没吃没喝的了。”

“您女儿怎么没来，家里有那么大的姑娘，怎么还让您亲自跑腿儿啊？”

“您说的正是啊，待嫁的姑娘大晚上在外面，我是不放心才……”

这话把我噎住了。那天，我还对妻子撒谎说晚上要值班，特意折回到办公室只等那姑娘的到来呢。可惜，姑娘的母亲更胜一筹，没能让我得逞。从那以后，我怎么也看不惯那女人了。

再说了，我已经对她仁至义尽了，她怎么就也不懂，睁一只眼闭一只眼地想方设法答谢我呢。我不也受过清贫之苦吗？虽然，我每月都有固定工资，可还免不了会面对囊中羞涩的尴尬。如果，我和妻子都上班工作，生活也不会这么拮据吧？也许，就不会住在狭窄巷子中的不见光的阴暗房了吧。可能，也会像别人那样，盖起宽敞漂亮的大房，体面地邀请三两个好友在家喝喝酒。那才是我想要的生活。

前不久，我的一哥们儿在酒桌上向我们炫耀说：

“娶老婆啊，丑点儿笨点儿，那都没有关系，但是一定得有利可图，家里的生计就不用愁了，照顾孩子也不用愁，咱们男人哪，就可以在外面放心地潇洒去。可是，那些把感情当回事儿的伙计们，娶来老婆，还忙着伺候她，为了家里的生计，在外拼死拼活。成家后，受苦受累一辈子，何苦呢？”说者无意，听者有心。

这话刺激了我的某根神经，我顿时觉得自己的婚姻，对我是一种折磨，我感到很委屈。回到家，我借着酒醉，又是砸又是摔，好像出了一口恶气。我向妻子发泄私愤，已经不是第一次了。只要我在婚姻话题中受点刺激，我就会怪她。她是不理解我的心思，还是装疯卖傻？第二天，仍旧若无其事地向左邻右舍称赞说，她的公务员丈夫非常优秀。回想下，她这样做无非是想化解我们的矛盾。如果，她也和我大吵大闹，可能我们的家早就走到尽头了。

其实，我有过离开她再和自己喜欢的女人过日子的念头。但是，我那一半糊涂一半聪明的妻子，在我摇摆不定的日子里，又怀上了我第二个孩子。估计，妻子早就发现了苗头，可能她将这些事都告诉了父亲和妹妹。有一天，他们俩说好，一起来我家。妻子看到她们，在厨房和客厅间，忙前忙后地热情款待着他们。果然，他们是有话对我说呢。父亲先开了个头，我借机道出了自己的不满。

“当初是您自己擅作主张，在我没想好时，就让我匆匆结了婚。”

妹妹失望地盯着我，母亲离开我们时，她还是个什么也不懂的孩子，她不懂得生离死别的痛苦，找不到母亲的她，还天真地说“妈妈上街去了，要给我买回布娃娃呢”。已经长大成人的她，伤心地说：

“有很多父亲，会舍弃孩子选择再婚。我们没有理由再怪罪爸爸啊。有大嫂在，我们才没有遭受失去母亲的痛苦。你居然想要背信弃义地离婚，难道真的想毁了这个家和你自己吗？”

父亲也气得直发抖，喊道：

“哼！你这个蠢货，看来你腰板儿硬起来了啊？开始嫌弃自己妻子了呀！你胆敢离婚，今后不许你再叫我爸爸了！”

只有小学水平的妻子，凭着她的善良、勤劳和贤惠，完全征服了我，也改变了想要变心的我。当然，还有一个致命的原因是，离婚这个字眼，会影响到我这个乡村干部继续向上的美好前途。好似晚秋开放的花儿一样，我再一次错过迟到的爱情。现实与愿望常常与我相背而行。我又开始了借酒消愁的日子。妻子，在我看来就是阻挡我幸福的女人。邻居听到家里传来的争吵声，过来敲我家的院门。

“没事，那是我家院里的山羊跑出来了。”听她这么一说，聚在门口的人都散了。原来，这个家中真正愚蠢的是我自己，她为了挽救自己的家，变得越来越精明了。从那以后，我也不再闹离婚，给自己添堵了。偶尔，我也会学着那个哥们儿，在外面鬼混起来。可是，后来……

*　*　*

县里召开了会议，作了“三个代表”的汇报。后来，要求乡村干部落实。我下乡工作的日子一直住在作为我扶贫对象的农民萨迪克阿洪家。

他们一家因为我住进来，每天都特意为我准备丰盛的饭菜。大人们对往日里调皮惯了的孩子，更是严加管束。我们多次请求他们不必太客气，可他们哪里肯呢？他家大院大房的，无法与我镇上那套夹在楼房间的、不见光的潮湿小屋相提并论。我心里禁不住这样比较起来。

田间地头的活儿，虽然很辛苦，可我们这些整日闷在混凝土办公室里，变得慵懒的人，回归到如此广阔的自然界，感受着严寒和酷暑的变换，会变得很豁达。有一天晚上，我们和他们一家围坐在一起看电视，屏幕中下身穿着白色紧身裤，上面穿着红马甲的男人，卖弄风骚地迈着步子，手中摆弄着红色的布，左旋右晃地来刺激一头几近狂躁的公牛，见它扑上来，顺势将匕首插进公牛的脊背，公牛滴着血与人搏斗着，挑逗它直到失血、筋疲力尽时，斗牛士奋起，又用长剑插到牛背上，公牛倒下，那个“紧身裤”就算是赢家了，得意地向观众挥手示意。

“呸，真是个变态人妖，”萨迪克大哥愤怒地盯着电视，忍无可忍了，“瞧，这些游手好闲的人真够冷血呀，对不会说话的动物都这么残忍。这样惨不忍睹的比赛居然还有那么多观众，这些人还真有那样的闲心哪！我们农民农忙时期人手还不够用呢，忙碌时，恨不得将一个小时当两个小时来用呢。真想把那些家伙赶到地里干干活儿，出出汗呢。还有那头牛，它怎么就招惹到人了呢？”他愤愤地说了一通。

平时，我们总是习惯于从书籍中或国外历史人物中寻找人道主义，可就在这样的普通农民中就已经存在着。其实，这种国外的斗牛节目，我看过很多次，却从来也没有这样思考过。

头一年，我曾要求他在十亩地上播种新进的棉花种。他认为我是干部懂得也多，很快按我说的去做了。棉花发芽时，我就迫不及待了，好像这年就能使他们脱贫致富了。等它长到一定高度后，却没能吐出絮，全都是空苞。我原本好心，可到头来却害苦了他。后来，虽然我几经周折找相关部门好说歹说免去他家的地税和水费，也没能挽回他家的损失。他可能是看在我从前帮过他的份儿上吧，也或是敬畏我这个干部吧，总之他也没来为难我。可是那一年，他们一家是勒紧裤腰带艰难地熬过来的。

入住他家后，我又想为他们办些好事，希望他们这次能丰收。然后，再将我这次的扶贫成绩作为学习的典范，来宣传我自己，突出自己的工作，自然职位也能更上一层楼。我想要把一种从美国进口的优质麦种推荐给他，为了说服他，我找他谈了很久。可他坚持说：

“我啊，还是种我自己的麦种比较好些，用没实验过的种子，恐怕还会像那年一样，最好再别像那年颗粒无收了呀。”

我拍着胸脯保证说：

“萨迪克大哥，那是棉花，可这次是大麦，怎么会一样呢？再说这是从美国引进的优质麦种。”

我最终还是让他们种了引进的种子。按照说明书上的说明施肥灌溉，按部就班地培育了它。粗壮的茎秆明显有别于周围的普通麦子。农民们都羡慕起来，说：“还是干部们的点子好，知识分子就是不一样啊！”望着大颗粒饱满的麦穗儿，我和萨迪克大哥看在眼里喜在心里。有一天在麦地里，萨迪克大哥就给我讲了一个传说。

从前，麦秸上从上到下，都能结满麦穗儿，粮食非常富足，没有人会挨饿。有个邋遢的妇人，她正忙着煎油饼呢，孩子却在一边方便了，急忙中她用煎好的油饼给孩子擦屁股了。妇人对粮食的不敬和浪费，激怒了上天，上天要从麦秸的根部拽去全部麦穗儿，手快到秆尖儿上时，狗和驴就乞求说："如果连这点儿粮食都不留给我们，我们该吃什么来存活呀！"如今我们吃到的粮食，正是那两个动物乞求来的馈赠了。如果麦穗儿还是从根结到尖上，也许我们能种一次，休息一年再种啊。

我也被这个传说感动了。

我刚起身，电话响起来，得到消息说，县领导要来我们村里视察粮食生长状况，我们得提前到乡政府大院里集合等着。

行驶在从县城开往乡村的柏油路上，我想还不如直接带县领导到萨迪克的麦地里去看看。这么一来，我不但能展示在我的指导下种植的优质小麦，还能和上级套近乎。说不准还能上媒体露露脸儿呢，让大家伙儿在电视上看见我。想着都开心。不知不觉中，就到乡政府大院了。成排的小轿车，扬着灰尘一直延伸到萨迪克家的麦地里停住了，我没来得及下车，就看见麦田中央有个盖着白布的大床。

"那是怎么回事儿？"县长指着它问。

"我也不清楚，我下去看看吧。"我沿着麦田走到那里，掀开白布呆住了，里面躺着的正是萨迪克。他仰望着天，两行眼泪从眼眶流入到他稀少的头发间。

那么饱满的麦穗儿居然没结籽儿，我揪下几粒麦穗儿放在手里揉搓。只见个别几个变黑的麦粒儿，其他的都是空壳儿。

围观的人群中，有人问："这不是从美国引进的优质麦种吗？"又一个农民说："要是在国外发生这种事，负责的人肯定会自行辞职补偿损失的呢！"

"今年，我该怎么过冬啊，我的孩子吃什么呀？我也活不下去了，就把我埋在这儿算了，我想种的你们又不肯，用了你们的，结果就是这样。够了，再不需要你们插手了，让我一死了之吧！"

他的话，还有这些空心麦穗儿，让我全身凉透了，我万箭穿心。更不敢直视周围众人的眼光。

单身女人

我明白偷看别人的日记或信件，都是很没有教养的行为。不知为什么，我自小就对别人的私密特别好奇，有着超常的猎奇感。小时候，也干过偷翻家里来客包包的事情。有一次，我偷着翻包，发现包里有条白毛巾和梳子，还有路上给孩子吃的一小块馕等东西，当然，我的兴趣不在于这些，我仍不善罢甘休，翻来翻去地找着。突然，被妈妈揪起耳朵，为此，还挨了她的一顿揍。即使这样，我还是不能改掉这个特殊的癖好。“屡教不改”这个词语，就是针对像我这样的人吧，明知错了，也不肯收敛。我在找一本资料时，刚好翻到同事的抽屉，发现里面有一本厚厚的日记本，我兴奋极了。强烈的好奇心，催促我打开了那本日记：

2003年3月8日

今天是“三八”妇女节，单位有的女同事收到了老公的节日礼物。虽然，她们收到礼物后也不会多长一块肉，但是，对于像我这样收不到礼物的单身女人来说，免不了会伤心一番。

“礼物完全可以在家直接送啊何必还特意送到单位来呀，好像是专门做给别人看的。”努斯莱提看不惯了就讽刺说。

“一定是在家商量好，然后，故意拿到这里来，在我们面前炫耀的吧。”玛依拉接着说，“我可不指望我家那位给我送什么礼物，能按时回家和孩子们聚在一起吃我做的饭，我就谢天谢地了。每天做好饭菜等着他来吃，他却在外面吃饱了才回家，而我和孩子第二天还要继续吃剩下的饭菜。”

2003年5月17日

已经是半夜了，可怎么也睡不着。月光直泻在窗下，望着一束束光，安静地等待着他的脚步声。刚打过几次电话，他该不会是发生什么事了吧？他总是让人这么担心，难道他还有什么不可告人的秘密？这种猜疑，往往会让我更加担心。这会比担心他遭遇什么不幸还让人揪心。几天前，发现他领口有几个唇印，一种不祥的预感总是缠绕着我的思绪。他已经有一年没给家里生活费了，他无视有着两个孩子的家庭缺啥短啥，他不闻不问，整日个只顾自己，西装革履地进进出出。想到这些，我心里就很不是滋味儿。明明知道再拨过去，肯定又会是“您所拨打的电话已关机”，可我还是固执地拿起电话，好像所有的事都怪这部电话。我狠狠地挂断电话，拉起被子捂着脸无声地哭泣着。真不知道他即使接了电话，我又能说些什么呢？

2006年5月25日

我在办公室里坐着，电话响了，我刚拿起电话，那头便传来一个女人的声音：“热孜万古丽在吗？”

“嗯，我就是。”

“想告诉你一件事，你老公和一个叫迪丽拜尔的女人已经交往两年多了，昨晚他们也在一起。如果你不信，你随时都可以跟踪，随时都能抓住他们。”

“请问你是？”

“嘟，嘟……”电话已经断线，我握着电话呆坐着，等我回过神来，面前的纸都是湿的，原来是我的泪水。给我打电话的这个女人究竟是谁呢，是我的敌人，还是那个叫迪丽拜尔的敌人呢？每当听到有人说“在朋友或对手面前”，或是“我也有朋友也有对手”，诸如此类的话语，我就很不赞同这种说法和看法。原因很简单，我没有什么对手或情敌。我也从不羡慕或嫉妒别人，更没有在衣食住行等方面与人攀比的习惯，也不会在别人面前诉苦或讽刺，或显摆等。我愿意和每一个人友好相处，所以我想，也没有人会把我当作他们的对手或敌人吧。

我想起，自己在中学时看到的一幕。在路上看到两个女人在当街对骂着。一个骂道：“你这个狐狸精，勾引了我丈夫……”那时我就想，将来我绝不会落魄到这般境地。那时的男友，后来的丈夫木拉提对我百依百顺，成天围着我转。他对我死心塌地，我也对自己自信满满。我以为他会永远都这么疼爱和尊重我。当然我也相信自己的魅力，足以让他对我专一不二。可是，过了十年，我也没能幸免家庭危机！

一进门，我冲进衣柜旁，抓起他的衣服就嗅了起来，不知是幻觉，还是真的，好像他的衣服真的散发着女人的香水味。我扯下衣服，扔在地上狠狠地踩了几脚。将所有的怨气都发泄在衣服上，筋疲力尽后，又呜呜地哭了。

“妈妈，你怎么了？”

我看到两个孩子恐慌地望着我，我怎么忍心告诉他们呢？

2006年5月26日

我还是按部就班地工作着，我没有理由不来啊，难道我有理由不来吗？我总不能因为心情不好，就请假不上班吧？

“怎么眼睛肿成这样了呢？”一进办公室就有人问我。

“哦……”我带着哭腔回应着。虽然，可以想象出我的表情有多么的难堪，我相信她从我的表情里看出了些什么。

“你到底是怎么了，伤心成这样？”

“木拉提有外遇了。”没等我说完，满腔的苦水变成泪水滚落下来。我趴在桌子上哭了个够。

“你才知道吗？”

“难道你知道有这事儿？”

“是啊。”

“怎么没有早点儿告诉我呢？”

“你们已经有两个孩子了，我担心你的家庭会破裂。又是谁告诉你的呢？”

“我也不认识，有个女人打电话告诉了我。既然你也知道，就应该早点告诉我啊？”

“早知道你只会更加痛苦，不是吗？”

我对自己这位年长的同事很不满。我们在同一间办公室朝夕相处，明知道我处在危机当中，为什么还对我隐瞒真相呢？虽然我努力想理解她，可还是过不了自己的那道坎儿。

我走在路上，痛在心里。我感觉路上所有的人都向我投来了同情的目光，在注视着我，我成为让别人可怜的对象，这让人自卑不已。我强忍着心中的怒火，勉强露出若无其事的样子流入人群。人与人之间，只能看到彼此外在的表情而已，如果，能直透人心，也许能避免很多悲剧的上演吧。

那个叫迪丽拜尔的女人，她到底是干什么的呢？我真想看看，能让我丈夫着迷的女人。即便这对我来说比较残酷，我还是想见她一面。

刚走到楼前，见丈夫走了出来。我立刻躲进茂密的柳树荫下。他穿着上次我给他熨过的裤子。还记得，当时他还埋怨我没熨好呢，说一条裤腿上熨出了两条直线，还让我重新熨了一遍。穿着我为他熨洗的衣服，趾高气扬地迈着流星大步，从我眼前招摇而过。在我的精心照料下，他才穿着如此得体而潇洒。对他来说，这个家和两个孩子，还有我，又算得了什么呢？他把家当作是换洗衣服，或无处可去时才会回的地方。他变得衣来伸手，饭来张口。我拭去脸上的泪水，不甘心地尾随着他。

他进了“梦幻湾”餐厅，那是我一直都想进的一家高级餐厅。有几次，从这里经过时，孩子们透过玻璃门看见里面迷离的灯光和吊椅，吵闹着要进去看看，都被我强行拉走了。因为，我知道，这类场所消费很高。我鬼鬼祟祟地跟了进去，他穿过几个幽暗灯下的座席，径直来到一个女人面前坐定了。这时，我也选了一张靠边的桌子，打开我刚擦过眼泪的手绢，遮掩着半边脸坐下。在微弱的灯光下，他根本没认出我来。一时间，我为自己这种做法感到羞耻，为什么要这样躲躲闪闪呢？为什么要做这么愚蠢的事呢？可又有一个声音在呼唤着我：快去啊，上去把桌子掀翻，再去撕扯那女人的头发。在大庭广众之下，让她无地自容。再去抓丈夫的衣领，给他点颜色看。可是另一个我，却在说：住手吧，别急！千万别失去自我，你是个有教养的人，一定要理智。正当我进退两难时，感觉有人轻轻地拍了拍我的肩膀，原来服务生拿着菜单，请我点餐呢。我随意地点了一杯自己也没喝过的饮料，继续神经兮兮地盯着他们的一举一动。那女人的半边脸都被她的头发遮掩着，妩媚地用吸管吮吸着饮品，发出阵阵咯咯的嬉笑声。也许，我那位太渴望浪漫爱情，才会被这种甜蜜气氛融化了吧。为了一时的痛快，才来到这里来幽会呢。

这种关系无需责任和义务，不在乎能否拥有或失去。那个女人，目前只看中了丈夫干净潇洒的外表。她根本无法想象出，他在家慵懒地拖着身子，冒着臭汗，揉着眼屎，穿着拖鞋，溅着牙膏沫在卫生间里刷着牙的那副模样。他们之间不会有夫妻间才会有的争吵。他们只会沉浸在甜言蜜语中，好像只有爱和被爱，显得各个方面都很协调。我经常会和丈夫发生分歧，我们常吵架，却一直无法改善我们的紧张关系。最后，我们干脆不打算沟通了，变得冷漠。他洗漱时，每次都会把牙膏沫乱溅在镜子上，我总是提醒他，可他还是照旧。我为了表达自己的不满，就等他洗漱时故意挤进去，不停地擦拭镜子上的泡沫星子。他气得头发都会竖起来。当然，我那副卸了妆后，气歪了嘴的样子，也令人生厌吧。

我经历两次难产，几次堕胎之后，身体越来越虚弱。每天还要忍着腰酸背痛，坚持做家务，却得不到他一点怜惜。晚上，他想和我温存一下，可我那时早已累得没有了兴致。也许，我自己也有很多过错吧。他们就在我的眼前，可我什么也不能做。我只是想看看让我丈夫着迷的女人。在观察她的短短时间内，我对她有了些了解。可以看出，她在和我丈夫交往之前，已经积累了很多爱情经验，是个爱情老手。我和这样的女人当街抢男人，只会降低自己的品位。我们俩根本就不同，也就成不了什么对手。我在见到她之前，充满妒忌、愤恨，也曾让我坐立不安。可是，见过之后，我好似滚烫的开水中加入凉水般，出奇地平静下来，紧绷着的神经也放松了。她除了年轻外，还有什么呢？

2006 年 6 月 15 日

知道丈夫有外遇，我一直也没有挑明，还若无其事地面对他。有时，真想揪着他的衣领，痛痛快快地骂他一顿或打他一顿。可我，还是控制着自己的坏情绪。我想把这件事儿搁置一段时间，我需要找出最好的解决办法，尽可能地挽回这段婚姻。每晚等他睡着以后，我就会躲进别的屋里，偷翻他的手机记录。一天至少通话三五次的，肯定就是那个迪丽拜尔。

我忍不住拨通了她的电话。

“请问您是哪一位？”

“我是谁并不重要，我只想和你见个面，把一些事情解决好。”

“那您找我又有什么事啊？”

“等见了面，我会慢慢告诉你。如果明天有空，我们在‘梦幻湾’见吧。”

我刚放下电话，电话铃声又响起。

“如果不告诉您的名字，我不会见你。”

“我的名字对你来说那么重要吗？”

“是啊，不然我怎么会去见一个陌生人呢？”

“那好。不过，你要保证知道我是谁后不会反悔。”

“好！”

“我是第一医院的热孜万古丽。”

“啊？！”

我在电话的这头，听出她的惊愕和忐忑。

其实，我也可以介绍说自己是木拉提的妻子。可他，现在有什么值得我引以为荣的呢？年过四十的他，还在创业中，不但不思进取，还在情路上辗转不定。工作上没有成绩，成天怨天尤人。我不会把老公骂回到自己身边，更不会委曲求全地让他回心转意。失去他，生活也能继续，至少还能从这种压抑的状态中解脱出来，变得轻松自在。从心底，我还是挣扎着想要守住家庭，就算不完美，也想保留它的完整。离婚会给我和孩子带来更多的不幸，离婚不是唯一解决问题的办法。为了孩子们我宁愿委屈自己。明明知道，丈夫对我的不忠和背叛会给我留下阴影，并会让我痛苦一辈子，我还是选择继续走下去。

我边等她边想，我为什么要把她约到这个“梦幻湾”餐厅呢？也许，我没想出，还有比这里更适合谈那种事的地方了吧。也许，是因为这是他们幽会的地点。我约她来这里，她也会心知肚明，说起话来可能会更直接些。想让她明白，在这里，我没有当着众人的面撕开他们通奸的嘴脸，已经是我做出的最大的让步。

那个女人来了，上次遮着半边脸的头发，这次扎了个马尾辫，看着沉稳了许多。我们沉默了许久，她的眼睛躲闪着我。看得出，她还是有些廉耻之心，内心应该还存有美好的东西。

怎么说，她也算是受害的一方。想到这里，不由得同情起她来。今天，我会再次揭开她满是伤痕的爱情史，会往她的痛处再划一痕。她的爱见不得光，也看不到未来。我刻意用缓和的语气和她交谈。

“听说你和我的丈夫在来往，是真的吗？”我捋了捋特意去美发店做的新发型，我不想在她面前显得无精打采。我要漂漂亮亮地来见她，不能有一点瑕疵。我不想说，我亲眼看到过他们在一起，只是以听说来开了头。

“是。”她转动着手中的饮料瓶，不假思索地就承认了，我本以为她会缓一会儿再回答。

“那你也知道，他还有老婆孩子吧？”

“之前不知道，他说自己已经离婚了。他的另外两个朋友也为他作证，是阿布力克木和泰莱提。我就相信那是真的了。我们交往一段时间后，我察觉他还没有真正离婚。可是我们的关系已经发展到难舍难分的阶段了，我没能和他分手。”

“其实，你自己也受到了伤害不是吗？也许你为了他失去了许多真正属于你自己的爱情。也有不少小伙儿青睐过你吧？发现你身边已经有男人了，别人也都避开了吧？我想你一定也想公开自己的恋情，正大光明地结婚生子，组建家庭吧？你在开花结果的阶段中，却和已婚男人牵扯不清，不是对自己很不公吗？”

姑娘眼里噙着泪水。透过这双眼睛，可以看到一个女人被蹂躏后的孤寂和失落。她拭去了眼角的眼泪，更像是在擦拭心中淌出的鲜血，那颗心是几经分离之苦后，已经变得千疮百孔的寒心。

“是啊，我也想过。我几乎每天都想自己能有个圆满的结果。我也有几次想要结束这段感情。可是，他一直都不愿意放手。有一次，我去见一个追求者，回来后，看见他在我家门口等，一见到我他就大发雷霆了。原来，他一直在跟踪我。我就说：“我既然不能和你结婚，又不能正大光明地交往，再说了，就算你是我的男人，我也有交朋友和结婚的权利啊。”他却再次保证说，自己一定会和妻子离婚，再娶我。还说慢慢会解决，让我再忍耐一段时间，会弥补我。他担心我变心，连我手机也摔坏了，还找那个小伙子说，我是他的女人，不许他再接近我。他一次次地阻断了我的退路。”

“当然，我不认为应该由你一个人来承担这件事儿。他是有高学历的成熟的男人，他误导你迷失方向，还让你越陷越深。我也没有处理好自己和丈夫之间的关系，没有抓住他的心，他才会有机会搞外遇，让你这样的年轻姑娘受了伤害，毁了你的幸福。我就是想解决我们之间的问题，希望我们都能找回属于自己的东西，才来见你。以后，你打算怎么办呢？”

“这我也没有认真考虑过，只想顺其自然吧。我也明白，总有一天，我们的这种关系会结束。那一天什么时候到来，我也不清楚。刚才，您自己也承认您和木拉提相处得并不好，可是，我们目前为止一直过得很好，暂时也没有分开的想法。他说，自从遇见我后，才明白了什么叫爱情！”

我冷冷地笑了，我想起大学期间，这个男人也对我说过相似的话。我们坐在学校旁边的草地上，他说：“热孜万古丽，自从遇见你，我仿佛得到了重生，我真正明白了爱情的真谛！”男人的爱情阅历太丰富，真的有些可怕啊！我没有告诉她，我也得到过同样的赞美。我还不想彻底和他撕破脸面，还想为他挣得一点脸面，至少，他目前还是我一对儿孩子的父亲。

“当然，你们肯定会过得很好。你们之间不存在责任和义务，又有说不完的甜言蜜语，何尝不是件美事儿呢？在宾馆、高级餐厅，他为你大手大脚花钱的时候，哪知道我在家，带着两个孩子，因为生活拮据到处借钱呢？如果，你把自己置于我的位置，如果一个成了家的男人不承担丈夫和父亲的责任，却痴迷于外面的女人时，哪个妻子能心平气和地和这样的男人过日子呢。如果我换了你，我一定也能和他过好。有人心甘情愿地为你花钱，还有动人的情话，除了爱情，什么也不索取，谁还会去争吵什么呢？希望你也结一次婚，那时，你就会理解了。我找你来，不是想要争回丈夫。如果，你有信心和这个男人一辈子都能这样风平浪静地过下去，你完全可以堂堂正正地嫁给他，好好品尝柴米油盐的生活，那最好不过了。我只要能和我的孩子平安过日子就足够了。我知道你们之间的不正当关系后，很是痛苦。原本我也能现场捉奸，让你们名声扫地。可我还是没有那么做，为了我的孩子，许多事儿，我都能忍下去。我不希望，将来别人对他们指指点点，说他们的父亲曾经通奸，还被母亲当场捉奸过。有一天，他们懂事了，一定会怪罪我们，我不想让他们为这样的父母而蒙羞。也许我很傻吧，眼睁睁地被人践踏着自尊，还要自责，一定让你见笑了吧。可是，就算我们争争吵吵，那又能解决什么呢？”

我可能太激动，这才发现满身大汗。

“我明白您说的，也知道我无法取代您的位置。虽然，我和他是这样的关系，他不会和我结婚。我知道嫁给有两个孩子的男人，再让无辜的孩子失去父亲或母亲，我的幸福也不会长久。如果，我是您，可能做不到您的那种大度、沉稳和冷静。我和他是不会有好的结果。好了，我已经决定了，我会彻底和他了结，祝你们幸福吧！”

她的最后一句话，铿锵有力，像是从深深的裂缝中迸发出来。

但愿如她所愿吧，除非我得了失忆症才会忘记丈夫给我带来的伤痛。只要看到丈夫的那张脸，他的所作所为还会像毒蛇一样席卷我的身心，无法让我释怀。但是，那个女人的话，让我舒心了！

2006年7月2日

“哎呀呀，你可真是个傻女人啊！你还相信那种不知洁身自好的女人的誓言呀。对于那类人，再和善都是无济于事的，她要是知道廉耻，就不会做那种事了。至于那样不要脸的小三儿，就应该聚众揭短，让她再也抬不起头来才是。谁知道呢，她这边答应好分手，私底下又和你丈夫继续勾肩搭背呢。”

古丽克孜姐的话，让我稍稍平复的心又掀起了波澜。满腹的疑心，又驱使着我去跟踪丈夫。可是，我这次看见的不是那个迪丽拜尔了。我惊讶地咬了咬自己的衣领。他和女人交往，真有他的一套，这些女人怎么会在那么短的时间内了解他，又对他死心塌地了呢？前几天，孩子告诉我说：“妈妈，爸爸在电话里骂了一个阿姨。”可能是迪丽拜尔吧，她提出分手后，丈夫一定是恼怒了。我越是了解了丈夫，就越反感他了，也就越没信心和他过下去了。

门外有人推门进来，我慌忙把手中的日记放回原处，去开门。

下班后，满脑子都是热孜万古丽写的日记内容。其实，我也知道她丈夫有外遇。之所以没有告诉她，因为我也有自己的原则，一方面担心会破坏她的家庭，另一方面，我也怕引起她的误解。有些女人，你要是好心告诉她，她反而会护着丈夫，说你是在妒忌别人的生活，在挑拨离间。也有人，如果因为你告诉她事情真相导致离婚的话，就会说是因为你的破坏才离婚，还会对你耿耿于怀。结果是好人难当啊。很多人都有这样的劣根性，所以，我也保持沉默了。原来她也在心里怪罪我没有事先告诉她呢。要不是我读了她的日记，我也不会知道她会那么想我。其实，不光是我，医院全科室的人都知道她丈夫的事。还有，那些经常出入她家的，丈夫的好友们也都知道，证明她丈夫单身，还给他介绍那个女人的，正是那几个人。他们经常一个鼻孔出气，互相遮掩各种的狗血之事。

说来也是，女人从原来的矜持变为十足的泼妇，有几个不是因为对丈夫的失望，才会那样呢？他如果安分守己地，通过正道儿来养家糊口，女人还会和他吵闹吗？有些男人，连自己都过不好，更别说要为别人负责了，怎么能让女人幸福啊。我正思考着，迎面碰见邻家女孩阿孜古丽，看见她怀抱着婴儿，我上前想逗逗小家伙，可是，却把他弄哭了。孩子看着很虚弱，面色发黄。

“孩子不太舒服，所以……”她带着歉意，对我说。

“还没带他去看病吗？”

被我这么一问，我把这个年轻的妈妈也快弄哭了，她眨巴着眼睛，好容易才说：

“如果您方便的话，能不能先借给我五十元呢，我想带孩子到医院看看。”

我立刻拿钱给了她。

她是个漂亮的姑娘。虽然，现在也很美，却看起来像是霜打的茄子一般，消瘦、没有活力。想当初，她家刚搬进这个巷子时，这个如花似玉的姑娘，经常穿着一身合体的红裙子，扎着两条粗辫子，总是面带微笑，充满朝气。她是我同事伊德力斯大哥的女儿。他家的孩子都长得黢黑敦实，只有这个女儿白净可人，人见人爱。

那时，我还回去告诉丈夫说：“伊德力斯大哥居然有个很漂亮的女儿，在他那几个黑黢黢的儿子中，唯独她很不一样啊！”

“嗯，你是说他那个上卫校的女儿吧，是长得很标致。他也很喜欢那个女儿，把所有的希望都寄托在她身上了。他致力让她一直读书呢。”

丈夫比我先注意到那个姑娘了，这让我有点儿不愉快了，可我装作没在意的样子。美的事物总会让人向往，我作为女人，还想多看她几眼呢，更何况是男人呢。我们都有发现美，欣赏美的权利啊！

这个姑娘真是外在美和内在美的结合体。她为人处世不卑不亢，话语不多，说话时总是带着微笑。在我眼里，她就像枝头水灵灵的红苹果，来往的人都想要得到她，望尘莫及啊。

姑娘卫校毕业回来了，我因为很喜爱她，就自告奋勇地为他家着想，在我一个亲戚家开的私家诊所，让她做了那里的护士。我给他们的女儿找了份工作，他们一家总会送来自家院里种植的菜和水果什么的。

不想有一天，他的妻子再娜甫罕大姐慌里慌张地跑来找我，哭哭啼啼地说：

“大妹子啊，我那个女儿算是我白养了呀！”

“到底发生什么事了，您倒是先说清楚了呀，大姐？”我焦急地问。

“私奔了！已经跑去旧奥斯坦村了。”

平日里看着举止端庄的姑娘，怎么干出这么轻浮的事了呀，我很震惊。虽说，我们这个地方，对于小青年们私奔的事儿也司空见惯了。有些新人，婚事在遭到大人们反对后，会以这个方式来私订终身。因为很多家庭随时都可能会发生这种事儿，别人也就不敢散布谣言，指不定哪天就会发生在自个儿家里了。如果是名声差点儿的姑娘与人私奔了，别人就认为这是好事儿，这种姑娘早点嫁走，对她的各种流言蜚语也会就此停止，她也会安心过起自己的小日子。可是，这事却发生在集美貌与美德于一身的阿孜古丽身上，实在让人惋惜！她为什么不选择有自尊地嫁入婆家，偏要做不请自来的媳妇呢？

“是不是，你们反对她找来的小伙子，她才会这样了呢？”

我心痛地责问她的母亲。

“哎呀呀！我们哪个知道她已经有人了呀，她也从来没提过，更没说过想要结婚之类的话儿啊。刚才，我还到她工作的诊所去打听回来。那里的塔依尔大夫说，别说是小伙子，就连一个女孩也没来找过她呀！”

“这么说，会不会是哪个小伙儿把她强行带走了呢？”

“好像是她自愿的。昨天，我还让两个亲友给女儿带话，如果是勉强的，就让她回家。没想到，她告诉来人说，她是自愿的，不会回来。”再娜甫罕大姐说完，又伤心起来。

很难相信，平时羞羞答答的，很少开口说话的本分姑娘，哪来这么大的勇气呢。看来，现在只能安抚她母亲了。

“别再伤心了，这种事早就屡见不鲜了，只要男方主动上门提亲，就给她好好举办一场婚礼，就会平息了。”

“可是，她跑去的婆家稍稍好些，我也就罢了。听说那家住着窝棚大小的小房子，就在那个村的山坡上住着，孤零零的就他们一家在那里。您也知道旧奥斯坦村的路况，像裹脚布似的又长又褶，人烟稀少。

哪怕一个月来看我们，都很困难哪！到了冬天，那条小路会经常被积雪阻断，出去买个菜都成问题。她爸爸最疼爱她，把希望都给了她。还指望着她能成为一个医生，再给她找个好人家呢。您瞧吧，她倒是把自己关进那个地窖里了。那儿怎么会有能让她继续工作的地儿呀？等她生了娃儿，还有的她受罪的啊！”再娜甫罕姐倒完苦水，抹着眼泪，失魂落魄地离开了。

到底是什么样的小伙子，居然会让姑娘如此痴迷，甘愿放弃一切，跟随他呢？难道是非常英俊而又很有才华的男人吗？

大约一个月，两家为这两个新人举办了婚礼。亲家们做过门礼时，我作为女方的代表和再娜甫罕姐一行，坐着马车去了那一家。说的还真是那样，那是山坡上一个孤独的小院儿，上坡前马车很吃力，上面的人着实要为它捏一把汗，才能爬过那个山坡。屋里的条件也很简陋。加上，婆婆的态度也不很热情。她和我们见面时，故意做出趾高气扬的样子来，很让人不舒服。谈话间，她说：“我们没计较姑娘主动找上门来，还为他们操办了像样的婚礼呢！”听到亲家嘴里说出的这种话，姑娘的母亲伤心欲绝，又不好说什么，回来的路上，就见她不停地流泪。女人们七嘴八舌地议论说：

“她家住的就那德性，尾巴还翘那么高呀！”

“一看就不是好人家，不然怎么会孤零零地漂泊到那个山丘上，生活在那样的烂墙破瓦中呢？”

“一定是有人嚼舌头根子，说我们对他家不满意，她才敢恶语中伤。”再娜甫罕的妹妹愤愤地说。

“是呀，要不是她为男人丢了魂儿，私奔，我才不会被那样的货色羞辱！”再娜甫罕说完，又流泪了。

“住在破屋里，还逞什么强啊，那个灰头土脸的婆娘。”

“我们怎么说都是旁人，回来就和她不相干了，可怜那阿孜古丽呀，她这辈子都得在那个屋里度过，一定会受苦。她还不知道自己已经跳进火坑了呢！”

“她这是自找的呀，那些给人留下过话柄，不检点的姑娘都知道找个好人家了才出嫁。她可好，平时大门不出二门不迈，一迈步就进了山窝子里了。随她去吧，她命该如此吧！”附和着大家，嘴里埋怨着，实际上早已肝肠寸断了的母亲，眼睁睁地看着自家的掌上明珠留在了如此不堪的婆家。

伊德力斯大哥自从女儿出嫁后，变得沉默寡言了。

回到村里，女人们都很好奇地询问着那个新郎官儿到底长的什么模样呢。

“哪里英俊啊，只是个又瘦又黑的大个子啊。”

要不是我亲眼所见，我还真不敢相信。看见他，他那瘦高的骨骼会让人联想起细高的电线杆，加上消瘦的脸上转动着一双眼睛。真是爱情能蒙蔽女人的双眼啊！真的是一朵鲜花插在了牛粪上了呢。他一定是因为有这样高的个子，才会跨过伊德力斯大哥的高墙，摘到他家最耀眼的红苹果了吧。

后来，听姑娘的母亲说，阿孜古丽在婆家过得并不顺坦。他父亲整天坐在院子里，望着日出日落陷入沉思。有一天，我经过他家时，和他打招呼：

“您好吗？伊德力斯大哥？您坐着想什么呢？”不等我说完，他怯生生地说：

“大妹子，你说说看，我在自家院里百般呵护，精心栽培的花儿，一夜间就被人顺手摘走，踩踏，你说我能不心痛吗？！我每天在夕阳下，看着这些花儿，好像要燃烧，变成灰烬。所以，我要守着它们。偷走了我花儿的人，至少也应该把花移栽到他的院子里，哪怕插进花瓶里，也不能让它凋零哪！”他的话让我倒吸了一口气。没想到，一辈子都忙于庄稼活儿的农民，却能这样恰如其分地说出失去爱女的惆怅，可怜天下父母心啊！

婚后一年半后，她就抱着孩子回了娘家。但是，并没有离婚。原来，她丈夫跟着别人去了内地，参与毒品交易，入狱了。她这次回来，是为了等候丈夫回来。这样的姑娘，本该找回自己，重新振作起来，从内而外保持着尊贵的本性，而不是得过且过地生活在泥潭中。

人们不能断定阿孜古丽是否恢复了单身。她的丈夫判了 20 年，她成了活寡妇。

大门上挂着的大锁打断了我的思绪。他有没有回来。孩子，这孩子又去哪儿了呀？我转身，朝马路对面走去。我家的孩子，最近一直都沉迷于网络游戏。那种游戏居然能让他们这么上瘾。我打了他几次，可他还是逃进那里。今天，我还是从那家网吧里找回了他。我领着孩子进屋，见丈夫正跷着二郎腿儿，手里拿着遥控器不停地调换频道。电视频道太多，也给我家带来了困扰。丈夫不等我们看完是什么节目，就不停地换频道。即使我们在看选好的节目，他稍有点不称心，也会换。从来都不会让我们安心看电视。

想起我们小时候，队里偶尔会放两三场电影，我们都会从家里搬出小板凳跑去看。有一年有一些熊孩子，干脆就拔出大院墙头的砖，当凳子来坐。这还不算什么，孩子们吵着嚷着，说前面的挡住了后面的视线，就比谁垒的砖头高，结果围墙被毁，队里的负责人无奈，只好停止放电影了。可能，那时候的电影也没那么复杂吧，看过一次就能记住。

看完后，姑娘们会学着电影里的发型编出新式的辫子。男孩们则学着解放军打仗，用树枝编成绿叶环扣在头上，手持自制的木枪，嘴里发出“砰、砰、砰”的枪声，模仿战争片的故事情节，指定一个地方当目标，想要攻下时，将杨树、草垛当作战场隐身的地方。那时的我们，就是看着这样的红色经典成长起来的。

当老师问到你们长大了想当什么，班里二十几个男生齐声回答，要当解放军。可后来，他们当中的大部分都成了这里的农民。每次我下乡时，和他们见面时，他们都显得很拘谨。

“你到现在都没做饭，跑到哪里闲逛去了？”

“做饭也要看看家里有没有食材才行啊。我又不会变魔术。”

“你自己怎么没有买回来呀？”

“哎，难道这是寡妇的家吗？我要是不开口，你从来也不会自己买来。我就今天没能按时做饭，你就喋喋不休的。”

“好了，好了，就当我没说吧。只要一出门，都是熟人，到了哪家，都会热情招待我，你既然这么不情愿，我就不吃了。”说完砰地关上门就走了。

我原来可不是这样易怒又饶舌的女人。只要丈夫对家里漠不关心，我就会对他冷言冷语。

“妈妈，我饿了。”

我没有顾得上回答孩子。为了他们，不管我唠叨还是生气，最后还是会给他们端上热乎乎的饭。

我对婆婆的做法有些看不惯。我为了能让丈夫主动给我家里开销的费用，经常就说家里没菜，没面了，有时，故意不按时给他做饭吃。可丈夫还是不给生活费，还径直跑到自己妈妈那里蹭饭吃。婆婆还说我总是偷懒不做饭，没有照顾好她的儿子。丈夫还搅和我们婆媳之间的关系。

我当然愿意在家里做饭吃了，看到他们心满意足地吃我做的饭会非常开心和满足。也有一些男人，回到家老婆就不愿意做饭，他们不得已才会在外面吃。可我的丈夫，即使给他准备好，他也会在外面吃饱肚子才回来。

长得已经高过我了的女儿，推门进来就发现家里异样的气氛。看着她忧郁的眼神，觉得自己很对不住她。我们经常在她面前闹别扭、争吵，我担心会给她造成心理上的阴影。希望她不要以为所有的家都是这样的。本来正常的家应该是相互合作、相互分担，风雨与共的。我们在物质生活上的确比较紧缺，这是可以慢慢解决的，但是就怕精神上的匮乏。

当然，我还不至于给家人买不起食材，可是丈夫一直习惯于将家里所有的重担都压在我一个人身上。除了家人的开销以外，我还要操劳一切大小事儿。而他下了班后，只管自己看他的电视。我回家晚一点儿，就会遭到他的指责。至少，我希望回到家里能听到丈夫一句贴心的话，我也会心甘情愿地为他忙前忙后呀。

心情不好，我带着孩子准备到外面吃饭。刚走到街头，就碰到丈夫在烤肉摊前坐着呢。他还能咽得下去啊。

自打我买了楼房以后，我们俩之间的争吵就没有间断过。那时，孩子们还小。工作和家庭的压力，已经让我感到很沉重了。我让他交暖气费，他却说，房子是我买的，那就应该由我来交付。这话让我失望透了。我为了能争取到这套房，有个像样的家，作为一个女人，还在单位里委曲求全地，一级一级地递交申请，谈家里的困难，经过非常繁杂的手续后才分得了这套房子。没有想到这成了丈夫挖苦我的借口。又一次，他又重复了那句话，我就说：“既然这房子是我的，你留在这里干什么呀，难道你是一件家具，是摆设吗？”这话一出，他二话不说，收拾衣服，提起皮箱就离家出走了。夫妻闹矛盾，一般都是女人拿起包袱回娘家，很少见男人出走。这事儿还传到了整个小区和我们的单位。

“坐在领导岗位的女人，就会带着些霸气！就算皱个眉头，也能把丈夫吓走呀您！”单位的保安嬉皮笑脸地对我说。

“您真行啊，帕丽丹姐，居然把老公赶出家门了呀！”就连经常被我批评的下属也说。这些话的背后都隐藏着对我的不满，还有我猜不出的恶意在其中。我很明白，可是我不知道该怎么回答。

这样的离家出走，他又重复了几次。原因大多时候，都是因为我提出他的不足，他非但不会和我好好聊，只会收拾东西走人。临走前，还不忘说我一句：“领导夫人，我是不是又应该离开呢？”我本想挽留他，可是，看到他对我不屑的样子，我就会打消留他的念头。我们的家庭闹剧，常常引来外人的注意，让我处于尴尬的境地。

吾布力大哥劝我说：“大妹子，这女人啊，不能把工作中的领导派头带到家里去，回去以后就是妻子，是母亲。你呀，是个聪明的女人，肯定能把这几个角色调整好，那么，许多话，不用我说，你也会明白，对吧？”

他的妻子茹鲜大姐，也来找我说：“最近，广播里播出女性如何处理家庭和工作的一个讲座，你可能忙工作，没有来得及听吧？”她这是自作聪明地来给我做工作呢，好像这种事儿只有她才懂，我勉强地听着别人的各种劝说。虽然，我自己也是有独立判断，明辨是非的知识女性，还要被只会说闲话的女人们说教。怎么说，他们都是好心，都想让我和丈夫和好而已。不得已，丈夫就是女人脾气，小里小气的男人，我需要接受他所有的缺点，还要听别人对我拐弯抹角的指责。

是啊，对于该怎么处理工作和家庭之间的话题，我也看过许多这方面的书籍，也试着实践过。可是，对于我的丈夫，这些都是行不通的。我真想告诉那些关心我的人，可是又有什么用呢，别人只关心结果，不会关心过程。

我们一旦闹僵持了，同事和邻里都会主动出面来调解，他的离家游戏真是达到了我的极限。我不得已，变卖了那套房，让我费了九牛二虎之力的房子也没有了，我跟着他搬出舒适的楼房，住进了潮湿阴暗的平房。虽然，我们的房主之争算是告一段落了，可是，他仍旧不愿和我承担家庭费用的毛病，依然如故。我的责任，已经超出了我的负荷，可他，还是不满意我，总能挑出些毛病来和我争吵。

我和孩子们进了饭馆。女服务员礼貌地为我们点了餐。望着茶碗里漂着的茶叶，我陷入了沉思，不时地用食指按压着疼痛中的头。一边一口一口地抿着面前的茶，碗里的茶叶越看越像我每天都会面对的表格中的数据。突然一抬头，看见服务生用托盘端着热腾腾的馄饨站在我面前了。雾气中，我看到了她的脸，她微笑着说“请慢用”就转身离开了。我感觉非常自在，被人照顾的感觉真好啊，的确很奇妙。

想到自己也每次端着热饭给丈夫时，他从来都会从中说出不满意来，不是说咸淡，就是说没到火候，有时，粗暴地从我手中接过碗，咚地放在桌上。总之，经常都不会合他的胃口。如果，这样的事发生在别人身上，我可能会看不下去，因为是发生在自己这里，我们还有两个孩子，我还是继续忍耐着他。

看来人的忍受能力，真的超乎想象啊！馄饨飘出的香菜味儿，让我想起了母亲。记得小时候，母亲就爱在院子里种些香菜。就算家里没有菜或肉，她也用仅有的食材做出香喷喷的饭菜来。父亲很早就过世了，母亲忙完地里的活儿，还要回来给我们做饭，还要常常面对缺米少粮的尴尬，做饭前经常是向邻居借这借那的。现如今，她孤身一人，不知过得好不好啊。

很多人喜欢怀念自己的童年，甚至想回到童年。可是我一点儿都不想回到童年。那时的我，却因家庭的一次变故，就变成了多愁善感的人。

从父亲的尸体从水库中打捞起的那一天起，我就没有真正的快乐过。“寡妇的女儿”这句刺耳的称呼，一直陪伴着我的成长，走到哪里都会给我带来伤痛。随之，我的家庭也成为特别关照的对象。逢年过节，村里的干部都会带着一拨人，来我家看望我们。可我不太习惯被人同情的目光。我所以才会拼命地读书，后来上了大学，有了工作，工作上也很努力。因为，我不想成为任何人的包袱。

嘴里品尝着包得很精致的馄饨，心想到底是谁创造了这道美食呢。同样是面食，有擀面，有拉面，有切面，有的是包着的，有的是油煎的，有的是水煮的，有的是蒸熟的，做出一道比一道可口的熟饭，使得人们懂得团聚的意义，让人们吃着开心愉快。我们真的应该向那些创造者致敬，他们的名字也应该记载在书籍中，记在人们的心里。

母亲曾经给我讲过一个关于美食的传说，故事的名字就是“开吧，开吧，我的餐布”，同时它也是故事中的咒语，只要念出这一句，餐布就会自行打开，里面会出现抓饭、包子、肉饼等最好吃的美食。每次听这个故事，我都会馋得流口水。总想着，睁开眼时，就有神奇餐布出现在我面前。那时，不懂得照顾母亲，她劳作到很晚才回家，有一次，我为她端上一碗热茶，她感动得差点流眼泪。她就祝愿我将来能成为富贵的人，能吃上神奇餐布中的每一道美食。如她所愿吧，我当上了工薪族，过着衣食无忧的生活。可是，婚后，我也面临着拮据的日子，总是担忧月末的煤气费，又愁着孩子如果生病，要准备巨大的开销等。我母亲成了寡妇后，所有的事都由她自己来做，所有的重负都是她自己扛过来的，可是我呢？

六年前，我把母亲接到我家，我想她是时候享享清福了，可是，我那淳朴的母亲，在我家里很不自在。一见女婿进门，还起身和他打招呼。哪怕进洗手间也会犹豫半天，怕撞见他。我不但没能让她享受，反而让她遭罪受了呢。她想离开我们，却又怕我伤心，就在她进退两难的时候，有一天丈夫醉醺醺地回来。我担心地默念着，希望他安静地进屋睡觉！

可是，他摇摇晃晃地进来，大声地说着话，不小心撞在靠墙的桌子上，花瓶掉下来，碎了。

“是谁把花瓶弄碎了？”他糊里糊涂地问。

“没事儿，小声点儿！妈妈还在里屋呢！”

“去你的，你走开，这是我家，我想大声说话，你管不着！”

我怕惊动母亲，不停地张望她的卧房，又无法平息丈夫的胡闹。我吃力地把他扶到房间，他嘴里絮叨着什么，趴在床上睡着了。望着他螃蟹似的张着的四肢，噘起的厚嘴唇，枯黄的脸色，怀疑当初自己怎么会喜欢过这个男人呢，也为自己能和他过这么多年惊讶了。他这是通宵地玩过麻将之后，喝了酒才回来的。我又到母亲那里听了听，很安静。

第二天清晨，我看见母亲已经在收拾东西了，她没有直接看我的眼睛，用手摆弄着地毯边的毛穗儿，说：

“我想自己的家了，想回去住一段时间，好吗，孩子？”我觉得母亲一夜间苍老了许多。她已经看出女儿和丈夫并不是很幸福。

“再待一段时间吧，为什么要急着回去呢。”我尽量地想要挽留母亲。她为了不让我像她那样辛苦一辈子，在那样艰苦的岁月里，让我读书，使我成了自立的女人。她发现不开心的我，不想让我看到她的痛苦，只有母女才会有这样的心灵感应。和母亲道别时，不争气的眼泪还是流了出来。

我用叠成三角形的餐巾纸拭去眼角的泪水，咽下碗里剩下的几个馄饨。两个孩子不时地注视着我。

“我好像感冒了孩子。”我回应孩子说。我一改伤心的心情，努力地快乐着，从手提包中掏出一百元整，递给了餐厅老板娘，她说：

“嘿，咱们的干部同志就是不一样啊，出手就是百元大钞呀！呵呵呵！”她借着找钱的机会，和我说起了玩笑话。可能是小时候，总被人同情的缘故，我不愿自己在别人眼中是贫穷的弱者。但对于别人的这份赞美，我却可以隐藏自卑感。

今后，我还会面临很多事。比如像我们这样的女人，每天会面对很多的同事，与他们共事。因为业务需要，还要和更多的人交往、交流。可是，想要倾诉时，却怎么也找不到合适的人。想告诉孩子，怕他们伤心，会影响他们的学习，会把家里受的委屈咽进肚子里。想要告诉母亲，又怕她会担心。还不能和同事或朋友说，却又怕他们听过之后，再加入自己的主观想象和判断把事情弄得沸沸扬扬。如此下去，形成不可外传的心结，真是不被信任的人际圈。是的，我在精神上筋疲力尽。

我在回娘家时，每次都会经过，种着夜来香的那条小路。小路边有个种甜瓜的人家，总能看见那里穿着花裙、每天都抱着孩子的女人。有一年，我和母亲想要在瓜地摘一两个瓜。看见她那五六岁的孩子，随意选了一个瓜，举过头再摔在地上，然后用脏兮兮的手抓着吃起来。母亲在旁边看着他的模样，咯咯咯地笑起来。如果，换成是我，肯定担心孩子会不会因为不讲卫生而生病。可是，我不知道自己已经有多久没有这样开怀大笑过了呢。

我领着孩子们走出饭馆，外面起风了。我们进去时，还一点儿风也没有。我们三个人穿得比较单薄，缩着身子朝家走去。风越来越大了，像是要把我们的头发和衣服都吹走似的。女儿不断地遮掩着过膝的裙子。树枝在狂风中咯吱作响，快被折断的样子。

我们三人逃回了家里，躲过外面的大风后，顿时觉得家是那么的温馨。两个孩子争着遥控器，打开电视。正在播韩剧《看了又看》呢，这是我最喜欢看的电视剧。可是，丈夫很不喜欢，觉得慢条斯理的，很无聊。事实上，很少见他为这个家干净利索地做过什么大事儿呢，弄得自己也不开心，还把这种情绪带给我们。每晚，我们经常会因为选电视频道而争来争去。

因为郁闷，我怎么也睡不着，还不见他的踪影。也许，他和那几个狐朋狗友聚在一起喝酒吧。他每天和别人一样，上下班，再拉上几个那样的朋友喝喝小酒才回来。少不了向朋友们说说上司对他的各种不公，说他没有人情味儿，把没有升职的原因，都归结于身边的人。他虽然是我丈夫，对于这件事儿，我对他很怀疑。对家庭没有责任心的男人，难道能胜任一个单位或部门的领导工作吗？与其责怪别人，不如花更多的时间提升自己的工作能力，他才有机会在工作中有理想的成绩。这些话，我也对他说过很多次，他哪里会听得进去呀。半夜，他嘴里哼着曲儿，半醉地着家了。

在我这二十年不尽如人意的婚姻中，我那份不可以出一点儿差错的，整天都和数据缠绕在一起的工作，早已磨平了我对浪漫生活的遐想。

当时我和丈夫结婚最大的原因，就是他有着城镇户口。那年，他正好被分配到我所在的村医院。我们在朋友的婚礼上相识了。想起我每次有事去县城，举目无亲，感觉很凄凉，很希望将来能在这里生根发芽。

男人们一般都比较喜欢聪慧、有个性的女人。可是得到这种妻子以后，又给她们很多的压力。有点儿高个子女人和矮个子的丈夫站在一起的尴尬。职场打拼的女人，非常自立，遇上像我丈夫这样的大男子主义，就会像我一样不舒坦。

有时，我也想成为痴迷于穿衣打扮、披金戴银就能快乐起来的女人。可是，我怎么也做不到啊。回到家里，丈夫只要有机会就会对我冷嘲热讽：“你在单位多了不起，这和我无关，但是回到家里，我可不会接受你的指点。”他要是多关心我和孩子，该他出力时义无反顾地负起责任，我也不会把自己弄得像个男人婆，也会小鸟依人地，做个温顺的妻子。

许多美好的爱情，在婚后的平淡日子里，一点点地消失殆尽。比如热孜万古丽的丈夫搞外遇，阿孜古丽的丈夫抛弃妻子，远走他乡。怪不得，许多经典的爱情故事中，情侣们大多没能如愿，不然，我们现在就不会看到这些感人的爱情著作了。

不管怎样，我的丈夫还没有搞出外遇，也没有放下自己的家庭出逃。转而，我觉得自己的这种想法很可笑。当我觉得别人比我更加不幸时，好像能得到些安慰。只觉得自己比别人过得好些，就会满足。

大门被重重地敲打着，把我惊醒了！他回来了，虽然喝过酒，可我看他一点儿也不迷糊。从他阴沉的表情中，不难看出他对我也有很多的不满。可是，我们俩都选择了沉默。我们中间有一个不可点破的窗纸，我们都在等，看谁先点破。在我们恋爱时，是他先点开的，那是美丽而又甜蜜的邂逅。现在的我们，纠结于所谓的责任和对孩子的愧疚中，使得我们处于进退两难的境地。

在沉默中我们好像都睡着了。明天照旧要上班，我紧闭着双眼，努力要睡着，可还是失眠了！看来，这一次只要能越过我们眼前得过且过的“平静”日子，我们都能解脱了。还是睡吧，明天还要上班呢……

行动变现力

PRAXIS-HANDBUCH DIE GESETZE DER GEWINNER

从白手起家到人生赢家

[德] 博多 · 舍费尔 著 赵禹霏 译

中国出版集团 现代出版社

图书在版编目（CIP）数据

行动变现力：从白手起家到人生赢家 /（德）博多·舍费尔著；赵禹霏译．— 北京：现代出版社，2020.3

ISBN 978-7-5143-8284-6

Ⅰ．①行… Ⅱ．①博… ②赵… Ⅲ．①成功心理—通俗读物 Ⅳ．① B848.4-49

中国版本图书馆 CIP 数据核字（2019）第 265692 号

行动变现力——从白手起家到人生赢家

著　　者：［德］博多·舍费尔
译　　者：赵禹霏
责任编辑：申　晶　朱文婷
出版发行：现代出版社
通信地址：北京市安定门外安华里 504 号
邮政编码：100011
电　　话：010-64267325　64245264（传真）
网　　址：www.1980xd.com
电子邮箱：xiandai@vip.sina.com
印　　刷：三河市国英印务有限公司

开　　本：880mm×1230mm　1/32
印　　张：8　　　　　字　　数：151 千
版　　次：2020 年 3 月第 1 版　　印　　次：2020 年 3 月第 1 次印刷
书　　号：ISBN 978-7-5143-8284-6
定　　价：59.80 元

博多·舍费尔

Bodo Schäfer

仅仅知道如何做一件事是不够的，
必须身体力行去做，
就像运动员和音乐家那样，
对于理论上清楚知晓的事情，
不断地进行练习。

明白什么是正确的，
却没有身体力行地去实施，
就是怯懦的表现。

写给你的一封信

亲爱的读者朋友们，

我想祝贺你拥有了本书。这本书会告诉你如何像赢家那样去理解“行动变现法则”，它会激励你如何去理解一种积极、成功并且充实的生活，以及告诉你如何实现这样的生活。

尽管我的书销售量不错，有时候我却会感觉伤感。因为在所有买书的人中，只有10%的人会阅读超过前二十页。而在那些阅读完整本书的人中，只有很少一部分人真正积极地付诸行动。正是这样，我看到了知识与智慧的区别——

智慧，是将我们的知识应用到实际中。

为此，我们每个人都需要帮助。也正因此，这本关于赢家如何行动变现的“实践指导书”（德语为Praxis-Handbuch）应运而生。

“实践指导”（德语Praxis）指的是将赢家“行动变现法则”应用在你的生活当中，着手去做，去处理问题。

“书”（德语Handbuch）代表着对成功的掌控的一种书写。

“行动变现法则”如何对你的生活产生影响，这完全取决于你自己。为此，你负有全部责任。请你想一想那个传说中抱怨午饭只能吃番茄奶酪三明治的年轻人。终于有一天，一位同事对他说：“如果你不喜欢番茄奶酪三明治，就和你太太讲，她会给你做点儿别的食物。”年轻人回答道：“天哪，我还没有结婚呢，是我自己做三明治吃。”

本书说的就是这样的事情：你自己配好配料，自己决定哪些配料在什么时候分别加入多少。

但是，不要把自己置于毫无意义的压力之下。学习应该是有乐趣相伴，给人带来欢乐的。请你找出一两个今天做出的最有意义的决定来进行练习。如果你有一点时间，就请这样做吧！哪怕只抽出几分钟时间看一看本书，也比什么都不做要好。这样，在接下来的几天中，你也许会想出什么“宏伟”的计划。

同样，你也不要抱有太多期许。即便你犯了同样的错误，也请你不要气馁。这一切都是正常的。过去的我曾经这样，现在也还是一样。我学会了笑看自我。而且我明白了，这其中一共要经历六个步骤来学习：

第一步：我们走在街上，摔到了一个洞里面。花了好长时间我们才费力地从洞中爬出来。

第二步：我们走在同样的街上，摔到了同一个洞里面。我们为自己感到懊恼，再一次费力地从洞中爬了出来。

第三步：我们再次走在同样一条街上，又摔进了同一个洞中。我们勃然大怒。介于这期间进行了下意识的训练，我们总算能更快地从洞里爬了出来。

第四步：我们沿着街走，及时看到了洞，远远地拐弯绕开了它。

第五步：我们走上了另外一条街。

第六步：出于某种原因，我们又重新走回最初那条街上，刚好摔进了之前的洞里面。这一次，我们为今后写下一个警告：简直是受够了！

本书会让你提前了解到一些“陷阱”，由此你可以建立一条通向成功的捷径。尽管如此，你还是会看到这样或那样的陷阱。因为经验往往只适用于那些有过经历的人。重要的一点就是，要把规则落在笔头上（见本书第45页）。如果我们不将我们的认知记录下来，时不时地读一读，那么我们的大脑就会欺骗我们。这本实践指导书的意义正是在于此。

成功和富裕是你天生的权利。追随你的梦吧，树立你的目标，并且放手去做。请你想一想，没有把计划付诸实践的唯一理由是什么？那就是你身体中的小我战胜了大我。拥有能力吧，变成自己想成为、能够成为的那个人！

你忠实的

博多 · 舍费尔

每个人都有机会获得成功和幸福。

关于赢家的一种描述

赢家热爱生活，完全不受任何束缚。无论做什么，他们都感觉到舒适得体。他们从生活中受到鼓舞，因此很少抱怨。无论晴天还是下雨，任何天气对他们来说都是令人欣喜愉悦的。

他们全身心地去享受生活，因此很少真正感觉到沮丧。他们是享乐主义者，享受当下，并且能够长时间享受一件事情，因为在他们眼中，等待幸福是愚蠢的行为。他们的心思完全投入在了满足当下的事情中。

他们波澜不惊。很少有人能够打破他们内心的平静。驱使他人狂热的事物很少能打动赢家们。他们视生活为一场游戏，他们从不过度焦虑。他们不恋过往，不惧将来，他们活在当下。

如果他们周围的人对其行为进行指责，那么他们会去检验一下，看看那些指责是否客观真实。如果他们认为指责不客观不真实，那么他们会全然忽视其他人的评价。他们的盔甲并不厚重，却不至于千夫所指时不堪一击；他们的盔甲也足够厚重，亦不至于受他人诋毁失去自我。

对于他们来说，自由和独立不言而喻，正是因为这个原因，他们也不遗余力地为他人的独立而努力。他们向人们传播这样的思想，要去自由做决定，不要生活在他人对自己的期望中。

因为他们期待着他人独立，所以他们也为自己捍卫这一观点。因此，有时他们也会冒犯他人。有时候他们喜欢独自一人待着，并且希望自己的隐私得到尊重。

他们也不接受自己依赖其他人。因此对于不了解同赢家共处的人来说，很难去理解他们、爱上他们。他们想要的是自己决定自己的生活，而且他们欣赏并热爱的人也是独立的，而且能够自主做出决定的。即便有人想要依赖赢家，他们也会远远走开。正是独立的个性不允许他们这样行事。

他们内心的力量来自对自己价值观的了解以及对内心声音的倾听。这在很大程度上使得他们独立于其他人的观点。他们不会过多地担心他人是否对其行为和言辞进行指责或赞赏。陌生人对其言谈举止的评论从来就不是赢家的行为指南。

如果赢家受到指责，他们不会垂头丧气，更不会失落到谷底。他们安静地依照自我的价值体系进行评估，然后再做出决定是否进行这样或那样的改变。因为他们从根本上知道，自己从来不会让所有人感到满意。他们知道，自己也会遇到否定意见。他们无意争取自己的生活态度以及观点同其他人完全一致。他们的关注点在于身体力行地去做，而不是去感到惭愧、进行指责。

他们可以做到保持在一个健康的距离内看待自己的担忧，即便自己受到直接影响也亦如此。因此，他们不会轻易感觉到受到影响、受到伤害或者受到威胁。但是事实常常是这样的，一个自我怀疑程度很高的人常常感觉这样的特质非常具有威胁性。因此他们在赢家面前常常感觉不自在。他们批评赢家们，躲开他们，还喜欢在他们身后议论是非。还有那些喜欢说服别人，让人感到内疚，并且按照自我喜好操纵他人的人也不喜欢赢家，因为他们的做法对其没有任何作用。

如果那些小规则毫无意义，那么赢家会完全忽略。同样，他们也会忽视那些毫无意义的闲言碎语。他们不会仅仅因为礼节在这些事情上浪费任何时间。他们宁愿把时间投入对自己的目的和生活中真正重要的事情上，也不愿意把时间浪费在解决其他人的无聊和不满中。

他们是如此的开诚布公，以至于他人有时感觉受到中伤。如果有人问起，他们会对每个人都坦诚地讲出自己对一件事情的看法。如果没有被问起，那么他们会很好地保存自己对事情的看法。他们绝不插手干预。无论如何赢家都坚持这样的信念——批评比奉承要好得多。

在严肃又庄严的场合中，幽默对于赢家来说也具有着重要的意义。因此他们在谈笑风生之间得到了其他人的敬畏。在赢家看来，庄严的场合和条法可以使人们的生活更加愉快美好。他们并不认为是为了遵守条法而遵守法律，也不认为应该为了庄严的场合而看起来很严肃。

雄鹰们以轻松的视角看待事情，不感觉紧张。而且他们对为别人欢呼感到有趣。但是他们从来不以牺牲别人而取乐。他们不嘲笑大众，而是和大众同乐。他们会笑着面对生活中的各个方面。

他们可以将一切视为一场大型游戏。正因如此，他们才能够做到不把自己看得过分重要，并且能够迅速做出决定。他们知道，自己所做的一切都只不过是时空中的一缕微风。他们对待生活的游戏态度也使得他们具有很强的冒险精神。他们知道，如果一个人不去冒任何险，那么他终究会一事无成。

赢家们不去抱怨别人，乐于给出肯定态度。他们有着很强的自我意识，不断发展自己。他们接纳自己，同时也接受那些自己不能够改变以及不想改变的事情。因为他们已经接受了这样的自己，所以他们认为事情是完全自然的。他们不必带着面具，因为他们有勇气做自己。他们坚持做自己，正直做人。正因如此，他们才可以真正地去爱别人。

赢家们能够设身处地为他人着想。即便他人的行为乍看上去复杂而难以理解，他们还是可以理解。他们认为问题是一种挑战，可以使人得到成长。赢家们知道，问题并不出在问题本身，而是看待问题的方式。他们也明白，并非所有人都可以以一种玩笑般的方式去看待问题。

他们对一同共事的人不抱有常人一贯的期待，而是开诚布公地与他们交往。狂热的信仰主义者对他们来说是完全可以理解的，因为他们认为世界并不是一成不变的一幅画面。他们常常改变主意，就好像他们此刻的想法是绝对的一样。

同样，他们走的每一步都缺少了整洁方面的工作。这些工作对他们来说只是完成事情有利的手段，而并非目的本身。一丝杂乱能够激发他们的创造力，并且在他们处理事情的过程中为其带来了想象力。他们并不认为必须按照特定的方式来处理事情。

他们不害怕犯错。恐惧对其来说是普遍的，就好像一种药物。丝毫感觉不到害怕的人是令人心生怀疑的。而赢家视恐惧为一种积极的信号，显示出他们即将迈出的下一步并没有太小。他们不会让恐惧抑制住自己前进的脚步。

如果他们犯了错，那么他们会深入挖掘错误背后的教训，使错误不再重新上演。同时他们也不会掩盖自己的愤怒，亦不会停止思考过去的错误进行反思。

赢家追求内心平和，喜欢在户外度过时光。特别吸引他们的就是那些未受到污染、原始性且得到很好保护的地方。他们不喜欢在充满烟雾的房间里同嘈杂的音乐为伴。尽管他们也可以在商业派对或者夜总会中度过美好时光，但是户外活动可以更好地为他们带来活力，为其充电。

他们可以享受一些小东西，比如在露珠上被反射的光线，还有高兴地玩耍着的小狗、海边的日落、高大的树木、雄伟的山峰以及一望无际的大草原。

他们并非自命不凡。一旦他们意识到有时候自己担子太重，他们就会躺在星空下。然后他们会感受到自己只是宇宙的一部分，并意识到自己并不是宇宙的中心。

他们对不可预计的事情表现出崇敬，并且努力从当下中寻求实现的机会。他们每天都会找到无数个充满感激的理由。这是使得他们能够过上富裕而幸福的生活——即使情况不是那么理想的时候也亦然。

在示威游行的人群中，人们不会看到赢家们的身影。他们也不会成为什么烈士。尽管他们渴望为共事的人带去丰富多彩的生活，但是他们更希望用一种有效的方式实现它。他们不需要那些不在场就可以进行的活动，因为他们想要做出真正的改变。他们具有使事情简单易行的能力，而且他们会尽可能快地完成工作。他们是实践者，并不是堂吉诃德似的同风车斗争的勇士。他们乐于见到结果的产生，并且希望仅仅通过结果来衡量事实。

他们投入110%的努力，尽管如此，他们仍然会想方设法拉开与他人必要的差距。他们几乎没有暴躁的脾气，更不会把怒气撒到别人身上或是自己抑制怒气。

同样，他们也不会自惭形秽。他们看起来很少像有的人那样容易患上疾病。倘若他们患了感冒或是其他什么隐疾，他们也不会对其他人说起。他们想要得到认可，不希望获得怜悯。一旦他们感觉不妙也不会到处对人讲。在这种情况下，他们能够自己调整自己的状态。

如果他们真的不慎患了流感，那么他们会把这当成是特殊状况下对身体的一次排练，以便消除体内所有可能的污染物。然后他们会根据身体需要享受安静，并不会同命运进行争吵。他们知道，精神需要定期安静，否则身体会偶尔生病。所以休息是必须的，无论如何都不应得到忽视。

总体来说赢家懂得照顾自己身体，有健康意识。他们定期做运动，不会吃得很多，有很强的自我管理意识。疾病不会找上门来。但是他们一旦生了病，那么他们会在生活中给疾病留出空间。他们想好好生活，并因此过得不错。他们视这为与生俱来的权利。他们充满能量，不浪费不必要的能量。他们宁愿死于过劳也不愿意碌碌无为。他们的能量来自对生活的热爱，以及生活的方方面面。因此，赢家们并不是什么超越常人的存在。

赢家不晓得无聊为何物，因为他们总是追求全力以赴。他们保持旺盛的求知欲，总是抱有好奇心，对什么都感兴趣。每一时刻对他们来说都是一次学习和成长的机会。他们经历的每个场合每个人都给予了他们机会去了解更多。

他们也习惯了去追赶信息的脚步，而不是原地等消息。他们做好了准备去做必要的事情。如果需要，他们就早早起床，或者熬夜很晚才睡觉。如果需要，他们会和很多人进行交流。他们信守承诺，人们可以完全信任他们。比如说他们通常特别准时。他们就像贴在信封上的邮票那样坚守自己的目标。然而，他们并不喜欢无效的方式或是策略。他们可以在不放弃目标的情况下快速改变行动方向。

他们会承担起全部的责任。为了追求自己的目标，有时候他们会以一种不被常人甚至不被自己接受的方式去行事。与此同时他们也会理智地保持一定的距离，不把一切看得过于认真。想理解赢家们并非易事，因为他们有时候异常繁忙于某事，有时候又好像任何事情都不能引起他们的注意。但是赢家生来就不是为了让人理解的。他们留给他人足够空间决定自己的生活，同样也希望别人这样对待他们。

赢家知道，如果用自己的蜡烛点亮他人的蜡烛，并不会损失什么。所以他们想对他人产生积极的影响。但他们总是尊重他人的自由。正因如此，他们不会指责别人什么。他们只是出于帮助给出真诚的提示。他们讨厌愤世嫉俗、带有攻击性的批评者——只是为了激励自己，偶尔才对自己提出适当的批评。

他们创造自己喜欢的环境。而且他们接受自己不能改变的事情。

他们付出110%的努力，然后顺其自然。他们有很强的自我价值感，因此，无论事情看起来多么重要，或者多么不重要，他们都不会将事情过度渲染。

他们都很大度，能够让他人保留自己的想法。在他们眼中，不是所有事情都要有统一的看法。同样，他们也不想把自己的胜利建立在他人的痛苦之上。他们寻求的是一种共赢的境地。因为，他们爱着别人，也爱着自己——这才是最重要的。他们希望的是成为自己能够达到的最好状态。他们希望在自己的生活中成为真正的大师。因此他们从来都不会自我怜悯、自我嫉恨，而是接受自己。他们宽恕别人，也同自己和解。

他们不会生活在人类的牢笼中。他们也不是激进的民族主义者，他们不会仅仅通过家庭出身、自己成长居住的城市或者国家，或者是自己的民族来进行自我认定。他们不会以“忠诚”的幌子为了他人的利益来做违反自身价值体系的事情。他们会超越传统的界限，因为他们认为自己是人类。

* * *

这样的描写似乎不能详尽无遗。生命是如此丰富多彩，我们不能将其内容限制在几页纸之中。赢家也不会声称找到了关于智慧的最终结论。他们知道，运动是一切物质存在的根本属性和存在方式。他们也懂得，每一个真理都有不同的一面。

赢家们是有耐心的，并不需要定论或者完整的表述来使自己过得幸福。他们知道任何一种普通的生活方式都有其自己欢乐的所在。他们珍惜每一瞬间，不遗余力地去争取尽可能大的满足。

赢家们充分享受生活。他们按照赢家的法则去生活——也就是自己的法则。因为这些法则会向他们展示生命中最大的喜悦。

我们经历的每一个像赢家那样去生活的瞬间都值得为之而生。如果我们按照赢家的行动变现法则那样去生活，哪怕是一点点，也可以让我们成为赢家。

目录

第1步

做出决定

“决定”（Ent-Scheidung）[1]这个词的构词让我们明白了一件事，那就是每一个决定都意味着取舍。

每做出一个决定，我们就会选择一种可能性，也意味着将自己与其他一切可能性分离。更有甚者，我们在做出了一个认真的决定时，甚至会有意识地阻止任何其他的可能性。

因此，我们做出的每个决定都是一次机会，使得我们和其他人与众不同。同样地，也不存在百分之百“安全”的把握，去实现我们心中的愿景。

而且，努力不输的人关注风险和危险；想赢的人则更关注赢的可能性。

赢家不会去抱怨令自己不满意的境况，他们会去经历冒险，因为他们知道，这比接受一个让人失望的决定要好得多。赢家总是以自己的的真正需求为导向做出决定。他们迅速做出决定，并

① 德语前缀 Ent- 有“去掉、舍去”的意思，Scheidung 作为独立名词亦有分开、分解的意思。——译者注

长久地坚持下去，不犹豫，也不朝令夕改。

赢家对此的总结是：

◎ 每个决定都意味着一种放弃。

◎ 改变总是始于取舍，即分离。

◎ 不能够进行抉择的人，其实阻碍了其自身的发展。

◎ 参与一场游戏，是为了不输掉游戏，还是为了取得胜利？这其中有着很大的差别。

◎ 把成功放在心上的人，离成功更进一步。

◎ 生命短暂，不足以日复一日劳碌于不热爱的事物。

◎ 目标本身是会不断改变的。如果你因为做出决定而迟疑了一段时间，那么目标也会变得遥不可及。

◎ 有任何一项决定都比没有任何决定要好。

◎ 在做出决定的时刻，我决定了自己的命运。

◎ 如果我清楚地知道我的价值之所在，那么我就会轻松地做出决定。

> 要想赢得辉煌的胜利，必须敢于挑战强大的事物，即使失败，也远比和那些既没有喜悦也没有痛苦的可怜灵魂归类在一起要好得多，这主要是因为这些可怜的人生活在灰暗阴沉的黎明，他们既不知道什么是胜利，也不知道什么是失败。
>
> ——西奥多·罗斯福

实践练习

今天我要按照以下步骤训练自己做出决定的能力。

每日练习第一项

我要训练自己快速做出决定的能力。我想象自己有一块进行决定的肌肉，每当我快速做出决定，它就会变得强壮。有的人足足盯着菜单看了 15 分钟，最终还是会选择普通的意大利面。

我决定，今天要在 30 秒钟内决定自己吃什么喝什么，就算有可能碰到不合口味的食物。

今天我要在 30 秒钟内做出每一个小决定。

那么，今天我可能有哪些机会来训练自己的“决定肌肉”？

每日练习第二项

为了学习聆听自己内心的声音，在做所有的决定时，我都要问问自己：

如果我做出这样的决定，后果会怎样？

我做出这样的决定，是否会给自己以及身边人带来幸福？

只有这样，我们才能学会倾听自己的心声。

每日练习第三项

我做出的所有决定都是基于我所追随的目标的。我准备好和我不喜欢的东西彻底分离，这样我就有双手去实现我的梦想。我准备写下以下问题的答案：

五年之后，我会变成怎样的人？

五年之后，我会拥有什么？

每日练习第四项

长久以来，我做出过哪些拖了很久的“艰难”的决定？

为此，我有哪些选择的可能？

我可以同哪些对此有经验的人述说？

我必须做出决定的最后期限是：

把每一种可能都落实在纸面上，再考虑有无可能与经验丰富的人进行探讨。写下一个最后期限，规定自己无论如何都要在这个期限之前做出决定。

> 写下这一步的成功日志 <

今天，我有多大程度上在实践中应用了赢家的“行动变现法则”？在哪些地方我做得特别成功？

这一步的学习体会：

第 2 步

不断学习和成长

KLUW（不断学习和成长）[1]的生活哲学有助于开阔我们的视野。成长是我们基因密码的一部分，也是我们生活的原则。当某个生命停止生长，不再有所变化，它就会消亡。成长和学习是我们要不断加强的信念，否则我们就必然沉沦在某种行为模式或者单一的生活状态，这样的生活远远不是我们应该达到的水平。

对于赢家来说，不断学习和成长意味着随着年岁的增长，他们越来越削减原来的自己，同时更大程度上成为他们希望成为的那个人。学习和成长是我们生活哲学的一部分。

赢家对此的总结是：

◎ 我们需要真正享受学习和成长。我们学习和成长得越多，我们就会越自由。

◎ 不断地学习和成长是人们的基本需求。如果我们以这种方

① 德语为 Konstant Lernen Und Wachsen，即不断学习和成长。——译者注

式去生活，那么我们就拥有更多的能量，以便满足我们的需求。

◎ 那些从事经济方面工作的人，必须要学习和成长，否则他就会变得越来越弱。

◎ 我们所做的一切都使我们离目标更近，或者是越来越远。没有所谓的“中立状态”。为此，我们必须一直问自己：“我初心的方向在哪里？”

◎ 我们所做的大大小小的决定，都决定了我们拥有怎样的未来。

◎ 如果我们一切顺利，那么我们的世界也会一切顺利的。

◎ 我们越是更多地学习和成长，那么我们就越发渴望去学习和成长。

◎ 赢家很好奇，他们想了解自己可能成为什么样。他们会把表扬和批判化作力量，来不断学习和成长。

有的人因为吃太多而早夭，有的人因为喝太多酒而去世，还有一些人因为终日无所事事、失去生活乐趣而死亡。

——拿破仑 · 希尔

实践练习

今天，我要采取下列步骤来巩固自己不断地去学习和成长的习惯：

每日练习第一项

我决心每月至少读两本振奋人心的书。假以时日，我甚至可以每周读一到两本书。

这个月，我打算从下面两本书开始：

1.____________________________________

2.____________________________________

在未来的每周每月里，我打算从下面的书目中进行选择：

____

____

____

每日练习第二项

我要思考一下，可以参与哪些研讨课，进行针对性的专项学习。

我想在今后参与关于以下主题的研讨课。

____

____

____

____

每日练习第三项

除了成功日志以外，我还要记录另外两份日志：一个认知日志，在这里我记录下我所获得的一切错误和教训；还有一个想法日志，在这里我记录下我所有的想法。

认知日志

认知 1：______________________________

总结：______________________________

认知 2：______________________________

总结：______________________________

想法日志

想法 1：______________________________

想法 2：______________________________

每日练习第四项

请你列出在你生活中，你最希望学习的榜样名单。请你为每一个人建立一张卡片，并且记录下和这个人进行的每一次对话。请你留心，每个月至少同每一个人进行联系。

榜样名单

1.______________ 2.______________

3.______________ 4.______________

5.______________ 6.______________

7.______________ 8.______________

9.______________ 10.______________

每日练习第五项

我要把特别想结识的十个人写进一份人脉建设名单中，以便向他们学习：

1.______________ 2.______________

3.______________ 4.______________

5.______________ 6.______________

7.______________________ 8.______________________

9.______________________ 10.______________________

请记下你认识的十个人的名字，而他们刚好认识你想要认识的那些人（或者认识某些人的那个人）。

每日练习第六项

我要细化阅读计划，决定每天阅读本书的一个章节。

以下是我未来 14 天的阅读计划：

日期	章节	已读	日期	章节	已读
____	____	□	____	____	□
____	____	□	____	____	□
____	____	□	____	____	□
____	____	□	____	____	□
____	____	□	____	____	□
____	____	□	____	____	□
____	____	□	____	____	□

每日练习第七项

我要思考一下如何能够在生活中的五个重大方面提高 1% 的

效率：

健康：

关系：

财经：

精神 / 情感：

工作 / 生活意义：

> 写下这一步的成功日志 <

针对今天的这一步法则，我在现实生活中应用的程度如何？

我从这一步得到的教训：

（如果空间不足，请另外使用单独纸张进行记录。）

第3步

清醒地度过当下这一天

赢家们把每一天看成是一次独特的馈赠来享受。他们尊重和欣赏周围的人，他们将自己身边的人看作是礼物，是奇迹，而这些人也确实是这样的。

赢家们通过专注于构成生命基础的简单事物来获取力量。他们心怀感激，在失意落寞的时候也不气馁，不会失去生活的兴趣。赢家们会充分利用当下这一天。

赢家们对此的总结是：

◎ 我们应该多多思考，自己所遇到的每个人都多么可贵，我们经历的每个时刻多么特别。

◎ 当你有困惑或者困难时，请你问问自己，五年之后，这些困难还会剩下什么。

◎ 我们不一定要时刻保持忙碌，我们可以偶尔享受当下的状态。

◎ 我们必须一次又一次地停下来，以免随波逐流。

◎ 当下的今日是唯一的一次机会，一去不复返。

◎ 遇到逆境，不要把它看得太认真。不要让任何事情破坏你的好心情。告诉自己，对待最糟糕事情的方式，就是度过美好的一天。把沮丧变成魅力。保持对形势的控制，不要让不利的情况发生。

◎ 把消极的东西太多地放在自己身上，高估了无关紧要的东西，身体健康也跟着受损。

幸福的秘诀，就在于能够将每时每刻看作是奇迹，并且心怀感激。

——博多·舍费尔

实践练习

我要清醒地度过当下的这一天，并且通过以下步骤充分利用这一天：

每日练习第一项

今天，我要下意识地去想想那些让我生活变得充实的人们。

特别是我要寻找身边这样的人，和他们共度一段时间，就好像好久都不会再见到他们那样。

我今天会想起哪些人？

我今天打算和哪些人度过很多时间？

每日练习第二项

如果我今天思绪凌乱，遇到些麻烦，那么，我要化腐朽为神奇，而不是沮丧、气馁。对待最糟糕事情的方式，就是度过美好的一天。

今天发生了什么，我有着怎样的反应？

（如果空间不足，请另外使用单独纸张进行记录。）

每日练习第三项

我要记录下今天让我感激的 25 件事情。正是通过这些事情，我才越发热爱生活，感觉到更加充实。我没有在等待中让时间白白流逝，而是利用休息，让自己想出更多值得感激的细节。这样一来，今天发生的每一次等待都是一份礼物。

1.__________ 2.__________

3.__________ 4.__________

5.__________ 6.__________

7.__________ 8.__________

9.__________ 10.__________

11.__________ 12.__________

13.__________ 14.__________

15.__________ 16.__________

17.__________ 18.__________

19.__________ 20.__________

21.__________ 22.__________

23.__________ 24.__________

25.__________

每日练习第四项

当下的今天并不在于怎样度过它，而是我在这一天中有哪些作为。现在，我决定，把今天看成是一次机会，并且充分利用这个机会。我要把每一个瞬间看成是一个进步；每一次相遇都是一份礼物；每一分钟都是一次机遇。和怀有爱心之人在一起的每一秒钟，都是一个奇迹。

我要通过当下的这一天做些什么？它给予我哪些机会？

每日练习第五项

我要在一个安静的地方静坐上 15 分钟，冥想，或者什么都不做。

> 写下这一步的成功日志 <

针对今天的第一步法则，我在现实生活中应用得如何？

对于我来说，极其成功之处在哪里？

我从这一步中得到的教训：

第 4 步

专注于获得收益的活动

我们获得的收入，其实是我们为市场带来的价值。你拥有怎样的价值，是完完全全取决于你自己的。如果你想赚取更多的钱，那么你就需要通过产生更多效益来提高自己在市场中的价值。这当中，最好的途径就是集中精力在所谓的EPAs[①]，即获得收益的活动中。

当然，并不是每一次都会成功，但是大方向是好的。赢家承认，有万事顺遂的“炎夏”时节，也有诸事不利的“寒冬”之际。这就是为什么他们要学会应付糟糕的季节。冬天不会使他们泄气，因为他们知道冬天不会永远持续下去。

对于每一次成功来说，应用SINALOA原则[②]都是极其重要的。这就意味着：你的安全感是建立在数字和平均法则中的。通常情况下，当你经常重复做一件事情而达到一定次数的时候，平均法

---

① EPA为德语die Einkommen Produzierenden Aktivitäten的缩写。EPAs泛指各种获得收益的活动。

② Safety In Numbers And Law of Average的缩写，意为：安全感可以从数字和平均法则中获得。——译者注

则就发挥作用了。经营的成功与否并非取决于运气。对于你来说，获得收益的活动就是：你必须一直做下去，因为这样你才拥有成功的保证。

而且，不要害怕犯错。错误是发展的重要基石。从一次的错误中，我们应该有所学习，并且尽量不犯同样的错。

赢家对此的总结是：

◎ 每个人在市场中赚取的金额，正是他的价值所在。你有多少价值，完完全全取决于你自己。

◎ 赢家知道自己有哪些获得收益的活动（EPAs），他们投入尽可能多的时间去从事这些活动。他们信赖属于自己的天地。

◎ 赢家并非把极其棘手的事情做得很好，而是将简单的事情做得极其优秀。

◎ 赢家并不会把“寒冬”说成是自己的错误，他知道，他只是大环境链条中的一部分。

◎ 对于我们的发展来说，错误与成功同等重要。

在工作中，我已经习惯了通过一个人做事情的结果来评价一个人。结果比漂亮的言辞更有说服力。

——W. 克里特曼 · 斯通

实践练习

今天，我要要求自己完成下列步骤，来提高自己获得收益的活动（EPAs）比例。

每日练习第一项

我要思考一下，自己昨天的时间是怎样度过的：

我要清楚地知道，如果自己没有有目的地去计划获得收益的活动（EPAs），那么自己不会有任何改变。我要问问自己：我今天要明确地做什么，才能够加强那些决定我收入的方面？

每日练习第二项

我要知道，自己必须在所在领域一周内或者一个月内进行多少获得收益的活动（EPAs），才能够有所保证？

当我知道了这个数字，我要马上做出决定，用三个月时间建立自己的帝国。

在哪一天我要来检查一下，自己的帝国在多大程度上受了自己获得收益的活动（EPAs）的影响？

每日练习第三项

当我经历了一个“炎夏”，那么我就知道，“寒冬”快要到来了。我现在知道，此时此刻我该去收获丰收。因此，我要付出双倍的努力。我决定，不因寒冬的到来而改变自己的目标。

我现在可以把哪些事情做得特别优秀，以便更好地度过下一个寒冬？

每日练习第四项

为了度过“寒冬”，我必须做好准备。我决定，每天阅读本书中的一章。另外我还决定，为了提高自己的人格魅力，去参加研讨课。

那么，我会首先报名参加哪些主题的研讨课？

____

____

____

每日练习第五项

我要记下让我感到钦佩的五种人格，写下具有这样人格的五个人的名字。我要读关于他们的书，或者私下里结识他们。我要分别记录下，他们是怎样度过失败和个人错误的。

1. ______________________________

2. ______________________________

3. ______________________________

4. ______________________________

5. ______________________________

> 写下这一步的成功日志 <

针对今天的第四步法则，我在现实生活中进行了多大程度的应用？

对于我来说，极其成功之处在哪里？

我从这一步中得到的教训：

第5步

成为更强大的自己

为了让生活变得更好，我们必须首先改善自己。就好比在学校，我们要从一年级开始，升入二年级，然后进入三年级。这其中的道理在于，当我们变得越加优秀，我们玩儿的游戏就越大。

当然，我们并非寄希望于周围环境变得更好，以便让自己更优秀、更成功，而是我们主动把已经拥有的事物做得更好，来让自己变得更好。

改善自我的最有效途径之一就是在自己的事业中成长。那些期望过上更加美好生活的人们，应该尽可能早地开始努力工作。在这个过程中，我们并不能完全成功，我们必须播撒种子，因为我们不能依靠单独的一粒种子。这其中需要我们的耐心——成长是需要时间的。

请你不要让在改善自我的路途中被六大障碍阻挡了去路。这六大障碍是傲慢、愚昧、浮躁、恐惧、自我怀疑和罪责。

赢家对此的总结是：

◎ 我们通过工作造就自我。每一位成功人士都是通过工作成就了现在的自我。

◎ 成功让我们变得更加富有，而失败能让我们成长。

◎ 请你不要将注意力集中在对手上，而是在你自身的工作上。成功的人总是有对手的。

◎ 宇宙会回报一个人的努力，而并非一个人的道歉。

◎ 我们收获自己播下的种子。不管是好的种子还是坏的种子，都将相伴我们终生。

◎ 请你带着正确的态度做对的事情。

◎ 赢家们知道，如果他们将极大的热情投入一份优秀的工作中，那么他们的生活状况会自然得到提高。

◎ 幸福和成功是我们与生俱来的权利。

在我们生命伊始之际，我们每个人都会得到一块大理石和打磨它的必要工具。我们可以穷尽一生对其打磨，我们可以将其加工成鹅卵石，抑或将其塑造成任何漂亮的形状。

——理查·德巴赫

实践练习

由于我想变得更为强大，所以我想通过要求自己做到以下步骤来获得成长：

每日练习第一项

我将自己的工作，或者说我的公司视为让自己养成更加成功的人格，以及实现更加美好生活的一种手段。因此我要更加热情、更加努力地去工作。我通过完成我的工作，规划好所有事情，而使得自己有所作为。

那么，我在今天和本周内可以具体做哪些事情，来使我的工作变得更加优秀？

每日练习第二项

我不要再重复自己的错误，并且要从错误中学到东西。为此，我要开始记录一本“认知日志”。我要把从自己以及他人的错误中学到的一切记录下来。

从昨天以及上一周的错误中，我可以得到哪些认知？

认知日志

认知 1：____________________

总结：____________________

认知 2：____________________

总结：____________________

每日练习第三项

我要阅读对我的人格成长有益的经典书籍。我要用阅读时间来取代看电视的时间，并且每天至少拿出一小时来阅读经典。

那么，我要在什么时候，从哪本书开始进行我的计划？

每日练习第四项

我知道，自己将经历一些失望的时刻。在这些情况下，我需要动力。动机来自对未来清晰的设想和自信。长远来看，这样的动机是没有任何其他人能够给予我的。

我要写下这道问题的答案：如果我实现了一个有价值的目标，谁会获利？

______

______

______

每日练习第五项

今天我成功做完了哪五件事情？

我要将这些事情记录在成功日志里面。

1.______

2.______

3.______

4.______

5.______

每日练习第六项

我要再读一遍播种者的五项教诲：

1. 不是所有种子都会生根发芽。我们必须多播种，因为不可能一切都尽如人意。我们不能把所有的希望都寄托在一粒种子上。

2. 不应该把注意力放在对手的身上，而应该专注于自己的工作。任何摧毁对手的人几乎都无法实现自己的目标。你要想到，成功的人都会有对手。这很自然，就像种子总会遇到鸟和荆棘。智慧的播种者只管继续播种。

3. 只有全力以赴地播种，才能享受到丰收的喜悦。奖励总是在工作之后。上帝奖励努力而不是道歉。我们经常看到有人试图改变这种自然法则。但是，长期的幸福不能以这种方式得到。

4. 我们需要耐心。成长需要时间。播种之后的第三天是不可能收获的。光凭劳动还不够，需要有耐心才能获得成果。

5. 种瓜得瓜，种豆得豆。播种的好坏陪伴我们一生。我们必须仔细挑选能生根发芽的种子。

对此，我问自己：

a）我是否接受并非一切都能导向成功？

b）我有没有因“否定”我的对手们而忽视了我自己的目标？

c）我是否尽了最大努力？

d）我是否有耐心？

e）我是否播撒了自己希望收获的种子？

每日练习第七项

目前，我是否做了正确的事情？我是否带着正确的态度去做的？或者我有什么地方必须加以改正？

每日练习第八项

一个客观的观察者对于我处理成功路上的六大障碍会有怎样的评价？他会在 1—10 分的刻度表上给我打怎样的分数？（1= 没有问题；10= 大问题）

1. 傲慢　1　5　10

2. 愚昧　1　5　10

3. 浮躁　1　5　10

4. 恐惧 1 5 10

5. 自我怀疑 1 5 10

6. 罪责 1 5 10

> 写下这一步的成功日志 <

针对今天的第五步法则，我在现实生活中进行了多大程度的应用？

对于我来说，极其成功之处在哪里？

我从这一步中得到的教训：

第6步

放手去做

这世界上一切对我们来说有价值的事物，都是由人类——那些放手去做的人们——建立或者完成的。赢家知道，没有什么比身体力行地去做，更具有决定性意义。如果我们不去实践，不在现实中进行应用，那么赢家的所有法则都是无意义的。

许多人知道自己希望拥有什么，但是他们不明白自己是谁，自己想做什么。很多人通过开始去做并且变得积极，而且找寻到了自我，最终靠自己解决了问题。

世界上并没有完美的途径，也没有什么完美的时机，人类无法创造完美。这就是为什么赢家总是以最快的速度采取行动。

因此，赢家所崇尚的是 SSWIM 法则①。

赢家对此的总结是：

◎ 赢家最大的天赋在于有激励自己行动起来的能力。

---

① 德语“so schnell wie irgend möglich”的缩略，意为：尽可能快地放手去做。——译者注

◎ 最佳的行动时刻就是现在。

◎ 不完美的开始，比等待完美要好得多。

◎ 只有在我们开始去做的时候，我们才能够学到必要的事情。最好的“准备”，就是立即开始行动。

◎ 声誉源于脚踏实地的实践。

◎ 一个人能够推进的事情，并不是如何去做事情的智慧，而是为什么去做这件事的智慧。那些清楚知晓自己为什么要做什么事的人，总会找到如何去做的途径。

◎ 请你问一下自己：我有哪些梦想希望能实现？为什么它们对我来说如此重要？找一找自己动力的源泉，找到能给予你前进动力的东西，并有意识地运用它。

我把那些本可以做出更好成绩却没有做得更好的人称为笨人。

——苏格拉底

实践练习

今天，我通过以下步骤来训练我最重要的行动能力：

每日练习第一项

我要记录摆在我面前所有被我拖延的待办事项，并且思考一下，我今天应该完成哪些事情：

今日完成

______________________________ □

______________________________ □

______________________________ □

______________________________ □

______________________________ □

______________________________ □

每日练习第二项

如果至今尚未开始，那么从今天起我要开始建立我的梦想相册，在这里，我将粘贴象征我梦想的图片。我要为生活中五大重要方面（健康、关系、财经、情感、工作）制定目标，而且这些目标都以图片的形式出现在我的梦想相册中保存下来。

我对于生活中五大方面定下的目标：

健康：

关系：

财经：

情感：

工作：

每日练习第三项

我准备一本日记本，用来完成这本书中所有的书面练习。这样我就不会遗漏任何内容，并且能够发现自己的进步。

每日练习第四项

我要问问自己：我是否会因为觉得时机不合适而拖延去做一件事？这是不是只是一个借口呢？这有没有可能是个借口？

借　口？

______________________ □

______________________ □

______________________ □

______________________ □

______________________ □

______________________ □

> 写下这一步的成功日志 <

针对今天的第六步法则，我在现实生活中进行了多大程度的应用？

对于我来说，极其成功之处在哪里？

____

____

____

我从这一步中得到的教训：

第7步

正确处理压力

压力看起来似乎是普罗大众皆有的苦恼。现如今，几乎每个人都有被压力笼罩的时刻。没有谁的生活是不存在压力的。因此，我们要学习如何正确地去处理压力。那些越经常倾听自己内心的人，压力来临时就越容易感觉消极。而且，越在意无关紧要的小事，越容易觉得自己力不从心。想要躲避压力的人往往适得其反，会越来越容易陷入紧张之中。

为了将这种压力转换为积极的力量，我们必须控制自己的思想。而正是当我们精神完全集中并且专注而谨慎的时候，我们才能够控制自己的想法。

我们应该投入自己所有的精力和力量。这种集中精力的方法是可以学习的。尽管没有人能够每时每刻都集中精力，但是赢家可以锻炼自己集中的能力，并不断进步。

赢家对此的总结是：

◎ 只要加以正确的应用，不脱离控制，压力可以是健康而积极的力量。

◎ 压力并非来源于工作本身，而是来源于我们处理它的方式。

◎ 让自己不受压力困扰的秘密在于，在一件事情上专注精力。请你不要同一时间做两三件甚至更多事情。

◎ 请你将你的能量和力气放在眼前的事情上。

◎ 请你投入实践在生命中基本的方面。请你为每一周、每一天做计划。

◎ 请你为自己的成功而感到愉悦。

◎ 请你享受自己所做的一切事情。

◎ 那些能微笑的是，是世界的王者。

◎ 请你享受轻松。

平静和安宁是我们生活的常态。只有思想才像蚱蜢一样从一个想法跳跃到另一个想法。可以去控制思想，而不是被它统治。

——博多 · 舍费尔

实践练习

今天我要通过要求自己完成下面的练习，提升自己处理压力的能力：

每日练习第一项

压力大的人，有两个信号显示，一是他们的肩膀要比自然松弛状态下高出 5 厘米，二是下颌紧闭。比方说，当电话铃响时，我把它作为一个信号来提醒我注意我的肩膀和下巴。如果察觉到任何紧张情绪，我会立即缓缓呼地深呼吸并放松肩膀和下颌，保持自然松弛状态。我要重复好几次这系列动作。

请你记录下做这项练习时所观察到的事情。你在练习之前和之后有哪些感觉？

每日练习第二项

今天，我会在用餐的时候只集中精力在食物上。我会点燃一根蜡烛，并且在桌子上摆一束鲜花。我会找来轻音乐，放空自己。我要真正地享受每一次正餐。

每一餐我要做哪些相应的安排？

我还能做些什么让自己感觉到舒适？

每日练习第三项

今天，我将集中精力关注我的谈话对象。我会倾听他们说了什么，用怎样的方式说的。我将尝试着读出他们的面部表情。我要完全理解我的谈话对象。

那么今天，有哪些谈话对象对我集中精力来说是极其重要的?

我能够从我今天的谈话对象脸上读到什么?

我是否完全理解了他们?

每日练习第四项

我要从处理压力的 24 条规则（见本书第 225 页）清单中找出那些特别使我放松和平静的。我要把它们挂在视线所及的明显之处。如果我今天感觉到了压力，那么我就马上看一下这份清单。

对我来说应对压力的最重要的规则：

每日练习第五项

我要安静地坐 15 分钟，舒舒服服地坐着，什么也不干。

那么，我要在什么时候进行这样的一刻钟？

> 写下这一步的成功日志 <

针对今天的第七步法则，我在现实生活中进行了多大程度的运用？

对于我来说，极其成功之处在哪里？

我从这一步中得到的教训：

第8步

学会克服困难

对于我们所有人来说，坚忍不拔是最重要的法则之一。从某种方面可以说是最重要的法则：其他所有错误你都是可以改正的。但是如果你放弃了，那极可能就错过了一切。因此，每个人都应该披上一层厚厚的盔甲——更强的意志力和更大的挫折容忍度——来使自己坦然面对极大的沮丧。

并不是错误让我们止步不前，而是大多数时候，我们面对困难的态度限制了我们的发展。对于赢家来说，困难就像课程。赢家发现每个阶段都有不同层级的困难，他们期待着在更高层次上解决问题。克服这些困难表明他们已经成长。不仅如此，他们还有意识地迎接新的挑战与困难。对他们来说，这是加速学习和成长的过程。

赢家对此的总结是：

◎ 那些轻言放弃的人终究会失败。

◎ 任何放弃梦想的人，都很可能永远不会开始梦想。谁停止了梦想，就停止了生活。

◎ 生活就像是一段阶梯。每一阶段都有自身的困难。不去克服这一阶段的困难，我们就会止步不前，无法登上下一级阶梯。

◎ 挫折无处不在，你无法改变其他人，也改变不了自然法则。你唯一能够改变的是你自己，以及你受困难影响的程度。

◎ 每一声“不”以及每一次挑战，要么给你一个放弃的借口，要么给你提供一个学习和继续前进的机会。

◎ 你越是积极，越是向前行进，那么你必须接受的挑战程度就越大。

◎ 我们没有学到的教训，会一直伴随我们，如影随形。

◎ 每当我们遇到这样的教训，那么会有两件事情发生：要么我们放弃，要么我们变得更加强大。

◎ 当你遇到一个新的困难时，意味着你已经取得了进步。你已经拥有了更高的素质和能力，进入一个更高的层次。

◎ 赢家的箴言是：“根据我们解决的每一个问题，我们寻找着新的、更大的问题。”

请你永远，永远，永远，永远不要放弃。

——温斯顿·丘吉尔爵士

实践练习

我今天要通过下面的步骤提升自己应对压力的能力：

每日练习第一项

今天我无论如何都不会放弃。我知道，放弃的形式有很多。我今天要将计划的一切事情都付诸实践。

我知道自己有哪些形式上的放弃？

我今天要将哪些事情全部付诸实践？

每日练习第二项

我要思考一下我对困难的态度，并且决定：我要自己做出决定，如何处理困难。也许第一反应中，困难并不受欢迎。但是经过二次考虑，我明白了，挑战是我生命中的原材料，正是使用了这些材料，我才能够搭建属于我自己的阶梯。

我最近一次遇到过什么困难？我是怎样将它利用成阶梯的？

每日练习第三项

我要向一位拥有类似困难处境并且成功掌控困难的赢家尽可能快地交谈，并且向他询问建议。

我目前有哪些困难？

我怎样才能寻求建议？

每日练习第四项

我要写下我已经克服了的困难。因此我对未来充满信心。

第一方面：

第二方面：

第三方面：

第四方面：

第五方面：

第六方面：

第七方面：

第八方面：

第九方面：

目前我面临哪些困难？我可以怎样做来克服这些困难？

每日练习第五项

我要建立一本日志，里面写下我生活中经历的重要教训。我要从这些错误和困难中学习。

> 写下这一步的成功日志 <

针对今天的第八步法则，我在现实生活中进行了多大程度的运用？

对于我来说，极其成功之处在哪里？

我从这一步中得到的教训：

第9步

不做无用功

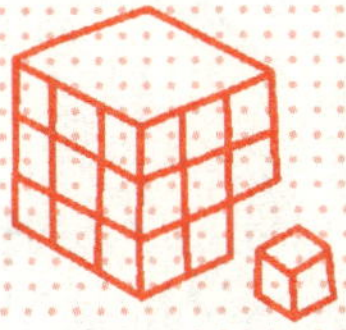

许多人并没有接受一项已经得到证实的经验并且学着去掌握它，而是尝试着标新立异“重新发明轮子”，做无用功。

我们应该接受经过了检验的经验。我们只有充分利用其他成功人士已有的经验和认识，才能够真正取得成功——这也是独立完成一项杰作的基础。请你在自己能做到的最好的方面集中精力。专业领域内的事情，应当委托给专业人士来完成。赢家在此遵循的也是“不做无用功”的原则。

赢家对此的总结是：

◎ 请你接受已经得到证实的事物。

◎ 获得从事一项活动的手工工具是基本的战略，没有替代品。

◎ 对于已经得到证实的事情加以反复练习，更容易成就大师。只有练习做正确的事情，熟练才有意义。对于自身的修炼仅需要从坚持开始。

◎ 那些认为自己无所不知无所不晓的人往往不会提问题，也就失去了继续学习、继续成长、继续发展的可能。

◎ 我们的思考方式赐予了我们今天所拥有的东西。以同样的方式思考并不会使我们成为自己希望的样子。

◎ 赢家花钱买更多的时间，因为时间是更加有价值的财富。

◎ 在别人的成功基础之上建造新的成就，这是智慧的标志之一。站在巨人的肩膀之上，我们可以看得更远。

◎ 我们学习最快的渠道就是模仿。

你的思考方式造就了你的今天和昨天。同样的思考方式并不会为你带来想要的东西。向前走吧，当你两手空空再走回来。只有这样我才能传授给你一些东西。

—— 一位智慧的大师

实践练习

我今天要通过下面的步骤来将成功人士的策略应用在我自己的行业中：

每日练习第一项

我要了解到有哪些基本的专业技能是我所在的领域所必需的。我在多大程度上掌握了这些技能呢？我要建立一个书面的关于我缺少的专业技能的行动计划。对此，我要同在我的领域中取得重大成就的人进行讨论。

在我的领域中有哪些基本的专业技能？

关于我缺少的专业技能的行动计划：

我可以和谁讨论我的行动计划？

每日练习第二项

我要审视一下，看看生活中的某些领域是不是处于起步阶段。那么不断地成长就将成为我对自己的要求。我会立即竭尽全力再次学习。

每日练习第三项

遇到问题时我会问自己，有哪些人已经做好准备应对类似的问题。我会向这样的人寻求建议。

有哪些问题亟待我解决？

我可以向哪些人寻求建议？

每日练习第四项

我想知道我今天是否想要做什么事情，而这些事情对于我来说要么要求过高，要么要求过低。我允许自己今天向专家们求助。

对于我来说，有哪些事情是要求过高的？

对于我来说，有哪些事情是要求过低的？

我可以接受哪些专家对我的帮助？

> 写下这一步的成功日志 <

针对今天的第九步法则，我在现实生活中进行了多大程度的应用？

对于我来说，极其成功之处在哪里？

我从这一步中得到的教训：

第 10 步

发挥动能

动能就好比谚语中常常说到的滚雪球，越滚越大变成雪山。制作一个雪球，将它放在某条路径上，使之从山上滚下来，这些都是需要花费时间和精力的。但是，一旦它滚动起来，就会一直持续地不断变大，然后将碾过一切阻碍它前进的人和东西。而且，它滚动得不费力气。

赢家工作起来也一样，会开足马力。他们深知，一项新工作刚开始时通常很难，因为它是未知的。在这种情况下，任何一个小问题都可以成为阻碍。需要立即发挥动能，越快越好。

事实上，你投入到生意或职业生涯中的所有时间，都有助于你发挥动能。建立一家有价值的企业，需要许多时间和努力。企业一旦开始运行，就没有人能够阻止它的前进——除了你自己。

赢家对此的总结是：

◎ 没有动能，一件小事就能使公司瘫痪。拥有了动能，一切运行自如，阻碍也不是什么问题。

◎ 行动的人等待他们的是成功。而“尝试”一件事的人却等待着意外发生。

◎ 一半的努力并不能带来一半的成功，它其实什么都带不来。

◎ 请你将你的动能更加集中在单一的每件事上。动能总是能产生结果的。

◎ 那些一旦一次走上正轨的人，能够很容易地继续保持行动下去。保持其行动状态的正是动能。

◎ 赢家不会什么也不做地去等待一个完美的策略，因为他们晓得，这样的完美策略是通过动能自身发展而得来的。

◎ 动能始于自律。对抗坏习惯的“斗争”不会永远持续下去。只有在短暂的过渡时期才需要大量的自律，直到你养成了新的习惯。无论觉得有多困难，如果你连续三至六周期用自律要求自己这样做，那么你就养成了一种新的习惯。

◎ 如果你有一次发挥了动能，之后你只需要坚持下去。相较于为之付出的努力，它的回馈要多得多。

发挥动能是解决问题和处理困境的唯一一条有意义的道路。如果我们全力以赴，那么我们就不会在遇到困难或者新的不熟悉的情况时束手无策。

——博多 · 舍费尔

实践练习

我今天要通过下面的步骤来发挥自己的动能：

每日练习第一项

我要清醒地做出这个决定，我要投入全部的努力去工作，直到我获得了动能的状态。我明白，这是经济而又理性的。车子推起来往前走就会轻松很多。那么为了获得动能，我下一步将做些什么？

___

___

___

每日练习第二项

今天我要严格要求自己。因为我知道自律是发挥动能的钥匙。

今天我要做的哪些事情需要我严格要求自己呢？

___

___

___

每日练习第三项

今天我不会特别关注事情的结果。因为我知道，如果我发挥了足够的动能，结果会自然显现出来。我并不去等待更好的状态，因为我知道，是动能本身造就了更好的状态。

从哪些方面我可以去发挥动能，而不是坐等结果的发生？

每日练习第四项

我要列出一个名单来记录我已经发挥动能的领域。动能服务于我，却也可能会和我背道而驰。我要写下来在工作之外，我想在哪些领域发挥动能：运动、饮食习惯、家庭生活、阅读、打理理财……

在哪些方面我已经建立了积极的正向动能？

又有哪些习惯与其说是支持我，不如说其实并无益于我的？

有哪些工作之外的领域让我同样想发挥动能？

> 写下这一步的成功日志 <

针对今天的第十步法则，我在现实生活中进行了多大程度的应用？

对于我来说，极其成功之处在哪里？

我从这一步中得到的教训：

第 11 步

敢于梦想并实现梦想

你正在处于的状态是次要的。唯一起到决定性的问题是：你未来想成为谁？你希望未来是怎样的？请你永远都不要认为生活是“过去的”。因为如果你不去争取自己的梦想，那么没有人会为你这么做。

赢家总是每隔一段时间就停下来问自己：我是在体验我的梦想还是在畏惧不前？他们知道，他们是自己生活的设计师，可以创造梦想中的未来。他们为自己规划与自己匹配的生活蓝图。赢家懂得，人的一生太短暂，不能碌碌无为。

赢家对此的总结是：

◎ 对于一个崭新的开始来说，从来就没有所谓的“最佳时机”。每次你推迟做一件事情时，实际上就更加远离了目标一步。

◎ 请你清楚地知道，灾难往往也暗藏着未来的一次机遇。

◎ 你可以拥有梦想，可以成为你想成为的人，你有权发现自己的生活梦想并去努力实现它。

◎ 你有权利满怀热情地生活——过去不等同于未来。你可以在任何时候开始一个崭新的未来。

◎ 请你将以前某些时候埋藏起来的梦想挖掘出来。你要相信自己有足够的力量来改变自己的生活现状。

◎ 我们的梦想和目标会像磁铁那样，为了满足我们能够吸引任何人，任何事来到我们身边。

◎ 越是为梦想而活，我们就越加强大。

◎ 人生短暂，岂能虚度？

大多数人不肯相信自己已经拥有了让梦想成真的素质，因此他们试着满足于与自己不相配的东西。

—— 诺曼 · 文森特 · 皮尔

实践练习

我今天要通过下面的步骤，花更大力气规划自己的未来：

每日练习第一项

今天我要抽出一些时间停下来休息。我要好好坐下来，或者按照平时一半的步速散步。我要寻找宁静，倾听内心深处的声音。

今天什么时候是停下来休息的最佳时刻？

我的内心深处有哪些声音？

每日练习第二项

我要思考一下，在我生命过去的七年中发生了哪些事情？

我有哪些新的认识？我做了多少事情？取得了哪些收获？认识了多少新的朋友？我的人格有怎样的发展？我经历了哪些事情？我要清楚地思考，自己在未来的七年中要取得同样多的收获。

每日练习第三项

我要扪心自问，如果我真正可以进行选择，我会更喜欢做什么事情，成为怎么的人？我有哪些梦想？我要写下自己的想法。

在未来的七年中，我想变成谁？我会做什么事情？如果我扪心自问，自己真正喜欢做什么事情，有哪些事情顺应自己的天赋，也许对我有所帮助。

每日练习第四项

在我的生活中发生过哪些灾难——这其中什么事情对我的未

来来讲是一次良机？

每日练习第五项

我明白自己拥有真正的选择。我随时可以创造与自己明天相配的生活。我是生活的设计师。我拥有追求幸福的勇气。

> 写下这一步的成功日志 <

针对今天的第十一步法则，我在现实生活中进行了多大程度的应用？

对于我来说，极其成功之处在哪里？

我从这一步中得到的教训：

第12步

注意身体

健康并不仅仅是没有疾病。健康的内容却要比没有生病丰富得多。健康意味着生机勃勃、精力旺盛、注重生活质量，以及拥有生活情趣。

赢家懂得，他们的健康状况是决定他们工作能力的关键因素之一。如果我们卧病在床的话，就很难实现想征服世界的愿望。在健康这件事上，这就意味着你不得不为避免损失而斗争。

人的健康很大程度上影响着他的自我感受、积极程度、精神活力，也影响着他有多大的能力和个人魅力。

因此，我们应该关注自己的健康，并且注意我们的饮食，外加多多进行长时间的运动锻炼。如果我们具有健康的状态，那么取得成功就轻松许多。如果我们不关注自己的身体，那么我们该怎样生存呢？

赢家对此的总结是：

◎ 赢家们知道，自己的健康远远高于一切，也影响着自身的效率。

◎ 我们需要的是一个平衡的、理性的生活方式。

◎ 世上不存在所谓的“好的”或者“坏的”饮食。请倾听自己身体的声音，让它告诉你，身体需要的是什么。

◎ 请你慢饮少食，安静进食。

◎ 请你在吃饭的时候集中精力，享受其中。

◎ 民以食为天。请你注意，尽可能做到进食食材是自然的、完整而无缺陷的食物。

◎ 请你每天喝 2—3 升水，养成喝水的好习惯。

◎ 请进行适当锻炼。如果你有规律地进行体育锻炼，就可以显著提高自己的注意力。

◎ 请让自己定期休息。

◎ 请你永远不要用短期策略解决长期问题。

如果我们忽视了一些重要的事情，那么这些事情总会在什么时候变成紧急的突发事件——这条基本法则同样适用于我们的身体。

—— 博多 · 舍费尔

实践练习

我今天要通过下面的步骤，关注我的身体：

每日练习第一项

今天我要更加注意饮食。也就是说，我要比平时吃得更少量且更慢。我要注意自己所选择的食物，花更长时间咀嚼得更加彻底。今天我要吃更多的水果和沙拉。如果我饿了想吃零食，那么我就买上坚果和水果。

今天我要吃些什么？

早餐：

午餐：

小食：

为了实行我的计划，我还需要买些什么？

我可以做些什么来使计划更加容易实行？

每日练习第二项

今天我要喝几杯清水。特别是餐前饮水可以防止我摄入过多量的食物。

我能够做些什么来储水，以保证自己随时可以摄入足够的水？

____

____

____

每日练习第三项

我要进行至少 35 分钟的运动锻炼。如果我去慢跑，那么我要保证不能进行超负荷运动。要是我感觉到劳累，我就走一小段路休息。我不需要向任何人证明什么。我只是享受慢跑的过程。

本周我的运动计划：

____

____

____

____

每日练习第四项

今天，我工作最多 90 分钟就停下来一次，进行休息，而且在这期间要活动活动身体。我要在清新的空气中走 5 分钟的路，或者进行几项保健操的练习。如果我感觉劳累，就停止运动，躺下来几分钟让我的身体进行“恢复”。这样，我就会拥有更多的能量，也可以更好地集中精神。总的来说，这样我的效率就提高了。

通过观察休息之后的保健操练习，我有何感受？

有哪些事情发生了改变？

每日练习第五项

我要为未来的两年规划我的假期（每年至少 14 天）。

每日练习第六项

我要预约一位优秀的医生来好好检查一下身体。

从哪里我能得到一位好医生的地址（如果我还没有好的医生）？我可以向谁询问？

____

____

____

我想和医生预约哪天检查身体？

____

____

____

每日练习第七项

从 1 到 100，我目前的能量水平位于哪个水平？

（0= 死亡，25= 平均水平，80= 专业运动员水平，100= 顶尖水平）

为了提高我的能量和活力，我要认真做一个计划（比方说每 1 到 3 个月提升 1%）。

在______（日期）那一天，我的能量指数要达到______%。

在______（日期），______%。

在______（日期），______%。

在______（日期），______%。

> 写下这一步的成功日志 <

针对今天的第十二步法则，我在现实生活中进行了多大程度的应用？

对我来说，极其成功之处在哪里？

____

____

____

____

____

____

我从这一步中得到的教训：

____

____

____

____

____

____

第 13 步

不要因为被拒绝而气馁

世界上没有什么事可以取悦所有人。

赢家知道如何面对拒绝。他知道，世上有三种人：第一种拒绝你；第二种犹豫不决，没办法采取行动；第三种接受你、你的计划和你的想法。而且每种想法、计划都要经历三个阶段，这与想法、计划本身并没有直接的联系。这三个阶段是：嘲讽、批评、认同。每个人都必然会经历这三个阶段，也会遇见这三类人。正确的做法是不因批评而气馁，在困境中成长。

坦然面对具有建设性意义的批评意见，并且扪心自问进行反思，从中学习。不破不立，在批评中成长，而不是被它打击。

赢家对此的总结是：

◎ 赢家经过训练有这样一种能力，那就是不把无理的批评放在心上。他们认识到，冷嘲热讽的人、持反对意见的人会一直存在。永远无法让所有人都满意。

◎ 是我们自己决定了会受到哪些人、什么事情影响。

◎ 根据平均法则，任何一件事物都总会有足够多的人喜欢它。

◎ 只有一个办法能够完全避免批评：一无是处，无所事事。

◎ 我们的生活不应该被那些吹毛求疵的人牵着走，特别是那些通过让他人感觉不舒服而转移自己痛苦的人。

◎ 是否受批评的干扰，取决于我们自己。

◎ 要将注意力更多地集中在那些能接受你的想法的人身上。

◎ 赢家更乐于谈论做得自己格外成功的事情，并将这种成功延续下去。

离开一座房子时，要倒干净鞋子里的沙子。

—— 一则老谚语

实践练习

我今天要通过下面的步骤，来训练自己恰当地对待受到的拒绝：

每日练习第一项

今天，我要把每一项成功通过手写记录下来。我不光要问自己有哪里做得好，还要思考一下自己为什么做得好。

今天我有哪些成功？

____

____

____

为什么自己能够做得很好？

____

____

____

我要把这些笔记记录在我的成功日志上。

注意：请你务必要准备一份成功日志。这样会提升你的成绩——同时会提高你处理批评意见的能力。

每日练习第二项

面对每次拒绝，我就像倒掉沙子一样忘掉。我明白，总有一些人拒绝着我在做的事情。我接受这个事实。我并不把这当成针对我个人的行为。

我的朋友、同事、家人等，分别属于下面哪组的人？

拒绝的人？

这一切是不是我可以决定的，还是我无能为力的？

接受我的项目或者想法？

积极地支持我并且帮助我吗？

每日练习第三项

我知道我并不能改变人性。我只关注我能够控制的事情：我要提升自己的素质，改变自己的工作态度。

我具体可以怎样做来提升自己的素质，改变自己的工作态度？

每日练习第四项

今天我要有目的地同那些积极行事并且取得成功的人进行谈话。只要有人今天谈起消极的经历，我就走开。同样，我今天也只谈论一些积极的事情。我明白，谈论负面消极的事情，就好像把肥料浇在杂草上一样，是徒劳的。

今天我要同谁谈话？

> 写下这一步的成功日志 <

针对今天的第十三步法则，我在现实生活中进行了多大程度的应用？

对我来说，极其成功之处在哪里?

我从这一步中得到的教训:

第 14 步

拿出 110% 的努力

实际上，我们的能力远远超过目前的状况。你必须做好拿出110% 努力的准备，这样你才可以真正了解自己能够达到怎样的优秀水平。你要养成习惯去尽最大的努力。请你总是拿出超过别人期许的水平来。

110% 战略是一种生活的艺术，一种生活习惯，并非是一次性的结果。这是一种处世哲学。那些没有付出 110% 努力的人们会错失很多。我们的世界为成功者提供的一切奖励以及所有美好的事物都来自那额外的 10% 的努力。

赢家对此的总结是：

◎ 那些愿意付出 110% 努力的人在各自行业中都是顶尖人物。

◎ 额外的 10% 的努力，是区分中等水平和重大成就的决定性因素，也在生存底线和富裕之间画了一道界线。

◎ 从额外的 10% 付出中，人们可以得到比期待高出许多的回报。通过这样的努力，你可以很快获得超过 100% 的结果，而且往往是 1000% 甚至 10000%。

◎ 只有付出了 110%，我们才能够真正变得更加优秀。

◎ 对于愿意并且享受付出 110% 努力的人们来说，他们的信条是："如果我不能做到，那么我必须……"

◎ 各个时代的性格研究人员一直认为，我们的潜力比我们假设的要大得多。实际上，我们通常认为的百分之百可能只有 70% 甚至更少。

◎ 如果我们想"仅仅"付出 100%，那么我们就人为地设定了过低的限制。总是把一个过于低下的水平当成是上限，是得不到任何成长的。

◎ 付出 110% 的努力说的是，做到你能够达到的最佳水平。

本来不能再超越自己的"额外"的一次次训练，却可以最大限度地提高你的水平。

—— 运动界格言

实践练习

我今天要通过下面的步骤，拿出 110% 的努力来提升自己的能力：

每日练习第一项

今天，我要针对至少一项活动投入 110% 的努力。

是哪一项活动？

还有哪些其他活动作为备选项？

每日练习第二项

今天，我不接受任何方面的限制。100% 只是对于我能力的一个虚假的想象，并没有符合实际情况。我要成为最好的自己。如果我不能够做到，那么我就必须做好。

至今为止，有哪些事情受到了我能力的限制？

我可以怎样做来打破限制，实现 110% 的努力？

每日练习第三项

我对于自己的认知并不符合实际。我要用我希望成为的样子代替这样的认知。我希望成为的样子是不受限制的。今天，我要写下来自己希望成为的样子。因为我现在就下定了决心，要变成自己希望成为的样子。我也要朝这个方向去努力。

我希望自己是怎样的？

每日练习第四项

那些按照 110% 规则生活的人要比平常人更加注意休息。因为我今天更加专注工作，那么我要计划自己的休闲时间以及休息时间。

我打算今天什么时候要进行休息？

什么时候是我的空闲时间，在此期间我要做什么？

每日练习第五项

没有任何人不践行 110％规则却能取得成功和声望。有哪些人让我备感钦佩？根据 110％规则，我可以从这个人身上学到什么？我要找到这样的例子：

第一个人：

第二个人：

第三个人：

> 写下这一步的成功日志 <

针对今天的第十四步法则，我在现实生活中进行了多大程度的应用？

对我来说，极其成功之处在哪里？

我从这一步中得到的教训：

第 15 步

从麻烦中成长

每个人都会遇到麻烦。许多人在浴缸中长时间思考问题，而赢家只会将气馁的感觉控制在尽量少的时间里。然后再将这种挫败感转化成对事件本身的着迷。不久，他就会变得积极，并且致力于解决问题。令他着迷的正是能够从问题中发掘出来的多种可能性，尤其是时机。

只要我们从心底里受麻烦所禁锢，那么我们永远不会迈开步伐。我们不能忘记的是，关于问题的决定本身具有重要意义，而不是麻烦。如果我们不再关注问题，那么问题本身从情感上看就失去了对我们的控制，我们的关注点就转向了解决方案上。

赢家对此的总结是：

◎ 麻烦之所以是麻烦，并不仅仅因为糟糕的境况，而是在于看待问题的方式。如果我们的思维和情感都不为麻烦困扰，那么麻烦对我们的影响就会变小。

◎ 赢家从来不把麻烦看作是永恒不变的。他们相信多种可能性："一切都会发生改变。"他们具备寻找解决办法的能力，并且不允许麻烦影响到自己生活的方方面面。

◎ 赢家不会把麻烦看成是针对自己的事情，更多情况下他们把麻烦看成是成长的挑战和机遇。

◎ 没有任何挑战不是由我们自己掌握在手中的。我们应该切实地去寻找“困难”和“问题”，因为我们需要麻烦带给我们的礼物。

◎ 麻烦一旦出现，我们就要逃离出自己的舒适区。由此，在我们生活中会发生一些较大的改变。如果你想变得富有，那么你就必须针对一系列问题进行发问。如果你不希望自己处于单一的境况，那么你就要祈祷自己具有更多的能力。

◎ 生活赐予我们特定的教训，有些教训会以类似的形式一再出现，直到我们理解了自己受到的教训。生活并没有惩罚我们，只是在教育我们。

◎ 赢家知道，越是成功，就会遇到越多麻烦。赢家生存的基本法则在于，解决掉一个麻烦，就会立即去寻找一个新的、更大的麻烦。

你归罪于谁，谁就会以力量相报。

——博多·舍费尔

实践练习

我今天要通过完成下面的步骤，来加强自己处理麻烦的能力：

每日练习第一项

只要今天一出现麻烦，我就马上将注意力放在解决问题的方法上。我会马上利用以下六个步骤来处理问题。

1. 这个麻烦有哪些好的方面？

2. 在我的生活中有哪些方面做得不够好，以至于这样的麻烦才会出现？

3. 我能做的有哪些事情，来使未来不再发生这样的事情？

4. 有哪些解决麻烦的可行方案？

5. 哪个方案是最佳方案?

6. 在解决麻烦的过程中，我可以有哪些乐趣?

每日练习第二项

我知道，自己可能不是遇到这种麻烦的第一人。我要为自己找到榜样，也就是那些处于类似境况的人，并且向他们学习。

有哪些榜样人物解决了同我类似的麻烦?

每日练习第三项

当我遇到棘手的麻烦，我会这样问自己：

1. 我是否可以进行直接的控制？（我怎样才能改变我的习惯？）

2. 我是否可以进行间接的控制？（我怎样才能扩大自己的影响范围？）

3. 我是不是不能够进行控制？（我会作何反应？除此之外我还能做什么好的事情来使自己感觉幸福？）

每日练习第四项

我明白，麻烦归根结底看来是从我的角度出发的麻烦。这就好比蛋仔饼。蛋仔饼都有一个共同点：都是有两个面。两面都是有因火候不同而造成颜色深浅不同。

因此，今天我要问自己：我的麻烦有什么好的方面？（或者说，我的麻烦怎样才能变好？）

每日练习第五项

我要问问自己：是否有这样一种问题，在我的生活中以类似的方式一次又一次地出现？

我应该从中学到哪些经验进行避免？

每日练习第六项

我知道我是伴随着问题长大的。这就是我没法避免问题的原因。每次我控制了一个问题，我都在寻找下一个挑战。问题对于我来说成为一种运动方式。

我成功地控制了哪类问题？

下面我要首先解决哪方面的问题？

> 写下这一步的成功日志 <

针对今天的第十五步法则，我在现实生活中进行了多大程度的应用？

对于我来说，极其成功之处在哪里？

我从这一步中得到的教训：

第16步

既当老板，又当员工

自由并不意味着随心所欲地做自己想做的事情。自由意味着一种纪律，是去实践自己计划和决定的纪律。树立这样的纪律并非完全取决于一个人是否具有钢铁意志，更加重要的事情在于我们的目标。我们的目标愈加具体，那么我们所坚持的计划就愈加具有意义。我们对于自己的目标所抱有的愿景越具体，那么我们需要的“纪律”就越少。

热情可以替代钢铁纪律。但是，给自己下达指令进行管控，并且使其实现，是更为必要的。这一切都可以通过将“既当老板、又当员工”的思路和方法得以实现。面对每一项工作，你必须站在员工的角度思考，并且像老板一样进行管控。你要像老板那样设置战略，并且像员工那样实践纪律。

赢家对此的总结是：

◎ 归根结底，成功与失败只有一步之遥。区别就在于我们的个人习惯差异所直接导致。如果我们想让事态朝着对我们有利的方向发展，那么我们就必须改掉陈腐、老旧的习惯，养成能够造就成功的习惯。

◎ 成功人士有一个共同点：能够尽可能好地完成下一项工作的能力。

◎ 如果你想要变得富裕，那么你不必完成特别棘手、格外艰巨的任务，而是要把非常普通的工作完成得非常出色。

◎ 要收获幸福，就必须养成做事情的自律性。只有这样，我们才可以做更多我们想做的事情。

◎ 你必须对自己坦诚，包括做了的以及没做的事情。为避免自我欺骗，必须以书面形式记录，自我监督。

管不住自己的人，必将受制于他人。

——博多·舍费尔

实践练习

我今天要通过完成下面的步骤，来加强自己集老板和员工于一身的能力。

每日练习第一项

我明白，作为一个独立的人，我的成功取决于我培养怎样的纪律。我要求自己养成这样的纪律习惯。每一个细节都十分重要。今天我要细致入微地执行我的计划。

我今天有什么计划？

每日练习第二项

我决定要做一个集老板和员工为一体的人。对待自己我要强硬起来。我要像老板审查员工那样控制自己。我并不认为自己应该为了别人努力工作，反而不是为了自己而努力工作。我知道，如果我没法控制自己，那么就会有其他人来控制我。我要么听从自己的想法，要么就必须倾听别人的意见。

我要着重控制自己的哪些方面？

每日练习第三项

在每个工作日结束时，我会自我批判性地审查我的收获。因为像每个人一样，我也倾向于欺骗自己，所以我写下了我的收获以及获得收益的活动（EPAs）。

我今天的收获：

____

____

我今天的创收活动：

____

____

每日练习第四项

因为没有人能够做到一辈子坚守纪律，所以我每隔两周就计划一次“休闲日”。在这一天，我要做自己想做的任何事，吃自己想吃的东西，睡觉……总之任何我想做的事情。在这样的假期可以忽视纪律，这是因为我已经计划好了一切。而其他时候我是要完全遵守纪律的。当我意志薄弱的时候，我就提醒自己，下一个“休闲日”马上就要到了。这就给予了我坚持纪律的力量。

我计划下一次“休闲日”是在什么时候？

届时，我会做些什么（或者说不做什么）？

> 写下这一步的成功日志 <

针对今天的第十六步法则，我在现实生活中进行了多大程度的应用？

对于我来说，极其成功之处在哪里？

我从这一步中得到的教训：

第 17 步

树立远大的目标

如果你想在生活中实现重大飞跃，那么你就必须设定更大的挑战和目标。成长壮大皆始于大目标。我们最终是否实现了大目标并不重要。重要的是我们做出努力。正是这样我们得以学习，得以成长，得以获得新的能力。通往目标的道路上开拓了崭新的、有趣的以及美丽的事物，这一切都是你应得的奖励。

当我们尚未设定很高的人生目标时，我们不应该因为短期目标而低估自己。为了能够实现重大的改变，我们首先要进行自我改变。而这一切，都是需要时间的。

赢家对此的总结是：

◎ 当渴望足够强烈时，我们就总能找到生活中所渴望的事物的途径。

◎ 我们的期望以及由此产生的目标决定了我们在生活中的收获。

◎ 等我们垂垂老矣时，我们只会对一件事感到懊悔，那就是我们没能完成的事情。

◎ 大多数人过高估计自己一年之内能做到的事，却低估自己在十年之内可以完成的事。

◎ 当我们达到目标的时候，我们会发现它只是我们途中的一站。达到目标并非生活的目的。目标的存在是让我们的生活更加轻松，并为我们努力的方向赋予意义。

◎ 目标的真正价值在于我们的发展。目标越高远，你就越需要成长来实现目标。

◎ 只有当我们心怀期待去得到生活中最好的东西的时候，我们才会尽自己最大努力，成为最好的自己。

让我们面对现实，让我们忠于理想。

——切·格瓦拉

实践练习

我今天要通过完成下面的步骤，来更好地利用目标的力量：

每日练习第一项

我要反思一下自己的长期目标，并且思考一下是否能把目标定得再高？没有什么比长期目标更能对我的生活产生影响了。目标越高，我的生活就更加令人兴奋、更加丰富多彩。

我的长期目标有哪些？我是否将这些目标定得足够高？

每日练习第二项

我不会教那些不懂得大目标的人任何东西。我收获的只能是无用的讨论，这些讨论会占用我的力量，并可能引起我的动摇。相反地，我应该想着可以帮助我实现目标的那些人。有哪些人可以帮助我实现目标？

每日练习第三项

因为上面说到的目标不能太抽象，所以我要建立一个梦想相册，在这本相册中，我要用照片的形式粘贴我所有的梦想（比如说从杂志中找到的剪辑、照片组合、手绘等）。如果我每天都翻看这些梦想相册，那么实现梦想就成为一项必须完成的事情。

我要将哪些图片收集在梦想相册中？

____

____

____

（注意：大多数人只是将希望拥有的东西贴在梦想相册中，其实更加重要的是找到反映出激励你追求梦想的动力。）

每日练习第四项

我将自己的短期目标分为 A 组、B 组和 C 组。A 组目标是我必须实现的目标；B 组目标在计划中，但并非“绝对必须”实现的；C 组目标不是必须实现的。因此我下定决心，无论如何都要通过努力而实现 A 组目标。并且，我要坚定信念，向着更加远大的目标努力。

A 组目标

B 组目标

C 组目标

如果你想更加精确地进行这项练习，那么请你针对生活的五个方面都进行这样的计划。(你可以通过本书配套的《行动手册》来实施。在这本书中，你可以通过其中关于生活中五个方面来计划即将到来的一年。)

每日练习第五项

我要聆听自己内心的声音：我是否做好准备，树立一个长期目标，而这个目标原本是我生活中不能够企及的？

我的远大目标是：

> 写下这一步的成功日志 <

针对今天的第十七步法则，我在现实生活中进行了多大程度的应用？

对于我来说，极其成功之处在哪里？

我从这一步中得到的教训：

第18步

给予他人之所需

如果我们能做到与人为善，那么我们就能够收获更多，而与人为善是基于理解、宽容、耐心、对他人抱有乐观的期待、兴趣以及平和的态度。这种交往是和一个真诚的愿望结合在一起的，也即希望别人和我们过得一样好。

为了避免不必要地一遍又一遍列出上述词组，为了简单起见，我们称之为“爱”。爱是宇宙中最强大、最明智的力量。我们投入的爱越多，我们就能够更快地实现自己的目标，获得更多的能量。

人各有别，别人们的愿望需求与“我”的不尽相同。因此，应当以别人喜欢并愿意接受的方式来对待他人。

赢家对此的总结是：

◎ 爱不会产生阻力，反而能引领我们以最快速度达成目标。

◎ 为了能够给予他人所需，我们必须投入时间仔细观察。这其中的艺术在于，接受一个人发出的关于其需求和愿望的信号，并且明确领会其中的意思。

◎ 我们看到的不是世界的样子，而是我们自己原本的样子。

我们看到的他人，也就是我们内心所反映出的他人的样子。

◎ 我们必须与自己和解。只有我们成为自己喜欢的样子，我们才能够喜欢他人。

◎ 我们不应该过度分析他人。将花朵按照“部分”去分析的人，会破坏花朵本身的美丽。

◎ 我们应该关注美丽的、美好的事物。诽谤中伤他人的人，只会关注他人的错误和弱点。这样，世界对他来说就是一个充满了错误和缺陷的地方。

◎ 一段关系，只有在双方都保持互相给予对方所需的前提下才能够长久，并且富有意义。

你在别人身上看到的，是你自己的未来。如果你看见光明，那你的未来就会光明坦荡；如果你看到的是肮脏，那你的未来就灰暗没落。

——一则老谚语

实践练习

我今天要通过完成下面的步骤，来更好地提升自己给予他人所需的能力。

每日练习第一项

今天我要再次提醒自己，爱是世界上最明智、最省力的生活方式。因此我决定，今天要给予他人所需要的东西。

今天和我接触的人，他们可能需要什么呢？

每日练习第二项

我要进行一个小测验：我和生命中最重要的五个人关系如何？我要问自己，今天能够做什么才能让我们的关系更进一步？

每日练习第三项

今天，我要再次按照给予他人所需的 24 条金规去生活（详见本书第 231 页）。我知道，如果我想使金规成为我生活中固定的一部分，那么我就要尽可能经常进行阅读。为此，我要将金规打印出来，贴在墙上，或者随身携带。今天，在进行每一次重要的谈话之前，我都要阅读一下金规。（其实，每一次谈话都是重要的，否则就没有必要进行谈话了。）

金规中哪三条对我来说是极其重要的？

1.______

2.______

3.______

每日练习第四项

我要记录下对某些特定人们的看法。如果我重复进行这样的练习，那么我就可以将我的记录进行对比。

（那些长时间遵守金规生活的人，可以注意到自身的一些变化。这样你就会开始真诚地喜欢越来越多的人。金规就会成为实现自身目的以及内在需求的一种方式。）

______

______

______

______

每日练习第五项

如果我处于一种合作关系之中，那么我今天会和我的合作伙伴一同外出。其间，我要表现出认真、客气、迷人的姿态，就好像我是第一次同这个人外出一样。我要营造出一个神奇的时刻。

我和我的伙伴要去哪里？我要营造出怎样的“神奇的时刻”？

写下这一步的成功日志

针对今天的第十八步法则，我在现实生活中进行了多大程度的应用？

对于我来说，极其成功之处在哪里？

我从这一步中得到的教训：

第19步

不要分心

为了实现真正的成功，我们必须凝聚一切能量，把注意力投入一件事情上。对于很多人来说，集中精力是件困难的事，因为他们很容易受到干扰。干扰的真正危险在于我们喜欢将它作为借口，为自己没有成功或者缺少努力辩解。但是真正的决定权在我们自己：要么我们分散了注意力，要么我们实现自己的目标。

请你专门设置处理干扰的时间，并列入计划。如果不出问题，那就赢得了额外的时间。对于赢家而言，干扰在生活中也有其价值。你要以一种明智的方式处理它，并留出时间来进行计划。但是你不能以注意力分散做借口。虽然有注意力分散的时候，但是你要实现自己的目标。

赢家对此的总结是：

◎ 只有结果才是最重要的，而不是借口。赢家是面临干扰也能取得成功的那类人。

◎ 所有的干扰都是一样的。它们以同样的方式，阻止了特定某种结果的产生。

◎ 借口之所以存在，是为了把注意力从我们自身转移到其他的人或者事物上。

◎ 那些把时间主要都花在应付干扰和琐碎之事的人，他们只能称之为活着。因为他们没法掌控自己的生活。只有那些不受干扰、心无旁骛地朝自己目标努力的人，才能够真正做自己生活的设计师。

◎ 干扰总会出现，我们必须学会如何处理它。把干扰纳入计划中，而不是让它瓦解计划。

◎ 干扰可以提醒我们，该做小结了。

有一件事你总能预测到，那就是不可预测之事。

——歌德

实践练习

我今天要通过完成下面的步骤，来更好地提升自己处理干扰的能力。

每日练习第一项

今天我不要有任何借口。借口只会让我转移注意力。我要拥有控制生活的力量，而不在任何情况下做生活的玩物。使用借口意味着我把自己的生活交付给其他事物或者其他的人。我要把自己的能力投入在实现自己的目标，而不是寻找借口开脱。

由于经常找借口，我在哪些方面要特别注意?

每日练习第二项

我不会因为分散注意力而放弃我的目标。我要像原先计划的那样进行今天的活动。

今天我要进行哪些活动?

每日练习第三项

由于我总是可以事先将分散注意力的事情预留出时间，所以我今天要留出一定的时间防止分心的事情发生。我要做到自己可以控制那些让我分散注意力的事情，而不是被分散注意力的事情所控制。

今天我要预留出哪些时间给分散注意力的事情？

（理想状态：我工作时间的 50%。）

每日练习第四项

如果发生无法预料的分散注意力的事情，我会以此为契机进行快速检查。我要问问自己：

1. 我是否能做到最大化利用自己的时间呢？

2. 我是否对问题进行管理？或者说，我是否有一个长期的解决办法？

3. 我可以根据自己的人生目标更好地利用自己的时间吗？

> 写下这一步的成功日志 <

针对今天的第十九步法则，我在现实生活中进行了多大程度的应用？

对于我来说，极其成功之处在哪里？

我从这一步中得到的教训：

第 20 步

成为一个卓有成效的榜样

如果我们按照自己说过的话行事，那么我们所说的一切就具有更加重要的意义。如果别人不相信我们的话，那么原因并不在于他人，而是在我们自己。你所提到的好的或是坏的事例，总会影响到别人的行为。如果你注意力分散了，那么你的员工也会受影响而分心。如果你遵守纪律，以结果为导向，那么你的员工也会是这样。为了保持你的动力和热情，你可以尝试遵守“三天法则”：你需要每隔三天获得一个具体的成果，无论是什么，只要是可衡量的成果。

赢家对此的总结是：

◎ 只有我们把自己置身于生产阶段不断努力，富有成效时，我们才能有底气地谈论未来的目标。

◎ 人们往往倾向于从地位的角度，而不是生产过程来判断一件事情的重要性。但是，可信度是通过行动得到证实的，而非地位本身。

◎ 声誉总是基于已经取得的成就，以及对当前行为的尊重。

◎ 如果你希望激励他人付出更多，那你自己要身体力行做出榜样。

◎ 如果你停止努力付出，那么你永远不会实现长期的成功。

◎ 如果你每隔三天至少能获得一个具体成果，那么你将会保持积极向上的状态，并且自动成为一个好的榜样。

◎ 请你至少每隔三天就支持你的员工一次，请你鼓励他们，这样你就会看到你并不是一个人在付出，他们也会给予你帮助。

◎ 赢家从来都不会在生产环节扭头离开。他们总是记得自己当前的活动真正构建了他们的未来。

你做的事情代表着发出的声音，这声音如此之大，以至于我听不见你的言语。

——阿伯拉罕 · 林肯

实践练习

我今天要通过完成下面的步骤，来更好地提升自己成为一名做事有效率的榜样。

每日练习第一项

今天，我要确保自己处于做事情的状态。具体我要做哪些事情？

每日练习第二项

今天，我要制定一个计划使自己至少每三天完成一件具体的事情。我要从今天开始坚持“三天法则”。

我在三天之内要完成的计划：

我在六天之内要完成的计划：

我在九天之内要完成的计划：

每日练习第三项

为了尽可能给予我的新员工最好的支持，我会至少每三天鼓励他们一次，并与他们进行沟通。要做到这些需要我的员工支持，也就是说他们自己能够遵循“三天法则”去生活。但如果在这之后，他们至少每三天还能听到我的消息，这样做也是十分有益的。

今天我要给予我的员工怎样的支持和鼓励？

每日练习第四项

通过做出榜样进行领导，这对于我来说是最重要的领导形式。

我今天要问问自己，我想不想让自己成为这样的领导？

从哪里能看出我是一名好领导？

作为领导我还有哪些地方值得学习？

每日练习第五项

今天我要带着批判的眼光来看待自己：我是否沉浸在过去的成功中晒太阳，还是躲在自己的想象之后？想象的愿景总是很好的，但必须用行动来使这些想法变得充实。

每日练习第六项

如果今天有人旁观我的工作，那么我要让他说服我，为了实现自己的目标而完成计划中的所有事情——也就是完成计划的110%。除此之外还有什么是必须要做的？这个中立的观察者是否会真正投入我的计划中？（我说的是持续地进行观察，不被察觉。）

> 写下这一步的成功日志 <

针对今天的第二十步法则，我在现实生活中进行了多大程度的应用？

对于我来说，极其成功之处在哪里？

我从这一步中得到的教训：

第21步

尽快着手去做重要的事情

重要的事情和紧急的事情存在区别。我们将重要的事情拖得越久，那么这些事情就变得越发紧急。对于不重要的事情来说，道理是一样的。赢家会把生活中重要的事情当成是无比紧急的事情去处理。他们做一切事情时都想要尽可能快地去完成（也就是SSWIM原则），并且遵循着72小时规则。这条规则意味着你在72小时之内必须开始进行具体的行动，以便实施你的计划。如果不这样做，那么你的计划得以实现的机会就只有1%。

赢家对此的总结是：

◎ 我们生活愈加被紧急之事所决定，那么所能做的重要之事就愈少。当然，我们必须处理那些紧迫的事情，同时我们也不能忽视生活中重要的事情。

◎ 只有我们尽可能快地着手去做一件重要的事情，我们的大脑才会相信那是我们真正想要得到的东西。因为如果大脑不相信我们自己，那么它不会认真对待一件事，会忘记它。

◎ 你不必一次性将一切搞定，也没有必要为此提高速度。但是，你必须开始行动，也就是说，要尽可能快地着手去做一件事。

◎ 随着我们不断拖延，我们会随着时间的分分秒秒愈加抗拒不想做的事情。直到我们真正完成这件事，否则事情会一直压在我们头上。

略带瑕疵地完成一项工作，总比为了完美地完成它而去拖延要好得多。

——博多·舍费尔

实践练习

我今天要通过完成下面的步骤，来更好地提升自己成为一名做事有效率的榜样。

每日练习第一项

早晨，我要问问自己："我有什么特别不喜欢的事情？"我要把这件事作为第一件事情处理，或者我请他人代劳。这样，让我不舒适的事情就不再占用我的心思。我越早完成这件事，那么我就会越早享受到美好的一天，因为这样的话，我只需要完成其他那些让我愉悦的事情了。

今天我要首先处理哪些让我不舒适的事情？或者哪些事情我可以委托他人来做？

每日练习第二项

接下来，我会问自己，有哪些事情是我今天最重要的任务？这一周 / 月 / 年最重要的任务是什么？我要马上开始行动，不让自己注意力分散，直到完成任务。只有当这一天没有其他事情可做，我才知道，我已经完成了最重要的事情。

今天，我最重要的任务是什么？

每日练习第三项

我要问问自己，我要怎样改变自己的生活才能够腾出更多时间完成最重要的事情，而不是为了愈加紧急的事情而苦恼？

每日练习第四项

凡是我要完成的事情，我都要在 72 小时之内开始执行。我要至少开始第一步。我要通过今天的练习，用自己的速度来让大家感到震惊。今天，我的行为准则是：尽可能快地着手去做重要的事情。

我要开始的第一步是什么？

每日练习第五项

我要看看自己是不是陷入了追求完美的陷阱。面对一个项目，我要在什么时候 a）开始一个项目，或者 b）完结一个项目？

a）________________________________

b）________________________________

> 写下这一步的成功日志 <

针对今天的第二十一步法则，我在现实生活中进行了多大程度的应用？

对于我来说，极其成功之处在哪里？

我从这一步中得到的教训：

第 22 步

承担所有的责任

当事情进展得不尽如人意的时候，我们通常习惯性地认为，是别的情况或者其他人的原因才导致我们得到这种消极的结果。只有你承担起对自己生活的全部责任，你才能够像赢家那样去生活。你可能不对所有的情况负责任。但是，只有你自己才能对一切情况做出反应，并且对所有的事情进行解释。

赢家对此的总结是：

◎ 把责任推给他人，那么也就相当于把权力交给了他人。

◎ 事情的发展情况并没有起到决定作用，重要的是我们如何处理事情。

◎ 心理学家维克多·弗兰克尔说，在任何特定的环境中，人们还有最后的一种自由，就是选择自己的态度。

◎ 每一天都像是一种新生，因为我们每天都有崭新的选择来决定我们生活中一个新的开始。

◎ 每一天对我们来说都是一件无价的礼物：它赐予我们一种新的看法来改变一切不幸的可能。

◎ 接受你今天的生活，因为过去的弱点已经决定了你现在的样子。只有这样，你才能清醒地做出决定，为今天创造更美好的未来。只有这样，你才能掌控自己的生活。

◎ 你不光要为自己正在做的事情负责任，还要为你搁置放弃的事情负责任。

人们总是把自己的过失归结于环境。我并不相信这种借口。在这个世界上取得成就的人，都努力去寻找他们想要的机会。如果找不到机会，他们便会自己创造机会。

——萧伯纳

实践练习

我今天要通过完成下面的步骤，来训练自己去承担生活中的全部责任。

每日练习第一项

今天我不把错误归咎到任何事情任何人身上。因为我把错误归咎于谁，谁就拥有了权力。我要成为自己生活中的主人。

对于这种新的想法，我曾经有怎样的相关经历？

每日练习第二项

如果我在试图做某事的过程中遇到了极其困难的情况，那么我就闭上眼睛，想象着我是一个具有超强能力的人。我要问问自己，这样强的一个人，在目前这种情况下会做出怎样的反应？他会怎样处理这样的事情？

有哪些人具有超强的能力，我可以拿来当作自己的榜样？

这样的人们面对我目前的问题，会做出怎样的反应？

每日练习第三项

如果我没有完成今天的目标，那么我要对此负全部责任。同样地，如果我很好地完成了什么事情，我同样拥有全部功劳。我不会认为是命运或者什么其他人帮助了我。对于成功，我感受更多的是一种骄傲、感激以及愉快的情绪。这样，我将继续怀着对自己的认知努力下去。

今天在什么情况下我承担了全部责任?

每日练习第四项

如果今天有人对我表现得具有攻击性，那么我会反思自己是否做了一些伤害他或者恐吓他的事情。我还要反思一下是不是我抱有过高的期望了。

> 写下这一步的成功日志 <

针对今天的第二十二步法则，我在现实生活中进行了多大程度的应用？

对于我来说，极其成功之处在哪里？

我从这一步中得到的教训：

第23步

学会克服恐惧

每个人都会有胆怯时——那些做大事的人同样有恐惧心理。有勇气并不是说那些从不恐惧的人，而是那些面对恐惧能勇敢克服的人。害怕的原因在于不明白应该怎么办。我们没有办法保护自己免于恐惧的打击。但是，我们可以让这种感觉成为我们的朋友，甚至进一步去超越恐惧。

赢家对此的总结是：

◎ 恐惧就好比黑暗，让人无从驱赶。但是我们可以像光明照亮黑暗一样克服恐惧。

◎ 恐惧的反面是感恩。当你心怀感激之情时，你不会感受到恐惧的存在。如果你能够想到五件让你心怀感激的事情，那么你的恐惧就会烟消云散。

◎ 赢家会说："如果在迈出新的一步之前我感受到了恐惧，那么就意味着这一步于我来说太小了。"

◎ 赢家与他们内心的恐惧为友，他们把恐惧看成是能推动个人成长的驱动力。

◎ 赢家视生活如游戏。错误在游戏的人生中无足轻重。只有当我们输掉游戏的时候，我们才能够开启一场新的游戏。

◎ 赢家相信生活中存在着某种指引，使得一切存在意义。这些意义并不是马上有所体现的，常常让人后知后觉。

◎ 赢家认为自己处于广袤无垠的宇宙大背景之中，而自身所有的欲望、恐惧以及灾难只不过是时间宇宙中的一阵微风。

毛毛虫眼中世界的毁灭，其实是造物主为蝴蝶的诞生做出的安排。

——理查德·巴赫

实践练习

我今天要通过完成下面的步骤，来提升自己面对恐惧的能力。

每日练习第一项

每当我陷入恐惧当中，我就阅读以下附录中对抗恐惧的十点原则。

让我印象深刻的三条最重要的帮助有哪些？

1.____________________________

2.____________________________

3.____________________________

每日练习第二项

今天，我要写出至少三十件让我感恩的事情。我明白，慢性焦虑不会轻易消失，而是取决于我如何进行处理。必要时，我要用感激之情来照亮恐惧的黑暗。

1.____________ 2.____________

3.____________ 4.____________

5.____________ 6.____________

7.____________ 8.____________

9.____________ 10.____________

11.____________ 12.____________

13.____________ 14.____________

15.____________ 16.____________

17.____________ 18.____________

19.____________ 20.____________

21.____________ 22.____________

23.______________ 24.______________

25.______________ 26.______________

27.______________ 28.______________

29.______________ 30.______________

每日练习第三项

今天，我要从另外一种视角关注恐惧。我要把恐惧当成是助力我成功的一种有效动力。一点点的恐惧会向我展示我正在伸展和成长。如果面对即将迈出的步伐，我没有产生恐惧的情绪，那么就意味着这一步对我来说太小了。

有没有什么任务或者重要的决定，由于我的恐惧而一拖再拖？针对这样的事情，我此时此刻应该进行怎样的处理？

____

____

____

每日练习第四项

假设我知道，在未来的 12 小时中，无论我做什么都会确定取得完满成功。那么我会开始做些什么？

我要严肃认真地问问自己，尽管不排除可能遭遇的失败，我为什么还没有开始做这些事情？难道说恐惧已经左右了我的生活，而不是被控制在一个合理的范围之内？

每日练习第五项

今天，我不会把自己的愿望或者恐惧看得太重要。

我只是这个世界的一分子。

对于这样的视角，我有怎样的经历？

> 写下这一步的成功日志 <

针对今天的第二十三步法则，我在现实生活中进行了多大程度的应用？

对于我来说，极其成功之处在哪里？

我从这一步中得到的教训：

第 24 步

专注于你的优势

每个人都要学着利用自身的天赋去生活。我们要专注于自己能力范围之内的事情、我们已经拥有的以及能够理解的事情。但是，大多数情况下，人们都专注于自己不能做到的事情，或者是自己没有的事物，抑或是超出自己理解能力范围的事情。

无论生活给予你什么，都是以它自己的方式，没有其他任何人或者事会改变这一点。但与此同时，我们也具有其他人所不具备的才能。重要的是，起决定作用的并不是天赋何在，而更在于好好利用我们所拥有的东西。

赢家对此的总结是：

◎ 我们所具有的天赋来自我们所拥有的事物。正是我们所拥有的事物才起到决定性的作用。

◎ 耐力胜过天赋。顶尖的卓越主要归功于训练。

◎ 拥有了足够的坚毅和耐力，你就总会找到通往成功的道路。如果途中有所阻碍，那么你会绕过障碍，爬过障碍，或者超越障碍。

◎ 请你不要一直等待更好的时机，请创造自己希望的时机。

◎ 在发挥自己的优势之前，你一直处于平均的水平。专注并且发挥自己的优势吧。长期以来被冷嘲热讽的东西可能在某一天会成为你闪耀的标志。

◎ 你最好把自己的弱点看成是一种机遇，一种开始新的旅程的机遇，一种与人合作的机遇。这条路会将你引向强大。

◎ 当我们认识到自身的优势与潜力时，那么我们就能够感受到感激、幸福与平和的情感，也就没有空间留给嫉妒与猜疑了。

赢家用自己拥有的色彩描绘生活的蓝图，并且画得很好。

——博多·舍费尔

实践练习

我今天要通过完成下面的步骤，来训练自己专注于强项的能力。

每日练习第一项

我要明确地感知到，我的成功不仅仅取决于我的天赋，还取决于我利用天赋所做的事情。我不抱怨自己的命运。

在我的生活中有哪些事例证明了尽管凭借些许的天赋，我仍然取得了成功？

每日练习第二项

我要制作一个我自己强项和弱项的列表。对于弱项，我要找到解决的办法。我要通过接触那些给予我发展空间的人们，来专注发展自己的强项。

我的弱项：

针对弱项的解决办法：

我要在特殊的一张纸上写下自己至少 50 条至 100 条强项。我要从中找出最重要的三点或者五点强项写在这里：

1.

2.

3.

4.

5.

未来我要接近哪些能够支持我发展强项的人们？

每日练习第三项

我要审视自己整体的生活环境，思考一下可以进行怎样的改变。然后我要制订一个计划。我要马上着手做我能做的事情，不往后拖延。

在我的生活中，我想进行怎样的改变？

为了实现这种改变的计划：

每日练习第四项

对于我不能够改变的事情，我要进行补偿。假如今天下雨，我也要微笑，因为尽管我哭丧着脸，还是改变不了下雨的事实。

生活中有哪些事情因为我无力改变需要我进行补偿？

每日练习第五项

我要看看自己是否存在嫉妒或者猜疑的情绪。这是种没法代替的情绪。但是，我可以通过专注于我的特质和潜力来超越这些情绪。今天我要写下这个问题的答案：为什么我是独一无二的？

写下这一步的成功日志

针对今天的第二十四步法则，我在现实生活中进行了多大程度的应用？

对于我来说，极其成功之处在哪里？

我从这一步中得到的教训：

第 25 步

付出和给予

享受丰富多彩的生活是一个宏远的目标。但是“丰富”这个词有着多重意义。它意味着我们并不需要抓住一切东西，而是有时候放手一下。我们的身体，世界和宇宙都要经历一场充满活力的持续互动。有些东西不断流向我们，又有一些东西不断流走。所以说，付出和给予是我们生活的主题。

赢家深谙给予的艺术，并且不吝惜付出。这些都造就了他们内心的高贵，使他们成为更加美好、更富有同情心并且走向胜利的人。学会给予是获得真正的丰盈、幸福以及内心平和的先决条件。

赢家对此的总结是：

◎ 给予和接受是同一回事，因为它们只是形成宇宙能量流动的不同方面。

◎ 每一种关系都是一种不断的给予和获取。我们给予得越多，我们就越富有生机。我们付出得越多，我们得到的收获就越多。

◎ 每个愿望都有变成现实的可能。给你遇到的所有人最好的祝福吧。你会看到，你的积极能量实际上也会影响你自己，并且使你向更好的方向发展。

◎ 在做出决定的时候，请给予和你接触的每个人一点小礼物。至少是一句赞美或一个祝愿。只要你给予，将会有所回馈。

◎ 宽容是给予中更高一层的艺术。它是我们精神和内在向更高层次发展的关键。

◎ 我们不应该因过去的错误来影响我们今天的生活。我们应该宽容自己并认清其中的错误，那是造就自我走向成熟的重要过程。

◎ 当我们能够为父母付出的时候，我们才是真正地长大了。他们已经把所能做到的最好的给予了我们。

我们愈是心甘情愿地付出，我们就愈能真正享受时间和真爱。

——博多 · 舍费尔

实践练习

我今天要通过完成下面的步骤，来锻炼自己给予和付出的艺术。

每日练习第一项

今天遇到的每个人，不管是和我通话的人还是我想到的人，我都会给予他美好的祝福，希望他愉快、幸运。取得成功、收获健康和生活的乐趣。我要分享给他积极的能量。

我以前是否有过类似经历去祝福那些和我进行谈话的人？

其中有没有发生过什么变化？

每日练习第二项

我要给今天访问的每个人带一份礼物。我要给他们带去一些物质，美好的祝福，深思熟虑的赞美或想法。我所做的一切都将向对方展示出我很在意他的幸福。我要进行练习，并且向其他人展示出我内心的丰富。

我能够向今天拜访的人送去什么？

每日练习第三项

今天，我要向我最亲爱的人们送出一份特别贴心的礼物。我这样做只是因为我乐于看到他或者她的快乐。

可以送什么样的礼物呢?

每日练习第四项

今天，我要宽容地对待这个世界。首先我从与自己和解开始。我想到了我对谁心中还有怨恨。我要从心底原谅这个人。我今天要给这个人打电话，或者写信给他——最好马上行动起来。今天我不会对任何人持任何负面情绪。我得到了解脱。

我还同哪些人有过结？我可以做什么让自己原谅他?

每日练习第五项

我是否对身边的什么人心怀芥蒂？我要马上问问自己，这个人有哪十个积极的特质？

1.______

2.______

3.______

4.______

5.______

6.______

7.______

8.______

9.______

10.______

> 写下这一步的成功日志 <

针对今天的第二十五步法则，我在现实生活中进行了多大程度的应用？

对于我来说，极其成功之处在哪里？

我从这一步中得到的教训：

第 26 步

理智地和金钱打交道

关于积累财富的基本原则简单易懂，那就是我们的花销要少于收入。生活中不是必需的钱，可以用来购买商品，也可以储存起来，喂肥每天能下一只金蛋的鹅。当然，金钱并不是一切，但是当我们没有足够的金钱时，当我们关于金钱的焦虑占据我们思想的时候，它就变得很重要了。

生活中有五个方面的重要组成部分：健康、关系、财务、情感（精神）以及工作（生活的意义）。当我们在其中一方面取得进步的时候，必然会对其他方面产生影响。如果我们掌控了自己的经济大权，那么我们就会将自己的生活提升到一个更高的水平。

赢家对此的总结是：

◎ 你要确保自己支付开销，并且是用你自己储蓄的钱支付。

◎ 积累财富，归根结底，首先要储蓄。

◎ 作为个体经营者，你既是公司本身，又是职员。你从思想上要分清楚两者之间的关系，同时你还要记账。这样，你就至少需要两个不同的银行账户：公司账户以及私人账户。

◎ 请发挥你在财务方面的聪明才智。金钱不应成为你生活的掣肘，而要成为你积极的力量。

◎ 我们愈加富裕，我们对于他人的责任就越大。“我们”的财富从来都不仅仅属于我们自己。如果我们能在同伴亟待帮助之时伸出援助之手，那么我们也会变得无比快乐。

◎ 捐赠钱财证明了一个人对自己以及宇宙能量流转的充分信任。我们期待财富，而我们的期望决定了我们最终的实际收获。

◎ 赢家知道，仅靠金钱不会让自己感到快乐和幸福，而是靠明智地对待金钱才能使人开心。金钱属于那些有能力理智对待它的人。

真正的富裕是我们与生自来的权利。

——博多·舍费尔

实践练习

我今天要通过完成下面的步骤，来把握自己处理金钱的方式。

每日练习第一项

从今天开始，我要将收入至少 10% 的部分节省下来。因为我知道，只有节流才是储蓄之道。对于自由职业者，我要将每个月一定部分的税金排除在外。

我要开通一个“金鹅账户”，旨在进行长期储蓄。那么我要在每个月伊始定期拿出多少汇入这个账户呢（至少拿出我收入的 10%）？

同样，我要建立一个开心账户。那么，在不产生任何内疚感的情况下，我要在每个月伊始定期拿出多少汇入这个账户呢（比如说 5% 至 10%）？

每次涨薪，我都要将 50% 的部分汇入储蓄账户。因为我已经适应了目前的收入状况，所以这并不意味着放弃了什么。

我将省下来的钱进行投资，并且寻找可以实现 12% 长期回报的投资方式。我在哪里可以得到相关信息？可能涉及哪些投资形式？

每日练习第二项

作为自由职业者，我要建立两个不同的账户来区分公司花销以及个人消费。我要设定一个固定的工资额，从公司账户向个人账户进行转账。我要学会最多依靠利润的 45% 这部分去生活。

那么我从公司账户向个人账户支付的固定工资应该是多少？

每日练习第三项

今天开始，我要节俭生活。我要在进行每一项开销时问问自己：这一切是不是必需的？

今天我在哪些方面节省了？

每日练习第四项

我要思考一下，今天可以向哪里进行捐款？

每日练习第五项

我明白，引导我认识的人们用一种聪明的方式和金钱打交道是多么的重要。我要想一想，我可以把博多·舍费尔的著作《财务白由之路》以及《小狗钱钱》(儿童书籍)送给谁看?

1. __________

2. __________

3. __________

4. __________

5. __________

> 写下这一步的成功日志 <

针对今天的第二十六步法则，我在现实生活中进行了多大程度的应用?

对于我来说，极其成功之处在哪里?

我从这一步中得到的教训:

第 27 步

耐心打造自己的基础

我们不可能做到在几天之内取得显著的成功。人们把一块石头放在另一块石头上垒砌房屋，而你也可以通过开始一天又一天的工作以及日积月累的见识和洞察力，来铸就自己的成功。那么，就像建造房子一样，你需要建立创造成功的地基、支柱、墙体和窗户。而这些是不可能一夜之间就变为现实的。也许一个人在几天、几周甚至几个月都没有完成任何有价值的事情。但是，那些一夜暴富的人一定在此前经历了之前日日夜夜的努力工作。很多人没有这样的毅力和耐心，他们宁愿在小的盈利上投入赌注，而不是远大的成功。远大的成功从来都不是轻易得来的。但是，如果你坚持不懈地工作，一块接一块地垒砌石头，那么总会有一天早上，当你醒来时会发现你已经取得了一些真正值得骄傲的成果。

赢家对此的总结是：

◎ 一项成功越是远大，其根基就越要牢固。

◎ 请你回忆一下，有些事情看起来毫无希望，实际上大多情况下并没有走投无路。这一切都取决于我们的认知。

◎ 在你的生意或者工作中一定也有这样的情况：在你还没看到事情的积极面对，你就不该放弃。因为你不仅仅是为你的工作，同时也为你的个性发展而投资。

◎ 成为百万富翁比拥有百万金钱更重要。

◎ 奠定成功的基础需要时间，首先必须从改变我们的思维方式开始。不要在适应期放弃。

◎ 学习并不意味着保留下什么东西。学习意味着不会忘记。如果我们首先建立好了基础，那么之后就没有什么能够阻拦我们。

真正的富裕在于我们自己是什么样的人。

——博多 · 舍费尔

实践练习

我今天要通过完成下面的步骤，来耐心地建立我的根基。

每日练习第一项

我明白没有一个坚实的地基就不能建成高楼。因此，对于目前正在着手推进的事务我要保持积极态度，并且坚持我每日的工作方法。但是，对于这些能够实现的结果，我要保持耐心。我明白，每座高楼都是由一块一块砖砌成的。

我目前正在建立的基础是什么？

当时机到来，我所期待的结果是怎样的？

每日练习第二项

今天无论发生了什么，我都不会放弃。我知道，每次我没有执行我的决定，就等于放弃了。但是今天，我要坚持做完我想做的一切。今天我要坚持下去。

今天我要坚持什么？

每日练习第三项

我要树立远大的成功目标，而不是仅仅追求小的盈利。在未来的一年，我不要制定过于宏伟的目标，但是我要付出 110% 的努力。在未来的十年中我不设限制。我今天要想一想，我是不是要把我的十年目标再设计得高一些？

我的十年目标是什么？我可以把它设计得再高一些吗？

每日练习第四项

不仅工作中有适应期（也可以是重新定位的时间），在运动中或者一段亲密关系中也同样有这个阶段。对此，也有些人认为这是落后滞缓的“表现”。我要思考一下，我是否会因为低估了适应期而放弃了生活中的某一部分？

> 写下这一步的成功日志 <

针对今天的第二十七步法则，我在现实生活中进行了多大程度的应用？

对于我来说，极其成功之处在哪里？

我从这一步中得到的教训：

第 28 步

与榜样为伍

赢家们会为自己准备礼物：他们让自己置身于那些积极进取、追求最好结果的人群之中。他们努力让自己身处让自己进步的榜样周围，并促使别人进步。与榜样为伍，会渐渐影响我们，使我们发生改变。我们自己也会变成赢家。

赢家对此的总结是：

◎ 没有什么比那些围绕在我们身边的人更能对我们的生活产生影响。

◎ 决定我们思考和感觉的并不是我们的出身，而是我们成长的环境。

◎ 不与其他人相遇，你就还是原来的自己。每一次相遇，都会为你的人生添加新的色彩。

◎ 正是我们目前的思想和感觉造就了我们的今天。同样的想法和感觉并不会让我们变成我们希望的样子。如果我们想要另一番结果，就要学着换一种思考方式，换一种感觉。

◎ 请你更多地围绕在那些榜样身边，他们具备你想学习的特质。我们有能力明确决定，我们能够受到哪些人影响，能够按照哪些“程序”发展运行。

◎ 如果你需要建议，就去向那些比你更加成功的人请教。向那些不知从何入手的人取经没有任何意义。他们的建议往往首先是对自己现状的辩解。

如果我们与成功人士为伴，那么想要成功就会很容易。

——博多·舍费尔

实践练习

我今天要通过完成下面的步骤，来让自己围绕在那些我能够学习的榜样身边。

每日练习第一项

今天，我要同一位偶像谈天，那位偶像已经具备了我渴望的东西。我要和谁谈天呢？

我要向他学习什么呢？

每日练习第二项

我要自己受到积极事物的影响。因此，今天我不要收看没有价值的电视节目，也不会整天沉浸在广播音乐中。今天我要清醒地决定自己接收到哪些信息。

今天我要接收哪些信息？

每日练习第三项

我打算每个月接触一种我可以学习的个性。

在接下来的一个月中，我可以结识哪些人？

我可以做些什么来安排一次会面？有哪些人认识那些我想结交的人们？

每日练习第四项

我要思考一下怎样才能拓展我的人脉圈。我要用一种明智的方式做这些事，而不是为了教别人什么。

我要促进与哪些人的发展？从哪些方面？

我可以和哪些人谈谈关于“赢家的行动变现法则”的内容？

1.

2.

3.

4.

5.

每日练习第五项

我要带有批判性地问问自己：我怎样才能够影响其他人？我可否作为一名模范，还是一个反例？

> 写下这一步的成功日志 <

针对今天的第二十八步法则，我在现实生活中进行了多大程度的应用？

对于我来说，极其成功之处在哪里？

我从这一步中得到的教训：

第 29 步

把不满变成前进的动力

那些取得伟大成功的人都有一个共同点：他们曾对自己生活中的某一方面不满，而正是这种不满变成了他们前进的动力。但是，对于许多其他人来说，不满是消极的。我们当中很多人一定听说过这样的话："你应该对已经拥有的事物感到满意。"对我们这样说的人一定没有分清楚感激与满足的区别。对于我们已经拥有的事物，我们应该心怀感激。这是获得幸福的钥匙。但是，满足却是危险的。我们永远都不应该满足于我们目前是怎样的人，拥有怎样的生活。那些自我满足的人会拒绝发展，停止成长。只要我们不满足于目前的自己，我们就有机会发生改变，获得成长。

赢家对此的总结是：

◎ 无论你拥有什么，都要心怀感激。如果我们对于此刻拥有的东西不加以感激，那么就算我们拥有再多，也不会感觉到幸福。

◎ 我们要努力去得到那些我们想要的东西，那就是成功。我们同时也应感激目前所拥有的东西，这就是幸福。二者缺少一样，都会令人深深遗憾。

◎ 请你永远不要对于生活中已经取得的伟大成功感到满足。如果你没有从成功中获得成长，那么就会后退。在自然界和商业世界中都没有绝对的静止状态。如果你想获得成功，那么你就一定要争取不断发展。从不满足，就是你前进的动力。

◎ 保持不满足的那些人是最幸运的。他们能够持续发展，并且从中取得成功，获得热情。

保持饥饿，方能自由。

——美国谚语

实践练习

我今天要通过完成下面的步骤，来使自己将不满足当成一种良性的驱动力。

每日练习第一项

我要大声说出目前让我感激的五件事。每一次我专注于这样练习的时候，我的恐惧都会烟消云散。

目前，我对哪五件事情心怀感激？

1.____

2.____

3.____

4.____

5.____

每日练习第二项

我要保持住我的不满足感，因为那是我体内一种起决定性作用的动力。满足感会让我们静止不前，慢慢消亡。不满足感会带来大的变化，让我以正确的方式生活。因此我今天要写下自己无论如何都要获得的三件事情。

1.____

2.____

3.____

每日练习第三项

我不会说服别人接受我关于不满足感的观点。我认为每个人都有权利按照自己认为正确的生活方式去生活。我也不会因为自己的不满足感而感觉到羞愧。

我对于生活中的哪些方面是不满足的？

我怎样做可以从不满足感中获得成长？

每日练习第四项

我明白，如果我能够激励他人和我共事，那么我的公司就能够得到发展。今天我要找那些不满足于现状的人，然后为他们提供一个好机会。

我在哪些方面需要加强？

有哪些潜在的候选人可以考虑？

> 写下这一步的成功日志 <

针对今天的第二十九步法则，我在现实生活中进行了多大程度的应用？

对于我来说，极其成功之处在哪里？

我从这一步中得到的教训：

第 30 步

做雄鹰，不做鸭子

古印度有这样的传说，上帝首先创造了贝壳，然后创造了雄鹰。上帝让人们有机会既可以选择无聊的贝壳式的生活，又可以选择让人兴奋又激动的雄鹰式的生活。但是有人既不选择贝壳式的生活，也不要雄鹰式的生活。虽然他们想要雄鹰的优势，却不愿意付出代价，因此他们一直在寻找一种符合他们“要求”的动物。最终，人们找到了这样的动物：鸭子。鸭子们具有的一个显著特征就是嘎嘎叫（用来找借口）。它们简直整天都在嘎嘎叫。早上醒来，它们嘎嘎叫着；当它们祈求喂食的时候，它们嘎嘎叫着；如果有其他动物从它们那里偷吃食物，它们嘎嘎叫着；如果没有达到某种结果，它们还是嘎嘎叫着。它们一直都在嘎嘎叫着，却没有行动——这简直糟糕透了。但是与此相反的是，当鸭子嘎嘎叫的时候，雄鹰们会付诸行动。赢家，是像雄鹰那样去生活的。

赢家对此的总结是：

◎ 鸭子是悲观主义者。雄鹰是乐观主义者。

◎ 鸭子们从来都不经历冒险。尽管雄鹰们有时会有恐惧，但还是会身体力行付诸实践。雄鹰们充满勇气。

◎ 鸭子们从每一次机遇中寻找麻烦。雄鹰们从每一个问题中看到机遇。

◎ 鸭子们只会关注问题，不停地嘎嘎叫。雄鹰们只会关注解决问题的办法，并且付诸实践。

◎ 鸭子们只会等待被喂食，如果不能够得到满足，他们就会嘎嘎叫。雄鹰们会承担起全部的责任，并且去争取自己想要的东西。

◎ 鸭子们只能选择自己拥有的去爱。雄鹰们会去争取自己心爱的事物。

◎ 对于鸭子们来说，全世界是由一个小池塘组成的。而雄鹰们要去触摸最高的雄峰。

◎ 鸭子们只会咒骂当下的状况。而雄鹰们要改变现状。

请你为我引荐不知道此事行不通的人来。

——博多·舍费尔

实践练习

我今天要通过完成下面的步骤，来训练自己雄鹰一般的能力。

每日练习第一项

此时此刻，我下定决心，马上从始至终重读一遍本书，并且完成上面的练习。每天要读一章，并且完成附后的练习。对于那些目前我没有涉及的章节，我选择跳过。

对于我来说，最重要的法则是什么？我要首先阅读这一章。

每日练习第二项

今天，我要不受打扰地阅读本书开头的《关于赢家的一种描述》。我想培养自己具备这其中的哪些特质？

1.

2.

3. ____________________

4. ____________________

5. ____________________

每日练习第三项

我要对周围的环境有要求。对于那些对我来说有重要意义的人，我要对他们报以很高的期望。尽管这样做也行，不会让大家感到舒服，但是我要带领那些人起飞。

我要发展哪五个人?

1. ____________________

2. ____________________

3. ____________________

4. ____________________

5. ____________________

本周我具体要做哪些事情?

1. ____________________

2. ____________________

3. ____________________

4. ____________________

5. ____________________

每日练习第四项

我要想一想，自己眼中理想的赢家形象是怎样的？我要在写下记录的同时，找到探索自己深层次的想法和价值的途径。

健康：____

____

关系：____

____

财务：____

____

情感/精神：____

____

工作/生活意义：____

____

每日练习第五项

我明白，并不存在赢家的终极法则，而我必须按照自己的价值观为导向，才能够将我的法则作为自己的生活之路。

对于我来说，生活中有哪些最重要的守则？

1.

2.

3.

4.

5.

6.

7.

8.

9.

10.

11.

12.

13.

14.

15.

16.

17.

18.

19.

20.

> 写下这一步的成功日志 <

针对今天的第三十步法则，我在现实生活中进行了多大程度的应用？

对于我来说，极其成功之处在哪里？

我从这一步中得到的教训：

处理压力的 24 条规则

在一定控制范围内的压力是一种健康的、积极的力量。下面的规则将帮助你在繁杂的工作面前保持放松和安定：

1. 最重要的规则在于，你的关注点要完全放在正在处理的事情上面。如果你在吃东西，那就专心致志地吃（而不要去读书）。永远都不要同时处理两件甚至三件事情。欢乐的秘密在于，完全投入身处的环境中。

2. 让自己慢下来。你要自己确定工作节奏，使自己感到舒适。

3. 要拿出时间给生命中最根本的事物。请你计划好每一周、每一天。

4. 请你不要把日程安排得过于紧张。那些做得太多的人，只能下意识地给出反应，就好像受到强迫一样。

5. 学会让自己和外界分离。就算是最亲近的人也可能会带来压力。一个“请勿打扰”的牌子，不仅仅适用于酒店房间。

6. 请你计划出足够的时间，做到准时。匆匆忙忙通常会带来压力。

7. 要避免自己过大的野心，不要让自己陷于对完美的过度追求中。

8. 如果取得了成功，请为自己感到高兴。要休息一下，庆祝一下。要心存感激和幸福。请充分享受这种感觉。

9. 不要期待长期的成功。请接收这样的事实，天有冬夏，地有山谷，人生有起伏。

10. 不要把自己看得太重要。如此，人们不会轻易对你感到失望，也不会很快迁怒于你。当名利、失败、赞扬和职责都不能影响你，那样你才拥有了内心的真正平和。

11. 对未来不必要的忧虑会影响到你的专注力并产生压力。你需要将所有的能量投入此时此刻。

12. 请你保持整洁的习惯。那些书桌上井然有条的人有更能保持专注。在开始处理下一件事前，请整理书桌，保持整洁。

13. 请你学会享受正在从事的一切工作。如果我们放下包袱去努力做一些好事，乐趣就会随之而来。请你投入全身心去做事。这样就算是日常重复性的工作也会给你带来乐趣的。

14. 请你确定休息的时间，并且严格遵守时间休息。如果你觉得没有时间停下来休息，那你真的需要休息了。

15. 请你采取行动，审时度势。但是，有些事情也需要放手让别人做。一直想处于控制地位是很有压力的。

16. 如果你觉得要做的事情实在太多，那么就请你将待办的事件写下来。大多数情况，写下一个待办记录并不会太麻烦。然后你可以按照事件的轻重缓急进行安排。

17. 学会委托。请你问问自己，谁能够接替你。你要学着将工作和责任分给他人。给他人犯错的机会因为并不是你要自己完成一切的事情。

18. 每天的每个部分日程应该是固定的。日常自律有助于达到内在的平衡。

19. 时不时傻笑一下。笑一笑那些精神上的压力。那些学会大笑的人，才是世界的王者。

20. 如果你是那种渴求成功的人：请你时不时地毫无目的地做一些事情。并不是你做的事情都一定要有意义。享受一下轻松。

21. 要避免辅助功能缺陷的发生。有些人把偶尔关掉手机视为一项大的成就。也许偶尔打开手机是一种更好的选择。

22. 做自己文化生活的主人。享受自己的业余时间、亲密关系、娱乐项目……为自己的健康和让自己感觉舒适的情感而投资。

23. 定期给自己一天时间“宅起来”。上次你在床上宅了一整天是什么时候呢？

24. 不要试着将所有的规则都付诸实践——那样的压力就太大了。

一般来说，问题具有以下不同的形式：

1. 我们可以进行直接控制的问题。针对这些问题，我们要通过改变习惯进行解决。比如说，我们能否很好地处理金钱，就是同我们的习惯密切相关，习惯决定了我们进行储蓄，或者是把钱全部花完。这一切都仅仅取决于我们自己。

2. 有些问题，我们只能进行间接控制。对于这些问题，我们要通过拓展影响范围来解决。

3. 还有些问题，是我们没有办法控制的。对于这种情况，我们能做的只是控制我们自己，包括我们的感觉、反应。最好的应对措施就是无论事情如何都报之一笑。

一旦问题出现了，最好能马上想一想，自己此时此刻能做些什么。过去的事情再也不能改变了。尽可能快地想一想如何使事情重新步入正轨才是重要的。为了帮助你解决问题，请你尽快问问自己如下问题——这也是解决问题的六个实用步骤：

1. 这个问题有哪些好的方面？

如果你此刻大脑空白，没有任何想法，那么请想一想这个问题可能有哪些好的方面？这样，你就可以马上集中精力思考该问题带来的教训。我们每个人都会接受教训，但不是所有人都会去寻找教训。

2. 在我的生活中还有哪些地方并不完美，以至于这样的问题可能发生？

这个问题可以防止你不把自己看成孤立无援的受害者，或者有人故意为难你。这样的想法毫无助益。更加有益的做法是你知道自己能够做些什么，避免问题再发生。

3. 我目前能够做些什么，以防止未来不落入这样的境地？

最乐观的情况是，你不仅解决了问题，而且使未来不再发生这样的问题。有些问题只需要通过简单的行为方式的改变就可以解决。

4. 有哪些可能的解决办法？这时候请你接受能力更强的人的建议。

请你注意的是，在描述问题的时候请抓住问题的根本。你要的是建议，而不是同情。为了得到“理解”而去讲述问题，就好比把肥料浪费在杂草上。

5. 哪种解决办法才是最佳的？

请不要过度回首过去。过去的事情你不可能做任何改变。自暴自弃也无助于事。请你面向未来，专注于问题的解决。

6. 我怎样才能在解决问题的过程中获得有趣？

如果一个人受制于自己的问题，那么他不会感觉到自己的价值。那些解决了全部问题才开始享受生活的人也不会过得很快乐。生活通常是由一连串问题组成的。尽管你在挫折面前仍然面带微笑，保持乐观，还是会有人说你这是精于世故，鲜有感性。但实际上这样说的背后是嫉妒使然，是因为你处理问题能够手到擒来的态度。

给予他人所需的 24 条金规

下面的规则是写给那些指路人的规则，为的是去指导指路人给予他人所需。我们遵守这些规则，那么我们关系账户的存款也会有所增加。

1. 在你有能力的时候，请你不遗余力地去鼓励他人。去称赞他的成功——尽管这种成功很渺小。赞扬就好像阳光。没有阳光，我们不能够成长。再多的赞扬也不会多余。

2. 总是给对方保留颜面。不要让任何人感到尴尬，不要贬低任何人，也不要夸大他人的错误。

3. 当一个人不在场的时候，要对他人讲关于此人积极的方面。如果你想不到关于该人积极的方面，那么就保持沉默。

4. 请你仔细观察他人，那么他做的一些好事就会引起你的注意。当你赞扬他的时候，你就有更加充分的理由做基础。这样，赞扬的话就不会有谄媚之嫌。

5. 总是要呼吁他人要有高尚的品格和动机。每个人都想保持宽宏大量，忘我无私。如果你希望谁变得更加优秀，那么就请你这样对待他，就好像他已经具备了这些品质一样。那么他一定会不遗余力地去努力，不让你感到失望。

6. 尽量不去评论他人，不得不评论时也尽量采取间接的方式。坚持对事不对人。你要向他人表明，你是希望彼此坦诚相见，你是希望帮助他的。永远不要以书面的方式批评他人。

7. 对他人宽容大度。不要进行炫耀，而要坦承自身的弱点。谨言慎行。如果你想树敌，那么就去打击别人；如果你想结交朋友，就得饶人处且饶人。

8. 当你犯了错误时，就及时去道歉。如果等待你的是一通训斥，那么就主动负荆请罪。

9. 请你给出建议，而不是下达命令。这样你才能促进合作，而不是挑起矛盾。

10. 当别人生气的时候，表现出理解。他人的怨怒常常是请求注意的信号。请给予他人需要的同情心和关注力。

11. 请你尽量少言语。给予他人阐述的机会，做一个优秀的倾听者。

12. 请让别人相信，创意来源于他本人。一个优秀的想法为谁所有，是无关紧要的。每个人更愿意按照其自己的意愿行事。海纳百川，有容乃大。

13. 请不要打断别人。尽管你认为他讲得毫无道理可言，请你也不要这样做。只要他心中有思想，就不会听从你的。

14. 请你尝试着站在他人角度看待问题。印第安人有谚云：先穿上别人的莫卡辛鞋[①]走一公里再说。请扪心自问：他所作所为的原因是什么？理解了一切，就意味着宽容一切。

15. 永远不要试图占理。你可以用一种更明智的方式，但是请不要对他人讲出来。请你坦白地说，自己可能出错——这样就不会有争吵了。

16. 请你经常赠予他人一些小礼物——可以是没有什么理由的。请用一种具有创意的方式结交朋友。这种有创意的礼物能够让他人感受到你的心意，以及你为他们着想。

17. 发生矛盾的时候，请你保持冷静。请你先坦率地倾听，并寻找共识。请你对自己进行反思检讨。并向对方保证考虑他的意见，并对他给予自己的启发致谢。

18. 请你坦率地关注他人。请你关心他人，而不是只显示出感兴趣，并把这个作为座右铭。请你展现出自己为对方考虑，怎样帮助对方。

19. 请保持微笑。没有人比那些不遗余力为他人带来笑容的人更需要微笑了。

---

① 莫卡辛鞋：美洲原住民的一种传统鞋类。——译者注

20. 提及他人姓名时，请说出他人的全名。这能表明你对他的尊重。每个人都喜欢听到自己的名字——远远超过听到名字的代称。因此就需要你记住他人的姓名。

21. 请你学会从别人的角度看待问题。请你问问自己：他真正需要的是什么？我怎样才能够有益于他人？

22. 请你注意，在每次谈话中给人带来更好的感觉，包括在电话中也是一样的：首先言及他人，其次是你的公司，最后才是你自己。

23. 请你尽快完成交办任务。永远都不要后补。

24. 当你想起他人时，请你安静地向他传达你最好的祝愿。

应对恐惧的十个建议

如果你有所恐惧，那么请你读一读以下十个建议：

1. 请你问一问自己，有哪些恐惧是来自我的过去？那么你就会清楚地知道，最多只有 5% 的恐惧会变成现实。思考一下，是不是你的恐惧都是合理的，还是说你只是在做无谓的担忧。

2. 请写下五件你心存感激的事物。请这样对自己说：至今为止一切都很顺利，我同样可以完成这个任务的。

3. 我们所恐惧的大部分事情，通常出现在未来。这些事情丝毫不影响当下的今天。那么，我们为什么要在今天就苦于其中？

4. 你要知道，自己能够过好今天，明天也一样。生活就是由一天又一天串联起来的。

5. 如果你有挥之不去的恐惧，那么请尽快和一位成功人士聊一聊。在成功人士面前我们很难再有恐惧。请你思考一下，某个特别的人士会怎样做？

6. 放手去做。也许当你内心充满恐惧时，是很难去做什么的。但正因如此，行动起来就更加重要。因为一旦我们束手无策时，连串的恐惧带来的压力才是最大的。

7. 永远不要问自己是否能完成任务。请这样问自己：我怎样才能完成它？无论发生什么，你总是能够找到答案的。

8. 请你“培养”积极的观念。想象着你自编自导的电影有一个美好的结局。

9. 听振奋人心的音乐吧。这样恐惧就会被光明照亮。

10. 看一看你的成功日志。这样你就能很快了解到自己有多棒，根本不需要过多忧虑。

行动，从此刻

你想通过人生规划获取更大的成功吗？
现在，是时候行动起来了。

多产且幸福的人生方程

在我 26 岁的时候，我有了一个非同寻常的重要发现——我找到了自己的时间方程。这个方程帮助我将办事效率提高了一倍。并且在不久之后，工作效率又提升了一倍。

更重要的是，我找到了自己的感觉。我有着一种更加强大的能力去集中精力，集合能量。而我的能量也增加了一倍。

我能够实现这些，并没有采用传统意义上的时间管理术，而是我在过往经验中总结的方法，这些方法可以改善我的注意力，提高我的效率，等等。这些方法是如此强大，超出言语表达的范围，我的内心得到了改变。

现在，我将向你展示实现自己人生目标的一个具有独特效果的体系：

- 你会在三个月中将效率提升一倍。
- 你将详细地学习到如何“创造时间”。
- 你将摆脱忙碌状态，获得真正的自由。
- 你将获得专属于自己的时间。
- 你将有时间与那些对你来说重要的人相处。
- 你将变得富有创造力，很幸福，而且可以做些有意义的事情。

敬请期待一本只有一个主题的书——你的人生计划以及如何成功实现。

这是一本每一天向你展示你有哪些收获，以及还能取得哪些收获的书。你可以通过使用它有目的地、渐渐地建立自信，一点一点从基础开始创造个人财富。

Name ______________________

Tel. ______________________

Add. ______________________

E-mail ______________________

重要节日

公历	
1月	1日：元旦
2月	14日：情人节
3月	8日：国际劳动妇女节 12日：中国植树节 15日：国际消费者权益日
4月	1日：国际愚人节
5月	1日：国际劳动节 4日：中国青年节 8日：世界红十字日 12日：护士节 31日：世界无烟日 第二个星期日：母亲节
6月	1日：国际儿童节 23日：国际奥林匹克日 26日：国际禁毒日 第三个星期日：父亲节
7月	1日：建党节
8月	1日：建军节
9月	10日：中国教师节 21日：国际和平日 27日：世界旅游日
10月	1日：国庆节 16日：世界粮食日 24日：联合国日
11月	第四个星期四：感恩节
12月	24日：平安夜 5日：圣诞节

农历	
一月	初一：春节 十五：元宵节
二月	初二：抬头节
三月	清明节
四月	初八：浴佛节
五月	初五：端午节
六月	
七月	初七：七夕情人节
八月	十五：中秋节
九月	初九：重阳节
十月	初一：寒衣节
十一月	
十二月	初八：腊八节 二十三：小年 二十九或三十：除夕
重要纪念日	

________年度个人假期计划

从__________到__________结束，总计天数__________天，相当于__________天工作日

计划

从__________到__________结束，总计天数__________天，相当于__________天工作日

计划

从__________到__________结束，总计天数__________天，相当于__________天工作日

计划

从__________到__________结束，总计天数__________天，相当于__________天工作日

计划

从__________到__________结束，总计天数__________天，相当于__________天工作日

计划

仅仅知道如何做一件事是不够的，
必须身体力行去做，
就像运动员和音乐家那样，
对于理论上清楚知晓的事情，
不断地进行练习。

Goal

10 年目标

	日期	
目标是什么		
如何实现目标		
实现了怎样的目标		

5 年目标

	日期	
目标是什么		
如何实现目标		
实现了怎样的目标		

明白什么是正确的，
却没有身体力行地去实施，
就是怯懦的表现。

指南针

身 份

生活的意义

使命宣言

价 值

信 念

________年 年度计划

健康方面		
必须要做到 A	计划做到（不是必须）B	期待做到（不想忘记）C

每天的计划

每周的计划

每月的计划

调整的计划

________年 年度计划

关系方面		
必须要做到 A	计划做到（不是必须）B	期待做到（不想忘记）C

每天的计划

每周的计划

每月的计划

调整的计划

________年 年度计划

财经方面		
必须要做到 A	计划做到（不是必须）B	期待做到（不想忘记）C

每天的计划

每周的计划

每月的计划

调整的计划

________年 年度计划

情感方面		
必须要做到 A	计划做到（不是必须）B	期待做到（不想忘记）C

每天的计划

每周的计划

每月的计划

调整的计划

________年 年度计划

生活意义 / 工作方面		
必须要做到 A	计划做到（不是必须）B	期待做到（不想忘记）C

每天的计划

每周的计划

每月的计划

调整的计划

________年 年度计划的笔记

- [ ]
- [ ]
- [ ]

行为原则

如果一个人价值感明确，那么他就很容易做出选择。请你记录下在你价值观指导下自己的行为原则。（例如：“如果我不能完成某事，我一定会……”或者“我不会把自己看得太重要”）。

- □
- □
- □

________年给我带来的教训

________年我最大的成功

________年给我带来的教训

- □
- □
- □

________年我最大的成功

- □
- □
- □

关于成功的问题

1. 在我目前的职业生涯和个人生活中，我在哪些方面是极其幸运的？
2. 是什么让我充满动力？
3. 是什么让我拥有十足的自信？
4. 我信任谁？谁又信任我？
5. 目前是什么让我感到备受鼓舞？
6. 目前的生活中，什么最让我感觉到骄傲？
7. 目前的生活中，什么最让我感觉到备受感激？
8. 目前的生活中，我最享受的事情是什么？
9. 目前我有哪些责任？
10. 我爱着谁？谁爱着我？
11. 当下的今天是怎样一个机会？
12. 我今天 / 昨天有哪些付出？
13. 我今天充实了谁的生活？
14. 我希望学到什么？
15. 当下的今天 / 昨天是怎样充实了我的生活，我怎样才能为今后的生活充分利用这一天？
16. 有哪些事情我从心底感觉到喜悦？

箴言（长期）：

身份	生活意义 / 任务	价值 / 角色 / 信念
长期目标（10 年）	中期目标（2—5 年）	短期目标（1 年）

本周首要工作

如果我明白自己渴望成功，那么本周（今天）我要做什么？

重要节日：

重点（本周）：

健康	活动时间安排	何时（60-60-20）	目标 / 结果 / 原因
关系	我能够主导什么？		
财经	成功日志：我取得过哪些成功——成功事件，心得		
关系			
生活意义，工作，精神	有哪些事情让我感觉到喜悦？		
	我学到了哪些事情？		

星期一	星期二	星期三
为什么当下的今天是一次机遇?		
今天最重要的任务（60-60-20）		
有哪些我不太喜欢的事情?		
有哪些事情让我心怀感激?		
我学到了哪些事情?	任务（我可以为自己或者其他人带来哪些喜悦？）	

星期四	星期五	星期六
为什么当下的今天是一次机遇？		
今天最重要的任务（60-60-20）		
有哪些我不太喜欢的事情？		
有哪些事情让我心怀感激？		
		星期日
		我要这样计划自己的下一周：
任务（我可以为自己或者其他人带来哪些喜悦？）		

箴言（长期）：

身份	生活意义 / 任务	价值 / 角色 / 信念
长期目标（10 年）	中期目标（2—5 年）	短期目标（1 年）

本周首要工作

如果我明白自己渴望成功，那么本周（今天）我要做什么？

重要节日：

重点（本周）：

<table>
<tr><td>健康</td><td>活动时间安排</td><td>何时（60-60-20）</td><td>目标 / 结果 / 原因</td></tr>
<tr><td></td><td></td><td></td><td></td></tr>
<tr><td>关系</td><td colspan="3">我能够主导什么?</td></tr>
<tr><td></td><td colspan="3"></td></tr>
<tr><td>财经</td><td colspan="3">成功日志：我取得过哪些成功——成功事件，心得</td></tr>
<tr><td></td><td colspan="3" rowspan="4"></td></tr>
<tr><td>关系</td></tr>
<tr><td></td></tr>
<tr><td>生活意义，工作，精神</td></tr>
<tr><td></td><td colspan="3">有哪些事情让我感觉到喜悦?</td></tr>
<tr><td></td><td colspan="3"></td></tr>
<tr><td></td><td colspan="3">我学到了哪些事情?</td></tr>
<tr><td></td><td colspan="3"></td></tr>
</table>

星期一	星期二	星期三
为什么当下的今天是一次机遇？		
今天最重要的任务（60-60-20）		
有哪些我不太喜欢的事情？		
有哪些事情让我心怀感激？		
我学到了哪些事情?	任务（我可以为自己或者其他人带来哪些喜悦？）	

星期四	星期五	星期六

为什么当下的今天是一次机遇？

今天最重要的任务（60-60-20）

有哪些我不太喜欢的事情？

有哪些事情让我心怀感激？

星期日

我要这样计划自己的下一周：

任务（我可以为自己或者其他人带来哪些喜悦？）

箴言（长期）：

身份	生活意义 / 任务	价值 / 角色 / 信念
长期目标（10年）	中期目标（2—5年）	短期目标（1年）

本周首要工作

如果我明白自己渴望成功，那么本周（今天）我要做什么？

重要节日：

重点（本周）：

健康	活动时间安排	何时（60-60-20）	目标 / 结果 / 原因

关系	我能够主导什么？

财经	成功日志：我取得过哪些成功——成功事件，心得
关系	

生活意义，工作，精神	有哪些事情让我感觉到喜悦？
	我学到了哪些事情？

星期一	星期二	星期三
为什么当下的今天是一次机遇？		
今天最重要的任务（60-60-20）		
有哪些我不太喜欢的事情？		
有哪些事情让我心怀感激？		
我学到了哪些事情?	任务（我可以为自己或者其他人带来哪些喜悦？）	

星期四	星期五	星期六
为什么当下的今天是一次机遇？		
今天最重要的任务（60-60-20）		
有哪些我不太喜欢的事情？		
有哪些事情让我心怀感激？		
		星期日
		我要这样计划自己的下一周：
任务（我可以为自己或者其他人带来哪些喜悦？）		

月第　　　　周

决定人生的人是我自己，而不是其他人

箴言（长期）：

身份	生活意义 / 任务	价值 / 角色 / 信念
长期目标（10年）	中期目标（2—5年）	短期目标（1年）

本周首要工作

如果我明白自己渴望成功，那么本周（今天）我要做什么？

重要节日：

重点（本周）：

健康	活动时间安排	何时（60-60-20）	目标 / 结果 / 原因

关系	我能够主导什么？
财经	成功日志：我取得过哪些成功——成功事件，心得
关系	
生活意义，工作，精神	有哪些事情让我感觉到喜悦？
	我学到了哪些事情？

星期一	星期二	星期三
为什么当下的今天是一次机遇？		
今天最重要的任务（60-60-20）		
有哪些我不太喜欢的事情？		
有哪些事情让我心怀感激？		
我学到了哪些事情?	任务（我可以为自己或者其他人带来哪些喜悦？）	

星期四	星期五	星期六
为什么当下的今天是一次机遇？		
今天最重要的任务（60-60-20）		
有哪些我不太喜欢的事情？		
有哪些事情让我心怀感激？		

星期日

我要这样计划自己的下一周：

任务（我可以为自己或者其他人带来哪些喜悦？）

箴言（长期）：

身份	生活意义 / 任务	价值 / 角色 / 信念
长期目标（10 年）	中期目标（2—5 年）	短期目标（1 年）

本周首要工作

如果我明白自己渴望成功，那么本周（今天）我要做什么?

重要节日：

重点（本周）：

<table>
<tr><td>健康</td><td>活动时间安排</td><td>何时（60-60-20）</td><td>目标／结果／原因</td></tr>
<tr><td></td><td></td><td></td><td></td></tr>
<tr><td>关系</td><td colspan="3">我能够主导什么?</td></tr>
<tr><td></td><td colspan="3"></td></tr>
<tr><td>财经</td><td colspan="3">成功日志：我取得过哪些成功——成功事件，心得</td></tr>
<tr><td></td><td colspan="3" rowspan="3"></td></tr>
<tr><td>关系</td></tr>
<tr><td></td></tr>
<tr><td>生活意义，工作，精神</td><td colspan="3">有哪些事情让我感觉到喜悦?</td></tr>
<tr><td rowspan="3"></td><td colspan="3"></td></tr>
<tr><td colspan="3">我学到了哪些事情?</td></tr>
<tr><td colspan="3"></td></tr>
</table>

星期一	星期二	星期三
为什么当下的今天是一次机遇？		
今天最重要的任务（60-60-20）		
有哪些我不太喜欢的事情？		
有哪些事情让我心怀感激？		
我学到了哪些事情？	任务（我可以为自己或者其他人带来哪些喜悦？）	

星期四	星期五	星期六
为什么当下的今天是一次机遇？		
今天最重要的任务（60-60-20）		
有哪些我不太喜欢的事情？		
有哪些事情让我心怀感激？		

星期日

我要这样计划自己的下一周：

任务（我可以为自己或者其他人带来哪些喜悦？）

箴言（长期）：

身份	生活意义 / 任务	价值 / 角色 / 信念
长期目标（10年）	中期目标（2—5年）	短期目标（1年）

本周首要工作

如果我明白自己渴望成功，那么本周（今天）我要做什么？

重要节日：

重点（本周）：

<table>
<tr><td>健康</td><td>活动时间安排</td><td>何时（60-60-20）</td><td>目标 / 结果 / 原因</td></tr>
<tr><td></td><td></td><td></td><td></td></tr>
<tr><td>关系</td><td colspan="3">我能够主导什么?</td></tr>
<tr><td></td><td colspan="3"></td></tr>
<tr><td>财经</td><td colspan="3">成功日志：我取得过哪些成功——成功事件，心得</td></tr>
<tr><td></td><td colspan="3" rowspan="3"></td></tr>
<tr><td>关系</td></tr>
<tr><td></td></tr>
<tr><td>生活意义，工作，精神</td><td colspan="3">有哪些事情让我感觉到喜悦?</td></tr>
<tr><td rowspan="3"></td><td colspan="3"></td></tr>
<tr><td colspan="3">我学到了哪些事情?</td></tr>
<tr><td colspan="3"></td></tr>
</table>

星期一	星期二	星期三
为什么当下的今天是一次机遇？		
今天最重要的任务（60-60-20）		
有哪些我不太喜欢的事情？		
有哪些事情让我心怀感激？		
我学到了哪些事情？	任务（我可以为自己或者其他人带来哪些喜悦？）	

星期四	星期五	星期六

为什么当下的今天是一次机遇？

今天最重要的任务（60-60-20）

有哪些我不太喜欢的事情？

有哪些事情让我心怀感激？

任务（我可以为自己或者其他人带来哪些喜悦？）

星期日

我要这样计划自己的下一周：

月第　　　周　　　　决定人生的人是我自己，而不是其他人

箴言（长期）：

身份	生活意义 / 任务	价值 / 角色 / 信念

长期目标（10年）	中期目标（2—5年）	短期目标（1年）

本周首要工作

如果我明白自己渴望成功，那么本周（今天）我要做什么?

重要节日：

重点（本周）：

健康	活动时间安排	何时（60-60-20）	目标 / 结果 / 原因
关系	我能够主导什么？		
财经	成功日志：我取得过哪些成功——成功事件，心得		
关系			
生活意义，工作，精神	有哪些事情让我感觉到喜悦？		
	我学到了哪些事情？		

星期一	星期二	星期三
为什么当下的今天是一次机遇？		
今天最重要的任务（60-60-20）		
有哪些我不太喜欢的事情？		
有哪些事情让我心怀感激？		
我学到了哪些事情?	任务（我可以为自己或者其他人带来哪些喜悦？）	

星期四	星期五	星期六
为什么当下的今天是一次机遇？		
今天最重要的任务（60-60-20）		
有哪些我不太喜欢的事情？		
有哪些事情让我心怀感激？		

星期日

我要这样计划自己的下一周：

任务（我可以为自己或者其他人带来哪些喜悦？）

月第　　周　　　　决定人生的人是我自己，而不是其他人

箴言（长期）：

身份	生活意义 / 任务	价值 / 角色 / 信念
长期目标（10 年）	中期目标（2—5 年）	短期目标（1 年）

本周首要工作

如果我明白自己渴望成功，那么本周（今天）我要做什么?

重要节日：

重点（本周）：

健康	活动时间安排	何时（60-60-20）	目标 / 结果 / 原因

关系

我能够主导什么？

财经

成功日志：我取得过哪些成功——成功事件，心得

关系

生活意义，工作，精神

有哪些事情让我感觉到喜悦？

我学到了哪些事情？

星期一	星期二	星期三
为什么当下的今天是一次机遇?		
今天最重要的任务（60-60-20）		
有哪些我不太喜欢的事情?		
有哪些事情让我心怀感激?		
我学到了哪些事情?	任务（我可以为自己或者其他人带来哪些喜悦?）	

星期四	星期五	星期六
为什么当下的今天是一次机遇？		
今天最重要的任务（60-60-20）		
有哪些我不太喜欢的事情？		
有哪些事情让我心怀感激？		

星期日

我要这样计划自己的下一周：

任务（我可以为自己或者其他人带来哪些喜悦？）

月第　　周　　　决定人生的人是我自己，而不是其他人

箴言（长期）：

身份	生活意义 / 任务	价值 / 角色 / 信念
长期目标（10 年）	中期目标（2—5 年）	短期目标（1 年）

本周首要工作

如果我明白自己渴望成功，那么本周（今天）我要做什么？

重要节日：

重点（本周）：

健康	活动时间安排	何时（60-60-20）	目标 / 结果 / 原因
关系	我能够主导什么？		
财经	成功日志：我取得过哪些成功——成功事件，心得		
关系			
生活意义，工作，精神	有哪些事情让我感觉到喜悦？		
	我学到了哪些事情？		

星期一	星期二	星期三
为什么当下的今天是一次机遇?		
今天最重要的任务（60-60-20）		
有哪些我不太喜欢的事情?		
有哪些事情让我心怀感激?		
我学到了哪些事情?	任务（我可以为自己或者其他人带来哪些喜悦？）	

星期四	星期五	星期六
为什么当下的今天是一次机遇？		
今天最重要的任务（60-60-20）		
有哪些我不太喜欢的事情？		
有哪些事情让我心怀感激？		

星期日

我要这样计划自己的下一周：

任务（我可以为自己或者其他人带来哪些喜悦？）

箴言（长期）：

身份	生活意义 / 任务	价值 / 角色 / 信念
长期目标（10 年）	中期目标（2—5 年）	短期目标（1 年）

本周首要工作

如果我明白自己渴望成功，那么本周（今天）我要做什么？

重要节日：

重点（本周）：

健康	活动时间安排	何时（60-60-20）	目标 / 结果 / 原因

关系	我能够主导什么？
财经	成功日志：我取得过哪些成功——成功事件，心得
关系	
生活意义，工作，精神	有哪些事情让我感觉到喜悦？
	我学到了哪些事情？

星期一	星期二	星期三
为什么当下的今天是一次机遇？		
今天最重要的任务（60-60-20）		
有哪些我不太喜欢的事情？		
有哪些事情让我心怀感激？		
我学到了哪些事情?	任务（我可以为自己或者其他人带来哪些喜悦？）	

星期四	星期五	星期六
为什么当下的今天是一次机遇？		
今天最重要的任务（60-60-20）		
有哪些我不太喜欢的事情？		
有哪些事情让我心怀感激？		

星期日

我要这样计划自己的下一周：

任务（我可以为自己或者其他人带来哪些喜悦？）

箴言（长期）：

身份	生活意义 / 任务	价值 / 角色 / 信念
长期目标（10 年）	中期目标（2—5 年）	短期目标（1 年）

本周首要工作

如果我明白自己渴望成功，那么本周（今天）我要做什么？

重要节日：

重点（本周）：

健康	活动时间安排	何时（60-60-20）	目标 / 结果 / 原因

关系	我能够主导什么？

财经	成功日志：我取得过哪些成功——成功事件，心得
关系	

生活意义，工作，精神	有哪些事情让我感觉到喜悦？
	我学到了哪些事情？

星期一	星期二	星期三
为什么当下的今天是一次机遇？		
今天最重要的任务（60-60-20）		
有哪些我不太喜欢的事情？		
有哪些事情让我心怀感激？		
我学到了哪些事情?	任务（我可以为自己或者其他人带来哪些喜悦？）	

星期四	星期五	星期六
为什么当下的今天是一次机遇？		
今天最重要的任务（60-60-20）		
有哪些我不太喜欢的事情？		
有哪些事情让我心怀感激？		
		星期日
		我要这样计划自己的下一周：
任务（我可以为自己或者其他人带来哪些喜悦？）		

月第　　周　　　　决定人生的人是我自己，而不是其他人

箴言（长期）：

身份	生活意义 / 任务	价值 / 角色 / 信念
长期目标（10 年）	中期目标（2—5 年）	短期目标（1 年）

本周首要工作

如果我明白自己渴望成功，那么本周（今天）我要做什么？

重要节日：

重点（本周）：

健康	活动时间安排	何时（60-60-20）	目标 / 结果 / 原因
关系	我能够主导什么？		
财经	成功日志：我取得过哪些成功——成功事件，心得		
关系			
生活意义，工作，精神	有哪些事情让我感觉到喜悦？		
	我学到了哪些事情？		

星期一	星期二	星期三
为什么当下的今天是一次机遇？		
今天最重要的任务（60-60-20）		
有哪些我不太喜欢的事情？		
有哪些事情让我心怀感激？		
我学到了哪些事情?	任务（我可以为自己或者其他人带来哪些喜悦？）	

星期四	星期五	星期六
为什么当下的今天是一次机遇？		
今天最重要的任务（60-60-20）		
有哪些我不太喜欢的事情？		
有哪些事情让我心怀感激？		

星期日

我要这样计划自己的下一周：

任务（我可以为自己或者其他人带来哪些喜悦？）

箴言（长期）：

身份	生活意义 / 任务	价值 / 角色 / 信念
长期目标（10 年）	中期目标（2—5 年）	短期目标（1 年）

本周首要工作

如果我明白自己渴望成功，那么本周（今天）我要做什么？

重要节日：

重点（本周）：

<table>
<tr><td>健康</td><td>活动时间安排</td><td>何时（60-60-20）</td><td>目标 / 结果 / 原因</td></tr>
<tr><td></td><td></td><td></td><td></td></tr>
<tr><td>关系</td><td colspan="3">我能够主导什么？</td></tr>
<tr><td></td><td colspan="3"></td></tr>
<tr><td>财经</td><td colspan="3">成功日志：我取得过哪些成功——成功事件，心得</td></tr>
<tr><td></td><td colspan="3" rowspan="3"></td></tr>
<tr><td>关系</td></tr>
<tr><td></td></tr>
<tr><td>生活意义，工作，精神</td><td colspan="3">有哪些事情让我感觉到喜悦？</td></tr>
<tr><td rowspan="3"></td><td colspan="3"></td></tr>
<tr><td colspan="3">我学到了哪些事情？</td></tr>
<tr><td colspan="3"></td></tr>
</table>

星期一	星期二	星期三
为什么当下的今天是一次机遇？		
今天最重要的任务（60-60-20）		
有哪些我不太喜欢的事情？		
有哪些事情让我心怀感激？		
我学到了哪些事情？	任务（我可以为自己或者其他人带来哪些喜悦？）	

星期四	星期五	星期六
为什么当下的今天是一次机遇？		
今天最重要的任务（60-60-20）		
有哪些我不太喜欢的事情？		
有哪些事情让我心怀感激？		

星期日

我要这样计划自己的下一周：

任务（我可以为自己或者其他人带来哪些喜悦？）

月第　　周　　决定人生的人是我自己，而不是其他人

箴言（长期）：

身份	生活意义 / 任务	价值 / 角色 / 信念
长期目标（10 年）	中期目标（2—5 年）	短期目标（1 年）

本周首要工作
如果我明白自己渴望成功，那么本周（今天）我要做什么？

重要节日：

重点（本周）：

健康	活动时间安排	何时（60-60-20）	目标 / 结果 / 原因

关系	我能够主导什么？
财经	成功日志：我取得过哪些成功——成功事件，心得
关系	
生活意义，工作，精神	有哪些事情让我感觉到喜悦？
	我学到了哪些事情？

星期一	星期二	星期三
为什么当下的今天是一次机遇？		
今天最重要的任务（60-60-20）		
有哪些我不太喜欢的事情？		
有哪些事情让我心怀感激？		
我学到了哪些事情?	任务（我可以为自己或者其他人带来哪些喜悦？）	

星期四	星期五	星期六
为什么当下的今天是一次机遇？		
今天最重要的任务（60-60-20）		
有哪些我不太喜欢的事情？		
有哪些事情让我心怀感激？		

星期日

我要这样计划自己的下一周：

任务（我可以为自己或者其他人带来哪些喜悦？）

箴言（长期）：

身份	生活意义 / 任务	价值 / 角色 / 信念
长期目标（10年）	中期目标（2—5年）	短期目标（1年）

本周首要工作

如果我明白自己渴望成功，那么本周（今天）我要做什么？

重要节日：

重点（本周）：

健康	活动时间安排	何时（60-60-20）	目标 / 结果 / 原因
关系	我能够主导什么？		
财经	成功日志：我取得过哪些成功——成功事件，心得		
关系			
生活意义，工作，精神	有哪些事情让我感觉到喜悦？		
	我学到了哪些事情？		

星期一	星期二	星期三
为什么当下的今天是一次机遇?		
今天最重要的任务(60-60-20)		
有哪些我不太喜欢的事情?		
有哪些事情让我心怀感激?		
我学到了哪些事情?	任务(我可以为自己或者其他人带来哪些喜悦?)	

星期四	星期五	星期六
为什么当下的今天是一次机遇？		
今天最重要的任务（60-60-20）		
有哪些我不太喜欢的事情？		
有哪些事情让我心怀感激？		

星期四	星期五	星期日
		我要这样计划自己的下一周：
任务（我可以为自己或者其他人带来哪些喜悦？）		

箴言（长期）：

身份	生活意义 / 任务	价值 / 角色 / 信念
长期目标（10 年）	中期目标（2—5 年）	短期目标（1 年）

本周首要工作

如果我明白自己渴望成功，那么本周（今天）我要做什么？

重要节日：

重点（本周）：

健康	活动时间安排	何时（60-60-20）	目标 / 结果 / 原因
关系	我能够主导什么?		
财经	成功日志：我取得过哪些成功——成功事件，心得		
关系			
生活意义，工作，精神	有哪些事情让我感觉到喜悦?		
	我学到了哪些事情?		

星期一	星期二	星期三
为什么当下的今天是一次机遇？		
今天最重要的任务（60-60-20）		
有哪些我不太喜欢的事情？		
有哪些事情让我心怀感激？		
我学到了哪些事情？	任务（我可以为自己或者其他人带来哪些喜悦？）	

星期四	星期五	星期六

为什么当下的今天是一次机遇？

今天最重要的任务（60-60-20）

有哪些我不太喜欢的事情？

有哪些事情让我心怀感激？

任务（我可以为自己或者其他人带来哪些喜悦？）

星期日

我要这样计划自己的下一周：

月第　　　周　　　　　　　　　　　　　　　　　　　决定人生的人是我自己，而不是其他人

箴言（长期）：

身份	生活意义 / 任务	价值 / 角色 / 信念
长期目标（10年）	中期目标（2—5年）	短期目标（1年）

本周首要工作

如果我明白自己渴望成功，那么本周（今天）我要做什么？

重要节日：

重点（本周）：

健康	活动时间安排	何时（60-60-20）	目标/结果/原因

关系	我能够主导什么?
财经	成功日志：我取得过哪些成功——成功事件，心得
关系	
生活意义，工作，精神	有哪些事情让我感觉到喜悦?
	我学到了哪些事情?

星期一	星期二	星期三
为什么当下的今天是一次机遇？		
今天最重要的任务（60-60-20）		
有哪些我不太喜欢的事情？		
有哪些事情让我心怀感激？		
我学到了哪些事情?	任务（我可以为自己或者其他人带来哪些喜悦？）	

星期四	星期五	星期六
为什么当下的今天是一次机遇？		
今天最重要的任务（60-60-20）		
有哪些我不太喜欢的事情？		
有哪些事情让我心怀感激？		

星期日

我要这样计划自己的下一周：

任务（我可以为自己或者其他人带来哪些喜悦？）

月第　　周

决定人生的人是我自己，而不是其他人

箴言（长期）：

身份	生活意义 / 任务	价值 / 角色 / 信念
长期目标（10年）	中期目标（2—5年）	短期目标（1年）

本周首要工作

如果我明白自己渴望成功，那么本周（今天）我要做什么？

重要节日：

重点（本周）：

健康	活动时间安排	何时（60-60-20）	目标 / 结果 / 原因

关系	我能够主导什么？
财经	成功日志；我取得过哪些成功——成功事件，心得
关系	
生活意义，工作，精神	有哪些事情让我感觉到喜悦？
	我学到了哪些事情？

星期一	星期二	星期三
为什么当下的今天是一次机遇？		
今天最重要的任务（60-60-20）		
有哪些我不太喜欢的事情？		
有哪些事情让我心怀感激？		
我学到了哪些事情？	任务（我可以为自己或者其他人带来哪些喜悦？）	

星期四	星期五	星期六

为什么当下的今天是一次机遇？

今天最重要的任务（60-60-20）

有哪些我不太喜欢的事情？

有哪些事情让我心怀感激？

星期日

我要这样计划自己的下一周：

任务（我可以为自己或者其他人带来哪些喜悦？）

箴言（长期）：

身份	生活意义 / 任务	价值 / 角色 / 信念
长期目标（10年）	中期目标（2—5年）	短期目标（1年）

本周首要工作

如果我明白自己渴望成功，那么本周（今天）我要做什么?

重要节日：

重点（本周）：

健康	活动时间安排	何时（60-60-20）	目标 / 结果 / 原因

关系	我能够主导什么?
财经	成功日志：我取得过哪些成功——成功事件，心得
关系	
生活意义，工作，精神	有哪些事情让我感觉到喜悦?
	我学到了哪些事情?

星期一	星期二	星期三
为什么当下的今天是一次机遇？		
今天最重要的任务（60-60-20）		
有哪些我不太喜欢的事情？		
有哪些事情让我心怀感激？		
我学到了哪些事情？	任务（我可以为自己或者其他人带来哪些喜悦？）	

星期四	星期五	星期六
为什么当下的今天是一次机遇？		
今天最重要的任务（60-60-20）		
有哪些我不太喜欢的事情？		
有哪些事情让我心怀感激？		

星期日

我要这样计划自己的下一周：

任务（我可以为自己或者其他人带来哪些喜悦？）

月第　　周　　　　决定人生的人是我自己，而不是其他人

箴言（长期）：

身份	生活意义 / 任务	价值 / 角色 / 信念
长期目标（10 年）	中期目标（2—5 年）	短期目标（1 年）

本周首要工作

如果我明白自己渴望成功，那么本周（今天）我要做什么？

重要节日：

重点（本周）：

健康	活动时间安排	何时（60-60-20）	目标 / 结果 / 原因

关系	我能够主导什么？
财经	成功日志：我取得过哪些成功——成功事件，心得
关系	
生活意义，工作，精神	有哪些事情让我感觉到喜悦？
	我学到了哪些事情？

星期一	星期二	星期三
为什么当下的今天是一次机遇？		
今天最重要的任务（60-60-20）		
有哪些我不太喜欢的事情？		
有哪些事情让我心怀感激？		
我学到了哪些事情?	任务（我可以为自己或者其他人带来哪些喜悦？）	

星期四	星期五	星期六
为什么当下的今天是一次机遇？		
今天最重要的任务（60-60-20）		
有哪些我不太喜欢的事情？		
有哪些事情让我心怀感激？		
		星期日
		我要这样计划自己的下一周：
任务（我可以为自己或者其他人带来哪些喜悦？）		

箴言（长期）：

身份	生活意义 / 任务	价值 / 角色 / 信念

长期目标（10 年）	中期目标（2—5 年）	短期目标（1 年）

本周首要工作

如果我明白自己渴望成功，那么本周（今天）我要做什么？

重要节日：

重点（本周）：

健康	活动时间安排	何时（60-60-20）	目标 / 结果 / 原因
关系	我能够主导什么？		
财经	成功日志：我取得过哪些成功——成功事件，心得		
关系			
生活意义，工作，精神	有哪些事情让我感觉到喜悦？		
	我学到了哪些事情？		

星期一	星期二	星期三
为什么当下的今天是一次机遇?		
今天最重要的任务（60-60-20）		
有哪些我不太喜欢的事情?		
有哪些事情让我心怀感激?		
我学到了哪些事情?	任务（我可以为自己或者其他人带来哪些喜悦? ）	

星期四	星期五	星期六
为什么当下的今天是一次机遇？		
今天最重要的任务（60-60-20）		
有哪些我不太喜欢的事情？		
有哪些事情让我心怀感激？		

星期日

我要这样计划自己的下一周：

任务（我可以为自己或者其他人带来哪些喜悦？）

月第　　周　　　　决定人生的人是我自己，而不是其他人

箴言（长期）：

身份	生活意义 / 任务	价值 / 角色 / 信念
长期目标（10 年）	中期目标（2—5 年）	短期目标（1 年）

本周首要工作

如果我明白自己渴望成功，那么本周（今天）我要做什么？

重要节日：

重点（本周）：

健康	活动时间安排	何时（60-60-20）	目标 / 结果 / 原因
关系	我能够主导什么？		
财经	成功日志：我取得过哪些成功——成功事件，心得		
关系			
生活意义，工作，精神	有哪些事情让我感觉到喜悦？		
	我学到了哪些事情？		

星期一	星期二	星期三
为什么当下的今天是一次机遇？		
今天最重要的任务（60-60-20）		
有哪些我不太喜欢的事情？		
有哪些事情让我心怀感激？		
我学到了哪些事情?	任务（我可以为自己或者其他人带来哪些喜悦？）	

星期四	星期五	星期六
为什么当下的今天是一次机遇？		
今天最重要的任务（60-60-20）		
有哪些我不太喜欢的事情？		
有哪些事情让我心怀感激？		

星期日

我要这样计划自己的下一周：

任务（我可以为自己或者其他人带来哪些喜悦？）

箴言（长期）：

身份	生活意义 / 任务	价值 / 角色 / 信念
长期目标（10 年）	中期目标（2—5 年）	短期目标（1 年）

本周首要工作

如果我明白自己渴望成功，那么本周（今天）我要做什么？

重要节日：

重点（本周）：

<table>
<tr><td>健康</td><td>活动时间安排</td><td>何时（60-60-20）</td><td>目标 / 结果 / 原因</td></tr>
<tr><td></td><td></td><td></td><td></td></tr>
<tr><td>关系</td><td colspan="3">我能够主导什么？</td></tr>
<tr><td></td><td colspan="3"></td></tr>
<tr><td>财经</td><td colspan="3">成功日志：我取得过哪些成功——成功事件，心得</td></tr>
<tr><td></td><td colspan="3" rowspan="3"></td></tr>
<tr><td>关系</td></tr>
<tr><td></td></tr>
<tr><td>生活意义，工作，精神</td><td colspan="3">有哪些事情让我感觉到喜悦？</td></tr>
<tr><td rowspan="3"></td><td colspan="3"></td></tr>
<tr><td colspan="3">我学到了哪些事情？</td></tr>
<tr><td colspan="3"></td></tr>
</table>

星期一	星期二	星期三
为什么当下的今天是一次机遇？		
今天最重要的任务（60-60-20）		
有哪些我不太喜欢的事情？		
有哪些事情让我心怀感激？		
我学到了哪些事情?	任务（我可以为自己或者其他人带来哪些喜悦？）	

星期四	星期五	星期六
为什么当下的今天是一次机遇？		
今天最重要的任务（60-60-20）		
有哪些我不太喜欢的事情？		
有哪些事情让我心怀感激？		
		星期日
		我要这样计划自己的下一周：
任务（我可以为自己或者其他人带来哪些喜悦？）		

箴言（长期）：

身份	生活意义 / 任务	价值 / 角色 / 信念
长期目标（10年）	中期目标（2—5年）	短期目标（1年）

本周首要工作

如果我明白自己渴望成功，那么本周（今天）我要做什么?

重要节日：

重点（本周）：

健康	活动时间安排	何时（60-60-20）	目标/结果/原因
关系	我能够主导什么？		
财经	成功日志：我取得过哪些成功——成功事件，心得		
关系			
生活意义，工作，精神	有哪些事情让我感觉到喜悦？		
	我学到了哪些事情？		

星期一	星期二	星期三
为什么当下的今天是一次机遇？		
今天最重要的任务（60-60-20）		
有哪些我不太喜欢的事情？		
有哪些事情让我心怀感激？		
我学到了哪些事情?	任务（我可以为自己或者其他人带来哪些喜悦？）	

星期四	星期五	星期六
为什么当下的今天是一次机遇？		
今天最重要的任务（60-60-20）		
有哪些我不太喜欢的事情？		
有哪些事情让我心怀感激？		

星期日

我要这样计划自己的下一周：

任务（我可以为自己或者其他人带来哪些喜悦？）

箴言（长期）：

身份	生活意义 / 任务	价值 / 角色 / 信念
长期目标（10 年）	中期目标（2—5 年）	短期目标（1 年）

本周首要工作

如果我明白自己渴望成功，那么本周（今天）我要做什么?

重要节日：

重点（本周）：

健康	活动时间安排	何时（60-60-20）	目标 / 结果 / 原因
关系	我能够主导什么?		
财经	成功日志：我取得过哪些成功——成功事件，心得		
关系			
生活意义，工作，精神	有哪些事情让我感觉到喜悦?		
	我学到了哪些事情?		

星期一	星期二	星期三
为什么当下的今天是一次机遇?		
今天最重要的任务（60-60-20）		
有哪些我不太喜欢的事情?		
有哪些事情让我心怀感激?		
我学到了哪些事情?	任务（我可以为自己或者其他人带来哪些喜悦？）	

星期四	星期五	星期六
为什么当下的今天是一次机遇？		
今天最重要的任务（60-60-20）		
有哪些我不太喜欢的事情？		
有哪些事情让我心怀感激？		

星期日

我要这样计划自己的下一周：

任务（我可以为自己或者其他人带来哪些喜悦？）

月第　　周　　决定人生的人是我自己，而不是其他人

箴言（长期）：

身份	生活意义 / 任务	价值 / 角色 / 信念
长期目标（10 年）	中期目标（2—5 年）	短期目标（1 年）

本周首要工作

如果我明白自己渴望成功，那么本周（今天）我要做什么？

重要节日：

重点（本周）：

健康	活动时间安排	何时（60-60-20）	目标／结果／原因
关系	我能够主导什么？		
财经	成功日志：我取得过哪些成功——成功事件，心得		
关系			
生活意义，工作，精神	有哪些事情让我感觉到喜悦？		
	我学到了哪些事情？		

星期一	星期二	星期三
为什么当下的今天是一次机遇？		
今天最重要的任务（60-60-20）		
有哪些我不太喜欢的事情？		
有哪些事情让我心怀感激？		
我学到了哪些事情?	任务（我可以为自己或者其他人带来哪些喜悦？）	

星期四	星期五	星期六
为什么当下的今天是一次机遇？		
今天最重要的任务（60-60-20）		
有哪些我不太喜欢的事情？		
有哪些事情让我心怀感激？		
		星期日
		我要这样计划自己的下一周：
任务（我可以为自己或者其他人带来哪些喜悦？）		

箴言（长期）：

身份	生活意义 / 任务	价值 / 角色 / 信念
长期目标（10 年）	中期目标（2—5 年）	短期目标（1 年）

本周首要工作

如果我明白自己渴望成功，那么本周（今天）我要做什么？

重要节日：

重点（本周）：

健康	活动时间安排	何时（60-60-20）	目标 / 结果 / 原因

关系	我能够主导什么?
财经	成功日志：我取得过哪些成功——成功事件，心得
关系	
生活意义，工作，精神	有哪些事情让我感觉到喜悦?
	我学到了哪些事情?

星期一	星期二	星期三
为什么当下的今天是一次机遇？		
今天最重要的任务（60-60-20）		
有哪些我不太喜欢的事情？		
有哪些事情让我心怀感激？		
我学到了哪些事情？	任务（我可以为自己或者其他人带来哪些喜悦？）	

星期四	星期五	星期六
为什么当下的今天是一次机遇？		
今天最重要的任务（60-60-20）		
有哪些我不太喜欢的事情？		
有哪些事情让我心怀感激？		

星期日
我要这样计划自己的下一周：

任务（我可以为自己或者其他人带来哪些喜悦？）	

月第　　周　　决定人生的人是我自己，而不是其他人

箴言（长期）：

身份	生活意义 / 任务	价值 / 角色 / 信念
长期目标（10 年）	中期目标（2—5 年）	短期目标（1 年）

本周首要工作

如果我明白自己渴望成功，那么本周（今天）我要做什么？

重要节日：

重点（本周）：

健康	活动时间安排	何时（60-60-20）	目标 / 结果 / 原因

关系	我能够主导什么？
财经	成功日志：我取得过哪些成功——成功事件，心得
关系	
生活意义，工作，精神	有哪些事情让我感觉到喜悦？
	我学到了哪些事情？

星期一	星期二	星期三
为什么当下的今天是一次机遇？		
今天最重要的任务（60-60-20）		
有哪些我不太喜欢的事情？		
有哪些事情让我心怀感激？		
我学到了哪些事情?	任务（我可以为自己或者其他人带来哪些喜悦？）	

星期四	星期五	星期六
为什么当下的今天是一次机遇？		
今天最重要的任务（60-60-20）		
有哪些我不太喜欢的事情？		
有哪些事情让我心怀感激？		

任务（我可以为自己或者其他人带来哪些喜悦？）

星期日

我要这样计划自己的下一周：

箴言（长期）：

身份	生活意义 / 任务	价值 / 角色 / 信念
长期目标（10 年）	中期目标（2—5 年）	短期目标（1 年）

本周首要工作

如果我明白自己渴望成功，那么本周（今天）我要做什么？

重要节日：

重点（本周）：

健康	活动时间安排	何时（60-60-20）	目标 / 结果 / 原因
关系	我能够主导什么？		
财经	成功日志：我取得过哪些成功——成功事件，心得		
关系			
生活意义，工作，精神	有哪些事情让我感觉到喜悦？		
	我学到了哪些事情？		

星期一	星期二	星期三
为什么当下的今天是一次机遇？		
今天最重要的任务（60-60-20）		
有哪些我不太喜欢的事情？		
有哪些事情让我心怀感激？		
我学到了哪些事情？	任务（我可以为自己或者其他人带来哪些喜悦？）	

星期四	星期五	星期六
为什么当下的今天是一次机遇？		
今天最重要的任务（60-60-20）		
有哪些我不太喜欢的事情？		
有哪些事情让我心怀感激？		
		星期日
		我要这样计划自己的下一周：
任务（我可以为自己或者其他人带来哪些喜悦？）		

月第　　周　　　　决定人生的人是我自己，而不是其他人

箴言（长期）：

身份	生活意义 / 任务	价值 / 角色 / 信念
长期目标（10 年）	中期目标（2—5 年）	短期目标（1 年）

本周首要工作

如果我明白自己渴望成功，那么本周（今天）我要做什么？

重要节日：

重点（本周）：

健康	活动时间安排	何时（60-60-20）	目标 / 结果 / 原因
关系	我能够主导什么?		
财经	成功日志：我取得过哪些成功——成功事件，心得		
关系			
生活意义，工作，精神	有哪些事情让我感觉到喜悦?		
	我学到了哪些事情?		

星期一	星期二	星期三
为什么当下的今天是一次机遇？		
今天最重要的任务（60-60-20）		
有哪些我不太喜欢的事情？		
有哪些事情让我心怀感激？		
我学到了哪些事情？	任务（我可以为自己或者其他人带来哪些喜悦？）	

星期四	星期五	星期六
为什么当下的今天是一次机遇？		
今天最重要的任务（60-60-20）		
有哪些我不太喜欢的事情？		
有哪些事情让我心怀感激？		
		星期日
		我要这样计划自己的下一周：
任务（我可以为自己或者其他人带来哪些喜悦？）		

箴言（长期）：

身份	生活意义 / 任务	价值 / 角色 / 信念
长期目标（10年）	中期目标（2—5年）	短期目标（1年）

本周首要工作

如果我明白自己渴望成功，那么本周（今天）我要做什么？

重要节日：

重点（本周）：

健康	活动时间安排	何时（60-60-20）	目标 / 结果 / 原因
关系	我能够主导什么?		
财经	成功日志：我取得过哪些成功——成功事件，心得		
关系			
生活意义，工作，精神	有哪些事情让我感觉到喜悦?		
	我学到了哪些事情?		

星期一	星期二	星期三
为什么当下的今天是一次机遇?		
今天最重要的任务（60-60-20）		
有哪些我不太喜欢的事情?		
有哪些事情让我心怀感激?		
我学到了哪些事情?	任务（我可以为自己或者其他人带来哪些喜悦? ）	

星期四	星期五	星期六
为什么当下的今天是一次机遇？		
今天最重要的任务（60-60-20）		
有哪些我不太喜欢的事情？		
有哪些事情让我心怀感激？		

星期日

我要这样计划自己的下一周：

任务（我可以为自己或者其他人带来哪些喜悦？）

月第　　周　　决定人生的人是我自己，而不是其他人

箴言（长期）：

身份	生活意义 / 任务	价值 / 角色 / 信念
长期目标（10 年）	中期目标（2—5 年）	短期目标（1 年）

本周首要工作

如果我明白自己渴望成功，那么本周（今天）我要做什么？

重要节日：

重点（本周）：

健康	活动时间安排	何时（60-60-20）	目标 / 结果 / 原因
关系	我能够主导什么？		
财经	成功日志：我取得过哪些成功——成功事件，心得		
关系			
生活意义，工作，精神	有哪些事情让我感觉到喜悦？		
	我学到了哪些事情？		

星期一	星期二	星期三
为什么当下的今天是一次机遇？		
今天最重要的任务（60-60-20）		
有哪些我不太喜欢的事情？		
有哪些事情让我心怀感激？		
我学到了哪些事情?	任务（我可以为自己或者其他人带来哪些喜悦？）	

星期四	星期五	星期六
为什么当下的今天是一次机遇？		
今天最重要的任务（60-60-20）		
有哪些我不太喜欢的事情？		
有哪些事情让我心怀感激？		

星期日

我要这样计划自己的下一周：

任务（我可以为自己或者其他人带来哪些喜悦？）

箴言（长期）：

身份	生活意义 / 任务	价值 / 角色 / 信念
长期目标（10年）	中期目标（2—5年）	短期目标（1年）

本周首要工作

如果我明白自己渴望成功，那么本周（今天）我要做什么？

重要节日：

重点（本周）：

健康	活动时间安排	何时（60-60-20）	目标 / 结果 / 原因

关系	我能够主导什么？
财经	成功日志：我取得过哪些成功——成功事件，心得
关系	
生活意义，工作，精神	有哪些事情让我感觉到喜悦？
	我学到了哪些事情？

<table>
<tr><th>星期一</th><th>星期二</th><th>星期三</th></tr>
<tr><td colspan="3">为什么当下的今天是一次机遇?</td></tr>
<tr><td></td><td></td><td></td></tr>
<tr><td colspan="3">今天最重要的任务（60-60-20）</td></tr>
<tr><td></td><td></td><td></td></tr>
<tr><td colspan="3">有哪些我不太喜欢的事情?</td></tr>
<tr><td></td><td></td><td></td></tr>
<tr><td colspan="3">有哪些事情让我心怀感激?</td></tr>
<tr><td></td><td></td><td></td></tr>
<tr><td></td><td></td><td></td></tr>
<tr><td>我学到了哪些事情?</td><td colspan="2">任务（我可以为自己或者其他人带来哪些喜悦？）</td></tr>
<tr><td></td><td></td><td></td></tr>
</table>

星期四	星期五	星期六
为什么当下的今天是一次机遇？		
今天最重要的任务（60-60-20）		
有哪些我不太喜欢的事情？		
有哪些事情让我心怀感激？		
		星期日
		我要这样计划自己的下一周：
任务（我可以为自己或者其他人带来哪些喜悦？）		

月第　　　周　　　　决定人生的人是我自己，而不是其他人

箴言（长期）：

身份	生活意义 / 任务	价值 / 角色 / 信念
长期目标（10年）	中期目标（2—5年）	短期目标（1年）

本周首要工作

如果我明白自己渴望成功，那么本周（今天）我要做什么？

重要节日：

重点（本周）：

健康	活动时间安排	何时（60-60-20）	目标/结果/原因
关系	我能够主导什么？		
财经	成功日志：我取得过哪些成功——成功事件，心得		
关系			
生活意义，工作，精神	有哪些事情让我感觉到喜悦？		
	我学到了哪些事情？		

星期一	星期二	星期三
为什么当下的今天是一次机遇?		
今天最重要的任务(60-60-20)		
有哪些我不太喜欢的事情?		
有哪些事情让我心怀感激?		
我学到了哪些事情?	任务(我可以为自己或者其他人带来哪些喜悦?)	

星期四	星期五	星期六
为什么当下的今天是一次机遇？		
今天最重要的任务（60-60-20）		
有哪些我不太喜欢的事情？		
有哪些事情让我心怀感激？		
		星期日
		我要这样计划自己的下一周：
任务（我可以为自己或者其他人带来哪些喜悦？）		

箴言（长期）：

身份	生活意义 / 任务	价值 / 角色 / 信念
长期目标（10 年）	中期目标（2—5 年）	短期目标（1 年）

本周首要工作

如果我明白自己渴望成功，那么本周（今天）我要做什么？

重要节日：

重点（本周）：

健康	活动时间安排	何时（60-60-20）	目标 / 结果 / 原因

关系

我能够主导什么？

财经

成功日志：我取得过哪些成功——成功事件，心得

关系

生活意义，工作，精神

有哪些事情让我感觉到喜悦？

我学到了哪些事情？

星期一	星期二	星期三
为什么当下的今天是一次机遇?		
今天最重要的任务（60-60-20）		
有哪些我不太喜欢的事情?		
有哪些事情让我心怀感激?		
我学到了哪些事情?	任务（我可以为自己或者其他人带来哪些喜悦?）	

星期四	星期五	星期六
为什么当下的今天是一次机遇？		
今天最重要的任务（60-60-20）		
有哪些我不太喜欢的事情？		
有哪些事情让我心怀感激？		
		星期日
		我要这样计划自己的下一周：
任务（我可以为自己或者其他人带来哪些喜悦？）		

箴言（长期）：

身份	生活意义 / 任务	价值 / 角色 / 信念
长期目标（10 年）	中期目标（2—5 年）	短期目标（1 年）

本周首要工作

如果我明白自己渴望成功，那么本周（今天）我要做什么？

重要节日：

重点（本周）：

健康	活动时间安排	何时（60-60-20）	目标 / 结果 / 原因
关系	我能够主导什么？		
财经	成功日志：我取得过哪些成功——成功事件，心得		
关系			
生活意义，工作，精神	有哪些事情让我感觉到喜悦？		
	我学到了哪些事情？		

星期一	星期二	星期三
为什么当下的今天是一次机遇？		
今天最重要的任务（60-60-20）		
有哪些我不太喜欢的事情？		
有哪些事情让我心怀感激？		
我学到了哪些事情?	任务（我可以为自己或者其他人带来哪些喜悦？）	

星期四	星期五	星期六
为什么当下的今天是一次机遇？		
今天最重要的任务（60-60-20）		
有哪些我不太喜欢的事情？		
有哪些事情让我心怀感激？		
		星期日
		我要这样计划自己的下一周：
任务（我可以为自己或者其他人带来哪些喜悦？）		

箴言（长期）：

身份	生活意义 / 任务	价值 / 角色 / 信念
长期目标（10 年）	中期目标（2—5 年）	短期目标（1 年）

本周首要工作

如果我明白自己渴望成功，那么本周（今天）我要做什么？

重要节日：

重点（本周）：

健康	活动时间安排	何时（60-60-20）	目标 / 结果 / 原因

关系	我能够主导什么？
财经	成功日志：我取得过哪些成功——成功事件，心得
关系	
生活意义，工作，精神	有哪些事情让我感觉到喜悦？
	我学到了哪些事情？

星期一	星期二	星期三
为什么当下的今天是一次机遇？		
今天最重要的任务（60-60-20）		
有哪些我不太喜欢的事情？		
有哪些事情让我心怀感激？		
我学到了哪些事情?	任务（我可以为自己或者其他人带来哪些喜悦？）	

星期四	星期五	星期六
为什么当下的今天是一次机遇？		
今天最重要的任务（60-60-20）		
有哪些我不太喜欢的事情？		
有哪些事情让我心怀感激？		
		星期日
		我要这样计划自己的下一周：
任务（我可以为自己或者其他人带来哪些喜悦？）		

月第　　周　　　　决定人生的人是我自己，而不是其他人

箴言（长期）：

身份	生活意义 / 任务	价值 / 角色 / 信念
长期目标（10 年）	中期目标（2—5 年）	短期目标（1 年）

本周首要工作
如果我明白自己渴望成功，那么本周（今天）我要做什么？

重要节日：

重点（本周）：

健康	活动时间安排	何时（60-60-20）	目标 / 结果 / 原因

关系	我能够主导什么？
财经	成功日志：我取得过哪些成功——成功事件，心得
关系	
生活意义，工作，精神	有哪些事情让我感觉到喜悦？
	我学到了哪些事情？

星期一	星期二	星期三
为什么当下的今天是一次机遇？		
今天最重要的任务（60-60-20）		
有哪些我不太喜欢的事情？		
有哪些事情让我心怀感激？		
我学到了哪些事情?	任务（我可以为自己或者其他人带来哪些喜悦？）	

星期四	星期五	星期六
为什么当下的今天是一次机遇？		
今天最重要的任务（60-60-20）		
有哪些我不太喜欢的事情？		
有哪些事情让我心怀感激？		

星期日

我要这样计划自己的下一周：

任务（我可以为自己或者其他人带来哪些喜悦？）

月第　　周　　决定人生的人是我自己，而不是其他人

箴言（长期）：

身份	生活意义 / 任务	价值 / 角色 / 信念
长期目标（10 年）	中期目标（2—5 年）	短期目标（1 年）

本周首要工作

如果我明白自己渴望成功，那么本周（今天）我要做什么？

重要节日：

重点（本周）：

健康	活动时间安排	何时（60-60-20）	目标 / 结果 / 原因
关系	我能够主导什么？		
财经	成功日志：我取得过哪些成功——成功事件，心得		
关系			
生活意义，工作，精神	有哪些事情让我感觉到喜悦？		
	我学到了哪些事情？		

星期一	星期二	星期三
为什么当下的今天是一次机遇?		
今天最重要的任务（60-60-20）		
有哪些我不太喜欢的事情?		
有哪些事情让我心怀感激?		
我学到了哪些事情?	任务（我可以为自己或者其他人带来哪些喜悦?）	

星期四	星期五	星期六
为什么当下的今天是一次机遇？		
今天最重要的任务（60-60-20）		
有哪些我不太喜欢的事情？		
有哪些事情让我心怀感激？		

星期日

我要这样计划自己的下一周：

任务（我可以为自己或者其他人带来哪些喜悦？）

箴言（长期）：

身份	生活意义 / 任务	价值 / 角色 / 信念
长期目标（10 年）	中期目标（2—5 年）	短期目标（1 年）

本周首要工作

如果我明白自己渴望成功，那么本周（今天）我要做什么？

重要节日：

重点（本周）：

健康	活动时间安排	何时（60-60-20）	目标 / 结果 / 原因

关系	我能够主导什么？
财经	成功日志：我取得过哪些成功——成功事件，心得
关系	
生活意义，工作，精神	有哪些事情让我感觉到喜悦？
	我学到了哪些事情？

星期一	星期二	星期三
为什么当下的今天是一次机遇？		
今天最重要的任务（60-60-20）		
有哪些我不太喜欢的事情？		
有哪些事情让我心怀感激？		
我学到了哪些事情？	任务（我可以为自己或者其他人带来哪些喜悦？）	

星期四	星期五	星期六
为什么当下的今天是一次机遇？		
今天最重要的任务（60-60-20）		
有哪些我不太喜欢的事情？		
有哪些事情让我心怀感激？		
		星期日
		我要这样计划自己的下一周：
任务（我可以为自己或者其他人带来哪些喜悦？）		

月第　　周　　决定人生的人是我自己，而不是其他人

箴言（长期）：

身份	生活意义 / 任务	价值 / 角色 / 信念
长期目标（10年）	中期目标（2—5年）	短期目标（1年）

本周首要工作

如果我明白自己渴望成功，那么本周（今天）我要做什么?

重要节日：

重点（本周）：

<table>
<tr><th>健康</th><th>活动时间安排</th><th>何时（60-60-20）</th><th>目标 / 结果 / 原因</th></tr>
<tr><td></td><td></td><td></td><td></td></tr>
<tr><th>关系</th><th colspan="3">我能够主导什么？</th></tr>
<tr><td></td><td colspan="3"></td></tr>
<tr><th>财经</th><th colspan="3">成功日志：我取得过哪些成功——成功事件，心得</th></tr>
<tr><td></td><td colspan="3" rowspan="3"></td></tr>
<tr><th>关系</th></tr>
<tr><td></td></tr>
<tr><th>生活意义，工作，精神</th><th colspan="3">有哪些事情让我感觉到喜悦？</th></tr>
<tr><td rowspan="3"></td><td colspan="3"></td></tr>
<tr><th colspan="3">我学到了哪些事情？</th></tr>
<tr><td colspan="3"></td></tr>
</table>

星期一	星期二	星期三
为什么当下的今天是一次机遇？		
今天最重要的任务（60-60-20）		
有哪些我不太喜欢的事情？		
有哪些事情让我心怀感激？		
我学到了哪些事情？	任务（我可以为自己或者其他人带来哪些喜悦？）	

星期四	星期五	星期六
为什么当下的今天是一次机遇？		
今天最重要的任务（60-60-20）		
有哪些我不太喜欢的事情？		
有哪些事情让我心怀感激？		
		星期日
		我要这样计划自己的下一周：
任务（我可以为自己或者其他人带来哪些喜悦？）		

箴言（长期）：

身份	生活意义 / 任务	价值 / 角色 / 信念
长期目标（10 年）	中期目标（2—5 年）	短期目标（1 年）

本周首要工作

如果我明白自己渴望成功，那么本周（今天）我要做什么？

重要节日：

重点（本周）：

健康	活动时间安排	何时（60-60-20）	目标/结果/原因
关系	我能够主导什么？		
财经	成功日志：我取得过哪些成功——成功事件，心得		
关系			
生活意义，工作，精神	有哪些事情让我感觉到喜悦？		
	我学到了哪些事情？		

星期一	星期二	星期三
为什么当下的今天是一次机遇？		
今天最重要的任务（60-60-20）		
有哪些我不太喜欢的事情？		
有哪些事情让我心怀感激？		
我学到了哪些事情?	任务（我可以为自己或者其他人带来哪些喜悦？）	

星期四	星期五	星期六
为什么当下的今天是一次机遇？		
今天最重要的任务（60-60-20）		
有哪些我不太喜欢的事情？		
有哪些事情让我心怀感激？		

星期日

我要这样计划自己的下一周：

任务（我可以为自己或者其他人带来哪些喜悦？）

箴言（长期）：

身份	生活意义 / 任务	价值 / 角色 / 信念
长期目标（10 年）	中期目标（2—5 年）	短期目标（1 年）

本周首要工作

如果我明白自己渴望成功，那么本周（今天）我要做什么？

重要节日：

重点（本周）：

健康	活动时间安排	何时（60-60-20）	目标 / 结果 / 原因
关系	我能够主导什么?		
财经	成功日志：我取得过哪些成功——成功事件，心得		
关系			
生活意义，工作，精神	有哪些事情让我感觉到喜悦?		
	我学到了哪些事情?		

星期一	星期二	星期三
为什么当下的今天是一次机遇？		
今天最重要的任务（60-60-20）		
有哪些我不太喜欢的事情？		
有哪些事情让我心怀感激？		
我学到了哪些事情?	任务（我可以为自己或者其他人带来哪些喜悦？）	

星期四	星期五	星期六
为什么当下的今天是一次机遇？		
今天最重要的任务（60-60-20）		
有哪些我不太喜欢的事情？		
有哪些事情让我心怀感激？		

星期日

我要这样计划自己的下一周：

任务（我可以为自己或者其他人带来哪些喜悦？）	

月第　　周　　决定人生的人是我自己，而不是其他人

箴言（长期）：

身份	生活意义 / 任务	价值 / 角色 / 信念
长期目标（10 年）	中期目标（2—5 年）	短期目标（1 年）

本周首要工作

如果我明白自己渴望成功，那么本周（今天）我要做什么？

重要节日：

重点（本周）：

<table>
<tr><td>健康</td><td>活动时间安排</td><td>何时（60-60-20）</td><td>目标 / 结果 / 原因</td></tr>
<tr><td></td><td></td><td></td><td></td></tr>
<tr><td>关系</td><td colspan="3">我能够主导什么?</td></tr>
<tr><td></td><td colspan="3"></td></tr>
<tr><td>财经</td><td colspan="3">成功日志：我取得过哪些成功——成功事件，心得</td></tr>
<tr><td></td><td colspan="3" rowspan="3"></td></tr>
<tr><td>关系</td></tr>
<tr><td></td></tr>
<tr><td>生活意义，工作，精神</td><td colspan="3">有哪些事情让我感觉到喜悦?</td></tr>
<tr><td rowspan="3"></td><td colspan="3"></td></tr>
<tr><td colspan="3">我学到了哪些事情?</td></tr>
<tr><td colspan="3"></td></tr>
</table>

星期一	星期二	星期三
为什么当下的今天是一次机遇？		
今天最重要的任务（60-60-20）		
有哪些我不太喜欢的事情？		
有哪些事情让我心怀感激？		
我学到了哪些事情？	任务（我可以为自己或者其他人带来哪些喜悦？）	

星期四	星期五	星期六
为什么当下的今天是一次机遇？		
今天最重要的任务（60-60-20）		
有哪些我不太喜欢的事情？		
有哪些事情让我心怀感激？		

星期日

我要这样计划自己的下一周：

任务（我可以为自己或者其他人带来哪些喜悦？）

月第　　周　　决定人生的人是我自己，而不是其他人

箴言（长期）：

身份	生活意义 / 任务	价值 / 角色 / 信念
长期目标（10 年）	中期目标（2—5 年）	短期目标（1 年）

本周首要工作

如果我明白自己渴望成功，那么本周（今天）我要做什么？

重要节日：

重点（本周）：

<table>
<tr><td>健康</td><td>活动时间安排</td><td>何时（60-60-20）</td><td>目标/结果/原因</td></tr>
<tr><td></td><td></td><td></td><td></td></tr>
<tr><td>关系</td><td colspan="3">我能够主导什么?</td></tr>
<tr><td></td><td colspan="3"></td></tr>
<tr><td>财经</td><td colspan="3">成功日志：我取得过哪些成功——成功事件，心得</td></tr>
<tr><td></td><td colspan="3" rowspan="3"></td></tr>
<tr><td>关系</td></tr>
<tr><td></td></tr>
<tr><td>生活意义，工作，精神</td><td colspan="3">有哪些事情让我感觉到喜悦?</td></tr>
<tr><td rowspan="3"></td><td colspan="3"></td></tr>
<tr><td colspan="3">我学到了哪些事情?</td></tr>
<tr><td colspan="3"></td></tr>
</table>

星期一	星期二	星期三
为什么当下的今天是一次机遇？		
今天最重要的任务（60-60-20）		
有哪些我不太喜欢的事情？		
有哪些事情让我心怀感激？		
我学到了哪些事情?	任务（我可以为自己或者其他人带来哪些喜悦？）	

星期四	星期五	星期六
为什么当下的今天是一次机遇？		
今天最重要的任务（60-60-20）		
有哪些我不太喜欢的事情？		
有哪些事情让我心怀感激？		
		星期日
		我要这样计划自己的下一周：
任务（我可以为自己或者其他人带来哪些喜悦？）		

月第　　周　　决定人生的人是我自己，而不是其他人

箴言（长期）：

身份	生活意义 / 任务	价值 / 角色 / 信念
长期目标（10 年）	中期目标（2—5 年）	短期目标（1 年）

本周首要工作

如果我明白自己渴望成功，那么本周（今天）我要做什么？

重要节日：

重点（本周）：

健康	活动时间安排	何时（60-60-20）	目标 / 结果 / 原因
关系	我能够主导什么？		
财经	成功日志：我取得过哪些成功——成功事件，心得		
关系			
生活意义，工作，精神	有哪些事情让我感觉到喜悦？		
	我学到了哪些事情？		

星期一	星期二	星期三
为什么当下的今天是一次机遇？		
今天最重要的任务（60-60-20）		
有哪些我不太喜欢的事情？		
有哪些事情让我心怀感激？		
我学到了哪些事情?	任务（我可以为自己或者其他人带来哪些喜悦？）	

星期四	星期五	星期六
为什么当下的今天是一次机遇？		
今天最重要的任务（60-60-20）		
有哪些我不太喜欢的事情？		
有哪些事情让我心怀感激？		

星期日

我要这样计划自己的下一周：

任务（我可以为自己或者其他人带来哪些喜悦？）

箴言（长期）：

身份	生活意义 / 任务	价值 / 角色 / 信念
长期目标（10 年）	中期目标（2—5 年）	短期目标（1 年）

本周首要工作

如果我明白自己渴望成功，那么本周（今天）我要做什么？

重要节日：

重点（本周）：

健康	活动时间安排	何时（60-60-20）	目标 / 结果 / 原因
关系	我能够主导什么？		
财经	成功日志：我取得过哪些成功——成功事件，心得		
关系			
生活意义，工作，精神	有哪些事情让我感觉到喜悦？		
	我学到了哪些事情？		

星期一	星期二	星期三
为什么当下的今天是一次机遇?		
今天最重要的任务（60-60-20）		
有哪些我不太喜欢的事情?		
有哪些事情让我心怀感激?		
我学到了哪些事情?	任务（我可以为自己或者其他人带来哪些喜悦? ）	

星期四	星期五	星期六
为什么当下的今天是一次机遇？		
今天最重要的任务（60-60-20）		
有哪些我不太喜欢的事情？		
有哪些事情让我心怀感激？		
		星期日
		我要这样计划自己的下一周：
任务（我可以为自己或者其他人带来哪些喜悦？）		

月第　　周　　　　决定人生的人是我自己，而不是其他人

箴言（长期）：

身份	生活意义 / 任务	价值 / 角色 / 信念

长期目标（10 年）	中期目标（2—5 年）	短期目标（1 年）

本周首要工作

如果我明白自己渴望成功，那么本周（今天）我要做什么？

重要节日：

重点（本周）：

<table>
<tr><td>健康</td><td>活动时间安排</td><td>何时（60-60-20）</td><td>目标 / 结果 / 原因</td></tr>
<tr><td></td><td></td><td></td><td></td></tr>
<tr><td>关系</td><td colspan="3">我能够主导什么?</td></tr>
<tr><td></td><td colspan="3" rowspan="1"></td></tr>
<tr><td>财经</td><td colspan="3">成功日志：我取得过哪些成功——成功事件，心得</td></tr>
<tr><td></td><td colspan="3" rowspan="3"></td></tr>
<tr><td>关系</td></tr>
<tr><td></td></tr>
<tr><td>生活意义，工作，精神</td><td colspan="3">有哪些事情让我感觉到喜悦?</td></tr>
<tr><td rowspan="3"></td><td colspan="3"></td></tr>
<tr><td colspan="3">我学到了哪些事情?</td></tr>
<tr><td colspan="3"></td></tr>
</table>

星期一	星期二	星期三
为什么当下的今天是一次机遇?		
今天最重要的任务（60-60-20）		
有哪些我不太喜欢的事情?		
有哪些事情让我心怀感激?		
我学到了哪些事情?	任务（我可以为自己或者其他人带来哪些喜悦?）	

星期四	星期五	星期六
为什么当下的今天是一次机遇？		
今天最重要的任务（60-60-20）		
有哪些我不太喜欢的事情？		
有哪些事情让我心怀感激？		
		星期日
		我要这样计划自己的下一周：
任务（我可以为自己或者其他人带来哪些喜悦？）		

箴言（长期）：

身份	生活意义 / 任务	价值 / 角色 / 信念
长期目标（10 年）	中期目标（2—5 年）	短期目标（1 年）

本周首要工作

如果我明白自己渴望成功，那么本周（今天）我要做什么?

重要节日：

重点（本周）：

健康	活动时间安排	何时（60-60-20）	目标 / 结果 / 原因
关系	我能够主导什么？		
财经	成功日志：我取得过哪些成功——成功事件，心得		
关系			
生活意义，工作，精神	有哪些事情让我感觉到喜悦？		
	我学到了哪些事情？		

星期一	星期二	星期三
为什么当下的今天是一次机遇？		
今天最重要的任务（60-60-20）		
有哪些我不太喜欢的事情？		
有哪些事情让我心怀感激？		
我学到了哪些事情？	任务（我可以为自己或者其他人带来哪些喜悦？）	

星期四	星期五	星期六
为什么当下的今天是一次机遇？		
今天最重要的任务（60-60-20）		
有哪些我不太喜欢的事情？		
有哪些事情让我心怀感激？		

星期日

我要这样计划自己的下一周：

任务（我可以为自己或者其他人带来哪些喜悦？）

箴言（长期）：

身份	生活意义 / 任务	价值 / 角色 / 信念
长期目标（10 年）	中期目标（2—5 年）	短期目标（1 年）

本周首要工作

如果我明白自己渴望成功，那么本周（今天）我要做什么？

重要节日：

重点（本周）：

健康	活动时间安排	何时（60-60-20）	目标 / 结果 / 原因
关系	我能够主导什么?		
财经	成功日志：我取得过哪些成功——成功事件，心得		
关系			
生活意义，工作，精神	有哪些事情让我感觉到喜悦?		
	我学到了哪些事情?		

星期一	星期二	星期三
为什么当下的今天是一次机遇？		
今天最重要的任务（60-60-20）		
有哪些我不太喜欢的事情？		
有哪些事情让我心怀感激？		
我学到了哪些事情？	任务（我可以为自己或者其他人带来哪些喜悦？）	

星期四	星期五	星期六
为什么当下的今天是一次机遇？		
今天最重要的任务（60-60-20）		
有哪些我不太喜欢的事情？		
有哪些事情让我心怀感激？		
		星期日
		我要这样计划自己的下一周：
任务（我可以为自己或者其他人带来哪些喜悦？）		

月第　　周　　决定人生的人是我自己，而不是其他人

箴言（长期）：

身份	生活意义 / 任务	价值 / 角色 / 信念
长期目标（10年）	中期目标（2—5年）	短期目标（1年）

本周首要工作

如果我明白自己渴望成功，那么本周（今天）我要做什么?

重要节日：

重点（本周）：

健康	活动时间安排	何时（60-60-20）	目标 / 结果 / 原因
关系	我能够主导什么？		
财经	成功日志：我取得过哪些成功——成功事件，心得		
关系			
生活意义，工作，精神	有哪些事情让我感觉到喜悦？		
	我学到了哪些事情？		

星期一	星期二	星期三
为什么当下的今天是一次机遇？		
今天最重要的任务（60-60-20）		
有哪些我不太喜欢的事情？		
有哪些事情让我心怀感激？		
我学到了哪些事情？	任务（我可以为自己或者其他人带来哪些喜悦？）	

星期四	星期五	星期六
为什么当下的今天是一次机遇？		
今天最重要的任务（60-60-20）		
有哪些我不太喜欢的事情？		
有哪些事情让我心怀感激？		
		星期日
		我要这样计划自己的下一周：
任务（我可以为自己或者其他人带来哪些喜悦？）		

箴言（长期）：

身份	生活意义 / 任务	价值 / 角色 / 信念
长期目标（10 年）	中期目标（2—5 年）	短期目标（1 年）

本周首要工作

如果我明白自己渴望成功，那么本周（今天）我要做什么？

重要节日：

重点（本周）：

健康	活动时间安排	何时（60-60-20）	目标 / 结果 / 原因
关系	我能够主导什么？		
财经	成功日志：我取得过哪些成功——成功事件，心得		
关系			
生活意义，工作，精神	有哪些事情让我感觉到喜悦？		
	我学到了哪些事情？		

星期一	星期二	星期三
为什么当下的今天是一次机遇？		
今天最重要的任务（60-60-20）		
有哪些我不太喜欢的事情？		
有哪些事情让我心怀感激？		
我学到了哪些事情?	任务（我可以为自己或者其他人带来哪些喜悦？）	

星期四	星期五	星期六
为什么当下的今天是一次机遇？		
今天最重要的任务（60-60-20）		
有哪些我不太喜欢的事情？		
有哪些事情让我心怀感激？		
		星期日
		我要这样计划自己的下一周：
任务（我可以为自己或者其他人带来哪些喜悦？）		

借项 / 应收账款

□

□

□

归还款项 / 支付款项

□

□

□

想法日志

重点金句

□

□

□

项目

□

□

□

我的梦想相册

我的财务状况

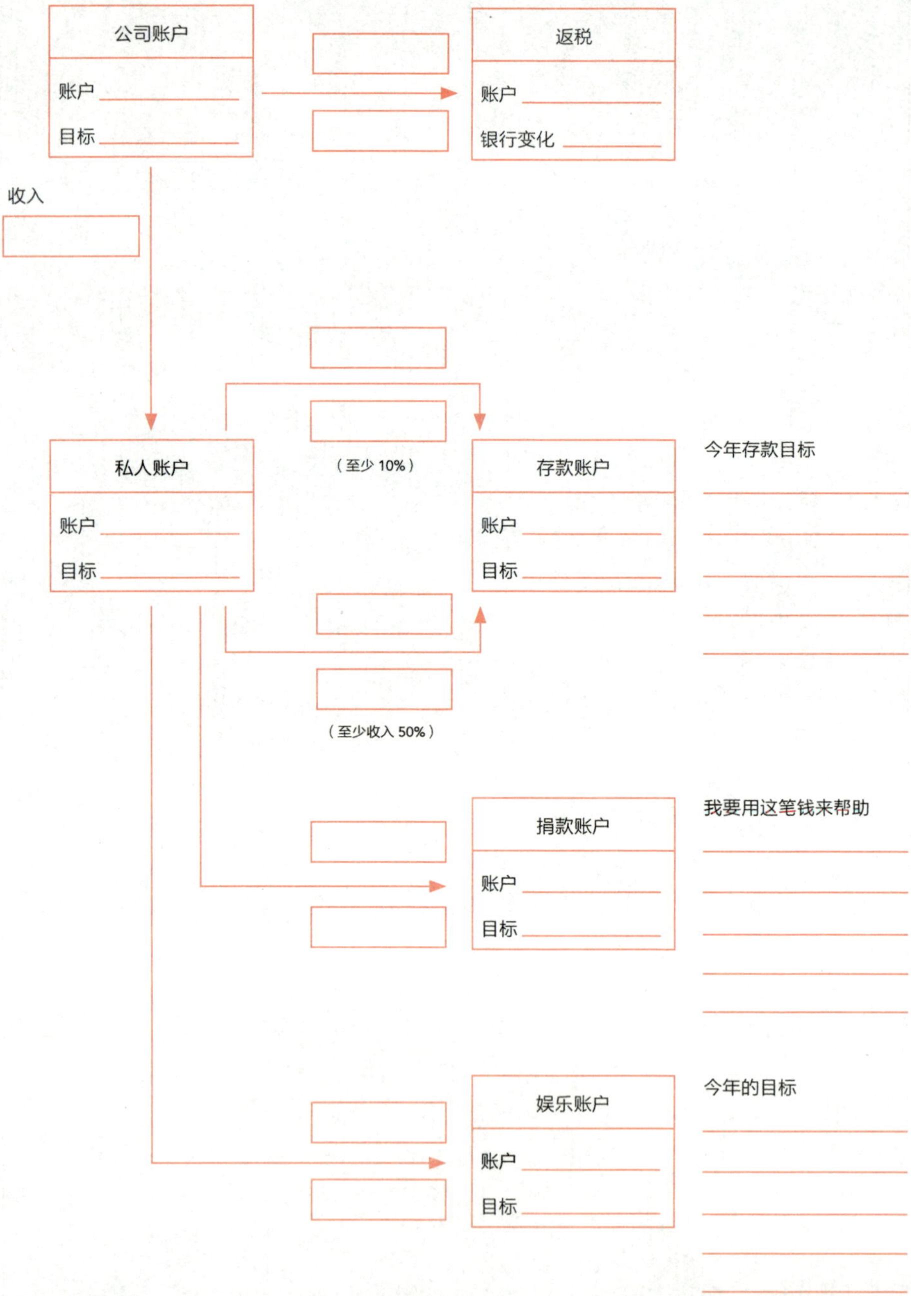
公司账户
账户
目标
返税
账户
银行变化
收入
私人账户
账户
目标
（至少 10%）
存款账户
账户
目标
今年存款目标
（至少收入 50%）
捐款账户
账户
目标
我要用这笔钱来帮助
娱乐账户
账户
目标
今年的目标

关于我的资产的有趣观察

资产	风险因素	上一年情况	最高行情	最低行情	今日行情（日期）

月度或季度观课笔记

时间点 计划			

来自博多·舍费尔的贴士

如何规划你的一周

- 先投入力气解决重大事件。
- 如果你做周计划，那么重大事件相当于将 B 类活动翻倍，需要你首先进行计划。
- 有些活动，你是不能给出确定时间的。
- 这件事真的很重要吗?
- 请你始终预留出机动时间。
- 请你抽出时间应对突发情况。

如何计划你的一天

- 请你回顾之前的一天——请你看一看指南——请你就机遇方面进行思考。
- 请你在计划页上方回答你关于这一天的问题。
- 请你记录下活动。
- 请你确定首要工作。
- 现在，请你将每一项任务记录在每日计划中。（如果你做一周的计划，那么首先记录重大事件——B 类活动。如果你做一天的计划，请你首先将 A 类活动列入空闲区域。）
- 请你给日程设置开始和结束的时间。
- 进行分析评定。

评价以及回顾一周的清单

- 请你始终最先记录下一周想安排日程的日期。
- 我已经实现了哪些目标?
- 我遇到了哪些挑战?
- 我如何驾驭了这些挑战?
- 我是否已经实现了生活方面五年之内的目标？
- 现阶段，当我进行计划时，我是否能够更好地利用时间进行决策?
- 有哪些目标我没有实现？为什么?
- 在接下来的一周，有哪些未完成的目标需要我继续完成?
- 我进行了主动行动，还是被动做出了反应?
- 我学到了什么?
- 我是否做到了不断学习和发展？
- 我最近一次独自完成了哪些事?
- 我在过去的一周中彻底学到了什么?
- 我是否践行了自己的生命意义?
- 我是否将自己定义为专家，或者说，我是否研究了自我定位的策略。

财务自由之路上最重要的驿站

1. 请你坚定目标。请你确定自己想要的生活状态，确定为达到这样的生活状态需要的金钱。你需要承担责任：能否实现你的目标，一切的一切都取决于你自己。
2. 请你想清楚，关于金钱，你坚信哪些信条？请你用有用的替换掉一切阻碍你发展的信条。只有追随着肯定财富的信条，你才能够“神奇地”吸引到金钱。
3. 请你“训练”自己处理金钱。请你始终随身携带 500 欧元，并把现金放在保险柜中。为了得到视觉上的快感，你要时不时地打开保险柜看看这些现金。
4. 请你通过建立自信以及为完成任务合理付出的方式提高你的收入。请你记录一个成功日志，以此来记录你付出的努力。还有更快的方式：你可以额外将自己定位成专家，并为自己找一位教练。只有达到上面两个基础条件，从而使你的收入达到爆炸式增长，你才能够获得七年之内的第一个一百万。
5. 请你避免任何形式的消费债。如果你有这方面债务，那么请遵循“50/50 原则”：请你最多拿出每个月收入剩余中 50% 的部分，也就是说不是生活必需的部分，来偿还你的负债。请你始终尽可能选择最少的偿还率。
6. 请你至少节省下净收入的 10%（对于想快速实现财务方面成功的人，至少要 25%）。请你额外再建立一个存钱账户，借助三账户模式建立一个系统，以此来“强迫”自己省钱，并以此得到乐趣。每次加薪，也请你从增加的薪水中额外再节省 50%。
7. 请将你的钱按照《轻轻松松变富翁》书中写到的六项风险进行定级。为此，你要考虑到你的目标，你的财富状况，你的投资风格以及财富前景。请你将用于增值的那一部分金钱投资到无形资产中（股票及股票基金）。
8. 请你对于投资进行全面规划，形成计划（比如说，借助前面提到的书籍），然后推进。把自己和情感分开，或者说将你的情感和金钱划清界限。你要为自己找一个好的财富咨询师。
9. 请你定期捐赠一定数量金额的钱财。随着你财富的增长，你对他人的责任也有所增长。只有这样，你才能够真正享受到金钱带来的乐趣。

风险分配

最佳的投资策略并非取决于你的目标和财产状况，而是取决于你对于风险的预期。为此，博多·舍费尔总结了四种投资风格（请参见图书《轻轻松松变富翁》）：

投资风格 A：你对于安全感有着十分强烈的需求。你的谨慎也许使你在生活中规避了许多风险以及低级错误。而作为投资者，你也是趋向于有保障的投资。

投资风格 B：作为一个普通人以及投资者，你从根本上看是相对保守的。你宁愿不去冒险。你将投资重点放在更加稳健的产品，比如说储蓄存款、人寿保险、公积金存款及养老金。但是你已经准备好拿出资产的一小部分购买保守的股票及股票基金进行投资。

投资风格 C：冒险是你生活的一部分，这不是说你有着不必需的鲁莽。作为投资者，你能够很好地将保守理财和积极投资相结合。对于你来说，你可以平衡地划分有形资产投资以及货币资产投资。

投资风格 D：你热爱风险。对于你来说没有绝对的安全感，只有机遇。你拒绝承认顾问给予你关于害怕的建议。作为投资者，你想取的尽可能高的收益，并且为此下意识地参与风险投资。

下面，你会看到不同投资风格对于风险分配的建议。

针对投资风格 A 的风险分配建议

投资形式	财产状况		
	财务保护（第一阶段）	财务安全（第二阶段）	财务自由（第三阶段）
不动产最多占比	0%	35%—60%	40%—60%
风险等级 1—3	70%	50%	50%
风险等级 4	30%	50%	40%
风险等级 5&6	0%	0%	10%

针对投资风格 B 的风险分配建议

投资形式	财产状况		
	财务保护（第一阶段）	财务安全（第二阶段）	财务自由（第三阶段）
不动产最多占比	0%	35%—50%	40%—50%
风险等级 1—3	60%	50%	40%
风险等级 4	40%	40%	40%
风险等级 5&6	0%	10%	20%

针对投资风格 C 的风险分配建议

投资形式	财产状况		
	财务保护（第一阶段）	财务安全（第二阶段）	财务自由（第三阶段）
不动产最多占比	0%	25%—40%	30%—35%
风险等级 1—3	55%	40%	30%
风险等级 4	35%	40%	35%
风险等级 5&6	10%	20%	35%

针对投资风格 D 的风险分配建议

投资形式	财产状况		
	财务保护（第一阶段）	财务安全（第二阶段）	财务自由（第三阶段）
不动产最多占比	0%	20%—30%	25%—30%
风险等级 1—3	50%	40%	20%
风险等级 4	35%	30%	30%
风险等级 5&6	15%	30%	50%

你每年一度的财务日

每年，你应该拿出一天半或者两个整天的时间来对你的投资组合情况进行更新，并完成一些重要的任务。首先请你考虑一下，在过去的一年中，你的投资发展如何？然后，请你计划下一年的投资。

1. 审视你的目标。预算一下，为了实现这样的目标需要多少财务方面成本。

2. 计算一下，在过去的一年中，你的财产实现了怎样的变化。再进一步预计一下，如果以目前的速度，在未来 15 至 20 年会有怎样的变化？

3. 反思一下你关于金钱的信条。你的观点是否发生了哪些变化？

4. 检查你关于财富增长的策略。请你记录成书：你的财富增长了多少？你是否定期更新了成功日志？把你最大的成功列成清单，其中包含从上一年总结出来的最重要的教训。在哪些方面可以做得更好？你是否做了自己热爱的事情？如何能够从工作中得到更多的乐趣？你交办他人处理的事情是否足够多？

5. 请你重新建立一个预算计划。请列出每一个月以及周期性的经常开支。并且问一问自己，在哪些方面有所超支？自己如何能够保持在同样生活水平的情况下，花费得更少？

6. 在必要情况下，检查并修改你的账户模式。

7. 从投资风格、财产状况以及投资前景方面审视你的组合投资。请每年进行一次《轻轻松松变富翁》书中的风险测试——你的风险认知是会有所改变的！这需要你拿出必要的谨慎精神。

8. 和你的投资顾问打一通长时间的电话，或者亲自约时间见面。你可以和他谈谈财务日可能的收获。如果你已经从中得出计划，那么请你检查一下这个计划，也就是说将其整理进下一年计划中。

9. 检查一下你的知识以及时间投入：在过去的一年中，你阅读过多少本财经方面的书籍或者专业杂志？在这方面你投入了多少时间？你的社交也属于获得的实践知识：在过去的一年中，你新结识了多少拥有财富的人或者专家？你保留了这其中多少人的联系方式？

10. 你享受金钱吗？你是否有一颗感恩的心？请你将过去一年中，你所感激的事情列出清单。而你又捐出了多少钱？

11. 现在，请你计划在即将到来的一年中，如何改善财务状况。在明年年末，你想达到怎样的财经状况？请你学会掌控自己的生活。通过有针对性地将项目付诸实施，你的自我意识也有了很大的提高。

解决问题的六个实用步骤

一旦问题出现了，最好能马上想一想，自己此时此刻能做些什么。过去的事情再也不能改变了。尽可能快地想一想如何使事情重新步入正轨才是重要的。为了帮助你解决问题，请你尽快问问自己如下问题——这也是解决问题的六个实用步骤：

1. 这个问题有哪些好的方面？

如果你此刻大脑空白，没有任何想法，那么请想一想这个问题可能有哪些好的方面？这样，你就可以马上集中精力思考该问题带来的教训。我们每个人都会接受教训，但不是所有人都会去寻找教训。

2. 在我的生活中还有哪些地方并不完美，以至于这样的问题可能发生？

这个问题可以防止你不把自己看成孤立无援的受害者，或者有人故意为难你。这样的想法毫无助益。更加有益的做法是你知道自己能够做些什么，避免问题再发生。

3. 我目前能够做些什么，以防止未来不落入这样的境地？

最乐观的情况是，你不仅解决了问题，而且使未来不再发生这样的问题。有些问题只需要通过简单的行为方式的改变就可以解决。

4. 有哪些可能的解决办法？这时候请你接受能力更强的人的建议。

请你注意的是，在描述问题的时候请抓住问题的根本。你要的是建议，而不是同情。为了得到“理解”而去讲述问题，就好比把肥料浪费在杂草上。

5. 哪种解决办法才是最佳的？

请不要过度回首过去。过去的事情你不可能做任何改变。自暴自弃也无助于事。请你面向未来，专注于问题的解决。

6. 我怎样才能在解决问题的过程中获得有趣？

如果一个人受制于自己的问题，那么他不会感觉到自己的价值。那些解决了全部问题才开始享受生活的人也不会过得很快乐。生活通常是由一连串问题组成的。尽管你在挫折面前仍然面带微笑，保持乐观，还是会有人说你这是精于世故，鲜有感性。但实际上这样说的背后是嫉妒使然，是因为你处理问题能够手到擒来的态度。

面对压力的 24 条规则

在一定控制范围内的压力是一种健康的、积极的力量。下面的规则将帮助你在繁杂的工作面前保持放松和安定：

1. 最重要的规则在于，你的关注点要完全放在正在处理的事情上面。如果你在吃东西，那就专心致志地吃（而不要去读书）。永远都不要同时处理两件甚至三件事情。欢乐的秘密在于，完全投入身处的环境中。

2. 让自己慢下来。你要自己确定工作节奏，使自己感到舒适。

3. 要拿出时间给生命中最根本的事物。请你计划好每一周、每一天。

4. 请你不要把日程安排得过于紧张。那些做得太多的人，只能下意识地给出反应，就好像受到强迫一样。

5. 学会让自己和外界分离。就算是最亲近的人也可能会带来压力。一个“请勿打扰”的牌子，不仅仅适用于酒店房间。

6. 请你计划出足够的时间，做到准时。匆匆忙忙通常会带来压力。

7. 要避免自己过大的野心，不要让自己陷于对完美的过度追求中。

8. 如果取得了成功，请为自己感到高兴。要休息一下，庆祝一下。要心存感激和幸福。请充分享受这种感觉。

9. 不要期待长期的成功。请接收这样的事实，天有冬夏，地有山谷，人生有起伏。

10. 不要把自己看得太重要。如此，人们不会轻易对你感到失望，也不会很快迁怒于你。当名利、失败、赞扬和职责都不能影响你，那样你才拥有了内心的真正平和。

11. 对未来不必要的忧虑会影响到你的专注力并产生压力。你需要将所有的能量投入此时此刻。

12. 请你保持整洁的习惯。那些书桌上井然有条的人有更能保持专注。在开始处理下一件事前，请整理书桌，保持整洁。

13. 请你学会享受正在从事的一切工作。如果我们放下包袱去努力做一些好事，乐趣就会随之而来。请你投入全身心去做事。这样就算是日常重复性的工作也会给你带来乐趣的。

14. 请你确定休息的时间，并且严格遵守时间休息。如果你觉得没有时间停下来休息，那你真的需要休息了。

15. 请你采取行动，审时度势。但是，有些事情也需要放手让别人做。一直想处于控制地位是很有压力的。

16. 如果你觉得要做的事情实在太多，那么就请你将待办的事件写下来。大多数情况，写下一个待办记录并不会太麻烦。然后你可以按照事件的轻重缓急进行安排。

17. 学会委托。请你问问自己，谁能够接替你。你要学着将工作和责任分给他人。给他人犯错的机会因为并不是你要自己完成一切的事情。

18. 每天的每个部分日程应该是固定的。日常自律有助于达到内在的平衡。

19. 时不时傻笑一下。笑一笑那些精神上的压力。那些学会大笑的人，才是世界的王者。

20. 如果你是那种渴求成功的人：请你时不时地毫无目的地做一些事情。并不是你做的事情都一定要有意义。享受一下轻松。

21. 要避免辅助功能缺陷的发生。有些人把偶尔关掉手机视为一项大的成就。也许偶尔打开手机是一种更好的选择。

22. 做自己文化生活的主人。享受自己的业余时间、亲密关系、娱乐项目……为自己的健康和让自己感觉舒适的情感而投资。

23. 定期给自己一天时间“宅起来”。上次你在床上宅了一整天是什么时候呢?

24. 不要试着将所有的规则都付诸实践——那样的压力就太大了。

应对恐惧的十个建议

如果你有所恐惧，那么请你读一读以下十个建议：

1. 请你问一问自己，有哪些恐惧是来自我的过去？那么你就会清楚地知道，最多只有 5% 的恐惧会变成现实。思考一下，是不是你的恐惧都是合理的，还是说你只是在做无谓的担忧。

2. 请写下五件你心存感激的事物。请这样对自己说：至今为止一切都很顺利，我同样可以完成这个任务的。

3. 我们所恐惧的大部分事情，通常出现在未来。这些事情丝毫不影响当下的今天。那么，我们为什么要在今天就苦于其中?

4. 你要知道，自己能够过好今天，明天也一样。生活就是由一天又一天串联起来的。

5. 如果你有挥之不去的恐惧，那么请尽快和一位成功人士聊一聊。在成功人士面前我们很难再有恐惧。请你思考一下，某个特别的人士会怎样做?

6. 放手去做。也许当你内心充满恐惧时，是很难去做什么的。但正因如此，行动起来就更加重要。因为一旦我们束手无策时，连串的恐惧带来的压力才是最大的。

7. 永远不要问自己是否能完成任务。请这样问自己：我怎样才能完成它？无论发生什么，你总是能够找到答案的。

8. 请你“培养”积极的观念。想象着你自编自导的电影有一个美好的结局。

9. 听振奋人心的音乐吧。这样恐惧就会被光明照亮。

10. 看一看你的成功日志。这样你就能很快了解到自己有多棒，根本不需要过多忧虑。

给予他人所需的 24 条金规

下面的规则是写给那些指路人的规则，为的是去指导指路人给予他人所需。我们遵守这些规则，那么我们关系账户的存款也会有所增加。

1. 在你有能力的时候，请你不遗余力地去鼓励他人。去称赞他的成功——尽管这种成功很渺小。赞扬就好像阳光。没有阳光，我们不能够成长。再多的赞扬也不会多余。

2. 总是给对方保留颜面。不要让任何人感到尴尬，不要贬低任何人，也不要夸大他人的错误。

3. 当一个人不在场的时候，要对他人讲关于此人积极的方面。如果你想不到关于该人积极的方面，那么就保持沉默。

4. 请你仔细观察他人，那么他做的一些好事就会引起你的注意。当你赞扬他的时候，你就有更加充分的理由做基础。这样，赞扬的话就不会有谄媚之嫌。

5. 总是要呼吁他人要有高尚的品格和动机。每个人都想保持宽宏大量，忘我无私。如果你希望谁变得更加优秀，那么就请你这样对待他，就好像他已经具备了这些品质一样。那么他一定会不遗余力地去努力，不让你感到失望。

6. 尽量不去评论他人，不得不评论时也尽量采取间接的方式。坚持对事不对人。你要向他人表明，你是希望彼此坦诚相见，你是希望帮助他的。永远不要以书面的方式批评他人。

7. 对他人宽容大度。不要进行炫耀，而要坦承自身的弱点。谨言慎行。如果你想树敌，那么就去打击别人；如果你想结交朋友，就得饶人处且饶人。

8. 当你犯了错误时，就及时去道歉。如果等待你的是一通训斥，那么就主动负荆请罪。

9. 请你给出建议，而不是下达命令。这样你才能促进合作，而不是挑起矛盾。

10. 当别人生气的时候，表现出理解。他人的怨怒常常是请求注意的信号。请给予他人需要的同情心和关注力。

11. 请你尽量少言语。给予他人阐述的机会，做一个优秀的倾听者。

12. 请让别人相信，创意来源于他本人。一个优秀的想法为谁所有，是无关紧要的。每个人更愿意按照其自己的意愿行事。海纳百川，有容乃大。

13. 请不要打断别人。尽管你认为他讲得毫无道理可言，请你也不要这样做。只要他心中有思想，就不会听从你的。

14. 请你尝试着站在他人角度看待问题。印第安人有谚云：先穿上别人的莫卡辛鞋[莫卡辛鞋：美洲原住民的一种传统鞋类。——译者注]走一公里再说。请扪心自问：他所作所为的原因是什么？理解了一切，就意味着宽容一切。

15. 永远不要试图占理。你可以用一种更明智的方式，但是请不要对他人讲出来。请你坦白地说，自己可能出错——这样就不会有争吵了。

16. 请你经常赠予他人一些小礼物——可以是没有什么理由的。请用一种具有创意的方式结交朋友。这种有创意的礼物能够让他人感受到你的心意，以及你为他们着想。

17. 发生矛盾的时候，请你保持冷静。请你先坦率地倾听，并寻找共识。请你对自己进行反思检讨。并向对方保证考虑他的意见，并对他给予自己的启发致谢。

18. 请你坦率地关注他人。请你关心他人，而不是只显示出感兴趣，并把这个作为座右铭。请你展现出自己为对方考虑，怎样帮助对方。

19. 请保持微笑。没有人比那些不遗余力为他人带来笑容的人更需要微笑了。

20. 提及他人姓名时，请说出他人的全名。这能表明你对他的尊重。每个人都喜欢听到自己的名字——远远超过听到名字的代称。因此就需要你记住他人的姓名。

21. 请你学会从别人的角度看待问题。请你问问自己：他真正需要的是什么？我怎样才能够有益于他人？

22. 请你注意，在每次谈话中给人带来更好的感觉，包括在电话中也是一样的：首先言及他人，其次是你的公司，最后才是你自己。

23. 请你尽快完成交办任务。永远都不要后补。

24. 当你想起他人时，请你安静地向他传达你最好的祝愿。

世界上最爱你的人

杨邪 著

GUANGXI NORMAL UNIVERSITY PRESS
广西师范大学出版社
· 桂林 ·

世界上第二个最爱你的人
Shijie Shang Di-er Ge Zuiai Ni de Ren

图书在版编目（CIP）数据

世界上第二个最爱你的人 / 杨邪著. —桂林：广西师范大学出版社，2022.1
ISBN 978-7-5598-4352-4

Ⅰ. ①世… Ⅱ. ①杨… Ⅲ. ①随笔—作品集—中国—当代 Ⅳ. ①I267.1

中国版本图书馆 CIP 数据核字（2021）第 207664 号

广西师范大学出版社出版发行
（广西桂林市五里店路 9 号 邮政编码：541004
网址：http://www.bbtpress.com）
出版人：黄轩庄
全国新华书店经销
广西广大印务有限责任公司印刷
（桂林市临桂区秧塘工业园西城大道北侧广西师范大学出版社集团有限公司创意产业园内 邮政编码：541199）
开本：890 mm × 1 240 mm 1/32
印张：10.25 字数：230 千
2022 年 1 月第 1 版 2022 年 1 月第 1 次印刷
定价：66.00 元

目　录

Contents

第二辑 〉〉〉 视力与人生

第三辑 百思不得其解

第四辑 元气淋漓

对杨渡说

写作这部书，几乎是一时兴起。突然之间，完成了大致的构思，可是，我正准备开始动手写作一部长篇小说呢。我只好把这个构思转化成几行简要的文字输入电脑，表面上是为了备忘，而实际上恰恰是为试图暂且忘记它。然而，这部书里的一则则文字，还是按捺不住地冒出来，扑棱棱起飞了。就这么两三天吧，我被迫改变了一个谋虑已久的写作计划，即刻展开了这部书的写作。

面对一册厚厚的大开本笔记簿，我有一种强烈的预感——它将在很短的一段时间内被我写满。

此刻，我四十三岁，你十三岁。这是一部四十三岁的作家爸爸写给十三岁的作家儿子阅读的书。它将谈论生活、写作、学习，它将谈论身体与世界、过去与将来……它将是絮絮叨叨的，同时又是充满偏见的。它将是片段式的、蜻蜓点水式的；不求系统，但求举重若轻、由此及彼。在此之外，这部书，有一点可能会是比较有趣的——你随时随地都可以阅读它，不一定从头至尾，随手翻到哪一页，就可以阅读那一页，它里面的一则则文字，你大可以跳着阅读，倒着阅读。

你已经长大，至少你自己是这样认为的。我察觉到了，有一些话，你开始不太爱听了，或者不太愿意仔细听了，那么，我就把它们写下来，让你静心去阅读吧。我一厢情愿的想法是，这部书，你现在有兴趣去反复阅读它，将来也会有兴趣。当然，假使以后你觉得它浅白，甚至太浅白了，不需要读了，视如敝屣，而那种状态，将是我更愿意看到的！

你人生中的第一位老师是你的妈妈，第二位才是我这爸爸。但我得承认，妈妈和爸爸给了你许多有益的教导，肯定也同时给了你不少的局限。我是多么希望，你能舍弃我们在有意无意间强加于你的局限，如若你能在这部书中找到一些挣脱、舍弃局限的方法，则幸甚。

在我心目中，这部书彻头彻尾都是写给你的。不过，你知道的，无可避免，它将会被公开出版，被更多的读者所阅读。其实这两点并不矛盾。我相信，正因为这部书的纯粹性与私人性，才得以保证它公之于世以后的可读性和阅读价值。

当我写下上述文字，我已经觉得，写作这部书似乎是多么的有必要，多么的有意义，这又仿佛是一件“蓄谋已久”的事儿了！

2014.1.19

「第一辑」

你的东西在哪里

在整理房间的过程中，你一定会有超出预期的收获——或许你会觉得，这也好像是在整理一个很大的世界，又好像是在整理自己的身体，在整理自己、规划自己的人生！

旧衣服

这个冬天，大多时候，我都穿着一件旧毛衣。你知道它的旧，是因为它那高领子前面的边沿被磨破了。你笑话我了，发出嘻嘻的笑声。不过我不清楚你的理由。是它这么破了还穿在身上？破，其实没什么可笑。是笑我没有发现它破了？不对，我说我知道它早就破了的，但你还在笑。那是笑我节俭吗？好像也不对，在你的观念里，我并不是一个爱节俭的爸爸。既然想不明白，而你又不愿意解说明白，那么我也就不追究下去了。

我有我的追究。比如，它为什么破在这个位置？这个简单，是由于我有过分突出的喉结，同时又有过分坚硬的胡茬，日积月累，它应该是被磨破的。比如，它已经被我穿了多少年？这恐怕不会有准确的答案了，但我保存着十五六年前的几张照片，那个时候的我就是穿着这件毛衣的。

我还记得它是从我姨妈家的服装店买的。小时候我去外婆家，一直印象深刻的一个细节是，姨妈喜欢拉着我的双手把我悬空提起来，有时候是抱着我，然后她快速旋转身躯，逗得我咯咯笑或害怕得大呼小叫——那个时候的我，只有四五岁，最多六七岁吧。

当然，我穿着旧毛衣不放弃，与我的姨妈无关。我的理由仅仅是，这件旧毛衣穿在身上暖和、舒适，并且看起来还不是太难看。那暖和，恰到好处；那舒适，更是恰恰好。而你知道的，平日里，大多时候我都坐在书房里，一个人坐在书房里，不见外人，不必注意仪表，那么，我穿一件旧毛衣，又有何妨呢？

你也许会惊奇，我告诉你，在我们家，还有一件旧衣服，它更有历史，更有来头，也更有趣儿。

你还记得我那件胸前印有一只篮球的白色短袖汗衫吗？它是妈妈有一次到广州时买的，那一年，是二十年前，爸爸和妈妈订婚了，但还没有结婚。那件汗衫，我几乎每年都穿，夏天穿，秋天穿，现在冬天也经常穿。年轻的时候，爸爸习惯裸睡，如今不太习惯了，而是穿上那件汗衫再睡。有一回我去外地了，妈妈就穿着那件汗衫睡了一晚上，她说她惊异地发现，原来它穿在身上是那么的舒适。

对了，舒适。就是舒适。我喜欢穿那件汗衫，当然也与妈妈无关。

一件衣服，只有舒适，它才让人着迷，并且依赖。而我要告诉你的是，通常来说，凡是新衣服，它都是并不怎么舒适的。一个人喜欢穿新衣服，只是因为它好看，他要穿出去给别人看。那么，你现在应该知道了，还有另一类的衣服，它不穿到外面去，不穿给别人看，它只要让我们的身体体会到舒适，就已经足够。

别墅

不知道你是从什么时候开始梦想住别墅的。你不仅梦想住别墅，还喜欢大方到随便“赠送”别墅，你的几个姨妈，你的外公外婆、爷爷奶奶，你都“送”了个遍。虽然是口头上的赠予，像小孩子过家家，可他们一律满心欢喜，甚至好久过后都忍不住要念叨你的好。

回想起来，你第一次向人“赠送”别墅应该是很小的时候，也许那个时候你刚刚认识了“别墅”这两个字，是在七八岁的光景。但也许还要早一些。文字未必早于认识。可能，在认识“别墅”这两个字之前，你就知道了作为名词和一种财富与地位象征的“别墅”。

最近一次说及别墅，是在几个月前。你对我说：“以后我要住一栋面积超过几千平方米的别墅……”

你的别墅梦又来了。我忍俊不禁，这回我准备逗一下你，我说：“几千平方米，哦，那么大，你住在里面，会不会很孤单、很寂寞？”

你不由得一愣怔。

“你知不知道，最畅销的别墅为什么都和居民小区连在一起？”我问。

“为什么呢？”你反问。

“因为住别墅的人都很寂寞，只有跟一大片的普通套房连在一起，组成同一个居民小区，他们才觉得热闹，而同时，他们又住在别墅里，显得自己与住套房的邻居是有很大区别的，有很不同的身份，甚至有一种值得炫耀的优越感。”

“那好，我要买一栋建造在居民小区里的别墅！”在我的想象中，你这样回答。可是，你没有。这让我有点儿意外。

你说：“噢，那这样吧，我还是要买有几千平方米那么大的别墅，但我让我们所有的亲戚都住到我的别墅里来，大家一起住，这样就热热闹闹的了！”

我说：“这么多人，谁来给他们做饭？”

你又一愣怔，似乎想到做饭确实是个麻烦的大问题。

“能不能考虑叔叔？他是个厨师，做饭最拿手了，而且让叔叔做饭，大家最放心了！然后，你每月拿出一两万块钱的工资，让他别在外面工作了！”我笑说。

“对呀！”你大乐，“他原本就住在别墅里，干吗要出去辛苦工作呢！在自己家里干好了！”

你应该是在想象，仿佛自己真的已经拥有了那么大的别墅，仿佛真的已经邀请到了叔叔来工作，然后联想到了他的厨艺，乐得咧开了嘴。我走在你的后面，看你的后脖，都看得出你在乐不可支，以至于我不愿向你再次述说，爸爸的人生理想是让一家人舒适地住上一户农家小院……

一个橘子皮

还记得那个橘子皮吗？

那回我们在临海市区爬“江南长城”。要爬“江南长城”，必须先爬上“好汉坡”。一眼望不到头的台阶，我们几个人爬至中途的平台，停下来喘气，后来干脆坐到台阶上一边聊天，一边吃橘子。吃橘子当然先剥橘子皮，但橘子皮怎么处置呢？你手里捏着橘子皮，去几米之外山坡上安装的果壳箱，待到你回来，发现我正好把一个橘子皮抛向身旁的树丛。

“爸爸！”你似乎有点儿吃惊，大呼，“你——”

“怎么啦？”我满不在乎地问。

“垃圾呀！你怎么能乱扔呢！”你教训起我来。

真好，你已经学会不乱扔垃圾了。可是你学会了不乱扔垃圾，却不明白垃圾的真正含义，也不明白橘子皮是个什么东西。

不错，在许多人眼里，但凡丢到地上的都是垃圾，有碍观瞻，一个橘子皮，当然也是垃圾，而且还潜伏着大风险——假若扔在地上，哪位游客踩上去，脚底一滑，直接从“好汉坡”中途的哪一级石阶上滚落，后果不堪设想。

然而对于许多事情，要学会分析，也不妨有属于个人的答案。

比如垃圾。在我个人的观念里，所谓垃圾，通常主要指脏东西或不能再利用的废物，这种脏东西或废物大多还污染环境。但一个橘子皮呢？在我眼里，橘子皮如果丢在“好汉坡”的台阶上，那是危险的垃圾，绝对是，但它若到了树丛里，则是上好的有机肥料。这山坡上的树丛，是多么需要有机肥料哇，哪怕是一丁点儿的有机肥料，也是有益的。我敢肯定，这橘子皮到了树丛里，它现在刚好落在某处的泥土上，过不了几天，它就在这湿漉漉的泥土上腐烂了，随即化成了美妙的养料。

在“好汉坡”，把一个橘子皮丢进果壳箱，是守规矩，而把一个橘子皮抛到树丛里，则是一个创举——橘子皮来自大自然，现在回归大自然，即将成为泥土的一部分，多好哇！它真的不应该与那些货真价实的垃圾混迹在一起，然后去劳烦清洁工人与环卫车……

其实，上述理论已经被我在“好汉坡”阐述一遍了，不过那时候我忘了告诉你一点：如果在书房里吃橘子，我会把橘子皮晾在书架或书桌上，让它在房间里再待一段时间，给书房带来一股清香。还有，橘子皮如果晾晒干了，保存三年以上，它就不叫橘子皮了，它改名叫陈皮，那是一味中药，具有治疗咳嗽、气喘、胸闷、腹胀等妙用——这一点，你想象不到吧？

你喜欢吃鱼面。鱼面来自外婆家，或者是大姨妈、二姨妈家。如果要煮一大盆青菜，不需要放肉片，只要投入一撮鱼面，一大盆的青菜就变得鲜美无比。每当吃青菜，你最爱做的动作是伸出筷子，插入盆中，搅动几下，许多鱼面就被你绞成一个大线团，缠绕在你的两根筷子上了，然后你把筷子高高举起，微微仰头，张大嘴巴，馋相毕露……

一直想让你见识一下鱼面是怎么做成的。不是给你一个干巴巴的答案，而是让你参与整个制作过程。

今天，这个机会来临了。在外婆家，大姨妈、二姨妈、小姨妈，还有妈妈，她们四个围着一大筐鱼，在择着什么。那动作像是在厨房里择菜，但她们面对的是一大筐鳞光闪闪的小鱼。

这些小鱼是刚从海边的一艘渔船上运来的，它们清一色是同一种类的鱼，名叫“的确良鱼”。这名字应该是俗名，来自它们身体表面的那种光滑、闪亮吧，渔民把它们与一种俗名叫“的确良”的让人感觉非常凉爽的面料联系起来了。这些大海的精灵，此刻被妈妈和她的姐妹们狠心地摘除了脑袋，掏取了内脏，她们动作娴熟，一掐，一拉，一丢，一气呵成，而你学着给一条漂亮的小鱼做完这一系列的“外科手术”，就不忍心再给第二条小鱼做了。

最初的这一道工序，你基本回避了。第二道工序是把所得的二十五公斤鱼身送去放到机器里“除刺”。在以前，鱼肉是一片一片用刀剐下来的，同时剔除鱼刺，这个过程烦琐，而且想剔除掉绝大部分的鱼刺，难度非常大。现在好了，这样的工作交给机器，省心省力，而且“除刺”的效果绝对上佳。

经过机器，二十五公斤鱼身很快变成了一大堆的鱼肉糜，放在大桶里，然后拌入淀粉。淀粉的知识你是懂得了的，但你不知道，这些淀粉来自外婆家的红薯，而且是外婆亲手制取的。把少量的淀粉与鱼肉糜揉搓均匀，再搓成一个个网球般大小的肉团之后，第四道工序最讲究技巧——每人一块青石板、一个小棒槌或一根圆圆的小棍棒，用这两样东西，把肉团慢慢敲打成一张脸盆般大小的薄饼。这个过程，难度最大，敲打重了不行，得恰到好处地轻轻敲打，一边要撒下一些淀粉，但淀粉又要尽量少撒，撒多了，鱼面吃起来口感不好，因为毕竟吃的是鱼肉而不是淀粉。

这第四道工序，你参与其中，最为欢快。在敲鱼饼之前，需要用棒槌或棍棒碾压淀粉，把淀粉研磨成细粉，光这一环节，你就弄得粉头粉脸，发梢、额头、脸颊、胸前、袖口，全是白色的粉末。然后敲着肉团，不是重了就是轻了，而鱼肉粘住了棒槌，为了解决这个问题，你不停地一遍遍地撒淀粉，遭到了所有姨妈的指责，她们说，这样敲出来的，已经不是鱼饼而是淀粉饼了，鱼肉的鲜味会跑得无影无踪。

大半天的劳作，都花在敲鱼饼上。自始至终，你是那么百折不挠——第一次，没有学会怎样敲出一张漂亮的鱼饼，第二次，基本成功了，然后是第三次、第四次，手艺越来越纯熟。

第五道工序是把鱼饼放到鏊盘上烙，看似轻松，却讲究火候。烙饼的工作由外婆亲自担当。你去体验，一是怕手烫着，二是怕饼被烙焦，结果，手忙脚乱，手忙脚乱的后果，自然是手被烫着，饼被烙焦了。

烙好了，它们叫作鱼饼，还不能被叫作鱼面。所以，第六道工序是把鱼饼卷成筒，然后拿一把锋利的菜刀，嚓嚓嚓，切成细丝。细丝是湿的，那是鲜鱼面。鲜鱼面还要放在阳光下晾晒，晒得干脆，晒得能大老远闻得见鱼香味，这样才成，才能叫作鱼面，真正做到大功告成。

值得一记的是，烙饼的中途，你就尝到了煎鱼饼的味道——拿一整张鱼饼，放在油锅里煎，然后卷成筒咬着吃，太香太鲜了，香得让人掉鼻子。但这不是常规的吃法，这样吃，太费鱼饼了！真正的吃法还是老老实实，在煮一大锅青菜的时候，先下油，再抓大把鱼面放下去，然后下青菜，炒几下，即倒入水，煮成之后，每人提一双筷子围着，哗啦哗啦吃。这个时候，我发现几乎所有的人都显得大刀阔斧，而唯独你，有些谨小慎微的样子，不敢再用筷子去搅那些鱼面。

你夹起一根细细的鱼面，吸溜进嘴里，仔细地嚼，神情庄严。

“怎么样？”我问。

“嗯，好吃！太好吃了！”你答。

“那么就多吃一点儿啊，你不是忙碌了一整天嘛！”我说。

你笑了，还是夹起一根，仔细地品尝。

你吃得如此斯文，似乎是在珍惜一种无比美好的东西。

原木之美

多年来，我一直在宣扬原木之美。我曾经跟许多人讲过，如果我买了新房子，装修的时候，家里一定不用大理石，也不用地砖瓷砖之类的东西，我要用原木铺地、拱壁；另外，家里所有的家具，都必须由原木打造，不要一张复合板。还有，我说，家里不会用一滴胶水和油漆，也就是说，即便是踏脚的木地板，也不上一滴油漆。

我对原木之美的体认，来自老家的老房子。

你现在所看到的爷爷家的房子，建在九十多年前。当年你爷爷的爷爷建造这栋房子之后，这栋房子曾在相当长的一段岁月里都是傲视乡里的。之所以傲视乡里，在于房子的层高——在底楼，我一米八一的个儿，站在门槛上踮脚，尽力举手，举到最高，才刚刚触摸到了顶上的楼板；在楼上，我站在楼门口，踮脚，尽力举手，举到最高，才刚刚能触摸到顶上的椽，而栋梁，应该是这么高的两倍。其次是所用木料的考究——地板是长长宽宽的松木，墙壁是一棵棵金杉木剖成的宽宽厚厚的杉木板拼成的，所有的柱子、横梁，都是笔直粗壮的水杉，而且为了美观，木匠把它们都削成上下一般粗细。当然，房子的前廊还有精美的雕刻，做工之精细，令人叹为观止。

我要说的原木之美，美在色泽。

在我小时候的记忆里，这些没上过油漆的木板、柱子、横梁，就是这种永远地泛着一层红润的色调，同时带有清晰的木头的精美纹理，古色古香。如今，三四十年之后，这些木板、柱子、横梁，依然是如此的色泽，仿佛时间不曾流逝。换言之，这些木板、柱子、横梁，在我的眼里，它们经历了三四十年的无情时光，却奇迹般地没有老旧分毫！

我要说的原木之美，不仅仅美在色泽。

在楼上，有一间属于我们这个小家庭的卧室，一年到头，都住不了几天的，门窗常年关闭。这样的房间，假若经过了现代化的装修，哪怕门窗只关闭一天时间甚至仅仅几个小时，开门进入，就会有一股异味，但我们的房间不，无论何时开门进去，都是一股淡淡的原木的清香！

说起这样的老房子，最绝的是厨房了。

老家的厨房一直没装抽油烟机，做了几十年的饭，你去摸摸厨房的墙壁，无论哪个方位的木板，这些平常根本不清洗的木板，摸上去，你能体会到木头的真实纹理，但绝对没有任何的油腻之感。

油污哪去了？我们不知道。只知道，其实油污是存在的——厨房里，更换过一次的那扇后门，新打的那架木梯，它们都上了油漆，每一次回家，我都发现它们在不断地变旧，而且浑身油污，哪怕清洗了，过不久，又变得满是油污了！

爷爷家的老房子，这些木板、柱子、横梁，你得好好看看。十年之后你再看，我敢保证，它们将依然不会有丝毫的老旧。

最近我经常在想：我们家十五年前的装修，早已经日见破旧，只是装修太烦人了，需要花费太多的时日，要不然，不管花多少费用，我都愿让那些现代化的装修消失，换上一屋子的原木板！

理想的家园

一直以来，你的理想是拥有一座大别墅，我的理想则是住上一个农家小院。

今天，在你爷爷家，大家谈论起了祖上的这栋老房子以及从前的院子，正好，这事儿触动了我，带着你出门，站在外面把以前的院子详尽描述了一遍。

这栋老房子一共五间房，坐北朝南，后院是十来米宽的旱地，外面是一条由西向东流的小河。这后院，原先大部分是菜地，也种着几棵橙树与文旦树，然后还有一个猪圈。河岸边一溜儿栽种了竹子，挡风也挡院子。楼房左右两边距离东墙、西墙三米外，各是一块长方形的水田，各近一亩。前院，有六七米宽的旱地，既是菜地，也是果园，栽种了橘树与梨树。外面横着一丘占地一亩多的水田，然后才是一条马路。

在我小时候，前面与左右两边的水田外，都挖有三四米宽的人工池塘，池塘边平常栽一些茭白，池塘里养一些菱角和鱼儿。这池塘与后面的小河，形成了四面围水的一个状态，算是把院子与外界隔离开来。据说从前，我们家祖上是通过架设的跳板进出的，每天晚上收起跳板，便能防盗防匪，而东边池塘里连接两岸的土路是后来修筑的。当然，前院东首原本还有个碉楼，当年用来作瞭望和抗击土匪之用，这个最富有神秘色彩的建筑早在我出生之前就被拆除了。

我看出来了，你的眼神里透着茫然。

哪怕是站立在从前那院子的遗址，哪怕是加上我的竭力描述，当年的景象还是无法具体地复原，只能凭想象艰难地拼凑。

怎么说呢？我突然觉得，我理想中的农家小院，几乎就是我祖上的旧院的翻版，除了不需要碉楼。

我们走在前院外面的田畴上，我说，其实如今也需要这么多的田地，用来栽种水果和蔬菜。

那五间房，我们的三口之家用不着，但一个三口之家住在这儿，不显得孤单吗？我们也需要让你的爷爷奶奶和叔叔住在这儿，也需要把你的外公外婆接过来住。

只有大家庭，和和睦睦生活在一起，才能其乐融融。

只有这样的家庭，所有的瓜果蔬菜都自给自足，不用担心会有农药和激素喷洒到它们身上，我们才能感到生活得舒坦。

你提到了最关键的雾霾。

对呀！如今在乡村，空气污染太恐怖了，不仅雾霾。除了空气污染，你所不知道的是，还有恐怖的酸雨，酸雨会对水资源和水中的生物造成污染与伤害，会对土壤和土壤上生长的植物造成污染与伤害，防不胜防。所以，我觉得此处已经不是理想的家园。接下来，背井离乡已是必然。我们得找一处好的山谷，山清水秀，我们的农家小院处于其间。

但是这样的农家小院去哪儿找呢？

也许，所谓理想的家园，就是说，像我如此勾画的家园是找不到的了，它只能存在于我们的幻想之中！

写一次春联

离这个春节还有好远的时间，你爷爷就透露了一个意向——今年的春联，就交给你亲手写了！他还统计了一下，自己家四副，二叔公家（他们家外迁之后，你太婆入住）两副，一共六副春联，外加三叔公家两副白对联。

春节快要来临的日子里，你经常想起这么一个重任，面色有些凝重，甚至有些烦恼。其实，这件事我也觉得有点儿麻烦。首先是红纸不好找，质量上乘的红纸估计更难找；其次，春联的尺寸我没有概念，得费思量。再说了，我和你都没有时间。这个寒假，我们都有写作计划得去实施，你还有不少的寒假作业，得要争分夺秒去完成。还有哇，这毛笔字，你根本没有正儿八经学习过，平常也压根儿不练习，能否担此大任，还是个未知数。

我曾想到帮你去推辞掉这一大任，就是打电话给你爷爷，告诉他找不到好的红纸，而你试写了几个字，只是马马虎虎看得过去。可你爷爷的语气，我听出来了，他什么都无所谓，纸质好不好无所谓，字写得好不好无所谓，唯一重要的是——要你亲手写下来，并且最好是把笔墨纸砚带过去，他看着你写。他是那么的满心欢喜，所以，原本准备说你还要写小说、时间太紧之类的话，我一概把它们咽了回去。

腊月二十八，我和你上街，花了小半天，去选购红纸白纸，去我的一位朋友那儿拿笔、墨汁、字帖、裁纸刀，同时向他取经，学习如何裁出得体的、符合规范的春联纸。

腊月二十九，我裁了点儿纸，在电脑里找妥帖的春联，打印成隶体字供你借鉴。你试着写了一副春联和两副准备贴在三叔公家的白对联，我觉得挺不错，但来不及写横批，当天去了你爷爷家。

大年三十，必须捉笔了，我找来一张桌子摆在门前廊下，摆开架势裁纸，你则在众人的围观下动笔开写……

不知道为什么，也许是你的心思一直在自己的第三部书《我是一棵树》上，也许是写得有点儿累，也许是围观者太多，也许是阳光太强烈晒得人有些慵懒倦怠，反正是，不管我怎么摇唇鼓舌说你的字写得好，你都皱着眉头，再也不写了。

这个时候，只剩下正大门尺幅最大的那副春联了。

“我们不是有几副印刷的大春联吗？挑一副最大的贴这儿不就行了？”你气冲冲地说，语气里没有商量回旋的余地。

我点头说行，就让你把活儿撂下了。但其实，我已经计划好了，我不会就此罢休。

吃过午饭，我才让你妈妈去说服你。

我的意思是，整件事儿马上就要大功告成了，为什么偏偏要留下最后一副春联不写了？而且，这是最关键的一副，爷爷满怀期待，眼巴巴让你来做这件事，你怎么能在这个时候不给他一个圆满的结果呢？

我不知道妈妈怎么说服你的，也不知道她有没有照我的意思去说。午后，你重整旗鼓，很快写了最后一副，然后写了所有的横批。

完事了，不想，节外生枝，出现了一个小意外：爷爷竟然忘记早已经帮他三弟家买了白对联了，而你写的两副白对联多余了。

这个时候，你又犟了起来，你说不行，三叔公家一定要贴你写的白对联。

你的意思我理解。是的，好不容易写了的东西，突然又要丢掉，心里过不去。但是，怎么能这样呢？我做你的思想工作，告诉你，这毕竟是别人家的选择，他们家选择贴一位专门写对联的人写的对联，这在情理之中，何况你还没写白对联的横批呢，何况你三叔公家的孝堂里还少了一副挽联。

我猜测，我说服了你，恐怕有另外的因素——如果你坚持自己的意见，就意味着要再多写两个横批，外加一副完整的挽联，而这时候，我们都不知道要怎么选挽联的内容，因此，不如放弃。

不知道事实是否如此？

当然，后来我们发现爷爷请的镇上那位颇有名气的老人专门写就的白对联和挽联，其实内容不好，字写得也不好，还有纸张也不好，太薄太短小，远不如你写就的那两副白对联，可这是另一个问题，另当别论了。

经历过这么一次的事儿，我只是希望你明白，事实上，一个人不能总是仅仅从自己的感受或愿望出发去做某一件事——比如说这一次写春联。

你的东西在哪里

你老是找不到自己的东西。你的这个缺点，我不知道批评过多少次了！

我估摸了一下，在家里，你平常找得最多的两件东西，一是你那支用来写作的笔，二是你的袜子。我们家几乎到处都有笔，但你用来写作的笔是认定了的一种，而且你喜欢随处摆放你的笔，所以过一会儿，就得到处找了。最让人费解的是你的袜子。不是每天但至少是经常，或者说十天里头有七八天吧，早晨起来，你要么在到处找袜子，要么不找袜子，但光着脚板，脚板趿着拖鞋，因为你实在找不到袜子。

我问过你上述问题，也即平常你找得最多的两件东西是什么，你一下子就答对了，可是你回答不了这个问题：爸爸平日里找得最多的两件东西是什么？

你无法回答这个问题，然后一再反问。好吧，我告诉你，在家里，我几乎很少需要找什么东西，我平日里找得最多的东西不是两件而是两类：一类就是被你和妈妈拿过的东西，它们被你和妈妈拿过，通常就转移地方了；另一类，那就是，如今我年纪大了，记忆力已经非常差，凡是放在了什么地方而我想不起来的东西，现在我也需要经常找了。

那么，我的大部分东西都不需要找，这一点我是怎么做到的呢？

很简单，我的东西，每一件都放置在固定的地方。

我的笔，每一次用完之后都插入笔筒。我的墨水和胶水，每一次用过之后都把它们放入我在书桌边起立右转与目光保持水平的那一格书橱里。我的笔记簿、草稿纸、邮票以及别的票据放在书桌的大抽屉。我的身份证、户口簿，所有的存折、银行卡、公共自行车卡、会员卡，都在书桌左边的小抽屉，除了余额比较大的存折、银行卡我藏在书架中固定的某一本书里——为了防小偷。我的现金放在书桌右边的抽屉，订书钉放在书桌左边的小橱斗，指甲钳在左边书橱中间最下面那一格，钥匙和手机放在左边书橱外面平台的最西端，梳子、小剪刀与剃须刀在浴室左侧的小箩筐里。我每天一进门，把鞋脱在大门口边，把手套塞入鞋柜专门放手套的格子里，把外衣脱在副卧室的床上；每晚入睡前外衣裤和袜子脱在书房的藤椅上。我把我们家所有的药片儿，放在主卧室电视机柜上方的小隔层……

你可以仔细检验、回忆，上述东西我有没有放错地方，什么时候有过例外？

我告诉你一个不二法门——我的东西不仅放置在固定的地方，而且，每回使用过后，必然也放回到那个地方。比如接听手机。接听手机的时候我可以在家里到处走，但哪怕我走到了阳台上，当通话完毕，我总是习惯第一时间把手机送回书房，摆在左边书橱外面平台的最西端。这样一来，我需要每天瞎找我的东西吗？不需要！唯一需要的时候，是上述东西被你和妈妈拿过了，而且你们总是无法提供上述东西在那一刻所处的准确位置。

我还可以告诉你——我书架上的每一本书，几乎都有固定的位置，你可别看它们挤挤挨挨甚至乱糟糟的。这就是我平常总是能很快找到某一本书的秘密。还有，我电脑里的东西也是如此。我的每一类作品，都有它们自己独立的文件夹，在同一个文件夹里，所有作品都有它们独立的文档，作品的题目就是文档的文件名。其他的照片、收藏的文件、档案，莫不如此，一律井井有条，永远都能在最短的时间内找到。

你有印象吗？以前，你经常问我，你的什么东西在哪里，随即我应声而起，加入了你的地毯式搜寻行动；后来，对于这样的问题，我经常发火，再后来，我懒得发火，以一声不吭的冷漠姿势泰然处之——我坐在书桌边，连屁股都不会抬一下。

此刻，我想说的是：你能不能先从自己的袜子开始，从自己用来写作的那支笔开始，养成东西摆放在一个固定的地方的好习惯？

生活中不能浪费太多的时间。如果浪费时间在休息上，在怎么玩上，在享受上，我从来没有意见，但我真的见不得你继续把时间浪费在找东西上，而且还是上天入地去找，而且还是地毯式搜寻，而且还是没有好结果——找不到！

整理你的房间

无论何时，我们家似乎都比较凌乱。

一进门，是一摊摆在地上的鞋子，大大小小，横七竖八。左侧的餐厅乱，边上七七八八的书，藤沙发上总是有各种各样的东西，比如最近两天是书啦，作业本啦，充电器啦，衣服啦，围巾啦，复读机啦，小号啦，不一而足；餐桌看起来不大像餐桌，摆了尺子啦，闹钟啦，乒乓球啦，苹果啦，零食啦，等等。

客厅本已经被桌凳填满了，现在一看基本是书与文具的集散地。客厅左侧的房间，几乎塞满了书籍、纸箱，还有各人的衣服——许多外套及换洗后晾晒好了的衣裤。卧室都关着门，不去说它了。客厅南边是卫生间，卫生间比较大，但塞了个洗衣台、洗衣机，还有老式的盥洗台，以及老式的浴缸，其凌乱可想而知，也不说了。卫生间东边是书房。书房不大，藤沙发、电脑桌、书桌、竹书架，还有两侧的大书橱，要命的是那么多的书，书橱根本装不下，堆到地上，装入大纸箱……它们中的一部分还堆在唯一的书桌上，堆成一排，堆得好高好高。书的乱也是乱。书的乱，更让人揪心。

乱哪！有时候，乱得让人心里都觉得堵！

仔细一想，我们家里是从什么时候开始乱起来的？

答案竟然是，自从你降生之后！

是啊，每回回想起我住集体宿舍、单身宿舍的时光，我的床及其周边空间、我的房间都是干干净净秩序井然的。那种干净与秩序还是有口皆碑的。

我和你妈妈住入现在这套房子的前两三年，整套房子也都是干干净净的，井然有序的。一下子乱了套，就是在你降生之后开始的，非常明显，并且随着你的逐渐长大、活动能力的逐渐增强，特别是开始上小学之后，我们家里的凌乱程度，已经是完全失控。

必须承认，我们家的凌乱，跟我和妈妈两个人都太忙有关系，跟我们都没时间和心思整理房间有关系。但我们是做过许多努力的，以前妈妈三天两头整理房间，每次整理好长时间，过不了一两个小时，房间又乱了，因为你走到哪儿，哪儿就乱；以前我也经常整理房间，但我的书房也是你的书房，过不了一天两天，它也乱了。我的书堆里混入了你的书，混入了你的作业本、文具、小制作、零食……甚至还有食品包装袋之类的垃圾，乱得我都没脾气了。

整理房间的好处是显而易见的，这一点我从整理自己的书房可以体会到——虽然我不常常整理书房了，但还是会偶尔整理一下，每回整理过后，我发现书房变大了，变宽敞明亮了，变干净了，最主要的是，心情也变舒畅了，不堵得慌了，又似乎有无限可能的思路了……

整理你的房间吧！这句话说给你听，也说给我自己和你妈妈听。我们都来整理房间吧！还要经常整理，持之以恒。整理房间是一件多么令人舒畅的事，顺便还能活动筋骨呢。

在整理房间的过程中，你一定会有超出预期的收获——或许你会觉得，这也好像是在整理一个很大的世界，又好像是在整理自己的身体，在整理自己、规划自己的人生！

拉链问题

人生中，第一次意识到自己已经老了，是在什么情况之下？

我相信人们对这个问题的答案可能会有千万个。但我的答案很明确，只有一个，那就是有一次我在大街上悠然自得地骑着自行车，偶然一低头，发现自己的“大前门”——牛仔裤的裤裆拉链迎风敞开着！

那是多么尴尬的一瞬，而随即，我感到了沮丧。我记忆力非常差，可是从来不会忘记提上这个拉链的呀！这么重要的拉链，居然都忘了拉上，显然，我已经无可挽回地衰老了！

记得那一次，我刚刚与你和妈妈在电脑上看了“海派清口”创始人周立波的一个电视访谈，他说到自己以前拜师学艺那会儿，有一次看到师父在表演，而裤裆上的拉链忘了拉上，于是小声提示：“师父，门襟！”他师父不愧是老江湖，非常淡定，借着转身背向观众之际，不着痕迹地把拉链拉上了。可是周立波说自己顽皮，又有一次，他故意捉弄师父，又这样小声提示师父，结果他师父用同样的方法去拉拉链——拉链原本拉着的，可是师父却因为周立波的“提示”而把它给拉了下来，再转身面向观众了！

当时，我们全家笑得前仰后合，肚子都疼了，然而没多久，那一次在街上，我居然发现自己也差不多与周立波当年的师父同样昏聩了！

自从那一次出乖露丑之后，我可是加倍小心了的。甚至，我还变得有些神经兮兮，到了街上，在骑车或者行走的时候，经常会突然想到“大前门”，赶紧低头查看，或伸手在衣摆下绕过去偷偷摸一下“大前门”上方的拉链头。但是，你知道的，有许多次，我还是摸不着拉链头，或是直接看到了没有关紧的“大前门”。

“前门失守”是尴尬的，但相比于那份尴尬，更重要的是沮丧，沮丧于自己的昏聩与衰老。与我内心的沮丧比起来，那份尴尬又算得了什么呢？

幸亏，经过一段时间的分析与研究，我发现了事情的真正症结——我之所以忘记关上“大前门”，似乎并不是由于健忘，并不是由于老了，昏聩了，而仅仅是一个坏习惯。

说起来比较可笑。在这么多年的家居生活中，因为喜欢舒适和随便，我一般只穿睡裤或那几条柔软、宽松的旧裤——睡裤原本就没有拉链可拉，旧裤呢，除非有外人或客人在家，否则我可是懒得去拉那条拉链的。于是乎，日积月累，我终于养成了这么一个坏习惯，以致习惯成自然了。

怎么办呢？为了出门在外不再“前门失守”，不再出乖露丑，我只好在家里重新练习养成拉拉链的好习惯了！

把手机放在哪儿

今年春节前夕，我们家拥有了第一只“苹果手机”—— iphone 4s。有点儿落伍，而且，还是个只花一千六百元钱购买的九成新的二手货。

这么多年以来，我这只是第二次购买手机。第一次购买的是最早的波导，用了许多年，接着用了你大姨妈家退下来的一个翻盖的红色旧手机，后来盖板上的小液晶屏挤破了，还在用，再接着用了你二姨父存了大量话费换取的一个智能的红色诺基亚，又用了许多年，直到今年春节前夕。可以设想，如果不是为了收发电子邮件、挂 QQ 以及方便随时查资料，“苹果”还是会继续被我拒绝，我还在用那已经显旧的诺基亚。

说起来似乎非常寒碜。可想而知，这么多年，我总是拿着一个极其老土落伍的破旧手机，也给了许多人以真够寒碜的不良印象。但站在我的角度，其实我不觉得寒碜，或者说，我觉得对自己来说，这种寒碜无关紧要。换言之，对于手机，绝大部分人认为它是一种反映时尚指数的东西，甚至与自己的脸蛋一样紧要，但我根本不觉得。我甚至可以这么说，对于手机，一直以来，我是比较鄙视的。

不妨这样设想：假如我只坐在家里，那么，我永远不需要手机；假如我出门，手机只是家人朋友随时能够联系到我以及我随时能够联系到他们的工具，仅此而已。

是的，手机只是工具。

现在，我拿它对抗电脑。“苹果手机”就像一台电脑，有了它，在不开电脑的情况下，我就可以收发电子邮件、上QQ、查资料。

说起来，大家对手机的态度是比较可笑的。二十世纪八十年代末，手机在那个时候还叫“大哥大”，那个时候买一只“大哥大”得上万元，一万元几乎可以在城里买十几平方米的商品房，相比于那个时候的物价水平，还真是太贵了，所以大街上手执“大哥大”的人，总是有点儿要横着走路的味道、有点儿张牙舞爪的味道，至少动作都有点儿夸张。后来手机逐渐变小，到了九十年代中期，那么小的手机，大街上还是有人宝贝似的握着它走，甚至时不时看到人握个手机像握手电筒一样举在前面，“照”着街面行走。再后来，有一段时期，手机似乎隐匿了，不接拨电话时，大家都把它装进了口袋或腰间的手机套里，或是装进提包挎包之类，但未几，“苹果”来了！“苹果”带来了手机的革命，手机不再只是接拨电话、收发短信这么简单了，手机还可以玩游戏、上网、看视频了，于是，五花八门的智能手机再次被大家握在手上，我们在任何一个公共场所，甚至在大街上的红绿灯路口，在斑马线上，都可以看到一批拿着大屏幕手机用手指划拉来划拉去的人……

我估计，从今以后，人类在生活中，再也离不开手机了。手机手机，手再也离不开它了。

但是，手机应该放在哪儿？别人怎么做，我们管不着，可这个问题，是个很重要的问题，我们自己得好好思考。

当我们睡觉的时候，我的手机永远放在书房，妈妈的手机大多放在客厅或餐厅。这个好办。当我们起床了，在家的时候，妈妈的手机会随处放，随用随放；而我的手机还是在书房，并且那个固定位置离书桌两米，这是一个刻意的距离，因为我不想习惯性地去拿手机，我要让拿手机成为一件不能随手办到的事。这个也好办。

然而我们出行的时候呢，我们把手机放在哪儿？

手机的电磁辐射有一定危害。放上衣口袋不对，它会影响心脏；放大衣口袋、裤袋、腰间的手机套里，不对，会影响生殖系统。而在我的理论系统里，除了接拨电话，拿手上也不对，一个人必须把手从手机上解放出来。如果把手机放入提包挎包，对不起，听不见铃声。怎么办？琢磨来琢磨去，我觉得最好在裤脚边上，在最靠近地面的位置，缝一个兜儿，它专门用来安插手机，然后把手机调到铃声加振动模式，如何？

“苹果手机”，你已经梦想了多年，现在我有了，妈妈过两天也会买个一模一样的。你拿着我的“苹果”，爱不释手，嚷着你也要买。对不起，你还没有成年，过几年再买吧。但你要思考并记得，把手机放在哪儿？我的答案是要把手机安插在裤脚边上，假设那儿有个兜的话——试想，一个站立的人，他低头，挺直了双腿，再弯腰，把手伸到地面的位置，这个姿势多么像健身体操哇！

穷人的想法

那天下午，与你一起上街。

你斜背着挎包，梳着小分头，大模大样走在前面；我呢，一个邋遢的准老头（我的白发具有较大的欺骗性），走在后面，有点儿像个跟班的。也确实是，我是陪你去邮政局寄一份稿件。

因为邮票，那么多邮票，被我偷偷贴在大信封背面，明显地，你吃了一惊。

刚走出邮政局的营业厅大门，你就忍不住了，问我为什么邮资会这么贵。而我只好向你普及邮政知识，意在告诉你邮资何以要这么贵。

不再谈论邮资之后，我们并排沿街走了好长一段路。一路上，你的话题总是围绕着钱，我的话题也不由自主绕着“钱”字打转。转了好一会儿，我猛然一惊。

“不对呀，好好的，我们一路上谈钱干吗呀？”我停下了脚步。

“钱——钱哪，难道不重要吗？”你笑看着我反问，也停下了脚步。

“你一个小孩子的，怎么老是觉得钱重要呢？”我有点儿激动，说，“我告诉你，我从来不觉得钱重要，虽然一个人没有钱无法生活下去，但是，它真的不重要！你看，下午我们出来，天气多好，心情多么舒畅，竟然一路上在谈钱，你不觉得是在浪费时间吗？太没意思了！”

你走了两步，又住脚了。

“嘿，钱不重要？谈钱没有意思？你知道吗，这些正好都是穷人的想法！穷人都是这么想的！”你转身向着我笑。

你的笑容里，有一种显而易见的嘲弄。

你还记得我是怎么回答的吗？

我随口回答了几句：“是啊，确实是穷人的想法。你要记住，一个富人是不会觉得钱不重要的，他们永远不会有穷人的想法。这么一来，你不觉得很可笑吗？一个有钱人竟然会觉得钱很重要，他拼命赚钱，都不知道赚钱是为了什么啦！”

因为你笑容里的嘲弄，让我意识到了事态的严重性。也许我口气有点儿生硬，还有一种教训人的口吻吧，你明智地不接茬了。

后来我们继续走，但在转移话题之前，中间有一段很长的路，我不知道你在想什么。当然你也不知道我的心思。

那一刻，我首先想到的是那个流传甚广的小故事——

一个渔民在海边晒太阳，一位绅士走过来对他说：“天气这么好，为什么不去捕鱼呢？”渔夫说：“先生，捕鱼干什么呢？”绅士说：“捕鱼你就能挣很多钱哪！”渔夫说：“挣钱又为了做什么呢？”绅士说：“挣钱你就可以买一艘更大的船。”渔夫说：

“先生，买大船又做什么呢？”绅士说：“这样你就可以捕更多的鱼，挣更多的钱。”渔夫说：“那又能怎么样呢？”绅士说：“这样你就可以像我这样，在海边晒太阳。”渔夫说：“先生，我现在正在这样做呢！”

我想你一定是在书本里读过这个小故事的，可是，你未必明白这简单故事背后的意味——穷人总有一套对财富的最直接的看法，而富人往往会迷失在财富之中。

比如我，一个穷人，为了家里的一块废电池，我曾经找遍了好大一个半径范围内（恐怕是超过一平方公里了）的垃圾桶，希望找到一个专门收集“污染物”的垃圾桶却未果，因此我又把废电池带回了家。而有些企业呢？为了获得额外的经济效益，降低排污成本，挖空心思非法地把废水压入地下，导致大面积的地下水被污染……

乡村，乡村

如今想来，乡村之美，在你小时候，你是体会不到的，至少是体会甚少的，虽说我们经常带着你去乡村——有时候是去爷爷奶奶家住，更多时候，是住在外公外婆家。

在我和你妈妈的小时候，那个年代物质特别匮乏，大家都过着艰苦的生活，可如今，留在我们记忆深处的，却几乎通通是关于乡村的美好回忆。

我们小时候，一天到晚基本上都在屋子外面玩，院子里、田野里、池塘小河边，多的是一起玩的小伙伴。躲猫猫、滚铁环、放风筝、捉泥鳅、钓鱼、粘蜻蜓、弹鸟，每一样都跟大自然亲密接触。我们也劳动，打猪草啦，锄草啦，浇菜啦，等等，但印象中，劳动也是玩。我们小时候是很享受的，虽然吃不好，但呼吸的是清新的空气，吹拂的是迎面而来的习习的风，满眼看到的是绿色与金黄的田野、清澈的池塘小河，水里有游鱼，天空有飞鸟……

记得有一回，我走到田野里，让你从爷爷家的院子里下来。我指给你看田野里这儿一丛那儿一簇的紫云英，那嫩绿让人眼馋，那朴素的小花朵儿，让人心旌摇曳，而你来到田野里，来到紫云英中间，却是一副茫然的神情。我让你蹲下来，我说我们小时候都在紫云英里打滚，而你皱着眉头笑，以为我是在跟你开玩笑。最终，你发现鞋子上的几星泥巴，赶紧跳脚逃走……

当然那时候，你还小。那时候，在城里，你更留恋公园的美景。

现在，你逐渐长大，一些思想，尽管只是处于萌芽状态，却令人惊喜。比如，你越来越讨厌城里的喧嚣了，看到拥堵的街道，你的眉头拧到了一块儿。比如你似乎越来越迷恋乡村的宁静——在菜园里拔草、抚摸蔬菜；在院子里，你习惯张开双臂，夸张地呼吸；在池塘边，你喜欢打水漂；在田埂上，你疯狂追跑，为了飞走的一只鸟雀。

前几天，走在大街上，你冒出突兀的一句：

“爸爸，我以后不买别墅了，我要住农家小院，像你说的一样！”

这是你第一次跟我说及你对别墅梦的背叛之词！

三位同学

这些年，你有三位同学给我留下了深刻的印象，他们都是你在小学时期的同班同学。

其中一位曾经与我们是邻居。

有一个画面我永远记得：我站在书房的窗口，俯视着楼下的草地，你们在草地上，他牵着你朝尽头奔去，奔到尽头，草地没了，然后是一条宽阔的大理石路，可他竟然不懂得“刹车”，跌倒了，整个人扑倒在大理石路面上，顺便，把你也牵扯过去，你也不由自主扑倒在大理石路面上。

草地尽头，那么明显，并且那儿有一条“骑石”，然后低二十来厘米，才是路面，而那路面，至少有两米宽。他难道看不见？他当然看得见！但他为什么不懂得收势“刹车”，直挺挺扑倒了还连累你也扑倒了？真的难以想象，我所看见的画面不是在梦里，而是真真切切的现实。

那会儿，你们应该是上幼儿园中班或大班的年纪。那个时候他还不会双脚并拢起跳。

后来，你们上小学了，他在你的隔壁班，上了三年，到了四年级，重新分班，他成了你的同班同学。

根据你的描述，在小学时期，他一直缠着你，课余都找你玩，也比较依赖你，一有困难就会找你帮忙。他对你的依赖，一直延续到如今上初一。如今你们不在同一个班，只是同一个学校同一个年级，他们班的教室不与你们班的教室在同一楼层，他最近一次找你是因为在音乐教室里丢了校服，他希望你帮他找，而你也不辱使命，费了许多周折，像一名大侦探，还真的给他把校服找回来了。

另一位也是男同学。

不知道为何，你们两个非常投缘。反正，你曾经告诉我，他是你最好的同学，后面没有“之一”。后来我认识了他——长得瘦瘦的，像你一样，也特别爱笑。后来，他认识了我。自从他认识了我之后，每回看到我就冲着我笑，露出两个白白的门牙。放学时，他总是比你先出来，每回在校门口看见我，他都会特意走过来，告诉我你还在教室里做什么，还知道安慰我，怕我不耐烦，他说的最后一句往往是：“杨渡马上就要出来了！”

也真奇怪，有那么几次，在课间，我到学校给你送去落在家里的课本、作业本，你的这位同学，他总是第一时间冲到我的面前，向我打招呼，告诉我你的准确去向。又有一天早晨，我送你去了学校，他则迟到了，我返回时在半路上遇到他，他远远地冲我笑，向我点头，那神情，像是一个老成持重的成年人，举手投足十分妥帖，且让人倍觉舒服。

我这样子，就一定让他感觉亲切吗？也许未必，他只是爱屋及乌，连带感觉我也可以亲近吧。可惜，由于户籍的问题，小学毕业之后，他去了另一个镇读初中，你们就此分别了。

还有一位是女同学。

她也是你的小学同学，这我倒没有料到，我还以为她只是你初中的同学，刚刚认识了一个学期而已。

她矮小，但长得可爱，古灵精怪的。没想到，她早就认识了我——也许上小学的时候就认识了，而我却懵然无知。

你那最要好的男同学去别的地方上学了，而她，好像负责做起了他以前的工作。她也每回都比你出来得早，每回都不忘向我“报告”，说你在教室里整理书包，或是说去教学楼后面推自行车了怎么怎么的。有一回说你放学后接着要参加科学竞赛，我说饿着肚子竞赛，不大可能，她也疑惑了，居然从校外跑回去，上楼帮忙打听，打听清楚了，她才如释重负地回来告诉我，果然是她听错了，竞赛不是安排在这个时间，而此刻，你也已经出来了。另有一回，是个雨天，我在校内教学楼楼梯下等你，而你从别的楼梯下来，在外面瞎找，一直找不到我，后来往回找，终于找到了我，这时我才发现，原来她也撑一把小伞，在你的身后，一脸的紧张，敢情她一直陪着你找爸爸，直到找着了，才放心地露出了甜美的微笑……

你可得记住我的话——人生道路上，每个人都会交一些朋友，而真正的好朋友，往往又是不多的，因为事实上，很多人都不适合做真正的朋友。你的这三位同学，我认为你应该永远把他们当作真正的朋友。

朋友之间，并不是索取，更多的时候，你交一个朋友，是需要付出的。比如第一位同学，他那么信赖你，你就得做他最值得信赖的朋友。比如第二位、第三位同学，他和她多么善良、热情，这样的朋友如果不交，那到哪儿找更好的朋友？

人生中，友情不是唯一的，然而，友情绝对是人世间最重要最美好的情谊之一，你可要切记。

气昏了头

今天早晨发生的这一起事故，必须记下来。

送你上学之前，我很是生了一回气。为何生气，你已经知道，而且也牵涉其中，我就不说了。

这起事故的发生，有偶然的因素，也有必然因素。首先是天气，是个雨天，要不是雨天，它就不会发生。其次是，你突然有了个主意，说今天下雨天，懒得骑车了，你让我骑你的车，你坐车座后面。我想，要是我们俩不拼车，各骑各的车，也不至于发生这起事故。至少上个学期，都平安无事。而糟糕的是，我还生了一回气，生了一回不小的气。

我们下了楼，各自穿着雨披。我们上路了，我骑车，你坐后车架。

我一直在回想刚才生气的事。因为你也是当事人，当我们骑了一段路之后，我忍不住就提起了这件事——我跟你讨论事情的症结在哪里。

讨论的过程不必说，你清清楚楚。你不清楚的是，我又生气了，我在生自己的闷气。这个时候，我们来到了路途中唯一设置有红绿灯的那个十字路口。

我们离十字路口还有一小段路的时候，我就已经加速了，因为红灯马上要变绿了，而我们只剩下大约两分钟，要不然动作再慢点儿，赶到学校就迟到了。

好了，绿灯亮了，我们正好从小区外围的人行道赶到，右转，下坡，进入斑马线，准备过街。但是，刚开始下坡——也许是世界上最小的一个坡，就两三米长的坡道，十五度角都没有——我发现坡道与街面之间有一个水洼。我刹了一下车，随即，我们倒了，我只感觉，一股强大的力量，使得我支撑不住，然后，穿着雨披的整个身躯，朝右侧前方扑了出去，扑通一声，刚好扑在水洼里，结结实实的，要不是双手有一点儿支撑，下巴一定磕在水洼的底部……

我赶紧爬起来，回头，发现你也刚刚在斜坡上爬了起来。刚才你后仰，幸亏是屁股落地，而且，背上的书包帮你垫了一下底儿。我呢，还好，手掌、膝盖有一点儿挫伤，但无大碍。

然而问题是：我们是怎么摔跤的，还摔得这么有水平？短时间里，我无论如何都想不通。把你送到学校，我回到事故现场，反复推敲之后，得出了一个确凿的结论——我是气昏了头了！

那个下坡，我一天下两次，一学期里起码骑了两百多次，我太熟悉了。那么小的一个坡度，地砖又是防滑的；你这辆车可是刚买的新车，才骑第二天，轮胎防滑效果特别好。硬件没问题，唯一的问题是技术上——我记得这次转弯有点儿急，幅度过了一点儿，错上加错的是，我刹了右手上的刹车，是前刹车，那刹车贼灵光了。就在昨天，我刚刚叮嘱过你，下坡、路滑、快速的时候，切不可拉右刹车，这样容易摔跟头，今天，我自己居然就犯了这个错误，不惜“身体力行”。而错上加错之后还有错误，我的双脚竟然支撑不住跌势，这太意外了！

倘若不是因为那一刻我刚好在生闷气，今天我会摔这样的跟头，还把你也带上一起摔？

我相信，把这一起事故归咎于气昏了头，绝对没错。不要说生活中有人气昏了头撞墙滚楼梯了，再说一个我亲身经历的气昏了头的故事，这个故事你根本不知道。

就在几个月前，那一天晚上，我的那颗智齿突然发作，越来越疼，越来越疼。那颗智齿长出来的时候曾经疼痛了大半年，长出来后，没几年，就蛀了个窟窿，后来去修补，牙医就预言它不会安分，果然，每年它都要闹上几次。那一天晚上，我下定决心要去把它解决掉。我找了中医院，中医院的牙科，晚上竟然没有值班医生。我又去第一人民医院，又被告知牙科没有值班医生，但可以挂急诊约医生，而在排队的过程中才被告知，由于是夜间，即便牙医来了，也只能开止痛消炎药吊瓶，夜间绝对不能拔牙。我说我不吊瓶，只要在牙齿上钻个小洞就能止痛，然而被明确告知，夜间让牙医在我的牙齿上钻个小洞也是不行的，只能吊瓶。这一下，我火气大了——偌大的医院，竟然这么欺负牙科病人！我拂袖而去。

那一天晚上，我决心去私人的牙科诊所，哪怕那些私人诊所的器械未必是一次性使用的，潜藏着风险。我骑着公共自行车飞奔，牙齿疼得锥心刺骨，一阵一阵，海浪一样汹涌。可是，我飞奔了数条街道，找到了五六家牙科诊所，它们居然一律关门。难道晚上就没有需要急诊的牙科病人？当我即将绝望的时候，我在人民路老街东首的尽头处看到了一家牙科诊所，它赫然敞开着门。我喜出望外，如在水深火热中看见了救星！

我风风火火进了诊所。牙医很客气地让我躺上椅子，然而开灯一照，便做了一个让我伤心的动作——他随即把灯熄灭，让我起来，告诉我那颗智齿坏了，但夜里不能拔，先吃消炎药。我提议让他先给牙齿钻个小洞，因为太痛了，怕晚上熬不过去，可是他坚决拒绝了，还下了一个让人快气晕过去的结论来搪塞我，说钻个洞根本没用。

我出了那家牙科诊所，简直气昏了头！我骑上车向前冲，突然看见前面一片亮光，想起来了，那是个公园。我一拐车把，准备斜刺里冲向公园，抄个近路——可冲出去几米，才想起前面的亮光不是公园的灯光，而是一条宽阔的河！

我在距离河边一步之遥紧急刹车，胸口一阵怦怦怦狂跳。这一刻，我猛然惊醒了。这段路，我以前经常走，太熟悉了，也可以说，全城的人没有一个不知道，这里是老车站，这里还有一条臭水河！

我真是气昏了头了！这惊险一幕，让我心惊肉跳，我停止动作，面对河水，大口大口喘气，然后，我很快平静了下来。

“你是怎么啦？”我问自己。

我没有回答自己。我下车，推着车走了一段路，最后慢慢骑车回家了，因为，我发觉，几乎在突然之间，我口腔里的疼痛减轻了，一再地减轻……

是的，生气，太可怕了。我刚才没有说的一点，此刻我想说——那一晚，我之所以突然牙疼，我认为也是由于生气，那一晚晚餐后我刚刚生了一回气，那颗牙齿就开始隐隐作痛了，紧接着明显疼痛了起来。

生气会导致牙疼，是我的亲身体验。生气会导致胃病发作或复发，已经是医学常识。还有，一些心脏病病人，一旦生气，可能厥然倒地，不省人事，这是很多人遭遇过的千真万确的悲剧。

棋

小时候，我是很喜欢下棋的。那个年代，我们小孩子中最流行的就是下军棋了。一开始是下“乱棋”，所有的棋子全趴着，搓乱了，摆好，然后一颗颗依次翻开来进行厮杀。后来则下“暗棋”与“明棋”。“暗棋”是划分阵营，两人或是红军或是白军，背对背布阵厮杀，讲究虚实、策略、机巧与阵法。那时候，我可是下“暗棋”的高手，因为我善于出疑兵、布奇兵、摆奇阵。“暗棋”的缺点是比较麻烦，捉对厮杀时需要一个裁判无趣地站在边上，而“明棋”就没有这个麻烦，两个人背对背布阵，然后棋子哗啦啦全部仰倒，旌旗猎猎，明明白白地厮杀，少了许多尔虞我诈，也就更讲究策略与阵法。

上初中的时候，我们班流行下象棋，我每天杀得天昏地暗，然后在梦里，车马炮满天飞。曾经有一度，有些同学在下围棋，但围棋毕竟安静了太多，热不起来，我也只是会下，却不喜欢下。倒是用围棋来下五子棋，流行了一阵子，我也下了一段时间，后来觉得无趣，于是洗手不干。

没想到，你也喜欢下棋。

那会儿你还很小，小学一二年级差不多，几乎每天磨着我，要学下象棋。一开始我觉得有趣，教了你几次，但你的脾气让我受不了——你那么臭的棋艺，还只许自己赢我，不许我赢你。慢慢地，我一见你邀我下棋就逃避，而教授棋艺的重任落到了妈妈的身上，她教会了你下跳棋与五子棋。

没有料想到的是，在学校里，你也经常与同学们切磋棋艺，而且棋艺突飞猛进。后来有一天，无论我与你下象棋、跳棋还是五子棋，我都很快败下阵来。这个时候我才深刻体会到你以前为什么输了棋不高兴了！

跟我和妈妈下，你已经不过瘾了，有一回你提议与电脑下，我和妈妈也觉得好玩，抢先下了几盘五子棋，结果一路败北，可轮到你与电脑下，没走几下，电脑就认输了！更绝的是，你再与电脑下，马上又赢了，而电脑居然会耍赖，明明是你赢，我们仨都看得清清楚楚，它却显示说是你输了！

那一次，你要再下，被我拦住了。

我不让你再下棋，不是因为发现连电脑都会耍赖，而是，我发现你似乎对下棋有一种与生俱来的爱好，这一点让我忽然警醒。

我问你知不知道有一个词儿叫“烂柯”的？你一愣怔，说不知道，于是我给你讲了一下这个词的典故——那个砍柴人去看人家下围棋，看得入迷，不知不觉过去了几百年，连地上他先前放下的斧子的木柄都已经烂掉了！

那次，我讲“烂柯”，是试图借此带出自己对下棋的成见——印象中，我对下棋之类的成见似乎在中学时代就有了，我最后对下棋之类越来越不感兴趣也是缘于此，那就是，我认为下棋之类仅仅是一种白白浪费人精力的智力游戏而已，这种智力游戏是会让人入迷的，入迷之后，便无可救药了！

然而，根据我的察言观色，你仿佛没有领会我的用意，而偏偏又钻到“烂柯”这个好玩的故事里头去了……

我想起曾经听到北京的两位诗人讲述的故事——他们是一对忘年棋友，几乎每星期就有两个下午都是在一起连续不断的厮杀中度过的。那个故事我没有听完就强迫自己不听了，我觉得太恐怖！

那次我又想起前不久与远方的一位编辑讨论问题。我们通过QQ交谈，他那头的回复总是很慢。我问他在干什么，他说在下棋，在与电脑下棋。他下什么棋我已经不关心，我只是马上直接丢过去一句话。

“这么晚了，一个人与电脑下棋，有意思吗？”我问。

“当然，不下棋的人不明白这个乐趣的。”他答。

应该承认，他答得不仅干脆，而且有理。但我可不管这个理，我只是觉得恐怖。

关于下棋这个问题，我觉得我还有许多话要跟你讲。我觉得我任重而道远。

织纹螺

织纹螺恐怕是个学名了。这种仅有钢笔头大小的有着金黄色织纹的尾巴尖尖的海螺，在我们家乡有个广为人知的俗名，叫海蛳。

海蛳可是从前最受欢迎的小吃了！我在镇上读中学的时候，每回经过老十字街，都会看到那几个常年卖海蛳的摊位，那一脸盆一脸盆炒熟了的海蛳，散发着诱人的香气，让人直淌口水。而在电影院门口，海蛳是和葵瓜子一起出售的。卖葵瓜子的小贩撕下一页书纸，手一转，把它做成漏斗形，既可以装葵瓜子，也可以用来装海蛳。这就是说，大家买海蛳就像买葵瓜子一样，感觉上，吃起来也是一样的，葵瓜子一嗑，瓜子仁儿到了嘴里，海蛳一吮吸，那一点儿肉也像瓜子仁儿一样到了嘴里，非常香，同时分量非常有限，因此这香也就弥足珍贵……

吃海蛳之前，海蛳的尾部肯定是被剪开了的，所以，吃完海蛳之后，海蛳的壳儿经常被女孩子用线串成串儿，当作手链戴在手腕儿上，或当作项链，戴在脖子上，特别漂亮。

应该说，在从前，海蛳是我们家乡人们都吃过并且爱经常吃的小吃，甚至可以称作是他们的零食。

但是，不知从何时起，海蛳不能吃了，它成了一种剧毒的东西，让人闻之色变。这不是海蛳产生了变异，而是，大海被人类污染了。海面上经常产生“赤潮”——如果出海，就会看到海面有成片儿或呈带状的红色，那就是藻类泛滥导致的“赤潮”——海蛳摄食了有毒的海藻，日积月累，身上积聚了可怕的毒素，这种毒素能与河豚内脏、血液里的毒素相提并论，一旦进入人体，最快几分钟最慢几小时，就能让人因神经性麻痹而死亡，即便及时抢救，也很难成功。

更诡异的是，有毒的海蛳其实并不多，只是一年里的某一些日子的某一些地方的某一些海蛳有毒罢了，而人类是最善于怀有侥幸心理的奇怪动物，所以这些年来，吃海蛳的人还是不少，每年总有人中毒，中毒的大部分人死亡，但这阻止不了人类的疯狂——可以设想，要不是如今明令禁止出售海蛳，卖海蛳的小贩会更多，吃海蛳的人也会更多。

对于上述内容，或许你会觉得费解，但是，费解就好，千万不要质疑其中的任何细节。

其实你也吃过海蛳的！不过你不会记得，只有我们记得——你还在妈妈肚子里的时候，有一回小姨妈买了一包海蛳，然后与妈妈分着吃完。就在那几天，有几拨人因为吃海蛳中毒进医院，抢救不了，死亡了。那妈妈与小姨妈为什么还敢吃海蛳呢？说起来可笑，那时候我们都不知道海蛳就是织纹螺，电视和报纸上多次报道织纹螺中毒事件，但居然一律只称织纹螺怎么怎么的，却不称其俗名海蛳。幸亏那次运气好，她们没有吃到有毒的织纹螺。

最近我听说的有关织纹螺中毒的事件有两起，都比较“有趣”。

一起是一帮人在饭馆里吃海蛳，他们事先竟然是想到过吃海蛳可能会中毒的，只是因为饭馆堂而皇之摆出海蛳在卖，他们就以为不会有事，于是点了，而且吃了，但吃下肚子没几分钟，就开始呕吐、头晕、口舌手指麻木，送医院急救，可是世界上没有解这种毒的特效药，一下子就死了几个人。

另一起是有个人在卖海蛳的小贩那儿买到了最后一包海蛳，然后分给许多人吃。据说大家也都想到了“中毒”这两个字，但同时又想到，那小贩一大脸盆的海蛳卖光了都没有出事，于是放心大吃。还好，不知道什么原因，这一次没有致命，只是让所有贪嘴的人上吐下泻了好一阵子，在医院的急救室里虚惊了一场。

请注意“有趣”的细节——人类做每一件事之前都有一些看起来比较可靠的逻辑，比如这两起中毒事件中的当事人。

说到这儿，我自己也吓了一跳。

其实，有毒的不仅海蛳。由于污染，许多海螺都是携带毒素、病菌、病毒的，只是没有引发类似海蛳这样的急性中毒事件而已，这已经是医学、卫生方面的常识。在我的概念中，此类食物，有害无益，我一向敬而远之，但有时候，在酒席上，觥筹交错之间，我的手，也会不自觉地随着众人伸向一个螺，又伸向另一个螺……

阑尾炎

你十二岁的时候，也就是去年，出了一件大事——你得了阑尾炎，住院切除了阑尾。

得过阑尾炎的人可多了，他们中的大部分都切除了阑尾，这原本算不得什么，但你的情况有点儿特殊，今天我要详尽地把它记录下来，一来备忘，二来，其中的许多细节，我认为它们值得你好好琢磨。

2013年5月9日，星期四，下午放学，妈妈去接你，你说肚子疼，回到家就发生了呕吐。由于疼痛的部位在胃部，我们想当然地以为是胃的问题，并进而联想到学校里的午餐是否有卫生问题。当然，我也想到了阑尾炎，我用手指按过你的右下腹，你说不疼，这让我舒了一口气。当天夜里，你一吃东西就呕吐，我们还是觉得不太对劲，赶紧把你送到中医院去挂了急诊。中医院没有儿科急诊，内科急诊室的医生给你做了检查，让你躺下，用手指按压了整个腹部，认为没什么特别的症状，就开了一种名为“铝镁加混悬液”的胃药，让我们回家观察。自然，这个药吃了几次，都是一吃就吐。

第二天上午，我和妈妈把你送到计划生育指导站。不去医院而去那里，是因为我们熟悉的中医院的一位儿科医生退休后去了那里坐诊。那位医生也给你做了检查，询问了一下情况，认为是急性胃炎。我觉得也是。你只是呕吐嘛，其他一切正常，既不拉肚子，也没发烧的，只是，不知道胃炎是细菌引发，还是感冒病毒导致。

那位医生开了药，吊了瓶。中午我们回家的路上，你又呕吐了。上次你表妹也是这样的症状，那位医生也是给吊了一瓶，就彻底好了。但你不行。由于有你表妹的经验，我们倒不是特别担心，不过那天是星期五，接着的周末我们根本没时间抽身，所以有些急，半下午的时候，想再去找那位医生看看，可一看时间来不及了，只好去近旁的中医院。

中医院的那位儿科专家，据说用药有点儿厉害，至于诊治经验，我们毫不怀疑。她给你做检查后提议要做彩超检查，虽然我们觉得她小题大做，但彩超只是花钱，并没有副作用，于是也很乐意。在做彩超的过程中，我和妈妈的心里都咯噔了一下——面对仪器里的图像，彩超室的医生似乎有些疑虑，请另一位医生又检查了一遍，然后那位医生下了判断，在“超声提示”一栏打上“肠系膜淋巴结增大”。把报告单交给那位儿科专家，我们比较紧张，问她什么是“肠系膜淋巴结增大”，她沉默了一下，说这个问题可大可小，先用药再说。她开的药主要是“头孢地嗪钠”，说先吊两天瓶，周六再复诊。

下楼取药时，我们心里还是比较放松的。医生开了头孢类抗生素，说明只是炎症而已。我准备打电话向计划生育指导站的那位医生询问，正好她早一步打电话过来了，听了我的描述，她在那头大笑，称“肠系膜淋巴结增大”比较常见，用点儿抗生素就好了。她的大笑我明白了，敢情，她的前同事、楼上的那位专家让你去做彩超，完全是多此一举，而且，专家的那个沉默，还说问题可大可小，完全是故弄玄虚，是欺骗我们对医学的无知——不过我们理解她的行为，她需要为自己创收，也需要为医院创收，我们大可见怪不怪。

那天晚上，你没有再呕吐，但吃不下饭，早早休息之后，第二天一早，说小腹疼痛。我检查了一下，确实是小腹，不是右下腹。那个位置有什么呢？既然不是右下腹，我舒了口气，然后就自作聪明，判断你是由于长时间弯腰反复呕吐，导致小腹肌肉酸痛。

第三天是周六，上午我急匆匆背你去中医院吊瓶，因为疼痛，你无法自己走动。我先背你上楼找儿科的那位专家，提议先让她复诊，而她不理，称先吊瓶后复诊。你在吊瓶，妈妈陪同，我回家给学生上课，中途课间又跑回去把结束吊瓶后的你背回到楼上让专家复诊——复诊时我们反复强调你的疼痛，可专家的回答试图让我们释然，她用手指比画出那些肿大的淋巴结的样子，说抗生素不可能让它们一下子消失，所以疼痛，所以还要再吊两天瓶，然后周一再复诊。她为此又给你开了两天的吊瓶。

周日，你还是疼痛，去医院吊了瓶，还是疼痛，不想吃饭。周六和周日，由于接连给学生上课，忙得不可开交，间隙里去查看坐在书房沙发或藤椅里的你，要么皱眉闭目，要么对着电脑看片子，偶尔还会露出笑容，虽然又随即皱眉喊痛。最主要的是，医生说了，这个并不能一下子痊愈，所以也就只好寄希望于时间，希望你能一天好似一天。

挨到了周一的时候，你的情况还是不妙，肚子仍旧疼痛，我和妈妈决定再次送你去计划生育指导站找那位医生。她了解情况之后，脸色变得凝重起来。用手指给你做了按压检查，竟然还是小腹疼痛。她说不对，感觉腹部炎症很厉害，要验血。结果一化验，白细胞计数真的严重超标。后来做了彩超，这才知道，你应该是得了阑尾炎！

时间已经是中午，马上送你到第一人民医院，找了外科医生，按压腹部检查后确诊是阑尾炎，但医院中午不收病人，得等到下午的上班时间。暂且回家后，我给中医院的院长打了电话，我跟院长比较熟，他是位外科专家，他热情地指定了一位高明的外科医生为你诊查。我们赶去中医院，那位外科医生一看你直不起身子来的走路姿势，几乎就确定你是阑尾炎发作了，他说这个姿势正是一种典型的“自我保护性姿势”。他检查后，接着便以外科病房已满以及中医院没有专门的儿科病房为由婉拒了我们的住院请求。

下午上班时间，你正式入住第一人民医院肝胆外科。没想到的是，到了这个环节，事情还是离奇曲折。

做 CT 时，请了该医院比较有经验的医生看片，他居然对阑尾附近那颗特殊物质大为诧异，称不知道是什么东西。并且，他竟然吃不准是不是阑尾炎。片子传到了楼上，多位医生会诊，也是众说纷纭，大多怀疑你误吞了什么金属物，只有主治医生比较肯定，认为恐怕是阑尾穿孔了。

接着是做手术。主治医生称马上手术，让你穿上护士下发的衣服，做好准备。可是不一会儿，护士又通知说不做手术，因为麻醉科医生太忙了，忙不过来，你的手术被从下午三时延迟到晚上七时。

晚上七时动手术，切开口子时，据说整个手术室都散发着一股恶臭味。主刀的那位主治医生找不到穿孔的阑尾，差点儿放弃，准备缝合后再二次手术，幸亏最后一刻找到了那穿孔的阑尾。

后来，主治医生称手术难度非常大，但手术比较成功，他拿给我看切下来的阑尾以及罪魁祸首——那颗曾被误认为是金属物的硕大的“粪石”。

手术结束后，没想到还有意外。

第二天吊瓶期间，你眼睑周围冒出红色的丘疹，护士赶紧拔了吊瓶，那个吊瓶正在输“头孢地嗪钠”。青霉素过敏可是很恐怖的事，护士长也来了，主治医生也来了，马上静脉手推激素与葡萄糖酸钙注射液。这时候问题出来了：“头孢地嗪钠”是此次手术后的首选抗生素，改用其他抗生素，消炎效果肯定不佳。而更严重的问题是：在护士长的带领下，护士们给你做了好多种抗生素的皮试，得到的结果都是阳性，也就是说，这些抗生素都不能使用在你的身上。

那一天是 5 月 14 日，肝胆外科的多位医生反复讨论给你使用哪一种抗生素，但他们建议使用的所有抗生素，皮试结果都是阳性。戏剧性的是，每做一次皮试，我都认为护士们的判断结果是错误的，我都跟她们说你的皮肤原本就有点儿粉红，是不是看错了？而她们的回答令人沮丧，毕竟，她们是那么专业，我根本无法置疑。

因为你的阑尾已经穿孔、化脓，导致了腹膜炎，抗生素是无可取代的救命药，但那一天，你没有其他抗生素可以用来输液，只有单一的“奥硝唑氯化钠注射液”。第二天，5 月 15 日，你的眼睑周围再次冒出红色的丘疹，这让我欣喜若狂，我跑去喊来护士长，护士们纷纷聚集来，终于承认她们昨天犯了一个判断性错误——你是由于体质虚弱，荨麻疹发作，而不是抗生素过敏，同时也说明，前一天她们对你的所有皮试结果的判断是错误的！

5 月 15 日那一天，“头孢地嗪针”重新启用，但是还有意外——等到下午所有吊瓶结束，我和妈妈注意到，没有最重要的“头孢地嗪钠”！我们去找护士，护士们斩钉截铁予以否认，幸亏我们坚决指认，最后她们盘点完所有药品，才发现真的多出了两瓶“头孢地嗪钠”……

你在第一人民医院肝胆外科一直住到 5 月 21 日出院，“出院记录”里明确记录着主治医生对于你的诊断是“急性化脓性阑尾炎伴穿孔、局限性腹膜炎”，而医院的诊疗方法是“行全麻下阑尾切除、腹腔冲洗引流术”。

记录到这里，不知道你有没有发现我的记录比较客观同时也比较枯燥？

是的，当我记录这些的时候，整个过程都让我压抑、难受，我觉得这样的回忆让我重新体验了一遍痛苦。但是，我还得坚持再记录一些重要的东西。

首先我要说明，整个过程，你遭受了极大的痛苦，而我和妈妈还有小姨妈等亲人都备受煎熬，只不过这些人之常情我不想写，把它们抽离了。

重要的是我们要检讨：第一，对于医学常识，我们掌握得还不够，至少在阑尾炎这种病症上是这样；第二，由于不懂常识，我们犯下了一个严重的错误，就是没有把你送去让外科医生来检查——尤其是疼痛，各个部位的疼痛，找外科医生做检查是必须的。

你出院后，我去找过中医院的院长，那位外科专家在我找他的时候，我亲眼看见他在门诊室花三分钟就确诊了一个阑尾炎患者——那个女孩子刚刚发生了几次呕吐，肚子只是有些难受，并没有发生疼痛，他给她检查了一下，用的照样是手指按压腹部的诊查方法，就说不是胃的问题，而是阑尾炎，需要尽快手术。看到这一幕，我真的是后悔至极！要是我带着你一开始就找他，你不是不需要受那么多罪了吗？

“我们这么好的朋友，你怎么就没想到要来找我呢？”他质问我，我哑口无言。

后来我和妈妈带你去找这位院长，他查看了病历后分析了情况：计划生育指导站的医生没有过错，但他们中医院的儿科专家犯了一个大错误！他说小孩子和老人得阑尾炎，经常症状不典型，病情随时就会发生变化，而那位儿科专家，她根本没考虑你得的是阑尾炎，她开的彩超单上指定的检查部位也只是肠系膜。他还指出，阑尾炎前期可以药物控制，尽量不动手术，让一个小孩子在得阑尾炎之后穿孔，家长和医生都太不应该了，还有，第一人民医院麻醉科拖延手术长达四个小时，简直草菅人命，而腹膜炎是阑尾穿孔导致的，若是手术做得不成功，将后患无穷！

幸运的是，这一次阑尾切除手术，做得还特别成功。主刀的主治医生事先告诉过我们的种种不好的可能，通通都没有发生。

这一次事件，致使你有五天时间几乎颗粒未进，瘦了五公斤。阑尾永远没有了，永远不会再得阑尾炎，但阑尾不是医学界以前一直误以为的没有什么用处，它现在已经被科学研究证实参与免疫系统，并且还能分泌细胞、多种物质、各种消化酶、激素等。也就是说，没有阑尾是一种很大的损失，至于损失了什么，究竟有多大的损失，只能想象，无法阐明。

在你出院的前一天，你收到了自己创作的第一部长篇小说《喜糖的魔力》的样书，那是出版社快递而来让你先睹为快的。反复抚摸着漂亮的《喜糖的魔力》，你深有感触地说："我差点儿看不到我的书了！"

你十二岁那年的5月，是个黑色的5月。我把它的细节一一记录了下来，希望你永远铭记它，把它当作一个深刻的人生教训。好在，作为一个作家，几乎能把自己经历过的任何苦难都化为精神财富，不是吗？

皮包

第六版《现代汉语词典》里，“包皮”的释义之一是“阴茎前部覆盖龟头的外皮”。

没错，我要说的是包皮，不是皮包。

我为什么要把包皮说成皮包？这里有个典故，你肯定不记得了。

你四岁的时候，你的一个表哥在中医院割包皮，后来我带你去外科病房探病，碰到亲自为你表哥做了“包皮环切术”的院长，我请他顺便检查了你的包皮。

在我的眼里，你的包皮应该是属于正常的，印象中，小孩子大多这样，可是，据说许多小孩子都去割包皮了，据说他们到了医院检查，医生们认为大多数小孩子的包皮都过长了，甚至是“包茎”，必须把包皮割掉，尽早割。那些小孩子割包皮还没什么，重要的是据说在美国，小男孩一生下来就要割掉包皮的——这么一说，好像确实值得重视与借鉴。

作为外科专家的院长，仔细翻了翻你的包皮，得出了结论。

“有点儿长，看样子要开个刀，但现在还是先留着吧，经常帮他翻一翻，看以后龟头能不能自然露出来。”

在我眼里，他的结论，几乎就是权威了，我从来不怀疑的。因此，你的包皮过长，这个事实，我是相信了。

“皮包”的典故就在这里。

那位院长刚步入电梯，你就开问了。

“爸爸，你的皮包呢？”

“我哪有皮包，我从来不用皮包。”

“就是这个皮包哇！”

你用手指指自己的裆部，我才恍然大悟，也笑弯了腰——你错把包皮说成皮包了。

“我小时候也有‘皮包’，但后来长大了，‘皮包’就渐渐没有了。”

我将错就错。后来，在我们家，有很长一段时间，每回说到包皮，我们都不说包皮，只说皮包。

包皮的事，一直让我和妈妈惦记。但你总是不喜欢让我帮你翻包皮。有一次我在反复审视你的包皮之后得出了结论，觉得这样的包皮应该没有大碍，因此，就把翻包皮的任务交给了你自己。后来我暗中观察，其实你自己没有去翻，不过，这事也就听之任之了。

在你八九岁的时候，我带你去中医院看过一位相熟的泌尿外科的医生，他检查后认为必须开刀，而且说，这种手术年龄愈大愈麻烦，包皮与龟头的粘连会很严重。可是，我了解了一下，在你这个年纪的孩子割包皮，要做全身麻醉。全身麻醉风险太大了，副作用也太大，非到万不得已，干吗要做？

后来我又去咨询过中医院的院长，他给我画了图，讲解了“包皮环切术”的要点，说割包皮虽然是个小手术，但也潜藏了诸多风险——切多少、留多少，要恰到好处，有些技术不好的医生做这个手术，有可能导致阴茎勃起后歪斜，不能正常竖立。他这么一说，可把我吓着了，虽然他说你的包皮还是要割。

“可是，为什么一定要环切呢？”我表示困惑，“比如袖口吧，袖口小了，捋不上来，那我在袖口上剪一点点的豁口，让袖口变大不就行了？这样岂不是损伤最小，一点儿风险也没有，而且不给病人造成痛楚？”

根据我的了解，做“包皮环切术”后的孩子都要经历几天甚至更长时间的痛楚，而我怎么都想不明白为何一切到包皮，就必须做“包皮环切术”。但院长没有直接回答我，只是笑了笑。他也许认为与我这个外行讨论专业的外科手术方法有点儿不必要甚至是对牛弹琴吧。

你十岁那年，我们一家到杭州住了好多天，趁着这个机会，我和妈妈带你去儿童医院看鼻炎，被告知过敏性鼻炎是个世界难题，这在意料之中，接着又去看你的包皮。省城的专科医生应该是更权威些吧，他也说要割。但我说：“能不能不割？”可能是我的表情给了他压力，他沉默了一下，很勉强地说：“这个样子，嗯，不割也就不割吧！但必须经常翻洗，以后还要继续观察。”

说起来特别有趣，从儿童医院出来，我彻底地决定，你的包皮不割了！我的行为其实是多么自欺欺人，我知道。

话说到了现在，事态的发展似乎一直在我的预想中——你的包皮，已经完全能翻上去了。这包皮，以后真的可以不再操心了。可是，据我所知，事实上，大多数的男孩子都去割过包皮，都做了“包皮环切术”，都经受了这割包皮的痛苦。

我想，你恐怕还不知道“割礼”一说吧？男孩子切除包皮，其实就是一次男性的“割礼”。作为一种宗教仪式，《圣经》中有记载。当然，男性的“割礼”有一定科学依据支持，女性的“割礼”则完全是恐怖的陋习了。只不过，现在男孩子的“割礼”，大多由外科医生给做了，而你，成了一个成功“逃避”了这种现代“割礼”的男孩子。

今天，偶然想起包皮，我去查了一些资料，突然发现有一个颇具戏剧性的变化——医学界对包皮的看法似乎刚刚发生了改变，大家都认为包皮是有用的了，声称它会分泌一种杀菌的物质，还列举了保留包皮的诸多用处。

因为我的坚持，你的包皮幸免于难！

擦屁股

"'擦屁股'是什么意思？"有一次我问你。

你似乎很尴尬，讪笑着，说："帮别人做事吧？"

我说："不够准确，是比喻帮别人做没有做完的事，或者处理别人做得不好的事，甚至是处理别人做得很糟糕的事。"

我们讲的是这个词语的比喻义。我们之所以讲到比喻义，是由于这个词语的本义。

其时，你是坐在马桶上，而我手捏几张折叠好的手纸，正准备为你擦屁股。这显然正是你尴尬的缘由——你已经十三岁了，但只要我们俩都在家，或者同在某一处，你就不是自己擦屁股，而是喊我去帮你擦。

就因为长这么大了还让我帮你擦屁股，而我也任劳任怨，甚至乐在其中，我们父子几乎都遭受过所有目击者、知情者的嘲笑或批评。

帮你擦屁股，这件事，肯定是自从你出生我就干上了。但一开始，肯定不是我的专利，应该是我和妈妈比较随机地帮你擦。记得后来妈妈渐渐淡出，专业擦你屁股的重任落在我手上，是因为你对我们在这么一项服务性工作上的服务质量的评价——你认为妈妈擦得潦草一些，而我擦得细致，并且，你还动用了“舒服”这个妥帖的词，用来形容我擦屁股时给你的良好感受。你对妈妈的不良评价，导致她找到了最好的借口，此后绝少给你擦屁股，除非我缺席不在现场。

擦呀擦，转眼你到了五六岁吧，正是该学会自己擦屁股的阶段，我发现，你的肛门有点儿异样，周围有一些红肿，像是过敏，送你去看皮肤科，才知道这是肛门湿疹，而肛门湿疹是由于你有天生的过敏体质，正像你的过敏性鼻炎——肛门湿疹与过敏性鼻炎是过敏体质这根藤蔓上结出的两个果子。

那次看皮肤科之后，带回医生开的药膏，给你搽。那是种带有激素的药膏，一搽，效果挺好，可那些药膏都不能长时间使用啊，而一停药，肛门湿疹马上复发。接着换了几种药膏，大致上也是如此。

停用药膏之后，我一开始给你用爽身粉。每次细致地把屁股擦得干干净净，用棉签搽一点儿爽身粉在肛门及肛周。这方法还真管用，你的肛门湿疹几乎不再犯了。但过不了多久，坏事了，有的爽身粉被新闻媒体曝光，那是黑心粉，它们大多以滑石粉为原料，而滑石粉对身体有危害。

为了绝对的安全，爽身粉被丢到垃圾桶里去了，我改用纯天然的松花粉——是你爷爷奶奶在一座高山上的松树林里亲手采集然后焙制的松花粉——代替以前的爽身粉。

这样的松花粉，一直用了几年吧，功夫不负有心人，终于，我成功了，你的肛门湿疹似乎已经彻底不会复发了。

现在你十三岁。大约早在两年前，我就不再给你使用松花粉了，只是帮你擦屁股。原本，我是应该收手的。擦屁股这样的事，还是得让你自己动手，可是不对，我试着放手了几次，发现你自己擦的话，比较草率，没有彻底擦干净。思来想去，我决定还是继续帮你擦——我对你说过，我要让你的屁股成为全世界最干净的屁股之一，而你更绝对，说自己的屁股是全世界最干净的屁股，后面没有“之一”二字。

关于擦屁股，我说了这么多，也许你会感到有那么一点儿无聊甚至是恶心？不过，我不觉得，我只觉得自己在此处需要煽情。

作为你的爸爸，我想说，当你长大成人，你恐怕不记得爸爸对你所有的好了，但有一样我想你一定会记得的，那就是擦屁股。我要帮你擦屁股，擦到十四岁、十五岁，假如你不觉得害臊，我可以继续擦，擦到十六岁、十七岁、十八岁……

当然，你要记住一点：我可以十多年如一日为你擦屁股，但这个“擦屁股”是本义上的“擦屁股”；我希望自己永远不要帮你做比喻义上的“擦屁股”。

生日

还记得两年前我的那个生日吗？

那天我起得特别早，在卫生间洗漱，完了去书房准备写作，发现笔记本电脑上摆着一张卡片。卡片是手工绘制的，上面有稚拙的图案和一行大字："祝爸爸生日快乐！"

我明白过来，这是一份礼物，并且是你趁我不留神，悄悄于一两分钟或几秒钟前钻出被窝跑过来摆下的，因为我刚才来书房时这张卡片还是没有的。这时候我抬头，窗外天色未明。平日里的此刻，你都还在呼呼大睡，可是这一天，你居然如此"处心积虑"，让我惊讶不已。

收到礼物总是让人开心的吧？而且是儿子给我的生日礼物！

但是我没有开心，还由于你的礼物而闷闷不乐。

吃早饭的时候，我板起面孔，很严肃地教训起你来。

"我从来不记得自己的生日，也从来不认为一个人的生日会有什么特别的意思，以后别在我生日的时候玩这些小花样！人生中有太多重要的东西需要你去琢磨，知道了吗？”

我想，那一天的事以及我的态度，你应该是还留有印象的。也许，那一天的我，给你留下了非常恶劣的形象。如果真的是这样，也不错。

事实上，我当然记得自己的生日，我说从来不记得自己的生日，意思是说，我从来不在生日那一天或其他日子里想起我的生日这件事。

在我小时候，那个年代，我相信绝大部分人对生日是从来不关心的。大家重视起生日，是生活富裕以后的事儿，尤其是小孩子的生日。当然到你出生之后，无论小孩还是大人，做生日似乎是个时尚了。可是说真的，生日这样的日子，我从来不认为有什么意思。

小时候没过过生日，长大了，也没过过生日，青年时代没过过生日，现在人到中年，这生日，几乎成了一个魔咒——生日到了，忙忙碌碌、浑浑噩噩地又长了一岁，宣告这人生的道路又往前迈了一大步。生日，对于人到中年的我，应该是闭门思过甚至痛哭流涕的一天，有什么值得祝贺的？

再说你们孩子，几乎所有的孩子都要做生日，至少在生日这天要庆祝一番。但你呢，在我的刻意遗忘下，你的生日大部分是一不小心就过去了的，其间有那么几次，你在生日的时候吃到了蛋糕，那是你小姨妈与小姨父特意买了送过来的。

我之所以要遗忘你的生日，要你也养成忘记生日的习惯，是基于同样的道理——我从来不觉得生日有什么意思。

比较而言，小孩子的生日，是有那么一点儿意思的，那就是又长大了一岁，值得庆祝。但我一直认为，生日这一天，世界上的每个人都应该想起自己的母亲——此刻，你的母亲在哪儿？你有没有关心她？可不可以在这一刻，你回到她的身边，拥抱一下她？然后，让她在这一天里放下一切家务，包括下厨房做饭，由你来服侍她一天？如果一定要吃蛋糕，应该是你给她买一个，与她分着吃！

我希望有一天，你让妈妈给你讲讲她怀孕时所遭受的痛苦——因为怀孕而引发长达数个月的周身瘙痒，然后剖宫产，手术中麻药无效，那种疼痛刻骨铭心，手术后，身上留下了永久的瘢痕和疤痕，然后是没日没夜地照顾一个很难伺候的婴儿……

我希望，你以后至少在生日的时候，要想起妈妈，无论在何地，如果条件允许，哪怕是越过千山万水，也要回家陪伴在妈妈身边过你的生日，可好？

一只出意外的茶杯

去年腊月里我的那次长沙之行，其中有一个小事情可以在此一叙。

那次出行，我带了平常一直在使用的茶杯。带这么一只茶杯，是为了在旅途中喝到自己用茶叶泡出来的茶，而不必将就喝味道寡淡的矿泉水。

这只茶杯，我没有装进拉杆箱，而是跟毛巾、茶叶罐和饼干一起，放在一个小环保袋里，这么做一来是拉杆箱有点儿挤，二来，放在外面，便于随时可以喝茶。

出门之前，我就有一个预感，这只脆弱的瓷杯恐怕难以陪我走完整个旅程。但我又想，也未必，只要我多加小心，善始善终还是有可能的。

出门之后，下楼，坐公交车，抵达火车站，上动车，这一系列过程中，环保袋大多没有被我拎在手中，它套在拉杆箱那拉伸出来的拉杆上，而不是挂在拉杆上握手的位置——拉杆箱立着，懒得拎环保袋，我就把环保袋的两条带子挂在拉杆上握手的位置，可是挂上后发觉，两条带子容易滑落，一旦滑落，环保袋就会掉到地上，袋子里的茶杯就有粉身碎骨之虞。因此，我把两条带子像系鞋带一样打了个结，扎住了环保袋的口子，然后把两条带子套进拉杆，也就是说拉杆穿过了两条带子，那么环保袋永远不会滑落在地了。

上了动车去杭州，在动车上，我是用茶杯泡了茶，喝了几杯的。喝茶的过程中，我发现车厢里好多人都投来了好奇与羡慕的目光，因为他们的前面都只是摆着矿泉水。

到了杭州，再转车去长沙，中途我得在火车站等两个小时，有位朋友闻讯赶来，我们一起在火车站内找了一家餐馆吃晚餐。在这之前我们为了挑选出最满意的一家餐馆而在所有餐馆门前来回走了两趟，我的环保袋都套在拉杆上，随着拉杆箱在移动。可最后，还是出意外了。

我们好不容易选中了一家餐馆，点菜的中途，我们两人面对面在讨论，我的目光停留在跟前的拉杆箱上，发现那环保袋这样套在拉杆上，耷拉着，比较滑稽，于是，我把两条带子拉上来，挂上拉杆的把手的位置，这样一来，拉杆箱立着，环保袋几乎也“立”着了，看上去舒服一些。但是紧接着，要买单了，我赶紧掏钱，这时发现那朋友也准备掏钱，我急了，要阻止他——我得绕过拉杆箱去阻止，或者抢在他的前头买单，中途我想到了那挂着的环保袋，但实在是来不及去顾它。好了，我绕过去抢到先机买单了，可朋友执意抽回了我的钱，他买了单，无奈之下，我只好退了回来，然而就在那一刻，不知是谁——我或者他或者旁边的人碰了一下拉杆箱，我那挂在拉杆把手上的环保袋应声滑落，摔在了地砖上，与此同时，我听到了啪嗒一声，那是一种让人绝望的瓷器碎裂的特有声响……

关于一只微不足道的茶杯的破碎，我为什么啰啰唆唆说了这么多？

作为一个悬念吧，看到这里，你能不能停顿下来思考两分钟？

先说后果。杯子摔成了三瓣，后来我把它投进火车站的垃圾箱，完事了。当时想，得去买两瓶矿泉水。转念一想，火车上反正有卖矿泉水的，不麻烦了，上车再说。谁知道，那趟火车坑啊！那不是动车，不是高铁，而是普通的绿皮火车，有点儿慢，从杭州到长沙，漫漫十二小时；我坐的是硬座，车厢里挤满了春节前提前返乡的民工，而且车厢里空调开得太热，渴呀，渴得喉咙冒火，可是火车上竟然不卖矿泉水——列车员不停推小推车过来推销各种饮料，却一次次声称矿泉水卖光了，当我表示异议，他们又说待会儿会有矿泉水的。我一次次等待，等待一次次落空，最后挨不过了，趁火车停在某个大站，下车买了一瓶看上去就是伪劣产品的矿泉水，可这时候，我已经在车上等了十个小时的矿泉水了！

你有没有思考两分钟并得到了答案？

看看你是否有跟我一样的答案，或者是比较接近的答案。

我的答案是：生活中不能存在任何的侥幸心理，大多数意外的发生，其实都不是意外；小小的一只茶杯，我们尚且可以买单，比茶杯更大的意外，恐怕就是我们难以承受的，甚至是根本无法承受的！

烟酒茶

我不吸烟。不吸烟应该是与你爷爷不吸烟有关——我爷爷也不吸烟，应该正是这个原因，你爷爷以及他的几个弟弟，除了那做木匠师傅的三叔，他们都不吸烟。但我曾经这样想过：假如你爷爷吸烟，我就会跟着吸烟吗？我的答案是未必，更多的可能，还是不吸烟；哪怕学会了吸烟，而当我明白事理之后，也是会毅然戒烟的。

吸烟有害健康，这倒不完全是我不吸烟的原因，更大的原因是家庭环境的影响，我从来都对烟草的气味比较反感，而更反感的是，吸烟者自私地吞云吐雾，却肆无忌惮地让呛人的烟雾弥漫了旁人！

吸烟的朋友来了，聊完天，人走了，整个书房却充斥着烟味，萦绕不散，彻底开窗通风，第二天，烟味还是有所保留的。出门应酬，酒店的包厢里总是有吸烟之人，散席回家，脱下的每一件衣服都带着烟臭，哪怕晾一晚，再晾一天，都无法除臭。

在公共场所禁烟，这是潮流，更是制度。你可千万别相信“烟鬼”的鬼话，说什么香烟能提神啦，开车的时候昏昏欲睡吸一支烟就精神百倍啦，写作的时候不吸烟就没有灵感啦，饭后一支烟赛似活神仙啦，这些鬼话其实只对“烟鬼”有效，是他们烟瘾犯了，不吸烟就活不了。

经常，碰到有人递烟给我，我谢绝，可对方执意再递，于是我就用一句话来抵抗：

“我认为，吸烟是一种恶习！”

这句话很灵验，对方一听到这话，一般都会尴尬，甚至一愣怔，但无论如何，他不会继续强人所难了，这句话我是屡试不爽。

曾经，我对别人宣称：“我的儿子，以后我只管他两件事——第一件是别做犯法的事，第二件是绝对不允许他吸烟！”这个宣称显然不是玩笑，我会尽力执行到底。

“烟酒不分家”，这句话很流行。但对烟与酒的态度，我是迥然有别的。

也许“烟酒不分家”是从场合上说的，比如酒宴上，就有烟有酒，更多的人一手拿烟一手握酒杯。但喝酒，只要不耍酒疯，只要不喝到人事不省口吐白沫，只要不酒后吵架斗殴，只要不酒后驾车，这是与别人无关的。而且，人逢喜事，喝上一杯，或是与朋友聚会，推杯换盏，也是人生一大快事。所谓酒酣耳热，不亦快哉！即便酒后吐真言，也绝对算得上是可爱。

另外，喝酒是讲天赋的，你爷爷酒量惊人，我也酒量惊人——虽然平常滴酒不沾，所以我相信，在喝酒上，你的天赋差不了。只是酒喝多了伤身，而且世上已无良酒，还是不喝为妙。

说了烟酒，不得不说到茶。

喝茶，于我只是最近几年的事，此前从来不喝。我喝绿茶。我相信喝茶是会上瘾的，这与烟酒一样。

据说每天喝点儿绿茶，对身体是很好的。可是我喝了几年才知道，茶农在茶树上一般是要喷许多农药的，而且为了给茶叶翻新，增加香味，茶商还可能会有多种高科技的“投毒”伎俩。那么，喝茶，无论如何都是一种得不偿失的行为，喝它做啥?

你知道的，在喝了几年绿茶之后，有一段时间，我已经戒茶了。但后来经不起茶叶清香的诱惑，我又喝上了，同时也找到了一种比较有安全边际的做法——在天台山农家与临安太湖源农家，我买了野茶叶，就是那种农家在自家茶园里采的茶叶，他们自家的茶园面积大，却几近荒芜，平常不施肥，更不喷农药，只是采茶季节采部分的茶叶自给自足的。这野茶叶，炒制得不好，味道也是等而下之，但喝起来惬意，至少没有心理障碍，不必有尝毒的大无畏精神。

我想，若是这种茶叶，我以后会继续喝，你也不妨尝试着喝。

我为什么不买车

前几年，有一段时间，似乎大家都在关心一个问题——考驾照。

“考驾照了吗？”这个问题，我不知道被问到过多少次。发问的有朋友、亲戚、熟人、邻居，等等。

“考驾照干什么？”我总是这样明知故问。

“你不买车呀？”他们总是这样问。

“驾照再不去考一个，以后就难以考到了，就是容易考得到也得花大价钱，所以，不买车也得先考到驾照！”当我回答我不买车之后，他们又总是差不多众口一词地这样说。

最后的结局都是以我的这个回答告终：

“我这辈子都不买车了！”

我说得比较绝。这么绝对的回答，要么让对方摇头哂笑，要么，对方根本不相信，以为我不正经，说玩笑话。

其实，我真的认真想过，而且是深思熟虑过的，这辈子，我真的不准备买车了！

我做出这个决定是有许多个理由的。

首先是身体的原因。恐怕大多数愿意去考驾照的人最终都能如愿以偿，但据说许多国家还会对考驾照的人进行心理测试，先剔除一部分不适合驾车的人。我想，要在那样的国家，我恐怕就属于那一类首先被剔除的人——我是个作家，日常生活中，包括走路，我都会随时陷入沉思，我反应迟钝，对速度、距离等不敏感，有时候又过分敏感，过分敏感就会导致过激反应，会对事物做出不恰当的判断；从心理素质上说，写作、阅读的时候我可以淡定、耐心，但在生活中，我很难做到，甚至恰恰相反。

我认为，我这样的人去驾车，对自己与他人似乎都不会是一件好事吧？

再说，生活在一个小城，尤其是我们家所在的位置，书店、学校、银行、邮局、医院，无论哪一个，都能在步行五分钟之内到达，而一旦外出，公交车站就在楼下五十米处，市内短途车站就在楼下一百五十米处，即便去远方，也可以在楼下坐公交车，花半小时就可以到达火车站……我有必要去买一辆车吗？而这个小城人口稠密，大街上摩肩接踵，车辆总是在排队在堵塞，还到处找不到停车位，我有必要给自己也给别人添堵吗？

坐车，如果选择公交车，应该是比较环保的出行方式，因为大家坐与不坐，它们都得每天按照同样的班次与路线上路，理论上可以认为我们没有给环境增加任何多余的负担，包括堵车。而且，这样出行，上得车来，身心放松，不是很惬意吗？这样出行，即便车与车之间有什么“亲密接触”，不是比精巧且脆弱的轿车更安全吗？

我曾经设想：假设以后住在僻静的乡间，是否需要一辆轿车？仔细一琢磨，不由得莞尔。如今这时代，哪有僻静而不通车的乡间？即便不通车，骑一辆自行车甚至三轮车足矣，开一辆轿车岂不是大煞乡间风景？

节约

你是个很懂得节约的孩子，这一点让我感到欣慰。

然而，节约这个概念，在喜欢节约和不喜欢节约的人那里，基本上都是拎不清的，我觉得需要做一次辨析和厘清。

比如你特别爱节约水，这是我曾经多次批评过你的地方。

在你三四岁的时候，我们居住的这座城里严重缺水。之所以严重缺水，完全是因为有一次天气预报说要刮台风，而且台风就要在本地登陆，不知道什么原因，市长特别担心水库堤坝的安危，因此下命令，提前把水库的水位降到非常低；真是未雨绸缪，可惜的是，老天爷跟我们开了个玩笑，后来那次台风改变了方向，北上了，甚至连受台风的影响都不明显，我们这儿，连一点儿降雨量都没有，并且老天爷的玩笑还开大了，那一年，自从水库提前大放水之后，我们这儿降水稀少，天气极端反常，最后，水库几乎见底，而由于外来人口的激增，水库的供水量原本就并不富余，所以那个时候，有一年多时间，居民用水实行分时段供应，每天的供水时间被限制在特定的几小时甚至一两小时之内。

那一年多时间，我们家备了水缸、水桶，把洗脸盆的下水管拔出来插入水桶，拿水桶里收集的洗脸水来冲马桶，而冲马桶的次数减少到最少。我想，应该就是那一段时间，给你的幼小心灵蒙上了阴影，造成了伤害吧，后来恢复正常供水，一天二十四小时不间断供水之后，你经常问我为什么不把那根下水管拔出来插入水桶，并且还几次自己动手这么做。事到如今，差不多十年过去，有一天，我观察你放水洗脸，问你为什么只放了一点点水，你说别浪费水，我猛地被你的行为刺痛了。

对于世界上的任何事物我们都要理性地去分析。当然，对于我们家的自来水，其实也要这么做。

当年自来水紧张的时候，我们家特别节约水，一是自来水真的太紧张了，二是，在那种情况下，浪费自来水是可耻的行为——我们家在四楼，水压还可以，其实我们可以多放水多存水然后多用水，但是，这么做之后，明天呢？别人尤其是住得比我们家高因而水压不够大的人家呢？我们不能因为自己家付得起水费就多用水。可是后来的情况就不一样了！后来水库里蓄水位恢复正常，而且还引入了几十公里外的另一个大水库的水源。那个名叫长潭的水库我去过几次，非常大，它每天可以供水三十多万吨，还有正在建设的二期工程，建成之后供水量再增加一半，就是说，那个水库绝不会出现供水紧张的问题。水库的水是个什么概念？假如它水位高了，而降雨量又充沛的时候，它还要泄洪呢！排放出去的水进入河道，如若不灌溉农田，就白白汇入大海了。那么，我觉得，你只放一点点水用来洗脸，这种节约有些太过了，因为这么一点儿水，不足以用来洗脸！

我认为，在生活中，一个人懂得节约没有错，挺难得的，但不能盲目节约，不能因为节约而耽误事。比如，根据我的理性分析，我们家的自来水，不要浪费就行，可也不需要为了节约自来水，而耽误洗脸、洗菜、洗衣服、洗澡、冲马桶，等等。

真正的节约，体现在我的身上，是这样的——

尽量减少不必要地更换衣裤，不仅是为节约水，更是为了减少使用肥皂、洗衣粉之类，减少它们排入下水道然后去污染地下水和土壤，也是为了减少你妈妈的劳动量；我经常有意识地节约用电，是因为我想到了窗外的雾霾；许多年来我总是收集书房的废纸、废报、废书，将它们摆上阳台然后等待收废品的人上门回收，是因为觉得这些东西当垃圾丢了可惜，它们应该被回收再利用；我在网上购书，基本上不去货比三家，就因为我在节约时间，也在保护眼睛，让它少盯着电脑屏幕，我认为时间、健康比金钱重要；我在市区绝少坐出租车，是因为我认为坐出租车不环保，且还不如快步走对身心有益，但如果有急事，我会马上坐出租车——不能因此本末倒置耽误正事……

斗殴

还记得那个斗殴的场面吗?

一年多前吧，那天我带着你从楼下银行的小广场前走过，我们目睹了一场斗殴的大半个过程。

有一辆小面包车停着，面包车后面是一辆轿车。轿车响了一声喇叭。够响的，吓了我们一跳。我们继续走，轿车的喇叭又响了一声，听那声音，拉长了的一声嘟，声音里面已经蕴含着愤怒。我们又被吓了一跳，不约而同回头，只见面包车司机一边启动车一边探着头出来，扭头看了看后面，顺便说了一句话。

“叫什么叫哇！来得及嘛！”他声音不大地咕哝了一声。

他可能也被那喇叭声吓着了，或者是听出了那喇叭声里的不满，因此小声抱怨了一句，然后就把车开走了，可是，他怎么也不会料到，正是他的这一声咕哝，灾难来了!

面包车后面的那辆轿车，两边的前后门都打开了，一共下来了四个青年男子，他们像四匹狼，或者四头藏獒，呼啦啦扑了过去。

我想，轿车的后备厢里应该没有铁棍、西瓜刀之类，要不这四个男子早就操家伙了。那个司机打前锋，冲得最快，动作最狠，一手拦住面包车，一手就从窗户伸进去，揪住了面包车的司机。

面包车司机是个很瘦小的男人，他一把挣脱了轿车司机的那只手，其实完全可以加速把车开走，然而他没有，相反地，还把车熄了火，在驾驶室里张牙舞爪地与外面伸进去的几只手扭打，与此同时，面包车司机后面的窗口打开了，窗口出现一个肥胖的中年妇女，她没有劝阻或分辩，反而一边挥舞着手参与扭打，还一边谩骂外面的四个男子。结果，有一个男子一把抓住了妇女的长发，直接把她从窗口拉下了一大截——妇女一个倒栽葱，整个上半身倒挂在了车窗外，一大圈雪白的腰身暴露出来。随即，另两个男子像藏獒一样扑上去，劈头盖脸地一顿暴打……

那一次，我特意拉着你留下来，在十几米之外，观望这野蛮的斗殴场面。但看到这里，看不下去了，我赶紧拉起你离开了。

你应该还记得那次目睹的斗殴场面，但当时我们转身离开后的对话，你未必还记得。

“警察呢？警察会来制止吧？”你一脸惊恐地问。

“这得看是否有人报警，没人打电话报警，警察或许看不到斗殴现场。”我答。

“那，现在怎么办？”

“我们能怎么办？三十六计，走为上计！你要知道，这样的斗殴原本是可以避免发生的，但是你也要知道，这六个人，个个都不是省油的灯！他们的头脑里根本就没有‘文明’这个词儿！”

“为什么呢？”

“现在你不需要知道为什么，知道他们爱吵架、爱打架就行了！”

大约在围观了那斗殴场面之后不久，有一则社会新闻引人注目：北京的一位母亲推着婴儿车在机动车车道上与一辆轿车上的两个男子发生争执，结果一个男子举起婴儿车砸下，婴儿被砸死。

这则新闻我也跟你讲过。那两个男子就像我们看到的那辆轿车里下来的四个凶神恶煞；罪恶当然在于他们，但如果那位母亲采取的是忍让、避让，而不是主动、积极地与那两个男子争吵，或许这一起悲剧就不会发生。

人生在世，除非在大是大非面前，我希望你尽量做到不辱骂别人，尽量做到不与人争吵，至于打架斗殴，则更应该杜绝。但你还是要学会一点儿技术。

什么技术呢？

记得我们一起看过的港片《激战》吗？西方流行的拳击之术，在我看来是相当野蛮的。在看《激战》的时候，我几次看不下去，我总是想起另一部与你一起看过的港片《一代宗师》。《一代宗师》不仅仅是一部电影，那里面蕴藏了导演王家卫对中国武术的痴迷与最好的诠释。

以后你去学习咏春拳吧！不为打抱不平，只为自卫防身。

「第二辑」

视力与人生

在人生中，许多方面，每一个人都应该有一个“爬行”的锻炼，那些“爬行”，也同样是不可缺失的！爬行的样子，那是不太雅观的，但必要的爬行训练，是为了以后走得更稳健，跑得更漂亮啊！

地包天

你开始长乳牙的时候，慢慢地，我发现了一个问题。

四颗乳牙，上颌两颗门牙，下颌两颗门牙，然而，上下颌咬合之后，上颌的两颗门牙在内，下颌的两颗门牙在外。

许多年之后，我才知道，这种情形，就叫“地包天”。可那会儿我不知道天下有“地包天”这么一种说法，我好像从来都没有碰见过这么一个有气概的词儿。

事实情况是，不仅我，连那么多口腔科医生都不知道“地包天”——又过去了许多年，我才知道，其实“地包天”是俗语，它的医学术语叫“前牙反牙合”，这样别扭古怪的医学术语，我可以闻所未闻，然而作为口腔科医生，他们怎么可能也不明所以呢？

当年，我去中医院的口腔科，刚好在楼梯口碰到一位我认识的牙医。我向他描述你的四颗门牙，说这种反向的咬合状态是否为一种异常？牙医愣怔了一下，笑了笑。

“有这样的事？你看清楚了？”他问。

“我观察了好久，几乎每一次咬合，都是这样的！”我答。

“现在长了几颗牙？”

“就这四颗，上下各两颗。”

“哦，那你太紧张了，应该是只有四颗的缘故吧！待到他再多长几颗，就不会这样子了！”牙医微笑着，拍拍我的肩膀，走了。

这位牙医恐怕是比较有从业经验的了，至少十多年前他就在口腔科工作，我曾经在他家里看到书柜内摆着一溜儿大部头的口腔科的医书，还有一整排石膏做的各类牙齿模型。

接下来的一段时间，我是释然了的，因为我得到了专科医生的解释。

但是不对劲，你再长了几颗乳牙之后，上颌的那两颗门牙，一旦咬合，还是在下颌的两颗门牙之内。每次吃东西，你这样反向地咬牙，非常滑稽。我观察来观察去，觉得不管怎么说，这都应该是反常的，甚至联想起了大猩猩。大猩猩的门牙是不是也是这种情形，这我不清楚，但我知道，大猩猩的下颌是突出的。我真的差不多有这样的预见：随着年龄的增长，你的下巴将越来越突出，而上颌将瘪进去，就像一只大猩猩。

放不下心，无论如何都觉得有些不安。没有办法，我带着你去中医院的口腔科，找了那位牙医。他查看了你的牙齿，似乎是比较束手无措。看情形，他好像没有收治过类似的病人。后来他只是帮我想了个主意——让我回家找一双筷子，在筷子的末端切一个“V”字形的切口，然后让你经常去咬筷子，把上门牙咬到切口左边的斜坡上，反复咬合。

我回家赶紧照办，让你密切配合，如此这般每天多次练习“咬筷子”。可是过了一段时间，你的门牙根本没有改善的迹象。

有点儿急了，我和你妈妈只好把你送去第一人民医院，找了另一位牙医。那位牙医笑盈盈地说，没关系的，以后再看看，待长齐了牙。但这回我豁出去了，与她商量，要求把你的门牙矫正。她不太乐意，说不必矫正，因为即便现在矫正好了，待到换牙之后，还是会回到从前的模样。而我不同意，我说我们宁愿以后再矫正一次，也要先把它矫正一回，因为我们担心长此以往，下颌骨会变形，变得突出，这样恐怕会导致上下颌畸形。

那一次，真的要感谢那位牙医，她沉默片刻，答应了我们的请求，先做了个套在下门牙上的套儿，也是利用咬合斜坡的原理，希望借此达到矫正的目的。但两个月后，你的门牙依然故我。后来去复诊，那位牙医终于做了一个不锈钢的箍儿套在你上颌的牙床内，上颌的每一颗牙齿背后，都有一根类似于簧片的钢针抵触着，似乎每时每刻在往外推着牙齿。

经过几个月的反复调整，你的牙齿终于达到了我们以为的正常状态，每一次自然咬合，下门牙在内，上门牙在外。但那位牙医，还是厚道地告诉我们，她说其实这样的矫正还是太早了，应该待到换牙之后再看情形做出是否矫正的决定，现在的矫正很可能会前功尽弃。

那一年，是你四岁的时候。我要说，多年以后再回头看这一次的矫正，显然是个无比英明的决定。因为这一次矫正，达到了一劳永逸的效果，你的牙齿哪怕经过换牙之后，照样正常、整齐，上颌没有瘪凹，下颌没有突出。而这些年来，我几乎养成了一个变态的习惯，每当看到一个孩子，首先会观察他的牙齿。如此观察的结果，让我非常惊讶——竟然起码有十分之一的孩子，有像你一样的症状。于是我又养成了另一个变态的习惯，不管在哪里，街角也好，公园也好，随时随地都会告诉孩子和家长去找第一人民医院的那位女牙医做矫正。

前不久，有一回我在街角碰上那位女牙医，她认出了我，竟向我郑重道谢。

“多亏了你呀，这么多年，有那么多的孩子来我这儿做矫正！”她说，“那些孩子，要是待到换牙之后再来，就晚了，哪怕矫正好了，但嘴已经瘪进去了，下巴还是突出的，难看死了！”

她的道谢，让我深感欣慰。不过我没有向她言及自己的苦楚——其实，每当我向一个素不相识的孩子和家长进言的时候，我是多少有点儿“医托”的嫌疑的，甚至有孩子或家长会用异样的眼光打量我，用一种极不信任的神情回应我。

现成的例子有一个：一位朋友在我指出她孩子的牙齿异常时，怎么也不相信那是一种症状，后来去上海的某家大医院检查，该医院的牙科专家告诉她，小孩子的牙齿要在换牙之后矫正才有效；待到孩子换牙，她又送儿子去那家医院，那位牙科专家给她儿子做了矫正，后来矫正很成功，但她儿子落下了症状，嘴巴瘪进去了，下巴突出来了……

“地包天”这个词就是那位朋友告诉我的，它来自上海那家大医院的牙科专家。

我一直纳闷的是，为什么我会比那么多的牙医高明，甚至是比大医院的牙科专家高明？实际上，我多么不愿意高明，我真的希望高明的是那些医生啊！

这一事件，后来我自己琢磨出了一个不太确定的答案——我之所以高明，或许是因为我是一个爸爸。

衰老

晚上脱衣就寝，你在脱毛衣的时候，毛衣发出一阵细微的噼里啪啦声。几乎是随即，你开口了。

“爸爸，我问你一个问题。”你说，“为什么冬天脱毛衣时会发出噼噼啪啪声，而夏天时却不会？”

我一愣怔，发现你已经钻入被窝了，而那件毛衣被甩到了床里边。

“你不知道这是静电吗？”我不假思索地反问。

“我当然知道的呀！”你回答。

“嗯，这静电嘛，冬天的时候之所以比夏天的时候要明显……”我思考了一下，说，“这个我还真的不知道，不过我想，是不是气温越低静电越强？”

你在被窝里夸张地哈哈哈大笑。可我还没有意识到自己掉入了你设置的陷阱，我还以为你在笑我对科学的无知。

“爸爸，你夏天穿不穿毛衣？”你实在没有办法，只好这样发问。

我唯有傻笑。

我的天哪！我居然已经如此昏聩！

我想起前两天，你说要给我讲一个原创的笑话，那个笑话非常简短——小明在底下做小动作，老师看见了，大喊一声："小明，你给我站起来！"小明吓了一大跳，赶紧站起来。老师说："你把我刚才说的话重复一遍！"小明急了，脱口而出："小明，你给我站起来！"

当你讲完的时候，我问："啊？就这样，没了？"

你笑说："对呀，没了，你不觉得好笑吗？"

我真的不觉得有什么好笑的，于是，你很有耐心地专门为我重新讲述了一遍这个笑话。我这才哈哈一笑。

"你哪儿看到的笑话？"可笑完了，我又犯傻。

"我不是说了嘛，这是一个原创的笑话！"你委屈地重申。

"哦，是啊是啊！"

面对你的重申，我只有傻笑。那一刻，我想起了前一天你跟我玩"石头剪子布"的情景。

"爸爸，我们玩一次'石头剪子布'行不行？"你一开始就有点儿不怀好意。

"行啊！"我满口答应。玩这个，可是我的强项。

我们都伸出一个拳头。

"来呀，石头——剪子——布！"你的手势，随着自己缓慢、拖长了声调的口令变化，拳头晃了晃，变成"剪子"，"剪子"又一晃，但是没有变成"布"，而是又一个"剪子"。

而我不知道为什么，一下子着了你的道儿。我竟然跟随你施了魔法般的口令，老老实实地做出"石头"，然后做"剪子"，再做出“布”。最后，你的“剪刀”，一下子剪了我的“布”。

你笑得弯下了腰。

“服不服？”你的眼角笑出了泪花。

“服哇！”呆了片刻，我长叹一口气，说，“爸爸老了，已经有了严重弱智的倾向！”

面对我如此的喟叹，你好像忽然有些过意不去。

“那也不是的，”你讪讪地说，“这个招式是我发明的，我在学校里跟同学们玩过，他们绝大部分也都上当了！”

是吗？那一刻我有点儿吃不准，不知道你是故意安慰我呢，还是事实果真如此。

而现在，回答完你刚才有关静电的“脑筋急转弯”一类的问题，我发现，无可怀疑，我的脑筋已经转不过弯来了。

痴呆了片刻，有一点，我的脑筋是转过弯来了——我已经不可避免地进入了衰老期！那天你说在“石头剪子布”上，绝大部分同学都上了你的当，那肯定不是事实，真相恐怕只有一个，那是你在故意安慰我。

世界上第二个最爱你的人

你出生那一天，有好几个马上要当爸爸的男人，他们焦急地候在第一人民医院产科手术室的门外。

我也是那些男人当中的一个。我在计算着时间，掐着手指头，把之前进去又出来的母亲与孩子的时间计算了一个遍。中途，有一个护士推出一辆小推车。小推车上卧着一个襁褓中的婴儿，非常稚嫩，谈不上漂亮或者不漂亮，一只鼻孔边还粘着一块小小的鼻屎。我乐呵呵地看着，因为那一刻我正好转到手术室的门口。我在想：这是哪一家的孩子？是个男孩还是女孩？

突然，护士开口了，她喊的是你妈妈的名字。

我马上答说我们在。

护士重复了一遍你妈妈的名字，然后说，这就是她的孩子。你妈妈的孩子，也就是我的孩子啊！我一阵欣喜，心口在嘣嘣嘣地狂跳。我俯下身来，目光无限温柔地注视着你——我的孩子。

我想到了一个比喻——刚刚从一个鸡蛋壳儿里小心翼翼钻出来的一只毛茸茸的小鸡！

是的，你刚刚来到这世上的那一刻，就是这样的一个情景。自从那一刻起，我和你的妈妈，就百般呵护着你。

你是在哪一天开始第一次呼唤出“爸爸”这个词儿的？这我已经不记得了，这是我的疏忽，我没有做一个详尽的笔头上的记录。但你一定会吃惊，假如我告诉你答案。

我第一次清晰地听到你呼唤“爸爸”，是在你六七个月大的时候，不是你出生后六七个月，而是你在妈妈肚子里发育到第六七个月的时候。

是的，没错！我没有说错——那个时候，你还在妈妈的肚子里。

我清楚记得那个夜晚。

那个夜晚，我从睡梦中醒来，然后睡眼惺忪地看着黑暗中的天花板，突然，你怯生生地又无比清脆地喊了一声。

“爸爸——”

房间里是那么安静，你的怯生生又清脆的呼唤声，划破了整个空间，穿过静止的空气，刺入我的耳蜗。

“爸爸——”

你就这么喊了一声，然而在我听来，它仿佛重复了一次，它分别从我两侧的耳蜗进入了我的心田。

“唉——”我不由自主回答了一声。我的回答是无比的温柔与爱怜，包含着我所有的父爱。

而后，我坐起身，愣怔住了。我发现，你怀孕中的妈妈就躺在我的边上，发出轻微的甜美鼾声……

多么神奇的体验！

原先，我一直希望你妈妈肚子里的孩子是个长相甜美、个性乖巧的女孩子，而自从你“喊”了我一声爸爸之后，我不这么希望了，因为我觉得自己已经完全知晓，你不是一个女孩子，你是一个嗓音有点儿像女孩子的男孩子。我一直这么跟你妈妈说，她半信半疑，直到后来，你降生在这个人间，直到后来你会说话了，你喊爸爸的嗓音正是我一直以来所描述的那一种……

孩子，妈妈是这个世界上第一个最爱你的人，因为正是她，孕育了你，你与她是那么地血脉相连，密不可分；而我——爸爸，是第二个。自从你在妈妈肚子里六七个月大的时候第一次“喊”我“爸爸”开始，我就觉得，在这个世界上，没有我最爱的人了——连你妈妈都不是，也不是我的妈妈或爸爸，甚至，也不是我自己啦——除了你，我的孩子！

下楼梯

那一天，你爷爷来了，他坐了二十公里的车，从乡下送来了几个大西瓜。西瓜是我三叔种的，还有邻居送的。你爷爷把它们装在两个大蛇皮袋里。他还带了一些蔬菜。他坐车来，中途还要转一次车的呀，进了城，下车之后又要坐三轮车。

爷爷到了我们家楼下，再也没有力气把所有东西一次提上楼了，只好打来电话，让我下去搬运。

我埋怨他送这么多东西来，而他理直气壮，说这些西瓜好，它们是三叔和邻居亲手栽种的，没有喷洒任何的药物，甚至连化肥都没有施。

爷爷的两只膝盖都长了骨刺，行走不便，走起路来像一只鸭子，摇摇摆摆。他上楼坐了一会儿，就要回去了，于是我陪他下楼。走到二楼的走廊，他坚持让我回来，但我执意把他送过长长的走廊，因为走廊经常有水渍，地滑。过了走廊，再下露天楼梯，因为露天楼梯更滑，还伴有一些乱七八糟的垃圾。

下露天楼梯时，我尤其小心翼翼。我与他先是并排走，后来又改成我先下一级台阶，这下更便于掌握局势。

那露天楼梯，就在那一次我数过，一共三十四级阶梯。我与他慢慢走，慢慢走，似乎是很漫长很漫长的一段路……

那一次送你爷爷下楼，上楼的时候，我突然很伤感，伤感得要流泪，而我一再仰头，让眼泪在眼眶里打转，别流下来。

回到家，看着那两袋西瓜，还有一篮子的蔬菜，我有些失神落魄。这时你发现了异常，你问我怎么了，而我欲言又止。

其实，那一刻，我想起了好多好多，都是小时候的我与你爷爷的黑白镜头：有他抱着我在田野里牧鹅；有他背着我去邻村看戏、看露天电影；有他带着我去镇上赶集，他给我买了一个泡虾或油饼，然后他走在前头，我在他屁股后头，甚至会拉扯着他的衣角走……

其实，那一刻，我又想到了我和你。曾经，似乎是恍如昨天，我牵着你的手，一起下楼，紧张地看护着你，而恍惚之间，反过来了，我是如此老迈，像你的爷爷，边上护着我的是你，你陪伴我走下一级一级阶梯……

﹀
﹀
﹀

伤

那年九月份，你上小学六年级了。新学期第一天，我决定不再骑自行车载你去学校，而是让你自己骑车去。可是，之前你很少练习骑自行车，一骑上车，就摇摇晃晃的，车晃人也晃的，怎么办是好？

我不能自己骑一辆车，然后陪着骑车的你一块儿上学。

我选择的是自己跑步。你骑上自行车，摇摇晃晃向前进，我背着书包，跑在你左侧，看护着你，随时准备力挽狂澜于既倒。

第一天，我是兴奋的，因为自己好久不锻炼了，迎着晨风，跑上一公里，是多么的惬意，而且，在锻炼自己的同时，我又完成了锻炼你的工作，一举两得呀！

第二天，我是开心的。虽然，我的行为似乎引起了路人的侧目，甚至已经招致路遇的一些家长暗地里的笑话，但我无所谓——如若不这样，怎么能锻炼你的车技，以便让你早日单独骑车上学？

第三天吧，我就感觉两条腿有些不对劲儿了。

准确地说，是两只膝盖开始疼痛，尤其是左膝盖。但我想，好多年没跑步了，这点儿疼痛算什么？应该是最正常不过的生理反应了。

第四天继续跑，我想，多跑几天，它就没事了，即便有事，只是膝盖呀，它们还能咋样呢？

大约有两个星期吧，我一直坚持着。我太大意了，居然对自己的膝盖如此信任，居然连个狗皮膏药都没有去贴一贴。

当然，也是中间有个双休日的缘故，本以为，有个双休日，休养一下，膝盖就不反抗了。一个双休日不行，就盼着第二个双休日的休养能够平息事端。但是我错了！原来膝盖是身上最有个性的部位，它们最不合作了。

察觉到了事态的严重性，我赶紧去弥补，上医院找针灸推拿科的一位医生朋友扎针灸，一边服用他开的药丸，可是不行。接着我又自己贴膏药，直至贴到一种据说特别有效的高科技膏药。自然，治疗期间，我已经不再陪跑，又选择了骑车载着你上学。

可是，这两只膝盖，无论我如何低声下气、委曲求全，它们都不肯痊愈，就是一个劲儿疼痛，不是很疼很疼的那种疼痛，也不是无关痛痒的那种疼痛，而是刚刚好的那种疼痛，让我每时每刻体会到它们的存在。

后来我也豁出去了，虽然不敢造次，不敢再跑，但我也不再理会它们，我愿意花一段时间，看它们到底能把我怎么着。然而我的想法还是太幼稚，这回，它们居然永远疼痛下去了！有时候，也许是戏弄我，会有一段时间让我心中窃喜，误以为它们已经基本被驯服，而紧接着，它们又大大咧咧地闹别扭了，让我彻底失望。

掐指算来，有一年半了。五百天，什么事情不能过去？既然过不去，那么，恐怕是要记一辈子的深仇大恨了！

这五百天里，你多次找过我打乒乓球，或者打羽毛球，而我蹦跶不了几下，就龇牙咧嘴了，因为两只膝盖的反抗。或许是关心我何时能够重新做你的陪练吧，你经常关心我的膝盖，询问我它们的状况。

最近的一次，我仅仅是陪你走了一段路，左膝盖就唱反调了。我住脚，揉了它几下。

“怎么啦？又疼了？”你关切地问。

“是啊，知道为什么总是左边的膝盖疼得厉害吗？”我说。

“为什么呀？”你茫然。

“以前我跑步的时候，总是把你的书包背在左肩，而书包总是那么重，重力加速度，压下来，这只膝盖当然伤得更严重一些了！”我这么解释。

“那么，膝盖这儿的伤，究竟到什么时候才会好？”你问。

“你看看，我都这么一大把年纪了——”我指指头上的白发，叹了口气，神情严峻地说，“我想，它们永远都不会好了！”

蟹黄

前几天我们围着桌子吃大闸蟹，每人一只黄澄澄、肥得流油的大闸蟹。你说自己很喜欢吃蟹黄，也就是蟹壳里那红色的香喷喷的一小撮精华中之精华的蟹膏。

可是，既然是精华中之精华，肯定有限。

你的表妹彭果竟然挖出她分配到的那只大闸蟹身上的所有蟹黄，主动献给了你。

你喜形于色，大快朵颐，而你的表妹，低眉顺眼，淡定非常。

“你怎么不喜欢吃蟹黄呢？”我问她。

她正扒进一口米饭在咀嚼，发不出声，却一个劲儿地点头。

“你要学会吃蟹黄，蟹黄多好哇，人间美味，太可惜了！”我又说。

这时她咽下了米饭，赶紧说：“不是啊，我很喜欢吃蟹黄的呀，可是，刚才哥哥说很喜欢吃，我就给他啰！”

我呆住了。一点儿都不夸张，那一刻，我的内心感到了一种震撼。

你的表妹，她比你还要小三岁，只是一个十岁大的女孩子啊，面对唯一的一口心爱之物，仅仅因为你喜欢，她就主动献给了你！而且你在笑，一种占了大便宜之后的得意扬扬的笑。

当你在大嚼表妹献给你的蟹黄，故意发出吧唧吧唧之声的时候，有没有觉得表妹对你很好？有没有觉得不好意思甚至惭愧？或者是以为表妹是个好欺负的主儿？或者是以为表妹是个不折不扣的傻瓜？

当你在大嚼表妹献给你的蟹黄的时候，你有没有想起表妹平常对你的好？每一回，她家里有了什么好吃的东西，她首先会给你预留一份，而这么多年来，你是否也有这样做过？还有，你有没有曾经回想起更早一些时候的“不堪回首”的往事——表妹只是你少不更事时的一个“人肉沙包”，你经常把她打得嘭嘭作响？

当一个人面对别人施予的恩惠，他不懂得感激，不懂得反思，那么这个时候，你觉得他是否近于无耻了呢？

你开始对表妹彭果拳脚相向，应该是在你四岁的时候。那个时候，表妹至少是已经学会走路了。

在你出生之后，除了爸爸和妈妈，小姨妈对你的照料也着实不少，或许正是这个缘故，在你幼小的心灵里，小姨妈是属于你的小姨妈，而当小姨妈有了女儿——你的表妹，你的表妹从一开始就注定是可恶的。

反正在我的记忆里，小姨妈对你的宠爱，无以复加。即便是你把表妹当作“人肉沙包”来殴打，她都没有停止对你的宠爱。

那一次我在卫生间洗脸，只听见客厅里，你在打什么东西，打得嘭嘭嘭地响。

在打什么呢？难道是沙发的靠背？这么想着，我探出头去，却发现不是，是你把拳头使劲儿、恶狠狠地打在表妹的后背与前胸。我出声喝止，你无动于衷，继续殴打表妹，当我正准备冲出去，厨房里的妈妈和小姨妈闻声跑来了，妈妈拉开了你。

虽然你少不更事，但我还是着着实实地察觉了你内心之中的某种邪恶！

后来有几次，我和妈妈与你半真半假地“商量”过一件大事，那就是要为你生一个妹妹或者弟弟。

我们“征求”你的意见。我记得第一次，你握紧了拳头，挥舞着说不好不好，说你不要妹妹弟弟。而后来的一次更让我不寒而栗，当我们再提及此事，你竟然咬牙切齿地说：“好哇，看我怎么揍死他！”

如今，你长大了。你恐怕再也不会殴打百依百顺的可爱的表妹，假如我们再说为你生一个妹妹或弟弟，你一定当作是一个玩笑，而不会在意。但我要说，在你的内心，曾经有过一个邪恶的魔鬼，这一点，恐怕你也无法反对吧？

是的，不光是你，其实我们每一个人的内心里，都曾经有过魔鬼驻足，甚至有一群，甚至它们从没有离开过，只不过是被我们的理智所控制，很少发作而已。

或者不妨应该这样说，虽然我们都学会了善良，但不可否认，我们的内心里都有一个恐怖的瓮子，我们得小心翼翼地捂住盖子啊，可千万别把它打翻！

透过名字

有一天，你阅读我以前的一篇题目叫作《玩笑》的戏仿武侠小说，发现那篇短篇小说里的主角名字也叫“杨渡”，呆住了。

“原来我的名字是你小说里一个人物的名字啊！”你惊奇地说。

“怎么？不行吗？”我笑答。

你没有说行或者不行。也许你很清楚，无论说行还是不行，都不能改变什么了。

曾经有许多人问过我为什么要给你取这么一个名字。一般情况下，我都不提自己以前的那篇小说，而直接回答。

“没什么深刻的意思，就是觉得这个‘渡’字写起来非常好看罢了。”

这样的回答，问者一般不会满意，但有什么办法？事实确实如此。在我写那篇小说的时候，我确实是随手写下的。

当然，后来在把“杨渡”二字挪过来作你的名字之前，我也琢磨过：“杨”字代表一种乔木，那么找个带三点水的字，比如“渡”字，也挺有趣儿。这不算是一种“深刻的意思”，但可以算是一种小意思吧？

其实，在为你取名字这个问题上，我是有一点儿小想法的。我认为，名字只是一个符号，只要特别一些、有新意一些就好，至于“深刻的意思”，还是不要为好。

想当年，在我写作之初，我为自己取笔名的时候，就是因为感觉所有好听的、富有美好含义的字眼都被别人用烂了，我反其道而行之，选了一个“邪”字作我的笔名，恰好“杨”字又可以理解为谐音“扬”，“杨邪”就定下了，再也没有考虑过更换。

对于取名字，俗不可耐的名字当然要回避，但这年头，另一个俗不可耐的潮流不可遏止——大家争着在词典里找一些冷僻、深奥的字，冷僻、深奥得让绝大多数人都读不出音来，让电脑字库都显得捉襟见肘，打不出字，或者打出字来了，却在把它排成宋体之外的字体时，因为没有相对应的字体而一下子失踪，在文档里成为一格空白。

说实话，对于这样的潮流，我是很不以为然的，甚至可以说是非常费解的！

干吗呢？为了显示家长们很有学问？有学问也不等于要这样钻牛角尖吧？名字是干吗的，还不是为了让人叫唤或写下来、输入电脑的吗？既然这样，就得予人方便，怎么能这样自设樊篱，使得别人——即便是像我这样每天与文字打交道的人都摇头叹息念不出来也猜不出读音来呢？

取一个名字，落落大方，易认、易读、易记，同时又与大多数人区别开来，这不是很好吗?

当然，也需要有一点儿小固执。

比如你的名字，你爷爷奶奶还有一些长辈都表示反对，但我的原则很简单——我的儿子，给他取一个名字，我能胜任，也不必少数服从大多数。

记得你刚刚出生时，你爷爷就私自去“起名店”为你取了个名字，那名字叫“杨浩”，可谓叮当作响。爷爷奶奶非常得意，认为用“杨浩”来取代“杨渡”是理所当然的事儿。可是，当他们来跟我“商量”时，我毫不留情地把它否决了!

浩——浩大?浩瀚?浩然正气?浩浩荡荡?

我断然否决，与它透着一股“正能量”的劲儿无关，而仅仅是因为它太流俗了。

“这‘浩’与‘渡’不是差不多嘛?不都是三点水旁的字儿?”你奶奶想不明白。

“谁要让我把‘渡’字改成‘浩’字，给我十万块钱我都不答应!”我开玩笑说。

那个时候，十万块钱能在城里买半套崭新的三居室的房子。你奶奶闻言只好摇头叹息，无话可说。

“浩”字与“渡”字的区别，不仅你奶奶想不明白，你爷爷、你太婆，包括其他亲人，我知道，他们是怎么也不会想明白的。后来，不知道哪儿来的，反正他们又在背地里给你起了个名字，叫“杨俊杰”。当我得到这个消息时，我只感到一阵毛骨悚然，除了态度强硬地否决，再也不敢言语，我真怕自己说出什么过激的言辞来。

不知道你记不记得一个细节——你三四岁的时候，你奶奶和太婆旧事重提，把你抱到另外一个房间，偷偷与你商量，要启用“杨俊杰”这个名字。谁知道，当奶奶和太婆与你“商量”的时候，你也是断然把它否决了！

“杨渡，我们以后叫你杨俊杰好不好？”她们诱导说。

“不好！我是杨渡，不能叫杨俊杰！”你把头摇得像拨浪鼓。

“那么，在我们这里，我们偶尔叫一叫你杨俊杰行不行？”太婆继续与你“商量”。

“偶尔也不行！”你一口咬定。

此事后来传入我耳中，我笑了。小小年纪，多有性格呀！好样的！

人生中，应该有一些坚持的，这样的坚持，它并不需要足够的理由。

昨天，我的外婆去世了。我的外公说，她一向精明，选择大年初一早上离开，一个好天气，大家都有空，也都到齐了，她算是会挑日子，挑了个好日子。

腊月二十六那天晚上，我们一家去看我的外婆。去之前，你奶奶反复提醒我，不要带你去，说小孩子太小，还是不要带去为好。她的提醒，让我犹豫了一下，但随即，我决定了，一定要带你去，并且要带你去到我外婆的病榻前。

八十五岁高龄的外婆，一辈子没有生过病，据说连感冒也没有，可最后没有善始善终，她得了直肠癌，此刻已经神志不清，躺在了床上。

外婆被病魔折磨得皮包骨头了，但枯瘦的手抓住我，我还是惊讶于她的手劲儿之大。

从她的手臂可想而知，她的脸应该是如何的瘦削了，然而她脸上有些水肿，显得饱满，皮肤有光泽，这样一来，恰好使得她原先的容颜得以较好地保持。

她的眼角有泪，眼神迷茫。她的舌头早就不太灵活了，发音模糊。

我轻轻喊她，她没有反应，后来有了反应，但显然她已经不认识我了。

外婆一辈子爱干净，总是把家收拾得整整齐齐，把自己收拾得妥妥帖帖。此刻也是。一直照顾她的外公和我的大舅、母亲，还是让她尽量保持着最后的尊严——满头银发有点儿凌乱，但干净；上身穿着干干净净的毛衣。

每个人的外婆都大抵如此吧！小时候，“外婆家”一直是个温馨无比的名词。外婆家，我也没少待。有一段时间，因为父母在外地，我还轮流住在外婆家与奶奶家，这边一个月，然后到另一边，又住一个月，再轮转。我记得的一个细节是，这么轮转下来，这边与那边刚刚更替的那几天，我经常把外婆叫成奶奶，或者把奶奶叫成外婆了。

而如今，我的精明了一辈子的外婆，她躺在病床上，她已经不认识我了，无论我说什么，她都不会认识我了。

可就在我退后一步擦泪的当儿，外婆灵光一闪，居然认出我来了！

“这不是韶辉吗？”她微微侧头，看着我说。

在她原本模糊的口音中，突然冒出这么清晰的一句，我们都惊讶极了。

外婆应该是先分辨出了我的口音，然后再侧头找到我的。

我上前握住她的手，急切地说：“是我呀，外婆，我是韶辉呀！”

“韶辉”是我的小名。舌头早就不灵活了的外婆，努力把这两个字说得很是周正。可是，当我过去，想再说一句什么，她的眼神又迷茫了。

外婆始终没有认出你和你妈妈来。虽然她问大舅说，这小孩是谁？但她怎么也听不懂大舅反复了几遍的答案。

后来我们说要回家了，外婆突然变得像小孩子一样，整个神情都返回到了天真未凿的状态。

“我也要回家！我也要回家！”外婆紧紧抓住大舅的双手，像是一个女孩子在撒娇。

我们一再向她声称这就是她自己的家，可她不信。

“我无用！我无用啊！我也要回家！”外婆不停地要求大舅。

“我无用”，这三个字，我记起来了，它一直是外婆的口头禅。这是我们这儿的方言，但一般很少有人这么爱说。它不是“我没用”，而是“我不要”的意思——这个“无用”，恐怕应该写成“勿用”，或写成“毋庸”才更准确。

“我勿用（毋庸）！”

“我勿用（毋庸）啊！”

这句话，在我的童年、少年、青年，我不知道听外婆说了多少次，那些场景，外婆的音容笑貌，一下子呈现在了我的眼前……

那天晚上，我和妈妈带着你，从你的外婆家，直接来到了我的外婆家。我来看我的外婆，我知道，这一定是最后一面，很快，我的“外婆家”将再也没有外婆了！我也让你来看看我的外婆，让你非常真切地看看一个人在弥留之际的样子，然后真切地理解什么是一个人的“弥留之际”。

人活一世，草活一秋。人生百年，说长也长，说短，也真是太短了！

学会自责

今天我真是生了一回你的气！

在你爷爷家门前的那个水龙头下面，你和妈妈一起洗手。我坐在门口，刚好目击了你们洗手的全过程。

是你先去洗的手，没过三秒钟，妈妈也伸手过去。你们在那条吊着的水管的口子边搓手。接着，你洗好了，妈妈也洗好了。你拿下水管子，向院子里喷水，动作笨拙，这时我出声了，提醒你别让水喷湿了你自己的衣服。此时妈妈甩了甩手，赶紧去扳水龙头。我相信她是要把水龙头关上的，可是，大约是她站在水龙头背面的缘故，反方向一扳，反而把原本半开着的水龙头开足了！原本绕了一圈的水管子，因为水压骤然变大，弹了起来，惊慌失措间，你错把水管的口子对准了自己的胸膛，幸亏你反应够敏捷，在几分之一秒内，丢了水管，跳闪开了，水只是喷了一点点在你的毛衣上……

这有惊无险的一幕，也许是能让人发笑的，然而，在我眼里，却着实值得好好批评一番。

自然，你觉得委屈了。

“是妈妈的错！又不关我的事！”你申辩。

“妈妈是关错了水龙头，但你想过没有，你要是不拿着水管挥舞，你就不会被淋湿！”我严肃起来。

你不高兴了，嘟囔着嘴。

“反正是妈妈的错！”你说。

“是妈妈的错？你想过没有，当你这么想的时候，你在心里就完全把责任推到别人身上了，而同时觉得自己是没有责任的，是无辜的了。”我进一步阐明我的立场。

可是，你已经听不进去我说这句话的意思了，眼圈红了。

这个时候，妈妈也开始护着你，帮你说话，而我更生气了。我知道，她一贯主张，小孩子应该爱怎么玩就怎么玩，这回，她肯定认为我对你的批评是小题大做了。

我气呼呼地掏出手机，摆在门外那张我们写字的小桌子边缘，说：“打个比方，我把手机搁在桌子的这个边沿，过一会儿，妈妈甩着手从这儿经过，手机刚好被碰着了，掉在了地上，而且摔坏了，你说，这是谁的错？”

“妈妈的错！是她甩手把手机碰掉了的！”你斩钉截铁地说。

“那么我就没有错？”我试图借一个明显的例子引导你，“你想啊，假如我把手机放进去一点儿，放在桌子的中央，妈妈能不小心把它碰到地上吗？”

“是妈妈碰的手机，当然是她的错！她如果不碰，手机就不会掉！”你还是不肯转弯。

“那么，你再想想，”我大声说，“假如我也像你这么想，把责任完全推到妈妈身上，以后我会怎么做？”

你的眼圈更红了，却不作答。

“我告诉你，假如像你这样，我会一味地责怪妈妈，然后，以后我还会第二次、第三次、第N次习惯性地把手机放在桌子的边沿，然后有可能又被别的经过这儿的人给不小心碰到地上！”我只好生气地大声给出自己的答案。

你在妈妈的护送下走了，走之前，妈妈还瞪了我一眼。

“他还是小孩子啊，这么凶干吗！”她丢下了这么一句话。

应该说，在妈妈的维护下，你非但失去了一次吸取人生教训、学会自责的机会，而且又一次培养了自己的思维定式。

有个成语说：“吃一堑，长一智。”

其实不必非得要吃一堑才长一智。人生中，许许多多细小的点滴，都可以“见细知著”，都可以让我们“长一智”，只要我们愿意停下来思考，只要我们愿意自我批评。比如今天的水管事件，这么细小，甚至，一不留神，就会以为我这个做爸爸的是在小题大做，是在吹毛求疵，是在鸡蛋里挑骨头。

奶奶的病

这个春节，住在乡村老家，你注意到了奶奶的咳嗽。

奶奶白天基本不咳嗽，但每天晚上入睡前，待她躺上床，就必须咳嗽好一阵子才肯罢休，而到了第二天凌晨，则咳嗽得更厉害，那种发自肺腑的剧烈咳嗽，一声紧接着一声，要持续半个小时以上。

“奶奶得的是什么病？”你问。

“奶奶的身体好得很。”我答。

“那她为什么咳嗽得这么厉害？”你又问。

“她的身体好得很，除了一种病——”我说，“支气管扩张。”

“那，为什么不去治疗呢？”你再问。

“经常治疗，但在全世界，至少到目前为止，这种病还都是无法根治的。”我答。

凌晨，黑暗中，你默然不语，也许是由于我说得太笃定、太绝对了吧，以至于我想把话题继续下去的愿望不能达成。

这样也好，或许这样的话题更适合写下来给你读。

奶奶的这个病，据她自己说是在少女时代就落下了根子的。那个时候她感冒了，引发支气管炎。支气管炎也没什么，但那个时候，人们的生活条件比较差，有了病，一般不可能得到及时的治疗，大多需要“自我痊愈”。得不到及时治疗，问题也不大，可是，她的妈妈也就是我的外婆喜欢喝几口白酒，因此，耳濡目染吧，她也爱喝几口。爱喝几口白酒问题也不大，可她偏偏在得支气管炎的时候喝，而且在做农活的时候，恰好是农忙时节，她每天要挑稻秸担子，稻秸叠得比较多，她太用力了一些……这么着，气管就出了一次血，她咯血了。

这个病，前头埋下了伏笔。后来，这个病在奶奶年轻的时候都没有发作，但到了中年，我知道，她有几次感冒后，老是诱发支气管炎。我跟她说过许多次，咳嗽得厉害的时候，痰液变稠变黄了，应该吃几天抗生素，可是她每回都不肯听。

“消炎药？不能吃啊！我现在吃这个，那以后我吃什么药？”她总是这么回答，翻来覆去就这么几句。

我几乎每次都要对她讲一遍利害关系，告诉她抗生素虽然不能滥用，但该用的时候，也不能不用，关键时刻，炎症要早一点控制为妙。我还经常告诉她，其实这些普通的抗生素，医院里的小娃娃都在用，只要用得合理、得法就行。可是，她不知道哪来的一股劲儿，反复提那几句话，似乎抗生素是个锦囊妙计，只能用一次，用过了，以后就没得用了。

奶奶的这个病，是在她五十岁左右的时候加重的。那一次重感冒之后，引发支气管炎，我怎么说她都不肯用抗生素，拖了很久，整天咳嗽，最后咳出血来了。不过那一次去做 CT 检查，还只是支气管炎，没有支气管扩张症。支气管扩张症，应该是又过去几年，支气管炎反复发作加上长期咳嗽引发的。

再一次去做 CT 检查，是由于支气管炎引发了肺炎。医生说有支气管扩张症，还向我解释这种病——他说病人左右两肺各有一处病灶，支气管就好比水管，或者说是沟渠，扩张了，积水永远出不来，那两处支气管扩张了，痰液积着出不来，所以要咳嗽，还容易引发炎症。

那一回我有一个大失误，就是听信了这位内科医生的话。他说支气管扩张属于不可能使用药物治愈的病，唯一的治疗方法是通过外科手术把病灶切除，但病人左右两边的肺叶上各有一处病灶，这样的病人已经不可能动外科手术。

当我在另一位胸外科医生那里得到了给你奶奶的最佳治疗方案，为时已晚。他说病人左右两边的肺叶各有一处病灶也完全可以动外科手术，只要分两次手术，时间相隔超过半年就行。他这么说的时候，奶奶肺部的病灶已经多达三处。

去年 5 月，在我的怂恿下，你奶奶鼓起勇气去动了一次外科手术，摘除了已经出现萎缩的右肺中叶。从此，她肺部的病灶少了一处，她常年畏寒的症状减轻了不少，咳嗽也减少了许多，但另两处病灶到底还是让她无法完全停止每天的咳嗽。

你奶奶也许会再鼓起勇气去做一次手术，但那也只能切除某一处病灶，不能切除两处。至于第三处病灶切除，她年纪已经不轻，恐怕不大可能有那样的身体条件了。

到这儿，我得解释一下，我怎么会说“奶奶的身体好得很”。

我得说，这句话真的没错，不矛盾——奶奶这辈子，就这一个麻烦的病，而且这个病是一再耽搁出来的。她现在六十五岁，除了这个病，除了因为这个病而拥有破烂不堪的肺，每天要承受咳嗽、气喘、畏寒等，她的身体真的挺好，她现在几乎所有的生化指标都在医学参考值的中间值上呢！

前几天，奶奶有一句话让我们都有些难过，她说：“我这样的身体，就不奢望了，能再活个四五年也就算了……”

但在我眼里，她得了这个病，甚至可以说，她有了这么一个病恹恹的身体，其实多么冤枉！这一切，只是由于她少女时代的无知和后来的固执。

医生曾告诉我，支气管扩张症大多是一种遗传病，但我能肯定，奶奶的病不是来自遗传，因为我的外公外婆没有这种病，而且他们俩几乎一辈子不生病，我的姨妈和两个舅舅也是如此。

我把这些写下来不是给奶奶读的，而是给你，不知道你是否明白我的用意。

一只鸟

你外婆家的几间石头房子都拆了，被你舅舅改建成了一个大车间模样的钢结构的奇怪房子。记得在“大车间”刚建成那会儿，有一天我们许多人围在靠山坡的平台上吃午饭。吃到中途，我最先发现了那只鸟。

因为靠山坡这一面不是全封闭的，估计那只鸟是从山坡这一面不小心误入了。

我说：“看，一只鸟！”

我的声音有点儿大。我的本意是指给你看的，但我除了声音有点儿大，手势幅度也有些夸张。于是，大家都唰地抬头或回头，循着我手指的方向，看鸟。

清楚记得，你紧接着喊了一声：“呀！鸟——”

或许鸟是一种太过敏感的生灵吧，我们的言行引起了它的恐慌。

那只鸟，以最快的速度朝南面飞出去。

山坡在北面。朝南面飞，也就是试图穿过整个房子的空间，向房子南面的一扇窗扑过去。

那扇窗好大，外面阳光很好，我也以为，它还没装窗玻璃。可是它装了。太明亮的玻璃，远远看去，跟没有一样，跟空气一样看不见。

于是，灾难来临了！

唰——砰——

那只鸟以飞射般的姿势与速度，撞在了窗玻璃上，随即，无声息地掉在了水泥地面上。

“哇！鸟也会脑震荡？”我笑说。

大家都乐了，因为一只鸟。

笑声中，我和你跑下旋转钢梯，朝那扇窗飞跑过去。

那只鸟像一块艳丽的小手绢，落在粗糙的水泥地面。你要捡，又退缩了。我赶紧用双手把它捧了起来。

它轻轻盈盈的，毛羽很光滑，丝绸一般。全身大部分为翠绿色，但翠绿色中隐藏着惊人繁复的图案，像微缩的孔雀翎。黑色的尖嘴，红色的眼睑已经合上。它还有一对金色而绝对精致的爪子。

它太小了，是否仍有呼吸，一下子难以确定。不过，凭我们的猜测，这么一撞击，一定是被撞蒙了，休克了，需要待会儿才会苏醒过来吧。

它被我们逐一观赏、抚摸了个遍，然后在我的提议下，摆在餐桌附近的一块岩石上。我们便去继续午餐了。

“记得，等会儿清醒过来，可别再朝南面飞哦！”对着它的身影，我幽了一默。

然而，那只鸟，竟一直没有苏醒！

我再也笑不出声了。半下午的时候，我和你郑重其事地把那只鸟埋葬在山坡上的一个凹槽里。

“真对不起它！”我说，“要不是我们在喊，它就不会慌不择路……”

你看了我一眼，过了一会儿，说：“没事，一只鸟而已！”

后来我们都没说什么，就走了，离开了山坡。

今天，我把这些写下来，是因为我经常想起那只鸟，想起那一起事故。那一起事故，说大不大，说小也不小，它关于一只鸟，一个生灵，精灵般的生灵。在这起事故中，一个精灵般的生灵，它的生命永远地离开了这个世界。

我没来由地想起了蝉。蝉的幼虫在地底下默默蛰伏几年甚至十几年，然后钻出泥土，到了树上，却只活一个夏天。

你说你知道蝉。你说正因为如此，蝉才一整个夏天都在树上呐喊，在挥霍它所有的生命力。

我又想到了蚊子。我说当蚊子从水里出来的那一刻，在纪录片的镜头下，竟然优美绝伦，像一个芭蕾舞演员……

你说你知道蚊子是从水里出来的，但不知道那一刻的美，得找那个纪录片好好看看。

从那只鸟说到了蝉与蚊子，好像没来由，可转念一想，又似乎不是的。

﹀﹀﹀

承诺

上午闹别扭了。你还流了许多泪，扑簌簌地落。

你原本兴冲冲上楼的，端了一碗红薯做成的汤圆，让我一定要尝一尝。我说不要，真的吃不了。但你说，这些汤圆可不是二姨妈做的，这是你自己动手做的。你第一次做，看形态，很成功，于是我就尝了一个。味道好极了！

我转身去泡一杯茶，而你去摸我的手机。

这么一个小动作，坏事儿了！

“爸爸，‘QQ斗地主’哪儿去了？”你问我，一下子急了。

我愣怔了一下，我想说自己一不小心操作错误，把它给删了，但我不能这么撒谎。

“我昨天把它删除了。”我答。

“为什么要删除？”你的眼睛立即就红了，“你不是答应我不删除它的吗？”

我不语。是的，那天我要删除手机桌面上的一些软件的时候，你拦住了我，说其他都可以删，但必须得保留“QQ斗地主”。鉴于你恳求的目光，我答应了。可是，昨天我又删除了手机桌面上的几个软件，“QQ斗地主”让我觉得扎眼，我动手删除，待要确定时犹豫了一下，因为我想起了对你的承诺。而紧接着，我突然想到了一点，立即有恃无恐地把它删除了。

我不语，但其实，我早就料到自己这个在背地里干的小动作，马上会被你发现，并且，我知道依你的脾气，你是会不依不饶的。

“明明是你答应了我的事情，为什么不遵守承诺？”你大声质问。

对，你理直气壮，而我这个做爸爸的，成了不守承诺、言而无信的小人。

“你想过没有，这是我的手机，不是你的！”我理不直而气壮，“再说了，我最反感玩手机游戏的人，我怎么能让你玩，而且用我的手机玩？还有，这个‘QQ斗地主’的标记老是显现在手机桌面，我只要打开手机，随时随刻都能看到它，我何必要让它留着呢？”

妈妈来了，劝不住你委屈的泪水。小姨妈来了，外婆来了，也没有奏效。

我让你下楼反思。

在楼下，我听见你与大家争辩。显然，你是同意我的观点的，也就是说知道玩手机游戏是不对的，因此你的火力集中在一点，而且，这一点似乎让人无可辩驳。

“爸爸不讲信用，他为什么不遵守自己对我的承诺！”你反反复复说着这么一句话。

事情进入尾声的时候，我放下手中的笔，下楼了。

“你现在知道遵守承诺的重要了吧？”我问。

“当然！”你答。

“那你以后一定要记得，必须做一个遵守承诺的人，否则，别人会看不起你，你也得不到别人的尊重。”我说。

“当然啦！”你回答得斩钉截铁。

“那好，我再告诉你一个人生道理。”我说。

你不言语，显然，你在期待，虽说你的表情里没有流露出足够的热情。

“从今往后，你要明白，承诺是多么的重要，自己一定要遵守承诺，但是——”我卖了个关子，顿了顿，说，“但是你一定要铭记今天的教训，就是别人的承诺，别人不一定会去遵守，你必须要有心理准备，也要有所防备，哪怕，对你作出承诺的人是你自己的爸爸！”

说完这一句，我掉头上楼了。楼下一片安静。

你，好好接受残酷的现实吧！

视力与人生

一直记得小时候你奶奶对我说过的一段话。她说我刚出生时，村里的那位“赤脚医生”发现我有点儿异常——别的小娃娃大哭时眼泪都会掉下来，而我的眼泪只是蓄在眼眶里，掉不下来。她说，就根据这个，“赤脚医生”断言，我的视力以后肯定不好，甚至有可能会成为一个瞎子。

村里的那位“赤脚医生”就住在我们家后面河对岸的一个院子里，小时候，我肚子疼、感冒发烧时，他都背着药箱上门来，一进门就黑着脸、瞪着一双铜铃般的大眼睛，挺吓人的，然后，如果他拿出来的不是药片而是大针筒，就更吓人了。而我懂事以后，对他的害怕，还因为他的那个有些玄乎的预言。

记得后来上了中学，每一次体检，我最在意的就是看视力表了。但有趣的是，我最得意的也是这一点——每回看视力表，我都能看清最底下一排那些小小的被颠来倒去的“E”字，也就是说，我的视力永远保持在令人羡慕的“2.0”。

中学快毕业的时候以及中学毕业后进入社会，我一共参加了三次征兵体检的初检和一次征兵体检的复检。那会儿，视力表最后一排的“E”字我依然看得清清楚楚，只是，启用了新标准，“2.0”被改成了“5.3”。我的视力如此之好，这即便在所有应征的青年中也是不多见的。更有趣的是最后一年的征兵体检初检，前两次初检因为刚好有鼻炎什么的，没有通过，第三次，初检全部合格了，正好那时候我最想去当兵了，很激动。到最后，去参加复检，一测视力，还是“5.3”。那位负责测试我有没有“色盲”的女医生用一种特别慈爱的眼神看着我，问我愿不愿意去当兵，我说我愿意，她低声说：“不会吧？你是最后一年体检了，一般这个时候的小伙子都不愿意去。”我笑笑。她又特别有意思地说：“看看这个，你视力好，但也许会有‘色盲’。”这个时候，我明白了，她是有意“放我一马”，希望在测试“色盲”这一关让我使个诈——事实上也果真如此，面对我的答案，她反复问我是否看清楚了，我想假如我摇头说看不真切，她立马会判我是个“色盲”吧？也不知道她为什么要这么做，反正我很感激，但我又以骄傲的口气一一指出了那些自己看得清楚的图案，过了关。我怎么能败在眼睛这一关呢？就是要败也不能败在眼睛上。后来我没有当成兵，居然是因为体重差了一点儿，那会儿我的体重超过五十公斤，达标了，但我身高一米八 ，一综合，还不够达到“匀称”的标准——当然这是题外话，不提了。

说了这么一大堆，为的是先扬后抑。

我的视力太好了，上中学的时候看了那么多武侠小说，把书塞课桌底下斜着眼看，钻被窝里侧躺着看，把街上出租武侠小说的一整间屋子的书看了个底朝天，我都没有近视，可是，过了三十岁，我慢慢地近视了。

近视通常开始于六至十二岁，到了二十岁近视的程度就会相对稳定下来。我的近视，却在年过三十后开始。这不太正常，唯一的解释是，我在二十八岁的时候，开始使用电脑了，然后，互联网进入千家万户，我面对电脑显示器的时间越来越长越来越长，显而易见，电脑显示器是我眼睛近视的罪魁祸首！

如今，我用了十五年的电脑。我的视力下降得厉害，稍稍远一点儿，看什么都是模糊的。走在街上，不敢跟人打招呼，因为看谁都有点儿面熟又觉得有点儿面生，别人跟我打招呼，我也不知道那是谁。在书房里，我都看不清楚书架里那些书脊上的字了，想找一本书都是困难的……

有一段时间，我觉得自己有些抑郁了，看什么都不顺眼，后来猛然发觉，是视力严重影响了我对世界和人生的看法。于是我去配了一副近视眼镜，这才感觉世界差不多恢复到了从前的模样。但戴眼镜是一件多么麻烦的事——对于我这个视力一直处于“5.3”水平线的人来说。一个戴久了近视眼镜的人，他就一刻也离不开眼镜了，而一旦摘下眼镜，他的整个眼球都会鼓起来，像金鱼那么恐怖！反正，我经常悲哀地想，自从眼睛近视以后，我的人生失去了许多的亮色！

说这么多，你明白了吗？我希望你保护好自己的眼睛。对于写作与读书，有好视力，太重要了。电脑与手机，在你今后的人生中自然离不开，但你要做到，能离开它们多久就多久，能离开它们多远就多远。不说它们对大脑的控制，就单是说它们对眼睛的伤害吧，你也得这么做——保护视力，尽量让人生多一分亮色吧！

撒谎，也许是人类的天性吧！

我记得你最初撒的一个弥天大谎是在小学一年级的时候。有一天放学回家，你很兴奋，你说自己参加全年级段的口算比赛，得了第二名。

我和你妈妈起先不敢相信这个喜讯，并不是不相信你的话，而是觉得奇怪。平常，在口算上，你算是反应比较迟钝的，口算是你的弱项，怎么一下子有如此神速的进步，还得了全年级段比赛的第二名？

你一口咬定这个喜讯是真实的，并且，向我们描述了一番比赛时的盛况。你的描述，场面感非常强。根据描述，我们知道，原来你还差点儿获得了第一名呢，最后只是以不足一秒时间的细微差距，屈居第二。

我们一再询问这是不是真的，于是你生气了，你从喜形于色，转变到显然的不悦。而正是这个小小的细节，让我们认定，你的喜讯是真实的了。

这么小的孩子，在全年级段的比赛中获得亚军，可是一件不小的事，幸亏作为家长的我们是比较淡定的。那个周末，我们带着你出去转悠，凑巧碰到了你的多位同学及其家长，但我们都没有想到要提一提你获得亚军的事儿。

你撒的这个弥天大谎，并没有给我们带来尴尬，只是，周一早晨我送你去上学，校门口支起了一块小黑板，公布了口算比赛的获奖名单，我饶有兴趣地去看榜，结果上上下下来来回回仔仔细细看了三遍，根本没有发现一位姓杨的学生！

那天中午，接你回家吃午饭，我们两个狠狠地批评了你。

我们还真没想到，你竟然撒谎了，而且撒得这么有“水平”，让我们最后都信以为真了！

当时我们都质问你，我们都没有要求你学习上必须怎样怎样，除了要求过握笔姿势和经常批评你的坐姿，可是，为什么你要撒这样的谎呢？

那时候，你没有申辩，当然也无可申辩，只是大乐，似乎是为了捉弄我们一回或吹一回牛皮，一点儿也没有羞愧之心。然而我们没有饶你，在此后的好长一段时间里，每当你说什么，我们都不忘追问一句：“真的吗？是不是真的呀？”有好多次，你被这句话弄得委屈不已，似乎受侮辱了，还流了泪，发了脾气，然后我们趁机教育你，说这都是你撒了一次谎之后的恶果，所谓自食恶果，说的就是这个。

当然，话说回来，撒谎，几乎每个人都会，而且有的人可能天天都在撒谎，甚至每时每刻都有可能在撒谎，撒弥天大谎。但奇怪的是，又几乎所有人都不喜欢听到别人的谎言。

我大约是在三十岁以后刻意要求自己少撒谎然后慢慢尽量做到不撒谎的。因为我觉得，在生活中，太多太多的地方，都会诱使我去撒谎，而撒谎又是多么的累！

三十岁以后，我逐渐体会到了一个人不撒谎的乐趣。不撒谎，你脸不红心不跳。不撒谎，你不会觉得于心不安，不会觉得羞愧和内疚。不撒谎，你可以免除经常陷于穿帮之境的尴尬。不撒谎，你会坦然面对一切。

不撒谎，有时候会得罪人，至少不能取悦于人，但是，这有什么关系呢？做一个诚实的人，做一个直来直去的人，做一个有一说一、有什么说什么的人，多好哇！

我最近一次撒的最大的谎，应该是向我的三叔刻意隐瞒他的病情了。三叔六十岁，就得了绝症。他的身体原本好好的，如果他得知自己患了绝症，一定会崩溃的！于是，我只有反复编织精巧的谎言，让他相信自己的病总有一天会好起来的，让他继续抱着盼头儿生活着。

三叔在前年夏天发病，到去年下半年去世，这一年多的时间里，基本上还算生活得挺好，就因为我的弥天大谎。三叔在最后的日子里，终于知道了我一直在撒谎，知道我所有的笑脸都透着虚伪，带着刻意的欺骗，那一刻他怎么想？我不知道。我只知道，这一年多时间里，我备受良心的谴责。我明白，我的谎言对三叔是多么的残酷，我剥夺了三叔该有的知情权，但我也明白，遵照三叔家人以及他所有亲人的意愿，我必须扮演好骗子的角色。

在三叔开始神志不清的时候，我见了他最后一面。那一刻，也就几分钟，他的神志恰好是完全清醒的。三婶对他说我来了，问他有没有什么话要对我说的。

“还讲什么呢？还不如，还不如便好好坐一会儿吧！”一辈子脾气火暴的三叔，努力掀起沉重的眼皮，无限慈爱地看着我，憨厚地微笑。

当坐在躺椅上的三叔在几分钟之后陷入迷糊，我的泪水，怎么也止不住，哗哗地淌……

那一刻，我在心底里对三叔说：“三叔，我不是存心欺骗你，我已经很久很久不撒谎了！”

忏悔

那个事件，你曾经三番五次把它写入作文，似乎是从小学三年级写到了六年级。虽说三番五次把它写入作文，但是你没有单纯地抄袭自己，而是每次都有新的内容，甚至有新的角度与发现。

今天我旧事重提，一是那个事件自始至终对我也很震撼，二是我觉得那个事件对你应该有更深一层的启迪。

那个事件关于一群小蝌蚪。我先后把它讲给许多人听，不过，大家的反应比较有趣——他们都难以有持续的热情听我把整个过程讲完。

那群小蝌蚪来自你爷爷家门前的小水沟。那时候你上小学二年级吧，第一次看到真实的小蝌蚪，特别激动，一定要把它们捕捉到手。于是，爷爷为你找来网兜，我为你端来一个脸盆，你的愿望达成了。

那天下午，你蹲在盛着水和蝌蚪的脸盆边，观察了好久好久，真是饶有兴趣。直到我们要返程了，你还是恋恋不舍，执意要把蝌蚪带回家。后来爷爷为你找到了一个长方体的塑料盒子，盒子是透明的，上面有盖儿和出气孔，正好，你又如愿了。我们装了二十多只小蝌蚪，回家了。

整个事件，说起来都难以令人置信——当我们把塑料盒子提回家，我把它送去了阳台，先放在阳台的花盆边，觉得让阳光直射不妥，又给摆到下面地砖上的一个角落里。可是，这么一个塑料盒子，在我们记忆中，竟然从此消失了！

事实上，由于阳台在我们家的西面，外边空气比较污浊，我们很少上阳台，阳台只是用来堆放杂物，除此，唯一的功能是晾晒衣服。但不管怎么说，我和妈妈还是经常去一下阳台晾晒、收取衣服或丢放杂物的，而我们太不应该的是，就这么地，像是一个预谋，全家一齐把小蝌蚪们给彻底遗忘了！

有一次，时间大约是一个月或者是一个半月以后吧，我去阳台，转身间忽然瞥见地上角落里的塑料盒子，身子猛地哆嗦了一下。我立刻扑过去，蹲下来，而我目睹到的景象是如此让人揪心——塑料盒子里原本十厘米左右深的水全部蒸发了！那些小蝌蚪呢？我一阵毛骨悚然，仔细朝里面再看了一眼，它们没有腐烂，也没有被风干，是彻底无影无踪了！我再定睛一看，盒子的底部，还没有完全干燥，而就在盒子的一面光滑的壁上，悬空趴着一只小小的青蛙，它在眨眼睛，居然是活生生的！

过了一会儿，我的惊呼引来了妈妈和你。当你目睹眼前这一幕，瞬时，你的眼圈红了，接着哭出了声。

那一刻，我们都在议论并想象着。那些水，是怎样一点一点蒸发的，那些小蝌蚪，在怎样一只一只死亡的，它们时刻感受着灭顶之灾的降临。而天无绝人之路，它们中的一个幸运者，或者说是强者，居然生存下来，还蜕变成了青蛙。这个塑料盒子的出气孔，青蛙是绝对不可能由此逃脱出来的，假如我再晚几天，这只唯一的青蛙最终还是将难逃厄运……

那一刻，我们深深陷入了自责。我相信，尤其是你，也经受了心灵上的拷问。我重复几次向你提及了一个事实——从捕捉那些小蝌蚪的那一刻起我就向你提出过忠告，让你别去捕捉那些小生灵，然后在你执意带走它们时，我又忠告了一次的。

今天，由我来写下这一事件，是因为我想起了另一件事。

去年夏天，我们去游玩时捕捉到了一条小鲵，你一定要把它带回家喂养，而不是放回原处——那个飞瀑下的潭子。当时，我以小蝌蚪事件来劝诫你，并描述当你面对“硕果仅存”的那只小青蛙时的痛心疾首与深深的忏悔。你似乎被刺痛了一下，也几经犹豫，但最终，你的私欲战胜了曾经的忏悔。我把那条泥鳅大小的小鲵养在一只矿泉水瓶里，第二天在车站准备启程回家前，我指着前面的小溪再次询问你是否决定给它一条生路，你思考了几秒钟，结果还是决定把它带回家，而我尊重了你的选择。

那条小小的小鲵，此刻还饲养在我们家的玻璃缸里。它是那么的百折不挠——只要你在喂食之后一有疏忽，没有立即把玻璃缸的盖子盖上或盖服帖，它就伺机出逃，爬过二十几厘米高的垂直的玻璃，逃到客厅里的大理石地面，躲在哪个角落，有一次甚至爬过卧室的木地板，来到了阳台上。它是如此机警，如此地千方百计出逃，意欲回归生养它的那个飞瀑下的潭子。它的生命力是如此强大，可是被困在一个小小的玻璃缸里，它小小的身躯，一再纤细下去了。

人类并不是不会忏悔，只是，我们的忏悔并不彻底，甚至在潜意识里带着虚伪。你同意我的这个说法吗?

想起一本书，内容是一位诗人相机镜头下的昆虫，好美。最妙的是那本书封面上的彩图——相机镜头与一只小昆虫正面相遇时拍摄下来的小昆虫头部正面特写占据了整个画面，这幅彩图在目录页背面重复印刷了一次，同时在彩图底部叠印了一行细小的黑字，诗人说："我们观察昆虫的时候，昆虫也在观察我们，从生命的角度看，我们是平等的。"

这本书你看过几遍的，它被收藏在我的书房，你不妨再看一遍。

我想，你一定是仔细端详过这本书的封面的，但这一幅与封面重复的彩图呢？也许你就没有去留意了。我要说的是，观看这本书，观看那些美不胜收的精美图片之前，最最重要的是，应该首先去留意这一幅彩图上的那一行细小的黑字，并且应该细细地揣摩，如若不然，从某种意义上说，那你无论观看过那些图片多少遍，都是无效的！

基因

基因这个东西，讲起来或许太深奥，而且我也讲不了。但我可以讲一件趣事儿。

在你三四岁时，有一次你自个儿在脱袜子，脱下袜子之后，你做了一个让我瞠目结舌的动作——你抓起那双袜子，把它放到鼻子底下嗅，用力嗅了两下，然后很陶醉地说："嗯，很香！妈妈，我的袜子很香，不用洗啦！"

我瞠目结舌，是因为这个动作我以前经常做，并且，在我的记忆里，自从你出世以后，我是再也没有做过这个动作的。

在年轻的时候，我有一个得意的地方——我的脚几乎从来不流汗，无论冬天还是夏天，而且我的袜子每回脱下来放鼻子底下闻闻，都是香的，真的，一股不是很淡的体香味。所以，我很少更换袜子，反正干干净净，不到一星期我是不会更换的。不过据我所知，许多人可是天天更换袜子的，因为他们流脚汗，不更换就臭气熏天。

你的那个动作，做得非常神似，神似我以前经常做的那个得意样儿。但我敢确定，自从你出世以后，你肯定不会看到过我做这样的动作而加以模仿。因为，在我们家装修房子的那一年夏天，我穿着拖鞋跑来跑去忙装修，不知怎么脚部感染了真菌，由于我对自己的脚板太信任了，没有去医治，一直到奇痒难忍，甚至发出一股异味。后来去看了医生，搽了药水和药膏，异味没了，不痒了，两只脚板脱了一层皮，重新光滑了，我就把这事儿给抛到脑后了。可到了第二年夏天，真菌死灰复燃，从此，我的脚癣每年都没怎么消停过，直到今年，它才似乎折腾得不好意思了，我的脚板有了痊愈的迹象。也就是说，在你出生之前两三年，我已经养成了每两三天换一双袜子的习惯，我早已经不再有闻袜子的习惯动作了，而你是绝无可能有机会看到我做这个动作的。

那么，你用力嗅袜子这个动作是由于遗传基因？我觉得是，并且我要告诉你，以前我嗅过袜子，也总是跟你妈妈说这一句："嗯，很香！我的袜子很干净，不用洗啦！"

再讲一件有趣又不有趣的事儿。

在你写作第一部书《喜糖的魔力》那会儿，我就发现了一个趣事儿——你使用文字讲故事的范儿，怎么看都像极了我，包括语气和语言习惯；后来你在打印稿上修改，那种只管添加文字以求完整却不爱删节的坏毛病，也是像极了我，甚至有一次妈妈在把你的修改稿再次输入电脑时，她都怀疑某处是不是我按捺不住在越俎代庖，而我断然否认后，她也惊奇不已。

为什么会这样？如果，你经常阅读我的作品，经常看我的修改稿，则还可以解释得通，问题是，在那之前你根本没读过我的作品，也根本没有机会看我如何修改自己的稿子！

当你写完《喜糖的魔力》，再写第二部书《闯江湖》，再到如今计划中的第三部书《我是一棵树》，我是愈发惊诧了。不仅是写作一部作品的范儿，你连构思一部作品的方式、每一部作品的写作风格，都像极了我，经常让我瞠目结舌，像是我看到了你小时候嗅袜子的那一幕。

我想，无论如何，假若不试着从基因的角度去分析，我真的难以理解你了！

现在我只担心你的脚板别感染真菌，至于有人怀疑你的作品是否背后有我在出手相助，他们一定要把我想象得那么愚蠢，也没办法。不过那也好办，也办得到——你快用你连续不断写出的好书“砸”他们的脸吧！

大声

我生气的时候，或者没有生气但严肃起来的时候，我对你说话的声音就大起来。

“这么大声干吗……”经常，你眼圈一红，就爱说这一句话，一副非常委屈的样子。

不知为何，在你的观念里，一个人说话的声音应该是很小的，细声细气，而大声，就等同于骂。

“你又骂我……”偶尔，当我大声对你说话的时候，你会说这么一句话。

我反复纠正你，说这只是批评，批评与骂是两个不同的概念，并且所谓骂也不只是这么大声，可你就是听不进去。

把大声当作骂，你的这种混淆也真的让我玩味。

在生活中，我是个习惯于大声说话的人。我的声音洪亮，中气十足，这是一个原因。另一原因，显然与我从小生活在农村有关。

农村，田野辽阔，一栋房子与另一栋房子隔得也有一段距离，即便是那些木板房子，也几乎是最好的吸音装置。在这样的环境里，家人、邻居从来都是声如洪钟，所以，我从小就养成了大声说话的习惯。城里人则完全不一样，他们天天在狭小的空间里生活，根本用不着大声说话，而且城里建筑多为钢筋水泥建造，容易产生回声，一大声就变成回荡的瓮声瓮气。还有，乡下人爽直，甚至粗鲁，城里人秘密多，内敛，这也是城里人说话不爱大声的缘故吧。

以上算是我许多年来关于嗓门的一个小小的研究成果。记得许多年前，我是非常不习惯城里人那么小声小气地说话的，因为我总觉得听不见，或听不清，但只见对方嘴皮子在动，而且，那种小声小气的说话方式总是让我联想到吞吐、不爽直，甚至联想到心计什么的。不过，慢慢地，我发觉自己的嗓门也在不断地降低。这是生活环境的潜移默化所致，也是我有意识调整的结果——我越来越意识到，嗓门的高低，也即说话声音的大小，体现着文明程度的差异。比如日本，据说那里的公共场所都很安静，连公交车上都很安静，没有人交谈，更没有人大声对着手机讲话。比如澳大利亚，诗人、小说家兼翻译家欧阳昱在他的那部《关键词中国》中说，澳大利亚人说话的声音小得让人听不清楚，甚至连法庭上的许多法官，他们的话，声音都小得让人听不清楚。显然，像我这样在农村长大的孩子，习惯大声说话，但这习惯绝对不是个好习惯，它会让喜欢讲文明的人群皱眉头，产生反感，同时会对我产生鄙视的情绪。

我在想，按照人类社会的文明进程，也许很快，这个世界将是细声细气的世界，将是蚊子般小声嗡嗡的世界了。

据说大声说话是容易伤身体的，尤其是容易伤到嗓子。但我思来想去，还是愿意与说话大声的人交往。这么想其实是完全不理智的，因为我在开文明的倒车。

小时候，在我的印象里，我的父亲是脾气暴躁的，他动不动就对我呵斥。这样的脾气，如今我无疑是继承了一些的，好在，我已经不再担心这种坏脾气会感染到你了。

举止谈吐

无论在我们中国的古代、近代还是当代，举止谈吐，始终是一个非常重要的问题。也就是说，一个人，对于自己的举止谈吐，必须要检点，而对于别人的举止谈吐，几乎每个人都会特别在意，这是他们对一个人的形象、修养、品性进行评判的重要依据。

记得小时候，我最怕祖父，因为他是大家庭中最威严的人物。生活中，祖父经常对我们小孩子皱眉头——他不大动用语言来批评，只用皱眉头来表示他的态度，让我们心领神会以达到教育目的。

比如，祖父不允许我们小孩子在大人们说话的时候插话，他不喜欢我们小孩子在吃饭的时候端着碗筷走到院子里，他反感我们小孩子在沟渠、田埂边捉泥鳅、钓黄鳝……

我一直认为，插话的确是个不礼貌的行为，端着碗筷离开餐桌，确实不太雅观，可是，祖父为什么反对我们小孩子在沟渠、田埂边转悠呢？后来明白了，祖父是一位教书先生，他读书看报、关心国家与世界，他是希望我们“有出息”一些。

当你降生的时候，作为父亲，我已经把许多事情想明白了。我认为，一个小孩子在大人们说话的时候插话，其实也没什么礼貌不礼貌的，小孩子嘛，有话就说，多好！端着碗筷在院子里一边游走一边往嘴里扒饭，不也挺有趣吗？至于在沟渠、田埂边转悠，捉泥鳅、钓黄鳝，这是多么有必要的乡村体验哪！

你知道吗，在你牙牙学语之初，我就有意无意地用我们这儿的方言教会了你几句基本的“粗话”。这些“粗话”在生活中的使用频率很高，你不知道，当一个小娃娃用方言说出这些“粗话”的时候，那是多么的带劲，多么的妙趣横生！我能想象，假若一个人他从来不会动用方言说“粗话”，那是多么大的一个缺陷。

我从来不对你的举止谈吐作出什么要求，除了属于生活习惯方面的。比如行走，我要求你抬头挺胸，只是希望你首先在体格上做一个“正直”的人；坐着写作业的时候，我不许你跷着一只脚，是怕这样的坐姿会影响你的脊椎。我不太关心你的举止是否优雅得体。至于谈吐，我连“粗话”都教，基本上已经把底线下降到地板的位置了。

我不作为，并不代表我认为一个人不必优雅、文明，不必有教养、有一个好品性。我只是觉得，当一个人注重自己内心世界上的建构，随着这个世界的日益完善，这必然会体现在他的举止谈吐上。但是，我认为，一个人如若只在外表上注重自己的举止和谈吐，则大可不必，显然也是捉襟见肘的。

打个比方，一个真正的大家闺秀，必然端庄文雅，一个真正的乡野村姑，则热情奔放、豪爽自然、天真未凿，不一而足。乡野村姑不必像大家闺秀，大家闺秀亦不必像乡野村姑。否则，就不自然，装，累得紧。

努力做一个认真的人，做一个真诚的人，做一个正直的人，做一个文明的人，做一个好品性的人……然后，不要在举止谈吐上装、做作，甚至不要掩饰，想怎么举手投足就怎么举手投足，想怎么谈话就怎么谈话，在别人面前把自己彻底打开，让别人去判断，然后“物以类聚，人以群分”，这是上策。

以上是我举止谈吐上的准则。出于一厢情愿，我希望它也将是你的准则。

爬

一个人，他爬行的阶段，肯定是在他学会走路之前。

说起这个事儿，我就觉得内疚，非常内疚，作为一个父亲，在这个事儿上，我是严重失职的。

还记得你只有六七个月大的时候，有一次妈妈和小姨妈让你在床上学习爬行。你趴在床上，双手怎么也撑不起来，后来好不容易支撑起来了，抬着头，爬行了一两步，接着就坚持不住了，小脑袋一磕，前额砸在了床上，幸亏床板是软软的藤绷，要不然肯定会发出嘭的一声。

那个时候，我就坐在床边，一直注视着你，而你小脑袋砸下去的一瞬，我吓着了，怕把你累着，赶紧把你扶起来。

妈妈和小姨妈说要让你继续学习爬行，但被我阻止了。她们的理由是去妇幼保健医院定期体检时，医生指导说要让你学习爬行。可我说："我知道哇，医生这么说的时候我也在的，既然现在学习不了，那就过一段时间再学习好了，有什么关系呢？"

你的爬行之路，就这么被我拦下了。当然，后来我和妈妈是让你学习爬行过许多次的，但每一次尝试，都照样以第一次的情形告终。再后来，我们好像就把这事儿给忘了，估计，你偶尔也是能自己独立爬一爬的吧。

真正意识到没有让你学习爬行的严重后果，是几年以后了。

在你降生三年后，小姨妈生下了女儿彭果，后来，你的表妹彭果也渐渐长大，会走路了，会跑了，但我们发现，彭果每一次摔跤，她都不会受伤，因为她总是习惯性地支撑着脑袋，而你刚好相反，每一次摔跤，总是先把脑袋给磕下去，你的额头，由于反复遭受磕碰，肿起的旧包还没消退，新的包又肿起来了，最后左右两边各有一个包，似乎怎么也消退不了了！

有一次，我们一起走楼梯，彭果冲锋在前，一不小心，就摔下去了，那一刻，我们都大惊失色，可是奇迹发生了，她那样一头栽下去，结果眨眼间就动用双手支撑住了身体，她只是滚下了两级踏步板，而且脑袋翘着，一点儿也没有受伤。

在摔跤时，彭果的灵巧与你的笨拙，几乎就是两极，这让我想到了以前的爬行训练——彭果小时候，就是喜欢在家里地板上爬来爬去的。

意识到这一点以后，我去网上查阅了资料，果然！

让人尤为伤心的是，资料上说，幼儿在成长过程中，学习爬行是一个非常重要的环节，它不仅能提高幼儿四肢肌肉的力量，也能锻炼颈部肌肉以及胸肌、背肌、腹肌，促进骨骼发育，防止脊柱弯曲，最重要的是，能锻炼幼儿全身的协调能力、平衡能力，不至于以后经常摔跤，而且摔跤时容易受伤。还有，学习爬行，竟然能提高幼儿大脑发育和神经系统、语言系统等的发展……

伤心过后，我和妈妈也有点儿埋怨起妇幼保健医院的那些医生了。既然爬行这么重要，他们为什么不着重、具体地说明，而只是轻描淡写地指导一番？

在我们身边，许多孩子不练习爬行，恐怕都是出于家长的溺爱，而许多在家里到处爬的孩子，其实也不是在进行有意识的爬行锻炼，因为他们家长也不知道爬行训练这么重要。

在幼儿时期，你缺少了一项非常重要的锻炼——爬。这个缺失，恐怕是永远无法弥补了。如果现在还来得及，那你不妨重新匍匐下去，马上练习爬行！

当然，从这个教训上，你还应该获得更多的启示——在人生中，许多方面，每一个人都应该有一个“爬行”的锻炼，那些“爬行”，也同样是不可缺失的！爬行的样子，那是不太雅观的，但必要的爬行训练，是为了以后走得更稳健，跑得更漂亮啊！

「第三辑」

百思不得其解

一个细节，出卖了一个人。

你试想一下：怎么样尽可能地使自己不被细节出卖？

我告诉你：不必掩饰，不必伪装，细节，它就自然而然与真实的你保持同步和一致。

两只灯泡

一天晚上去一位朋友家检修电路，我带了电笔与螺丝刀出发。临行前，你觉得好奇怪。

“爸爸，你会修电路？”你问。

“不会，我又不是电工。”我回答，“但是这么急找一位电工师傅，不方便，我先去看一看吧，能解决问题就解决掉好了。”

到了朋友家，灯火通明，只有浴室里的一盏灯与浴室外的一盏廊灯不亮。它俩是一条线路的，就像一条藤蔓上的两个瓜儿。

朋友的观点是，这一条线路坏掉了，应该是哪儿接触不良，或者直接断路了。

“凭什么如此肯定呢？”我说，“为什么不是灯泡坏掉了？”

朋友一副胸有成竹的样子，说：“它们昨晚还好好的，今天突然不行了，都不亮了。难道说，它俩约好了，在同一时刻一起坏掉？”

朋友不仅胸有成竹，在我听来，还有一种理直气壮的味道。

我深有同感。

朋友搬来凳子，我踩上去拧下灯泡，用电笔测量一下灯头里面的两个接触脚，同时让他在下面配合我摁那两个开关。

测量的结果出来了。两个开关都没有问题，两个灯头也都没有问题。最要紧的是，根据我的判断，整个电路都是正常的。

朋友家是一处老房子。浴室里是一只节能灯泡，走廊上是一只老式的钨丝白炽灯泡。我查看了这两只灯泡，节能灯泡灯管洁白，不像是坏掉了，钨丝白炽灯泡，里面的钨丝连接良好。两只灯泡都不像是有问题。

我把两只灯泡调换了一下，钨丝白炽灯泡装到浴室，节能灯泡装到走廊。结果，还是一律没有反应。

“灯泡不会有问题的，”朋友说，“我说了嘛，它们不可能同时坏掉，并且看起来也没有坏掉的迹象。”

我点头，表示同意他的观点。

我说：“我也这么想，不过，它们又可能是真的同时坏掉了！刚才我调换安装了一下，也不行，说明不是接触不良。”

那天晚上，我的朋友显得比较无可奈何，因为根据他的分析，他家的这两只灯泡不可能同时坏掉，而且我也同意他的分析，但是，与此同时，我却坚持让他去别的房间拆两只灯泡来更换看看。而最后的结果是，他拆来了两只灯泡，把它们分别装到浴室与走廊的灯头里，这两盏灯都亮了。朋友大为诧异，把换下的两只灯泡拿去不同的房间测试，无论拿到哪儿，照样都毫无反应。

“怎么会这样呢？”他不停地问我，又不停地自问。

“这两只灯泡看起来真的不像是坏掉了，尤其是这只钨丝灯泡，这辈子我还从来没有碰到过这样的钨丝灯泡——它不是因为断了钨丝之后不亮！”我说，“而且，两只灯泡在同一时刻坏掉，一般不会这样巧合。”

可是，这两只灯泡又确确实实是坏掉了，并且恰恰是同一时刻坏掉了，这是千真万确摆在面前的事实，无可置疑。

我补充说：“问题是，它俩确实是坏掉了，我们又有什么办法呢？我们唯一能做的就是赶紧把它俩扔掉！”

那晚回到家，我跟你讲起了我查电路的经过，我一步一步讲，让你一步一步回答，你的答案与我的朋友所坚持的观点毫无二致。最后，无奈之下，我说出了结果。

“怎么会呢？”你说。表情显得非常惊异。

“记住，不能一味依靠理论上的分析与推理，也不能一味依靠生活经验！”我的口气里包含了教导的意味，“因为，一切皆有可能——有时候，事实胜于雄辩。”

显然，你对于我最后的教导无动于衷，你只是一笑置之。你的表情已经告诉了我一切。

什么时候，你能再仔细回味一下那两只相约在同一时刻一起坏掉的灯泡呢？

在外婆家，你捡到一个黑色塑料做成的漏勺一样的东西，又捡到一串由粗铁丝折成的“9”字形小钥匙。你用一条丝带，一头拴了塑料，一头拴了铁丝，在那儿玩耍。有一会儿，你停下来，双手分别握住丝带中间的两个部位，让塑料与铁丝各自在你的身体两侧做圆周运动。

我提醒你小心，别让那俩东西甩到脸上，或者误伤了旁人。你点头答应，又说自己是在做一种益智的左右脑锻炼，让塑料做顺时针旋转，而让铁丝做逆时针旋转，然后再反之。

玩了一会儿，你停下来，跑过来问我。

“这个做成钥匙一样的铁丝我知道，它们应该是隔壁消防队里的灭火器上的保险销，”你苦恼地说，“可是，这个塑料做的东西是什么呢？我百思不得其解，就是不知道它到底做什么用的！”

看着那个塑料做的东西，我不由得笑了。

我向你解释，这只是一个固定某种产品使它在投入使用之前不致变形的保护装置，而这里面的产品，只是很便宜的一种塑料密封塞儿，那个塑料密封塞儿，就是马桶水箱里一次次被掀起来又放回去的那个塞儿，而且，它还是老式马桶里才用得着的塞儿，在此之前你根本没有机会见得到它。

“是这样啊，怪不得我怎么也想象不出来！”你释然。

这个黑色塑料保护罩，使我一下子想起了当年，当年我十八岁，只身来到北方一座城市，入住在某家宾馆。宾馆里有一种东西，我也百思不得其解。

那一定是一种电器，因为它带着一截电线，还有电插头。它很小，圆形，像一个大的开花馒头，上半部分是一个塑料罩，中间有一个光滑的长方形铁片，小小的。它是干什么的呢？我想，中间的铁片一定是个发热的装置，那铁片儿上面应该是放什么东西的。后来我找到了，那是宾馆里配备的一种像橡皮一样大的薄薄的片儿，那片东西外面裹着印有英文单词的密封包装，撕开来，有一股儿芳香。

事情到这儿，我认为自己已经想明白了，那一定是一种进口的芳香剂，清新空气的。于是我放置妥当那片东西，把那小小电器的插头插入电源。不一会儿，房间里果然有了一股芬芳。

然而让我不好意思提及的是，许多年以后，我才知道，那个东西其实不是一种空气清新器，而仅仅是一个灭蚊器，那股儿芳香对蚊子是一种致晕剂，它们一闻，就像失事的直升机一样，一头栽落了。

可是，当年那灭蚊器上没有标什么字样，灭蚊片儿上也仅仅是几个我不认识的英文单词儿，我接通电源之后，因为房间里并没蚊子，所以我也没有机会看到灭蚊的效果。而且，那个年月，灭蚊器还是个新鲜玩意儿，一个十八岁的愣头小伙子，没有见过世面，怎么会联想到那是灭蚊器？

当年的糗事，曾经在一个有许多作家、批评家聚集的会议上，我把它当作一个佐证叙说了。佐证什么呢？用来佐证我的观点——想象力不是万能的风油精、不是万能胶，有时候它会囿于一个人的学识或者生活经验。换言之，在当年那样的宾馆房间里，即便我拥有超凡的想象力，面对那么超前的科技产品，即便我想破脑袋，我也是百思不得其解的！

如今，你明白了吗？

那个黑色塑料做成的漏勺一样的东西，面对它，你百思不得其解，这是多么的正常。你的百思不得其解，与你的想象力没有半毛钱的关系！

偏激

刚刚过去的这个学期的期中考试，你在班级里的成绩排名是第三名。

那天我去校门口接你，你有点儿鬼鬼祟祟，向我耳边靠过来。

“爸爸，你知道我期中考试成绩排名第几吗？”

“第几呀？”

“第三名！”

“第三名？怎么这样啊！怎么还是第三名呢？”

要是把我和你的这几句对话用麦克风放大，我想，在校门口接孩子放学的所有家长，可能都会认可我是个严格要求、精益求精的爸爸。

然而，还有下文。我也意识到了什么，鬼鬼祟祟地向你耳边靠拢。

我说 :“怎么还是第三名？你为什么不争取考到第十三名呢？”

你笑了，摇摇头说 :“我真的没办法呀！我能有什么办法呢？”

这两句对话，如果被麦克风放大，我想可能所有家长都会恼火，恼火于我们父子在上演一出“双簧”。

其实呢，这真的是我们父子之间的真诚对话。

对于现行的一些教育方式，我是不能认同的，既然如此，我怎么能要求自己的儿子做一个名列前茅的学生呢？

有一回，我跟几个朋友坐车共赴一场酒宴。开车的恰好是一位老师，又恰好，我们谈论到这样的话题，于是自然而然地，我把那一次跟你在校门口的那段儿悄悄话给叙述了一番。不承想，开车的老师竟然有了高论。

“哎哟，没想到你对儿子的教育方式这么偏激呀！”她不看前面的路况，而是夸张地回过头来，着着实实地打量了我一番。

作为一位老师，她有意见，也在情理之中，但我还是没有料到她有如此剧烈的反应。我觉得需要解释，所以就费了一番口舌，讲了一通有关当下教育方式的看法，并且一再申明，我不是一个“反智主义者”，我不是反对教育本身，而仅仅是对现行的教育方式存在异议。

我想我所说的也仅仅是常识而已，几乎是放之四海而皆准的。然而，那位老师还是让我目瞪口呆了好一阵子。她说：“你太偏激，难道，你希望儿子也像你这样偏激？”

让我怎么回答好呢？唉！最后我只说了两句话。

“哦，原来这就是偏激呀？好，你说得对！”

保驾护航

你上小学六年级的时候，让你锻炼车技，是期望你能独自骑自行车上初中。然而，上了初中，我还是不敢让你一个人单独骑车上路。

每天上学，我骑一辆公共自行车，陪着你一路骑车，或在前或在后，或在左。每天放学，我早早地骑一辆公共自行车，候在校门口，眼巴巴地看你出来，然后又陪着你一路骑车回家。

到了初中，接送上学放学的家长大多是路途比较远的。距离学校近一些的学生，大多是独自行走或独自骑自行车的。而像我这么谨小慎微的家长，早已属于凤毛麟角，属于异类了。

生活中的规律就是这样，任何事物，一旦形成趋势，就是潮流了，任何不隶属于潮流的东西，都值得怀疑与舍弃。就说这“保驾护航”一事，也是如此——别的家长都已经放心放手让孩子单独上路，我岂能这样“特立独行”？

当然，我的“保驾护航”行为遭遇到别的家长三番五次的奚落，你的甘愿接受“保驾护航”，遭受了几位同学的嘲笑，都在情理之中。面对周遭的反应，你慢慢地有点儿不大习惯我的“保驾护航”，而面露羞涩了。

但是，一个人，怎么可以没有自己的独立判断呢？面对纷繁的世界，独立判断是如此的重要。

你从家门口出发到学校，依据我为你规划的最安全的路径，全程只有约莫九百米，中间只有一条斑马线与一个十字路口，十字路口设置了红绿灯。可问题是，我们寄身的这座小县城，是个野蛮的去处，公交车、出租车任意在斑马线上上下客，加上更多的私家车，几乎每一辆车都会在斑马线上争分夺秒，还有这座小县城“土豪”遍地，他们开车横冲直撞，而且那些开车的司机中，永远有不少经常会踩错油门的新手兼“马路杀手”。那个十字路口更糟糕，几乎随时都会窜出闯红灯的各类电动车，因为它们即便进入交通部门设置的电子监控系统，也不会接收到罚单……

人生在世，不管别人怎么看，我永远都认为安全第一。为了这第一的安全，我可以放下所有的事情。

“为什么不试试让你的儿子独立呢？”

这句话经常被一些家长挂在嘴边，说与我听。这么简单的道理，我不是不懂，只是做爸爸的始终不放心而已。

我可以让我的儿子学会独立思考，甚至在这么小的年龄，完全独立创作一部部书，但我真的做不到，让我这么小的儿子去独自面对凶险，在如此杀气腾腾的斑马线上、十字路口尝试独立！

『怪物』空调

我们家曾经是不安装空调的，之所以如此，不是由于穷，不是由于节俭，而是因为我对空调充满了反感，我认为空调是个“怪物”。

十六年前买的新房，十五年前装修。那会儿的房子结构不太好，也不预设“空调洞”。装修的师傅提议给主卧室与书房各钻出一个“空调洞”，以便以后安装空调时通管子与电缆之用。我断然拒绝了。

“钻空调洞很麻烦的，现在还不算麻烦，以后要是想安装空调，到时候再去钻空调洞就更麻烦了，会把泥粉弄得满屋子都是。”师傅提醒我。

我问师傅那窗边的电源插座是干什么用的，师傅说它就是预备着插入空调插头的。

“那好，你干脆把这电源插座也拆了，用水泥封死，省得贴墙纸时碍手碍脚。”我说。

师傅一头雾水，说：“干吗做得这么绝呢？我给你先钻个空调洞备用，你可以把墙纸封上去的呀，以后要是安装空调，一捅墙纸，就成，至于这个电源插座，既然预备了，就更不应该拆掉，人家没有的还要预埋一个呢！”

他虽然说得很有道理，但最后，还是拗不过我，毕竟我是房主，他只是我请的师傅，于是他嘟嘟囔囔地照办了，不仅没钻“空调洞”，还正好提醒我连那空调的电源插座也一并拆去，还给用泥灰封堵了窟窿。

我最后撂下的一句话比较狠：“我真的特别讨厌空调，不钻洞，拆掉电源，这样断了后路，就更下定决心，一辈子不让自己反悔了！”

我对空调反感、讨厌，最初纯粹是从理论上出发的——人生于天地之间，一年四季，春夏秋冬，这是自然更迭，而“怪物”空调，人为地制造了温暖或凉爽，与大自然的规律对着干，受伤害的则是人的身体，它将导致人体自我调节系统的紊乱乃至更大的祸患。

那会儿，对空调的切身感受仅仅来自新华书店。夏天，进去时凉爽舒适，一旦出来，骤然感觉外面的世界热浪翻滚；冬天，进去时温暖如春，一旦出来，不由得一路瑟瑟发抖打着寒战。

后来，遇上一个人，我终于算是大开眼界。

那应该是个暮春的黄昏，我赴一位朋友的家宴，朋友家的客人只有两个，一个是我，一个是他的老同学。有趣的是，我在衬衣外面穿着一件外套，而他的老同学真是好汉——只穿着一件短袖的 T 恤。

开宴后不久，好汉就开始说太热了，大呼小叫，让主人家搬出电风扇。搬来了落地电风扇，定住方向，电风扇呼啦啦对着他一个人吹，后来我发现他还是热，热得满头大汗。待我终于看出了他的问题，我的朋友及时帮我解了惑，他说，那好汉常年坐空调房办公，养尊处优了！

“怪物”空调，可以让一个人“养尊处优”到这般地步，你佩服了吧？这也正是后来，我们家楼上邻居的出租房，无论是哪一任房客，一来就开空调，不分季节不分昼夜，窗前那噪音和滴水搞得我们不得安宁而我却一再原谅他们的原因。从那个好汉身上，我看出了被空调“调教”得何等脆弱的人类的可怜。

“请原谅他们吧，他们已经不知道什么是热什么是冷了。”我经常冲着卧室的天花板说。

当然，在四年前，我们家也在客厅装了一台立式空调。不过，这不能算是我对空调转变了态度，因为，它只是为那些脆弱的学生以及脆弱的客人准备的。每回开了空调，你总是喜欢跑到客厅来，甚至欢呼，为那虚假的温暖或凉快。但学生或客人们一走，你知道的，我会马上摁遥控器让它复归安静。

说起来蛮不好意思，我们家在客厅安装空调，主要是为了来听课的学生，但其实，很早以前，我们就经常遭受一些客人的指责了——他们总是一遍遍指责我们，说我们不装空调是太节俭，是太不懂得享受生活了！对于他们的指责，我曾经有一段时间选择辩解，后来发现试图辩解真是愚不可及，于是选择奸笑，到后来，觉得奸笑也累。幸好，为了花朵般的学生们，不如借此机会“从善如流”，呵呵。

火警

午后，你在外婆家的楼上写你计划中的第三部书，我躺在床上午睡。

铃声骤然响起，把半梦半醒的我给惊醒了。那铃声其实并不大，但在安静的午后，听起来还是有些刺耳。

这铃声来自隔壁院子的消防队，我想，应该是警铃吧？

果然，铃声中伴有一个人响亮的呼喊声。

“快快快！有人报警！”

在床上坐起，床头左侧就是窗户，透过窗户，能够看到消防队的院子。有一位消防队员首先冲下来了，全力以赴的样子，手上还拎着头盔与消防服。

这个时候，你才察觉有异样，放下笔，也跑到窗边观看。

警铃还没有停歇，那个人的呼喊声还在继续。

“快！快快快！报警啦！”

也许，那个人是队长或副队长。也许不是，只是一位普通消防员，只不过是他接的报警电话。他急促的话语里，透出一股十万火急的味道。

我们看见，很快，消防员们都跑下来了，个个都是一副火急火燎的样子，要不在边跑边穿消防服，要不在边跑边扣头盔。其中有一个跑在中间的，他只穿着一件毛衣，还在穿外衣，也许，刚才他是在午睡的吧？

昨天刚刚与你外婆打听清楚了，隔壁院子的这个由乡村小学改建成的消防队，一共有八位消防员，包括正副队长。通常，他们有两位在轮休，其余六位二十四小时执勤。

我们数了一下，一共跑下来六位消防员，也就是说，他们一下子就齐了！那一头的人还在跑，这一头，白铁皮棚子底下仅有的两辆消防车早已经发动，轰隆隆地开出去。由于边上那棵桂花树的遮挡，我们都没有看清他们是怎么爬上去的，反正是，车子没有停顿，直接冲出去了，然后开着刺耳的警笛一路呼啸远去……

你把脸贴在半开的窗子上，我在床头拧着身子而坐。我们看着消防车消失，但警笛声，声声入耳。

“好快呀！爸爸，从铃声响起到车子开出大门，你知道他们一共只用了几秒钟吗？”你用一种惊奇的眼神看着我，问道。

“你数了？”我说，“真是很快，感觉铃声一响，他们就下来了，而他们驶出大门时，铃声才刚结束。”

“十五秒！”你肯定地说，“最多不超过十七秒！我猜，那位消防员刚刚接到电话，听到第一句话，就一把摁下警铃的开关了吧？”

你说得是。我想应该是这样的。救火呀，真的需要争分夺秒！

你仍呆呆地立在窗前，神色凝重，好一会儿，才喃喃自语："好神速哇！原来消防员这么厉害！"

下午三点钟的时候，我们都在写各自的书，但同时又被消防队院子里的吆喝声吸引到了那扇窗前。原来，消防队员们不知什么时候已经悄无声息地回来了，连马达声我们都没有听到。这会儿他们在清洗长长的水管，把一根根水管吊到三楼顶上，再垂下来晾晒着。他们都一样年轻，帅气，身材并不魁梧，但一个个身手敏捷非常。

我想起了你外婆说过的话，她说那个副队长一直找不到合意的媳妇，找了多年，直到去年才找到。而此刻你说了一句话："爸爸，注意到没？他们只有五位，另外一位，肯定守候在电话机那儿吧？"

一场火灾

你去过一个火灾现场。那是离我们最近的一个火灾现场。

小学六年级的一天，妈妈接你放学，然后她有意识地绕道带你去了与我们家相邻的那座商城。

发生火灾的是那座商城楼下的一间电器商店，店老板是个小伙子。小伙子爱喝酒，又爱抽烟，那一晚朋友聚会，估计是喝了太多酒。他住在电器商店的隔层里，可想而知，周围都是三合板及其他木板。他应该是躺下了，在之前或者之后，吸了烟，然而他醉了，喝得烂醉，烟未吸完就掉到了地上或床上，结果，引发大火……

待到火势凶猛，烟雾弥漫，商场上的居民才发觉。

报过火警后，消防车来了，灭火是为了挽救整座商城，那间小小的电器商店，早已成了一片黑乎乎的恐怖世界。

你们去的时候，离事发时间已经过去十几个小时，小伙子的尸体已经搬离，现场也做了许多清理，但黑乎乎的恐怖世界无法立即消除，并且边上不断地围了许许多多的看客。有人在详细讲述整个事件，其中讲到罪魁祸首是烟和酒，讲到小伙子的父亲早年病故，只留下母亲与他相依为命，母亲好不容易凑起资金为儿子开了这家店，讲到那位呼天抢地号啕至昏厥的苦命的母亲……

妈妈显然在现场与你说了好多，而你显然也是深受震撼的，因为你都哭了，你向妈妈保证，长大后绝不碰那可恶的烟和酒，你说一定要好好珍惜生命，因为生命只有一次，而且，一个人的生命是不仅仅属于自己的……后来，你还据此写了一篇长长的作文。

事情过去了仅仅一年吧，今天，当我问及此事，问及诸多细节，奇怪的是，你竟然没有留下多少记忆。你只记得一个大概的模糊印象，最后还找到了一个貌似不错的答案。

“我都写在那篇作文里了，回家找出来看看，就都记起来了！”你理直气壮地说，“那里面写得很详细的。”

可是，妈妈那一次带你去火灾现场，难道就为了你能写下一篇详细的作文？你想，会是这样的吗？

见鬼

那一次，应该是十多年前了，你还没有出生。什么季节我记不起来了，反正是那天我和你妈妈住在老家，晚上九点多钟，我一手提着牙罐（搪瓷杯）一手握着牙刷，出大门，准备站到屋檐下刷牙。

我岔开双腿站到屋檐下，含了口水，一仰脖子，咕噜噜漱了下口，正要吐出去时，发现在我的右前方，几步之外，有两个小孩，手牵着手朝西头的二叔三叔家的院子走去。

那一刻天上没有星星月亮，院子里黑漆漆的，但就着屋子里透出来的一点儿光亮，那两个小孩的身影，我还是看得清清楚楚的。

哪来的小孩呢？我们几家都没有小孩的呀！

这么黑的夜里，而且这么晚了，怎么来了两个小孩？他们向二叔三叔家走去，找谁呢？

我眼睁睁看着那两个小孩手牵着手，蹦蹦跳跳朝西头走去，走过我们两家院子中间的夹弄，突然加快速度，跑了起来……

这时，你爷爷刚好打着手电筒来到门口，出来找拖鞋，我赶紧让他扫一下西头。

新买的手电筒，装了三节大号电池，雪亮雪亮的光束扫了又扫，二叔三叔家的院子立刻现形了——空空如也！

我立刻打了个寒战，感觉到一阵毛骨悚然。

“谁呀？”你爷爷说。

“两个小孩！”我惊恐不已。

“人呢？”

“飞走了！”

“飞走了？”

“手电筒一照，他们俩马上飞了起来，飞上西边的天空去了！”

你爷爷笑了，以为我在开玩笑。

他用手电筒扫了一下我的脸，见我不像是说笑，才笑说：“你看花眼了吧？”

我不说话，抢过他手上的手电筒又仔细扫了几下西头的院子，身子开始不住地哆嗦了。

我不敢再在外面刷牙，与你爷爷进了屋，关上门。

我说：“怎么可能看花眼！一开始，他们还在我眼前呢，手牵手蹦跳着走到那头去的！我看得清清楚楚的！”

你爷爷说：“那就是你看见鬼啰！”

说着，你妈妈、你奶奶也来了，我把刚才那惊悚的一幕讲述了一遍，你奶奶的脸吓得煞白，你妈妈不信鬼神的，先是笑话我，后来见我的嗓音都有些异样了，也严肃起来，因为她知道，其实我从来不信鬼神的。

那一晚，弄得我们开始疑神疑鬼起来。

你妈妈说来说去，还是认为我看花了眼，而我差点儿生气了，因为我觉得太冤枉了，我可是亲眼所见的呀！

第二天晚上，出月亮了，也出星星了。刷牙的时候，我端着牙罐捏着牙刷出了大门，你妈妈打着手电筒“护法”。这一刻，我霍然一惊，随后舒了一口气——我站在前一晚站立的位置，一侧头，也发现西头有了异样，好像还是那两个手牵手的小孩子，可定睛一看，才明白，那是最西头院子里的三叔家那两棵铁树搞的鬼。

真相终于大白了！

那两棵铁树，虽然在二三十米开外，但在某种特殊的光线作用之下，侧头匆忙一瞥间，真的会产生这样的错觉！

运气

这段时间，你口中出现频率比较高的一个词儿是什么？

估计你想不起来，但我留意了，就是“运气”这个词儿。

这么一说，你一定明白了。之所以老在说“运气”这个词儿，是由于你这段时间热衷于打扑克牌。你把打扑克牌当作最有效的娱乐项目与放松方式，午餐和晚餐之后，必须得拉几个人，打上几局，打个忘乎所以，然后刹车，去楼上写作你计划中的第三部书。

这些天，你抓的扑克牌，居然绝大部分都比较“臭”，“臭”到无论谁来帮你出谋划策都无能为力反败为胜的地步。

“唉，运气不好！”

“唉，运气太差了！”

无数次，你这样唉声叹气。

我是不喜欢打扑克牌的。我不仅不喜欢打扑克牌，也不喜欢打麻将。但我喜欢在别人打扑克牌或麻将的时候充当救世主的角色——爱替哪个手气不佳的倒霉蛋抓一回几回牌。

“爸爸，快来！”有那么几次，你向我发出求救信号。而我刚好有空，也有意救人于水火。当我跳下水帮你抓牌，也真是奇怪，每回都会是一手好牌，于是你轻轻松松就有了一回胜利。

“我爸爸的运气呀，真是好得没话说！”你总是这么说。

但你不会注意到，听你这么一说，妈妈总是在边上冷笑，我自己也总是笑得不尴不尬。

你不知道，其实我的运气总是不好。

记忆里，无论我打扑克牌还是打麻将，无论什么时候，我的运气，绝大部分都不好，总是抓不到好牌，即便抓到好牌了，也总是有一家手里握着比我更好的牌。但讽刺的是，某一种场合下，我的运气总是很好，好得不得了，那就是替别人抓牌的时候。因此，我自己打牌，往往垂头丧气、唉声叹气居多，而一旦替别人抓牌然后打上一局两局，总是眉飞色舞、手舞足蹈。

我真的相信世界上有“运气”这个东西的存在，但我不是一个唯心主义者，我相信唯物论。

这矛盾吗？也许是。只不过，我觉得不是，也希望你不要认为是。

有关“运气”，再给你讲讲我的经验吧！

我二十来岁的时候，有六年时间，在一家工厂里上班，那时候时间特别多，也特别无聊，经常与门卫室的几个老头打麻将消遣。

那时候，我的运气不好也不坏，有时候好，有时候坏，比较正常。

运气不好不坏的时候，大家都无所谓。好的时候，我抓的牌会特别好，弄得其他三家哑口无言，甚至让哪一家动了怒气，中途耍赖不打了。坏的时候，我抓的牌自然特别“臭”，甚至让其他三家都手舞足蹈，而我却不动怒气，坚持奉陪到底，因此赢得了“牌风第一”的称号。

我要说的是，在那些年，我体会到了“运气”的神奇——有一个老头教过我如何获得好运气，他说，当一个人运气不好的时候，可以去上一回厕所，上一回不行，那就多上几回，或者掷色子，频繁调换上下家的位置。他说的方法居然大多时候都非常管用，经常，我一上厕所，或一调换位置，就“转运”了，运气大好，抓到手的牌，焕然一新，而与之相对应的是，原本运气大好的上家或下家或对家，会立马“衰”下去。

有一次的牌局我一直记忆犹新。开局我就出师不利，连续打错了两张好牌，还“和”错了一次，那老头一手拈须而笑，一手拍拍我的手背说：“小心走霉运喽！”结果真的被他说中了，我在很短的时间里，连续输了几局。他实在看不下去了，提醒我调换位置，但被我拒绝了。我说：“我偏不信这个邪！”最后，那一个周末的上午，像变戏法一样，或者说，他们三家像串通好了一样——其实根本不可能，因为串通也没用，我抓到手里的牌，永远是那么的“臭”不可闻，他们仨的牌则好得离谱，他们轮番“和”牌，甚至有一回我坐庄时，抓了一手“天牌”，我正等待着扬眉吐气，结果他们一“吃”一“碰”，又“吃”又“碰”，把我晾到一边，轮不到我再抓一张牌，其中一家就忙不迭“和”了牌！

那一次，我一上午连输了十三局，后来我打听了，没有一个牌友曾经有此纪录。那个老头最后教训我说：“年轻人，你一定要相信运气！什么是财运你知道吧？这就是！要破财，拦也拦不住；要发财，挡也挡不住！”

说到这儿，我还意犹未尽。

我再告诉你一件事儿。

后来有几回，我悉心研究我爷爷的牌技——在我和你妈妈结婚之前，我爷爷就去世了，但他还健在那会儿，他的牌技在村里是闻名的，他去世后曾留下一个账本，记录着他所有的日常收支，包括打麻将的输赢，让我们晚辈叹为观止——他生前告诉过我，打牌最重要的技术在控制“运气”。他说，当一个人运气不好的时候，要沉得住气，要舍得把自己手里所有的好牌扣下，让其他三家，尤其是下家最终“衰”下去，不能光是顾着自己的牌，光是想着自己“和”牌，这样，就能有机会“时来运转”。

时来运转。多好的一个词儿啊！

我是在说牌吗？好像是在说命运了。又好像，话题早已经超越了所谓唯物论。

指数

你那建车队跑运输的二姨父前不久说到经济形势，他说，什么这指数那指数的，都是扯淡，真正的经济指数，看看货运站就一清二楚。

他说的是物流。他说以前那个货运站的货物多，内销的、出口的，多的是，一天能装十个集装箱，而现在不行了，一天能装五个集装箱都已经谢天谢地了！

“谁会相信那些指数？连我都不需要，我只看那个货运站就知道经济形势怎么样！”他拍胸脯说。

应该说，你二姨父说的是朴素的道理，看似不可信，其实非但可信，而且最有效。那些貌似严谨的指数呢？不必说它们不可信，至少，它们是抽象的，不具体的，不是那么直观的。

这就要说到雾霾了。

去年下半年，整个华北、华东、华南，甚至华中地区都闹雾霾，真是到了谈霾变色的地步！

雾霾对老年人、儿童及体弱多病的人群危害尤其大，即便是健康的青壮年，都不能小觑它的危害。

因此，有关雾霾的指数，也就是以细颗粒物为主要检测对象的“PM2.5及空气质量指数”成了大家广泛关注的新事物。

有一段时间，我和你每一天多次查专业网站上公布的“PM2.5及空气质量指数”，以便安排是否出门、出门是否戴专用口罩或是否开窗通风等。但是逐渐地，我很少查这个指数了。因为我找到更便捷甚至更准确的“指数”了。

我们这儿查到的所谓当地的指数，其实都是离我们分别有二三十公里远的三个监测点的数据。这个指数，一般情况下能够反映我们家附近的空气质量，但不是最准确的。经过我的对比与研究，我找到了更直观的“监测点”，那就是我们家窗外约一百米的那幢二十八层的灰色大厦。

经过我一段时间的悉心对比研究，那幢大厦成了最好的“监测点”：假如它看上去无比的清晰，这个时候，指数一定会在二三十左右，不会超过五十，也就是“优”的等级之内；假如它看上去被一层淡淡的若有若无的东西笼罩，这个时候，指数一定会介于五十到一百之间，也即“良”的等级之内；假如它看上去被一层灰蒙蒙的东西笼罩，这个时候，指数一定会介于一百至两百之间，也即“轻度、中度污染”的等级之内；假如它看上去被一层比较浓厚的灰蒙蒙的东西包裹，这个时候，指数则一定是到了两百至三百之间，就是说达到了“重度污染”的等级；而整幢大厦看上去已经变得虚无缥缈了，它已经有一部分被灰蒙蒙的雾遮蔽了，那好，指数一定是达到了三百以上，甚至接近五百，也就是够得上“严重污染”的等级了。当然，有一种特殊的情况，即纯粹的“雾”，如何与“霾”区别开来。这个要注意，好在正如你学校的教科书上说的，纯粹的“雾”是白色的极小的小水珠，这个只要对窗户外近距离的空间进行观察即能确定。

我一点儿都不夸张，我的对比研究还经过了一段时间的校正与验证：我经常站在窗口边观察那幢大厦，然后目测出指数值，再去与电脑里查到的实时数据核对，我的目测指数值与实时数据大部分是完全一致的！至于不完全一致的一小部分，我愿意相信，自己目测出的“指数”值，更具参考价值。

说这么多，不光是为了告诉你以后可以不用麻烦去查网上的数据，因为生活中有更直观更准确的“监测点”——你明白吗？作为一种高级的灵长类动物，我们应该靠自己的眼睛找到各种各样属于自己的办法，在生活中，在这个世界上。

口味问题

论及口味，必须说到小黄鱼与大黄鱼。

你最喜欢吃小黄鱼了。平常，我们在生活中俗称的小黄鱼大多不是真正的小黄鱼，此类鱼的兄弟姐妹太多了，分不清，更叫不出它们的学名来。反正，只要是这一类鱼，你都喜欢得很。

喜欢吃小黄鱼并没有错。但问题是，你不喜欢吃大黄鱼。

那次在你大姨妈家的喜宴上，有一盘菜，正是大黄鱼。那么新鲜的大黄鱼，厨师做得也非常到位，鲜嫩至极，看上去色泽也甚是诱人，闻起来更是香喷喷的。

那一回，我才想起，你是第一次吃到大黄鱼。野生的大黄鱼，如今可真是个稀罕物。据渔民说，野生的大黄鱼很少能捕到，市面上号称野生大黄鱼的大多是在远海里养殖出来的，但普通的养殖大黄鱼与它的味道不能相提并论，它已经接近真正的野生大黄鱼的那种味道了，所以价格昂贵。

那次喜宴上，我一厢情愿地让你赶紧尝尝大黄鱼的美味，然而让我大感意外的是，你说这大黄鱼看起来就不好吃，皱着眉头很不情愿似的夹了一筷子，草率一尝，咽了下去，脸上还挤出了痛苦的表情。

真的难以理解，也难以想象。

平常那些小黄鱼的味道，怎么能跟眼前这条大黄鱼相媲美？而且，它们最具有可比性了，因为它们可以称得上是同一个家族，不是同一个家族至少也是堪称同宗的。不错，每个人的口味不同，但你这口味，怎么至于在小黄鱼与大黄鱼身上分出好恶了呢？

那一次，你应该还记得，我哭笑不得地向你耐心解释小黄鱼与大黄鱼的异同以及大黄鱼的如何昂贵与稀罕，然后，你再尝了一筷，就再也不愿夹大黄鱼一筷了。

“你看，这就是口味，就像读一篇文学作品，有时候，喜欢或不喜欢，根本不讲道理。”

如果你记得这件事，更应该记得我在喜宴上对你说的这一句。

你不知道的是，那一次，你的表现，让我想起了我的二姑父。

我的二姑父是城里有名的大厨师，是个美食家。我年少的时候，他来家里做客，大家最紧张该让他吃什么，可是他的口味真怪，他什么都不爱吃，只爱吃白粥，然后就的还是咸菜，最多在咸菜上放一撮脆皮。他还喜欢吃一样东西，叫“花梗”，是我小时候觉得最恶心的东西——那时候太穷，用某一种植物的茎腌制成的“花梗”，常常有一股特殊的臭味，我们拿来当作小菜，谁都吃腻了的。

说起“花梗”，更有趣。后来城里有一家经常来外宾的单位请二姑父解决他们最头痛的问题——为外宾安排伙食，二姑父用一道菜彻底征服了外宾的味蕾，他选用的就是“花梗”煮豆腐！

好了，关于口味，我就说这么多。

再说一句：你要记得，口味这种东西，是最有趣也最不靠谱的；你要记得，人类在口味问题上可是最固执的，而其实，这非常非常可笑。

固执己见

我问你："'固执己见'，它是不是一个贬义词？"

你思考了一秒钟，然后肯定地回答："不是！我觉得是一个褒义词！"

你能这样回答，真好！虽然这道题如果出现在语文试卷上，你会付出一点儿小代价。

其实这个问题说出口之前，我就料定你会如此作答。

在你出生没几个月还不会说话的时候，妈妈抱你出门，你就开始指挥妈妈必须穿哪双鞋；你会开口说话了，妈妈抱你去公园，你会指定走哪条路，妈妈必须服从，即便殊途同归也不行，而摘了一片树叶，回到家发现在路上弄丢了，你必须要找到那片世界上唯一的树叶，哪怕我去同一个枝条上摘几片都不行；再长大一点儿，脱袜子或穿袜子，你是有严格次序的，我忘了是左脚还是右脚先脱先穿，反正脱与穿时，左右的次序不能乱，一旦乱了，必须得重新再来。

我们曾经被你的无理取闹反复折磨，但后来我想明白了，你必然有自己的理由，从个性的角度去理解，我们应该尊重你的坚持。

你的回答让我满意，这是因为，我知道你是一个固执己见的人，而我，首先就是一个固执己见的人，我是上梁，你是下梁。

是的，我觉得自己从来都是一个固执己见的人。

上高中的时候，我觉得自己可以当一个作家；高中毕业后，我立即开始了创作，这一个选择，二十五年来，不知遭遇了多少挫折与困厄，但我从未想到去改变，因为我认为自己的选择无比正确。这二十五年，属于我个人的关于创作的各种理念，也不知经历多少次的冲击，但我固执己见，认为它们都是对的，所以都坚守了下来。

自然，在这个心灵之光普遍缺失的时代，一个作家在别人眼里完全可能被忽略，但我相信，现在的你，早已经能够理解我的快乐与自满了。

再说《喜糖的魔力》，你的第一部书。你不知道的是，如果不是我的固执己见，如果不是认为它是一部绝对具有非常文学价值的书，我就有可能不再鼓励你写下去。而一旦我不再鼓励你写下去，我相信，它就不会被你完成——因为那个时候，你对自己写出的文字只是觉得好玩，它们的价值，你还没有更深的认识。

而你的第二部作品，甚至手头上正在创作的第三部作品，则来自你自己的固执己见——有一天，你突然说要创作一部武侠小说，用第一人称去讲述故事，同时拒绝把流行的玄幻色彩引入故事，我表示不太看好，说希望你休息，可你执意要写，最后你的固执己见打动了我，我只有选择竭力鼓励你，结果你真的写了厚厚的一部，它的优秀程度，让我惊讶不已；第三部作品，写一棵树，我曾经表示它的难度是你这样的小孩子所无法掌控的，你差点儿打了退堂鼓，幸亏你的固执己见，再一次说服了我，而当你一动笔，我又惊讶了，我认为它将一定会成功。

如果没有你的固执己见，你不会有这名为《闯江湖》的第二部长篇小说，也将不会有名为《我是一棵树》的第三部长篇小说。

以我半辈子的经历，我愿意承认：如果一个人不固执己见，他做什么都不会成功。

我还可以告诉你：在四十岁之前，我一直以为像自己这样固执己见的人是少有的，可在四十岁之后，我发现，其实这世界上，几乎每一个人，包括小孩子，都是固执己见的；与此同时，我发现，其实我一直还是个从善如流的人！什么是从善如流，你或许还不明白，至少还不明白它的真谛，但是无妨，以后再明白吧！

既固执己见又从善如流，这不是矛盾了吗？其实不，我们可以尽可能做到统一，或者说，我们可以尽可能承载这个矛盾。

所以，有必要对上面的一句话作出修正——

以我半辈子的经历，我愿意承认：如果一个人固执己见同时又从善如流，他做什么都能成功。

你要知道，这个世界上，一个真正做得到固执己见同时又从善如流的人，很少很少。

站在别人的位置

有一次，我们一家散步归来，在楼下的步行街上走着。后面一辆白色跑车，车主不停地摁喇叭。我们环顾，街上没别的行人，除了我们仨与一个陌生的年轻人。我们四人闻声排成一行，由东往西走。之所以说排成一行，是因为步行街中间设置了花坛，比较窄，而那辆跑车车身又比较宽，如果我们不排成一行，靠着右边的冬青树走，它就一定过不去。好了，我们排成一行了，继续走，可是那辆跑车又摁喇叭了，又响又刺耳。这样的喇叭声是有含义的，就是说，它表明了摁喇叭者的不耐烦和愤怒，甚至可以说不耐烦和愤怒到了极点。然而，他不耐烦什么？愤怒什么？我们站定，齐刷刷回首——我们已经够规矩了，够配合了，几乎已经让步到了极限，难不成叫我们踩到冬青树丛中去？再看看道路，不是有足够的空间了吗，难道这样还过不去？真过不去，那他的驾驶技术也太差劲了吧？我们真的不明白，然而跑车的喇叭再一次发出了狂暴的怒吼。这下好了，解决了，那个与我们同行的年轻人忍无可忍，拦住跑车，开骂了，而跑车也彻底停下来，一个剃着“飞机头”的中年男人下车，更大的骂声爆发……

对于这种情况，我和妈妈已经见怪不怪，拉着你径直走了。我们没有再回头，而骂声中有一句是年轻人的，他骂出了我们的心声。

“这天底下的路都是你家开的？你以为是你家院子啊！”

接着，后面传来了起哄声、咒骂声与砰砰声——无疑，骂战升级成了直接的散打格斗。

生活中，经常有太多让人匪夷所思的事，比如那个“飞机头”中年男人与他摁的喇叭声。他为什么不站在别人的位置想一想：假如自己是行人又当如何？难不成展翅飞上天，给别人的车让出道路？

又有一次，我们一家坐你小姨父的轿车出行，也是在楼下的步行街上，时间紧迫，我们有点儿赶，可是，前面有个行人挡住了道路——他在道路中间走，走得有些忘乎所以，像是闲庭信步。我注意到了，小姨父正准备摁一下喇叭的，可那中年男人回了下头，察觉到我们的车来了，于是小姨父把手撤了回来，继续把持方向盘。然而真的意想不到，那中年男人非常淡定，扭过头，照旧若无其事地悠闲地走，照旧在中间走，那只硕大无朋的屁股，蛮横地在我们的挡风玻璃前摆动，似乎是嘲弄我们，或是用屁股在向我们表示抗议……

真是急呀！他干吗呢？明明看到屁股后面的车了，为什么偏偏不让道？不让道也罢，为什么不走快点儿？

我们的车遭遇那只蛮横的屁股，那个路段距离进入纵向的街道大约三十米，这三十米，我们跟在那只屁股后面，亦步亦趋缓缓地向前挪，差不多挪了一分钟。

你小姨父中途曾要再次摁喇叭，手掌放了上去，却又没摁。

“怎么？你以为是上海滩大亨啊，你就差没横着走路啦！”他盯着前面的屁股，像是很欣赏，微笑着说。

那一次，那人可碰上一个好脾气的司机了。可是，碰上好脾气的司机，也不至于这么整别人吧？他为什么不站在别人的位置想一想：假如自己是司机又当如何？难不成他也能如此幽默面对？

站在别人的位置，说得文雅一些，学术化一些，叫作换位思考。生活中，各行各业的人，有多少能做到换位思考？

比如，你在写你的小说，你是否想过，你的书桌对面坐着你的读者？你是否想过，假如你是你对面的那个读者，你会对你刚刚写下的一句话怎么看？我绝不是教你迎合读者，而只是提醒你：前面有人！

天空

我写过一首诗，题目叫作《天空》：

奇异的景象出现在大街上的天空
——日落时分，空中聚集了
一条由云朵儿铺就的宽阔彩带
难以计数的白云
自东向西，一小朵一小朵
像一片片闪光的鱼鳞
整齐而又绝对规则地铺向
霞光万丈的天边

“啊，多么漂亮的白云！”
“白云，我从来没有见过
你是这么的美丽！”
——背着小书包的儿子在造句
在向着天空稚拙地抒情
站在背后的我和妻子，被他的小手指引
也翘首发出了两声惊呼——

而我们随即羞愧地发现
整条大街上的所有人都没有抬头
只有接连几个被我们挡了道的人
不满地匆匆横了一眼这碍事的
神经兮兮的，一家子

这首《天空》写于你六岁那年，是我的组诗《日记》中的一首。也就是说，我采用了诗歌的形式，把《天空》当作一则日记来写，它写实、日常、简单，但细节里透出某种意味深长的东西。

那会儿，你在上幼儿园，放学后，我们一家三口站在楼下的小花坛中间，你背着一个小书包，几乎空空荡荡的小书包。那一刻差不多是下午四点钟吧，天空中的奇异景象那么壮观，可是我和妈妈都没有看到，在我和妈妈的眼里，你就是世界的中心与焦点。

一个六岁的孩子，世界上的每一样东西，在他眼里都是新奇的，包括天空。于是，你成了伟大的发现者，你沾沾自喜于这个发现。我和妈妈抬头，我们也开始惊呼，倒不是应和你造的句子，而是，在你的指引下，我们也确确实实被这样天然却又似被一种强大的力量刻意安排的美妙景象所折服。

那一刻，沾沾自喜的是我和妈妈。我们为自己的小宝贝的这一发现而开心得忘乎所以。我们拿眼睛去寻找路人的眼睛，我们恨不得也像你一样，用手指，去指引他们，让他们也来欣赏这空中奇观。然而，我们却羞愧地发现，他们是那么匆忙，匆忙地行走；或者是那么专注，专注于吃——许多人显然刚刚从我们家楼下的烧烤摊上过来，手里握着一串串烤年糕、烤鱿鱼、烤里脊肉或臭豆腐，一边走一边专注地吃。那一刻，你在继续造句，加上我们的表情和行为，我相信，绝大部分路人都明白发生了什么事，但是多么遗憾，他们都懒得抬头，连一个都没有抬头——瞅一眼完全免费的天空美景。而且，他们中有那么几拨人，真的是一脸的不耐烦，匆匆地横了我们一眼，因为我们一家子挡了他们的道。

你能想象那一刻我们一家子的神经兮兮吗？

今后，你还会经常有心情抬头仰望天空吗？那是一种多么难得的可爱的神经兮兮呀！

我备份了吗

“备份”这个词儿，也许你现在还比较陌生，也许已经在上电脑课的时候知道了。

这个词儿的诞生，应该在电脑问世之后，或者是与电脑结伴问世的。

有个成语叫狡兔三窟。如果小兔子建立了自己的家，兔妈妈问它：“宝贝，这个家有没有备份？备份了几个？”当然这是非常雷人的用词，但从某种意义上说又非常贴切。

备份，记得第一次听到这个词儿是在二十世纪末，那会儿我刚刚拥有了第一台电脑。一位朋友来了，他比我早几年用上了电脑，他在我们家的电脑前反复说的一个词儿，就是备份。那时候，光听他的发音，我甚至不知道这个词儿究竟怎么写。因为他，我才知道，原来电脑是不安全的——它的软件会出问题，如果病毒入侵，整个系统会崩溃，而C盘的资料会遭殃，甚至殃及D盘、E盘；它的硬件也会出问题，整个硬盘都会坏掉，硬盘里的资料一下子读不出来，并且会永远读不出来。

因为那位朋友，我在拥有电脑之初，就开始了“备份之旅”。先是用 3.5 英寸软盘备份，把电脑里的所有作品都复制到软盘里。当我买了一大沓软盘之后，有一天我发现，其实软盘根本不保险，它也会一下子坏掉，读不出数据。后来出现了刻录机，我赶紧配备了，把所有作品和其他重要资料都刻录到光盘上。那时候以为光盘是最安全的了，可是随后就发现，光盘同样可能读不出数据。还好，马上又有了优盘（U 盘）。优盘总该是最保险的了吧？也不是，有一次复制到优盘之后再复制回来的一篇小说把我吓坏了，它里面居然多了许多“非法字符”，也就是说，暗地里多了许多莫名其妙的符号乃至文字。再说，优盘也会坏。原来呀，这个世界上，只要是个东西，它就不保险，会坏，优盘自然不会例外。再后来，有了移动硬盘。我至今买过两个移动硬盘，虽然没有坏过，但我是相信它们会坏的，没有坏，只是运气好而已。好在，当我拥有优盘的时候，我又拥有了笔记本电脑——台式电脑上的资料，我已经备份到了笔记本电脑，笔记本电脑是绝不上网的，它只用来写作，而且我决不会再把作品文档在笔记本电脑与台式电脑之间来回倒腾，我永远只做单向的备份，以绝后患——从此以后只允许笔记本电脑里的作品文档复制给台式电脑，不再做逆向的备份。

如此这般，但还没完。

我一直担心的是，假若有一天小偷进门了怎么办？小偷会提走笔记本电脑，抱走台式电脑。抱不动，据说小偷也会拆走台式电脑的硬盘，因为硬盘值钱。我每当在优盘和移动硬盘备份之后，就把它们分别藏到书房以外的地方，其中之一必然是阳台，小偷短时间之内不会找到它们。可是，假若发生火灾呢?

后来我想到办法了。我申请了几个免费的电子邮箱，并且是分属不同的服务商的。这些电子邮箱分别独立地保存了我的所有作品文档——我把那些文档发送过去，并且定期更新。这样备份的好处是显而易见的，而且有一个特别的好处——无论我身在世界的哪一个地方，只要有一台电脑能够上网，就能调用自己的作品文档。

备份备到这个份上，似乎有些夸张甚至变态了，但我自己一点儿也不觉得。

就我自己来说，系统崩溃以致C盘资料消失是常有的事，另外，硬盘整个儿报废发生过两次，笔记本电脑突然彻底报废发生过一次。还有一次送台式电脑去修理，反复指出硬盘资料很重要，但修理的师傅偏要直接把整个硬盘格式化了，全部资料荡然无存。正因为我有如此夸张的备份手段，我有备无患，才不至于让电脑里的作品与资料遭受丝毫的损失。

至于别人因为缺乏备份而遭殃的例子，光是我曾经过眼的新闻里头，就已经不胜枚举了。比如有一位广东诗人，她花了三年时间采访撰写成的一部书稿，因为放在电脑的桌面而没有备份，结果病毒入侵了电脑，丢失了，然后痛不欲生地在网上求救。比如大名鼎鼎的钟南山院士，他的笔记本电脑当街被抢劫，而电脑里面的许多学术资料居然就没有备份，为此全城轰动。比如有一年上海的一幢大楼发生火灾，火灾殃及一位大学教授家的电脑，电脑里的资料竟然没有备份，凝聚数十年心血的学术成果，包括一部一百十五万字的著作和十多部未完成的电子手稿，差点儿灰飞烟灭，幸亏最后在许多网友的救援下惊险地获得“重生”。比如一位湖南作家，他的电脑被小偷偷走，可他的电脑里有一百万字的电子稿没有备份，最后只得惊动记者在报纸上发新闻稿，希望小偷“盗亦有道”，把资料退回给他……

你准备当一个作家，不久的将来，你将拥有属于自己的电脑，而你要经常自问：“我备份了吗？”

如果你敝帚自珍，如果你不认为自己的作品是垃圾，就应该养成定期或随时备份的好习惯，备份到能够抵抗任何的不测。比方说我吧，我就认为自己的作品虽然未必都经受得了时间的无情淘洗，但它们首先要能够经受得了任何人力和非人力的破坏。我甚至想过，假若有可能，我要把自己的作品文档备份到火星上去——要是火星上有哪一家电子邮箱的服务器的话。当然，这不是梦话，这只是句玩笑话，哈！

大多数

“大多数”，这是一个很好玩的词儿。在生活中，在我们的潜意识里，“大多数”代表着一种非常强大的力量。

秋天，当你走在街上，发现大多数人都穿上了外衣的时候，你会马上意识到自己只穿着衬衣，似乎有点儿凉了。

在超市里，水果区摆着各种水果，当你进入的时候，总是发现有一种水果前围着大多数人，你会不由自主围过去，挤进去，把手伸下去挑选，虽然你原本想买点儿香蕉，而此刻你手里挑选的是梨子。

会场里，闹哄哄的，大多数人都在窃窃私语，于是，会场越来越闹哄哄，一些安静的人也加入了大多数的行列。

战场上，某一方被包围了，但是奋起反击，这时，假如突然有谁弃械投降，并且迅速带动了一批士兵弃械投降，投降派已经成了大多数，那么剩下的士兵还会拼死抵抗吗？所谓兵败如山倒，大约就是这样。

说到这儿，我想起诗人伊沙的一首诗，题目叫作《在精神病院等人》，写的是“我”坐在精神病院草坪前的一张长椅上等人，突然发现身边斑马似的病人各自为政，都在干着什么，于是沉不住气，心里发虚了，也很想干点儿什么，以示自己与他们是一伙儿的。

对了，有一回，我对你要做那么多的作业有意见，而你说，你的同学们都在做，言下之意，作业也不是特别多，然后我发火了，就是因为你下意识地向“大多数”靠拢了，被“大多数”给俘虏了而不自知！

好多年前，有一次，在一个会议的间隙，我与一位小说家在房间里坐下来面对面聊天，他来了兴致，讲出了一个事实。

“我觉得，你的作品，好像喜欢的人不多，也许十个读者里只有三四个会喜欢吧？”他谨慎地说。

“你错了！”我微笑着说，“不是十个读者里有三四个，而是十个读者里最多只有一两个！”

他听了前半句，一愣怔，定定地看着我的脸，而后释然，呵呵地笑了。

但是我再说了一句，他又愣怔住。

“我觉得吧，我的作品，大多数人不喜欢很正常，其实我担心的是大多数人说喜欢，如果我写出了这样的作品，我认为自己就应该反思了！”

我与那位小说家的对话正好体现了我对大多数人的警惕。因为在我眼里，“大多数”只是个好玩的词儿，站在“大多数”这边的人却不好玩——“大多数”几乎从来都是与“庸常”孪生的，或是如影随形，站在“大多数”这边的人，常常是令人气恼的，甚至是让人觉得寒心的、恐怖的！

说到这里，我忽然想起了波兰天文学家、数学家尼古拉·哥白尼与意大利数学家、物理学家、天文学家伽利略·伽利雷。

哥白尼，不知道你学校的科学教科书上是否已经提到过这位改变了人类宇宙观的伟大人物。五百年前，他提出了“日心说”，可是那个时候以及此后相当长的时间里，“地心说”仍主宰着人类的头脑。

伽利略是哥白尼去世二十来年后才出生的。伽利略这个名字，你应该已经知道，因为你肯定知道他在比萨斜塔做的那个著名的重物自由下落实验。不过，你肯定不知道，世界上的第一支温度计就是他发明的。伽利略的另一个发明，也许在你的科学教科书上会提到，那就是他发明了世界上的第一架天文望远镜——伽利略正是通过他自己的天文望远镜的观察研究，然后认同并论证了“日心说”的，但他因此遭受了罗马教会长达二十年的残酷迫害……

古希腊哲学家柏拉图说：“真理可能在少数人一边。”信哉斯言！

今天早晨送你去上学。下雨天，我们都穿着雨衣，你骑在前面，我随后。我们的自行车进入你们学校西边围墙外那条狭窄的过道时，发生了惊险的一幕——原本好端端的，你突然一拐自行车龙头，斜着冲向迎面驰来的一辆摩托车，只差一点点，你们就会发生碰撞，最后，摩托车的倒车镜刮了一下你的雨衣，你雨衣下的胳膊被刮了一下，但你没有被刮倒。

我骑在你后面，那一幕发生的时候，我惊呼了一声，却什么都来不及做，只能眼睁睁看着。幸亏，那辆摩托车开得慢，而且那个车主反应够快，车技也够好。

过后我马上询问你原因，因为凭你如今的车技，不至于犯如此低级的错误。

你吓着了，愣怔着说："我也不知道为什么，好像是地上有什么东西，我的轮胎一打滑，就冲过去了……"

可是我们当场在地上搜索，没看到任何异样，平整的水泥地面并没有可以导致轮胎打滑的果皮、塑料袋或什么硬物。

暂且不管了，我们继续往前骑。一边骑，我一边分析，然后我同时告诉你结果。

“刚才突然间发生这事儿，你说轮胎打滑，我觉得不像，你可能是错觉。”我说，“应该是车龙头太灵活了，而你不习惯穿雨衣，雨衣遮住了整个车龙头，所以，感觉稍微有点儿偏差，就出错了！”

你没出声，不置可否。但我认为必须告诉你两车迎面相撞的后果。

“你知道吗，假设那人的摩托车速度快，或者他技术不够好，他会把你撞倒在地，撞出去好远！”我往不好的结果说。

“我知道。”你回答。

“还有个问题，刚才你是骑在路中间的位置，没有靠右。”我指出一点。

“我不是刚刚拐进来嘛，还没来得及靠右呢！”你为自己辩解。

“那我为什么早就靠右了呢？”我说，“我眼睛盯着你呢，我看清楚了，其实你早就应该靠右骑，你原本有时间早一点儿向右靠的。”

你没有回答，似乎是默认了。

“当然，骑在中间也没问题，如果不出那个意外的话，你不斜冲过去，摩托车也刮不到你，但是，有时候就偏偏出了意外。你想，假设你刚才像我一样靠右骑，哪怕地上一打滑或车龙头一歪，也不至于冲到那边让摩托车给刮到哇！”我开始教训起来。

我没有听到你的回应，因为快要迟到了，你骑得更快了。

下午接你放学，我仍然继续早晨的话题，不依不饶。

“早晨差点儿撞车，以后千万要吸取教训，知道吗？”我说，“做什么事情，最关键的一点就是留有余地。”

“嗯，知道了。”你答。

“我经常叫你靠右、靠右，就是这个意思。靠右，就是留有余地，假如对面过来的摩托车不小心一拐龙头冲过来，也不会刮到你。”

“嗯。”

“你知道为什么每天我要么站在那块大石头边上等你要么把自行车停在通道边而人退到树脚下吗？”

“知道，留有余地嘛。”

“是啊，我怕人家一不小心撞了我的脚后跟，或者轿车轮胎从我脚掌上碾过去。每天早晨你骑那么快，我老是在后面喊慢点儿、慢点儿，那路上没人，但骑太快，万一自己摔倒了，后果也很严重，慢点儿就是留有余地。”

“嗯。”

“为什么每天早晨我那么多次喊你起床？我是希望你早几分钟起来，然后早几分钟出门，留有余地，不至于路上急巴巴的。”

“嗯。”

“我每一次出远门，从来不把钱全放在一个口袋，也是留有余地，怕小偷摸了我的那个口袋——你是不是觉得我很啰唆？”

“嗯。哦，不，不啰唆。”

“这一次你终于留有余地了——是说得留有余地！”

你笑了。你有点儿弱小，白皙稚嫩的脸蛋，酒窝越来越明显了。你是我的儿子，但有时候，我觉得你有点儿像一个闺女。这种错觉也不错。

我想起你的表哥小玄子了。他在我们家准备资料办理护照，快递公司说一个小时后来取，我让他再检查一遍资料是不是齐了，他说等会儿，还早。我坚持说做事情要留有余地，先检查。结果，真的差了一样资料，幸亏早发现，来得及准备。后来又一次准备资料，我帮他扫描了很多资料，完了，我说我保存一段时间，他说干吗呢，用不着了，全部删除好了，我说留着吧，留有余地，反正电脑硬盘空间够大。他说，留有余地干吗呢！过几天，他打电话来，说上次有一张扫描件要再用一次，很急，可是原件寄走了，没有了，而我笑了，我说我留有余地，留了一手，早就保存了，就怕你要再用一次。

我想，远在伦敦准备上大学的小玄子可能至今还没有学会留有余地。因为，没有吃过太多的亏，许多人是学不会留有余地这一招的。

险境与过失

你很小的时候，三四岁那会儿，就特别喜欢坐得高高的，或站得高高的。每次带你去邮局或银行，你都让我把你抱到柜台上，坐在上面，还非要坐上去不可。也许小孩子太矮小，处于低处，于是就特别希望占有高处吧。

我们一家经常去的那个广场上，有三个一米多高的大台子，台子上面是一个需要两个人才能合抱得过来的大理石圆球，几乎每天晚上都有小孩子爬到中间那个台子上去玩耍。你比他们都小，但你最爱到那上面去。你当然爬不上去，可你总是指挥我或者妈妈把你抱上去。每当这时候，我总觉得你是处于极其危险的境地，总觉得一不小心，你就会摔下来，而一旦摔下来，后果将不堪设想，所以，每回我都像一个全神贯注保护小王子的保镖，你在上面，我在下面时刻盯着你，时刻准备着张开双臂护卫着你。但是有一次我犯了严重过失——你在大台子上靠着大理石圆球，好好的，突然空中来了一架客机，平常这个时间段没有客机飞过上空，那一晚不知为何，它正好飞过我们的头顶，还飞得特别低，轰轰隆隆，缓缓飞过，两侧亮着耀眼的灯光。那一刻，你抬头仰望飞机，但我不敢看飞机，我只看你，绷紧了那根弦。可是你挥舞着小手说：“爸爸，你看——飞机！”你的声音稚声稚气，却有着莫名的魅力，我竟然中了蛊似的循着你的手指，乖乖地抬头去看飞机了。清楚记得，我那么一分神的时间肯定不足两秒，然而，就在这不足两秒间，你从那么高的台子上栽了下来，头下脚上，倒栽葱，当我意识到这一点，赶紧去抢，没来得及，“轰”的一声，你已经趴在了地面的石板上！

那一瞬间，从我站立的位置到你落地的位置，相距不到一米，当我伸手去捡起你的时候——没错，确实是捡，当我伸手去捡起你的时候，心都要碎了！地面黑咕隆咚的，黑咕隆咚里你脸面朝下趴着！我的呼吸都要停止了，奇迹般，你居然没有受多大的伤。当在场的许多人围拢过来，大家只看见你额头上肿了一个不大的包，都说没事儿、没事儿，但我和妈妈还是担惊受怕了一晚上，到第二天才确信没事儿。

那个大台子，你好久都没敢再说要上去，可是后来有一次你上了家里的阳台，又倒栽葱式地摔了一跤。

我们家唯一的阳台，是用不锈钢栅栏封住的，上去之后绝对不会向外跌，很安全，但你是向内跌的。妈妈在阳台带你，你上去了，在上面站着抛一件东西，我发现了赶紧去抢，还是没抢到，你小腿儿一软，就先一头栽下来了。这次虽然还是幸运，没多严重，但额头上又肿起一个包，我们又忐忑不安了半天。

上一次我自我批评了好久，这一次我批评了妈妈，因为我认为，首先是我们把你放置在一个危险的地方，出了事情，这不应该看作一个意外，而必须视为必然的过失！我们怎么能把你置于险境呢？虽然是你自己执意要上去，但你是个少不更事的孩子，我们是监护人哪！

说到过失，在你更小的时候，妈妈还真有过一次过失——她抱着你下楼，由于是冬天，你穿的衣服多，又裹着被子，在楼道里，看不到楼梯，她一脚踩空，你滑落了，滚了好多级楼梯。那次你没有受伤。我认为，那次即使你受伤，妈妈的过失还是可以原谅的，因为你只是几个月大的小娃娃，太小了，外面包裹着小被子，而她晚上睡不好，她说感觉自己头重脚轻的，怎么踩空的也不知道。我在前面说的那两次让你受伤，却不可原谅。

有一句古训说："君子不立于危墙之下。"你站在大台子、阳台上就等同于"立于危墙之下"，你要做，而我们最终没有制止你，这都犯了大错，不可饶恕的大错。

人生中，当切记这句古训。

记忆中的小镇

小镇名叫新河镇，我们的老家所在的村叫作甸支村，它就隶属于新河镇。小镇南门，有一所中学，叫新河中学，是本省第一所位于小镇上（而非城区）的一级重点中学，我在那儿读过六年的中学。

这座小镇，我太熟悉了，我几乎熟悉它的每一条街道、每一条小巷。

那一次我们全家去我的三姑家喝喜酒，因为我的表弟在家里举行婚礼。我们坐的班车停靠在小镇最南端的车站。下了班车，原本应该转乘另一趟车，绕向小镇的西边，到我三姑家附近再下车。然而我心血来潮，提议不转车，也不坐三轮车，选择步行。我的理由是，这座小镇，我差不多已经二十年没有穿走过了，我要再穿走一次，同时，带着你和妈妈，顺便见识一下整座小镇的大致面貌。

在我的计划中，我们将从寺前桥进入，绕过披云山，走南新街，再走南门街，直抵老十字街，然后左转，走西门街，而后中途折向我的大姑家，经过她家门前，再左转向西，到达我的三姑家——整个过程，预计要走四十分钟，因为我们不是快步走，而是散步式地穿走，一边走，一边还要左看右看一番的。

从车站拐向寺前桥，我们都熟悉，这是我的外婆家。绕披云山时，我们改变了计划，我带队抄了捷径，经过了一段比较古老的小巷，中途再进入南新街。南新街，在我的记忆里，它的前身是一条老街，每到集市日，摩肩接踵的，两边有许多卖小吃的摊点，最让我印象深刻的是卖“泡虾”的，那“泡虾”的味儿记忆犹新，还记得的一件事是有一回父亲带我赶集，我跟在他屁股后头，在这段街上挤，结果我们被人群挤散了，我跟丢了他，只好在人群中哇哇地哭。

随后我们到了南新街与南门街的连接处，那正是水泵厂的旧址，我们停顿了一会儿，因为右边不远处，能看到新河中学老校区的旧围墙。以前这儿有一条小河，河岸上有一条不太好走的险道，它是从校园上街的捷径，以前我经常走，时常手里端着一牙罐的米，到这儿的糕摊前换糕吃。如今，小河几乎没有了，它成了隐匿到地面下去的一条水沟了。

进了南门街，太意外了，不一会儿就是新华书店的旧址，接着就是老十字街了。怎么南门街就这么一点儿长的街面？

我向你和妈妈介绍老十字街，东北角从前是卖棒冰的，很大的一排柜台，我还记得在我很小的时候，有一回非要坐小舅的自行车后座上街，小舅骑车经过这儿，他没有给我买棒冰，回去还对外婆说我很想吃棒冰，到现在我也不明白他是怎么知道坐在他屁股后头的我的心理活动的。

我们左拐，走上西门街，没走几步，就是从前的水饺店的旧址。那时候我上高中，有位同学带我来这儿吃水饺。我平生第一次吃水饺，一碗十五个，怎么夹也夹不住，但还是很快胡乱下了肚，完了还想吃，觉得只吃了个半饱，可是水饺太贵了，实在吃不起了。

记忆中，从老十字街，走上西门街，要走不短的一段路，然后右拐，拐进一条小巷，到我的大姑家。可是我错了，其实那条小巷没那么远，似乎比记忆中的缩短了一半。现实与记忆的差距太大了，以致我差点儿走错了路。

后来，我们经过大姑家，然后到了三姑家，一看时间，整个穿越的过程我们只花了二十五分钟，可是，在我的设想中，是得花四十分钟甚至更多的。

当然喝喜酒的事儿没有新意，这里按下不表。值得玩味的，仍然是这座小镇——为什么它会比我如此熟稔的记忆中的规模几乎缩小了一半？或者说，在我的记忆中，它的规模竟然比现实中的规模几乎放大了一倍？

有那么一瞬，我想起了从前村里的那座小学。在我的记忆中，它可是挺大的，但二十年后我有一次重新站在它的操场上，却发现，它是那么的小。

由此可见，一个人的记忆是多么可怕，它可以是不真实的，而且不真实得离谱！

也许我这么说并不对。或者应该反过来说，一个人的记忆，有时候是相当真实的，它不因岁月的流逝、社会与时代的变迁而改变，它忠实地记录了某个特定时段的印象，一个人的眼界却是相当的可怕——当我上完中学，离开乡村，见识了外面的广阔天地之后，在我眼里，原先的小学变小了；当我离开小镇，看过了大城市，当我对广袤世界进行长久的瞭望，与此同时，内心的天地无限扩张之后，在我眼里，原先的小镇缩小了一半，甚至，它还将无限地缩小下去。

小学如此，小镇如此。世界上的万事万物，大抵也都如此吧！

以科学的名义

十多年前了吧，那会儿我年轻气盛，有一次与一位朋友聊起诗歌，我们各执一词，相持不下。对方向来以能言善辩见长，而我年轻时虽然常有犀利之语，还能一针见血，但总的说来嘴特别笨。幸好，关键时刻，我的表现不错。

“你想过没有，你现在的这些观点，以后会不会随着时空的变化而发生改变？”我问。

“会呀，观点当然会变化！”他肯定地回答。

“既然这样，那么，你为什么非得要这样坚持你现在的这些观点呢？”我有点儿图穷匕首见的气概。

他突然愣怔住了，然后哑口无言，我们之间的争论就此结束。

时过境迁，你现在审视我的那把寒光闪闪的“匕首”，也许会看出一二奥妙来——其实我只是在无意中玩了个偷梁换柱以及围魏救赵的策略，只不过对方在招架之时没能听出破绽而已，或者被我的貌似高深给吓着了。但是我要说，十多年来，我经常反复咀嚼自己这一句当年在情急之下被逼出来的话，因为我认为，这句话耐人寻味。

今天，我要用这句话来谈论科学研究了。

我认为，所谓科学研究，就好比是当年我和那位朋友在探讨诗歌，我与他的观点，只是代表一个阶段的认知，这个认知有可能是对的，也可能是错的，甚至根本不能用对与错这样对立的观点来下结论。

举个例子，比如阑尾吧。我小时候有一次带着一个亲戚去镇上的大姑家找我爷爷，到了之后我肚子疼得厉害，被送到附近的医院，医生说是阑尾炎，要把它割掉，幸亏后来你爷爷晚点儿赶到医院，他来的时候我肚子不疼了，要不然医生就把我的阑尾给切除了，因为他非常笃定地说阑尾原本就没用，在肚子里早晚是个祸害。后来我长大了，才知道阑尾没有任何用处是一种共识。再后来，有一次我在修理一台日本进口的热水器时，面对那些精致的零件，忽然想到：这所有的零件都是有用处的，就好像人体内的所有部件，那么，奇妙的人体为什么会保留下那没有任何用处的阑尾？结果，没过几年，科学家们推翻了以前的论断，认为阑尾其实参与人体的免疫系统，对人体起着复杂的保护作用，于是外科医生们又赶紧主张尽可能保全阑尾了。

再比如一些化学药物。在世界上，某一种药物，经过科学家反复研究和验证，经过繁复的长期临床试验，被认定是安全的，可是，后来又被证明它对人体会造成巨大的伤害，这样的事例屡见不鲜。

化学药物如此，中药呢？在中药领域，所谓科学研究，则是另一番“风景”。我们经常会看到类似的新闻或专家语录：经过科学分析，某某名贵中药的有效成分约等于萝卜干；某某名贵中药的有效成分几乎为零，纯属炒作……这个时候，科学分析俨然终极审判，可其实不然——许许多多的中药，在科学分析的机制之下，除了被提示有毒性的成分，剩下的大多数就是无效的成分了，然后，会留下一点点可怜又可笑的化学成分。对中药的科学分析并不是不需要，而是，面对自然界的植物（中药中占绝大部分的是植物药），人类的科学分析似乎仅仅是一只打水的竹篮子，因为，那些植物不仅仅是化学的！

上述这些例子说明，科学研究固然值得让人敬畏，但目前研究的结果未必一定是真理，因为相对于世间万物，人类的认知是非常有限的，哪怕是科学家，哪怕是集结全世界所有科学家的智慧。

还是以医学为例。

人类文明繁衍到了二十一世纪，医学应该是很发达了的，但是，仔细一反思，人类的那么多疾病中，有多少是可以用西药也就是化学药物来治愈的？反思的结果是让人非常沮丧的！

人类的肿瘤，化学药对它的绝大部分还是无能为力，而所谓化疗，却是那么的恐怖。人类得了“三高”（高血压、高血脂、高血糖），化学药只是能够进行每天的降、降、降，并不能治本。艾滋病、乙肝，化学药至今几乎无能为力。就是感冒也是奈何它不得，抗感冒病毒的药物根本赶不上病毒自身的变异……

总之一句话：科学家进行科学探索，这是人类文明进步的一大推动力，但是很遗憾，科学研究、探索的结果，未必都是正确的；科学可以敬畏，却切不可以迷信。

﹀
﹀
﹀

中医与中药

据说中医在西方是不能正儿八经开业行医的，中药进入国际市场，也是一件非常艰难的事儿。时至今日，按照我的理解，我认为这个没有什么匪夷所思，相反，这很正常。为什么呢？因为凭西方的那种所谓科学的精神，还真的无法理解并接受中医与中药。

据说，即使在中国，排斥中医与中药的人，也不在少数，而且，他们中大部分是所谓知识分子。即使是在医院里，许多医生一提到中医与中药，他们大多直摇头，他们把中医与中药贬得一无是处，因为他们不是中医，而是西医——这一点不是据说，是我许多次的亲眼所见，亲耳所闻，若不是自己耳闻目睹，我还真的不相信情况会糟糕到这般地步。

时至今日，按照我的理解，我也认为国内敌视、反对中医与中药的人是可以理解的。为什么呢？一是因为，经过西方医学精神的影响，长期的影响之后，在一部分人的头脑里，中医与中药被妖魔化了；二是因为，中医与中药其实一直没有被发扬光大，恰恰在一步步地没落。

我和妈妈对针灸的神奇是深有体会的。针灸，恰恰是中医的医术之一。

我上中学的时候，学校的校医擅长针灸，我碰上感冒鼻塞，经常去找他做针灸，一开始他拿着一枚针，要扎在脸上，我不敢，后来他说那就只在手掌上扎，我就放心大胆让他扎，他扎了几下，鼓捣几下，很神奇，鼻塞的症状很快就缓解了。更神奇的是我几次目睹外面被扶进来的病人、躺着被抬进来的病人，在校医室扎了针灸之后，马上就不用扶或抬了，走着出去了。

妈妈的外公也擅长针灸，妈妈小时候老是看到躺在平板车上被推进来求医的病人，经过她外公的针灸治疗，然后就自个儿下地走回去了，也经常看到肚子疼得满地打滚的人，让她外公扎一针，就马上缓解疼痛的。

说起针灸，我也会一点儿呢。小时候，你爷爷教我用一枚绣花针去治小鹅的“偏瘫症”——它们趴地上起不来了，脚软得不行，我用针去扎鹅掌间，放点儿污血出来，不一会儿，它们就神奇地站立并行走了！后来我还在小鸭身上试过，也是屡试不爽。我想，这也算是世界上最简单的针灸术吧！

关于针灸，上述几个例子，就足以证明中医的神奇了吧？

再说两个亲身经历。

上小学的时候，我得了甲型肝炎。那会儿有许多人得这种流行病，后来你奶奶也得了。我们跑了镇里的医院，打针吃药，怎么也无法治愈，医生还吩咐说得了肝炎，有许多忌口，结果，几里地外有个半路出家的草药郎中，还不是正儿八经的中医，他凭着几张中药方，租了个仓库，每天给数以百计的病人看病（一片很大的空地，挤挤挨挨的人，走了一拨又来一拨），我们吃了他给的草药（故意粉碎了，以免泄露秘方），拿回家熬了放在热水瓶里，每天喝两碗，没几天，到医院一验血，指标全正常了，全好了！并且到现在，三十年过去了，我还记得他当年的神态——我们问他是不是要忌口，这也不能吃那也不能吃，他笑说："只要你们想吃的，都能吃！"

二十年前，在你外婆家边上，有个乡村医生开的诊所，门庭若市。那个医生也只是个半路出家的"赤脚医生"，他的针灸与草药知识就来自你妈妈的外公的传授。有一次我在他的诊所打吊针，一个老头坐了几十公里的车，慕名上门求医，就为了背上的毒疮。老头说毒疮每年定时发作，苦不堪言，他不知道走了多少家大医院，都没能治好。只见那个"赤脚医生"胸有成竹地笑了一笑，拿出一种新鲜草药，敷于疮口，只收了两元钱诊疗费，然后详细告诉老头去山上采这种很容易找到的草药，并毫不含糊地告诉老头说，以后不用再大老远跑来了，因为他这草药治了许多这样的毒疮，这个毒疮明年绝对不会再发作了。后来我才渐渐知道，这"赤脚医生"就靠着一些看上去毫不起眼的草药和一手针灸，不知道医治了多少乡亲的疑难杂症，并且声名远播。

对于中药，我是有朴素的想法的。比如我看到农村的人们采用玉米须、铁树叶降血压，采用枇杷叶、蒸甘蔗、蒸荸荠止咳，采用各种田间山边的植物止泻或降火，等等，他们的这一类知识来自代代相传，并且事实证明，那些植物真的能够治愈或至少缓解人们的病痛，于是我就经常这样想：大自然如此神奇，当地球繁衍了人类，它就给人类配备了千奇百怪的草药，只是，我们人类对此只了解万分之一而已。

我的这种想法看似有点儿唯心主义，可是，自然界确实存在许多神奇的法则。

小时候，与此有关的两件事让我印象深刻。一是邻居家的猫病了，病恹恹的，有一段时间，它经常在院子里吃草。猫爱吃草，几乎是个奇闻，我把看到的怪事告诉邻居老婆婆，而她咧嘴笑了，她说猫在找草药治病呢。果不其然，过了一段时间，她家那只病猫又生龙活虎了，却再也不去吃草了。猫自己找草药，好像太夸张，但根据我看到的情形，应该说，确实很有可能。另一件是"捕蛇者说"。从前乡间蛇类特别多，因此以捕蛇为业的人也多，但他们为什么不怕蛇呢？被毒蛇咬了怎么办？有一回，有一位捕蛇者告诉我，但凡毒蛇出没的地方，都有治蛇毒的草药，所以他根本不怕毒蛇。这么匪夷所思的说法许多年后得到了印证，我在电视上看到一个纪录片，讲的就是一个与蛇打交道的人如何采摘蛇药为自己治疗眼镜蛇之毒的全过程，还现身说法，让眼镜蛇再咬一次，为电视观众惊心动魄地再演示了一次中药的神奇。

中医的历史至少可以追溯到三千多年前的甲骨文时代。据说至今中国已经用来入药的中药有一万多种。客观地看，传统的中医是存在着糟粕与误区的，中药也并不是没有副作用，甚至有许多中药会置人于死地，但这不是中医与中药的错，而是现代医学研究的错——现代科技应用于传统中医、中药的研究还是那么的不如人意，根本没有更好地做到去芜存菁。而由于西医对中医的冲击、西方医学理念的强势影响，实际上，在现当代，中医反而是没落了，同时，中药在种植、炮制、储存、流通各个环节的不规范，也日益让人望而生畏，许多中药甚至无异于“毒药”。

有一种名叫青蒿的植物，经过提取，得到一种叫作青蒿素的物质，它成了治疗疟疾最廉价最有效的药物；有一种叫八角茴香的植物，经过提取，得到一种叫作莽草酸的物质，它成了治疗禽流感的最重要的药物原料……还记得凤仙花吗？上小学的时候，你从老师那儿领到了凤仙花的种子，带回家撒在花盆里，为的是完成写观察日记这项家庭作业，可是后来我才知道，凤仙花也就是指甲花，它是著名的中药，花、种子、茎都可以入药，光是它的花就能治跌打损伤、骨折，能抗过敏、消炎、止痛，能解虫蛇之毒，用它来染指甲，还能消灭真菌，根治灰指甲……

中药与现代科技相结合，也许将会是人类的福音。

鸭子眼里的世界

有一回，在乡村老家，看着爷爷如何赶鸭子，你告诉我，在鸭子的眼睛里，世界只是黑白的，而并非彩色的。我一愣，突然觉得好玩了。

鸭子的眼睛只能分辨黑白两色，也就是说在它们眼里，世界上的万物大体上只是不同程度的黑与白或黑白混淆的灰色之类？这个知识，我没有询问你是从哪里得来的，估计你是在科学教科书或别的科普读物、纪录片上看到的吧。甚至，科学家是怎么研究出来的，他们的这个结论是否正确，我都不关心。我关心的是这个话题对我们不无启示。

如果鸭子真的只能看到黑白两色，那么，它们就与据说是色盲的狗一样不幸了。而我们人类呢？红、绿、蓝是光学的三原色；在美术的世界中，红、黄、蓝被定义为色彩三原色；物理学上认为，人类看到的物体是由红、橙、黄、绿、青、蓝、紫七种颜色的光复合而成——据科学家说，人类的眼睛大约能分辨六千多种颜色，那么，这六千多种颜色即是那七种颜色的光复合而成的一部分，或者说，极小部分，因为理论上，这七种颜色的光可以复合成无穷多种的颜色。

这么仔细一深究，显然，人类的眼睛还是比较低级的，而有个真相是：世界万物，实际上远远比我们人类看到的要丰富多彩得多！

鸭子眼里的世界是可笑的。人类眼里的世界也是可笑的。人类眼里的世界比之鸭子眼里的世界，只是五十步笑一百步而已。

在人类看来，鸭子眼里的世界是可笑的。那么能不能反过来说，在鸭子看来，人类眼里的世界是可笑的——世界本没有这么缤纷，而人类硬是自作多情地看出了缤纷？比如说，世界上根本没有红橙黄绿青蓝紫，而人类就在这些色彩中越来越陷入了迷失。

在鸭子眼里，人类眼里的世界的那么多色彩都是没有意义的，因而，人类对色彩的追求也是没有意义的。

或者可以说，倘若世界没有了光，世界上的万物都是没有颜色的？又或者可以说，倘若世界上没有了光，却有了另一种物质，它使人类看见了世界万物的颜色，但是，结果完全不是原有的样子？

你也许会说，黑漆漆的夜晚就是没有光的，在那样的黑漆漆里，世界上的万物都是没有颜色的；你也许又会说，不对，有许多动物，能在黑漆漆的夜晚看见世界万物……

由鸭子眼里的世界展开的追问，恐怕已经是玄思了，而玄思的结果就是把问题上升到了哲学的高度。

在生活中，我们太需要玄思了，又或者应该说，太需要克制玄思了。

我想说的是，我这句话其实并不矛盾。

一个秘密

许多年前，我无意间发现了一个秘密。虽然你只是个孩子，现在用不着知道这个秘密，但当你长大成年，你必须要知晓这个秘密，所以，现在我把这个秘密记录在这里。

你三岁那一年，有一次妈妈带你去了外婆家。我一个人待在家里，某一天早上，突然萌发了清理卧室的念头——把卧室里的床和床头柜、桌子和椅子全部搬出去。

那个时候，我们已经知道你的过敏性鼻炎是怎么回事了，所以我想，假若清除掉卧室里的所有东西，再把整个卧室的地面、四壁及天花板都擦洗一遍，然后只在杉木地板上铺两张草席，那么，作为过敏原的灰尘和螨虫是不是会降到最低的水平？也许待你回家的时候，你能过几天不打喷嚏的日子呢！

独自一人，把卧室里的桌子、椅子、床头柜搬出去，比较简单，而以一人之力，把那张大床拆开，再把沉重的藤绷与床头架搬出去，却不简单。但我衡量了一下，觉得应该可以，于是就风风火火做起来了。

记得那天上午，我搬这些东西，搬得浑身大汗淋漓。中午，躺在地板上午睡，睡不着，盯着顶上的格栅，觉得来劲了，我没有了任何睡意，干脆起来把格栅卸下来，接着把卧室里所有的衣柜门都擦洗了一遍，然后一丝不苟地擦天花板——用手举着抹布去擦天花板，而且严谨到不放过近三十平方米的天花板中的任何一寸空白，这种活计，只有我做过之后才知道是如何的吃力。

从中午一直干到黄昏，整整一个下午，我都在卧室里擦洗。擦洗完天花板，再擦墙壁、玻璃窗，然后是地板。最后，是拉到客厅的格栅，我把它的每一小格、方方面面都清洗干净，再努力装回到窗口边的上方……

黄昏的时候，感觉并不累——不对，是精神上不疲惫，但四肢特别酸痛无力。因此，我没有做晚饭，破天荒地一个人出去，在一家面食店吃了一碗羊肉面。

吃过了晚饭，一个人待在家里，看看感觉焕然一新的卧室，到书房坐了一会儿，忽然觉得副卧室还得整理——把那么大的床搬进去了，许多东西得重新归置。

待到一切妥当，大约是晚上八点半了。那个时候，我平常一般都在九点半睡觉，但那天忙了一整天，而且雷打不动每天必须要进行的午睡都取消了，是不是该早点儿休息呢？我觉得是应该早点儿休息。所以，翻了一会儿书，便去洗澡就寝。

然而奇怪的事情发生了！

当我躺在地板上，感觉头脑无比清醒。在平常，晚上的这个时间段，头脑根本不可能是这种状态。我命令自己睡觉，可是闭上眼睛，头脑更清醒了，那几乎是一种早晨醒来之后的清醒，精力充沛无比时的清醒。

那张搬出去的床只是你的床，我和妈妈原本睡的就是地板。同样的位置，同样的草席，同样的枕头，为什么睡不着？在平常，我可是从来没担心过睡不着的呀。

也许偶尔的睡不着还是正常的，那种精力充沛的感觉，却是从未有过的神奇体验！

我都已经干了一整天的活儿了，还精力充沛？

后来，时间到了十点、十一点、十二点。过了十二点，我再也不敢躺了。我相信，应该是那一大碗羊肉面的问题，即便羊肉面没有问题，那么面汤绝对有问题，它应该是被添加了什么佐料，也许是传说中的罂粟壳，也许是比罂粟壳更厉害的什么猛料，而它，严重刺激了我的神经……

那一晚真是奇迹，后来我起来，干脆去书房写作，接续着写正在写作之中的一篇小说。我从零点一直写到了凌晨三点钟。我可是从来不习惯在晚上写作的呀，因为一到晚上，总觉得一天下来，精力不济了，可是这一次，简直太奇异了！

写到这儿，我还是没有写出秘密来。

是的，秘密马上揭晓了。

我猜想秘密在那碗羊肉面——为了破解谜团，过了几天，我再次去吃了一碗一模一样的羊肉面，那一晚，我呼呼大睡——显然，羊肉面没有任何的问题。正因为羊肉面没有问题，我才想到了一个秘密。

那个秘密就是，我劳动了一天，不是精神上的劳动，而是纯粹的体力劳动——为什么我总是觉得疲惫？因为我的肉体长期处于休闲的状态，而这种状态会让人在精神上觉得慵懒、倦怠、疲惫。敢情，人的肉体与精神是一个奇妙的联动装置！只要肉体养尊处优，精神就慵懒、倦怠、疲惫；反之，肉体处于劳动的状态，精神就焕发起来、充沛起来了……

这一篇的题目，原本是《如何才能精力充沛》，但我后来把这个题目删除，改成了《一个秘密》。

你就当我是故意卖了个关子吧！

细节

在你刚出生才一两个月的时候，我写过一组有关细节的诗歌，其中第一首题为《细节：羞涩》，全诗如下：

“嘿——”你对我笑笑
露出了一个女人的羞涩

美丽的女人
你就说了这么一个字
你就发出了这么一个音节

一颗显赫的雀斑 就在你的脸上
倏忽冒出 并且盛开了

我相信，这首简单又好玩的诗歌，不需要我再作多余的解释。

此刻我想讲的不是诗歌，我想讲细节。

此刻我想讲的不是诗歌里的细节，也不是小说里的细节，我想讲生活中的细节。

此刻，我想讲生活中的细节，我不想讲其他细节，只想讲一个人的面部表情中的细节和肢体语言中的细节。

就比方说，一个人的羞涩，一颗雀斑的突然冒出与盛开……

我认为，生活中的许许多多人，都会掩饰甚至伪装自己，有一些是无意识的，有一些是刻意的。我们一不小心，就会被蒙骗。但是，细节，面部表情中的细节、肢体语言中的细节，往往是真实的，它们总是被有意无意中掩饰、伪装自己的人们所忽略，或者是他们力所不逮，无法武装到每一个细节。

在生活中，每一个人，都会与无以计数的人擦肩而过，然后与其中的一部分人认识，与其中的某一部分人成为朋友，与其中的一小部分人成为知心朋友，甚至，再与其中的某一个人成为恋人，或再进一步，成为亲人。然而，如何了解你对面的人呢?

细节。对，注意细节。一个微笑，一抹嘲笑，一丝窃笑。一个眼神，一瞥，一瞄，眼珠子一骨碌，一扬眉，一皱眉，一挤眉。鼻翅儿一翕张。一挠头，一抬手。一欠身，一晃身，一转身。一抬脚，一抖脚，一跺脚……你捕捉到的任何一个细节，它都可能非常真实，由此让你洞悉一切。

一个细节，出卖了一个人。

你试想一下：怎么样尽可能地使自己不被细节出卖?

给你三秒钟时间。好，三秒钟很快，马上到时间了。

我告诉你：不必掩饰，不必伪装，细节，它就自然而然与真实的你保持同步和一致。

「第四辑」

元气淋漓

寒冬之夜，有人把劈开的木柴投入火炉。而我们没有木柴，我们只有文字，我们把文字投入火炉，借此取暖。

但愿多年以后，当你长大成人，你会意识到这重要的一点！

迟到

我最恨不守时而迟到的人，哪怕是自己成为迟到的那个人，我也恨。但，并不是所有的迟到我都恨，例如上学吧，我就恨不得每天都迟到。

小学毕业，你上初中一年级，麻烦随即来了，其一就是上学。每天早晨七点钟之前，必须赶到学校的大门口。刚开始还是夏天，有点儿赶，接着秋天，更不好赶了，然后冬天来临，每回要赶上都不是一件容易的事。要知道，四季轮转，每天的日出时间是在变化的呀，越是到了冬天，越是接近冬至日，日出时间越迟，可是，你们学校规定的上学时间却永远是一成不变的。

虽说，即便到了冬至日前后，早晨七点钟的时候，天也亮了，但学校有没有考虑过：一个学生，他七点钟到校，那么他需要在什么时间起床？这个学生要穿衣、上厕所、刷牙、洗脸，而且睡眼惺忪的，一下子还吃不下饭，因为胃口未开。哪怕马上吃饭，按照健康的饮食习惯，还不能吃得太急吧？然后上学，路途也有长短吧？要经过许多个红绿灯吧？

大冬天的，天蒙蒙亮——其实天蒙蒙亮之说还比较厚道，应该说是天根本没有蒙蒙亮，搁在书房里的手机闹铃响了，我马上起来。五分钟之后，你床头的大闹钟也异常刺耳地响起来，妈妈被迫从睡梦中醒来，然后带着一副艰苦卓绝的神情冲入厨房，随后，我在书房里开始用男高音一次次催促你起来。几乎每一天如此，全家如临大敌，像是去打仗，又像是要去逃难……

可是，这样子有没有必要？

你小小年纪却了解许多以前的事儿，你可不要告诉我以前的中学生起得更早。因为，那时候更不合理。你可不要告诉我以前的以前，比如在爸爸的小时候，我们的上学时间更早。因为，那时候我们根本没多少作业，每天晚上早早就睡下了，每天天没亮就已经自然醒了。你可不要告诉我以前的以前的以前，也就是古时候，那会儿还要闻鸡起舞呢。我告诉你，那是早在落后的冷兵器时代。

我们现在有必要吗？犯得着吗？你可是每天晚上都要忙作业，差不多都是在十点以后睡下的，你连八小时的睡眠时间都没有，何况按照科学的说法，在你这个年龄，你的睡眠时间应该保证有九到十个小时。

整个冬天，我和你都在赶着上学的路上。有一天早晨，时间特别紧，我们各自飞快骑着一辆车，在那个十字路口的红灯下刹车喘气，我说："你整个学期都恰好没有迟到过，今天，你迟到一次好不好？"

"不行啊！迟到了的话，我要在校门口签名的！"你怯懦地回答。

你呀，你连仅仅迟到一次，就那么迟到半分钟、一分钟的勇气都没有啦!

待我们飞驰至校门口，上课铃声仍旧在持续响着。有惊无险，你赶上了。

目睹校门口赫然摆放的那张小桌子，小桌子上赫然打开的那本签名册，我忍不住发狠了，愤愤然说道："你别急，慢点儿进去，要是保安胆敢拦住你签名，爸爸去把那张小桌子给一脚踹了！"

钢琴梦

几天前在街上碰到一个朋友，正急匆匆骑着辆历史有点儿悠久的自行车，后架上载着她那正上初中的女儿。她干吗骑得这么急？我一了解，不觉心中黯然——她这么急，是要赶着把女儿送去练琴哪！

当她向我说出“练钢琴”这三个字的时候，我感觉她脸上的雀斑全都盛开了。她显得激动，又明显带着一份特殊的骄傲。

她所激动并引以为傲的，恰恰是让我心中黯然的。当然，这一点她永远不会知道。

眼看着她载着表情木讷眼神迷茫的女儿远去的背影，我在想：为什么非要练钢琴呢？在我们这个小县城里，到底有没有一位比较像样儿的钢琴教师？她自己家里有没有一架钢琴呢？应该是有了的吧？但那么逼仄的家，摆得下一架钢琴？她自己又不会弹钢琴，那么，平日里她如何督促女儿练琴？她家的经济收入似乎比较有限，如何支付昂贵的学费？她说女儿已经练了五年，练了五年了，竟然把女儿练成了这个样子？

站在街头，我想到最后，未免有了小人之心。

哦，一向以来争强好胜的人哪，也许唯有让自己的女儿长年累月地弹奏这乐器之王，她的内心才会得到一份荣光？

我又联系到你头上了。

你四五岁时，或者三四岁的时候，妈妈就提议，要把你送去学钢琴。在这一个节骨眼上，是我，粗暴地阻止了妈妈的钢琴梦。

“他的手指纤长，长得这么精巧，确实正好可以练钢琴，可是你想过没有，练钢琴需要同时满足 A、B、C、D、E、F、G 甚至更多个条件！这么小的一个小县城，你知道谁是好的钢琴教师？恐怕一个都没有呢！钢琴那么大，你准备摆在哪里？学费那么高，我们以后何以为继？练钢琴不是三天两头的活儿，要天天练，月月练，年年练，到时候谁陪他练？我们对音乐都一窍不通啊！再说，我们是不是太自以为是或者是被流行的想法牵着鼻子走了？”

记得当年，我大致就是这么说的，说得滔滔不绝，气势汹汹。

好了，你的钢琴梦——不，你妈妈的钢琴梦刚一萌芽，就被我的一盆冷水给浇灭了。

后来，你长大了一点儿。或许是七八岁，又或许是八九岁，反正有那么几回，你都向我提钢琴了。我想应该是妈妈向你提的钢琴旧梦吧。这个时候，说实话，所有的 A、B、C、D、E、F、G 项条件，只有一项改变了，那就是我们刚刚买得起钢琴也付得起学费了。可是，其他条件不可能改变。

于是，我故技重演，对你，对你妈妈重复了以前的论调，最后，你勉强不提钢琴了，但我知道，你还是心有不甘的。

不知道为什么，我一直没有具体阐述我的另外两个理由。

其一是我曾在年轻时喜欢过的一位香港作家。他的某一部书的扉页印着他在琴房拍的照片，还不无炫耀地配上了文字，暗示读者他很小的时候就会弹钢琴了。然而，这位作家太雅了，太风雅也太优雅了。他总是给我一种油头粉面的感觉，无论他本人还是作品，这样的风格是后来的我所反感的。我曾经琢磨过，他的这种风格，是不是因为他从小就擅长弹钢琴？

其二是我在电视里仔细观察过一位举世闻名的钢琴天才、钢琴王子。在钢琴上，他的天才，他的才华，似乎无人敢置疑。可惜我真是一窍不通，对音乐、对钢琴，我只知道，根据我对他那么多次演奏或者说表演钢琴时的面部语言、肢体语言所做的分析，我认为他是一个比较庸俗的人。我当然认为我的分析正确，那么，我还会让自己的儿子去练钢琴吗？

小号响亮

虽然你没去练钢琴，但我还是想让你去接触一下音乐。毕竟，我仅仅是对钢琴或者准确说是练钢琴这事儿抱有很深的成见，对音乐本身，我并没有，也绝对不敢有丝毫的成见或偏见。

我和你妈妈讨论，应该让你去学习笛子。

让你学习笛子，有两个原因。首先是我对笛子有好感。上高中那会儿，我的同桌就喜欢吹笛子，吹得悠扬婉转。他的笛子老师是隔壁班上的数学老师，据说那位其貌不扬的老师吹笛子的功夫非常深厚。再一个，是我知道的，练习了吹笛子之后，一个人的呼吸系统会变得发达，而这，正是你这样的过敏性鼻炎患者所需要的，也就是说，吹笛子，甚至可能会对你的鼻炎有着意想不到的疗效。

然而你终于没有学成笛子。那年送你去学习笛子，据说老师是挺不错的，他一开始教大家怎么吹响笛子，作为一个小测试，结果，在一溜儿小学生当中，只有你一个不合格。或许是你太用心用力了，反而吹不响笛子，努力来努力去，身上的一整件衬衣都湿漉漉了。不强求，是我对你的施教准则，所以，上完第二堂课，你就从笛子学习班退学了。

现在想来，你之所以没有学成笛子，应该是我和你妈妈的失策——那是你在小学二年级暑假的时候，学笛子，兴许太早了点儿。

到了三年级暑假，原本是要送你再去学习笛子的，可是那个暑假，你的学校里要组建一支新的鼓号队。我们就顺时应势，让你主动去报名了。

对于你学习什么乐器，你妈妈倾向于选择萨克斯。估计是她喜欢洋派吧！忘了当时我的意见。似乎是，我与你妈妈的意见保持了一致，但于今想来，又觉得有些不可思议——我好像也不大喜欢萨克斯那种雅得不行的范儿。

不过实际上又有了变卦。学校鼓号队里的萨克斯非常有限，只有三四个名额。不知道怎么的，你就被挤到吹小号的行列里去了。

对于小号，当时我和你妈妈是有意见的。但我们最后都接受了现实。我记得那会儿说了一句话："也好，小号就小号了，至少可以锻炼一下乐感，学习一下乐谱，还有，小号是铜管乐，也可以借此机会锻炼锻炼他的呼吸系统……"

小号，你差不多在学校里学习了三年，吹了三年。似乎是学习了不太久的一段时间之后，学校里每逢升国旗、迎接贵宾、开运动会什么的，你就去滥竽充数了。有一回，鼓号队的老师带着你们去外面接了一个迎宾的活儿，之后每人得到一份赠品——那是一个锃亮的不锈钢保温杯，你为此还乐不可支呢。

你一直自夸小号吹得如何棒。根据鼓号队老师的要求，我们家也购置了一只小号，只是你很少在家里吹，偶尔吹起来，听上去不是特别熟练，但它响亮，非常响亮。

我有一个埙，是你六岁那年我去宁夏时当地的一位诗人朋友赠送的，后来我把它放在书架上。有一回我拿下来反复端详，对埙上的那么多个孔感到束手无措，而你刚好跑进书房，一副很专业的模样接过了我手上的埙。你摆弄了几下，一吹，居然一下子吹响了，以你平常吹小号的架势。

“这是什么乐器呀？”你乐在其中，说。

“埙！”我答，“这是最古老的乐器之一，是从上古流传下来的。”

这么一说完，我忽然意识到，原来在音乐上，或者说在乐器上，你也是有一些颖悟的！

歌喉

我不会唱歌。

有关唱歌的记忆，居然差不多停留在三十年前。那会儿我上小学，在学校里唱《在那桃花盛开的地方》，老师在上面弹风琴，我们学生大合唱，然后一个个轮流独唱几句，似乎是在考试吧，我的自我感觉蛮好的，而最后获得的成绩果然挺不错。

后来呢？印象中，上了中学，自己越来越内向了，不喜欢说话，在学校里从来不会放开歌喉大声唱，只是经常在喉咙底下无声或轻声地哼，哼了一遍又一遍，但就是不出声或仅是苍蝇一样嗡嗡嗡。

哦，此外还记得，在中学里，好像上初三的时候，有一回班里举行班会，玩“击鼓传花”这个游戏时，“花”正好传到我的手里，而那位同学的鼓槌就停下了。同学们一再起哄，没办法，我唱了一首当时几乎所有同学都会唱的简单的英文歌。唱完之后，同学们的掌声稀稀拉拉的，而我的脸颊火辣辣地发烫。

我一直认为，自己是会唱歌的，并且还不会太差劲，只不过，我从没锻炼自己的歌喉罢了。可后来才知道，原来我一直高估了自己。

那一次，我已经认识你妈妈了，对着电视机里的卡拉OK带，她让我和她对唱当时很流行的《萍聚》，我竟然唱得上气不接下气，非常狼狈，而原先，我认为自己是会唱这首《萍聚》的呀，只不过一直在喉咙里小声哼哼而已。那一次，经过你妈妈不厌其烦地调教，经过反复练习，我才勉强把整首《萍聚》从头到尾地唱下来。

看来，歌喉是需要练习的，怪不得一个歌唱家每天都要在家里吊嗓子。而我这样许多年来无声或小声哼哼，非但于歌喉无益，并且是一种莫大的伤害。

我不会唱歌了。不会唱歌也就罢了，在某些特定的场合，看到别人载歌载舞，自己一个人安静欣赏就好。然而，我的喉咙却偏偏要给我添麻烦——每当遇见唱歌的能手，或者是搞声乐的，我哪怕说一句平平常常的话，往往也会一下子招致他们的关注。他们会毫不吝啬地夸奖我的喉咙，说我音域宽广，说我的喉咙最适合唱歌，乃至有当场让我“来一首”亮亮嗓的。

最近的一次尴尬是，一个搞声乐的非常看好我的喉咙，我说我真的不会唱歌，他大为诧异，转而向我保证，只要他略微加以调教，我就能唱出迷死人的民歌……他的诚意让我颇为感动，几乎是认为自己却之不恭，因此我猛然想到了一件事。

“你看，我都这么一大把年纪了，恐怕也不太适合学习了，不如，以后让我的儿子跟你学习唱歌吧！”

在那个场合，我这么说，不是拿你去搪塞，而是事实上，我真的有了这样的想法。

当然，这么说起来是很滑稽的——教育专家们都说，许多无能的家长把自己未能实现的梦想强加给下一代是不对的。不是吗？我就完全是这样的一个家长啦！

关于这一件事，你是怎么想的呢？不如试试？

在你做决定之前，你要仔细理解我的想法——我认为，一个人不懂音乐倒没什么，而如若不会唱歌，没有一副好歌喉，倒还真有点儿麻烦，因为在现实生活中，经常有可能被人点名要亮嗓子呢！

还记得从前我给你讲的那个童话吗？那个童话故事里的狐狸，她很开心，很想高歌一曲，可是，她发现自己从来就不会唱歌，因此突然就不开心了，转而难过起来。

有时候，我也会遇到与那只狐狸同样的尴尬，但我希望你不要这样。

当然，我都替你打听好了，现在你还不适合学习唱歌，那得待到你上高中的时候，以免在变声期之前练坏了嗓子。

文学之路

你这么早就走上文学之路，这无论如何都是我所始料未及的。

早在你上幼儿园前，你就说长大了要当一个作家。这曾经在我们家和我的几位朋友间传为笑谈。你为什么有这样的理想呢？原因很简单，因为你看见爸爸每天在家里对着笔记本电脑而坐，从而你觉得，笔记本电脑是个很好玩的东西。爸爸是一个作家，具有每天玩笔记本电脑的特权，很自然地，你就认为作家是一种很好玩的职业了。

接着的一个在我们家和我的几位朋友间传为笑谈的事情是，你要上幼儿园了，非常兴奋，因为你觉得上幼儿园可以学习文字，而上完了幼儿园之后，自然就可以当一个作家了。

“等我幼儿园毕业了，我就可以像爸爸一样坐在家里当作家了！”这是你对很多人郑重其事“宣布”过的事儿。原来，在你的认知里，一个人的最高学历就是幼儿园毕业。

我想，对于文学的好奇与热爱，无意之中，你在很早的时候就埋下了种子了。因此，待你到了小学二年级暑假就萌发了文学创作的冲动，这也是最自然不过的事。

但说实话，对于你的文学创作，我是严重低估了的，直到你上小学五年级，有一天你给我讲了一个故事，那个故事震撼了我。如今想来，那个关键时刻是多么可怕——由于我绝对的肯定与竭力的鼓动，你开始了人生中第一部长篇小说《喜糖的魔力》的创作，并且在半年内完成了，而后来的一切，竟然真的如我所预料，它很快被你修改完成，很快获得出版社的接纳、出版，在全国各地的新华书店经销，然后获得小读者们的喜爱！

那么，要是我在那个关键时刻依然心不在焉，没有对你那么肯定，或者肯定之后却不鼓动呢？我真的不敢想象，因为若是这样，作为一个爸爸，我是严重失职了，甚至，我的失职是一种不可饶恕的罪行！

《喜糖的魔力》成为你人生中出版的第一部书，而它的意义岂止是这个！我曾经不止一次宣称，它将成为儿童文学领域的典范之作。也许别人会以为我是说大话不怕风大闪了舌头，其实，他们哪里知道，在我底气十足地张大嘴巴之前，我是做足了功课的，我了解了当下的许多儿童文学作品，对于《喜糖的魔力》的文学价值，我的判断没有任何夸张。

《喜糖的魔力》之后，你马上投入了人生中第二部长篇小说《闯江湖》的创作。你还是太小了，作为爸爸，我有义务阻止你的创作，但是你用自己的作品说服了我。在我眼里，你的创作状态是最好的——创作于你，竟然是那么放松而有趣的事儿，感觉上，你只是在玩游戏，用文字玩一场异想天开的游戏。

《闯江湖》刚刚投寄出去“闯江湖”，你计划中的第三部长篇小说《我是一棵树》又动笔了。这是一部难度非常大的作品，但是，你毫无惧色，摇动笔杆，势如破竹……

我想，这三部长篇小说，已经算是完全奠定了你作为一个少年作家的地位了。文学之路，将是你一条道走到黑的“鸟道”了。

在这个糟糕的时代，文学是多么的轻。而正因为如此，在这个糟糕的时代，文学能够轻盈地盘旋、飞翔，掠过这个时代的上空。文学，将是你我的唯一凭借与慰藉。

寒冬之夜，有人把劈开的木柴投入火炉。而我们没有木柴，我们只有文字，我们把文字投入火炉，借此取暖。

但愿多年以后，当你长大成人，你会意识到这重要的一点！

你的《喜糖的魔力》出版发行之后，我和你都听到了太多太多的反馈意见。那些来自小孩子们的最真诚可信的意见中，惊人一致的一点是，他们说自己连续不断地重复读了这部书许多遍，少则两三遍，多则七八遍。

为什么会这样？《喜糖的魔力》的魔力来自哪里？

我相信，这一点，你未必有清楚的认识，别人也未必。

如果仅仅说它好，是好的缘故，这是不对的。难道好的书，甚至好看的书，读者就愿意连续不断地重复阅读了？

不是的！

有一类书，它设置了悬念。悬念多好哇，它扣人心弦，引人入胜，让读者饶有兴致地一口气读完，中途欲罢不能。但是，你想过吗？这样的书，换作是你，是否会连续重复阅读它？

悬念是一把双刃剑，一个作家，应该慎用悬念。

悬念推进了故事的发展，但悬念消亡之时，故事的魅力也顿时消解于无形了。

有一类书，它未必有悬念，它只讲故事。故事多么好，多么吸引人。但是，当你把故事看完了，故事也就消亡了。这样的书，换作是你，是否会连续重复阅读它？

故事也是一把双刃剑。一个只会讲故事的作家，显然也不是好作家，只是一个故事篓子，最多是一个故事大王。故事篓子、故事大王有趣，但有意义吗？太值得怀疑了！

《喜糖的魔力》，六十八个故事（别人不知道的是，其实原稿有六十九个故事，其中一个被删除了）。它有悬念吗？有故事吗？当然有，但它决不凭借悬念与故事，甚至经常做出对悬念、故事的消解与反动之举。它的魔力来自语言本身，来自简简单单的语言背后，有太多丰富的东西。一个读者，第一遍读的时候，被深深地吸引住了，但他分明感觉到，自己没有完全领会文字背后的东西，没有享受到它全部的好，于是，开始了第二遍的阅读。而第二遍的阅读，让他发现自己的选择无比正确，因为自己又发现了许多新的好东西，但与此同时，又一次分明感觉到，自己没有完全穷尽文字背后的东西，于是，他开始了第三遍的阅读……

这样的阅读多么迷人哪！没有人逼迫读者去重复阅读你的《喜糖的魔力》，而是因为，你的《喜糖的魔力》，几乎拥有着不可竭尽的魔力！

说到底，这种魔力，我们可以简单地把它归结为文字的魔力，但是，所谓文字的魔力，岂止是文字本身的魔力？这种魔力太深奥了，说不清，道不明。

我还是别喋喋不休，暂且到此为止吧！

对了，我得申明一下：我说这些，你可别误会我是在刻意夸奖你；你要知道，我只是在这儿恰如其分地就事论事。

新诗

你上小学五年级的某一个周末，我在家里贬低古诗，讲古诗的坏话，之后，就教你怎么写新诗。

还记得我是如何介绍新诗的吗？

对一个小学生讲解新诗，是有不小的难度的。

我先告诉你："千万别认为写新诗是一件复杂的事儿，其实，写新诗非常容易，任何一个小孩子都会。"

说到这儿，又得说到某位北大教授、诗坛权威了。他除了越来越喜欢贬低新诗推崇古诗，还有一个观点，实在让人受不了——他一直宣扬，诗歌是属于贵族的。

"贵族"，这词多么别扭哇！诗歌怎么就属于贵族了呢？难道他没有读过《诗经》吗？古诗，从来都既属于贵族，也属于乡野百姓的！新诗呢？属于哪些贵族？

我与他老人家仅有两面之缘，我们没有仇。但他这句话怎么老是让我觉得别扭呢？诗歌属于贵族，是说，诗歌是贵族们创作的专利，还是，诗歌是贵族们阅读的专利？即便他的意思是诗歌是高贵的，我也觉得别扭，也觉得受不了！

诗歌怎么就高贵了？诗歌是高贵的人创作的，还是，诗歌是高贵的人阅读的？还是，诗歌本身就是高贵的，一般的人不能碰它，要对它顶礼膜拜？

这样的贵族情结或高贵情结非常可疑。

我告诉你任何一个小孩子都会写新诗，目的就是要破除“贵族”或者“高贵”之类的迷信。

新诗是什么呢？

那天我告诉你，新诗的形式非常重要，那就是分行排列，文字一旦分行排列，就给人一种新诗的感觉了，这一点至关重要。就像我们一看到杨梅、李子或葡萄，就条件反射地分泌唾液一样，文字一旦分行排列，就让读者产生条件反射——以为这就是新诗了。

当然新诗不仅仅是分行排列，不是在电脑上会打回车键就能写新诗了。

一个人要创作新诗，需要对文字有天赋般的敏感，也即驾驭文字的能力，需要有想象力，需要有捕捉“诗意”的能力，注意，这里指的“诗意”，不是古诗里那些惯常的“诗意”。这里的“诗意”，尤其指的是在现代生活中发现并捕捉一种有意境的细节、闪光点，等等。

那天的情景基本上就是这样，我只说了这些，然后让你读几首新诗——并非什么经典名著，而是杂七杂八的作品，包括两位据说是小学生的新诗作品。

于是，你就有了一种心领神会的感觉，开始当场创作新诗了。你大约花了二十分钟，一气呵成写了一首二十五行的新诗，题目叫作《颜色 · 声音 · 触觉》。

那首新诗非常了不起，因为它没有模仿任何人的作品，纯属原创，语言很好，有新诗的语感与韵律，然后也写出了一种“诗意”。我告诉你，这样的新诗可以在杂志上发表了！但是，我又告诉你，这样的新诗，还是不够有“现代气派”，我不大喜欢，我不希望自己的儿子写出来的新诗，仅仅是这个样子的。

我说的这些，你还记得吗？

有一点你一定记得的：为了印证我的说法，我把你的这首《颜色 · 声音 · 触觉》通过电子邮箱发送给一家著名的儿童文学刊物的编辑，那个编辑我一点儿都不熟，从没打过交道。过了两天，他竟然就回复了，说要采用这首新诗。后来这首新诗只是发表在这家刊物的增刊上，有些遗憾。

我还是要重复一遍：哪怕发表了，但我还是认为这首《颜色 · 声音 · 触觉》不怎么样，虽然它比那家刊物正刊上的许多新诗都要写得好。

还有，你最近创作的一些新诗作品，那才是真正的新诗，如果继续创作下去，你会成为一名诗人的。诗歌不属于贵族，你一定要相信这一点！

什么样的文学作品是好作品?

这个学期结束了，你的寒假开始了，学校下发的“寒假作业表”里有一项作业很耐人寻味：“阅读几部古典名著和外国经典名著。”

看着这么一行字，我轻轻地读了三遍，然后扑哧笑出了声。

你所在的学校，你所在的初一年级，十六个班，八百名学生，想必都被布置了这项作业，甚至，初二、初三年级也一样，那么不是八百名学生，而是两千四百名学生，都被布置了这项作业。

其实，凭我对各个学校或者说对整个教育系统、教育现状的了解，我敢说，这么一项作业，不是你们年级、学校的发明，而差不多会是全国几乎所有的小学、中学的语文老师的“共识”。

当然，我应该承认，这份“寒假作业表”里的这一项作业，在表述上是有缺陷的。按照目前的主流阅读口味，其实漏掉了中国的“现代名著”。我想，这应该是你们学校那位负责起草“寒假作业表”

的老师的一个不该有的工作疏忽吧，因为他不会是对中国的“现代名著”有意见的。

在新华书店，不难发现，卖得最疯狂的，除了中国的古典名著，就是“现代名著”了，现代著名作家，自鲁迅以降，郁达夫、徐志摩、朱自清、老舍、萧红、茅盾、沈从文、丰子恺、叶圣陶、张天翼、冰心、巴金、林海音……可以开列好长的一个名单。

恐怕，当我在罗列这些名字的时候，你要笑了。

对，在我的理念里，上小学的时候，包括现在上初一，古典名著、现代名著，都是你要尽量回避的！至于“外国经典名著”，也差不多如此，你很少涉猎。

在阅读上，人们更多把目光放在古典名著、现代名著和外国名著上，忽略了中国当代作品。而你的阅读，刚好反其道而行之，你几乎只读中国当代作品，除了学校里布置的必须要完成的具体书目里的课外阅读作业。

我记得，迫于无奈，我为你买过一本老舍的《小坡的生日》，但我让你随便翻翻，对付作业就行。

那么，你想过吗？为什么你写出了一部书，出版发行了，被许多读者喜欢、反复阅读了，然后又写了第二部书，现在又写第三部书，而全国那么多小朋友，他们读了那么多的经典名著，能够成为“少年作家”的却寥若晨星？

你应该是知道的。毕竟，关于经典，我时时在讲这样的观点——所谓经典就是传统的也即过去的具有影响力的作品，那么就是说，所有经典都与我们当下的时代保持了距离，所有经典的语言，都与我们当下所使用的语言有不同程度的错位，一个小孩子，他处于语言的成长期，怎么能长期越过当下语言最鲜活的文本——中国当代作品而去亲密接触那种“经典语言”呢？至于“外国经典名著”，一个小孩子，接触到的只是翻译家的“翻译体”语言，好不别扭！

有一点我希望你好好记得：中国当代作品之中，有许多的杰作，随着时间的流逝，它们也将成为经典（当然，中国当代作品之中，有太多太多的杰作，随着时间的流逝，它们将被淹没）；而那些古代、现代的经典，还有外国的经典，在你语言成长基本完成之后，比如大学时代，才是你要广泛涉猎的宝库。

﹀﹀﹀

好文字

什么样的文字是好文字？

我迷恋木头的气息，它们因品种差别而芳香各异。桦木味道清香，杨木混合进一种淡淡的苦涩，坚硬的柞木，连香气也是那么肯定，带有别样的质地感。水曲柳上印写着疏密有致的花纹，如同珍藏着一幅古老地图。而椴木，让人联想起开花时节树丛中弥漫的碎花——四瓣的，洁白而细小，飘逸着少女一般的纯真气息。金黄的蜂子萦绕着，它们会在这动人的夏日里酿制出乳白色的椴花蜜。甚至在被做成家具之后，椴木也未舍得放弃它的绸缎光泽。

——这是当代散文家周晓枫的《锯木场》中间的一段。

竹巷的路面用的是青石板，这一点非常重要。每当篾匠们需要材料的时候，他们会取过来一节又大又粗的竹子，一刀砍在竹子顶端的中央，然后，随着篾刀把竹子提起来，再往青石板上一撞，“咔嚓”就是一声巨响，是的，一声巨响，竹子就分成两半了。在我还没有学过“势如破竹”这个成语的时候，我就知道“势如破竹”是怎么一回事了——事情在开头就直接抵达了结尾。爽啊，办事的人牛啊！他们势大力沉。

——这是当代小说家毕飞宇刚刚出版的《苏北少年“堂吉诃德”》里的《篾匠》中的一段。

那高原之上的高原，那世界的开始之地，天空当然蔚蓝，但不是通常的那种蓝，那是蔚蓝一词所无法概括的蔚蓝。蔚蓝之上的蔚蓝。如果亚当和夏娃在此手拉手跑过的话，我并不会吃惊，就像在故乡的大街上遇到母亲那样毫不吃惊。

——这是当代诗人、散文家于坚的《香格里拉札记》里的一段。

你在云南大地上漫游，山花烂漫，阳光出没无常，忽然某个绿茵茵的山坳里白汽蒸腾，春意朦胧，下面隐约可见涌泉滚滚，你伸手一摸，烫得缩回来。恐惧、神秘，周围安静，一头豹子在睡觉，一只鸟扶着树叶修理它的凉鞋。

——还是于坚，这是《温泉》里的一段。

抄了这么多，是因为不得不抄，欲罢不能。但你要知道，这些不是我精心挑选的，而是，此刻，我坐在桌前写字，随便一伸手，再伸手，随便抓过几本近日读过的书，随意翻开，然后随意摘录下的。

周晓枫的文字华丽。华丽的文字我向来不喜欢，因为华而不实。但周晓枫不，有时候华丽得无以复加，可她永远是那么精准而又妥帖，让人无比享受，然后觉得身体上所有感觉器官都被她解放了。周晓枫为华丽的文风挽回了尊严。

毕飞宇的文字总是无比精确，他精确到每一句、每一个字、每一个标点。他绝对是一位有文字洁癖的作家。我前不久刚读完他的《推拿》，一部长篇小说，竟然也是那么精确，每一句、每一个字、每一个标点都精确，而且在每一句上都用劲儿。当他写作《苏北少年“堂吉诃德”》，沉浸在自己对少年时代的忆想中，还是不放松，精确而用劲儿，但他的“紧张”，已臻化境，在这里，化为简简单单、干干净净、无可挑剔的白描功夫，几乎谁都无法去增一字、损一字、易一字。

于坚的文字，总是让我联想到高原、河流之类的意象。他的文字，像高原一样厚实，像河流一样滔滔。他的文字，随处充满了修辞的力量，突兀、大喇喇，甚至带有神秘的气息。他的文字，总是会让你产生这样的错觉：它们与山川大地是融合为一体的！

还需要我饶舌吗？

周晓枫、毕飞宇、于坚，分别来自北方、东南沿海、南方，更重要的是，他们都是中国当代作家，来自“经典”二字无力囊括的当代，来自全中国的中小学生乃至大学生最缺失的阅读视域。

但是，你必须要明白：一个人如果对这些好文字，对诸如此类的好文字缺乏感应和认同，那他此前所有的阅读积累都是无效的！

坏文字

很简单，坏文字处在好文字的对立面。当我给你举例说明了好文字是什么样的之后，其实已经没有多大的必要再揪住坏文字的小辫子不放了。然而，仔细一想，也不对——坏文字，有各种各样的坏，有形形色色的坏，还有打着“好”的旗号的坏，这更可怕。

从文字本身来说，坏文字，最坏坏在不准确却又美得一塌糊涂。让人找不着北，却又稀里糊涂佩服得紧。这样的坏文字是没有内在逻辑的，但它同时有着障眼法，会吸引很多狂热的粉丝去追捧。

这么说你明白了吗？这就是我要把你偶然得到的几本那个红得发紫的偶像级作家的书清理到阳台上等待废品回收者上门的唯一原因。

我要告诉你，这样有“毒”的文字一闻就闻得出来，因为它们有“狐臭”味——男作家身上的脂粉味、铜臭味、鸦片味混为一体。一闻就让人“倾倒”。

坏文字里边，这样的坏文字最有欺骗性。

此外，有一类坏文字是无味的，读起来一点儿都不生动。这一类文字也总是干瘪的，不丰腴，它们总是出自那些过分理性的头脑。对，有个词儿叫清汤寡水，好像可以专门形容那些入错行的所谓作家的文字。

另有一类坏文字，级别高一些，它们有味，也准确，但细究起来，在文字的背后没有任何的立场、品格，甚至没有任何脾气，不携带作家本人的一丝儿呼吸与体温。

就这三种，有点儿粗枝大叶，但好像，坏文字大体上都坏得差不多，而好文字的好，却几乎是千人千面的。

对了，还有一种非常特殊的坏文字。

这一类坏文字，包括了许许多多的所谓经典。比如“现代经典”里的绝大部分。这一类坏文字，要么是语言发展的原因，它们显得落伍了——这里的落伍不一定是贬义的，只是说明赶不上趟而已——要么，是作家当年用的是方言创作的缘故，反正，朗读也好默读也罢，它们是别扭的、生硬的，是佶屈聱牙的。

文字除了要有味儿，除了要准确，还要流畅，并且，这有味儿、准确与流畅，还有一个前提，是用普通话去检验的。普通话原本是个怪物，但没有办法，它是游戏规则里的规则，画地为牢时的那个圈儿。在中国，各地区的方言，任何一种，恐怕都要比普通话生动、带劲儿，更具表现力，但是，普通话就是一个准则，非遵循不可的准则。

我所说的这一种非常特殊的坏文字，此刻就被捧在全国中小学生、大学生的手里，被视为“经典”。它们当然不是真正的坏文字，只不过，一个人，要在适当的时候去学习它们，去研读它们，一个人只有具备了透过文字表面看到大好处的能力了，大体上练就了“金刚不坏之身”之后，才可以去学习、研读它们。

错别字

错别字就像苍蝇吧，满天飞舞，大煞风景。

中央电视台的节目，有一段时间，只要它下面拉过字幕，你注意一会儿，就能逮住一个或几个别字。中央电视台呀，你想象一下，事态已经严重到何等地步了！

别字的泛滥，首先得归罪于电脑的出现，以及电脑的普及。如果你在电脑里输入几个字母，马上会有一溜儿愣头愣脑的文字站出来，供你挑选，于是你大乐，手指一摁，选中了，大多时候，甚至不用选，排在第一个的就是。

你不知道，一个人如果长期使用电脑打字，会是多么可怕。这种可怕程度，我知道。在此之前，我使用了十多年的电脑，手书几乎荒废，而十多年后，当我偶尔用笔写下一行字，我会觉得，它们每一个都“形迹可疑”。与此同时，我发现，在手书的时候，我已经差不多成为半文盲了！

上述情况说明：第一，文字是可以被遗忘的；第二，文字是可以被混淆的。于是，遗忘来遗忘去，混淆来混淆去，文字成了一笔糊涂账。

成年人如此。儿童、少年呢？那是另一番风景。

不知从什么时候起，小学语文教育不再像我们小时候那么一板一眼了。在从前，小学一年级，我们会老老实实学汉语拼音，完全掌握，再一个字一个字地学汉字，学了新教的生字，家庭作业就是一遍又一遍、一排又一排地抄写生字。而如今不，改革了，不是在认识了这个字的同时去学会写这个字，而是只求认识这个字，基本上略过了写这个字的环节。甚至，之前的汉语拼音也一带而过，小学生中，即便那些成绩优秀的学生，汉语拼音学得一塌糊涂的，也大有人在。

从前的小学生识字不多，课外阅读量少；现在的小学生课外阅读量大，因为识字早，识字量多，但是怎么写那些字，却被忽略了，混过去了。这样的结果就是小学生乱写字，阅读的时候囫囵吞枣的多。

从前与现今，教育方法孰优孰劣，还真不好说。

可以预见，在现如今这样的环境下成长起来的学生，处在一个电脑化的时代，错别字（主要是别字，一般来说电脑不可能打出错字）怎么可能不层出不穷呢？不妨说，以后很长的一段时间内，错别字会越来越泛滥，除非教育方式出现根本性的扭转。而别忘了还有一个恶性循环的问题：当一个人处在错别字泛滥的时代，耳濡目染的结果就是错别字更多，错上加错。

不过，在你的身上，出现那么多错别字（大多是错字，不是别字），我指责来指责去，也发现了一个现象——你笔下的某些错字，还真不能怪你，得怪汉字本身，因为汉字本身的构造存在着许多不合理与莫名其妙。

英语

你从上小学三年级开始，多了英语这门功课。那一刻开始，我和你妈妈都有点儿紧张。我们紧张，是希望你能喜欢上这门功课，然后，学好它，为将来继续学习英语打好基础。我们甚至考虑过让你同时去上校外的英语学习班，后来由于那些开办英语学习班的机构五花八门，打听来打听去，才觉得有问题——那些机构太杂了，万一学习班的老师与学校里的老师口音不一致，反而给你造成混淆怎么办？于是作罢，决定以静制动，以不变应万变。

慢慢地，我们觉得不对劲了。你的英语学习得太糟糕了。我以前没有学好英语，是因为我不喜欢英语这门功课；不喜欢是因为觉得学英语一点儿都没有必要，遭罪。难道，你也不喜欢英语？

后来弄清楚了，你的确不喜欢英语，但你不喜欢英语是因为不喜欢英语老师。你说，你们的英语老师差不多每堂课都要骂人，而且骂劲儿十足，差不多每堂课都要花费半堂课的时间骂人；她骂人的方式也特别，不仅骂，而且不停挥舞班级里那个扇子形木质班牌，敲击同学们的脑袋或别的部位。

曾经听说，有些学生由于喜欢某一门功课的老师从而喜欢上了那门功课。也是，同样的道理，你由于讨厌某一门功课的老师从而讨厌了那门功课。

我在你这个年纪的时候，教我们初中英语的那位女老师，我不讨厌她，但怕她，因为她太凶了，脾气暴躁，动不动就让我和一些同学留下来到她宿舍去默写英语课文，并且必须在午餐或晚餐前。怕老师也不行，越是怕，越是学得糟糕。记得初中阶段，我最喜欢历史课，因为我最喜欢历史老师。那是个老头子，身体不好，气喘吁吁，有气无力，但不知道为什么，他上的课就是精彩，说说笑笑，让人忘乎所以，一眨眼，就要下课了。那个时候，英语课与历史课成了两个极端——每一天，在英语课之前的那节课下课铃一响，我就开始感觉如临大敌了，而历史课虽然不是天天有，却给我带来无比的欢愉。

我曾经这样想过：为什么以前的英语老师从来不跟我们讲学习英语的重要性？或者，她也许讲了，却没讲到点子上吧？

你的英语有所起色，是因为你对英语的看法发生了改变。

我和妈妈经常告诉你，一个人要是精通了英语，就可以在世界各地到处走。试想，在世界各地到处走，这事儿多带劲哪！你似乎展开了一番想象，并且受到了你自己的想象结果的诱惑。

后来，澳大利亚的一家出版社要出版三个中国当代诗人的诗歌英译合集，其中一个诗人就是我。这部诗歌英译合集在出版之前几经波折，在波折期间，出版方一再邀请我们三个去参加悉尼作家节，但每一次我都犹豫再三，最终又都下决心不去。然后，每次下决心之后，我都会在你面前说出我的犹豫：参加这样的作家节，顺便去看看美丽的澳大利亚，多好的事，可是，我不懂英语，出去太麻烦了，通过翻译与别的作家交流，也太无趣了！

你知道的，我是真的后悔以前没有学好英语。

那段时间，我反复念叨，得下决心自学英语，还说其实英语也并不难学，至少得学到能够“英译中”为止。

我想，你对英语这门功课的喜欢，就是从那段时期开始的吧？

哦，对了，我还跟你说过：“一个优秀的作家，他的作品是要走向世界的，他的人也是要走向世界的，他怎么能不懂英语？”

你是绝对相信自己会成为一个优秀的作家的，我想你一定记得我说过的这句话吧？

是的，做一件自己喜欢的事，做起来总是事半功倍的，何愁不成功呢！

如何握笔

说起你的握笔姿势，真是让人沮丧。

上幼儿园之前，你早就对文字感兴趣了。那些出现在电视屏幕上的、物品食品包装袋上的、街头招牌上的文字，你都要知道它们怎么读，是什么意思。上了幼儿园之后，开始握笔写字了，于是，你更是开心，每天放学回家，你都爱拿起笔来写写画画的。

但是，如何握笔呢？

你的握笔姿势比较奇怪——几乎动用了五个手指头，全部用来捉住铅笔头的最低处。这样的姿势，写起字来可是紧张非常的。

我和妈妈一开始每天教你如何纠正握笔的姿势。然而，对于如何只动用食指和大拇指捏住铅笔，然后其余三个指头并拢虚握垫住铅笔，把笔杆靠在食指指根关节处，再一边写字一边灵活运用手腕这一系列的标准动作，你怎么也学不会。

我们一直认为你是一个很聪明的孩子，可是，你连这个也学不会！

没有办法，后来我们找了一个塑料的模型，中间嵌了一支铅笔，外面有三个槽，正好是放大拇指、食指、中指的。当手捏住模型，就被动地做出了一个非常标准的握笔姿势。

我们以为，当你使用了这个模型，久而久之，就会养成正确握笔的习惯，可事实证明，我们的想法太天真了。过了一段时间，你再也不愿让自己受罪去用模型，于是继续用五个指头去捉笔写字。

我们最后彻底放弃了纠正你的握笔姿势的想法，是因为我们见识到了小孩子们五花八门的握笔姿势。我们发现，有很多孩子的握笔姿势都是不正确的，你这样奇怪的姿势，只是小巫见大巫。他们当中有一类的握笔姿势，那才叫让人揪心——他们握着铅笔写字的时候，自己是看不到笔尖儿的，也是看不到写下的字的，因此写字时，总是一边写，一边大幅度前倾着身子，几乎是伸长了脖子，然后歪着脑袋往回看，这样才能看见自己的笔尖儿和字迹。

如果评比最痛苦的握笔姿势，这样艰苦卓绝的姿势，堪称一绝！

当然，我们不是因为看到其他孩子更奇怪的握笔姿势而对你放低了要求，而是，我们终于意识到，以错误的姿势握笔，不是你的错，也不是由于我们在纠正的时候可能存在的不得法。

那么，是谁的错？

准确地说，是过早让小孩子握笔——这种拔苗助长的教育理念的错。

在我们上小学的那个时代，握笔姿势不正确的学生是少之又少的。从前，我们满七周岁才上小学，才开始握笔写字，在此之前我们都在蹦蹦跳跳，在玩儿呢！我们根本不会想到去握笔写字。

还有什么别的原因，导致如今这么多小孩子不能正确掌握握笔的姿势？我真的想不出。

我的意思也就是说，一个小孩子，如果在幼儿园时期就开始学习写字，这种教育方法是有违人类的生理特点的！可是，这么一个算是比较科学的认识，又有多少家长明白？又有多少老师明白？

你已经是一位少年作家了，如何握笔，至少对你来说是个大问题，它不仅是雅观不雅观的问题，还是怎么不让手指畸形同时让自己轻轻松松写一辈子字的问题。

翻译

我很少读翻译成中文的文学作品，因为曾经的一个遭遇。

那是二十多年前了吧。那会儿我喜欢读林语堂的作品，读了好多。其中有一本书，叫《中国人》，读完了，我又发现林语堂有一本书叫《吾国与吾民》。仔细一看，原来《中国人》与《吾国与吾民》是同一本书，只不过，它们出于不同的两个人的译笔。到了这时候，我才注意到，原来我读过一遍的《中国人》并不是林语堂的原著——林语堂是用英文写下的这本书，而有不止一位译者，把他的英文原著翻译了回来。

是的，对比了《中国人》与《吾国与吾民》的几个片段之后，我真的不敢承认它们是林语堂的作品了！就是从那一刻起，我相信，当一位作家以某种文字写下一篇文学作品之后，只有它才是他的作品，而它的任何译文，都不可能等同原文的面貌。因为，任何一位作家的作品，都是有一种味儿的，而那种味儿，经过了翻译，它基本上是荡然无存了！

也是从那个时候起，每当准备要再买林语堂的书时，我都仔细查看书的版权页，因为那时候出版社不大喜欢在封面上印出译者的名字。当然，大多时候，我是沮丧的——林语堂的书，恰恰大多是用英文写作的，市面上的中文版，多是各种版本的中译本罢了。

后来，我干脆再也不读林语堂了——既然读不到真正的林语堂，为什么要浪费时间？如果说这是因噎废食，我承认。我还要承认，因噎废食有时候不是一个贬义词。

散文如此，那翻译的诗歌就更值得怀疑了！

发现流行的此林语堂大多非彼林语堂之后，有许多次，我读到了一些诗歌的不同译文。我要说，那简直是让我瞠目结舌。瞠目结舌的后果是，我绝对不会去挑其中的任何一种版本，然后自以为是地把它认定为一种比较接近原文的版本。

翻译是什么？翻译就是用另一种文字，把原文的意思给尽可能准确地表达和转述出来。我深信。

那么，经过这样翻译了的文学作品还是文学作品吗？如果是，那一定是经过了译者的某种程度的"改写"，因为，文学作品可不是产品说明书之类。

当然，即便因噎废食，这些年，我还是读了一些翻译成中文的文学作品的，包括诗歌。

曾经有很长的一段时间，我迷信"直译"，认为那些看上去有点儿别扭的译文，会更接近、忠实于原文一些。

我的"迷信之路"直到我逐渐阅读了澳大利亚诗人、小说家兼翻译家欧阳昱的许多译文和原创作品，才得以终结——感觉上，欧阳昱的译文是何等的流畅与精准，它们让我第一次意识到，世界上流传的那些别扭的译文，绝对是译者外文造诣不够或中外文造诣都不够所导致。

从欧阳昱身上，我认识到一点——有太多的译者，他们只是在滥竽充数，而一位不精通两种语言中的任何一种的译者，就绝不是一位好翻译！与此同时，欧阳昱的存在，也说明了一点——好的翻译作品依然有可能存在！

国际上，许多所谓汉学家其实根本无法说出像样的汉语或写出像样的汉字，他们怎么能翻译好中文作品？至于国内，那么多的所谓翻译家根本无法运用外语会话或运用外文写作，他们怎么能翻译好外文作品？

"翻译"，最让人纠结的一个动词。"译文"，最让人疑窦丛生的一个名词。"因噎废食"，最让人欲拒还迎的一个成语！

元气淋漓

那会儿你应该很小，三四岁吧。有一次，我读了小说家王祥夫的短篇小说《上边》，然后推荐你妈妈去读。

对《上边》，妈妈的反应太大了。她坐在书桌前读，读完了，趴了下去。我后来过去一看，她读了个泪流满面。

后来我又推荐小说家毕飞宇的短篇小说《彩虹》让妈妈读。读完后，她也非常喜欢。

我告诉她，我先读的是《彩虹》，喜欢。毕飞宇那么讲究，那么干净，小说中几乎每一句都让人舒舒服服。但当我读了《上边》，我觉得，我更喜欢《上边》，不是更喜欢一点儿，而是许多。

我跟你妈妈说，一篇作品让读者泪流满面，只不过是作品里恰好有某些元素击中了读者内心深处最柔软的地带而已，并不一定就能说明作品的好。但《上边》较之《彩虹》，胜在元气淋漓。

什么是元气淋漓呢？《现代汉语词典》里说，“元气”指的是人或国家、组织的生命力。我觉得这样的解释太局限，其实“元气”更应该解释为天地间自然万物的一种“混沌之气”，而所谓“元气淋漓”，就是指自然万物的那种“混沌之气”的旺盛与强大。不过那时候，我没有解释什么是“元气淋漓”，只是打了一个小小的比方。

我说写《彩虹》的毕飞宇，就好比是一个绝对高明的糕点师，揉哇揉，捏呀捏，揉捏出了一溜儿什么糕点，精致、漂亮，让人叹为观止；写《上边》的王祥夫呢，则好比是馒头店的一个腰圆胳膊粗的老师傅，他用劲儿揉搓了几下发酵好的面粉团，抓过一把雪亮的刀，在案子上剁剁剁，剁下几个面坨儿，放蒸笼里一蒸，掀开来——嘿，馒头们愣头愣脑，但透着一股可爱劲儿，透着最原汁原味儿的麦香。

那天，我又想起“元气淋漓”这个词儿，顺带想起我让你妈妈读《上边》与《彩虹》的情景以及我的那个比方，是因为我的一位朋友告诉你，你可以再写一部《喜糖的魔力》。他充分肯定了你的这第一部作品，我也听出来了你应该没有听出来的部分——他的言下之意是，《喜糖的魔力》堪称“经典”。

我的那位朋友对《喜糖的魔力》的期许可是非常高了，也不可谓不大胆。这是我喜欢的，因为他正中我的下怀——《喜糖的魔力》刚一出版，我就面对电视台记者的摄像机镜头说，这将是儿童文学领域的一部典范之作。但是，对于让你再写一部《喜糖的魔力》，我有些担忧。

那天你有点儿喜滋滋，因为，对于再写一部类似于《喜糖的魔力》这样的书，你早有此意，而且一直有一副胜券在握的小模样儿。

其实，我也一直相信，你完全能再写一部类似于《喜糖的魔力》的书，甚至不是一部而是两部、三部，然而，铆足了劲儿写《喜糖的魔力》的那个时候，你在读小学五年级，你还是个少不更事的小屁孩儿，所谓初生牛犊不畏虎，你在那个状态，着着实实有一股儿元气淋漓的精气神。如今你长大了许多，对于文字的操控更驾轻就熟，对于结构的把握更得心应手，但是，那股儿元气淋漓，是否依然？我很怀疑。

当然，我多么希望我的怀疑是个错误。我多么希望，你的元气淋漓依然，一以贯之！

白天还是晚上写作

我相信，这个世界上的作家，大多会选择在晚上写作，或者他们白天也写作，但他们永远会觉得，晚上，尤其是夜阑人静的深夜更适合自己去写作。究其原因，我想，大约是晚上时外部世界比较安静，写作者较少或没有受到打扰，内心清静，同时晚上更适合神思恍惚、奇思妙想，然后更会灵感泉涌吧！

记得二十年前看到一本书，是一位当红评论家的《往事与梦想》，他在那本书里说了一段话，让我激动非常。他的大意是说，作家们很少选择在白天写作，那些选择在白天写作的人，除了极个别的天才，剩下的都是平庸之辈了。

在写作上，我一直都是自视甚高的。但我很少在晚上写作，我最喜欢在白天写作。我是平庸之辈吗？当然不是！那么，我就是天才啰！

看到这里，你也许要笑了。

那位评论家说得是比较武断的，自然也有点儿哗众取宠的味道。不过，也不无道理。我后来的理解是：对于写作，确实是晚上，尤其是深夜甚至凌晨更适合，所以大部分人都会选择在这些时段写作；而白天，嘈杂喧嚣，甚至有可能窗外就是市声，还真的是不太适合写作的，剩余的一小部分人，他们选择在白天写作，自然其中的大部分人都是庸庸碌碌之辈，余下的极少部分，能够在白天写作而无碍灵感泉涌，自然是天才啰！

然而，一个人，写作应该是一辈子的事业，就好比长跑，争论谁是天才谁是平庸之辈或者谁是健将，这有意义吗？

我之所以一直以来选择在白天写作，是由于我深深地知道一个朴素的道理——每当我在晚上写作之后，那一晚上就睡不安稳、睡不踏实，而平常睡觉时，人体像机器一样进入自我修复状态，这是多么重要的事，怎么能因为写作而耽误了睡觉，影响了睡眠质量？

现在，我在观察你。

我发觉，每当你写作至晚上，那一晚上，你也睡不安稳。反正，平常你是睡得踏踏实实的，而一旦晚上写作之后，你就在床上不停地翻身、说梦话。

还用得着说吗？哪怕全天下的人都认定所有选择在白天写作的作家都是白痴，你和我，都要选择在白天写作！

身体第一，写作第二。这一点永远不能颠倒过来。

那些在晚上竖起床板的作家呀，真是勇气可嘉！

自从幼儿园大班开始，每周一次，我或妈妈把你送到我的一位朋友的画室，学习绘画。先是儿童画，后来是国画，一直学到小学五年级结束为止。

对于绘画，你一直倾注了足够的热情。而你知道的，对于你学习绘画，我始终是不抱期待的。

你几乎在做每一件事上都倾注了热情，绘画，自然不例外。画儿童画时期，你是自得其乐的，画国画呢，我想，也许你把它当作一件大事，只是因为要强，你不甘落后，希望努力把它做好吧。做一件事，你是有足够的耐心的，比如画一只鸟，你手握画笔，用笔尖在宣纸上画一笔一笔的中锋，小心翼翼，竟然能连续画一千笔，把一只鸟画好。有一次，我问你怎么知道自己画了一千笔，你笑说自己每数到一百笔，就在另外的纸上记一个标记。

奇怪的是，整整六年来，老师基本上不怎么表扬你，反倒是经常批评，而你的热情始终不减。奇怪的是，作为你的爸爸，我大多事情都鼓励你，但是绘画，我不鼓励，反倒是经常冷言冷语，而你的热情始终不减。

把你送去学习绘画，我有功利的目的：让你从小认识线条，认识色彩，然后，锻炼一下眼和手，如此而已。所以，当你一开始在儿童画里追求对称、一致，追求线条的直和浓重，我就乐了。这可是绘画艺术的大忌呀！当老师反复提示你，当我反复启发你，你都转不过弯来的时候，我还是不恼，只是乐。

我乐，是因为发现，你对于事物的结构，具有天赋般的敏感与执着的追求——你对一种几近笨拙的平衡感有着相当的依赖，并且有着相当的喜好。

更绝的是，你把儿童画里的这一套，也搬到了国画里。植物的叶子，往往大小一致、模样一致、角度一致，色彩则浓得化不开，基本没有层次感……构图呢？自然是四平八稳，匀称，不偏不倚。

我对那位朋友说，你将来可以去学工艺美术，那位朋友生气了，说工艺美术也要讲究艺术的呀！他完全没有意识到我是在开玩笑。

六年级的时候，由于学习时间的紧张，在我提议下，你终于肯放弃绘画了，但是我请那位朋友单独教了你一下毛笔书法的基本笔法。因为还在三年级时，你照着一本草书字帖封面临摹过一幅行草碑帖，其惟妙惟肖，让我瞠目。如我所料，经过国画的训练，毛笔在你手中，运行起来，已是颇为娴熟，你写的隶书，一开始就有模有样了！

之后不久，你被学校推荐去参加市里的中小学生书画大赛，你写隶书的毛笔书法，据说拉开架势后，几位监考老师围拢过来，问你练习了几年，而你的回答令人大跌眼镜——你说根本没有练过，就学习了几分钟。结果后来在隐名的评比中，你得了小学组的一等奖。

其实你有一点没认识到：书法你没练过，但握毛笔、运笔，你已经练习了多年。而隶书的结体——特有的笔画和结构，正是你的强项。

你更不会认识到，你的结构能力，在你创作小说时的故事架构上获得了应用。每当你架构一个故事，你总是显得娴熟，一蹴而就。你要知道，在一些天生没有结构能力的人那里，架构一个故事是多么浩大的工程！

你用你的平衡感去结构一切，虽然那不是最好的结构，但它至少是最让人踏实的结构。结构，多么重要的事。世界上的任何事物都需要结构上的平衡，世界本身也需要结构上的平衡，而抽象如人生者，又何尝不是如此？

港剧

曾经推荐你去电脑上看港剧，比如《妙手仁心》及其两部续集，比如《冲上云霄》及其续集。我和你妈妈看《妙手仁心》的时候，你还小，看《冲上云霄Ⅱ》是在去年，很不巧，你好不容易愿意与我们一起看，看的却是它的第三、四集，这两集刚好有些寡淡，让你失去了耐心。

我们对内地剧是深恶痛绝的!

不少内地剧有这样的特点：首先喜欢用近景和面部特写——也是这个缘故，演员总是拼命挤眉弄眼，让人着实受不了；节奏慢得出奇，故事拖沓，镜头切换慢，显得啰唆；还有台词，内地剧的台词总是别扭、拿腔捏调、雷人。那种随处可见的不妥帖，真让人啼笑皆非，也让人疑惑，那些编剧的文字能力为什么如此低下，好编剧都到哪儿去了?

反正，在我眼里，内地剧几乎是假大空兼庸俗的代名词了，真正能让人看得下去而不毛骨悚然的，少之又少。

当然港剧里也有许多烂片，这要挑选。比如《妙手仁心》《冲上云霄》及它们的续集，则真是可圈可点。

好的港剧，首先它让我们觉得，编剧非常聪明、有才，甚至堪称智慧。一部好剧本，也得好演员来演，好的港剧，它的每一个演员都是那么投入，都演得恰如其分，甚至淋漓尽致，你会觉得，他们的每一句话都是经过自己的思考之后说出的，妥妥帖帖，而不是背诵既定的台词。电视剧是通过镜头讲故事的，摄影师的位置当然也非常重要。好的港剧，摄影师的机位几乎让人感觉不到它的存在，因为镜头自然，衔接得也自然。剧组里面，导演当然是灵魂，好的港剧，它会让你觉得，导演似乎只是个看监视器的，他对演员不会有过多的限制，他只是让演员在那儿进入角色之后进行自动演出，好像不会强势地体现自己的意志。然后是剪辑，好的片子，据说都是剪出来的。恐怕还真的是，好的港剧，节奏快，有张有弛，即便是长镜头，也会让人觉得长得恰到好处……

看港剧，将是我和你妈妈永远的爱好，虽然其实我们可看的港剧永远不多，而我们看得也极少，我们只是把看港剧当作一种调节生活的娱乐与休闲方式。你呢，待你再长大一点儿，我还是会提醒你去看看。

我的这种执着不是一厢情愿。因为，我在这里谈论通俗的港剧，其实也是在谈论纯粹的文学创作——作家如何讲故事，如何写活一个人物，如何安排作品里的每一个场景甚至每一句话语，如何让读者自然而然地进入作品中的世界并体会到阅读的愉悦而不是相反，诸如此类，你在创作中可能遇到的一系列问题，作为通俗剧的港剧，都会给你一个相当具体而又相当有深度的示范。

一本好书

与一本好书相遇，这是多么幸运又美妙的事。

有一本书，被你前后读了三遍四遍，读了七遍八遍，甚至上十遍。这是一本好书。试想，它要有多么大的魅力，才能让你如此钟爱？也许，用“魅力”一词已经无法解释——什么样的魅力，能够经得起如此反复的审视？

有一本书，被你读到了，之后，你老是向别人提起这本书，情不自禁。这是一本好书。试想，你读过那么多的书，为什么不提其他而单单提这一本？

有一本书，你读了，意犹未尽，由此，你读了这本书的作者的其他作品，读了许多许多；由此，你义无反顾地喜欢上了这本书的作者，你觉得这位作者身上有着迷人的力量，甚至觉得他是伟大的作家，他的存在，几乎让其他作家黯然失色。这是一本好书。试想，它就像一个小小的旋涡，却能让你深陷其中不能自拔，那需要多大的力量？

有一本书，你觉得它好极了，却怎么也无法用语言来表述它究竟如何的好，你再读，又觉得它好极了，可是，更无法用语言来表述它究竟如何的好了！你觉得它被笼罩在美丽的迷雾之中，影影绰绰。这是一本好书。试想，一本普通的书，怎么可能有这样奇妙的好？

与一本好书相遇，这是多么幸运又美妙的事！

有一本书，我经常捧起来读，我前前后后断断续续读了大半年，终于有一天读完了，长叹一声，闭上眼睛，哑口无言。这是一本好书。试想，我读它，不是凭一口气，不是凭一股儿劲，始终不离不弃，它得具有多么大的魅力，来持久地吸引着我？

有一本书，我每次只读一两页，最多不超过四页，然后，又小心翼翼地把它放在面前伸手可及的地方，摆端正。这是一本好书。试想，我有那么多还未来得及读的书，可它，我却舍不得一下子把它读完，希望明天可以读到它，后天可以读到它，并且，像吃了什么特别的东西，吃一点儿，就可以回味好久好久，为什么我认为它值得我如此对待？

有一本书，我只读了开头第一页，但是，翻不下去了，我长时间地停顿在了那儿，我霍然起立，急躁地走动，然后又坐下，整个人坐立不安。这是一本好书。试想，它的开头第一页，就击中了我的某个要害，让我有豁然开朗之感；它一下子改变了我持了许多年的一个观点，似乎不由分说，但又让我心悦诚服，它的力量是如此之大，不是吗？

有一本书，我几乎一点儿也不喜欢。我试着阅读了几次，每一次都放下了。其实，它让我很不舒服。然而经常，夜阑人静，甚至半夜里醒来，它里面的词句会让我感到被硌着了。这是一本好书。试想，我可以与一本好书相契相投，可为什么不能与一本好书话不投机呢？肯定有一本好书，它是让我难受的，它似乎蛮不讲理，傲慢地对我展开着挑衅！

背诵

我做学生那时候，对于背诵这件事儿，自然是没有什么研究的，虽然从小到大，背诵课文、古诗以及英语单词之类是家常便饭。自古至今，背诵作为学习或者说读书的最基本的方法之一，似乎是从未遭受到质疑的，并且，历代以来，多的是以过目不忘甚至倒背如流为指标被加以称颂的传奇人物。

我对于作为读书的基本方法之一的背诵的研究与质疑，是因为你。

你开始上小学一年级的时候，妈妈就反复跟我商讨一个问题：你的背诵能力非常低下，如何才能帮你提高背诵的能力？而我一直不以为然——你在上幼儿园之前，早就对文字感兴趣了，你居然没有正常的背诵能力？我不信！

我第一次正视你的背诵能力，是在某一晚。那一晚你在背诵某篇短小的课文，你憋得满脸通红，还是结结巴巴，那么一丁点儿课文内容，被你丢三落四又窜改得让人啼笑皆非。你再读了许多遍，结果还是照旧。可是，你边上站着我们邻居家的小朋友，他和你在同一所小学读一年级，虽然在不同的班级，但那一晚，你们的背诵作业是同一篇课文。他无论成绩还是学习能力，都在班级里倒着“名列前茅”。然而奇怪的是，他认真地读了几遍课文，居然能够流畅地背诵了！

经过反复分析，我明白了，你的背诵能力，之所以不是一般的差，是因为你所掌握的词汇量太大了，无论哪句话、哪个词，都有可能被你背诵时加以修正和改换。而且，有一些地方，你不自觉间做出的修正和改换是比较有道理的。

背诵能力的高低与文字能力的高低、智力的高低无关，甚至是，从某种角度来看，太高的文字能力和智力恰恰有可能是背诵的障碍。

由于这个看起来比较荒谬实则为我所深信不疑的分析结果，我也忽然检视起了自己来。我发现，小时候背诵能力很不一般的我，自从喜欢上了阅读并开始走写作之路以后，我的背诵能力就突然完全不行了。换言之，从十八九岁开始，我的背诵能力就非常低下了，记得从那时候起，每当我在书中读到什么特别精彩的句子，想把它背诵下来，但我从来没有成功过——我只能记得那句子的意思，而要原原本本一字不漏地把它背诵下来，似乎总是登天一般困难。

这让我想起了小说大师纳博科夫的一句话。大意是，每天清晨起来，当他向妻子讲述自己刚才的梦境，他都要修正三遍。

纳博科夫的这句话，它与背诵有关吗？看似无关，实则是一个有力的佐证——他这句话正好证明，文字是多么的复杂，正因为他是纳博科夫，是一位小说家；试想，一个普通人，一个平常人，他向妻子讲述自己刚刚做过的梦，他在讲述的时候需要修正吗？

你的背诵能力，从小学一年级开始，一直到现在上初一，似乎从来没有得到过提升，甚至是越来越糟糕。看着你经常为了背诵一篇文章或某一个段落而把脸憋得通红，真是无奈呀！

好在，自从你出版了一部书，直到如今正在创作第三部书，你也终于明白了一个更大的无奈。

有一天你说："这么多年来，这些文章背诵起来干吗？难道对写作有用？写作是创造哇，我脑子里原原本本记着别人的文章干吗？"

对于你的悟性，我真是惊讶不已。

"对呀！背诵别人的东西没有任何用处，除了在谈吐中显摆自己有学问，除了在写作中掉书袋卖弄学识。"我认真地告诉你。

掉书袋

“掉书袋”这个词，第六版《现代汉语词典》里的解释是“讥讽人爱引用古书词句，卖弄才学”。我查了一下百度百科，它解释说：“讥讽人爱引用古书词句，卖弄才学。现在常常称那些说话好引经据典、卖弄学问的人为‘掉书袋’。”百度百科的解释，前半部分显然是引用《现代汉语词典》，后半部分则是补充了一个现象，指出“掉书袋”从前只是个动词，而现在，它同时还是个名词了，它被用来指代那些喜欢掉书袋的人。当然，百度百科在解释了“掉书袋”的词义之后，还记录了“掉书袋”一词的出处，也即是它的典故。但为了避免掉书袋，我不再援引。

在现代生活中，我们听到某人在谈吐中掉书袋，这个可能性恐怕已经不大——首先是听别人长篇大论的机会原本就少，其次，在谈吐中掉书袋，也确实是一种硬功夫，需要掉书袋之人有博闻强识的能力。别人掉书袋，我们见到最多的是在读书的时候——掉书袋之人在写文章，他躲在书房里，他的书房里塞满了书，他还在许多书里做了标记，甚至，他还做了不计其数的读书笔记或读书卡片，他要援引一篇文章，要寻章摘句，就像中药房里抓药的师傅一样轻而易举；而事到如今，他手头一定还有现代化的武器，比如电脑或智能手机，许多资料，他连读书笔记和读书卡片都不用翻了，可以直接使用搜索引擎查找，然后复制、粘贴。

在各类书籍、文章的作者中，搞理论、批评的人，恐怕是世界上最爱掉书袋的人了！

具体到文学，有些搞文学理论与文学批评的人也可怕——他们掉书袋，可不是一般的掉书袋，经常碰到一篇理论或批评文章，仔细一看，除了掉书袋，它似乎别无他物。

一个搞文学理论或文学批评的人，为什么掉书袋掉得那么厉害？我想不外乎两个原因。一是他想在“知识”上把读者唬住——如果不掉书袋，读者恐怕还不买账呢！二是，他读了一辈子的书，脑袋里却只有那些“知识”，如果不让他引经据典，他恐怕根本不知道要说什么、要怎么说，他恐怕根本无法结构一篇文章，更不要说一部书了！

那么，创见呢？一个搞文学理论或文学批评的人，属于他自己的真正的见识在哪里？我想起一个真实的笑话来了。一位女诗人有一次见到了一位批评家，大呼小叫，当面歌颂起那位批评家来，称自己最崇拜他了，因为他的文章里到处都引经据典，她说自己最好奇了：他是怎么把那么多的东西记住的？这是别人转述的一个掌故。那位女诗人的浅薄，活灵活现，而我不知道的是那位批评家的反应——面对粉丝，他是尴尬？是骄傲？还是内心羞愧？无论如何，我不相信一个人的记忆力如此出众，能够准确记住那么多的东西，我更不相信，一个人即便记忆力惊人，但他在引经据典时竟然不去核实资料——要知道，这是需要绝对准确的呀，文章千古事，他不应该如此草率对待自己的文章以及读者吧？

我一直深信不疑：一个掉书袋之辈，是绝少会有真正属于自己的创见的。

说到这里，我只想起一位名叫李敬泽的文学批评家。对，一时之间，我的印象中，似乎只想起了李敬泽。这个名字你得好好记着。他是批评家中不掉书袋而又把文章写得鞭辟入里然后还从容优雅得不得了的典范。李敬泽当然是读书破万卷的，但他不掉书袋，他的学识的显露不靠掉书袋，而是，学识在他的每一句话甚至是每一个词里闪光，这种光不是闪闪的金光，它们已经是智慧之光了！

有一点须向你说明：并不是所有的引经据典都是掉书袋，一个搞理论和批评的，正常的援引、必要的援引、自然而然的援引不是掉书袋；我对掉书袋的界定，除了卖弄、显摆，还有依靠、依赖——也就是说，掉书袋是一种障眼法，是一些书呆子赖以安身立命的法宝。

是的，你要记住，真正的学识就像土壤，它化解了有机肥料、无机肥料，让它们变得无形，从而让自己变得肥沃，然后长出属于自己的各种植物。而在许多人那里，读书只是像开一家花店，搬弄来满屋子的花卉，这是大谬不然的了！

梦

我想说的不是梦想，而是真正的梦。

关于梦，奥地利精神病医生、精神分析学家、心理学家弗洛伊德撰写的《梦的解析》一书，可谓全世界都知道。弗洛伊德开创了一门学说，很伟大。其实中国古代也有无数的解梦之作，但荒谬且无聊透顶。

科学研究告诉我们，当我们睡着的时候，脑电波还在活动，于是有了梦。科学研究表明，有些人声称没有做梦，只不过是在醒来的时候已经不记得梦的内容而已。

在我看来，那些不记得自己所做过的梦的人是幸福的，因为他们不会被自己的梦所惊扰，这样也许对自己的睡眠质量会有一种更良好的自我感觉。然而，如果你是一个写作者，如果你每天醒来大多时候记不起自己所做过的梦，那么，这绝对是一种不幸。

一个写作者，他睡着了，他的脑电波继续在活动，替他思考问题、构思作品、修改作品，替他进行一些特别的思维活动，脑电波进行这些活动的痕迹，都留在他的梦境里。

要知道，当人睡着之后，脑电波会呈现与大脑清醒的时候迥异的风格进行活动，这对于一个写作者是多么重要！

我写过一组名为《惺忪手记》的文章，里面的每一篇即是一个梦境的记录，它们中最早的一篇写于二十年前。我还写过一组诗，每一首诗的题目都是以“梦：”开头的，它们写于十多年前，每一首诗也是一个梦境的记录。2005年的时候，我还花了整整一年的时间，忠实地记录下我的梦境，那是一部书。明年，2015年，依照十年前的计划，在写作那部书的十年之后，我将再写一部这样的书，那将是一部“鸿篇巨制”。

梦境是非常好玩的。它们将让你看清自己，换成在清醒的状态，你是一定看不到的；它们将让你获得与众不同的构思，换成在清醒的状态，你是一定构思不出的。

我几年前写过一首与梦境有关的诗，题为《那些梦》，现在我把它抄在这儿。它看似极简单，但又有些隐晦、晦涩，我不想做任何解释，就让你好好琢磨一番吧——

那些梦，那一面面
雪亮的镜子
永远让人无所遁形

那些梦，天天照见

我的形体与灵魂
——它指着我的鼻子
戳着，我的脊梁骨

真是奇迹，也照见了
童年模糊的角落
——居然一下子无比清晰

更为神奇地，还照见了
许多年后的那一个个黄昏

那些梦，像一只只小狗
追咬着衣角，口袋，脚跟
追咬着我的屁股——

手稿

记得差不多是从二十岁的时候开始，每当我写了作品要投寄给报刊，我都得先把手稿送去打字复印店里打成电子稿，然后把漂亮的打字稿打印下来再寄走。那个时候，我开始写作没多久。就是说，把自己的作品逐字誊写了再拿去投寄，这样受累的活儿，我几乎没怎么做过，而电脑化时代的大幕就已经拉开了。

人的许多想法是挺有趣的。比方说手稿吧，自从有了既整洁又漂亮的打印稿之后，我总觉得自己的手稿怎么看都不顺眼了！而有些看着不顺眼的东西是会越来越看不顺眼的，手稿就是。所以，自从开始“打印之旅”后，我的手稿就越写越潦草了，像一个蓬头垢面、自甘堕落的自暴自弃者。乃至后来，我手稿上的许多字，潦草得连我自己都难以辨认了。

回想起来，至今写作了二十五年，除了刚开始的那两年，我是没有留下多少像样的手稿的，或者说，留下来的大部分手稿，只配称作草稿，后来那些草稿中的大部分，干脆被我撕掉丢废纸篓里了！

拿着草稿去打打印稿，这样的生涯大约维持了七年。后来不再这样做，是因为拥有了属于自己的电脑与激光打印机——那会儿，我和你妈妈正准备结婚，电脑与激光打印机是她的嫁妆之一，而我很兴奋，没有学习打字法就直接上手了，使出“一指禅”，用右手中指戳着一个个键打字。

从拥有第一台电脑至今，已经十六年。这十六年间，我的绝大部分作品都是没有手稿的，它们是直接从电脑里面出来，或者有些干脆没出来，它们始终在电脑里，除了复制来复制去，除了通过电子邮箱发送来发送去。

我一直认为，直接使用电脑写作，减少工作量，使得写作变得更便捷，这是肯定的，毋庸置疑的，这个想法不仅是我的经验，应该也是普天下绝大部分作家的经验。

但是，有一个尴尬的问题诞生了——经过十六年比较彻底的“电脑化”之后，我不会写字了！当我去写一封信的时候，我发现，差不多写不了几个字，我就要写错一个字，并且，许多字变得似是而非起来，许多字的笔画我只能浑水摸鱼，甚至大部分写下的字都让我疑惑起来，因为它们的模样，非常可疑……

说起来都难以令人置信，在我笔下，出现了越来越多的错别字，有一次去银行办理银行卡，我接连写错字，连自己的签名都鬼使神差地写错了，以致银行职员用怀疑的眼神打量我，问我是不是代办的。

重新想起手稿，还是受了你的启发。

从你写第一部书开始，你就在笔记簿上一笔一画地写，从一开始，你的初稿几乎就无比干净，字迹工整，很少涂改。

手稿可以如此清晰吗？有一天，我重新提笔尝试，奇怪了，原来我也能做到的！而且我发现，无论写什么作品，完成初稿的速度，写在笔记簿上比写在笔记本电脑上的速度要快许多！什么原因呢？可能正因为笔记簿是庄严的，郑重其事的，不容反复涂改的，而电脑提供的是可以修改无限次且不着痕迹的诱惑！

我终于明白了：这十六年来，电脑并没有让我多写作品，而是恰恰相反，它妨碍了我的写作！

正像我对你的规定一样——每一部作品，都要一笔一画在笔记簿上写下初稿，然后由妈妈来帮你输入电脑并校对，你再在打印稿上完成二稿、三稿，直至定稿。现在，我也选择了同样的方式写作。这样的写作方式大大避免了电脑显示屏对眼睛的伤害（虽然妈妈由此承担了我们转嫁到她头上的高强度劳动，她的眼睛还要遭受无辜的伤害，但她愿意也乐于分担），又是经济的，它还提高写作速度。哪怕以后你长大了，自己把笔记簿上的初稿输入电脑，也还是节约了时间、提高了写作效率。

这样的写作方式，同样重要的是，它还使我们留下了手稿——多么漂亮的手稿哇！它们是有生命的，完整地保留着一个写作者的气质、风度，保留下了写作者的呼吸，他的迷惘与挥洒！

数学

我十几岁的时候，有一次在杂志上看到一个小故事，讲的是古代有一个贾人（开商铺做买卖的老板），他家院子里的一株梨树开花了，贾人踱到梨树边，不住点头，口中念念有词。讲到这儿，小故事就给掐了，然后问读者那贾人口中的念念有词到底是些什么，答案则在下一期杂志上揭晓。由于那个悬念的设置，后来我好奇地追到了下一期杂志，原来，小故事的谜底是那贾人在数数：“一朵，两朵，三朵，四朵……”

小时候，恰好院子里就种着一株梨树，那一树的梨花呀，洁白的，芬芳着，真是漂亮得令人心颤。有一个词语叫梨花带雨，用沾着雨点的梨花来形容女人的娇美，它出自白居易的《长恨歌》，白居易形容杨贵妃哭泣时的动人姿态，曰“梨花一枝春带雨”。

绕这么一大圈，我是想说数学。

在我看来，一树梨花，漂亮得令人心颤，美得惊心动魄，那是需要从一个语文的角度去欣赏的。

而一个人要是从数学的角度去面对呢？他就会像故事里的那个贾人一样，欣赏不到美，只会数数，像数一枚枚铜钱一样去数梨花，然后可能还会计算，假使平均每十朵梨花能结出两个梨子，这株梨树最后能收获多少斤梨子。一个人如果站在数学的角度去看梨花，他可能很快转换到科学的角度——这么多的梨花，大部分会凋谢，太可惜了，应该使用化学药物，包括激素之类，让梨花少一些凋谢，多结出梨子，结出既好看又可口的梨子，通过人工的干预让梨丰收，收获最大化的利益——这个时候，从数学、科学的角度看问题的人，可能会满是计算，而从语文的角度看问题的人，则可能会萌生出许多担忧，成为撰写抨击文章的环保主义者。

你在小学阶段表现出了数学方面的天赋，这是让我意外的。那些连文字都不通的所谓应用题，有许多类似于脑筋急转弯，有许多极尽挖坑埋雷之能事——我说过，这些数学题，我是不想去看的，如果非得让我去做，恐怕一下子就着了它的道，掉陷阱里去了，你却能应对自如。

后来，你的数学天赋被老师发现了，推荐你去参加学校的奥数班。奥数班是一个恐怖的“兴趣班”，需要天天与那些曲里拐弯的变态的数学题打交道，并且以此为乐。我是坚决不主张你去参加的。然而为了不拂老师的美意，你去了。我退而求其次，希望你早日被淘汰，可是坏了，奥数班的老师多次夸你，认为你是个好苗子，因为你解题的方法总是与众不同。这个班经过数轮淘汰，你都被留下了，幸亏有一次考试时你犯了一个战术上的错误，为做对一道全班同学都做不了的题目，花了大量时间，结果这道难题解出来了，你却来不及做其他相对简单的题目，因而得了一个很低的分数，导致最后一轮出局（老师曾想让你继续去上课，终因为不合规则而放弃）。你终于脱离奥数班了，我在欢欣鼓舞之中接到了你的数学老师的电话，她说很可惜，我说没关系，反正在家里也没花时间去做奥数题，不想，老师在电话那头大愕，我这才知道自己说漏了嘴，原本，老师是让你在家里每天花足够多的时间去做奥数题的。

说实话，我的确是视奥数班为洪水猛兽的。你有点儿数学的天赋，甚至有点儿学习奥数的天赋，有那么一点儿可以去参加奥数竞赛的潜力，我已经很高兴，因为一个作家，倘若具备一个数学的头脑，这会使得他在感性中拥有一份理性，这是非常难得的天赋，但是，这数学的天赋，具备了就好，而真的不必去发展。要知道，事物都有两面性，比如一株果树，假使它的枝条拼命往上蹿，就应该把那枝条修剪掉，因为我们要的不是果树的枝条长得高，而是希望果树整体形态长得匀称，多结果子。

最近我与一位从事教育工作的朋友在QQ上聊天，谈到数学。

我说：“我认为一个不喜欢阅读、文字能力低下的人很可怕！”

他说：“但世上确实有一种人，他们可能不阅读而工作能力很好。他们可能言不达意，但很有创造力。”

我说：“这样的人再有一点儿文化不是更好？”

然后我们的观点围绕在了数学上，变得针锋相对起来。理工科出身的他反复强调了数学的重要。

我说："数学可以改变世界，但把握世界的是人文思想！在这个角度，我不希望儿子有数学上的兴趣，虽然他有。我认为数学重要，只是不希望儿子成为科学家、工程师。我认为广阔的心灵、胸怀更重要。没有人文思想是广阔不起来的。"

上个学期，你在修改长篇小说《闯江湖》，此前你花六七个月时间写出了十多万字的初稿。你改了二稿，再改三稿，希望尽快定稿，因此，你经常把稿子带到学校里修改。

有一次，你告诉我，英语老师兼班主任找你谈话了。

“初中是学习的一个非常重要的阶段，你还是不要写小说了，把精力集中到学习上来，至于小说嘛，等到你上大学的时候，再写也不迟啊，那时候你可以写写你的大学生活……”她语重心长地说。

上学期开学之前，我就有了一个主意，提议你带一本《喜糖的魔力》送给语文老师，告诉老师这是你写的书，正在全国各地的新华书店发行。这么做不是炫耀，而是为了老师能适当地为你减免一些作业，支持你写小说，毕竟你刚进入初中，学习负担并不重，应该可以与老师商量。后来一上学，原来班主任是英语老师，所以，上学没几天，你就带了两本签名本的《喜糖的魔力》，分别送给语文老师和班主任老师。但我没想到的是，这是弄巧成拙，正好让老师知道你在写小说，不但没有适当地减免作业，哪怕是偶尔通融一下，而且，还给老师们留下了一个不务正业的把柄。

你的班主任找你这样谈话，是我始料未及的！

小升初的那个暑假，你在家写《闯江湖》的初稿，然后修改二稿，没有翻过一页的教材、做过一道的练习题。你进入初一之前参加分班考，名次并不是靠前，而开学后，一下子靠前了，每次考试，成绩维持在班级前三名。在你身上有着进步迅速的假象，而且依你平常的表现，你绝对是一个好学生，你的班主任为什么找你谈话，还谈成了这个样子？

我仔细分析后得出的结论是：第一，班主任认为你是一棵学习的好苗子，希望你成为尖子生中的尖子生，为班级也为她争光；第二，班主任非常看不起小说这种文体，甚至可能认为小说就是“闲书”，写小说根本没什么了不起，写了一部小说让出版社支付版税然后在全国各地的新华书店发行，也没什么值得骄傲，远远不如做一名学习上的尖子生。

作出上述分析之后，我还在犹豫——难道，作为班主任，她真的不认为自己班上有一位少年作家比有一位学习上的尖子生更重要？难道她对小说，或者说对文学的认知，会是如此偏狭？

上学期，由于你期末考试语文得了高分，超过了老师设置的免作业标杆，你的寒假作业中，语文作业全免了。新学期又开始了，妈妈陪你去报名时，为了表示感激，她告诉你的语文老师：由于免了作业，你很开心，可以利用更多的时间来写你的第三部长篇小说《我是一棵树》，这个寒假，你差不多写了四万字的小说。然而，你的语文老师并没有顺势表扬你，而是劈头盖脸说了一句话，让你和妈妈愣怔在当场，哑口无言。

“小孩子，要学会低调。”她一本正经地说。

语文老师的这句话，让你和妈妈都很难受。

“我平常也没提我写的书或我写小说什么的呀，我把自己的脸都搁到地上了，还不够低调哇？”回家后，你非常郁闷。

无独有偶，这边你因为小说而惹得一肚子委屈，那边，你的表妹彭果在另一所小学里受到了更大的委屈。

由于成绩优异，彭果在放寒假之时问过语文老师，说希望老师能把她的作业免了，然后她寒假在家里专心写小说，当时老师满口答应，还说既然她成绩这么好，寒假作业就看着办吧！可是新学期第一天，彭果告诉老师她在寒假里没有做语文作业，但写了一万多字的小说，老师却翻脸了。

“写小说怎么啦？就是小说家也要做语文作业，要做阅读训练！”她大声说。

彭果被罚补做寒假作业，老师还不罢休，后来有一次在课堂上突然发难，对着全班同学说：“比如有同学在家里写小说，写小说怎么啦？小说有什么用？”

老师莫名其妙发难，也不知道为什么。当时她正在课堂上夸自己是个好老师，夸自己教过的学生有许多都很优秀，突然就从斜刺里横到彭果写小说这事儿上了。

那天放学后回家，彭果抱着她妈妈痛哭流涕，她认为自己被老师公开羞辱了！

小说怎么啦？小说为什么被这位老师如此痛恨？一个写小说

的学生，为什么被这位老师如此羞辱？

真是可怕！

那天，彭果来我们家，向我转述她那天所受到的羞辱。我默然良久，为她支了一招。

“下次老师再问小说有什么用，你就告诉她——小说是没什么用，它不能当饭吃，不能当超市里的购物券用！”我认真地说。

可彭果是乖学生，她说不敢。那么，你敢吗？你敢这样回答老师吗？

小说有什么用？退一万步，这话如果是英语老师说的，我们忍了，但这话是语文老师说的，我们无论如何忍不下。

小说有什么用？你与彭果要知道，这个世界上所有的文学经典、文学遗产中，小说可是占了绝大部分。小说记录了这个世界，同时又创造了另一个世界。如果说，这个世界是三维的，那么，正因为有了小说，这个世界是四维、五维的。这个世界上的小说家和小说读者，他们都拥有并且生活在两个世界里，他们都有两个生命！

小说有什么用？即便是眼下，你和彭果也已经体会到了创作小说的欢愉，你们像魔术师一样挥洒着语言文字，各自正在创造着另一个世界，这另一个世界，已经或即将吸引着无数的读者去试探着进入。这是多么的神奇呀！

小说有什么用？我愿意你们俩都成为小说家，哪怕你们俩连中学都毕不了业。

学历与文盲

说到学历，我突然想到了一件趣事。

二十多年前，我亲耳听到一位大学本科学历的会计师在数落与他同科室的一位会计师兼科长，他说：“她有大学本科学历？她那东西叫文凭，大学本科文凭！她哪来大学本科学历？”

那时候我一时间迷糊了：大学本科学历与大学本科文凭有区别吗？好像没有什么区别，两者好像应该是同一回事，只是说法不同而已。

后来我才明白，那位拥有大学本科学历的会计师是对的，他曾经的上司、那位科长，她没有大学本科学历，的确只有大学本科文凭。因为，所谓学历，是指学习的经历，而学习的经历，那是要去全日制学校里经历的；所谓文凭却不同，比如有一种“自学考试”，哪怕你学习的是与全日制学校里一模一样的教材，然后通过了考试，但你是在家里学习的，不是在全日制学校里学习的，那样的话，你获得的确实仅仅是文凭，而不是学历。

当然，说这么一件趣事，我有点儿跑题了。

我想说的是，没错，学历是一种学习的经历，但是对不起，它并不能证明一个人就一定具有某种相应的能力，或者说，那种能力到底到了什么程度。就比方说中文专业吧，那些具有大学中文本科学历，甚至是硕士、博士研究生学历的人，他是不是比一个没有学历也没有文凭的人更具有对某一篇文学作品的阅读理解能力，或者是更具有对某一文学样式作品的写作能力？不一定。有时候，没有或者还没取得中文专业学历的人，也具有较强阅读理解和写作的能力。

还记得作家莫言获得诺贝尔文学奖之后的某一天，我翻出他的《狼》来让你阅读的事吗？那个时候，你正在上小学六年级，已经写完了自己的第一部书《喜糖的魔力》。你读完《狼》后欣喜若狂，说："这就是莫言的小说？"

我点头说是的。你说："太精彩了！"后来，关于莫言的《狼》，我们展开了一段重要的对话，我证明了一件事——你是一下子就读懂了《狼》的！

莫言的小说《狼》，仅有七百字左右，你一下子读懂了它。原本并没有什么，可是后来一时好奇，我在网上搜索了很久，搜索到了很多关于《狼》的解读、评论文章，却发现不少评论者可以说根本没有读懂《狼》。

可是，你读懂了。一个小学六年级学生，一下子读懂了。

再说文盲。

传统说法上的文盲，是指那些不能识字读书的人。在一个识文断字、有文化的人眼里，文盲恐怕是比较可怜的；在一个拥有高等学历的人眼里，文盲恐怕是比较可悲的!

我要说的是，在我的眼里，文盲并不是这样的。我觉得一个文盲，不能识文断字，的确比较可惜，但是，他的思考，从某种意义上说，并不一定比非文盲弱，甚至还可能强于非文盲。

我是接触过许多文盲的，他们大多是一些老人。根据我的理解，许多文盲对人生、对世界万物的思考与认知，竟然到了令我惊讶的地步！后来我不觉哑然失笑：虽然不能识文断字，可他们无时不在读人生和社会这部大书，甚至，正因为他们是文盲，所以克服了许多非文盲所特有的自以为是与知识的副作用，而直抵了事物的本源!

这个世界上，最自卑的也许就是文盲了。这个世界上，最自以为是的也许就是拥有高等学历的人群了。然而，他们都大可不必。

我觉得，一个人，如果从某个角度去向文盲学习，然后又从某个角度出发，毅然抛弃对学历的崇拜，那将会是一件挺有意思的事儿。

后记

这部书，从2014年1月19日开始动笔，到2014年4月16日完成初稿，几乎写了三个月。我一共写下了九十六篇，但在这三个月里，实际上我坐下来写作的时间只有五十三天，如若不是被其他杂事耽误，这部书应该更快一些完成。

没有太多事先预设的话题，更多的是写作期间旁逸斜出的絮叨与偏见。九十六篇，一股脑儿地写下来，似乎全凭着一股持续的激情。

这部书完成初稿，经过两次修订后，当年我就投给了一家出版社。但出版社希望等我儿子杨渡具有更大的知名度之后再出版，以期获得更好的销售业绩。于是我也就淡然了，可没承想，这一淡然，转眼就是六年！

六年后的某一天，我猛地想起这部书，又想到一个事实——恐怕可以不客气地说，杨渡从小学六年级出版第一本书至今，实际上他一直是中国“00后”作家的领军人物。他出版的第一本书，是“00后”开始踏入文坛的一个显著标志；后来他出版第二本书并畅销，尔后在纯文学刊物上发表小说作品，短篇小说被《小说选刊》《新华文摘》转载，被收入年度小说选本，他向文坛宣告了“00后”作家的正式出场……

想到上述事实，我又心头一颤。这些年，杨渡成为领军人物的一个主要原因是他的“抢跑者”身份——他早早地站在正确的起跑线上，而其他的小天才们，由于不得法，大多深陷“歧途”，甚至在“歧途”上奔跑，如今杨渡和他的同龄人都上大学了，那些在“歧途”上一路奔跑的、其中最先的觉醒者一定已经折返或改道，他们来势汹汹，领军地位争夺战无疑随时都会展开！

接下来，杨渡在创作之路上如何卫冕，卫冕多久，只能看他自己的造化了。然而，我的这部书呢？想到这一点，我赶紧投稿了！

我选中的投稿对象是广西师范大学出版社的诗想者工作室——现在，事实证明，我的选择非常正确。

在《对杨渡说》里我已经说了，这部书彻头彻尾都是写给杨渡的。现在仔细检点，我做到了。但它又不仅仅是写给杨渡的，同时是写给所有成长中的孩子以及他们的家长的，这是我写作本书的另一个初衷。在此，我忍不住又要想：漫漫七年的时光过去了，这部书终于得以出版，得以公开发行，当它去到当年的杨渡的同龄人以及他们的家长手中，会是怎样的一番情景？

这部书是浅的、简单的，因为它只是浅尝辄止地讲了一些常识。然而，如果读者认为它并不浅，并不简单，我是应该感到欣慰，还是沮丧？

我之所以选择讲常识，是因为，在我们的生活中，常识恰恰最容易被漠视，甚至被践踏，而这是多么不应该！我在讲这些常识的时候，加入了我的一些絮叨与偏见，但愿我的絮叨与偏见不要遮蔽我对探讨常识的那份执着才好！

我的那份执着，或许很有可能会被人误解为一种偏执。

也罢，偏执就偏执吧！在我的概念里，执着与偏执，都早已经是一种极其难得的美德了。

杨　邪

2021.9.14

诗
想
者

H I P O E M

生 活 ， 还 有 诗